결혼을 앓다

*멀리서 읽다*

초판 1쇄 찍은 날 | 2019년 5월 3일
초판 1쇄 펴낸 날 | 2019년 5월 17일

지은이 | 요안나
펴낸이 | 예경원

편집 | 박수희 · 주승아

펴낸곳 | 예원북스
등록번호 | 제396-2012-000132호
등록일자 | 2012. 7. 25
YRN | 제1-0250호

주소 | 경기도 고양시 일산동구 호수로 646-24 위너스 21-Ⅱ 206A호 (우) 10401
전화 | 031-819-9431 팩스 | 031-817-9432
http://cafe.naver.com/yewonromance
E-mail | yewonbooks@naver.com

ⓒ 요안나, 2019

ISBN 979-11-6424-276-4 03810

Goldline Romance Story

# 열은을 앓다

사랑의 생멸을 함께한 두 사람은,
여전히 서로를 앓고 있었다.

**요안나 장편 소설**

LINE GOLD

C · O · N · T · E · N · T · S

프롤로그

    거칠게 달아오른 숨소리가 공간을 가득 메웠다. 남자의 시선은 말린 장밋빛 립스틱이 번진 여자의 도톰한 입술에 닿아 있었다. 달뜬 숨이 연신 새어 나오는 살짝 벌어진 입술. 그녀와는 어울리지 않는 지나치게 외설적인 모습이다. 남자의 미간에 미세한 주름이 잡혔다. 오랜만에 맛보는 입술은 정신을 차리지 못할 만큼 감미로웠다. 남자는 입맛을 한 번 다시듯 했다. 그녀의 타액에 섞여 있던 술맛이 났다.

    술도 하지 않던 여자였다. 망가지는 모습을 결코 보인 적이 없었다. 남자가 처절하고도 그악한 이별을 고하던 순간에도 여자는 선한 얼굴이었다. 그런데 지금 눈앞에 서 있는 여자는 자신이 알던 여자가 아닌 것처럼 보였다.

    발긋한 얼굴은 술에 취한 탓인지, 아니면 노골적으로 입안을 섞은 탓인지.

    "하던 거, 마저 하지 그래요?"

도발하는 법도, 남자를 유혹하는 방법도, 그녀는 결코 몰랐었다. 자신이 아는 한 그랬다. 다정한 눈빛으로 애교를 부리거나, 당돌한 말을 퐁당퐁당 잘도 건네기는 했지만, 침대 위에서는 늘 얼굴을 붉히며 이끄는 대로만 움직였다.

여자가 긴 속눈썹이 느릿하게 나부끼도록 눈을 감았다 뜬다. 마치 시간을 길게 늘려 놓은 것처럼 여자의 움직임 하나하나가 나릿했다. 연한 갈색 눈동자가 그를 올려다본다. 그녀가 고개를 비뚜름하게 비틀자 새하얀 목덜미가 드러났다. 어릴 때부터 긴 머리를 고수했던 그녀였는데, 귓불을 아슬아슬하게 스치는 짧은 머리칼 덕분에 가느다란 목선이 여과 없이 드러났다.

"못하겠어?"

여자가 한껏 빈정거리는 투로 물었다. 그녀는 고개를 반대 방향으로 기울이며 웃었다. 명백한 비웃음인데도 가슴이 떨렸다. 호텔 라운지에서 그녀와 조우한 순간부터 심장은 제 박자를 놓치고 내달리고 있었다.

벽에 등을 대고 서 있던 그녀가 허리를 튕겨 몸에 반동을 일으키며 남자의 코앞까지 다가왔다. 나른하게 움직이는 선이 과하도록 매혹적이다. 그녀가 뒤꿈치를 들어 올리고는 남자의 귓가에 나직하게 속삭인다.

"하다가 말 거였으면, 아까 그놈이랑 굴러먹게 그냥 뒀어야지."

말이 떨어지기가 무섭게 커다란 손이 여자의 뒷머리를 움켜잡았다. 여자의 고개가 뒤쪽으로 비스듬히 기운 순간, 남자는 그녀의 입술을 다급하게 집어삼켰다. 입술을 핥아 볼 새도 없이 혀를 얽었다.

비뚜름했던 그녀의 태도와 달리 당황한 듯 머뭇거리는 혀를 얽어서 깊이 빨아들였다. 오돌토돌하게 돋아난 혓바닥을 비비고 입천장 안쪽에 여린 살을 핥았다. 기억하건대, 그녀는 깊은 키스만으로 온몸을 바들바들 떨 정도로 느끼곤 했었다.

"으응."

입안으로 신음이 흘러들어 왔다. 파르르 떨리는 손이 슈트 라펠을 움켜잡았다. 잘록한 허리를 당겨 안았더니, 그녀가 자연스럽게 몸을 기대 왔다. 탐스럽고 그득하게 차오른 가슴이 단단한 몸에 닿아서 이지러지는 게 느껴졌다.

혀뿌리까지 핥아 마시고는 입 안쪽 가장 여린 살을 쿡쿡 찔렀다가 힘껏 빨아들이자, 허리를 감은 팔에 무게가 실렸다. 다리에 힘이 풀린 듯 그녀가 온진히 몸을 내맡겨 왔다.

변했을 리가. 그럴 리가.

살을 맞대고 살았던 과거와 달라진 게 없을 것이다. 그녀는 여전히 남자가 자극하는 대로 반응했고, 무너뜨리고자 할 때 몸을 내맡겼다. 뺨에 부딪히는 숨결은 지독히도 뜨거워서 살결이 녹아내리는 듯한 착각이 일 정도다. 더운 숨이 한계까지 차올랐을 때, 입술을 떼어 냈다.

"하아."

탁한 숨소리가 두 사람 사이를 밀도 높게 채웠다.

"키스밖에 못하는 주제에."

타액으로 번들거리는 입술이 내뱉은 말은 그를 비웃고 있었지만, 그녀의 목소리는 본심을 숨기지 못한 듯 떨렸다.

"그동안 유치하게 자극해야 움직이는 놈하고만 했나 보지?"

무려 5년 만에 다시 안아 보는 그녀였다. 모든 흔적을 지우고 사라진 그녀를 찾기 위해 남자는 온 사방을 헤매야만 했다.

"강유준 씨."

그녀가 제법 강단 있는 목소리로 유준의 이름을 입에 담았다.

얼마 만에 그녀의 목소리로 불려 보는 이름인지.

유준의 눈동자가 잠시 흔들린 것을 그녀도 알아챈 듯했다.

"지금 유치한 자극에 반응하는 건…… 강유준 씨, 그쪽 아니고?"

빙글거리며 비웃고 있는 얼굴이지만 여전히 고왔다. 표독스러운 눈빛을 하고 있다 할지라도 그녀는 여전히 사랑스러웠다.

"정다인."

나직한 부름에 그녀의 눈빛에도 동요가 일었다. 연한 갈색의 눈동자는 언제나 유준만을 담았었다. 그녀의 눈에 다른 남자가 담기는 것을 상상할 때마다 영혼이 찢기는 기분이었다.

"이제 와서 쓸데없는 기 싸움 하자고 나 붙들고 올라왔어? 강유준 씨, 되게 할 일 없나 보네."

그녀가 바닥에 떨어져 있던 핸드백을 집어 들려고 허리를 굽히는 순간, 유준이 낮게 읊조렸다.

"왜 이렇게 성급해지셨을까?"

한껏 비꼬는 음성이 떨어지자, 그녀가 몸을 일으켜 세우고는 유준을 고깝게 올려다보았다. 비소가 가득한 얼굴. 언제나 다정하고 다감하게 굴었던 그녀와는 어울리지 않는 표정.

마음에 안 들게.

유준은 한쪽 입꼬리만 비뚜름하게 올리며 빈정거렸다.

"전희 없는 섹스만 원해? 그럼, 박아만 줄게."

어울리지 않는 자극적인 말을 내뱉은 순간, 그녀가 가볍게 웃음을 터뜨렸다.

기가 막힌다는 듯이. 어이가 없다는 듯이. 가소롭다는 듯이.

"언제는 전희가 있었던 것처럼 말씀하시네요, 강유준 씨?"

유준의 화를 돋우려는 도발적인 눈빛이었다. 유준은 자신의 예감이 틀리지 않았음을 깨달았다.

그녀는 처음부터 호텔 라운지에서 함께 있던 남자와 밤을 보낼 생각도 없었을 것이다. 단지 무참하고 무정하게 이별을 고했던 남자를 뜻하지 않게 재회했고, 자신은 이전과 다른 모습으로 살아가고 있다는 것을 보여주고 싶었으리라.

하지만 그녀는 천성이 선한 사람이었다. 타인을 능멸하는 것에는 소질이 없었다. 여전히 그래 보였다. 유준을 적당히 약 올리고 화나게 한 뒤 돌아설 심산인 듯했다.

"내가 틀린 말 했어요? 언제나 본인 욕구에만 충실한 사람, 아니었나?"

유준은 단 한 번도 그녀를 허투루 안았던 적이 없었다.

첫 키스, 첫 경험, 첫날밤.

마지막 키스, 마지막 섹스, 그때 그 마지막 순간까지도.

그녀와 나눈 모든 게 구구절절 소중해서 안타까울 정도였다. 끝이 처참했을지언정, 가슴이 저릿했던 순간을 오롯이 나눈 그녀다. 유준이 그녀에게 제 욕정만을 풀었던 것은 아님을 그녀는 알고 있을 터였다.

아니다. 속았다고 생각하려나? 치기 어린 감정에 이용당했다고 기억하려나?

그녀는 마치 눈앞에 있는 남자가 자신의 인생에 털끝만큼도 영향을 미칠 수 없다는 듯이 굴었다. 이제는 아무렇지 않은 감정이라는 듯, 그래서 하룻밤쯤 몸을 섞는 것도 서슴지 않을 수 있다는 듯이.

하지만 몸을 내던질 수 있을 것처럼 대범하게 굴고 있어도, 그녀의 눈동자가 이따금 힘없이 떨렸다.

분노가 뒤섞인 애증이 서린 눈빛.

"대답이 없는 걸 보니 정곡을 찔리셨나 보네요."

자존심을 짓밟고 원래부터 못난 인간이었다며 욕보이고는 자리를 모면하려는 거겠지만.

어쩌지. 그렇게 순순히 놔줄 생각 없는데.

유준은 그녀의 눈빛에 남아 있는 애증에 무게가 실리기를 바라며 그녀의 목덜미를 어루만졌다. 가녀린 어깨가 움찔 떨렸다.

"거짓말 못하는 몸을 가졌으면서, 쓸데없는 말이 너무 많다고 생각하지 않아?"

대꾸하려 벌어지는 입술을 그대로 가르고 들어갔다. 이번에는 키스로 끝낼 생각이 없었다. 성마른 손길로 그녀의 가슴을 움켜잡았다. 남자치고도 손이 큰 편임에도 그녀의 가슴은 한 손에 다 잡히지 않을 정도로 풍만했다.

"으응."

신경질적인 신음이 흘렀다. 자신이 원한 대로 분위기가 흘러가지 않고 있음을 이제야 감지했나 보다. 유준은 아랑곳하지 않고 그녀를 몰아붙였다. 무엇을 움켜쥐고, 어디를 쓸어 올리며, 어떻게 파고들어야 그녀가 반응하는지 유준은 너무도 잘 알았다. 그녀의 몸을 자신만큼 잘 아는 사람은 세상에 없었다. 없어야 했다.

유준은 그녀의 니트 원피스 자락을 움켜잡고는 위로 들어 올려 벗겨 버렸다. 흐트러진 단발머리, 짙게 번진 붉은 입술, 발긋하게 달아오른 하얀 살결까지. 존재하는 모든 게 유준을 자극했다. 산호색 샹티 레이스로 둘러싸인 뷔스티에 위로 봉긋 솟아오른 젖무덤이 탐스러웠다. 유준은 고개를 비스듬히 내려 가슴골에 가만히 입을 맞추었다. 그녀가 숨을 멈추는 게 느껴졌다.

고작 가슴에 입 한 번 맞췄을 뿐인데.

그녀가 보이는 반응이 썩 마음에 들었다. 유준은 그녀의 젖무덤을 핥으며 살결에 얼굴을 묻었다. 그토록 그리웠던 살 내음에 심장이 저몄다.

그녀의 등 뒤로 손을 옮겨 여러 개의 호크를 빠르게 끌렀다. 마지막 호크가 끌러지자, 어깨끈이 없는 뷔스티에가 바닥으로 툭 떨어졌다. 단단한 속옷에 둘러싸여 추켜올려졌던 가슴이 노골적으로 흘러내렸다. 흥분한 탓인지 가슴 끝은 단단하게 곤두서 있었다.

풍만한 선을 그리며 흘러내린 가슴을 움켜잡으며 유준은 그녀의 목덜미에 입술을 묻었다. 검지와 중지 사이에 먹음직스럽게 단단해진 젖꼭지를 끼워 넣고 비틀며 속삭였다.

"누굴 미치게 하려고 이런 속옷을 입었을까."

"애석하게도 강유준 씨 보여 주려고 입은 건 아니었는데."

이런 모습을 다른 놈이 봤을지도 모른다고 생각하니 순간 피가 거꾸로 솟았다.

"정다인."

유준이 그녀의 이름을 한 번 더 입에 담았다. 그녀는 이번에도 어김없이 반응을 보였다.

"애석하게도 난 이제 멈출 생각이 없는데."

고개를 들어 올려 그녀와 눈을 마주했다. 여전히 그녀는 한쪽 가슴을 유준에게 내맡긴 채였다. 무슨 생각을 하는지 뻔히 안다는 듯이 웃었다. 그러자 갈색 눈동자에는 분노를 넘어선 애증이 더 짙어졌다.

원하는 바였다. 증(僧)의 깊이가 어떻건 간에 애(愛)의 흔적에 매달릴 생각이었다.

기억해 봐. 네가 날 어떻게 사랑했었는지. 얼마나 사랑했는지.

유준은 고개를 내려 그녀의 가슴을 입안에 넣고 빨았다. 입안 가득 채워 오는 살결을 깊이 빨아들였다가, 가슴 끝을 이로 물고 잘근잘근 씹었다.

"흐웃."

그녀가 앓는 소리를 내며 유준의 어깨를 움켜잡았다. 오른쪽 가슴을 양껏 머금은 유준은 왼쪽 가슴으로 입술을 옮겨 갔다. 심장과 가까이에 있는 그녀의 왼쪽 가슴이 오른쪽 가슴보다 아주 조금 더 풍만하다는 것도 유준만이 알고 있었다.

오른팔로는 그녀의 등허리를 감싸 안고, 왼손은 아래로 향했다. 그녀의 가슴을 감싸고 있던 속옷만큼이나 야한 브이 스트링 팬티 덕에 엉덩이가 훤히 드러나 있었다. 허벅지 중간까지 올라와 있는 메시 스타킹은 골반에 아슬아슬하게 걸쳐 있는 가터벨트에 팽팽하게 걸린 채였다.

기가 막히도록 정다인과는 어울리지 않는 속옷이다.

아까 그놈과 뒹굴겠다고 했던 게 진심이었나, 싶은 생각이 들 정도로 노골적인 모습에 그녀를 망가뜨리고 싶은 비뚤어진 욕구마저 치솟았다.

유준은 복받쳐 오르는 감정을 억누르며 그녀의 엉덩이를 부드럽게 쓸어내렸다. 손가락 끝에 젖은 천이 닿은 순간, 유준은 가슴 끝을 뻗어 내며 웃었다.

"이것 봐. 정다인 몸은 거짓말을 못한다니까. 벌써 젖었잖아."

# 1. 놓을 수 없는 인연

"너처럼 아끼면서 살기도 쉽지 않다."

바 테이블 위에서 냅킨 정리를 돕던 세희가 한숨을 내쉬었다.

"혼자 애 키우는 게 쉬운 일인 줄 알아?"

다인이 사정 다 알면서 그러느냐는 목소리로 되물었다.

"아, 그게 아니라."

세희는 답답하다는 듯이 천장을 올려다보며 또다시 한숨을 훅 내쉬더니, 다인의 엉덩이를 차지게 한 번 내리쳤다.

"아! 너 뭐 하는 거야?"

다인이 황당하다는 표정을 지었다.

"이거 말이야. 네 몸뚱이. 그렇게 아끼면서 살기도 쉽지 않다고."

다인이 몸을 얼마나 혹사하면서 일하고 있는지, 세희가 모를 리 없었다. 아까부터 신소리를 해 대는 세희의 꿍꿍이가 뭔지 궁금했다. 다인은 미간을 찌푸리며 고개를 비스듬히 기울인 채로 라탄 바구니에 잘 접은 냅

15

킨을 정리하고 있는 세희를 노려보았다.

"언제까지 혼자 재미없게 살래? 신오 아빠란 놈은 5년 넘게 코빼기도 안 보였지? 그놈이랑은 다시 합칠 생각 없는 것 같고. 그럼, 다른 놈이라도 만나. 너 아직 서른하나밖에 안 먹었어."

서귀포로 거처를 옮긴 뒤, 카페를 열고 나서 가장 먼저 친해진 사람이 세희였다. 세희는 수의사 남편을 둔 농장 안주인이었다. 세희가 만든 치즈와 흑돼지 하몽을 곁들인 샐러드를 카페 메뉴로 개발하면서 둘은 급속도로 친해졌다.

처음 흑돼지 하몽을 곁들인 멜론 샐러드를 내놓던 날, 다인은 임신 사실을 알게 되었다. 그날 이후 세희는 때론 친정 엄마처럼, 때론 언니처럼 다인의 곁을 지켰다.

"여행 작가래."

"누가?"

"스페인어 강사도 하고. 유튜브에서 요리 콘텐츠로도 유명하고."

"누가아."

다인은 말끝을 길게 늘이며 재차 물었다.

"생각이 트인 사람이야. 애 하나 있는 거로 흠 안 잡을 만큼 성품도 훌륭해. 여기 한 번 왔었대. 그이한테 너 소개해 달라고 했었나 봐. 그이랑 고등학교 동창이래."

세희는 아무것도 없는 바 테이블을 박박 닦아 댔다. 다인의 눈빛을 피하려는 요량이었다.

"그래서?"

"한번 만나 봐."

이제껏 세희가 자신에게 남자를 만나 보라고 권했던 적은 없었다. 말을 툭툭 내뱉는 경향은 있어도 속이 깊은 친구였다. 서울에서 남편 따라 제주도로 시집온 그녀는 다인만이 유일한 친구라며 아껴 주었다.

"언제까지 혼자 있을래? 너도 좋은 남자 만나. 우리 부부동반 여행도 가고 그러게."

정 많은 세희의 목소리가 물기에 젖어 있었다. 말끝이 미세하게 떨리는 것도 같았다.

"그래. 그러자. 뭐, 한 번 만난다고 몸이 닳기야 하겠어?"

혼자 애 키우며 이혼녀로 살아가는 사람은 자신인데, 때때로 침울한 표정을 짓는 쪽은 세희였다. 세희가 걱정스러운 눈빛으로 바라볼 때마다 괜히 미안한 마음이 들곤 했다.

내가 뭐라고, 너는 그렇게 내 걱정을 해 주니.

미안한 마음 때문이었을까. 다인은 싫다는 말 한 마디도 못하고 그러자며 고개를 끄덕거렸다. 그리고 이제 그럴 때도 됐지 않은가. 벌써 5년이 지났는데. 그럼에도 심장은 그를 향해서만 뛸 수 있다는 듯이 무겁게 가라앉았다.


남자의 첫인상은 건강함 그 자체였다. 태양에 그을린 피부는 까무잡잡했고, 소매를 걷어 올린 시어서커 셔츠 아래로 보이는 팔뚝은 탄탄했다.

"하몽 곁들인 샐러드가 기가 막히더라고요. 스페인에서 먹었던 것보다 맛있었어요."

찬란한 미소를 짓는 남자는 세희의 말처럼 좋은 사람인 듯했다.

"이름을 제대로 발음하는 외국인을 못 봤어요. 유타이혼, 다들 이렇게 부르더라고요."

너스레를 떠는 남자의 이름은 여태현. 오랜 기간 외국 여행을 했다는 그는 평범한 이야기도 유쾌하게 풀어내는 재주가 있었다.

"재미있네요."

남자와 단둘이 마주 앉아 웃는 게 얼마 만인가 싶었다.

"아들이 다섯 살이라고요? 이름이 뭐예요?"

"신오요. 정신오."

"신오."

그는 고개를 한 번 주억거리고는 오묘한 표정을 지었다.

"왜요?"

"스페인어 중에 'Sino'라는 단어가 있어요."

아들 이름과 비슷한 발음이 나는 단어가 있다는 말에 다인이 호기심을 드러냈다.

"무슨 뜻이에요?"

와인이 적당히 들어간 덕분인지, 아니면 말주변이 좋은 태현과 마주하고 있어선지 대화에 어색함이라곤 없었다. 신오를 혼자 키우면서 장사한 덕인지 자신의 성격도 예전과는 많이 달라졌다는 것을, 다인은 남자를 마주하고 나서야 깨달았다.

깨달음에 마음이 풀어졌고, 앞에 앉은 남자의 존재가 문득 고맙기까지 했다.

"운명."

남자가 햇살처럼 눈부신 미소를 머금으며 읊조렸다. 다인은 작게 웃음을 터뜨렸다.

"거짓말처럼 들리는데요."

"사전 찾아보세요."

그가 내뱉은 말에 미소를 머금었다가, 진하게 웃었다가, 얼굴에 경련이 일 정도로 크게 웃음을 터뜨리기도 했다. 오랜만에 가슴이 뻥 뚫리는 기분이었다.

하지만 그뿐이다. 자신의 앞에 앉아 있는 남자가 왜 강유준이 아닌지,

자신을 향해 웃어 주는 남자는 왜 그가 아닌지, 못난 생각만 불쑥 떠올랐다.

미련스럽게도, 아직도.

"죄송해요."

호텔 라운지 입구에 선 다인은 남자에게 정중하게 거절 의사를 밝혔다. 다음 만남을 기약하는 남자의 말에 대한 대답이었다.

"왜요?"

남자는 물끄러미 다인을 내려다보았다. 거리가 제법 가까웠지만, 거부감이 생겨날 정도는 아니었다.

"아직 제가 준비가 안 된 것 같아요."

그는 그런 대답이 나올 줄 알았다는 듯이 웃었다. 사람을 얕게 보는 가벼운 성품을 지닌 사람이 아니었다. 이런 남자를 방으로 쫓아가서 자빠뜨리라며, 세희는 다인에게 이상야릇한 속옷을 입히기까지 했다. 소원이라며 한 번만 입고 나가라는 말에 입기는 했지만 활용할 생각은 추호도 없었다.

"준비될 때까지 기다리겠다고 부담 줄 생각은 없고요. 그렇다고 이대로 물러서겠다고 말할 생각도 없는 건, 알죠?"

그는 적당히 진심을 드러냈다.

"조만간 카페 한번 들를게요. 데려다주겠다고 하면 부담스러워할 것 같고. 택시 타고 가는 것만 볼게요."

그가 말을 마친 순간이었다.

"실례합니다."

등 뒤에서 남자의 목소리가 들려왔다. 눈에 띄게 굳는 다인의 모습을 바라보며, 태현이 눈을 치떴다.

"정다인 씨?"

기어코 그 목소리가 다인의 이름을 부르고야 말았다. 심장이 욱신거렸다.

5년을 산 제주도였다. 보는 눈이 없으리라고 장담할 수 없었다. 옥신각신한 끝에 그가 머물고 있다는 방으로 올라왔다.

할 이야기가 있다고 했다. 들을 말이 없다고 답했다.

시간을 내 달라고 했다. 시간을 내 줄 여력이 없다고 답했다.

잠시면 된다고 했다. 기다리는 사람이 있다고 답했다.

아까 그 남자냐고 물었다. 욱신거리는 심장을 들킬까 두려워 그저 웃었다.

그때부터 신경전이 시작되었다. 그가 눈앞에 나타난 순간부터 이성적인 생각은 불가능했다. 도발하고 싶어졌다. 아주 잠시만이라도 그와 닿고 싶다는 열망, 쓸데없는 짓을 하고 있다는 자괴감에 잠식당했다.

입술이 뒤섞이는 것으로 끝날 거라고 여겼다. 그런데 그는 그만둘 생각이 없다며 웃었다.

웃음 뒤에 걸린 그의 표정을 보지 말았어야 했다.

미안함이 섞인 눈빛은 단죄를 바라는 듯했다.

이제 와서 왜? 다른 여자 품이 더 좋다며 버릴 땐 언제고?

유준의 손이 골반 옆에 달린 끈을 잡아당기자, 레이스 천이 힘없이 흘러내렸다. 다인은 간신히 버티고 섰다. 가슴은 그의 타액으로 젖어 번들거렸고, 심장은 쉴 새 없이 두근거렸다. 밑이 훤히 드러나 오스스 소름이 돋아난 순간, 젖은 살점 사이를 그의 손가락이 파고들었다.

"흐웃."

신음 소리를 내고 싶지 않았다. 꾹 다문 잇새로 앓는 소리가 흘러나온 순간, 다인은 두 눈을 감아 버렸다. 그의 손이 뱀처럼 온몸을 휘감았다.

살결을 타고 흘러내리는 손길은 지독하게 부드러웠다. 젖은 살점을 헤집던 손가락이 동그랗게 부풀어 오른 클리토리스를 손톱으로 긁어 댔다.

"아아."

다리에 힘이 풀려 버릴 것만 같아서 다인은 발끝에 힘을 주었다. 그걸 눈치챘는지 그가 손가락을 빼내는가 싶더니 다인의 허벅지를 받쳐 안았다. 속옷까지 벗은 채로 흐트러진 것은 자신뿐, 그는 여전히 멀끔한 슈트 차림이다. 오기가 생겨났다.

당신노 아팠으면 좋겠어. 내가 아팠던 만큼. 아니, 그보다 더.

그리웠는데, 미움이 생각보다 컸나 보다. 그가 상처받은 모습을 보고 싶다. 자신으로 인해 아파하는 모습을 보이길 원했다.

내가 당신을 무참하게 버릴 기회가 올까?

기회가 온다면 나는 당신을 버릴 수 있을까?

다인은 다리를 벌려 그의 허리를 휘감았다. 애액이 그의 슈트에 고스란히 묻는 것도 개의치 않았다. 그가 이러는 것이 익숙한 몸에 이끌려서이든, 미련이든, 면죄부든 상관없었다.

그에게 자신을 다시 각인시키고, 상처 입힐 기회를 얻을 수 있다면.

그의 눈썹이 꿈틀거렸다. 미세한 반응 하나에 다인은 신경을 예민하게 곤두세웠다. 남자와 함께 있는 모습에 그는 격노한 듯 보였다. 그리고 방으로 올라온 그는 혼란스러운 얼굴을 했다.

분노, 번민, 유감, 미안함, 죄스러움 등 온갖 감정을 통제하느라 힘겨워 보였다. 정신건강의학과 전문의인 그는 사사로운 감정을 숨기는 데 능했다. 하지만 예전에도 그랬듯이 그는 그런 감정을 다인에게 쉽게 들켰고, 다인만이 그의 감정을 알아보았다.

기회가 올 것 같다고 다인은 직감했다.

그는 다인을 침대 위에 내려놓고는 슈트 재킷을 벗어 던졌다. 다인은 일부러 무릎을 아슬아슬하게 굽혀 세우고는 밀부를 드러냈다. 그의 시선이 거침없이 다인의 속을 헤집고 있는 게 보였다.

욕망으로 들끓는 시선을 바라보는데, 저도 모르게 비소가 흘러나왔다.

"이혼한 지 5년이나 된 부인한테 정신 못 차리는 거, 우습다."

독한 말을 퍼부었다. 그래도 그는 멈추지 않을 것을 다인은 알았다. 그는 말없이 옷을 벗어 던졌다. 브리프를 벗어 내리자, 잔뜩 성난 페니스 끝에는 이미 이슬이 맺혀 있었다. 그는 더운 숨을 몰아쉬며 다인의 무릎을 양손으로 잡아 벌렸다.

"아아!"

그의 입술이 밀부를 깊게 빨아들였다. 애액에 젖은 입구와 그의 입술이 부딪히는 질척한 소음은 무척이나 외설적이었다. 다인은 손을 뻗어 그의 머리카락을 움켜잡았다. 그가 다인의 몸을 잘 알고 있는 것처럼, 다인 역시도 그를 잘 알았다.

머리카락을 움켜쥐고 신음하는 것만으로도 그는 사정감이 몰리는 듯한 얼굴을 하곤 했었다.

"흐으으읏."

오랜만에 들어간 술기운에 온몸의 감각이 예민하게 살아났고, 5년 만에 닿는 그의 몸에 다인은 기민하게 반응했다. 그는 집요하게 클리토리스를 핥고 빨아들였다. 젖은 살점을 가르고 그가 질 안으로 불쑥 혀를 집어넣었다. 갑작스러운 삽입에 허벅지 안쪽이 파르르 떨렸다.

얕은 절정이 아랫도리를 훑고 지나갔다. 그가 상체를 일으켜 세우고는 다인은 내려다보았다.

"겨우 이 정도로 조여 대면 곤란한데."

달아오른 시선이 서로를 마주했다. 유준은 온몸이 발긋하게 달아오른 그녀를 눈에 담았다. 그녀의 눈가가 붉었다. 유준은 물기를 머금은 눈가

에 입을 맞추며 그녀의 납작한 배에 한계까지 부풀어 오른 물건을 비벼
댔다.

"흐으읏."

앓는 소리를 내는 그녀는 미치도록 아름다웠다. 짐승처럼 집어삼켜서
영원히 제 속에 가둬 두고 싶을 만큼 연약한 모습이기도 했다. 이제 더는
참을 수가 없었다. 유준은 손을 내려 뭉툭한 귀두를 그녀의 입구에 맞췄
다. 입구를 맞추기가 무섭게 그녀가 허리를 들어 올렸다. 뜨거운 살점 속
으로 빨려 들어가는 듯한 기분이었다.

"하아."

유준은 그녀의 목덜미에 얼굴을 묻은 채로 더운 숨을 터뜨렸다. 그러
자 그녀가 요분질을 시작했다. 아직 자신은 허릿짓 한 번 하지 않았는데,
그녀는 유준의 목덜미와 어깨를 타고 내려와 옆구리를 쓸어 올리며 몸을
뒤틀었다. 살갗을 타고 전율이 흘렀다.

달싹이는 그녀의 허리 아래로 팔을 집어넣어 끌어당기고는 한계까지
박아 넣었다.

"아으으."

밑에 깔린 그녀가 움직이는 데는 한계가 있었다. 얕은 삽입을 몇 번 이
어 가던 끝에 깊숙이 파고들자 그녀가 고개를 뒤로 젖히며 신음했다. 유
준은 그녀의 목 안쪽 움푹 팬 곳에 입을 맞추고, 귓불을 빨아들였다. 귀걸
이가 치아에 부딪혀 덜그럭거리는 소리가 났다.

"흐으읏."

그녀의 손톱이 단단한 어깨에 박혔다. 이제 겨우 제대로 된 삽입 한 번
했을 뿐인데, 그녀는 쾌락에 몸서리를 쳐 댔다. 귀두가 걸칠 때까지 몸을
빼냈다가 단번에 박아 넣었다.

"아아."

여과 없이 내뱉는 신음이 듣기 좋았다. 조금 전까지만 해도 그녀와 함께 있었던 남자 때문에 신경이 잔뜩 곤두섰다. 이제 더는 그녀의 곁에 서지 못할 거라는 생각도 했었다.

헛된 고민이었다. 허리를 뒤틀며 신음하는 그녀의 눈가가 붉었다. 유준은 눈가에 맺힌 그녀의 눈물을 핥아 먹었다. 짠맛이 날 것 같은 눈물조차도 달았다. 뺨을 미끄러져 내려온 입술은 그녀의 입안을 사정없이 먹어치우듯 했다.

"으으응."

입안으로 신음이 흘러들었다. 자신을 도발하려는 그녀에게도 감정은 남아 있었다. 이제 죽도록 매달릴 작정이다. 정신 차리지 못하게 몰아붙일 생각이다. 다시 그녀가 자신의 여자가 될 수만 있다면, 무슨 짓이든 할 것이다.

유준은 질주하듯 그녀를 치받았다. 내벽이 바르르 떨렸다. 한껏 조이며 달라붙는 게 느껴졌다. 그녀는 몸을 뒤틀고 유준의 어깨를 움켜잡은 채로 도리질을 치며 신음했다.

"하아아."

비명처럼 신음을 내지르며, 그녀가 몸을 뒤틀었다. 유준은 그녀의 절정을 잠시 기다려 주었다. 눈 옆으로 흘러내리는 눈물을 핥아 먹으며, 달래듯 부드럽게 키스했다.

"흐으으."

앓는 한숨이 터져 나온 순간, 유준은 상체를 일으켜 세웠다. 그녀의 뒷무릎을 밀어 올리며 결합한 부위가 그대로 드러나게 했다. 애액으로 젖은 밑부에 자신의 물건이 꽂혀 있는 걸 내려다보는 것만으로도 사정감이 몰려왔다. 다시는 안을 수 없을지도 모른다고 생각했다. 그녀를 잃고, 삶의 의미조차 잃었다. 하루하루를 버티는 것조차 버거웠던 날들이었다.

상황이 바뀌고 그녀를 되찾으려 노력했지만, 찾을 수 없었다.

그런데 거짓말처럼 그녀가 지금 자신의 품 안에 있었다. 이제는 절대 놓을 수 없는 인연이다.

유준은 그녀의 뒷무릎과 허벅지를 움켜잡으며 허리를 쳐올렸다. 젖은 살이 부딪쳤고, 이미 얕고 깊은 두 번의 절정을 느낀 그녀는 고개를 뒤로 젖힌 채로 흐느낄 뿐이었다.

"하으으으. 으읏. 아아!"

신음 소리가 짙어졌다. 유준은 그녀의 다리를 붙잡고 자신의 허벅지 위에 올렸다. 손을 뻗어 둥글게 퍼진 가슴을 움켜잡았다. 달콤하고 폭신한 마시멜로가 손에 감기는 듯했다. 입을 대지 않았는데도 단맛이 느껴졌다.

눈을 감은 채로 흔들리는 모습에 지독한 갈증이 일었다. 단물을 빨아들이고 싶은 욕망에 유준은 가슴을 움켜쥐고 있던 손을 내려 가느다란 허리를 받쳐 안았다. 그녀가 유준의 허벅지 위에 마주 앉았다. 단단한 어깨 위로 팔을 걸친 그녀는 본능적으로 허리를 들썩거리기 시작했다. 유준은 고개를 내려 붉게 물든 젖꼭지를 씹어 삼켰다.

"하아웃. 아파."

잘근잘근 씹어 대던 유준은 혀로 둥글게 원을 그리며 유륜까지 핥아 주었다. 어금니가 당길 정도로 단맛이 났다. 입술을 떼어 내고 싶지 않았다. 다시 한 번 앞니로 가볍게 깨물었다가 혀로 살살 달래기를 반복했다.

머리카락을 움켜잡는 그녀의 손아귀에 힘이 들어갔다. 사정감이 느껴졌다. 아래가 당기고 한껏 부풀어 올랐다.

"아윽."

그녀도 그걸 느꼈는지, 유준의 목덜미에 얼굴을 묻으며 파르르 떨었다. 질 안쪽 역시 후드득 떨렸다. 쥐어짜듯 달라붙는 속살에 파정했다.

온몸이 산산이 부서지고, 정신이 아득해질 만큼 짙은 쾌락이었다.

지난한 이별이 꿈처럼 느껴졌다.

마치 그녀를 처음 안았던 날처럼 심장이 펄떡거렸다.

"중증 OCD(Obsessive-compulsive disorder, 강박장애)환자로 2주 전에 입원했습니다. OCPD(Obsessive-compulsive personality disorder, 강박성 인격장애)증상도 진행되었으며, 난치성으로 판단되어 Cingulotomy(정신 외과수술)에 관한 논의가 필요합니다."

콘퍼런스장에 모인 동료 의사들과 임원진을 바라보는 유준의 눈빛은 단호했다. 유준을 바라보는 임원들의 시선에는 신뢰가, 동료들의 시선에는 경외가 담겨 있었다.

남들은 서른 살이 넘어야 딸 수 있는 전문의를 스물다섯에 거머쥔 괴물, 중학교를 졸업한 뒤 입학한 과학고를 수개월 만에 박차고 나와 검정고시에 합격하자마자 의대에 입학했다. 전문의를 따고 국군수도병원에서 군의관으로 군 생활을 마친 뒤 모교인 한국대 병원으로 돌아온 게 2년 전이다.

탁월한 능력과 지나치게 잘난 혈연적 배경, 그리고 한번 보면 절대 잊을 수 없는 용모를 지닌 그는 2년 만에 한국대 병원 홍보실장과 한국대 산하 뇌인지과학센터 부센터장 자리에까지 앉았다. 강단에 서는 것 역시 당연했다.

명실공히 국내 최고의 대학이라 손꼽히는 한국대학교의 이사장은 강유준의 조부, 건강보험심사평가원에 청구되는 진료 건수나 액수 면에서 부동의 1위를 지키고 있는 한국대 병원의 원장은 강유준의 친부. 모두 차기 한국대 병원장은 강유준이 될 것이라 여겼다.

"소아기에 발병한 것으로 추정되며, 유년 시절 친부의 학대를 그 원인으로 보고 있습니다. 본원에 처음 내원한 것은 5년 전이고 약물 치료를 동반한 지속적인 ERP(Exposure and response prevention, 노출과 반응 방지 요법)를 진행했지만, 상태가 악화하였습니다."

"가족은?"

유준이 말을 이으려는데 그의 친부인 강석환 원장이 끼어들었다. 중증의 정신증 환자의 치료를 이어 가는 데는 가족의 협조가 절대적이어야 한다.

"친부는 죽었고, 친모가 곁에 있습니다. 5년 전 친모와 함께 Depressive disorder(우울증)로 내원했으며, 친모는 완치에 가까운 상태입니다."

강 원장은 고개를 주억거리는 것으로 속개하라는 뜻을 밝혔다. 유준은 다시 빠르게 설명을 이어 나갔다.

콘퍼런스가 끝나자 참석자들은 빠르게 각자가 속한 자리로 돌아가기 위해 분주히 움직였다. 유준이 막 콘퍼런스장을 나섰을 때였다.

"강 교수."

옆구리를 쿡 찌르며 친근하게 유준을 부른 이는 내과 소속 소화기분과 교수인 이상호 교수였다.

"교수님."

자신보다 나이가 열 살은 더 많은 이에게 유준은 고개를 한 번 숙여 보였다.

"잠깐 시간 돼?"

회진 시각이 가까워져 오고 있었다. 유준은 손목시계를 한 번 확인하는 것으로 대답을 대신했다.

"시간 오래 뺏을 건 아니고. 우리 환자 한 명만 좀 봐 줬으면 해서."

공식적인 절차를 밟아 협조를 요청하는 것도 아니고, 교수가 직접 찾아와서 긴히 부탁하는 게 의문이었다.

"중요한 분입니까?"

차갑지도, 그렇다고 상냥하지도 않은 어조였다. 그저 사실관계를 확인하기 위한 질문이라는 듯 유준은 예사로운 눈빛으로 이 교수를 바라보았다.

"내가 좀 어려웠을 때 신세를 진 분이야."

이 교수는 사람 좋은 미소를 지으며 한숨을 한 번 내쉬었다. 바쁘게 돌아가는 병원, 동료 의사의 사정을 속속들이 꿰고 있을 수는 없는 노릇이었다. 더 물어야 할 필요도 느끼지 못하고 있는데, 이 교수가 절절한 눈빛으로 말을 이었다.

"이제 와서 편하게 이야기할 수 있지. 그땐 정말 죽는 줄 알았어. 사흘 동안 라면 한 개로 버틴 적도 있었는데……."

동요하지 않으려 애썼다. 사흘 동안 라면 한 개는 양호한 편이라고 말하고 싶은 것도 참았다.

"그분이 도와주셨어. 쌀도 사 주시고, 반찬도 보내 주시고. 학비도 대 주시고."

감상에 젖은 말은 그만두고 빨리 본론을 꺼내라는 듯이 유준이 미간을 미세하게 찌푸렸다.

"아, 시간 오래 안 뺏는다고 하고선 내가 말이 길어졌네. 암튼 나한테는 생명의 은인 같은 분이신데."

생명의 은인이라는 말에 유준은 쓰게 웃을 뻔했다.

은인에게 보답할 수 있는 형편이 된 게 얼마나 큰 축복인지 이 교수는 알기나 할까?

은혜를 갚고 싶다며 부탁을 해 오는 이 교수가 부럽기까지 했다.

"증세가 어떻습니까?"

"수술을 거부해. Gastric cancer(위암) 인데 일시적인 수술 포비아인지, 치매 증상인지……. 협조 요청하려고 했는데 정신과 교수 만나셔야 한다고 하면 더 놀라실까 봐."

"가족한테는 알리셨습니까?"

"그게……."

이 교수가 곤란하다는 듯이 입술을 비틀었다.

"가족이 없나요?"

"아니, 손녀딸이 하나 있긴 한데. 조카 같은 애라, 내가 입이 안 떨어지네. 혼자 할머니 병간호하는 것도 힘들어 보이는데 위암에 치매까지 의심된다고 말하기가, 참. 이럴 땐 의사 짓 해 먹기 정말 힘들다 싶다니까. 유 교수가 지나가다가 한 번만 봐 줘. 깊은 병도 아닌데 내가 괜히 지나친가 싶기도 하고. 워낙 신경이 쓰여서."

"이따 회진 끝나고 한번 가 보겠습니다."

이 교수는 몇 번이나 고맙다는 말을 하고 돌아섰다. 그냥 수술을 두려워하는 노인네인데, 이 교수 말마따나 지나치게 반응하는 듯 보였다. 만약 정말 심각한 정신증세를 보였다면 정식으로 협조 요청을 해 왔으리라.

병실에 한 번 들러서 이 교수를 안심시켜야겠다는 생각을 하며 유준은 발걸음을 옮겼다. 격리 병동을 마지막으로 회진을 마친 뒤, 해당 병실에 도착했을 때는 생활 정보 프로그램이 방송되는 저녁 시간이었다.

"다인아. 저기 엄청 좋아 보인다. 그치?"

"네, 할머니. 우리 퇴원하면 가요."

차트를 확인하고 오는 길이었다. 환자 이름 '김순희', 의사 생활을 하면서 수태 봐 온 흔한 이름.

김순희 할머니의 환우용 침대 앞에 선 유준은 저도 모르게 숨을 멈추었다. 냉장고 위쪽에 있는 작은 TV로 향해 있던 두 사람의 시선이 멀거니 서 있는 의사에게 옮겨 왔다. 두 사람은 휘둥그레진 눈으로 유준을 바라보았다. 유준이 누군지 알아본 것이 아니라, 처음 보는 의사가 서 있어서 놀란 눈치였다.

"김순희 환자분."

유준의 목소리가 조용히 울렸다. 은혜를 갚고 싶어도 갚을 수 없었던 이들이 눈앞에 있었다.

다인이라는 이름을 떠올릴 때면 따뜻한 햇볕이 먼저 떠올랐다. 할머니 심부름으로 온 거라며, 다인은 반찬이 그득 담긴 찬합을 들고 좁고 누추한 마당에 쪼그려 앉아 있곤 했었다. 햇볕이 아이의 머리에 내려앉아 동그란 원을 그리며 반짝거렸고, 유준은 고맙다는 말 대신 다인의 머리를 쓰다듬어 주곤 했다.

유준이 열여섯이 되던 해, 봄이었다. 열두 살이 된 다인은 마치 어른처럼 유준의 안부를 물어 왔다.

"오빠, 밥은 잘 챙겨 먹어? 반찬 버리지 마. 할머니가 꼭 다 먹으랬어. 교복 셔츠는 맨날 빨아 입는 거지? 안 그럼 아저씨 냄새 난다."

한창 예민할 사춘기였다. 어디로 튈지 모르는 불같은 성격의 유준이었지만, 다인의 잔소리에는 심장이 말랑말랑해졌다. 친모는 알코올 중독을 못 이기고 죽었고, 친부는 존재조차 몰랐다. 친모가 죽은 지 반년이 넘었지만 집주인이 별다른 말은 하지 않아서 그동안 살아온 단칸방에서 홀로 지냈다.

외로웠다. 친척도 없었고, 친구도 많지 않았다. 유준을 찾아오는 이는 봄날 햇볕 같은 다인과 푸근한 인상의 다인이 할머니뿐이었다. 쌀을 사 주고, 반찬을 챙겨 주고, 교복을 사 주며 계속 공부할 수 있도록 도와주었다.

이들이 아니었으면, 자신도 죽었을지 모른다. 고맙다는 말로 표현하기에는 한없이 부족해서, 유준은 차마 고맙다는 말도 입에 올리지 못했다.

"다 먹어, 걱정 마. 교복 셔츠는 당연히 맨날 빨아야지."

외로운 것은 다인 역시 마찬가지일 터였다. 친부모가 죽고, 할머니 손에 자란 다인은 하잘것없어 보이는 유준을 친오빠처럼 따랐다. 자신을 위해 웃어 주는 사람, 늘 따뜻한 눈길로 바라보는 사람, 저도 모르는 사이다인은 세상 그 무엇보다도 소중한 존재가 되었다.

조그만 냉장고에 찬합을 챙겨 넣는 다인의 야무진 모습을 가만히 지켜보고 있을 때였다.

"여기가 조해리 씨 집인가?"

삐거덕거리는 작은 철제 대문을 밀고 들어온 장정 셋이 건들거리며 물었다. 유준은 다인이 앉아 있는 방문을 닫으며 마루 턱에 섰다. 느낌이 좋지 않았다. 검은색 양복을 입은 이들의 목덜미에는 시커먼 문신이 가득했고, 눈동자가 뱀처럼 뾰족했다. 원하는 것을 얻기 위해 폭력뿐 아니라 살인도 저지를 수 있을 것 같은 인상이다.

"그런 사람 여기 없는데요."

유준은 무구한 얼굴로 말했다. 조해리는 반년 전 죽은 모친의 이름이다. 알코올 중독이었던 모친은 술에 취해 집으로 돌아오던 길에 쇼크를 일으켜 죽어 버렸다. 그러니 이 집에 없는 게 당연했다.

장정 셋이 좁은 마당을 가득 채우자 조금 전까지 머리 위를 맴돌던 햇볕이 사라졌다. 구름에 가렸는지, 사위가 순식간에 회색빛으로 물들었다.

"아, 그 씹년 아들 새끼구나. 너?"

모친에게 남아 있는 감정은 연민과 분노를 오갔다. 그래서인지 죽은모친을 모욕하는데도 화가 나기는커녕, 귀찮은 인간들이 아무 일도 일으키지 않고 사라지기를 바랄 뿐이었다.

"누구 말씀하시는지 모르겠네요."

미소를 흘리며 어깨를 으쓱거렸다. 맨 뒤에 서 있던 남자가 가소롭다는 듯이 웃어 댔다.

"가자, 네 아버지 있는 데 데려다줄게. 의사 새끼가 좆대가리 잘못 굴려서 애새끼나 싸지르게 하고."

열여섯 평생에 처음 들어 보는 친부에 대한 정보였다.

분명 아버지는 죽었다고 했는데?

갑자기 흘러나온 친부 이야기에 유준이 멈칫거렸다. 처음 시비를 걸던 남자가 우악스럽게 유준의 뒷덜미를 잡아챘다. '아버지' 라는 말에 유준이 당황한 것을 그도 알아차린 눈치였다.

"대가리에 피도 안 마른 새끼가 누굴 병신으로 아나. 너 조해리 아들 맞지? 조해리 그 쌍년 어딨어? 우리가 그년 찾으려고 진짜 몇 년을 헤맸는지 알아?"

주먹만 쓸 줄 아는 놈들인지 친모가 죽었다는 사실은 모르는 듯했다.

"모른다고요. 조해리가 누군지!"

유준이 목을 비틀며 소리칠 때였다. 삐걱, 방문이 열리는 소리가 들려왔다.

다인아, 제발.

방 안에 꼭꼭 숨어 있기를 바랐던 다인이 아무렇지 않게 방문을 열고 나왔다. 장정 셋의 시선이 다인에게 향했다. 다인은 남자들을 쓱 둘러보고는 마루 턱에서 내려와 댓돌 위에 오른 신발을 신었다. 운동화 끈을 고쳐 묶는 여유까지 부리며 다인이 입을 열었다.

"오빠, 아줌마 또 반찬 안 먹었더라. 우리가 갖다주는 반찬 맛없나 봐. 할머니한테 이르자. 여기 아줌마는 반찬 안 먹으니까, 갖다주지 말자고."

다인은 마루 턱 위에 올려 두었던 찬합을 들고는 유준과 남자들을 번갈아 보았다. 무구한 시선에 목덜미를 잡고 있던 손이 느슨해졌다. 열두 살 여자아이가 내뱉은 정보에 남자들이 혼란스러워하는 듯했다.

"집에 안 가?"

대뜸 신경질을 내며 다인이 얼굴을 구겼다.

"왜 우리 오빠한테 그래요? 우리도 아줌마 못 본 지 오래됐어요. 할머니 심부름으로 반찬 갖다주는데, 하나도 안 먹어요. 짜증나. 우리 할머니가 얼마나 힘들게 만드는 반찬인데. 그리고 왜 오빠는 등신같이 그러고 서 있어! 집에 가자고!"

"어? 어."

담갈색 눈동자를 빛내며 유준을 올려다보는 다인을 향해 얼른 대꾸했다.

"그리고요."

다인이 단호한 목소리를 내며 남자들을 바라보았다.

"여기 살던 아줌마요. 광주에 있는 목욕탕에 눈썹 문신 해 주러 간다고 했었어요. 광준지, 경준지, 암튼. 우리가 갖다주는 반찬도 안 비우는 거 보니까, 거기로 아예 갔나 보네. 일주일에 한 번 반찬 챙기러 온다더니."

"너 누구냐?"

다인이 하는 양을 가만히 지켜보던 남자 중 하나가 물었다.

"할머니가 낯선 사람한테 이름 말해 주지 말랬어요."

당돌한 대꾸에 남자가 한숨을 훅 내쉬며 다시 물었다.

"이름 말고, 너 대체 누구!"

남자가 말을 끊어 내듯 다인이 입을 열었다.

"오빠랑 같이 할머니 반찬 심부름 다니는 건데요."

다인이 유준의 손을 꼭 움켜쥐었다.

"그치, 오빠? 왜 말을 못 해? 등신같이 졸아 가지고. 집에 가자고!"

여봐란듯이 다인이 유준을 올려다보았다. 어서 장단을 맞추라는 눈짓이었다.

"어. 할머니 걱정하시겠다. 얼른 집에 가자."

"응. 오빠"

유준은 다인의 손을 꼭 붙든 채로 대문을 나섰다. 남자들이 집을 뒤지기 시작하면 금방 들킬 터였다. 작은 손을 잡은 채로 좁은 골목을 내달리기 시작했다.

"저 새끼 잡아!"

집 안을 뒤지던 무리의 외침이 멀리서 이명처럼 들려왔다. 가파른 계단을 뛰어 내려오는데 다인이 거칠게 숨을 헐떡거렸다.

"업혀."

유준은 다인을 등에 업고 달리기 시작했다. 열여섯이지만 이미 키가 180cm까지 자란 유준이었다. 어깨도 차지 않는 가냘픈 여자애를 업고 달리는 것은 어렵지 않았다. 하지만 이대로 어설프게 도망치다가는 잡힐 게 뻔했다. 유준은 다인을 데리고 철거 예정인 폐가 안으로 숨어들었다.

사람의 온기가 사라지고 쓰레기만이 남은 폐가 안에는 악취가 진동했다. 시체라도 숨겨져 있는 건 아닌가 싶은 생각이 들 만큼 끔찍한 냄새가 코를 찔렀다.

아직 오후 3시밖에 안 된 시각이었지만, 봄볕이 가득한 바깥과 달리 폐가 안은 어둑어둑했다. 등에 업힌 다인이 바들바들 떨고 있는 게 느껴졌다.

"여기서 조금만 있다가 나가자. 알겠지?"

"응."

눈물기 어린 대꾸가 들려왔다. 이곳에서 빠져나갈 수는 있을까. 머릿속이 복잡했다. 잡히면 어떡해야 하나 난감했다. 다인이 기지를 발휘한 덕에 상황을 모면할 수 있었지만, 이후가 문제다. '조해리'라는 여자와 아무런 관계도 없는 다인이 그들에게 노출된 것 역시 문제였다.

"오빠."

다인이 훌쩍거렸다.

"응, 다인아."

"나 무서워."

"걱정 마. 그 사람들 금방 갈 거야. 다인이가 말 잘해서 아마 멀리 갈 거야."

"아니이. 그 양아치들은 안 무섭고오."

말끝을 길게 늘이며, 다인이 또 한 번 훌쩍거렸다. 양아치들은 무섭지 않다는 열두 살 여자애의 말에 잠시 어안이 벙벙했다.

"여기 귀신 나온댔어. 나 무서워. 등 뒤에 뭐가 있는 것 같아."

문신으로 휘감긴 검은 양복을 입은 사내들은 무섭지 않고, 눈에 보이지도 않는 귀신은 무섭다는 다인의 말에 기가 막혔다. 위험한 상황에 폐가에 숨어 있는데도 불구하고 다인이 귀여워서 하마터면 웃어 버릴 뻔했다.

"귀신 없어."

"있어. 있댔어. 왜 여기로 들어왔어, 그러니까! 여기 무서운데!"

다인이 유준을 나무라며 꺽꺽거렸다.

"안아 줘."

"뭐?"

"등 뒤에 뭐 있는 것 같아. 안아 줘."

유준은 등에 업힌 다인을 바닥에 내리고는 제 앞으로 끌어와 안아 주었다. 150cm가 될까 말까 한 여자애의 몸이 품 안에 쏙 들어왔다. 커다란 손으로 작은 등을 쓸어내리며 다독였다. 안심시켜 주고 싶었다. 그럴 깜

냥도 되지 못하면서 다인을 지켜 주고 싶은 마음마저 들었다.

"오빠가 양아치는 못 이겨도 귀신은 이겨. 걱정 마."

품에 안긴 다인이 훌쩍거리며 물었다.

"진짜?"

"진짜."

유준은 벽지가 반쯤 벗겨진 벽에 등을 대고는 다인을 제 가슴에 기대게 했다. 가만히 등을 토닥여 주자 울음이 멎는 듯했다. 어린 여동생이 있었다면 이랬을까.

"조해리가 오빠네 엄마 이름이야?"

다인의 물음에 유준은 '응.' 하고 작게 대답했다. 누군가 모친에 관해 물으면 유준은 언제나 모른다고 답했다. 그녀가 어떤 삶을 살았었는지 구구절절 이상한 소리를 듣는 것도 지쳤고, 그것을 항변해 줄 마음도 없었다.

피로 엮인 게 억울하다는 생각이 들 정도였다. 부모를 선택해서 태어날 수 없는 사실이 한탄스러울 지경이었다. 그런데 다인의 물음에는 순순한 대꾸가 흘러나왔다.

"아줌마 예뻤어."

다인이 조용히 속삭이듯 말했다. 다인의 말처럼 모친은 미인이었다. 꽃에 비유하자면 화려한 장미와 같았다. 하지만 향기와 생기를 잃은 이상한 꽃이었다.

"나는 가끔 아줌마가 우리 엄마였으면 어떨까, 생각했었다? 나 할머니가 학교 오는 거 싫어. 아줌마가 예쁜 옷 입고 우리 학교 왔으면 좋겠다는 생각 했었어. 엄마 있는 오빠가 되게 부러웠어."

부러워할 걸 부러워하라고 나무라야 하는데, 다인의 목소리에서 진심이 묻어나서 그럴 수가 없었다. 부모가 없을지언정, 한식 요리 연구가인 할머니 아래서 다인은 유복하게 자랐다. 하지만 돈으로도 부모의 자리는 채울 수가 없는 건가 보다.

나는 돈만 있었으면 좋겠다고 생각했었는데.

"나는 할머니 있는 네가 더 부러웠는데."

유준이 조용히 속삭였다. 그러자 가슴에 얼굴을 묻고 있던 다인이 빠끔히 고개를 들었다.

"정말? 우리 할머니 좋아?"

"응. 좋지. 요리도 잘하시고."

돈도 많으시고. 뒷말은 붙이지 않았다.

"그럼, 우리 할머니 좋으니까. 오빠, 우리 집에 가서 살자. 아까 그 양아치들 오빠네 집에 또 올 거야. 그러니까 우리 집에 가서 살자."

유준은 말문이 막혀서 괜히 딴소리를 해 댔다.

"다인아. 저기 뭐 있는 것 같아."

겁을 주자, 꺅 비명을 지르며 작은 팔이 허리를 휘감아 안았다. 기분이 묘했다. 기억하는 한, 모친이 자신을 안아 주었던 적은 없었다. 따뜻한 온기가 몸 구석구석에 스며들었다.

그날 밤, 유준은 작은 손에 이끌려 다인의 집으로 향했다.


"회진 다 돌았는데요……."

짧은 상념에서 벗어난 건 그녀의 목소리 덕분이었다. 어떤 모습으로 자랐을지 무척이나 궁금했던 여자가 눈앞에 있었다. 키는 그때보다 한 뼘은 더 자란 듯했고, 햇볕을 고스란히 머금은 듯한 담갈색 눈동자는 그대로였다.

쌍꺼풀이 진 기다란 눈, 버선코처럼 매끈한 콧날, 햇볕 아래 반짝거렸던 검고 긴 생머리와 대조되는 하얀 피부.

생각했던 것보다 훨씬, 예쁘게 자랐네.

속절없이 심장이 뛰어 댔다. 반가운 마음에 알은체를 하고 싶었지만 그럴 수 없었다. 그 시절 조유준은 세상에 존재하지 않는 사람이었다. 현실을 자각하자, 서글픔에 가슴이 묵직해졌다.

"몇 가지 여쭤보려고 왔습니다."

유준은 예사로운 목소리를 내기 위해 노력했다. 아주 오랜만에 말끝이 떨리지는 않을까 고민했다. 아마 그날, 양아치들과 맞닥뜨렸던 날 이후로 처음일 것이다. 그녀는 담갈색 눈으로 유준의 얼굴을 유심히 살피는가 싶더니 이내 고개를 끄덕였다.

"환자분, 기분이 어떠세요?"

할머니와 시선을 마주했다. 유준이 떠나던 날, 주름진 손으로 유준의 어깨를 토닥거리며 잘 살라고 말해 주던 할머니의 눈가는 붉었었다. 물기 어린 시선이 떠오르자 가슴이 욱신거렸다.

"나쁠 게 있을까요."

다인의 할머니 역시 유준을 알아보지 못하는 듯했다. 무려 13년 가까이 세월이 지났다. 그럼에도 유준은 다인과 할머니를 한눈에 알아보았지만, 가슴속 깊은 곳에 버팀목으로 자리했던 그들은 유준을 잊은 듯했다.

그들이 도왔던 많은 이들 중 하나였겠지.

심장이 차갑게 굳었다. 자신이 그랬던 것처럼 그들 역시 유준을 소중히 기억하고 있을 거라고 여겼던 건, 혼자만의 착각이었나 보다.

"약은 잘 드시죠?"

"그럼. 약 안 먹으면 살간."

"식사도 잘 하시고요?"

"그럼. 먹어야 살지."

"간호사들 말이 병원 밥은 거의 안 드신다고 하던데요."

할머니의 얼굴에 비밀스러운 미소가 떠올랐다. 혹시 자신을 알아본 것은 아닐까, 하는 기대감에 심장이 움직거렸다.

"병원 밥이 원체 맛이 없는 거 의사 양반도 알지 않수? 우리 손녀딸이 날 닮아서 음식 솜씨가 좋아. 나는 우리 손녀가 해다가 주는 밥 먹어."

할머니의 시선이 침대 옆에 서 있는 다인에게 향했다. 그 시선을 따라 유준도 그녀를 바라보았다. 어쩔 줄 모르겠다는 표정을 지은 그녀의 뺨이 분홍빛으로 물들어 있었다.

세월이 흐른 만큼, 너도 변했구나.

당돌했던 여사애는 온네간네없고 할머니의 말에 수줍게 얼굴을 붉히는 여자가 서 있다.

"그래도 병원 밥 드셔야 하는데요."

유준의 말에 다인이 뭐라고 대꾸를 하려다 이내 입을 다물었다. 그러자 할머니가 걱정하지 말라는 어조로 입을 열었다.

"우리 손녀딸 식품영양학 석사요. 내 밑에서 요리도 오래 배웠고. 대한민국, 아니 세상 누굴 데려와도 우리 손녀딸보다 솜씨 좋고, 내 입맛 잘 아는 이는 없지."

그녀가 '할머니.' 하고 작게 부르며 민망한 듯 고개를 숙였다.

"그럼 다행이고요. 기분도 좋으시고, 식사 잘 하시고, 손녀분도 잘 간호해 주시는데…… 어서 수술하셔야죠."

내내 웃음기를 머금고 있던 할머니의 얼굴이 파리하게 굳어 갔다. 할머니는 마주하고 있던 시선을 이내 TV로 옮겨 가며 유준을 외면했다. 옆에 서 있던 그녀는 가슴이 오르락내리락하도록 한숨을 집어삼켰다.

도움이 되고 싶었다. 의사로서의 사명감이 아닌, 그들의 미소를 지켜주고 싶은 마음이 앞섰다. 자신을 찾아와 긴히 부탁하던 이상호 교수의 심정이 헤아려졌다.

"수술하셔야 손녀분이 해 주시는 음식 오래오래 드시죠."

"노인네는 암 진행도 더디다고 합디다. 그냥 약이나 먹고 사는 날까지 살다가 가면 될 걸. 수술하려고 열었다가 정신 못 차리고 저승길 간 사람 숱해 봤수."

유준은 옆에 서 있는 그녀의 얼굴을 흘끗 보았다. 말간 얼굴에 수심이 가득했다.

"그래도 할머니."

그녀는 할머니의 손을 꼭 잡으며 애원하듯 속삭였다.

"피붙이라고는 이거 하난데. 얘 여의고 나서, 잘 사는 거 보고 눈 감아 야지, 내가. 수술대 위에서 살가죽 열고 비명횡사하기는 싫네."

일종의 Specific phobia(특정 공포증)였다. 6.25 때 가족을 모두 잃은 할머니는 젊었을 적 할아버지를 앞세운 뒤, 하나밖에 없는 아들 내외도 사고로 잃고 말았다. 자신이 죽은 뒤, 유일한 피붙이인 다인이 혼자 남게 될까 두려운 마음이 증폭되어 수술을 거부하고 있는 것이다.

특정 공포증은 치료 없이 소실되는 경우도 있다. 바로 근본적인 공포 에 대한 해결책이 나타났을 때다.

유준은 눈가를 붉힌 채로 서 있는 다인을 가만히 바라보았다.

이 여자를 지켜 줄 이가 생긴다면…….

가슴속에 봄날 햇볕이 드리우는 것처럼 심장에 뭉근한 열기가 몰렸다. 시선을 느꼈는지 그녀가 천천히 고개를 들어 올려 유준을 바라보았다. 왜 그런 눈으로 보고 있는지 의아한 눈빛이었다. 유준은 제 눈빛에 복잡하게 얽혀 있을 순수한 욕망을 들킨 것 같아서 얼른 시선을 거두었다.

"내일 다시 올게요. 푹 주무세요."

유준은 예사롭다고 하기에는 다정한 기운이 실린 인사를 건네고는 병 실을 빠져나왔다. 발걸음을 옮기는데 마치 허공을 내딛는 것 같았다.

아버지의 집으로 들어간 뒤부터는 그 집에서 원하는 삶만을 살아왔다.

뒤늦게 자신을 찾은 게 원망스럽기도 했지만, 원망은 잠시였다. 원하는 공부를 마음껏 할 수 있었고, 부와 명예도 한순간에 얻어졌다. 그토록 원하던 것들을 손에 넣은 유준은 남부러울 것 없는 삶을 살아왔다고 자부할 수 있었다. 그런데 소중한 추억으로 곱씹으며 안타까워하고, 그리워만 하던 존재가 눈앞에 불쑥 나타나면서 잊고 있던 감정이 하나둘씩 되살아나기 시작했다.

가슴속에서 감정의 봇물이 터진 것처럼 뜨거웠다. 손끝이 바르르 떨리고, 숨이 가빠 왔다. 이 기분을 그동안 어떻게 잊고 살아왔는지, 그저 추억으로만 여기며 살아왔다는 사실에 기가 막혔다.

유준은 병원 복도 벽에 등을 기대고 잠시 멈춰 섰다. 지나가는 간호사가 유준에게 묵례를 해 왔다. 잠시 멈춰 서서 숨을 골라야 할 만큼 혼란스러웠지만, 다른 이가 보기에 유준은 그저 무언가에 골몰한 얼굴로 보일 뿐이다.

"저기요."

가슴속에 온기를 불어넣은 여자의 목소리가 들려왔다. 기척도 느끼지 못했는데, 갑작스레 목소리가 들려와서 유준은 얼른 여자에게로 시선을 옮겼다. 혹시, 하는 생각에 심장이 빠르게 뛰기 시작했다. 기대감에 목 뒤가 뜨끈해질 정도로 열기가 올랐다.

무슨 말을 하려는지 그녀가 망설였다. 손에 땀이 찼다. 목이 바짝 타올랐다. 답답해서 기다리지 못하고 유준이 입을 열었다.

"무슨 일이시죠?"

Anxiety disorder(불안 장애)라도 온 듯 심장이 불규칙하게 뛰었고, 숨이 가빴지만, 다행히 목소리는 단조롭게 흘러나왔다.

그녀가 아랫입술을 지그시 깨물었다. 도톰하고 붉은 입술이 이에 눌려 하얀 금이 그어졌다. 마른침이 넘어갔다. 대뜸 그녀의 입술을 머금고 싶은, 전에 없던 충동마저 일어서 유준은 들이켠 숨을 잠시 멈추었다. 머뭇거리던 그녀가 어깻숨을 한 번 크게 내쉬고는 입을 열었다. 눌려 있던 입술은 아까보다 더 붉게 물들었다. 유준의 시선은 그녀의 입술 위를 조심스럽게 탐하고 있었다.

"병원 밥 안 드시지만, 할머니 식사는 잘하세요. 이상호 교수님께 식단 허락받고, 음식 해 오고 있고요. 이 교수님 곤란하실까 봐, 아까 병실에서는 말씀 못 드렸어요."

그녀는 잠시 숨을 고르고는 말을 이었다.

"무슨 과 선생님이신지, 여쭤도 될까요? 이 교수님이 다른 의사분 잠깐 다녀가실 거라는 언질은 주셨는데……. 할머니, 어디 더 안 좋으신 건가요?"

빤히 쳐다보는 담갈색 눈동자는 지독히도 달콤한 빛을 띠고 있었다. 흑설탕을 봄 햇볕에 녹이면 저런 빛깔일까. 핥아 보고 싶은 욕구가 일 만큼 감미롭게 반짝거리는 눈동자에 취해 유준은 잠시 머뭇거렸다. 그녀의 얼굴에 근심이 깊어졌다.

"정신건강의학과 담당입니다."

이름을 말할 수도 있었다. 성은 바뀌었지만, 이름은 그대로 사용하고 있는 유준이었다. 정신건강의학과 전문의라는 사실을 숨겼으면 좋겠다는 이 교수의 말에 왼쪽 가슴에 있던 네임태그는 주머니에 있었다. 그녀가 이름 같은 정보 없이도 자신을 알아봐 주었으면 했다.

"정신건강, 의학과요?"

그녀가 눈을 동그랗게 뜨고 되물었다.

"수술을 거부하신다고, 무슨 문제가 있는 건 아닌지 이 교수님께서 부탁을 해 오셨어요. 심각한 정신증은 아닌 듯 보입니다만 속단할 수는 없으니, 좀 지켜보도록 하죠."

다행이라는 듯이 그녀가 한숨을 내쉬며 고개를 끄덕거렸다. 그녀의 눈빛에 신뢰가 묻어났다. 신뢰를 저버리고 싶지 않은 책임감, 감미로운 담 갈색 눈동자로 자신을 바라보며 다시 웃어 주었으면 하는 기대감에 심장 이 저릿했다.

그렇게, 그녀는 다시 자신에게 봄 햇볕의 따사로움을 알려 주려는 듯 했다.

봄이 오고 있었다.

벚꽃이 피기엔 이른 계절, 이따금 보이는 목련 나무에서 떨어진 꽃잎 이 봄이 오고 있음을 알렸다. 흉물스럽게 갈변한 꽃잎이 쌓여 있는 길을 지나다, 문득 그녀가 떠올랐다.

감미로운 담갈색 눈동자. 같은 갈색임에도 왜 어떤 건 흉물스럽고, 어 떤 건 달콤하게만 느껴지는지. 신뢰감 어린 눈빛으로 자신을 올려다보던 얼굴이 떠오르자, 또다시 가슴속이 뭉근하게 달아오른다.

유준은 옅은 미소를 머금은 채 솟을대문 안으로 들어섰다. 행랑 마당 에 다다르자 한식당 지배인이 유준에게 알은체를 해 온다.

"이사장님 방금 들어가셨습니다."

"서둘러 왔는데, 이번에도 제가 한발 늦었네요."

안내해 주겠다는 지배인을 마다하고 유준은 홀로 걸음을 옮겼다. 중요 한 일이 있을 때마다 조부와 자주 식사했던 곳이다. 늘 같은 식사실을 이 용했기에 굳이 번거롭게 안내를 받을 필요조차 없었다.

퇴물림으로 쌓은 기단 앞에 서자, 디딤돌 위에 있는 신발이 눈에 들어 왔다. 주인의 완벽주의자적 성격이 묻어나는 신사용 구두 한 켤레, 그리 고 그 옆에는 연분홍색 여성용 구두 한 켤레가 놓여 있었다.

높고 뾰족한 구두 굽과 화려한 구두 앞부분 장식을 보건대, 모친의 것은 아닌 듯했다. 얄팍하게 날이 선 구두를 내려다보는데 기분이 가라앉기 시작했다. 머릿속에는 담갈색 눈동자가 자신을 바라보는 모습이 선연히 떠오른다.

조부가 혼처를 찾고 있는 것은 익히 알고 있었다. 그리고 조만간 그 상대와 대면해야 한다는 것도 짐작하고 있었다.

이제껏 조부가 원하는 삶을 살아왔고, 그에게 인정받는 것에 모든 시간과 노력을 할애했다. 결혼도 당연히 그렇게 할 거라 여겼다. 조부가 원하는 적당한 혼처와 혼담이 오간 뒤, 조건에 맞춰 식을 올리고, 전형적이고 모범적인 부부로 살아가게 될 거라고. 불같은 사랑이나 가슴 시리도록 절절한 연애는 꿈꿔 본 적 없었다. 그런데 담갈색 시선에 덴 듯 가슴이 쓰라렸다.

짧은 기간이었지만 동기간처럼, 친남매처럼 서로를 아껴 주었던 사이다. 심지어 그녀는 지금 자신을 알아보지도 못한다. 남녀 간의 애틋한 감정을 논하는 것이 어려울지도 모른다. 한데 지금은 왜인지 그녀를 떠올릴 때마다 열병이라도 앓는 듯 가슴이 들끓었다.

유준은 한숨을 한 번 내쉬고는 인기척을 내었다.

"저 왔습니다."

"어서 들어오너라."

미닫이문을 열고 들어서자 낯익은 두 사람의 얼굴이 눈에 들어온다. 자신을 시궁창에 버렸다가 건져 낸 조부와 그의 대학 후배이자 전공의인 재희였다.

"왔어요? 선배."

머루같이 까만 눈동자로 유준을 바라본 재희는 이 자리가 어떤 자리인지 알고 있다는 듯이 얼굴을 붉혔다.

## 2. 내가 너를 알아보았노라고

　유준은 잠시 문가에 서서 두 사람을 바라보았다. 상석에 앉은 유준의
조부 강 이사장은 인자한 미소를 머금고 있었다. 검고 짙은 머리카락 사
이로 희끗희끗한 세월이 내려앉아 있었으나, 그의 눈빛만큼은 나이를 잊
은 듯 강렬했다.

　"앉아라."

　강 이사장이 눈짓으로 재희의 옆자리를 가리켰다. 유준은 말없이 슈트
단추를 끄르며 짙푸른 녹색 방석 위에 앉았다.

　"여기 명림에 새로운 상차림이 생겼다고 해서, 오랜만에 같이 식사도
할 겸 불렀다."

　특별한 이유가 있어서 자리를 마련한 것은 아니라는 듯 예사로운 어조
였다. 강 이사장의 말에 유준은 그저 고개만 끄덕거렸다. 부정도, 긍정도
필요 없다는 듯이.

　"사실 우리 할아버지가 오시기로 한 자리였는데, 갑자기 일이 생겨서

제가 대신 왔어요."

자신이 올 자리는 아니었다고 말하는 재희의 목소리 끝이 파르르 떨렸다. 말은 저렇게 하면서 이 자리가 계획되었다는 것을, 눈치가 빠르고 기민한 성격의 재희는 알고 있으리라. 이번에도 유준은 고개를 끄덕거리는 것으로 대답을 대신했다.

특별한 이유를 부여하지 않은 평범한 식사 자리라고 두 사람은 말하고 있었지만, 식사실 안 분위기는 평범함과는 사뭇 달랐다. 결혼 적령기라고 하기엔 이른 나이의 여자는 얼굴을 붉힌 채로 앉아 있었고, 결혼 적령기라고 할 수 있는 손자를 둔 강 이사장은 마주 앉은 두 사람을 흐뭇한 눈빛으로 바라보았다.

"요즘 조 화백 얼굴 보기가 여간 힘든 게 아니야. 뭐가 그리 바쁜지, 전화도 통 안 받고. 식사 한번 하자고 했더니, 재희 널 내보내고. 대체 어떻게 지내시냐?"

강 이사장은 오랜 친우의 얼굴을 보지 못하여 안타깝다는 투로 물었다.

"다음 달에 파리 오랑주리 미술관에서 기획 전시회가 있어요. 그런데 작품 하나가 마음에 안 드시는지, 요즘 계속 화실에서만 지내세요."

재희의 조부인 조부겸 화백은 세종문화상을 비롯하여 금관문화훈장까지 수훈한 남종화의 대가다. 강 이사장과는 어릴 때부터 함께해 온 친우였다. 글을 좋아하는 강 이사장이 시를 쓰면, 조 화백은 그와 어울리는 그림을 그리곤 했다. 둘의 모습을 보고 세간에는 사천 이병연과 겸재 정선의 환생이라는 말도 있을 정도다.

하지만 두 사람에게 지극히 다른 점이 있다면 성품이다. 유준이 아는 한 그러했다.

"파리 오랑주리? 어이쿠, 우리 조 화백 출세했네. 조 화백 더 유명해지기 전에 내 조 화백 그림 한 점 더 받아 둬야 하나?"

유쾌한 듯 마주 앉은 재희에게 웃고 있지만, 지금 그가 취하고 있는 말과 행동은 전부 연기다. 재희에게 인자한 시조부상을 연기하고 있는 것이다.

강 이사장은 인생에 있어 완벽한 퍼즐을 맞추기 위해 늘 노력하는 것처럼 보인다. 자신이 원하는 대로 퍼즐이 들어맞지 않았던 적은 이제껏 딱 두 번. 바로 끔찍이 아끼던 손자의 죽음과 아들의 혼외자인 유준의 존재였으리라.

지금 강 이사장이 맞추려는 퍼즐은 유준과 재희의 혼사였다. 전통을 중시하는 의사 가문에서 나고 자란 강 이사장은 독립군으로 활약했던 집안에 대한 자부심이 대단했다. 재벌은 돈만 굴리는 장사치라고 여겼고, 정치인은 뱀의 혀를 가진 사특한 무리라고 치부하기도 했다.

자신만의 특질적인 자부심이 있는 강 이사장이 조 화백과 가깝게 지낸 것도 이런 이유일 것이다. 전통의 맥을 잇는 기품 있는 가문의 자제와 친우가 되는 것은 어찌하면 당연한 일이라 여겼을지도 모른다.

일명 선택적 염세주의자. 유준은 자신의 조부를 그렇게 평가한다. 현대 사회에 다소 어울리지 않는 표현이지만 조부가 적자라 여겼던 친손자가 죽지 않았다면, 강 이사장이 유준을 순순히 받아들였을까? 절대 그렇지 않다고 본다.

핏줄을 쏙 빼다 박은 똑똑한 유준의 존재를 처음에는 달가워하지 않았다. 그런데 하나뿐인 손자가 죽고 나자, 강 이사장은 자신이 유준을 언제 박대했느냐는 듯이 손자로 받아들였다. 짧은 시간 안에 일어났던 급격한 온도 변화에 유준은 자신의 조부가 어떤 사람인지 간파할 수 있었다.

그날 이후, 유준은 보란 듯이 조부의 욕구를 충족시켜 주었고 의사가 되었다. 결혼도 아마 조부의 뜻대로 하게 할 거라는 생각은 했었지만, 구체적으로 떠올려 본 적은 없었다. 심장은 딱딱하게 굳은 지 오래였고, 사랑 따위의 감정놀음에 빠질 생각은 추호도 없었다.

강 이사장은 유준의 그런 성정을 잘 알고 있다. 당연한 것처럼 자신이 고르고 고른 혼처를 들이밀 생각이었을 것이다. 지금처럼 말이다.

고르고 고른 혼처는 조 화백의 손녀딸인 재희인가 보다. 조 화백의 집안 배경과 그의 사회적 지위 때문만은 아닐 것이다. 하필 조 화백의 손녀딸이 강씨 가문의 가업인 의사를 업으로 삼은 것도 한몫했을 터였다. 이보다 더 좋은 혼처는 없을 거라고 결론지었을 것이다. 하지만 강 이사장의 친우인 조 화백은 염세와는 거리가 먼 사람이다. 친우라고 하지만 어떻게 이렇게 다를 수 있는지 모르겠다.

아니지, 친우가 맞기는 할까?

이처럼 격이 맞는 이는 없을 것 같으니, 강 이사장이 친우인 척 지내는 것은 아닐까?

그러고도 남을 사람이라고, 유준은 생각했다.

아무튼, 염세와는 거리가 먼 조 화백이기에 강 이사장은 그에게 정략혼 이야기를 꺼내지 못했을 것이다. 일부러 자연스럽게 자리를 만들고, 유준을 압박하는 것일지도 모른다.

옆에 앉은 여자의 마음이든, 몸이든 녹여 보라고.

갑자기 색(色)을 파는 남창이라도 된 듯 기분이 엿 같아져 버렸다. 그나마 다행인 것은 재희가 예전부터 유준을 잘 따랐던 것 정도랄까.

이렇게 조부의 욕구를 채워서 내가 얻는 게 뭐가 있을까?

유준이 인자한 미소를 짓고 있는 강 이사장의 얼굴을 바라보고 있을 때였다.

"이거, 빈손으로 오기가 좀 그래서 사 왔어요. 마음에 드실지 모르겠어요."

재희가 탁자 위에 주황색 종이봉투 두 개를 올렸다. 종이봉투 안에는 각각 기다란 상자 두 개가 들어 있었다.

"바쁜 사람 불러낸 것도 미안한데, 뭐 이런 걸 다 사 와."

강 이사장이 과장된 어조로 재희를 나무랐다.

"여기서 풀어 봐도 되는 게냐?"

"그럼요, 이사장님."

재희가 친근한 투로 대꾸했다. 강 이사장은 호칭이 마음에 들지 않는 듯 잠시 미간을 찌푸렸다가, 이내 밝은 미소를 머금었다.

"넥타이구나."

기다란 상자를 열어 본 강 이사장이 마음에 든다며 호들갑을 떨어 댔다.

"오빠도 열어 봐요."

유준은 무심히 상자를 열었다. 안에는 코발트블루색 슬림 타이가 들어 있었다.

"고마워. 잘 쓸게."

고맙다는 인사에 재희가 또다시 얼굴을 붉혔을 때였다.

"잠시 들어가겠습니다."

아직 음식이 나오기 전이었다. 밖에서 들려온 식당 지배인의 목소리가 반갑게 느껴졌다. 빨리 식사를 마친 뒤, 이 자리를 떠나고 싶은 마음이 간절했다. 미닫이문이 드르륵 열리는가 싶더니 지배인의 얼굴이 먼저 눈에 들어왔다.

"잠시 새로운 상차림에 관해 설명해 드리기 위한 시간을 가져도 되겠습니까?"

지배인이 격의 있는 어조로 물었고, 강 이사장은 그렇게 하라며 고개를 끄덕였다. 지배인이 뒤에 서 있는 누군가에게 고개를 끄덕여 보였다.

아마도 음식에 관해 설명해 줄 요리사 정도일 거라고 생각했다.

유준은 문밖을 내다보던 시선을 이내 탁자 위로 옮겼다. 굳이 음식에 대한 설명을 휘황하게 할 필요는 없지 않나? 빨리 자리를 벗어나고 싶은 마음에 별게 다 고깝게 느껴지려는 찰나였다.

"안녕하십니까? 명림에서 새로 준비한 상차림에 관해 간단히 설명 올리겠습니다."

식사실 안을 울리는 청아한 목소리가 가슴을 날카롭게 베었다. 놀란 가슴이 뒤틀리는 듯했다. 유준은 천천히 고개를 돌려 무릎을 꿇고 앉아 있는 여자에게로 시선을 옮겨 갔다.

연분홍색과 연노란색이 섞인 개량 한복을 입고, 그 위에 연둣빛 잎사귀가 싱그럽게 수놓인 무명 허리 앞치마를 두른 이는 다인이었다. 그녀는 유준을 알아본 듯했으나, 식당 규정인지 모른 척하는 눈치였다. 마치 처음 보는 손님에게 설명을 올리듯 그녀는 상냥하고 다정한 어투로 상차림에 대한 설명을 늘어놓았다. 약선탕을 중심으로 약선 음식이 어쩌고저쩌고하는데 설명이 귀에 하나도 들어오지 않는다.

유리 벽에 부딪히는 듯 투명하게 울리는 청아한 음성과 나긋한 미소에 유준은 온 정신을 빼앗겨 버렸다. 심장은 아까부터 심각하게 빨리 뛰고 있었다. 이러다 입 밖으로 심장이 튀어나오는 건 아닌지 걱정이 될 정도다.

"그럼 즐거운 시간 보내시길 바랍니다. 진지 올리겠습니다."

그녀는 다소곳이 고개를 숙여 인사를 한 뒤, 얌전한 걸음으로 방을 나섰다. 갑자기 화사했던 식사실 안의 공기가 무겁게 가라앉는 게 느껴졌다. 급박하게 뛰던 심장이 언제 그랬느냐는 듯이 차갑게 구는 게 느껴졌다.

한숨을 내쉴 수도 없어서 유준은 테이블 위에 시선을 고정한 채로 천천히 숨을 골랐다. 이윽고 음식이 들어오기 시작했다. 그녀가 혹시 서빙까지 하려나 싶어서 퍼뜩 고개를 들었지만, 서빙은 새하얀 개량 한복을 입은 남자들이 하고 있었다.

"음식 설명도 해 주고, 여기 정말 좋은 것 같아요. 저분 음식 솜씨도 좋으시겠죠? 저는 공부만해서 그런지, 음식에는 영 소질이 없는 것 같아요. 의대 때문에 못 배운 게 너무 많아요. 바보 의사가 된 기분이랄까요. 아까 그분은 요리만 오래 하셨겠죠? 나이도 저랑 비슷해 보이는데, 요즘엔 대학 안 가고 특기 살리는 경우도 많으니까요."

이제껏 재희를 고깝게 생각했던 적은 없었다. 그런데 그녀를 치켜세워주는 척 자신을 돋보이게 하려는 가벼운 언사에 기가 막혔다. 당장에 자리를 박차고 일어나고 싶은 충동이 일었다. 유준이 이상하게 치솟은 감정을 추스르려 애쓸 때였다. 재킷 주머니에 있는 휴대전화가 진동하는 게 느껴졌다.

발신지는 병원이었다. 유준은 양해를 구하고 식사실 밖으로 나왔다.

막상 전화를 받아 보니 그렇게 중요한 전화도 아니었다. 평소 같았으면, 왜 이런 거로 굳이 전화하느냐며 짜증을 냈을지도 모를 일이다. 그런데 식사실을 벗어나게 해 준 시답잖은 전화 한 통이 고마울 따름이었다.

통화를 마치고 다시 식사실로 향하려는데, 반대편 식사실로 향하는 다인의 모습이 눈에 들어왔다.

"좀 짓궂은 분들이세요. 설명만 얼른 마치고 나오세요."

목소리를 낮춘다고 노력한 것 같은데, 지배인의 우려 섞인 당부가 유준의 귀에 분명하게 꽂혔다.

"걱정 마세요. 잘하고 나올게요."

그녀가 지배인을 안심시키는 목소리도 들려왔다.

짓궂다……. 유준은 '짓궂다'의 사전적 정의를 떠올려 보기 위해 애썼다. 발걸음을 옮길 수가 없었다. 그녀가 들어간 식사실 안 상황이 신경 쓰여서 꼼짝도 할 수가 없는 지경이 되어 버렸다. 걸음을 옮기지 못하는 것은 지배인도 마찬가지인 듯했다. 지배인은 잔뜩 굳은 얼굴로 그녀가 들어간 식사실 문을 정처 없이 바라보고 있었다.

"직원이 실수할까 걱정하시는 거라면 직접 들어가시지 그러셨어요?"

타인의 일에 개입하는 일은 결코 없었다. 동기간처럼 지냈던 과거의 기억 탓인지, 아니면 성숙한 여인의 모습으로 나타나 가슴을 소란하게 만드는 탓인지. 유준은 갑갑한 표정을 짓고 있는 지배인에게 불쑥 말을 건네고 말았다.

"아, 아뇨. 실수하실 일 없는 분이십니다. 저희 직원도 아니고요."

"그럼, 왜 식사실마다 들어와서 상차림에 관한 설명을 하고 있는 겁니까?"

지배인은 그저 사실만을 전달한다는 듯한 어조로 대꾸했다.

"저분은 한식 명인 김순희 선생님의 손녀분 되십니다. 명인께서 저희 명림을 위해 손수 구성해 주신 상차림인데요. 사실 상차림 개시와 함께 선생님께서 오셔서 직접 설명해 주시는 이벤트를 기획했었습니다. 그런데 선생님 건강이 여의치 않아서 손녀분이 대신 하시는 겁니다."

극존칭을 써 가며 대답하는 지배인의 얼굴에는 경외심이 어려 있었다.

"나이는 어린 아가씨지만, 선생님 음식을 제대로 사사받은 분이시고, 또……."

능력 없는 이를 VIP 식사실 안으로 들여보낸 것은 아니라는 듯이 지배인은 VIP 식사실에 앉아 있는 고객 중 하나인 유준에게 설득력 있는 설명을 하기 위해 노력했다.

"저희 명림은 김순희 선생님의……."

챙그랑!

지배인의 말이 뚝 끊겼다. 사위가 고요해졌다. 마치 세상과 동떨어진 것처럼 위태로운 적막감이었다. 이윽고 그녀가 들어가 있는 방 안에서 식기가 와장창 쏟아져 내리는 소리가 한 번 더 나는가 싶더니, 고성이 이어졌다.

"하라면 하는 거지. 뭔 말이 그렇게 많아? 여기 그러려고 들어온 거 아니야?"

지배인이 얼른 방문을 열어젖혔다. 유준은 댓돌 아래에 서서 지배인의 어깨 너머로 보이는 방 안 풍경을 바라보았다.

"내가 옷고름을 풀랬어? 치마를 들친댔어?"

뻔뻔한 말도 서슴없이 잘 내뱉는 꼴이 기가 막혔다. 예기치 않은 상황, 이상한 분노가 섞인 감정이 불쑥 치솟았다. 아까 식사실에서 강 이사장과 재희를 마주하고 있을 때보다 훨씬 선명하고 순도 높은 분노였다.

"교수님, 여기서 이러시면 곤란합니다."

지배인이 그녀에게 나오라고 손짓하며, 고개를 조아렸다.

"어, 그래. 마침 잘 왔네. 아니, 술 한 잔 따르는 게 어려워?"

설마 술만 따르는 것으로 끝났을까? 더러운 손으로 더듬고, 만지고, 주무르고. 화대처럼 만 원짜리 몇 장 꽂아 주며 모멸감을 안겨 주고 낄낄거렸을 테지. 울화가 치밀었다. 저런 양반이 교수 자리에 앉아 있는 것도 우스웠다. 어느 대학인지 학교 꼴 알 만하다는 생각도 들었다.

그녀는 여전히 좌탁 옆에 무릎을 꿇고 앉은 채였다. 소란을 피운 게 민망한 건지, 아니면 아무런 반응도 없는 그녀가 괘씸한 건지, 교수라는 인간이 아까보다 더 역정을 내며 소리를 질러 댔다.

"아니, 술은 여자가 따르는 게 맛이라고 내가 몇 번을 말해? 그래서 들여보낸 거 아니었어? 여기 사장 어딨어? 사장 나오라고 해. 나 원 참, 국사를 나만큼 잘 아는 사람 또 있나? 어디 시퍼렇게 어린 걸 들여보내서 한식이 어쩌고 훈수를 둬, 훈수를 두길."

그녀가 어깻숨을 내쉬는 게 보였다. 작은 어깨는 한 번 들썩였을 뿐, 움찔하는 기색은 없었다. 호통을 치던 교수라는 인간의 얼굴이 어렴풋이 눈에 들어왔다. 어쩐지 목소리가 귀에 익다 여겼었다. 파렴치한 행동을 서슴없이 하는 이는 한국대 사학과 교수이자, 한국대 산하 한국학연구원장을 지내고 있는 인물이었다.

평소 갖은 점잖은 척은 다 하면서 한식당에 와서 거들먹거리는 꼴이 볼썽사나웠다. 그녀는 여전히 미동도 없이 앉아 있었다.

유준의 발이 절로 움직였다. 당장 방에 들어가서 그녀를 데리고 나와야겠다는 생각만이 간절해졌다. 학교 일로 여러 번 얼굴을 본 적 있는 인물이기에 유준을 대면하면 안색을 바꿀 터였다. 혹시나 눈물이라도 훔치고 있으면, 그땐 어떻게 해야 하는지 걱정도 되었다. 강단 있긴 했어도, 속은 여린 아이였었다. 아무 말도 하지 못하고 앉아 있는 게 안쓰럽고 안타까워서 가슴이 답답해졌다.

한 발짝 걸음을 옮겼을 때였다.

"올해 미수(米壽)이신 조모께서는 기억이 나지 않을 만큼 어린 나이부터 부엌일을 하셨다고 들었습니다. 부친께서 독립군에게 식량과 물자를 대 주셨던 터라, 모친과 함께 부엌에서 오랜 시간을 보내셨다고요. 일본은 나라를 빼앗으며 우리 민족의 고유성을 해치려 들었습니다. 물론 음식도 마찬가지였고요. 어린 나이였지만, 조모께서는 일본으로부터 민족의 음식을 지키기 위해 노력하셨습니다."

차분히 말하는 목소리에서 힘이 느껴졌다.

"목숨 걸고 지켜 오신 민족 음식의 산증인이신 조모의 비법이 들어간 음식입니다. 손님상에 올려 드릴 진지가 어떤 의미가 있는지, 설명해 드리려 했을 뿐입니다."

그녀는 잠시 숨을 고르고는 지배인을 불렀다.

"지배인님, 조모께서 평생을 지켜 오신 우리 민족의 혼이 담긴 음식입니다. 이 상 위에는 할머니께서 전수하신 진지가 오르는 것을, 제가 허락지 않겠습니다."

허리를 꼿꼿이 세운 그녀가 천천히 자리에서 일어났다. 그녀의 처연한 뒷모습이 눈에 들어왔다. 지금 그녀가 어떤 표정을 짓고 있을지 궁금해서 입안이 바싹 마르는 듯했다.

"술은 취하라고 마시는 것이나, 분명 주례(酒禮)라는 것이 있습니다. 다음부터는 색주가(色酒家)로 가시는 편이 좋을 듯합니다."

그녀는 보기 좋게 상대를 한 방 먹이고는, 아까 식사실을 나갈 때와 같이 얌전하게 걸어 나왔다.

"저, 저, 저!"

뒤에서 삿대질을 해 대는 남자의 말은 들리지도 않는다는 듯, 그녀는 태연한 얼굴이었다. 지배인은 식사실 안으로 들어가 상황을 정리하는 듯 보였다.

방 밖으로 나온 그녀가 댓돌 위에 오른 신발을 신으려다 말고 천천히 고개를 들어 올렸다. 댓돌에서 한 발짝 옆에 서 있던 유준과 눈이 마주쳤다. 담갈색 눈동자가 일렁거렸다. 그녀는 은은한 미소를 머금으며 허리를 숙여 묵례를 해 왔다. 유준 역시도 말없이 고개만 숙이는 것으로 인사를 대신했다. 그녀의 눈빛에는 채 가시지 않은 노기가 서려 있었다.


「내가 옷고름을 풀랬어? 치마를 들친댔어?」


상스러운 말을 거침없이 내뱉던 저열한 목소리가 귓전을 맴도는 듯했다. 상처받은 얼굴은 아니어서 다행이라는 생각이 든 순간이었다.

그녀의 연노란색 저고리 위로 눈물방울이 똑 떨어졌다. 그녀는 고개를 숙인 채로 신발에 발을 끼우지 못하고 헤맸다. 눈가에 고인 물기에 시야가 뿌예진 탓에 신발을 내려다보기만 하는 눈치였다.

나비 자수가 놓인 미색 꽃신은 앞코가 식사실 문 쪽을 향해 있었다. 유준은 몸을 숙이며 손을 뻗었다. 꽃신을 바로잡고는 그녀가 편히 발을 끼울 수 있도록 방향을 돌려 주었다. 마음 같아서는 그녀의 발에 신발을 대 주고 싶었지만 참았다.

천천히 몸을 일으키며 한 발짝 물러서자, 잔뜩 찌푸리고 있는 그녀의 얼굴이 눈에 들어왔다.

왜, 신발에 손을 대서 언짢은가?

그렇게 얼굴을 찌푸릴 만큼?

그녀의 모습이 안쓰러워서 충동적으로 과한 친절을 베풀기는 했다. 하지만 그게 이렇게 얼굴을 찌푸릴 정도로 잘못한 일인가?

유준은 가만히 그녀를 바라보았다.

"감사, 합니다."

울음을 참는 탓인지 토막 난 목소리가 흘러나왔다.

"아닙니다."

그녀가 천천히 신발에 발을 끼워 넣었다. 댓돌 위에 선 그녀를 바라보는데, 심장이 불안한 박자로 날뛰기 시작했다. 그녀가 눈앞에서 사라진다고 생각하자, 갑자기 말도 안 되는 간절함이 생겨났다.

"저……."

어떻게든 더 말을 붙여 보고 싶었다. 정말 자신을 못 알아보는 건지 알고 싶었다. 아니면, 알고도 모르는 척하는 것인지 궁금해졌다. 심장이 쿵쿵거려서, 몸이 흔들리는 것 같은 착각이 일었다.

그녀는 우는 모습을 보이고 싶지 않은 것인지 고개를 푹 숙인 채로 머뭇거렸다. 그녀가 머뭇거리는 이유가 있을 거라 여겼다. 방 안에서는 당당했던 그녀가 자신을 마주한 뒤로 울음을 터뜨린 것도 분명, 이유가 있을 거라고 생각했다.

알아봤지, 알아본 거야. 그래서 나를 보고 나서, 울음이 터진 거잖아.

예전에 내가 널 지켜 줬던 것처럼. 위로해 줬던 것처럼.

안 그래?

생각은 끝 간 데를 모르고 앞서나가기 시작했다. 그녀가 천천히 고개를 들어 올린 순간이었다.

"오빠, 거기서 뭐 해요?"

등 뒤에서 식사실 문이 열리는 소리도 듣지 못했다. 누군가 다가오는 기척도 느끼지 못할 만큼 유준은 그녀에게 몰두해 있었다. 재희가 지척까지 다가와 다시 말을 걸어왔다.

"전화받는다더니, 여기서 뭐 해요? 이사장님 기다리세요."

그녀는 유준과 재희에게 서둘러 묵례를 한 뒤 계단 아래로 내려가 버렸다. 유준의 시선이 대놓고 그녀의 뒤를 좇았다. 그 모습을 재희가 놓치지 않고 바라보았다.

"왜, 저 직원이랑 무슨 일 있었어요?"

"아냐, 아무것도."

아무것도 아니라고 말하고 있었지만, 심장은 그게 아니라는 듯이 날뛰어 댔다.

대문 앞까지 온 봄은 쉬이 문지방을 넘지 못하고 있었다.


밤새 한숨도 자지 못했다. 잠시 선잠이 들었던 것 같은데, 꿈속에서도 온통 그녀에 대한 잔상으로 어지러웠다.

"얼굴이 안 좋네."

까칠한 얼굴로 식탁 앞에 앉은 유준을 보고, 모친 이한희 여사가 걱정스러운 목소리를 냈다. 평일에는 병원 근처에 있는 아파트에서 홀로 생활했지만, 주말에는 본가에 들어와 지냈기에 월요일 아침은 온 식구가 모여 아침 식사를 했다.

온 식구라고 해 봤자, 조부언 강 이사장과 부친 강 원장 그리고 모친 이한희 여사와 유준이 전부다. 네 식구가 둘러앉은 식탁 위는 마치 잔치라도 벌어진 것처럼 휘황했다. 대식가인 조부와 부친, 또 그를 쏙 빼닮은 유준을 위해 이 여사는 상차림을 허투루 하는 법이 없었다.

"어디 안 좋은 건 아니고?"

"괜찮습니다."

어디가 안 좋은 것인지도 모른다. Borderline Personality disorder(경계성 인격장애)라도 온 것 같은 의심이 들 정도다. 유준은 그녀가 자신을 알은체하지 않는 현실이 견딜 수 없을 정도로 공허하게 느껴졌다. 과거의 따뜻한 기억으로부터 버림받은 것 같은 서러움에 절망감마저 밀려왔다.

그녀는 정말 자신을 기억 못 하는 것인지, 아니면 모르는 척하는 것인지.

어제 그녀의 눈물을 본 뒤로는 심장이 들끓어 올라서 머릿속까지 녹일 것처럼 굴었다.

할머니의 병실로 한 번 더 찾아가 볼까?

그녀를 다시 대면할 수 있다는 상상만으로 손끝이 떨릴 만큼 심장이 뛰었다. 눈물이 가득 고여 있던 담갈색 눈동자, 하얀 뺨을 타고 흐르던 투명한 눈물방울이 시도 때도 없이 떠올랐다. 유준은 분주하게 숟가락을 움직였다. 입안을 구르는 밥알이 모래알처럼 느껴졌다.

잠도 이루지 못하고, 밥도 넘기질 못하고.

갑자기 나타난 그녀가 유준의 삶을 송두리째 흔들고 있었다. 밥이 영 넘어가질 않아서 물을 들이켜려 할 때였다.

"재희랑 병원에서 점심도 같이하고 그러니?"

이 여사의 질문에 유준은 그저 가만히 고개를 내저었다.

"어릴 때부터 같이 지냈는데, 밥이라도 사고 그러렴."

병원에 보는 눈이 많아서 그럴 수 없다는 대답은 할 수 없었다. 모친의 의중이 빤히 보였기 때문이다. 사람들 눈에 두 사람이 함께 있는 모습을 자연스럽게 보여 주라는 말을 에둘러서 하고 있었다.

"시간 되면요. 재희 아직 전공의예요. 정신없어요."

유준은 현실적으로 쉬운 이야기가 아니라고 대꾸했다. 의사 남편, 의사 아들을 둔 이 여사는 아쉬워하는 얼굴이었지만 수긍하는 듯했다.

식사를 마치고, 서둘러 출근길에 오른 유준은 이 여사가 건넨 말을 가만히 곱씹어 보았다.


「어릴 때 같이 지냈는데, 밥이라도 사고 그러렴.」


어릴 때 같이 지냈는데……. 어릴 때 같이 지낸 것은 다인도 마찬가지였다. 그리고 그에게 동화 같은 추억을 안겨 준 사람 역시 다인이었다.

오전 강의를 마치고 점심시간을 지나, 오후 외래 진료를 하는 동안에도 그녀에 대한 생각이 잔물결을 이루며 머릿속을 잠식했다. 당장에 병실로 달려가고 싶었지만 시간도 여의치 않을뿐더러, 달려가서 무슨 이야기를 꺼내야 할지 난감했다.

결국, 퇴근 시간이 다가왔다.

무작정 찾아가서 뭐라고 말을 꺼낼 수 있을까?

무거운 걸음으로 병원 로비를 지나는데 주 출입구 오른쪽에 자리한 오픈형 카페에 앉아 있는 낯익은 얼굴이 눈에 들어왔다.

김순희 할머니를 부탁했던 이상호 교수와 그녀였다. 두 사람은 따뜻한 음료를 앞에 두고 마주 앉아 이야기를 나누고 있었다. 유준은 이끌리듯 오픈형 카페로 향했다. 지난주 이후로 이 교수와 대면할 시간도 없었기에 기회다 싶었다.

"이 교수님."

"어, 강 교수."

이 교수는 유준을 보며 사람 좋은 미소를 머금었다. 이 교수는 잔정이 많고, 다정해서 환자들에게 인기가 좋았다. 정치가 판을 치는 병원 바닥에서 이 교수를 험담하는 이가 없을 정도로 의사들 사이에서도 평판이 좋은 사람이었다.

"마침 잘되었네요. 따로 말씀드릴 시간이 없었습니다. 두 분 같이 계시니, 여기서 말씀드려도 괜찮을까요?"

유준이 꺼내려는 말이 무엇인지 알겠다는 듯 이 교수의 얼굴이 어렴풋이 굳었다. 내내 미소를 머금고 있던 그녀 역시 긴장한 기색이 역력했다. 동그란 테이블을 앞에 두고 세 사람은 적당한 거리를 유지하며 마주 앉았다.

"어떤가?"

이 교수가 우려 섞인 목소리로 물었고, 그녀 역시도 침잠한 표정으로 유준을 바라보았다. 유준은 담갈색 눈동자를 가만히 바라보았다. 녹아내린 흑설탕이 흐르는 듯한 달콤한 눈동자, 유준은 자신이 어떤 상황에 놓여 있는지도 잊은 채 그녀의 눈동자를 홀린 듯 응시했다.

침묵이 흐르자, 그녀의 낯빛이 시시각각 변해 갔다. 유준의 시선에 얽힌 사연을 알지 못한다는 듯이 할머니에 대한 지극한 우려만이 묻어나는 얼굴이었다.

"강 교수."

계속되는 침묵을 견디지 못하고 입을 뗀 이는 이 교수였다. 유준은 눈썹을 한 번 들썩이며 가볍게 한숨을 내쉬고는, 시선을 빗기며 입을 열었다.

"안타깝게 가족을 잃은 기억이 있으시죠?"

섣불리 알은체를 할 수 없었다. 그녀와 단둘이 있었다면 달라졌을지도 모르지만, 이 교수가 있는 이상 자신이 할머니가 누군지 알고 있다고 밝힐 수 없는 사정이 있었다.

"광복 무렵, 증조부모님께서 돌아가셨다고 들었어요. 광복 후에 결혼하셨는데, 6·25 때 할아버지를 잃으셨고요. 피난길에 포탄이 터졌는데, 할머니를 감싸 안으셨던 할아버지는 파편에 맞아서 돌아가셨대요. 그리고."

그녀는 깊게 숨을 들이마시고는 말을 이었다.

"아들 둘, 딸 하나를 태어나자마자 병으로 잃으셨다고 했어요. 저희 아버지가 막내아들이었는데, 제가 어릴 때 사고로 돌아가셨고요. 남은 가족은 저 하나입니다."

담담하게 말하는 목소리가 지극히 처연해서 가슴이 아릴 정도다. 할머니와 그녀는 서로의 버팀목이 되어 줄 유일한 가족이라는 의미였다.

"일종의 특정 공포증이라고 볼 수 있습니다."

섣부른 진단이라는 것을 알면서도 멈출 수가 없다.

"수술 후에 자신이 죽고 나면, 손녀분이 혼자 남을 것을 걱정하시는 겁니다."

누군가를 곁에 두어야 하지 않겠느냐고 말했다.

"그래서 수술을 거부하시는 거고요."

그녀가 짙은 한숨을 내쉬었다. 안타까운 표정을 짓고 있는 것은 이 교수 역시 마찬가지였다.

"특정 공포증이라면…… 그 원인이 사라지면 자연적으로 치유되기도 하지 않나?"

어렴풋한 희원이 담긴 얼굴로 물은 이는 이 교수였다.

"그런 경우도 종종 있죠."

이 교수가 해결책을 찾아보겠다는 의지를 드러내듯 몸을 들썩이며 그녀에게 시선을 옮겼다.

"다인아. 만나는 사람 없어? 손주 사위 될 만한 사람 데려오면, 할머니 얼른 수술대에 누우실 것 같은데. 없으면 내가 이 병원에서 한번 찾아볼까?"

"안 그러셔도 돼요."

나긋한 목소리가 듣기 좋았다. 그런데 이어진 그녀의 말에 유준은 멈칫했다.

"저, 만나는 사람 있어요."

이 교수는 듣던 중 반가운 소리라는 듯이 만면에 미소를 띠었다.

"이제 할머니 수술받으실 수 있겠네. 얼른 할머니께 소개해 드려."

고개를 가만히 끄덕이는 그녀의 모습을 바라보는데, 가슴 근육이 뒤틀리는 듯 거북했다.

어쩌면, 그래 어쩌면. 그녀의 곁에 누군가 필요하다면 그게 자신이 될 수 있을지도 모른다는 생각을 했었다. 그게 왜 당연하게 느껴졌는지.

위기를 맞은 소년을 구해 주었던 소녀처럼, 그때 그 동화 같았던 이야기처럼, 이번에는 자신이 그녀의 곁을 지킬 수 있을지도 모른다고.

희원이 녹아든 섣부른 진단이나 다름없었다. 의사로서 자격 박탈이나 다름없는 짓을 눈앞에 앉아 있는 여자 때문에 저지르고 말았다. 그녀를 지켜 줄 누군가가 있으면, 할머니께서 수술을 받으실 거라고.

분명한 흑심, 그녀의 곁을 차지하고 싶은 명백한 욕망의 발현이었다.

그녀는 자신을 알아보지도, 알려도 하지도 않는데.

애가 타서 가슴이 들끓어 올랐다. 그녀와 재회한 이후로, 단 며칠 만에 머릿속이 뒤죽박죽 뒤엉켰다. 평소였다면 하지 않았을 짓을 서슴없이 하지를 않나, 제멋대로 앞서가지를 않나. 가슴속이 무겁게 침잠했다. 만나는 이가 따로 있다고 말한 이후로, 그녀의 말간 얼굴을 보는 게 괴롭기까지 했다.

제발 그녀가 자신을 먼저 알아봐 주기를 바랐다. 은근히 알은체를 해오며 웃어 주기를.

자신은 그럴 수 없으니까. 그리할 수 없는 삶을 살고 있으니까.

뒤늦게 현실이 다가왔다. 스스로 결정할 수 있는 것은 아무것도 없는 꼭두각시 같은 삶. 아니, 꼭두각시 같은 게 아니라 꼭두각시 그 자체였다.

끈에 묶인 마리오네트가 가슴이 설렌다고 제 의지대로 움직일 수는 없지 않은가?

며칠 동안 잠시 동화 같은 꿈을 꾼 것이라 여겼다. 동화가 상업성을 띠기 전까지는 새드 엔딩인 것이 더 많았다. 십수 년 전, 조유준이 물거품처럼 사라지고 강유준이 된 것처럼.

어울리지 않는 동화 속 주인공 행세를 했던 유준은 이제 사라질 차례였다. 가슴이 아렸다. 쓴 물이 올라올 것처럼 속이 쓰린 듯도 했다. 유준은 마지막으로 그녀의 얼굴을 눈에 담기 위해 고개를 돌렸다. 그녀의 뺨이 분홍빛으로 물들었다. 담갈색 눈동자는 말간 물기를 머금고 반짝거렸다.

녹일 듯한 눈동자가 바라보는 남자는 누굴까. 아주 잠시 떠올리는 것만으로 얼굴을 붉히게 만드는 남자가 대체 누굴까.

무지근한 시선을 느꼈는지 그녀가 유준을 흘끗 보았다. 왜 그런 눈빛으로 바라보고 있느냐고 묻는 시선이었다. 의문 어린 시선을 견디지 못하고, 유준은 자리에서 먼저 일어났다.

"그럼, 먼저 일어나겠습니다."

다인은 멀어져 가는 그의 뒷모습을 물끄러미 바라보았다. 두 사람이 나누는 사담까지는 관심 없다는 듯이 그는 자리를 떠났다. 너른 뒷모습을 바라보는 것만으로도 심장이 아릿했다.

가까이서 보니까, 사진보다 훨씬 멋있네.

선이 고왔던 소년의 얼굴은 완벽한 남자의 것이 되어 있었다. 검고 깊은 눈, 조금 더 짙어진 눈썹, 여전히 길고 예쁜 속눈썹, 깎아지를 듯한 콧날과 고집스러운 선이 분명한 인중, 그리고 남자치고는 지나치게 붉은 입술까지. 당시에도 키가 큰 편이었는데, 지금은 그때보다 5~6cm는 더 자란 듯 보였다. 어깨는 더 넓고 단단하게 벌어져서 성숙한 매력이 물씬 풍겼다.

과하게 멋있어졌잖아. 조금 덜 멋있었더라면.

이 교수가 앞에 앉아 있는 것도 잊고, 다인은 그의 모습이 완전히 사라질 때까지 눈을 뗄 수가 없었다.

"능력 있는 의사야. 사람들이 괴물이라고 부를 만해. 명쾌하게 해결해 주고 가는 것 봐."

다인이 이내 시선을 거두고 이 교수를 바라보았다. 이 교수는 아버지의 고등학교 후배였다. 할머니께서 장학사업을 본격적으로 시작하게 된 계기가 바로 이상호 교수이기도 했다.

"그러게요. 근데 교수님, 어쩌죠?"

"왜? 또 무슨 일 있어?"

"저 만나는 사람 없어요."

다인이 장난스럽게 말하며 싱긋 웃었다.

"아까는 그럼 왜 있다고 했어?"

"모르는 사람 앞에서 누구 소개해 주신다고…… 막 그런 말씀 하셔서
요."

그 사람이, 그리고 내가 위태로움을 무릅쓰는 일이 생길까 봐서요.

속마음을 숨긴 채 빙긋이 웃었다.

"아, 미안하네. 내가 실수했어. 그럼 정말 좋은 사람 소개받을 생각은
없고?"

다인은 한숨을 한 번 내쉬고는 웃어 버렸다. 할머니의 병환과 재단의
경영 문제만으로도 싸안은 문제가 많은데, 여기에 남자까지 얹으라니. 해
도 너무한다 싶기도 하고, 손녀딸이 혼자 남는 게 두려워서 수술을 거부
하시는 할머니를 생각하면 가짜 남자 친구라도 만들어야 하나 싶다.

가짜 남자 친구라……?

갑자기 나쁘지 않을 것 같다는 생각이 든다. 할머니 앞에서 남자 친구
행세를 해 줄 남자가 있으면 되는 거 아닌가? 나쁘기는커녕, 불현듯 떠오
른 생각이 기가 막힌 묘수 같았다.

"제가 알아서 할게요, 교수님. 할머니 저 기다리시겠어요. 이만 올라갈
게요."

다인은 이 교수에게 깍듯이 인사를 하고는 자리에서 일어났다.

남자 친구 행세를 해 줄 사람이 있을까? 가짜 연기라도 해 줄 무명 배
우를 고용해야 할까? 아니면 대학 동기 중 한 명에게 부탁해 볼까?

병동으로 향하는 엘리베이터 앞에 다다를 때까지 다인은 골똘히 생각
에 잠겼다. 묘수인 것 같기는 한데, 가짜 남자 친구 행세를 해 달라는 말
을 하는 건 미친년 소리 듣기 딱 좋은 짓이었다.

"할머니께 가는 길입니까?"

갑자기 들려온 나직한 목소리에 다인은 흠칫 놀라 옆으로 고개를 돌렸다.

"네."

홀린 듯 대답이 흘러나왔다. 엘리베이터를 마주한 채로 서서 고개만 비스듬히 기울인 그는 어둡고 깊은 눈동자로 다인을 응시하고 있었다. 심장이 두근, 반응하기 시작했다. 다정하고 따뜻한 눈빛, 어울리지 않는 짓궂음마저 어린 어두운 눈동자, 그리고 다 안다는 듯이 바라보는 깊은 시선. 그가 바라볼 때면 뜻 모를 서러움이 밀려들곤 했었다.

서럽고 억울해서 눈물이 고였지만, 알량한 자존심 때문에 눈물을 꾹 참곤 했는데 그럴 때마다 그는 너른 품으로 다인을 꼭 끌어안아 주곤 했다.

「우리 다인이 많이 속상했구나. 그렇게 서러웠어? 에구.」

커다란 손으로 등을 쓸어내리고, 머리를 쓰다듬으며 다인을 달래 줄 때면, 참았던 눈물이 속절없이 흘러내렸다. 할머니는 다인에게 늘 엄격했기에 부모님이 돌아가신 후, 그처럼 따뜻하고 다정한 손길은 처음이었다.

다인이 먼저 입을 떼기 전까지는 먼저 이유를 묻는 법도 없었고, 섣불리 지레짐작하지도 않았다. 하지만 그는 기가 막히게도 다인이 왜 울고 있는지 그 이유를 알아차리곤 했었다. 몇 해 전 그가 정신건강의학과 의사가 되었다는 사실을 알게 되었을 때, 그에게 무척이나 잘 어울리는 직업이라고 생각했다. 사람의 마음을 따뜻하게 어루만질 줄 아는 사람이니까.

그의 품 안에서 들었던 다정한 목소리가 아직도 귓가에 맴도는 듯하다. 그래서 그랬을 것이다. 그날 명림 식사실에서 무례한 손님과 한바탕

대거리를 하고 나오는 길, 뜻하지 않게 마주한 그의 시선 때문에 눈물이 고였을 것이다. 음식 짓는 일을 업으로 삼은 사람을 업신여기는 이들은 숱해 보였다. 직업에 귀천이 없다는 말은 말로만 존재했다. 부엌일을 하는 한미한 사람, 사람들의 시선은 그러했다.

요즘에야 방송가에 종횡무진인 셰프들이 나오면서 그 시선이 조금 바뀌기는 했지만, 여전히 명림의 식사실에서처럼 사람을 얕보는 이들이 있었다.

무례하고 거만한 이들의 몰상식한 언행에는 이미 이골이 났다. 음식을 들이지 않겠다는 말까지 단호하게 내뱉었는데, 우려 섞인 눈빛으로 바라보고 있는 그와 마주한 순간 속절없이 눈물이 고여 버렸다. 마치 그에게 위로받을 타이밍이라는 것처럼.

파블로프의 개도 아니고. 그의 눈빛에 저절로 눈물이 솟아나다니.

서둘러 고개를 돌리고 신발을 신으려는데, 눈물이 시야를 가려 신발이 보이질 않았다. 눈치 빠른 그는 다인의 신발을 손수 집어다 신기 좋게 놓아 주었다.

알은체를 해 볼까?

심장이 두근두근 울렸다. 알은체하면, 그가 곤란해질 수도 있다는 것을 알고 있었다. 그럼에도 그에게 말을 걸고 싶어서 입술이 바르르 떨릴 정도로 조바심이 났다.

나를 알아봤는지, 어쩔 수 없이 모른 체하는 건지. 그래서 무지근한 시선으로 바라보는 것인지.

먼저 입을 뗄까 말까 고민하며 입술만 짓씹고 있는데, 그와 동행으로 보이는 여자가 다가왔다. 친근하게 오빠라고 부르며 누군가가 기다리고 있다고 했다.

왜 그의 곁을 누군가 차지하고 있을 거라고는 생각하지 못했을까?

오래전 그때와는 다른 삶을 사는 사람인데.

급하게 신발에 발을 꿰고, 도망치듯 그 자리에서 벗어났었다. 불과 어제저녁에 있었던 일이 까마득히 먼 옛날 같기도 하고, 방금 겪은 일처럼 당황스럽기도 했다. 심장은 댓돌 위에 서 있던 그때처럼 빠르게 뛰었다.

"어젠 감사했어요."

일단 감사하다는 인사부터 해야겠다는 생각이 들었다.

"그리고 할머니 봐 주신 것도 감사합니다."

"아직 감사 인사 하기엔 이르죠. 할머니 수술 마치시면, 그때."

어색하게 인사를 주고받고 나자, 이제 무슨 말을 더해야 하는지 난감했다. 차라리 모르는 사람이었더라면 아무 말 없이 가만히 서 있는 게 덜 서먹했을지도.

다인은 저도 모르게 고개를 푹 숙인 채로 바닥만 내려다보았다. 까만 로퍼 위에 보기 흉한 물 얼룩이 져 있는 게 눈에 들어왔다. 자세히 보니 발목 부근 면바지 자락에도 물방울이 흩뿌려진 듯한 자국이 있었다.

오후에 쿠킹 스튜디오에서 작업하다가 튄 물인 듯했다.

아, 정말 꼬질꼬질하다.

저도 모르게 스며든 자국을 처량하게 내려다보고 있는데, 그의 목소리가 쏟아졌다.

"안 탈 겁니까?"

다인은 얼른 고개를 들어 올리고는 그의 목소리가 들려온 쪽을 바라보았다. 그는 언제 걸음을 옮겼는지, 엘리베이터 안에 선 채로 버튼을 누르고 있었다.

"안 갈 거면, 혼자 올라가고요."

그는 왼 손목을 들어 시간을 한 번 확인하고는 채근하듯 눈썹을 치켜세웠다. 다인은 대꾸 대신 얼른 엘리베이터 안에 올라탔다. 열림 버튼을 누르고 있던 그가 손을 떼어 내며 한 발짝 뒤로 물러섰다. 그 바람에 둘은 자연스레 나란히 서게 되었다.

밀폐된 공간, 둘만 있는 어색한 상황을 견딜 수가 없어서 누군가 함께 타 줬으면 좋겠다는 바람이 불쑥 솟았다. 하지만 야속하게도 문은 속절없이 닫혀 버렸다.

"11층 맞죠?"

"네."

다인이 대답과 함께 손을 뻗으려는데, 그가 더 빨랐다. 그는 버튼을 누르고는 LED 화면에 시선을 고정했다.

이대로 그냥 조용히 올라갔으면.

바람은 1초도 지나지 않아서 무참히 깨졌다.

"뭐 하는 사람이에요?"

"네? 저요?"

갑작스러운 질문에 황망해졌다.

"아니. 만난다는 사람이요. 뭐 하는 분이에요?"

대수롭지 않은 질문이라는 듯 그는 자연스럽게 묻고 있었다.

글쎄. 만난 적이 없는 사람을 뭐 하는 사람이라고 하는 게 좋을까.

아까 무작정 거짓말을 하기는 했지만 구체적인 스펙까지는 생각해 본 적 없었다. 다인은 잠시 머뭇거렸다. 흘끗 시선을 돌렸는데, 그가 집요한 시선으로 다인을 바라보고 있었다.

식은땀이 흐르는 건 왜일까?

엘리베이터는 이제 막 9층을 지나고 있었다. 11층까지는 수 초가 걸릴 터, 짧은 대답으로 모면하려고 했다.

"굳이 제가 그걸, 엄마야!"

'대답해 드릴 이유가 없는 것 같은데요.' 라는 말을 채 마칠 수가 없었다.

쿵, 하는 소리와 함께 엘리베이터가 멈추는가 싶더니 아래로 서서히 밀려 내려가기 시작했다. 금속성 가득한 긁히는 소리와 함께 밀려 내려가는, 아니 아래로 끌려 내려가는 가는 속도가 점점 빨라졌다.

비명이 절로 흘러나왔다. 엘리베이터 벽에 붙은 손잡이를 붙든 채로 주저앉았다. 손이 바들바들 떨리고, 심장은 터질 듯 뛰어 댔다. 추락 속도가 빨라지면서 발바닥이 붕 떠오르는 것 같은 착각이 일었고, 귀가 멍해졌다. 아무런 생각도 할 수가 없었다. 그저 손잡이를 붙든 채로 바르르 떠는 것밖에는.

한참을 추락하는 듯했던 엘리베이터는 덜컹하는 소리와 함께 멈췄다. 반동 때문에 몸이 솟구치는 느낌도 났다.

"괜찮아요?"

다인은 꾹 감고 있던 눈을 간신히 떴다. 코앞까지 그의 얼굴이 다가와 있었다. 목소리를 낼 수가 없어서 천천히 고개를 끄덕였다. 눈물이 핑 돌았다. 오랜 기억 속 모습처럼, 한식당 앞 댓돌 앞에서처럼.

그는 우려 섞인 따뜻한 눈빛으로 다인을 바라보았다. 물기가 가득 고여서 그의 얼굴이 흐려지는가 싶더니, 이내 또르르 뺨을 타고 흘러내렸다. 흐르기가 무섭게 물기는 금세 차올랐다. 너무 놀란 탓인지, 아니면 그를 마주하고 있는 탓인지 거친 숨결이 섞인 흐느낌이 새어 나왔다.

그가 다인의 팔을 끌어당겼다. 엘리베이터 손잡이라고 생각했던 건 그의 단단한 팔이었나 보다. 그의 가슴에 젖은 뺨이 닿았다. 제 것인지, 그의 것인지 모를 쿵쿵대는 심장 소리가 귓가를 울렸다. 커다란 손이 등을 천천히 토닥거렸다. 느릿하게 닿았다가 떨어지는 감각이 아찔하게 몸에 새겨졌다.

"곧 사람들 올 거예요. 비상 전력 공급까지 끊기지는 않은 것 같아요. 엘리베이터 안에 불도 꺼지지 않았고, 환기 시스템도 돌아가는 거로 봐선 심각한 문제는 아닐 거예요."

나긋하게 흘러나오는 자상한 어조, 뼛속까지 사무치게 외로울 때마다 떠올렸던 사람의 목소리다. 놀란 가슴이 녹아내리는 듯했다. 그런데 또 덜컹, 하는 소리와 함께 엘리베이터가 살짝 주저앉았다. 소리에 놀란 다인의 어깨가 움찔 떨렸다.

"여기 병원이잖아요. 응급실 가까워요. 다치는 일이 생기더라도, 금방 치료받을 수 있어요."

그의 품 안이 또다시 다정한 목소리로 울렸다. 가슴이 윌컥거렸다. 엘리베이터 때문에 놀라서가 아니라, 그리웠던 목소리에 뭉클해지고 말았다.

다인은 크게 숨을 한 번 들이켜고는 입을 열었다.

"병원이니까 다쳐도 괜찮다는 말이에요? 정신건강의학과 전문의가 좀 더 그럴듯한 말을 해 줄 수는 없어요?"

감정을 누르기 위해 튀어나온 말이 그를 나무랐다.

"글쎄요. 나는 정확한 진단을 내리고 말한 건데. 정다인 씨는 거짓말이라도 혹은 현실성이 없더라도, 당장 해결책이 있는 걸 좋아하잖아요."

어쩐지 말에 뼈가 있는 듯해서 다인은 그의 가슴을 슬쩍 밀어내며 품에서 벗어났다. 그러자 등을 토닥이던 손길이 멀어졌다. 아쉬움에 등줄기를 타고 소름이 돋아났다.

"뭐라는 거예요, 지금?"

날 선 물음을 던졌다. 그가 상황에 맞지 않는 장난스러운 미소를 머금으며 대꾸했다.

"여기가 병원이기는 한데, 다치더라도 금방 구조받을 수 있을지는 나도 장담 못 해요."

다인은 어이가 없다는 듯이 그를 바라보았다.

"그리고 정다인 씨는 만나는 사람이 있다고는 했는데, 사실 없어서 고민 중이잖아요."

느리게 눈꺼풀을 한 번 깜빡거렸다. 잠시 말문이 막혀 버렸다. 심장이 뛰는 이유를 정확히 모르겠다. 그와 지나치게 가까운 거리에서 마주하고 있어선지, 아니면 엘리베이터 사고 때문인지.

"아니에요. 있어요."

다인은 최대한 자연스럽게 대꾸했다. 그러자 그의 얼굴이 바짝 다가왔다.

깊고, 어두운 눈동자가 다인을 천천히 들여다보았다. 마른침이 넘어갈 것만 같아서 다인은 숨을 죽여야만 했다.

"거짓말."

매혹적인 입술이 천천히 움직였다. 그에게서 흘러나온 따뜻한 숨결이 느껴질 정도로 지나치게 가까운 거리였다.

"진짜예요."

제 입에서 흘러나온 더운 숨결이 그에게 닿았다가 떨어지는 것 역시 느껴졌다. 열이 오르는 듯했다. 이미 두 뺨은 발긋하게 물들어 있으리라.

심장이 가슴에서도 뛰고, 얼굴에서도 뛰고, 손끝에서도 뛰고. 오금까지 두근거렸다.

그의 입술이 호선을 그리며 뺨을 타고 올랐다. 그는 초여름 녹음 위로 부서지는 햇살처럼 화사한 미소를 짓곤 했었다. 세월이 흐른 지금, 청명했던 그의 미소는 뜻 모를 아련함까지 품어서 고혹적이기까지 했다.

"정다인 씨, 거짓말 못하는 거는 확실히 알겠네요."

두 사람의 시선이 허공에서 아슬아슬하게 부딪혔다.

거짓말을 하는 여자와 거짓말을 알아차렸다는 남자.

그리 긴장할 일도 아닌데, 밀폐된 사각의 공간은 예민하게 달아올라 버렸다.

유준은 미소를 머금은 채로 그녀의 담갈색 눈동자를 들여다보았다. 잔뜩 긴장한 모습이 볼만했다.

그녀에게 남자가 있다는 말을 듣고는 견딜 수가 없어서 자리를 박차고 일어났다. 교수 연구실에 휴대전화를 놓고 왔다는 걸 깨닫고 발길을 돌렸을 때, 엘리베이터 앞에 서 있는 그녀를 발견했다. 아무도 없는 밀폐된 공간, 준비되지 않은 질문이 불쑥 튀어나왔다.

뭐 하는 사람이냐고.

그저 궁금했다. 대체 뭐 하는 남자를 만나는지.

질문을 던진 순간, 그녀의 눈빛이 멍해지는 것을 유준은 단번에 잡아냈다. 영민한 그녀였지만, 허를 찌르면 찰나의 순간 멍해지는 버릇이 있었다. 동화 같은 기억 속 버릇을 그대로 지닌 그녀의 모습에 가슴이 뛰고, 웃음이 나왔다.

가능성이라고 해야 할까.

오래전 그날들, 동화처럼 아름다웠던 추억이 다시 현실이 될 수 있을 것 같다는 막연한 기대감이 불쑥 생겨났다. 그녀가 대답을 내놓으려는 찰나, 엘리베이터가 말썽을 부렸다. 고장이 나 버린 엘리베이터에 감사 인사라도 하고 싶은 심정이다.

아마 할머니가 입원해 계시는 11층에 도착하자마자, 그녀는 쏜살같이 엘리베이터에서 내려 도망쳐 버렸을 것이다. 그리고 엘리베이터가 내려앉는 순간, 떠올랐다.

따뜻한 그녀의 손을 잡고, 그녀의 집으로 들어가던 열여섯의 유준이 했던 다짐이.

열여섯까지의 삶을 살면서 유준은 단 한 번도 삶의 이유를 가져 본 적이 없었다.

유일한 혈육인 모친은 알코올 중독으로 유준을 날마다 지옥으로 몰아넣었다. 술에 취해 귀가하다가 계단에서 굴러서 여기저기 뼈가 부러진 적도 있었고, 길바닥에 널브러져 있는 깨진 술병을 움켜잡으려다 손이 찢어진 적도 있었고, 급기야 돈이 없어서 동네 슈퍼에서 술을 훔치다가 경찰서에도 들락거리기까지 했다.

여름에는 그래도 신경이 덜 쓰였지만, 날이 추워지면 모친의 늦은 귀가에 노이로제가 걸릴 것만 같았다. 길에서 얼어 죽으면 어쩌나 싶은 생각에 뜬눈으로 밤을 지새운 게 한두 번이 아녔다.

지긋지긋한 삶이었다. 모친은 술을 마시며 현실을 잊는 듯 보였지만, 그런 모친을 바라보는 유준의 현실은 지옥 그 자체였다.

희망이 없는 삶, 당시만 해도 부친이 죽었다는 말을 철석같이 믿었다. 모친에 대한 기대가 없었기에 죽은 부친이 어떤 사람인지 궁금하지도 않았다. 혹시 친부가 누군지 몰라서 그렇게 둘러대는 것은 아닐까, 하는 생각도 했었다.

학교에 가 있는 시간이면, 모친은 집으로 남자를 불러들이곤 했었다. 술만 사 주면, 모르는 남자와 몸을 섞는 일도 서슴지 않았다.

중학교 1학년 1학기 중간고사 기간이었을 것이다. 중학생이 되어 첫 시험을 치르고 하교한 유준은 5월의 따스한 봄 햇살을 받으며 부들부들 떨었다. 방 안에서 흘러나오는 모친의 색기 어린 신음 소리에 머릿속이 하얗게 비어 버렸다. 어금니를 꾹 깨물며 속살을 짓씹어 비린 피 맛이 입안에 맴돌았던 그날.

질펀한 관계를 마친 모친은 유준의 반팔 티셔츠 하나만을 걸치고 나와 마루 끝에 걸터앉았다. 담배 끝에 불을 붙이며, 모친은 유준을 보며 가소롭다는 듯이 웃고는 고개를 절레절레 내저었다.

지옥에서 벗어나고 싶었다. 모친과는 다른 삶을 살고 싶었다. 추운 겨울, 그래도 하나뿐인 피붙이인 모친을 기다렸던 늦은 밤, 차라리 밖에서 죽었으면 좋겠다는 생각도 잠시 했었다. 그게 아니라면, 자신이 먼저 죽을 것 같았다.

둘 중 하나는 죽었으면 좋겠다는 생각으로 살던 어느 날, 모친이 죽었다. 신기한 건, 그래도 달라지는 건 없다는 것이었다. 유준은 여전히 지옥 같은 기억이 서린 집에 살아야 했고, 또다시 죽지 못해 사는 삶이 계속되었다.

죽을 용기조차 갖지 못하는 자신이 한탄스러울 즈음, 도시락을 든 여자애가 찾아오기 시작했다. 처음 다인을 봤을 때, 유준은 동화 '늑대와 빨간 모자'를 떠올렸다. 지옥에서 사는 늑대인 줄도 모르고, 겁도 없이 찾아온 다인이 안쓰럽게 느껴질 정도였다.

그런데 다인이 내뱉은 첫 마디에 유준은 멈칫했다.

「오빠, 되게 착하게 생겼다.」

알코올 중독자인 편모슬하에서 자란 불쌍하지만 위험한 아이라는 선입견은 늘 유준을 따라다녔다. 공부를 잘하면 사람들의 시선이 달라질까 싶었으나, 좋은 성적을 받는다 해도 달라지는 건 없었다.

그런데 순식간에 피어나는 꽃잎처럼 여리고 환한 미소를 지으며, 착하게 생겼다고 말하는 다인의 말에 삐뚤어졌던 기분이 잦아들기 시작했다.

「착하게 생긴 게 뭔데?」
「오빠처럼 생긴 거. 이거 우리 할머니가 만드신 반찬이야. 내 이름은 다인, 정다인. 할머니 심부름 왔어. 오빠네 엄마 살아계실 때는 할머니가 오셨었는데…….」

아이의 입에서 흘러나온 '엄마'라는 단어가 유독 어색했다. 그 이유는 금방 알 수 있었다.

「나도 엄마 없어. 아빠도 없고. 할머니랑 살아.」

부모가 없다는 말에 경계심이 완전히 풀어져 버렸다.

「오늘만 내가 온 거고. 다음부터는 할머니가 오실 거야. 마루 위에 그냥 놓고 오라고 했는데, 오빠 있는 줄 몰랐어.」

쭈뼛거리며 설명을 이어 가는 아이의 긴장한 눈빛이 그제야 보였다. 유준은 저도 모르게 아이가 서 있는 곳으로 한 걸음 다가섰다. 그리고는 손을 뻗어 아이의 머리를 쓰다듬어 주었다. 햇볕을 받아 반짝거리는 머리카락은 따뜻했다.

「고마워. 잘 먹을게.」

담갈색 눈동자가 스르륵 녹아내렸다.
그날 이후, 할머니 대신 다인이 반찬을 들고 유준의 집을 찾았다. 사나흘에 한 번꼴로 찾아오는 다인을 기다리며 유준은 저도 모르게 조금씩 변해 갔다.

「오빠는 친구 많아? 나는 친구 별로 없는데.」

「오빠도 친구 별로 없어.」

「진짜? 오빠 인기 되게 많을 것 같은데?」

「왜 그렇게 생각해?」

「오빠, 착하잖아.」


자신을 착하다고 말해 주는 사람은 다인이 유일했다. 세상에 태어나 타인이 보여 준 첫 호감. 평생토록 느끼지 못했던 감정이 유준을 살게 했다. 그리고 다인의 손에 이끌려, 다인의 집으로 들어갔던 그날. 유준은 다짐하고, 또 다짐했다.

온 힘을 다해 지켜 주겠다고. 늘 웃을 수 있도록 보살피겠다고.

중3 겨울 방학을 앞두고 갑작스레 찾아온 친부 때문에 지키지 못한 다짐, 그리고 다른 사람의 인생을 사느라 잊힌 다짐이었다. 그때는 어린 여동생을 바라보는 마음이었다. 하지만 지금은……

담갈색 눈동자 주변에는 울음기가 남아 있었고, 두 뺨은 발긋했다. 놀랐는지 빠르게 내쉬는 숨결은 지나치게 따뜻했다.

그래, 지금은…… 어린 여동생을 지키고자 하는 마음이, 분명 아니다.

첫 호감, 자신을 살아 숨 쉬게 했던 그 감정이 간절했다. 그녀의 모든 감정을 오롯이 차지하고 싶은 욕구에 심장이 뛰어 댔다.

순수한 감정만을 의미하는 것만이 아니었다. 울음 탓에 붉게 달아오른 입술을 핥고, 따뜻한 숨결을 내뱉는 입안을 탐하고 싶었다. 놀란 그녀를 달래 주려 잠시 안았을 뿐인데 품에서 떼어 놓고 싶지 않아서 애가 탔다.

그녀의 감정뿐 아니라, 모든 것을 갖고 싶은 욕망이 선명하게 일어나기 시작했다. 봄이 되면 꽃이 피어나듯, 봄날 같았던 그녀를 만나고 당연하다는 듯이 마음이 움직였다. 유준은 가볍게 숨을 들이쉬고는 진중한 목소리를 내기 위해 노력했다.

"이제 남자 친구 노릇 해 줄 사람 구하러 갈 겁니까?"

그녀의 얼굴이 또다시 멍해졌다. 또 허를 찔렸나 보다. 뭐라 대꾸를 하려는지, 입을 벙긋거렸다가 이내 다물고는 미간을 찌푸린다. 지나치게 긴장한 그녀를 풀어 주기 위해 던진 말이었는데, 정말 남자라도 구하려고 했나 보다.

그녀는 아까보다 더 긴장한 얼굴로 입을 열었다.

"그게 무슨 말도 안 되는 소리예요? 그런 실없는 소리가 지금 나와요? 엘리베이터가 이 지경이 되었는데? 일단 어디 신고부터 해야죠. 거기 비상 버튼부터 눌러 봐요."

그녀의 말이 점점 빨라졌다. 유준은 여유로운 미소를 지으며 대꾸했다.

"아마 시설 관리팀에서 엘리베이터 사고 인지했을 겁니다. 금방 구조하러 올 거고요."

의심스럽다는 듯이 유준을 쏘아보는 담갈색 눈빛에 웃음이 났다.

"지금 웃음이 나와요?"

어이없다는 표정을 지으며 씩씩거리는 모습에도 마찬가지로 웃음이 새어 나왔다.

"구조하러 오기 전에 더 큰 일……."

그녀는 끔찍하다는 듯이 눈을 질끈 감으며 말을 멈췄다.

"그럴 일 없어요. 괜한 걱정하지 마요."

웃음기를 싹 뺀 목소리였지만 유준의 얼굴에는 여전히 미소가 감돌고 있었다. 웃음이 나는 것을 참을 수가 없었다. 그녀와 같은 공간, 같은 시간을 함께한다는 것 자체가 기적처럼 느껴졌다.

그동안 신의 존재를 부정하며 살아왔다. 독실한 기독교 신자인 이 여사를 따라 교회에 나가기는 했지만, 진실로 신의 존재를 믿지는 않았다.

하지만 그녀와 마주하고 있는 이 순간, 신이 가까이에 있는 듯하다. 제 삶을 버리고 다른 이의 옷을 입고 살아가는 자신을 가엽게 여긴 신이 그녀를 다시 보내 준 것만 같았다.

감사히 받겠다며, 무릎 꿇고 두 손 모아 기도라도 올리고 싶어졌다. 유준은 기도하는 것처럼 두 손을 모으며 말했다.

"내가 기도발이 좀 좋거든요? 우리 무사히 빠져나가게 해 달라고 기도할게요. 하나님이 내 기도는 잘 들어주시더라고요."

눈을 꾹 감고 있던 그녀가 천천히 눈꺼풀을 들어 올리는가 싶더니, 어이없다는 눈빛으로 유준을 쏘아보았다.

"못 믿겠어요? 진짠데. 얼마 전에도 내 기도 들어주셨어요."

세례를 받은 직후에 올린 기도는 반드시 들어준다고, 꼭 이루고 싶은 일을 빌라며 이 여사가 당부했었다. 그 당시 유준은 오직 하나만을 빌었다.

봄날 같은 아이를 언젠가는 꼭 다시 만나게 해 달라고.

그 후로 십수 년을 보지 못했기에 그 시절 그 기도는 당연히 잊고 살았다. 그런데 이 여사의 말이 사실이었다는 듯, 눈앞에 그녀가 나타났다.

"뭘 들어줬는데요?"

어쩔 수 없이 묻는다는 표정이다. 유준은 그녀에게 지긋한 시선을 보냈다. 장난스럽게 떠들어 대던 유준이 갑자기 분위기를 반전한 탓인지 그녀의 담갈색 눈동자에 긴장감이 어렸다. 그녀에게 다정히 눈을 맞춘 채로 천천히 입술을 움직였다.

"꼭 다시 만……."

유준이 입을 연 순간, 엘리베이터에 달린 작은 스피커에서 지직거리는 소리가 들려왔다. 유준이 하는 말에 귀를 기울이며 일렁거리던 담갈색 눈동자가 일순 현실을 자각한 듯 떨림을 감춰 버렸다.

— 안에 계신 분들, 무사하십니까? 병원 시설관리팀입니다.

작은 스피커에서 남자의 목소리가 들려왔다.

"네, 무사합니다."

유준은 그녀에게 시선을 떼지 않은 채로 대답했다. 남자는 곧 구조될 거라는 말과 함께, 안전 수칙을 설명하기 시작했다. 남자의 말에 대구하며, 진득한 시선으로 그녀를 바라보았다.

오랜 시간을 지켜 온 그악한 비밀과 엄격한 금기가 아무것도 아닌 것처럼 느껴졌다.

비밀의 시작은 적자였던 진짜 강유준의 갑작스러운 죽음이었다. 손이 귀한 집, 5대 독자였던 강유준이 죽고 나자, 부친은 그제야 이름이 같은 혼외자인 유준을 찾아왔다. 그동안 조부는 아들의 혼외자를 등한시했었다. 근본도 모르는 여자의 몸을 빌려서 태어난 아이라며 핏줄을 부정하고 한미하게 여겼다. 그런데 하나뿐인 손자의 죽음이 강 이사장을 움직였다.

교통사고가 나서 한국대 병원 응급실에서 사망 진단을 받은 이는 그들의 손자이자 아들인 강유준이 아니라, 미혼모에게서 나고 자란 조유준이 되었다. 그리고 그날부터, 조해리의 아들 조유준은 강석환과 이한희의 아들 강유준을 대신했다. 그들의 진짜 아들인 죽은 강유준과 자신은 놀랍도록 닮은 모습이어서, 외모적으로는 전혀 문제가 없었다.

진짜 강유준보다 딱 한 달 늦게 태어난 아이는 모친 조해리의 성을 따서 조유준이라 이름 지어졌다. 이 아이도 당신의 아들과 다르지 않다는 모친의 뜻이 담긴 이름이라고.

부친은 모친이 어떻게 죽었는지를 아주 조심스레 물었던 적이 있었다.

「알코올 쇼크로 길에서 비명횡사했습니다.」

대답을 내놓은 유준은 덤덤한 얼굴이었지만, 부친은 넋을 놓았다. 그런 표정을 지을 거면 왜 진작에 찾아오지 않았느냐는 원망 섞인 말은 차마 할 수가 없었다. 강유준을 대신해서 사는 것은 자신인데, 부친인 강 원장 역시 껍데기 같은 삶을 사는 것처럼 보였다. 조부인 강 이사장의 첫 번째 마리오네트, 그게 바로 강 원장이었다.

그때부터 금기가 하나씩 만들어졌다. 진짜 강유준이라면 했을 말과 행동들을 익히고, 그러면 하지 않았을 언행에 관한 규칙들이 유준을 옭아맸다.

기막힌 연극의 처음이자 마지막 위기가 찾아온 것은 과학고에 입학해서 첫 중간고사를 치렀을 때였다. 진짜 강유준의 중학교 성적은 그리 우수한 편이 아니었다. 그런데 유준이 중간고사 1등을 해 버리고 만 것. 평소 유준을 고깝게 여기던 무리와 시비가 붙었다.

조부가 한국대 이사장이니 고등학교 선생 하나 구워삶아서 시험지 정도는 빼돌리기 쉽지 않겠느냐며 빈정거렸다. 그러면서 유준의 신경을 묘하게 건드려 왔다.

「저 새끼는 이상하게 없어 보여. 왜지?」

여러 명이었지만, 공부만 한 샌님들이었다. 술주정뱅이 미혼모에게서 태어나, 어릴 때부터 덩치 큰 사내들과 대거리를 해야 했던 유준과는 근본부터 다른 것이 맞았다. 유준은 어렵지 않게 아이들을 때려눕혔다.

1학기를 마치기 전, 고등학교를 그만두었다. 멍청한 놈들과는 같이 학교에 다니지 못하겠다는 게 유준의 내놓은 이유였지만, 조부는 암묵적으로 알아차린 듯했다. 이대로 계속 고등학교에 다니면 누군가가 눈치채게 될지도 모른다는 것을.

고등학교를 때려치우고 검정고시를 치르자마자 의대에 입학했다. 예과와 본과 역시 다른 이들보다 월등히 빨리 마쳤다. 그때부터 유준을 경외 어린 눈빛으로 바라보는 사람들이 하나둘씩 늘어나기 시작했다. 평균보다 어린 나이에 전문의를 따고, 국군수도병원에서 군의관 생활을 마치자마자 다시 한국대 병원으로 돌아왔다.

남을 속이는 일에 익숙하지 않은 유준이었다. 기가 막힌 연극의 주인공이 되었다는 것을 들키지 않으려면, 앞서가야 했다. 그러면서 자신을 바라보는 눈빛에 거룩한 두려움이 맺히는 것을 지켜보았다.

사람들이 유준을 자신과는 다른 존재라고 인식하고 의심의 싹을 거두어 가면서, 조유준은 완벽한 강유준으로 변모했다.

그리고 유준 자신도 완벽한 강유준이 되었다고 믿고 살아왔다.

눈앞에 있는 여자를 다시 만나기 전까지는.

그녀는 여전히 일렁거리는 담갈색 눈동자로 자신을 바라보고 있었다. 일어서는 것도 무서운지 바닥에 주저앉은 채로 바르르 떨고 있는 어깨를 안아 주고 싶어서 손끝이 저렸다.

"금방 구조되는 거죠?"

그녀는 유준에게서 시선을 떼지 않고, 스피커 너머에 있는 이에게 물었다.

— 네, 금방 구조해 드리겠습니다.

"엘리베이터가 몇 층에 멈춰 있는 건가요?"

— 3층과 4층 사이에 있습니다.

"지하까지 떨어진 줄 알았어요."

그녀가 추락하는 순간이 꽤 길었다며 한숨을 내쉬었다.

"그럴 수 있어요. 뜻하지 않은 사고가 벌어진 순간……."

유준이 설명을 이어 가려는데, 그녀가 손바닥을 들어 보이며 그만하라는 듯 얼굴을 굳혔다.

"굳이 이 상황까지 정신학적으로 분석하지 않으셨으면 좋겠어요."

"안심시켜 주려고 한 거죠. 답이 필요한 사람이니까."

웃으며 대꾸하자, 그녀가 미간을 살포시 찌푸렸다. 유준은 그녀에게 끊임없이 신호를 보내고 있었다.

내가 너를 알아보았노라고.

어릴 때부터 궁금한 게 많은 아이였다. 물어볼 사람이 없어서 답을 듣지 못했다며, 아이는 날마다 유준에게 궁금한 것을 묻곤 했다. 붉은 해가 떠 있는 하늘은 왜 푸른색으로 보이느냐는 질문이 그 시작이었다. 그리고 초등학교 5학년 수학 문제에 이르기까지, 질문은 끝도 없이 이어졌다.

때마다 시원스러운 대답을 내놓으면, 그녀는 말갛게 웃곤 했다. 짧은 시간이었지만 아이가 자신에게 의지하고 있는 게 느껴질 때마다 제가 세상에 존재하는 이유를 얻은 것 같아서 행복했다.

답이 필요한 소녀와 답을 구해 주는 소년.

동화 같은 이야기는 비밀과 금기가 시작되면서 끝이 났다.

그동안 그녀는 스스로 답을 구하느라 동분서주하며 살았을까?

자신이 없던 시간 속의 그녀가 궁금해서 안달이 났다. 지금의 그녀는 어떤 생각을 하며 살아가고 있는지 모조리 알고 싶다. 잠시 머뭇거리던 그녀가 조심스러운 눈빛으로 입을 열었다.

"세상 모든 일에 정답이 있는 건 아니라는 거, 이제 아는 나이라서요."

웃음이 났다. 그래서 웃어 버렸다. 진한 미소를 머금고 있는 자신을 유심히 살피는 그녀의 눈빛에는 여전히 의문이 어려 있었다. 스피커를 통해 들려오던 잡음이 끊겼다. 세상에 온전히 두 사람만 남은 것 같은 착각이 일 정도로 적막했다.

의문 어린 눈빛이었지만, 그녀도 조심스럽게 말하고 있는 듯했다.

나도 당신을 알아보았노라고.

"아까 내가 했던 말 있잖아요."

잔잔히 바라보는 그녀의 얼굴이 어여뻤다.

"기도가 이루어졌다는 말. 무슨 기도였는지, 안 궁금해요?"

그녀는 머뭇거렸다. 물어보고 싶어서 죽겠다는 얼굴인데, 차마 물을 수는 없다는 얼굴. 유준이 다른 삶을 살고 있다는 것을 그녀는 알고 있을 터였다. 그렇기에 선을 넘는 것이 어렵다는 표정이다.

"글쎄요."

대답을 얼버무리는 그녀의 희미한 목소리가 불안했다. 잦아드는 목소리처럼 그녀가 조용히 사라질 것만 같은 두려움이 엄습했다. 이대로 자신을 놓아 버리지 말라고 말해 주고 싶을 정도로 조바심이 생겨났다.

"때론 원하는 답을 얻을 때까지 묻는 용기도 필요해요."

그녀에게, 그리고 자신에게 하는 말이었다. 원하는 것을 얻게 될 때까지 갈구해 보자고.

잠시 아래로 떨어졌던 그녀의 시선이 다시금 유준을 향해 왔다. 어쩐지 담갈색 눈빛이 젖어 있는 것처럼 느껴졌다. 손을 뻗어 눈가를 어루만져 주고 싶은 충동이 인 순간, 덜컹이는 소리가 들려왔다.

두 사람의 시선이 동시에 엘리베이터 문으로 향했다. 문 사이에 작은 틈이 생기는가 싶더니 듣기 싫은 금속음과 함께 조금씩 문이 열리기 시작했다. 3층과 4층 사이에 있다는 엘리베이터는 문 상단에 성인이 간신히 기어 나갈 수 있을 정도의 폭을 유지한 채였다. 구조대원이 좁은 틈으로 얼굴을 내밀고 엘리베이터 안을 내려다보며 물었다.

"괜찮으십니까?"

"네, 괜찮습니다."

유준이 선선히 대꾸하자, 구조대원은 그녀를 가리키며 말했다.

"여자분 먼저 올라오시겠어요?"

그녀가 두려운 눈빛으로 문 윗부분을 올려다보았다.

"내가 받쳐 줄게요. 먼저 올라가요."

걱정하지 말라며 건넨 말에 그녀의 두 뺨이 발긋하게 물들었다.

여기서 그렇게 얼굴을 붉히면 어떡하라고.

발긋한 뺨을 마주하자, 심장이 요동쳤다.

"로프 같은 거 주시면, 제가 올라갈 수 있을 것 같은데요."

"로프를 고정하는 게 마땅치가 않아서요. 임시방편으로 승강기 몸체를 고정해 놨습니다. 어서 올라오시는 게……."

구조대원이 빠르게 설명을 이어 갔다. 유준은 망설이는 그녀에게 먼저 손을 내밀었다. 그녀는 잠시 유준의 손바닥을 내려다보더니, 결심을 굳힌 듯 손을 잡았다. 작은 손은 긴장한 탓인지 차갑게 얼어 있었다. 따뜻하게 감싸 쥐자, 그녀가 고맙다는 듯한 눈빛으로 유준을 바라보았다.

유준은 그녀가 일어날 수 있도록 도와주었다.

"다리가 후들거려요."

그녀의 목소리 역시 바르르 떨리기 시작했다. 마음 같아서는 품에 안고 다독여 주고 싶었다. 유준은 그녀를 달래려 부드러운 목소리를 내기 위해 노력했다.

"걱정 마요. 금방 나갈 거니까. 위로 올려 줘야 해서, 제가 좀 잡아야 할 것 같네요."

양해를 구하듯 말하자 그녀가 빠르게 고개를 끄덕거렸다. 몸을 숙여 그녀의 정강이를 감싸 안았다.

"내 어깨 위로 앉아요."

화들짝 놀란 그녀가 몸을 움찔하며 되물었다.

"어깨 위요?"

"왼쪽 어깨 위로 앉아 봐요, 어서."

머뭇거릴 틈이 없다는 듯이 재촉하자, 그녀의 말캉한 여체가 다부진 어깨 위에 닿았다. 유준은 그녀의 다리를 단단히 끌어안은 채로 천천히 몸을 일으켰다. 그녀는 '엄마야.' 하고 작게 소리를 내고는 유준의 오른쪽 어깨를 움켜잡았다. 본능적인 손길에는 절박함이 묻어났다.

그래, 그렇게 날 잡아 봐.

심장이 쿵쿵 뛰어 댔다. 유준은 그녀가 문 틈새로 올라갈 수 있도록 부축해 주었다. 그녀는 비교적 쉽게 엘리베이터 밖으로 빠져나갔다. 안도의 한숨이 흘러나왔다. 이제 유준이 빠져나갈 차례였다. 좁은 틈으로 그녀가 의료진의 질문을 받는 모습이 보였다.

"네, 괜찮아요. 놀라긴 했는데, 다친 데는 없어요."

의료진은 그래도 기본적인 검사는 해야 하는 게 방침이라며 다인을 이끌었다.

"잠시만요. 저, 교수님 무사히 나오시는 것만 보고 갈게요."

다인의 시선이 아슬아슬하게 열려 있는 엘리베이터 문 앞으로 향했다. 불빛이 새어 나오는 엘리베이터 내부 위쪽으로는 통로가 흉물스럽게 드러나 있었다. 그 모습을 마주하자, 소름이 돋아났다. 몸서리를 친 순간이었다.

"어, 어, 어!"

구조대의 다급한 목소리가 들리는가 싶더니, 엘리베이터를 간신히 고정하고 있던 받침이 휘어졌다. 덜컹거리는 위협적인 소음과 함께 엘리베이터가 순식간에 내려앉았다.

"안 돼."

혼잣말이 저절로 흘러나왔다. 심장이 불안한 박자로 날뛰었다. 주위가 소란해지기 시작했다.

"안에 누가 계셨다고?"

누군가 묻는 소리가 들려왔고.

"강유준 교수님이요."

또 다른 누군가 대답하는 소리에 짙은 한숨 소리가 이어졌다. 여기 모인 사람 중에 그가 병원에서 중요한 위치에 있다는 것을 모르는 이는 없을 것이다. 구조대가 아까보다 더욱 분주하게 움직였다. 시설관리팀으로 보이는 직원의 얼굴은 사색으로 변해 갔다.

하얗게 질린 것은 다인도 마찬가지였다. 또다시 듣기 싫은 마찰음과 함께 엘리베이터가 서서히 주저앉았다.

"3층에 지지대 준비됐죠?"

"지금 조치하고 있습니다."

일부 인원이 3층으로 내려가는 듯했다. 다인이 그들을 따르려 하자, 의료진이 막아섰다.

"일단 검사부터."

"무사히 나오시는지만 볼게요."

애원 비슷한 어조가 흘러나오자 의료진은 곤란하다는 표정을 지으면서도 어쩔 수 없다는 듯이 고개를 끄덕거렸다. 다인은 후들거리는 다리를 움직여 3층으로 향했다. 계단을 내려오다가 발목이 휘청한 탓에 하마터면 구를 뻔한 것을 간호사가 부축해 주었다.

"불안해서 그래요. 무사히 나오시는 거 제 눈으로 확인해야, 저도 마음 편히 치료를 받든지 하죠."

미안한 마음에 변명이 흘러나왔다. 간호사는 이해한다는 듯이 고개를 끄덕거렸다.

3층 엘리베이터 앞에 다다르자, 안도의 한숨이 흘러나왔다. 조치 중이라던 지지대가 엘리베이터 문 앞에 고정되어 있었다. 이번에도 어설프게 승강기 몸체가 걸쳐진 탓에, 문 아래쪽으로 좁은 틈이 생긴 듯했다.

다인은 가슴을 쓸어내리며, 엘리베이터 밖으로 빠져나오는 그의 모습을 바라보았다. 그러다 저도 모르게 앞을 가로막고 있는 의료진을 헤치고 들어갔다.

"괜찮으세요?"

그는 슈트 재킷 자락에 묻은 먼지를 털어 내다 말고 다인을 향해 시선을 돌렸다.

"진료받지 않고, 왜 여기 있어요?"

나무라는 말투였지만, 그의 얼굴에는 은은한 미소가 감돌았다.

"무사히 나오시는 거 보려고요."

눈물이 핑 돌 것만 같아서 미간이 저절로 찌푸려졌다.

"다른 덴 괜찮은데."

그가 고개를 이리저리 흔드는가 싶더니, 왼쪽 팔을 들어 어깨를 한 바퀴 돌리고는 말을 이었다.

"왼쪽 어깨가 좀 뻐근하네요."

장난기가 묻어나는 말투였다. 햇살 같은 미소가 부서져 내렸다. 숨을 멎게 할 만큼 눈이 부신 모습에 다인은 그저 가만히 그를 올려다보기만 했다. 그의 모습을 보고 헙 하는 소리와 함께 크게 숨을 들이켠 이는 옆에 서 있던 간호사였다.

"그럼 또 보죠."

그는 고개를 까딱하며 인사를 건네고는 자리를 떴다. 일부 의료진과 병원 관계자가 그의 뒤를 따랐다.

"와."

숨을 들이켰던 간호사에게서 탄성이 터져 나왔다. 다인은 의아한 시선으로 그녀를 바라보았다. 제 또래쯤 되어 보이는 간호사는 선망 어린 시선으로 그의 뒷모습을 좇고 있었다.

"저도 이만 가 볼게요."

특별히 다친 데도 없거니와, 번거로운 검사는 받고 싶지 않았다.

"가시면 안 돼요! 기본적인 검사는 받으셔야 해요. 저 따라오시면 되고요."

그제야 정신이 돌아왔는지, 간호사가 빠르게 말을 내뱉었다. 환자를 그냥 보냈다고 혼이 날 거라며, 간호사는 수선을 떨어 댔다. 하는 수 없이 간호사를 따라 응급실로 향했다. 응급전문의라는 사람이 와서 이것저것 묻고는 별 이상이 없다는 것을 확인한 뒤에야 돌아가도 좋다는 말을 들을 수 있었다.

응급실을 빠져나오는 길, 등 뒤에서 '저기요.' 하는 소리가 들려왔다. 돌아보니 아까 그 간호사가 다인을 향해 다가오고 있었다.

"미처 말씀드리지 못한 부분이 있어서요. 사고와 관련해서는 병원 관계자가 나중에 다시 설명해 드릴 거예요. 11층에 할머니가 계시다고요?"

"네, 여기 입원해 계세요."

"연락처는 아까 남기셨죠?"

"원무과 직원이 받아 갔어요."

간호사는 고개를 끄덕이며 말을 이었다.

"병원에서 심리 상담도 제공될 거예요. 아마 모르실 것 같은데……."

뭘 모른다고 하는 건지 의문이 들었다. 고개를 비스듬히 기울이며 의문 어린 시선을 보내자, 간호사는 얼굴을 발긋하게 물들이며 말을 이었다.

"아까 그분이 이 병원 정신건강의학과 전문의시거든요. 외상 후 스트레스 장애, 그러니까 일종의 트라우마가 생길 수도 있어서요. 꼭 상담 잡으라고 하셨거든요."

"아, 네. 근데 그럴 필요까지는."

굳이 상담을 받을 필요까지는 없어 보였기에, 거절하려고 했다.

"저한테는 결정 권한이 없고요. 일단 상담 날짜부터 잡아 놓으라고 하셨거든요."

"누가요?"

누군지 짐작은 되지만, 다시 물었다.

"아까 그 전문의, 강유준 교수님이요."

그리 말하는 간호사의 눈빛은 수줍음을 감추지 못하고 있었다. 다인을 향해 수줍은 것은 명백히 아니다. 떠올리는 것만으로도 얼굴이 붉어지고, 생각이 많아지는 눈빛이 될 정도로 그의 존재감이 대단한 듯했다.

"그분이 직접 상담하신대요? 저랑 같이 사고당하셨는데요?"

"아, 그건 아마 아닐 거예요. 강유준 교수님은 워낙 바쁘신 분이라."

괜한 실망감에 마음이 무거워졌다. 그리고 더는 눈앞에 있는 간호사를 곤란하게 만들면 안 될 것 같다는 생각이 들었다. 가엾은 간호사가 무슨 죄가 있다고, 치료의 목적을 꼬치꼬치 물었을까. 어쩌면 그에게 묻고 싶었던 마음이 엉뚱한 곳에서 발현되었는지도 모를 일이다.

왜 자꾸 마음을 뒤흔들어 혼란스럽게 만드느냐고.

"제가 상담 시간을 따로 빼는 게 여의치가 않아서요."

"내일 아침 시간도 괜찮다고 하셨어요. 아마 선생님 중 한 분께서 식사 시간 이용해서 상담하시려나 봐요. 상담은 빠를수록 좋다고 하셨고요."

어차피 오늘 밤은 병원에서 보낼 예정이어서, 내일 아침 시간을 할애하는 것에는 문제가 없었다.

"그럼 내일 아침으로 알고 있을게요."

"구체적인 상담 시간이랑 장소는 이따 메시지로 전송될 거예요. 병원 시스템 문자니까, 광고로 오인하지 마시고 꼭 확인하세요."

친절한 설명에 고개를 끄덕인 다인은 서둘러 할머니 병실로 가기 위해 돌아섰다.

응급실이 있는 1층에서 11층까지 올라가려면 다시 엘리베이터를 타야만 했다. 아무렇지 않게 괜찮다고 대답했는데, 엘리베이터 안에 들어서자 심장이 쿵쿵 울리기 시작했다. 몸이 휘청이는 착각이 일 정도로 심장이 빠르고 크게 뛰어 댔다.

다인은 위로 솟구치고 있는 엘리베이터 안을 천천히 둘러보았다.

심장이 뛰는 이유가 엘리베이터 사고 때문은 아닌 것 같다. 지금은 같은 공간에 없는 남자의 얼굴이 자꾸만 선연히 떠올랐다.

「그럼 또 보죠.」

그리 말하며 머금었던 미소가 눈앞에 어른거렸다. 깊고 어두운 눈동자, 그 속에 어린 조심스러운 장난기와 숨겨 둔 진심까지. 두 뺨이 발긋해질 정도로 열이 오르고 가슴이 답답해졌다. 다인은 천천히 한숨을 한 번 내쉬었다.

또 보자고 했던 목소리 역시 귓가를 끊임없이 맴돌았다.

또다시 만나면 물을 수 있을까. 다음에 다시 만나게 되면 말할 수 있을까.

병실 안은 조용했지만, 병원 특유의 소음이 존재했다. 야간조 간호사들이 복도를 조용히 오가는 소리, 병실 안을 잔잔히 울리는 기계음, 멀리서 들려오는 누군가의 말소리. 보호자용 간이침대에 누운 다인은 평소라면 신경 쓰지 않았을 온갖 소음이 들려와서 괴로웠다.

좀처럼 잠이 오질 않았다. 쿠킹 스튜디오에서 강의를 마치고 고된 뒷

정리를 끝낸 뒤, 재단 사무실에 들렀다가, 병원에 와서 엘리베이터 사고까지 당한 스펙터클한 하루였다.

평소 같았으면 곯아떨어지고도 남았을 텐데.

한숨을 연이어 내쉬어야 할 만큼 심장이 날뛰었다. 간호사가 말했던 트라우마라는 단어가 떠올랐지만, 두근거림의 원인은 아니었다. 휴대전화를 들어 보니 벌써 자정이 가까운 시각이었다.

내일 아침에 예정된 상담도 받으려면 일찍 자야 하는데.

또다시 한숨을 내쉬는데, 무음으로 해 놓은 휴대전화 화면에 반짝 불이 들어왔다.

이 시간에 누굴까.

수강을 미루려는 쿠킹 스튜디오 수강생이 보낸 메시지겠거니 했는데, 휴대전화에 저장되어 있지 않은 모르는 번호였다. 가끔 늦은 시간에 메시지를 보내어 수강 상담을 하는 경우도 있으니까, 라고 생각하면서도 심장이 두근거렸다.

다인은 조심스레 메시지 아이콘을 눌렀다.

[늦은 시간에 연락해서 미안합니다. 내일 상담은 8시에 진행하겠습니다. 사고 장소가 병원이어서, 상담은 병원 밖에서 이루어질 예정입니다. 아침 8시, 병원 본관 1층 로비에 있는 서점 앞에서 뵙겠습니다.]

길지 않은 메시지를 읽고 또 읽어 보았다. 간호사는 병원 시스템에서 문자가 발송될 거라 했는데, 발신 번호는 분명 휴대전화 번호였다. 입안이 바싹 말랐다.

[네, 알겠습니다.]

누구시냐, 어떤 의사냐 꼬치꼬치 묻는 것도 이상해 보일 것 같았다. 상대가 그 사람이건, 아니건 말이다. 다인은 짧은 메시지를 보내고 잠시 기다렸다.

[푹 자요. 많이 놀랐을 텐데.]

저도 모르게 아랫입술을 질끈 깨물었다. 상담의가 사고 정황을 알고 있을 테니 이렇게 말하는 것일 수도 있지만, 메시지를 보내고 있는 사람이 강유준이라는 확신이 들었다. 그런데 강유준이 맞느냐고 묻기가 어려웠다.

유준이라는 이름 때문에.

아직 그를 알은체하겠다고 마음을 정한 것도 아니었고, 그래도 되는지에 대한 의문은 여전했다.

[네, 안녕히 주무세요.]

다인은 평범한 인사를 보내는 것을 마지막으로 휴대전화를 내려놓았다. 간이침대에서 몸을 일으킨 다인은 잠들어 있는 조모의 얼굴을 가만히 내려다보았다.

할머니, 할머니도 유준 오빠 알아봤지?

물을 수 없는 질문이었다. 조모와 자신이 그를 알은체하면 그의 인생이 송두리째 흔들릴지도 모른다. 다인은 조용히 마음을 접어 넣었다. 이른 봄날의 바람처럼 따스하게 휘감았던 눈빛을 애써 무시하기로 했다.

그런 거잖아. 내가 알은체하면, 오빠도 곤란하잖아. 그러니까 그만해.

매정하게 딱 끊어서 말할 수도 없는 상황이 답답했다. 양념이 잘못되어서 살릴 수 없는 요리를 하고 있으면서도 조리대 앞에 서서 국자를 휘젓고 있는 기분이다. 어쩌면 맛이 있을지도 몰라, 그래 어쩌면. 방법이 있을지도 모르겠다는 실낱같은 희망을 떠안은 채로 밤을 하얗게 지새웠다.

또다시 아무렇지 않은 얼굴로 그를 마주해야 하는 아침이 되었다.

## 3. 봄이네요, 이제

아침 7시면 간병인이 오기에 다인은 서둘러 출근하는 것처럼 병실을 빠져나왔다. 간병인은 일주일에 다섯 번은 24시간 할머니 곁을 지켰고, 일주일에 한 번은 밤 근무를 쉬고, 또 한 번은 하루를 온전히 쉬었다.

간병인이 있음에도 병원에 자주 들러야 하는 다인의 일과는 살인적이었다. 돈을 벌기 위해 쿠킹 스튜디오에 나가 강의를 해야 했고, 조모가 운영했던 재단 경영 악화로 날마다 빚 독촉에 시달렸으며, 별일 없을 거라고 조모를 안심시키고 나야 하루가 마무리되었다.

매일 아침 카페에 멍하니 앉아서 쓰디쓴 커피를 한 잔 마시는 것으로 일과를 시작했는데, 오늘은 그 시작이 달랐다. 서점 앞에 다다르자, 예상했던 것처럼 그가 다인을 기다리고 있었다.

"못 잔 얼굴이네요."

잠을 설쳐서 푸석한 얼굴인 자신과 달리 그는 여전히 환한 미소를 머금은 눈부신 얼굴이다. 잘나도 너무 잘난 그의 얼굴이 괜히 얄밉기까지

했다.

"병원 간이침대가 편하지는 않아서요."

일부러 그런 것은 아닌데, 퉁명스러운 대꾸가 흘러나왔다. 그는 모르는 바 아니라는 듯이 고개를 한 번 주억거렸다.

"아침 식사 전이죠?"

"상담하는 거 아니고요?"

"나도 식사 전이라, 식사하면서 진행하는 거로 하죠. 특별 상담의 경우이럴 때도 종종 있어요."

'특별'이라는 단어에 물색없이 가슴이 두근거린다. 십수 년 전만 해도 그에게 특별한 사람은 오직 자신 하나뿐이었다.

「다인아, 오빠가 다인이를 얼마나 특별하게 생각하는지 알지?」

같이 있을 때면, 자주 특별하다는 말을 하곤 했었다. 세상에 태어나 자신에게 그런 존재가 생긴 것은 처음이라는 것처럼. 그래서 그 사실을 늘 확인하고 싶어 하는 눈치였었다. 고작 열두 살이었지만, 그런 그의 모습이 안쓰럽게 느껴져서 가슴 한구석이 짜르르 아팠다.

그런데 마치 그때와 다를 것 없다는 눈빛으로 그가 말하고 있었다.

"바쁘신 분이 특별 상담도 해 주시고, 감사합니다."

다인은 열두 살 소녀와 같은 눈빛으로 그를 올려다보았다.

내가 마음을 열고 따랐던 사람도 그 소년뿐이었다고, 내 곁에서 세상 모든 악을 물리쳐 줄 것처럼 든든했던 당신의 존재를 한시도 잊어 본 적 없다고, 아프지는 않은지, 잘 지내고 있는지, 이제는 누구에게 특별하다 말하며 존재를 확인하려고 드는지 궁금했다고.

그의 검은 눈동자가 일렁거렸다. 시공간이 멈춘 듯 고요했다. 분주히 출근하는 사람, 진료를 위해 찾은 외래 환자와 그들의 보호자가 뒤엉켜 소란스러운 대학병원 로비가 고요한 미궁처럼 느껴졌다.

두 사람만의 비밀을 숨겨 놓은 미궁. 누구도 찾을 수 없도록 꼭꼭 숨겨 놓고 둘만이 찾아보고 싶은 장소 같았다. 암묵적 동의에 의해 보이지 않는 철옹성이 지어지기 시작했다.

모르는 척하면 되는 거잖아, 우리. 그치? 오빠?

눈빛으로 물었다.

그래, 여기서 처음 만난 것처럼. 의사와 환자 보호자로.

그가 대꾸하는 것만 같았다.

서로 알은체를 하지 않으면 문제가 없을 터였다. 그렇게 아슬아슬하게 만나는 것으로.

그는 만족스러운 한숨을 한 번 내쉬고는 진한 미소를 머금으며 입을 열었다.

"아침 시간에 문 여는 식당이 근처에 많지 않아요. 그중에 비교적 조용한 곳으로 알아봤는데, 괜찮죠?"

대꾸 없이 고개를 끄덕였다. 어디를 가든 상관이 없을 것 같았지만, 그가 자신과의 특별한 상담을 위해 예약했을 장소가 어떤 곳일지 궁금하기도 했다.

병원 로비를 나오자, 로터리에 심어 놓은 벚꽃 나무가 눈에 들어왔다. 하얀 꽃망울을 하나둘씩 터뜨리는 모습에 가슴이 설렌다.

"봄이네요, 이제."

그가 조용히 읊조렸다. 잔잔한 목소리가 미풍이 되어 가슴속까지 불어왔다.

"그러게요. 봄이네요."

봄이 만개하려는 아침, 그와 나란히 걸었다. 병원 정문을 지나 대로를 건너고, 좁을 골목을 돌고 돌아 작은 공원 앞에 있는 레스토랑에 도착했다. 보물 지도 속에 있는 미지의 장소를 발견한 것처럼 가슴이 두근거렸다.

그리고 그와 마주 앉는다는 기대감에 손끝이 저릿할 정도였다. 애틋한 과거가 없다 할지라도 그는 호감을 불러일으킬 만큼 멋진 모습이었다. 능력 있는 의사였고 결혼 적령기에 접어드는 미혼이었으며, 다정하고 친절했다.

전혀 모르는 사이였어도 그에게 빠지는 것은 자연스러운 일이었을지도 모른다.

마치 모르는 사이였던 것처럼.

완전히 새로운 시작인 것처럼.

서로에 미혹되지 않고는 못 배길 운명이라도 만난 것처럼.

그러다 언젠가 비밀을 말할 수 있는 시간이 온다면 좋을 것 같다고 생각하며, 다인은 그가 열어 준 레스토랑 문 안으로 한 발짝 들어섰다. 레스토랑은 테이블 하나만을 두고 장사하는 원 테이블 레스토랑의 모습을 취하고 있었다. 세계 각지를 여행하며 요리를 배웠다는 셰프는 흰 수염이 멋스러운 남자였다.

"주문 못해요. 주는 대로 먹어야 해요."

그는 재미있는 곳이라는 듯이 웃었다. 셰프는 수채화 종이에 그린 듯한 글씨로 적어 내려간 메뉴를 가져다주었다.


깔도 베르데 Caldo Verde.

송로버섯을 곁들인 닭고기 Chicken with Truffle.

우에보스 란체로스 Huevos rancheros.

파인애플 코코넛 셔벗 Pineapple coconut sherbet.

메뉴를 꼼꼼히 살피고 고개를 들자, 그가 다감한 눈빛으로 바라보고 있었다.

"뭐가 뭔지 하나도 모르겠네요. 나도 좋은 거 많이 먹어 봤는데. 그래도 여기 맛은 좋대요."

맛은 좋대요, 라는 말이 본인의 의견은 아니라는 의미 같았다.

"여기 처음 오셨어요?"

"사실 이런 곳에 와 볼 일이 없었다고 해야 하죠. 메뉴 공부는 다 했어요?"

그는 흥미롭다는 듯이 물었다. 진중한 물음에 저절로 고개가 끄덕여졌다. 마치 숙제는 다 했느냐고 물었던 그 시절 그의 말투와 같아서, 다인은 저로 모르게 입을 열었다.

"칼도 베르데는 포르투칼 국민 수프 같은 거예요. 주로 양배추랑 감자를 넣고 끓이는데, 양배추 식감이 우리나라 것과는 달라요. 오래 끓이면 좋은 맛이 나요. 송로버섯을 곁들인 닭고기는 조리 방법이 적혀 있지 않아서, 어떻게 나오는지 봐야 할 것 같아요. 두 식재료 조합이 좋은 편이라 어떻게 나올지 궁금하네요. 그리고."

어떤 메뉴가 있었는지를 다시 살피듯, 다인의 시선이 메뉴를 한 번 훑었다.

"우에보스 란체로스는 멕시코식 아침 식사 같은 거예요. 토르티야 위에 치즈랑 써니 사이드 업 달걀을 올리고, 토마토소스를 곁들여요. 파인애플 코코넛 셔벗은 입가심하기 좋겠네요. 전체적으로 태양이 작열하는 남미 느낌이 나는 메뉴네요. 포르투갈 요리는 식민지였던 브라질에서도 많이 먹으니까요."

그가 멍한 얼굴로 자신을 바라보고 있다는 것은, 설명을 마치고 나서 깨달았다.

"그래도 무슨 말인지 모르겠는데요."

도무지 모르겠다는 듯이 심각하게 미간을 찌푸리는가 싶더니, 순식간에 웃음을 터뜨린다.

"무슨 일 해요?"

마치 처음 만난 것처럼.

"할머니가 한식 요리 명인이세요. 저는 이것저것 두루 배웠고요."

"아, 맞다. 그때 할머님이 식품영양학 전공한 손녀라고 엄청 자랑하셨었죠."

그는 흐뭇한 기억이라는 듯이 웃으며 대꾸했다.

"할머니가 어딜 가시든 제 자랑을 좀 민망할 정도로 하세요."

기어들어 가는 목소리로 말하자, 그가 다들 그렇다며 고개를 끄덕거렸다.

"우리 할아버지에 비하면 엄청 점잖으신 거예요. 하나밖에 없는 내 손자 녀석은 열여덟에 의대 들어가서 예과, 본과를 수석으로 마치고, 남들보다 빨리 전문의 땄다고 어찌나 자랑하시는지."

천연스럽게 말하는 그의 모습에 웃음이 새어 나왔다.

"할아버지께서 엄청 좋아하시겠어요. 하나밖에 없는 손자가 할아버지를 쏙 빼닮아서."

장난기 어린 말투로 대꾸하자 그가 유쾌한 웃음소리를 냈다. 자랑을 제대로 하면 밤을 새워도 부족하다며 그가 능청을 떨어 댈 때쯤, 요리가 나오기 시작했다.

"이분이 남미 영향을 많이 받은 요리 같다고 하시네요."

그가 다인을 가리키며 셰프에게 말을 걸었다. 셰프가 수염이 씰룩거리도록 웃으며 대꾸했다.

"셰프신가 보네요. 이거 긴장되네."

"그런 거창한 일 안 해요. 식품영양학 전공이라 조금 알고 있던 걸 말했을 뿐이에요."

다인이 손사래를 치며 얼굴을 붉혔다. 셰프가 다인의 손을 흘끗 보고는 대꾸했다.

"칼 오래 잡은 손인데요? 거짓말 조금 보태서 돌잡이로 칼 잡았을 것 같은데?"

두 남자의 눈길이 마디가 붉거진 다인의 손으로 향해 있었다. 손을 많이 쓰는 일을 하는 탓에 다인은 나이치고 손이 투박하게 생긴 편이었다. 그의 시선이 못생긴 손에 닿는 게 거북해서 저절로 주먹이 쥐어졌다.

"맛보고 냉정하게 평가해 줘요. 뭐가 좋고, 뭐가 나쁜지."

두 뺨을 붉힌 채로 고개를 끄덕거렸다. 칼도 베르데를 테이블 위에 내려놓은 셰프는 유유히 주방으로 사라졌다.

마치 셰프의 말을 잘 듣는 손님이 된 것처럼 수프를 떠먹는 데만 집중했다. 그의 시선이 이따금 다인의 손에 닿았다가 떨어지는 게 느껴졌다. 수프 그릇을 비우고 숟가락을 내려놓자 그가 조심스럽게 입을 열었다.

"손 좀 봐도 됩니까?"

"손이요?"

그의 시선이 부담스러워서 테이블 아래로 손을 내리고 있었다. 그런데 그가 진중한 눈빛으로 애원하듯 말했다.

"칼을 오래 잡은 손이 어떤 손인지 궁금해서요."

그는 테이블 위에 팔꿈치를 올리고는 양 손바닥을 활짝 펼치며 내밀었다. 다인은 조심스레 그의 손바닥 위에 제 손을 올렸다. 손이 찬 편이 아닌데도, 그의 손은 놀랍도록 따뜻했다. 그리고 손을 유심히 들여다보는 그의 시선 역시 따뜻하기는 마찬가지였다.

"예쁜 손이네요."

심장이 쿵 하고 내려앉았다. 누가 봐도 예쁘게 생긴 손은 아니었다.

"상처도 많고."

코끝이 찡했다. 손을 보고 말하는 것이 아니라, 자신을 들여다보고 하는 말 같아서 가슴속이 소란해졌다.

"이런 손을 보고, 칼을 오래 잡은 손이라고 하는 거구나."

유준은 그녀의 손을 가만히 들여다보며 읊조렸다. 조금 전 좁은 골목을 걸을 때, 손등이 살짝 스쳤었다. 봄바람이 살랑살랑 불어오는 길을 걸으며 그녀의 손을 잡고 싶었다. 엘리베이터 안에서 그녀를 품에 안기도 했지만, 사고 상황에 그녀를 달래는 것과 길거리를 걸으며 손을 잡는 것은 다르니까.

그녀와 닿고 싶은 간절함에 가슴속이 타들어 가는 듯했다.

아무렇지 않게 손을 잡고, 품에 깊이 안을 수 있다면.

셰프가 칼을 오래 잡은 손이라고 하는 말에, 어떤 특징을 보고 그런 말을 하는 것인지 궁금하기도 했고……. 무엇보다 그녀의 손을 잡고 싶은 마음이 더 컸다.

난생처음 여자에게 어색한 수작을 부리고 있었다. 의사가 되고 나서 처음 상담을 핑계로 여자에게 밥을 먹자고 했다. 직접 병원 근처 맛집을 알아보고, 아침에는 문을 열지 않는 셰프에게 사정을 해서 예약도 했다.

그리고 이제는, 잡은 손을 놓고 싶지 않았다.

간절함이 본능적으로 흘러나와서 저도 모르게 그녀의 작은 손을 꼭 움켜잡았다. 발긋하게 달아오른 그녀의 두 뺨이 어여뻤다.

손을 잡는 것만으로도 이렇게 얼굴을 붉히는데, 더한 것을 하면 어떤 반응을 보일까?

상상하는 것만으로 열기가 치솟는 듯했다. 갑자기 가슴이 답답해지고 단전 아래가 묵직해지려 했다. 첫사랑에 열병을 앓는 사춘기 소년도 아니고, 동물적인 감각이 갑자기 고개를 들어서 당황스러웠다.

유준은 슬며시 그녀의 손을 놓아주었다. 살갗을 더 대고 있다가는 저도 모르게 여린 손등에 입술이라도 가져다 댈 것 같았다. 그녀의 손등에 입술이 닿는 상상을 하자 궁금해졌다. 뽀얀 피부에서는 어떤 향이 날지, 입술에 닿으면 얼마나 부드러울지, 혀로 핥으면 단맛이 느껴질지. 그럼 그녀는 더운 숨을 내뱉으며, 얼굴을 붉힐까.

무구하게 빛나는 담갈색 눈동자를 들여다보며, 엉큼한 생각을 잘도 떠올렸다. 치솟은 열기로 목구멍이 바짝 타들어 가는 듯해서, 유준은 물 잔을 집어 들었다. 물 한 잔을 다 비우고도 갈증은 쉽게 해소되지 않았다.

누군가를 혹은 무언가를 이토록 갈급했던 적이 있었던가.

이제껏 그녀를 보지 않고도 잘만 살아왔는데, 갑자기 눈앞에 나타난 여자에게 홀린 듯 빠져들었다.

그래, 과거의 인연이 아니더라도.

우리가 모르는 사이였다고 하더라도.

나는 너를 목말라 했을 거고, 참을 수 없었을 거야.

담갈색 눈동자, 이따금 발긋하게 물드는 뽀얀 뺨, 나긋한 말씨, 자신이 하는 일을 사랑하는 열정적인 태도. 동화 같은 옛날이야기가 아니더라도, 그녀는 충분히 매력적이다. 단숨에 마음을 빼앗겨 버린 게 전혀 이상하게 느껴지지 않았다.

그래서 한편으론 조바심이 났다. 내 눈에도 어여쁘니, 다른 남자 눈에도 어여쁘겠지.

"선생님은 손이 무척 고우시네요."

그녀가 유준의 손을 가리키며 미소를 머금었다.

"칭찬처럼 들리지는 않는데요?"

팔짱을 끼며 고개를 비스듬히 기울이자, 그녀는 고개를 한 번 빠르게 휘젓고는 대꾸했다.

"칭찬 맞아요. 저는 손 예쁜 사람이 정말 부럽더라고요. 내가 하고 싶은 일 하면서 얻은 일종의 훈장 같은 손이기는 하지만, 저는 손이 콤플렉스거든요."

웃음기를 머금은 목소리가 듣기 좋았다. 유준은 진지한 표정을 지으며 테이블 위에 아까와 똑같은 자세로 손을 펼쳐 보였다.

"그럼, 실컷 봐요."

그러자 그녀가 재미있다는 듯이 웃으며 손사래를 쳤다.

"그렇다고 남의 손 열심히 들여다볼 만큼 손 페티시 같은 게 있는 건 아니고요."

"그럼, 나는 페티시 있어서 그쪽 손 열심히 들여다봤다는 말이 되는 겁니까? 그리고 흔히 신체 특정 부위에 집착하는 증상은 Partialism, 편애증이라고 하는 게 더 정확한 표현이에요."

일부러 미간을 찌푸리며 심각하게 굴었다.

"아까 칼 오래 잡은 손이 궁금하다고 하셨잖아요. 비약이 심하시네요. 아니면 정말 손 페티시, 아니 편애증이라도 있는 거예요?"

유준은 고개를 절레절레 내저으며 웃음을 터뜨렸다. 고와진 외모만큼이나 성격도 달라졌다고 생각했다. 그런데 짓궂은 장난기를 머금은 그녀의 유쾌하고 당돌한 성격은 그대로 남아 있었다.

이렇게 반가울 수가.

달라진 그녀의 모습을 바라보는 것도 가슴이 두근거렸지만, 알고 있던 옛 모습을 발견하는 것은 심장이 터질 듯 내달리게 했다.

이렇게 조금씩 서로의 모습을 확인하다가, 언젠가는 우리가 서로를 온전히 알아볼 날이 오기를. 유준은 조심스레 바라고, 또 바랐다.

즐겁게 웃을 때면 왼쪽 뺨에만 보조개가 쏙 들어가던 그녀였다. 지금도 그녀의 왼쪽 뺨에는 예쁜 보조개가 쏙 들어가 있었다. 한쪽 뺨에만 보조개가 있는 게 마음에 들지 않는다며, 뾰족한 샤프로 오른쪽 뺨 한가운데를 누르고 있곤 했었다.

결국 오른쪽 뺨 보조개는 생기지 않았는지, 여전히 왼쪽 뺨만 예쁘게 파인다.

"이 식당 어때요?"

흘러내릴 듯 빛나는 눈동자를 보며 물었다.

"좋아요. 수프가 너무 맛있어서, 다음에 나올 음식이 기대되네요."

"답답하지는 않고요?"

식당 안은 무척이나 협소했다. 어제 사고로 인해 좁은 공간에 있는 게 두렵지는 않은지 알아보기 위해 던진 질문이었다.

"안 답답해요. 엘리베이터 타는 데도 문제없고요."

그녀는 걱정하지 말라는 듯이 말했다. 상담 핑계를 대고 불러내기는 했지만, 다음 만남을 기약해야 할 것 같아서 벌써부터 조바심이 났다. 할머니가 병원에 입원해 계시는 한 핑계 삼아 그녀를 찾아볼 수는 있겠지만, 단둘이 이런 공간에 마주 앉을 가능성은 희박했다.

차라리 무섭다고 했으면 좀 마음이 편했을까? 당장에 사고로 인한 스트레스가 생기지 않은 것은 다행이었지만, 다음 상담을 기약할 수 없도록 아무렇지 않다고 말하는 그녀가 야속하기도 했다.

"외상 후 스트레스 장애는 보통 한 달은 지켜봐야 해요. 원치 않는데, 자꾸 그 장면이 떠오른다든지."

설명을 이어 가려는데 그녀의 눈빛이 묘하게 변하는 게 느껴졌다. 심장이 덜컥 내려앉는 듯했다. 좀 전에 야속하다고 생각했던 게 미안할 만큼, 그녀의 표정이 심각했다.

"자꾸 떠오르는 장면, 있어요?"

조심스럽게 묻자, 그녀가 고개를 끄덕거렸다. 아랫입술을 말아 문 채로 말이 없는 모습이 안쓰러웠다.

"어떤 장면인지 말해 볼래요?"

그녀는 입을 벙긋거리다가 이내 다물어 버렸다. 손바닥에 땀이 차오르는 게 느껴졌다. 환자를 대하면서 단 한 번도 느끼지 못했던 낯선 감정이다. 그녀를 환자로 대하고 있지 않기 때문에 느끼는 특별한 감정이기도 했다.

"나도 모르게 그걸 떠올리고 있다는 걸 인지하는 게 중요해요. 인지하면, 바로 생각을 멈춰요. 무사히 지나간 일이고, 아무 일도 없었다고 스스로를 다독여야 해요."

무서운 생각을 떠올리는 것은 아닌지 걱정되었다. 그녀가 그런 생각을 떠올릴 때마다 품에 안고 괜찮다고 말해 주고 싶었다.

"그게."

잠자코 설명을 듣고 있던 그녀가 조심스러운 목소리로 입을 열었다. 유준은 듣고 있다는 듯이 그녀를 가만히 바라보았다. 재촉하지 않고 기다리겠다는 듯이. 신뢰감 어린 눈빛을 보내려 노력했지만, 조바심이 나서 가슴이 오그라드는 듯했다.

"어깨는 괜찮으세요?"

비약이니 페티시니 하고 사람을 놀릴 때는 언제고 얼굴을 붉히며 묻는 말이, 어깨는 괜찮냐니. 아마도 그녀는 어깨 위에 올라탔던 장면을 계속 떠올리고 있었나 보다.

"괜찮아요."

"다행이다."

그녀가 안도의 한숨을 내쉬며 웃는다.

안 괜찮다고 할 걸 그랬나?

내내 자신을 떠올리며 걱정했을 거라고 생각하자, 가슴이 소란해졌다. 사람을 들었다가 놨다가. 그녀의 말 한마디에 마음을 졸이고, 엉뚱한 어깃장 놓을 생각까지 하다니. 정신건강의학과 전문의 체면이 말이 아니다.

"걱정했어요. 의사신데, 어깨 다치셨으면 어쩌나 하고."

솔직한 그녀의 말에 유준의 얼굴에서 장난기가 가셨다. 어쩌면 자기 연민에 빠져 있었는지도 모른다. 남의 인생을 대신 살면서 스스로 결정할 수 있는 것은 아무것도 없다며 한탄했으니까.

그런데 한 꺼풀씩 마음을 드러내는 그녀를 마주하자, 정신이 번쩍 드는 기분이었다. 이제까지 몸집을 부풀려 왔던 조바심도 우습게 느껴졌다. 강유준이든, 조유준이든 상관없다는 생각이 들었다. 본질은 변하지 않으니까. 답답한 교착 상태에 빠지는 건 이제 그만둬야겠다.

"고마워요. 걱정해 줘서."

곧이어 멕시코식 아침 식사라고 했던 요리와 치킨 송로버섯구이가 동시에 나왔고, 그녀는 감탄했다. 기뻐하는 모습을 보는 것만으로 뿌듯했다.

누군가의 기쁨에 순수하게 동의했던 적이 있었던가?

파인애플 셔벗을 먹는 동안에는 예쁘게 웃는 그녀의 뺨에 입을 맞추고 싶어서 또다시 조바심이 났다. 지금 느끼는 감정은, 정신건강의학과 전문의가 절대 설명할 수 없는 정신 이상 증세 같았다.

"정다인 씨."

디저트 스푼을 내려놓는 그녀의 이름을 불렀다. 그녀는 놀란 듯 눈을 동그랗게 뜨고 바라보고 있었다. 이름을 불러서 놀란 듯했다.

"다음엔 저녁 먹죠, 우리. 쫓기듯 먹는 아침 식사 말고, 느긋하고 여유롭게."

마지막 말은 자신에게 하는 말이나 다름없었다. 서두르지 말고, 느긋하고 여유로운 마음을 먹자는 다짐.

그런데 입에서는 전혀 다른 말이 튀어나왔다.

"상담 같은 거 하지 말고."

그녀는 속을 알 수 없는 얼굴로 바라보기만 했다. 무슨 생각을 하는 건지 알 수 없는 표정, 느릿하게 깜빡거리는 눈꺼풀, 꾹 다문 채로 아무 말도 하지 않는 입술.

"싫어요?"

짧은 시간이었지만, 대답이 쉽게 나오지 않는 것 같아서 다급하게 물었다.

"싫은 건 아닌데요."

불량스러워 보이는 어른들을 양아치라고 부르며 대차게 굴었던 성격은 어디 갔나. 유준이 하는 말에는 계속 조심스럽게 대하는 그녀 때문에 현기증이 날 것만 같았다.

이렇게 급한 성격이 아닌데.

쉽게 단정 짓는 법이 없었고, 관계를 유보하는 방법도 잘 알았다. 누구보다 사람의 심리와 감정을 잘 조율하는 정신건강의학과 전문의라고 자부했었다. 그런데 마주 앉아 있는 여자의 말 한마디, 행동 하나하나에 몸서리가 날 정도로 예민해지고 만다.

원하는 대답을 듣지 못할까 봐 두려운 것인지도. 병원에서 제공한다는 상담에는 순순히 응한 그녀였지만, 다음 만남은 그렇지 않을 거라는 선언은 충분히 당황스러울 터. 왜 이렇게 서둘렀을까. 또다시 자기 연민에 빠져들려는 찰나.

"다음에는 제가 가고 싶은 식당으로 가도 돼요?"

그녀다운 질문이 흘러나왔다. 떠올려 보니, 열두 살 어린 소녀였을 때부터 밀고 당기는 데는 도가 튼 그녀였었다.

"좋으실 대로."

웃음과 함께 내뱉은 대답에 그녀가 알겠다며 고개를 끄덕거렸다. 봄날 살랑거리는 바람인 줄 알았는데, 온 심장을 뒤흔들 정도였다.

기꺼이 흔들려 줄게.

얼마든지 넘어가 줄게.

원하는 대로 뭐든지, 다 해.

왼쪽 뺨에 예쁘게 들어간 보조개를 바라보며, 다음에는 꼭 저곳에 입을 맞춰야겠다고 생각했다.

재벌 그룹들이 공익 재단을 통해 편법으로 상속을 하던 시절이었다. 주식 등을 재단에 기부하고, 재단의 소유권을 자녀에게 넘기면 거액의 세금을 물지 않고도 상속을 할 수 있는 편법.

그들이 사는 세상에서의 싸움에 할머니가 운영하시는 재단이 말려들게 될 줄은 꿈에도 몰랐다. 편법 증여니, 상속세니, 공익 법인을 통한 지배니 하는 말은 다인에게 너무 먼 세계의 말 같았다.

"할머니가 받으신 기부금이 CH그룹의 문제 주식입니다."

그들이 무슨 짓을 하든 관심 없었는데, 김 변호사의 말은 다인을 절망케 했다.

"할머니께서 재단 경영과 관련하여 CH그룹의 도움을 받으셨고요. 그 와중에 이면 계약 내용이 있는 것을 발견했습니다."

"이면 계약이요?"

기분이 좋지 않은 단어였다.

"재단 경영이 악화될 시, 재단의 모든 게 CH그룹 소유가 된다는 내용입니다."

할머니가 평생을 바치신 모든 걸 눈앞에서 빼앗기게 생겼다.

부재를 통해 존재의 소중함을 새삼 깨달을 때가 있다. 다인은 요즘 할머니가 지녔던 에너지를 매 순간 절감하는 중이다. 무서운 분이셨다. 원리원칙주의자였고, 당신이 세워 두신 확고한 신념과 매서운 기준은 하나뿐인 피붙이인 손녀에게도 적용되었다.

부모 없이 자란다고 해서 특별히 귀애하는 척하지도 않으셨고, 다정하거나 다감한 성격도 아니셨다. 그래서 그 시절, 다인은 유준에게 더욱 애착을 뒀을지도 모른다.

그런 할머니가 변하기 시작한 건 작년 말 건강검진 결과를 받으시고 나서부터였다. 학사와 석사 통합 과정을 공부 중이던 다인은 석사 마지막 학기를 바쁘게 보내고 있었다. 모처럼 만에 두 식구가 마주 앉은 식탁 앞, 할머니는 평소와는 다른 다정한 얼굴로 말씀하셨었다.

「늙은이가 이제 세상을 놓을 때가 된 것 같구나.」

할머니의 진단명은 위암이었다. 아직 림프절로는 전이가 되지 않은 위암 2기. 수술을 하면 완치될 수 있다는 말에도 할머니는 완강히 수술을 거부하셨다.

「너를 두고 내가 어찌 눈을 감을까.」

생전 눈물을 보이지 않으시던 분이 자주 눈시울을 붉히셨다. 온몸에 수분이 다 빠져 자글자글 주름이 진 노인은 눈물을 흘리는 것도 버거워 보였다. 눈시울을 붉히기만 할 뿐, 흐르지 않고 맺혀 있는 끈적끈적한 눈물이 원망스럽다는 듯이 할머니는 한숨을 내쉬곤 했다.

수술대에 오르면 절대로 다시 눈을 뜰 수 없을 거라는 이상한 확신이 할머니를 좀먹고 있었다. 그러다 할머니가 병원에 입원하시게 된 건, 구토물에서 잠혈이 발견되면서였다.

하지만 여전히 할머니는 수술을 거부하시는 중이다.

"할머니 수술 전까지만 좀 미룰 수 있을까요?"

재단을 넘겨야 할지도 모른다는 변호사의 말에 다인이 할 수 있는 말이라고는 시간을 벌어 달라는 것뿐이었다.

"노력해 보겠습니다."

할머니를 돕는 척, 이용한 이들이 한둘이 아니었다. 어떻게든 버틸 수 있을 거라고 생각했는데, 이면 계약이 있었다는 말에 하늘이 무너져 내리는 것 같았다. 평생을 일구고 바친 재단이었다. 재단의 도움을 받고 사회에 나간 이들에게 도움을 청해 봤지만 허사였다.

할머니의 주치의인 이상호 교수와 재단 일을 돕고 있는 김민우 변호사만이 할머니를 외면하지 않은 유일한 사람들이었다.


노력해 보겠다는 김 변호사를 뒤로하고 병원으로 향했다. 병원 정문 앞 로터리를 지나는데, 활짝 핀 벚꽃 잎이 눈에 들어왔다. 새까만 밤하늘 아래 하얗게 피운 꽃송이가 어여뻤다. 며칠 전 아침, 그와 함께 이곳을 지날 때만 해도 막 꽃송이를 터뜨리고 있었는데 어느새 만개한 꽃들이 기특하기도 했다.

잠시 한눈을 팔아도 부지런히 피어나는 꽃잎처럼 힘을 내야지.

애써 마음을 다잡으며 병원 로비를 막 들어서 엘리베이터로 향하는 길이었다.

"오빠도, 참. 이사장님이 진짜 그러셨다니까요."

어디서 들어 본 목소리라고 무심히 생각했다. 교태 어린 음성은 날카롭지 않았지만, 어딘지 모르게 신경을 거스르는 구석이 있었다.

"너는 나보다 이사장님에 대해서 잘 아는 것 같다."

대꾸하는 목소리는 분명히 아는 사람의 것이었다. 다인은 저도 모르게 목소리가 들려온 쪽으로 시선을 돌렸다. 로비를 가로지르는 남녀의 모습이 눈에 들어왔다. 그는 검은색 슈트 차림에 딱 떨어지는 브리프 케이스를 들고 있었고, 그의 옆으로는 봄꽃처럼 하늘하늘한 산호색 원피스를 입은 여자가 나란히 걷고 있었다.

그림처럼 잘 어울린다는 말은 이럴 때 하는 거구나.

지나가는 간호사 무리가 두 사람에게 꾸벅 인사를 건네자, 두 사람은 가볍게 고개를 숙이는 것으로 답했다. 미루어 짐작해 보건대 여자 역시 이 병원 의사인 듯했다. 시선을 떼어야 하는데 그럴 수가 없었다.

멀어져 가는 뒷모습을 하염없이 바라보았다. 각진 어깨, 다부진 등. 오늘따라 그의 뒷모습이 더욱 낯설게 느껴졌다. 저에게 등을 내 주며 시도 때도 없이 업어 주던 사람은 이제 아무 데도 없는 것처럼.

그들이 모습이 시야에서 완전히 사라지고 나서야 시선을 거둘 수 있었다. 혼잣말이 조용히 흘러나왔다.

"저녁 먹자며. 말로만."

저녁을 약속하기는 했지만, 언제 어디서 만날지는 정하지 않았다. 그때는 정말 그가 간절하게 청하고 있다고 생각했는데, 지나고 보니 예의상 한 말일 수도 있을 것 같다는 생각이 들었다.

그의 곁에 누군가 있을 거라고 생각 못했던 건 아니었는데, 그때 한식당에서도 분명히 본 얼굴인데.

남녀 간에 나누는 감정의 시작이라고 여겼는데, 착각을 해도 단단히 했었나 보다.

"한심하다, 정다인."

한숨이 흘러나왔다. 재단이 넘어가느니 마느니 하고 있는데, 그깟 저녁 식사가 뭐 대수라고.

김 변호사를 만나고 가라앉았던 기분이 더 없이 엉망이 되었다. 당장에 할머니 병실로 가야 하는데, 도저히 이런 기분으로는 웃으면서 할머니를 대할 수가 없을 것 같다.

옥상 정원으로 갈 생각이었다. 이 시간에는 사람이 많지 않을 테니, 그곳에서 감정을 추스를 생각이었다. 그런데 야속하게도 휴대전화가 울렸다. 발신인은 할머니였다.

"네, 할머니."

— 왜 안 와? 어디쯤 왔어?

할머니의 목소리는 마치 엄마를 찾은 어린아이처럼 불안하게 울렸다.

"지금 1층에서 엘리베이터 기다려요. 금방 올라갈게요."

— 그려, 언능 와.

다 왔다는 말에 할머니의 목소리가 부드럽게 뭉개졌다. 가슴이 먹먹했다. 엄정하고 무서운 분이셨지만 할머니는 다인에게 하늘이었고, 땅이었고, 기둥이었고, 지붕이었다. 할머니가 약한 모습을 보일 때마다 속이 문드러졌다.

차라리 무섭고 엄정한 모습을 보여 주시길 바랐다. 오늘처럼 마음이 약해질 때면, 눈물이 찔끔 날 만큼 혼내 주셨으면 했다. 조금씩 틈이 생기고 서서히 무너져 내리는 할머니의 모습을 마주할 때마다, 억장도 같이 무너졌다.

한때는 할머니를 미워하기도 했었다. 하나밖에 없는 손녀딸에게 너무 혹독하게 구는 건 아닌지 반항심도 키워 보았었다. 차라리 혹독했던 시절이 그리웠다. 곧 사라질 것처럼 보이는 할머니의 위태로운 모습을 견디는 게 더 버거웠다.

감당할 수 없는 감정을 다스리기 위해 한숨을 몰아쉬며 병실로 향했다. 곧 도착한다는 말에 할머니는 문만 바라보고 계셨는지, 다인이 병실에 들어서자마자 반색하셨다.

"저녁은 먹었고?"

"아직요."

"그럼 밥부터 먹고 오지."

바로 올라오지 않으면 울음이라도 터뜨리실 것처럼 말씀하셔 놓고, 막상 손녀딸 얼굴을 보고 나니 안심이 되나 보다.

"저녁 잘 드셨어요?"

"다인 씨가 가져다 놓은 반찬으로 다 드셨어. 국도 데워서 드렸고. 밥만 병원 밥으로 드셨어."

간병인이 거들고 나섰다. 다인은 감사하다며 고개를 숙여 보였다.

"다인 씨 얼른 저녁 먹고 와. 늦으면 지하 식당도 다 닫더라. 나도 아까 할머님이랑 같이 밥 먹었어."

"그럼, 저 얼른 저녁만 먹고 올게요."

얼굴을 보인 것으로 어린아이처럼 좋아하는 할머니는 뒤로하고 병실을 나섰다. 점심때부터 빈속인데, 입맛이 하나도 없다. 마음 같아서는 술이나 한잔하고 술기운에 잠들었으면 싶은 날이지만, 쉽게 무너질 수 없는 처지인 게 서글플 뿐이다.

1층 로비에 있는 카페라도 갈까 했는데, 귀찮아졌다. 사실 귀찮다기보다 로비에서 봤던 그와 그림처럼 어울리던 여자의 모습이 떠오를 것 같아서 싫었다. 앞으로 무조건 병원 로비를 피할 수만은 없겠지만, 지금 당장은 보고 싶지 않았다.

복도에 있는 자판기에서 500원짜리 밀크 커피 한 잔을 뽑아 들고 옥상 정원으로 향했다. 병원에 들어올 때만 해도 날씨가 좋았는데 추적추적 봄비가 내리고 있었다. 비가 내리는 탓인지, 아니면 시간이 늦어서인지 옥상 정원은 텅 비어 있다시피 했다.

"11층에 할머니 계시죠?"

누군가 갑자기 말을 걸어와서, 하마터면 커피를 쏟을 뻔했다. 말소리가 들려온 곳으로 고개를 돌려 보니, 탕비실을 오가며 마주쳤던 남자가서 있었다.

"저는 그 맞은편 병실에 할아버지가 계시거든요."

"아, 네."

서글서글한 인상을 주는 남자는 또래처럼 보였다.

"저희 할아버지는 다음 주에 수술하세요."

"어떤 수술 받으세요?"

"위암이요."

다인은 가만히 커피를 홀짝였다. 빈속에 커피가 들어가자 속이 쓰렸다.

"할머니도 위암이시죠?"

"네."

남자는 생각보다 많은 것을 알고 있는 듯했다.

"저희 할아버지도 수술 안 받으시겠다고 우기시다가, 겨우 수술대 오르시는 거예요."

"어떻게요?"

할아버지를 수술대에 오르게 만든 비법이라도 있나 싶었다. 그리고 느껴지는 묘한 동질감. 위암 환자의 보호자라는 공통점이 기분을 환기시킨 듯, 엉망이었던 감정이 조금씩 추슬러졌다.

"수술받으시면, 제가 여자 친구 소개해 드린다고 했거든요."

"아, 할아버지도 그쪽 걱정 많이 하시나 보네요."

그는 무슨 말을 하느냐는 듯 미간을 찌푸리며 다인을 바라보았다.

"아뇨. 할아버지 여자 친구요. 제가 책임지고 예쁜 할머니 소개해 드리기로 했어요."

다인은 저도 모르게 웃음을 터뜨렸다.

"진짠데. 그쪽 할머니한테도 그렇게 말씀드려 봐요. 아, 이렇게 된 김에 우리 할아버지랑 엮어 드리는 건 어때요?"

웃음기를 싹 빼고 진지하게 말하는 남자의 말에 다인은 웃음을 터뜨렸다.

"우리 할머니는 남자한테 관심 없어요."

"에이, 거짓말."

"진짠데."

"우리 할아버지 되게 멋있어요. 좀 꼰대기가 있기는 한데, 팔순에 꼰대기 없으면 그게 이상하지."

"어떡하죠? 우리 할머니가 여덟 살이나 연상인데."

"우리 할아버지가 연하니까 좋네요. 안 그래요? 아니면 나는 어때요?"

남자는 유쾌한 성격을 가진 사람인 듯했다.

"뭐라고요?"

다인은 커피를 홀짝이며 웃었다.

"내 이름은 여태현. 스페인어 전공 중이고 스물일곱."

"아, 제 소개도 해야 하는 거예요?"

"당연하죠. 가는 게 있으면 오는 것도 있어야지."

병원에서 친구를 사귀게 될 줄은 꿈에도 몰랐다.

"저는 정……."

"한참 찾았네."

등 뒤에서 갑작스럽게 들려온 목소리는 그 남자의 것이었다. 다인은 천천히 고개를 돌려 목소리가 들려온 쪽을 바라보았다.

"비도 오는데, 여기서 뭐 해요?"

그는 미간을 찌푸리며 볼멘소리를 했다.

"커피, 마셨어요."

다인은 종이컵을 들어 보이며 대꾸했다. 그가 옆에 서 있는 남자를 흘 끗 보고는 다시 눈을 맞춰 왔다. 시선이 곱지 않다. 어쩐지 심장이 쿵쿵 뛰어 댔다. 다인은 그에게서 수컷 냄새가 물씬 난다고 생각했다. 마치 자 기 영역에 제멋대로 침범한 들짐승을 노려보는 것처럼 결이 살아 있는 눈 빛이었다.

"저 찾으셨어요?"

"잠깐 이야기 좀 하죠."

다시 만난 이후로 늘 다정했던 사람이었다. 저런 식으로 툭툭 말을 던 지는 법은 없었다. 그런데 이상하지. 마치 먹잇감을 빼앗긴 짐승처럼, 영 역을 빼앗긴 야생 동물처럼, 그는 사납게 굴고 있었다.

다인은 '잠시만요.' 하고 말하고는 옆에 서 있는 남자에게 시선을 돌렸 다.

"다음에 또 봬요."

"기회가 되면요."

그의 위협적인 행동에도 아랑곳하지 않고, 남자는 유쾌하게 웃으며 말 했다. 다인은 그에게 충분히 다정한 인사를 건넸다. 다분히 의도적인 유 치한 행동이었다. 다른 여자와 그림처럼 어울렸던 그의 모습이 떠올라서 더욱 정성을 들여 인사를 나누고는 돌아섰다.

"가요. 여기서 이야기할 건 아니라는 거죠?"

공격은 일방적일 수 없다는 것을 사람들은 가끔 잊곤 한다. 다인은 그가 툭툭 내던졌으니, 자신도 할 수 있는 것 아니냐는 듯이 퉁명스럽게 물었다. 그러자 그는 짐짓 당황한 얼굴을 했다.

겨우 이 정도에 당황할 거면서 왜 그렇게 사납게 덤비셨을까?

뾰족한 시선을 보내자, 그가 왜 그런 눈빛을 하느냐고 묻는 표정을 지었다. 하긴 이 남자는 다인이 로비에서 두 남녀가 나란히 걷는 모습을 지켜봤다는 사실을 알 리 없었고, 다인은 그럴 자격도 없으면서 유치한 질투를 하고 있었으므로 그로서는 이해할 수 없는 상황이기는 했다.

멀뚱히 서 있는 그를 지나쳐 옥상 정원을 빠져나와 엘리베이터 앞으로 향했다. 그는 어두운 얼굴을 하고선 묵묵히 따라 나왔다.

"어디로 갈까요?"

"내가 방해했습니까?"

두 사람의 입에서 말이 동시에 튀어나왔다. 시선이 허공에서 위태롭게 맞물렸다. 그는 언짢은 것인지, 아니면 속이 상한 것인지 알 수 없는 표정을 하고 있었다.

울 것 같네, 꼭.

하늘이 짙은 빛깔로 물든 봄밤. 수컷 냄새를 물씬 풍기는 그에게는 안 어울리는 감상이었지만, 그는 정말로 울 것 같은 얼굴을 하고 있었다. 마치 소중한 무언가를 빼앗기기 직전인 어린아이처럼 불안한 눈빛을 하고선.

"방해했다고 해야 하나."

어린애를 울리는 못된 어른이라도 된 것처럼 다인은 고개를 갸웃거리며 혼잣말인 듯 대꾸했다.

"저녁, 먹었습니까?"

"먹었어요."

"그깟 커피로 되겠어요?"

그는 다 알고 있다는 듯이 되물었다.

"혹시 할머니 병실 갔었어요? 그럼 다 알면서 왜 물어요? 사람 성격 참 이상하네."

어디서 이런 심술이 비어져 나오는지 알 수가 없었다. 다 받아 주던 사람이었으니까. 다인이 떼를 쓰고, 강짜를 부려도 다 들어주던 사람이었다. 그래서 그랬을까? 어린애처럼 굴고 싶었다. 제멋대로 굴어서 그가 자신을 신경 써 줬으면 하는 미숙한 오기가 생겨났다.

"밥 먹으러 가죠, 일단."

그의 목소리가 아까보다 한층 더 가라앉아 있었다. 누군가 가슴속에 손을 집어넣어 심장을 꽉 움켜쥐는 듯 저릿했다.

엘리베이터에서 내린 그는 성큼성큼 앞장서 갔다. 자기 차로 가자고 하는 말이 괜히 고까웠다. 오만한 등, 거만해 보이는 뒷모습. 다인은 멈춰 서서 멀어지는 그의 뒷모습을 바라보았다. 그는 몇 걸음 걷다 말고 멈춰 섰다. 한숨을 내쉬는 듯 어깨가 들썩였다. 그가 천천히 돌아섰다. 그리고 는 멀찍이 서 있는 다인을 가만히 바라보았다.

"가기 싫어요?"

그가 물었다.

모르겠다. 가기 싫은 건지, 좋은 건지.

"지금 나랑 뭐 하는 거예요?"

직원용 지하 주차장에는 다인과 그를 제외하고는 아무도 없었다. 두 사람 모두 꼼짝도 하지 않고 서 있었더니 천장 센서 등이 서서히 어두워 졌다. 완전히 꺼지지는 않아서 서로의 얼굴은 보이는 정도였지만, 표정까지 자세히 보이지는 않았다.

어둡지도 밝지도 않은 어정쩡한 밝기의 공간. 마치 두 사람의 관계를 대변하는 것처럼 느껴졌다.

"밥 먹으러 가자고요."

"그러니까 그쪽이랑 내가 왜 밥을 먹어야 하는데요? 나랑 오늘 약속한 것도 아닌데."

다소 삐뚤어진 마음에 흘러나온 질문이기는 했지만, 사실이었다. 그가 무정하게 느껴졌다. 감정을 나눌 것처럼 굴어 놓고, 각별하게 보이는 다른 여자를 곁에 두고 있는 건 반칙이다.

차마 내가 발설하지 못할 것을 알아서? 그 정도로 나쁜 놈이 된 건가?

갑자기 울컥, 마음이 한쪽으로 위협스럽게 쏠렸다. 시야가 흐려지고, 눈살이 저절로 찌푸려졌다. 그가 무서운 속도로 다가오는 게 희미하게 보였다. 눈물방울이 뺨을 타고 또르르 흘러내렸다.

"왜 웁니까?"

물음조차 야속하게 느껴졌다. 다인은 입을 꾹 다문 채로 대꾸하지 않았다. 그때 그 식당에서 함께 있었던 여자와 다정하게 걸어가는 것을 봤노라고 말할 수 없었다.

내가 뭐라고.

이사장이면 그쪽 할아버지가 아니냐고, 집안끼리도 다 아는 여자를 곁에 두고 나에게 무슨 짓을 하는 거냐고 물을 수도 없었다.

그가 특별히 뭘 어찌한 것도 없으니까.

혼자 상상하고, 혼자 기대하고, 혼자 부풀었다가, 혼자 뻥 터뜨린 감정이다.

"오늘 무슨 일 있었어요?"

심상치 않다고 느꼈는지, 그가 고개를 비스듬히 기울이며 물었다. 누그러든 목소리에는 분명한 염려가 묻어났다. 그리고 또다시 눈물이 솟구쳐 오르도록 다정했다.

"왜 울어요, 음?"

마치 어린아이가 된 기분이다. 우는 감정을 표현할 수 없는 어린아이. 이것도 서럽고, 저것도 서러워서. 김 변호사를 만난 일도 속상하고, 할머니가 변한 모습도 마음이 아픈데, 당신까지 날 우습게 보는 것 같아서. 그래서 무엇 하나 콕 집어서 설명할 수가 없어서 눈물이 났다.

그가 한숨을 몰아쉬며 마른세수를 해 댔다. 뭔가 착각한 것 같은데, 이렇게 당황스러운 사람인 줄 몰랐다며 그가 돌아서길 바랐다.

아니, 꼭 안고 달래 주었으면 했다.

아무 일도 없을 거라고. 괜찮을 거라고.

누군가의 위로가 필요한 순간, 모르는 사람과 시답잖은 수다로 감정을 추스르고 있던 자신을 건드린 그의 잘못이다. 이렇게 된 건 전부 다 이 남자의 잘못……이라고 생각하는데, 커다란 손이 어깨를 감싸 쥐었다. 맥없이 몸이 휩쓸렸다. 정신을 차리고 보니 차가운 슈트 재킷 라펠이 젖은 뺨에 닿아 있었다. 너무 놀라 딸꾹질이 흘러나왔다.

"뭐가 그렇게 속상해서…… 이렇게 서럽게 울어……."

텅 비어 있던 가슴을 채워 주기라도 할 것처럼 그가 꼭 끌어안아 주었다. 건네는 말은 기억 속 그 말투 그대로였다. 가슴이 촘촘히 채워질 만큼 밀도 높은 포옹에 숨을 내쉬는 것조차 버거웠다.

이러면 안 되는데.

입술이 저절로 벌어졌다.

"오빠."

울음 섞인 부름에 몸을 휘감고 있는 팔에 힘이 들어가는 게 느껴졌다.

"다인아."

한숨 섞인 부름. 설움이 복받쳤다. 이렇게 서로를 알은체하는 게 뭐 그리 힘든 일이라고 마음고생을 했는지. 커다란 손이 등허리를 가만히 토닥여 주었다. 복잡했던 감정이 순식간에 누그러들었고, 울음도 잦아들었다.

"여전히 이렇게 잘 울어서 어떡해."

품 안을 울리는 다정한 목소리가 듣기 좋았다. 어릴 때와는 분명 다른 목소리지만, 특징은 분명히 남아 있는 중저음.

"나 잘 안 울어, 이제."

어설픈 변명이 흘러나왔다.

"근데 오늘은 왜 울었어?"

마치 떨어져 있었던 시간이 거짓이라는 듯 자연스럽게 대화가 이어졌다. 삽시간에 간극이 메워져서 더욱 서러웠다.

"오빠가 울렸잖아."

그의 탓을 해 보았다. 그가 어깨를 움켜잡고는 거리를 벌렸다. 내려다보는 시선이 진중했다. 이제 그가 선을 그을 차례라고 생각하니, 또다시 가슴이 답답해졌다. 아마도 그는 어릴 적 잠깐의 시간을 함께 보냈던 아이를 기억하고 다가왔을 것이다.

어린 여동생을 보살피는 마음으로.

그것으로 밖에는 설명되지 않았다. 그의 행동이나, 그의 곁에 머물던 여자나, 모든 게.

"계속 오빠라고 부를 거야?"

의미를 알 수 없는 질문에 다인은 멀뚱히 그를 올려다보았다. 그는 실망감 가득한 눈빛으로 다인을 내려다보고 있었다.

"그럼, 교수님이라고 불러 드려?"

뾰로통한 되물음을 던지자, 그가 천장을 한 번 쳐다보며 한숨을 내쉬었다. 남자다운 목선이 아찔하게 드러났다. 심장이 둥둥 울렸다.

"다인아."

다정하고 살가운 부름이 가슴을 콕콕 찔러 댔다.

"너 그냥 나한테 동생 할래?"

그가 잠시 뜸을 들이고는 조용히 읊조리듯 말을 이었다.

"아니면 여자 할래?"

분명히 들었음에도 불구하고 잘못 들은 것 같은 착각을 불러일으킬 때가 있다. 마치 지금처럼.

산소가 부족하기라도 한 것처럼 숨이 차올랐다. 그가 한 발짝 더 가까이 다가왔다. 고개를 비스듬히 숙이며 눈을 맞춰 온다. 다디단 숨결이 느껴질 정도로 거리가 가까웠다.

"응?"

그가 다시 한 번 되물었다. 애원하듯 절박한 눈빛을 바라보며 조용히 속삭였다.

"내가 원래 오빠 동생은 아니었잖아."

말이 끝나기가 무섭게 입술이 집어삼켜졌다. 강인한 팔이 허리를 감싸 왔다. 입안으로 말캉한 혀가 들어와 찌릿하게 휘감겼다. 고개가 뒤로 꺾였다. 혀뿌리까지 깊게 빨아들였다가, 입천장 안쪽 부드러운 점막을 간지럽게 핥았다.

작은 입안을 빈틈없이 차지한 그는 생각할 여지도 주지 않고 밀어붙였다. 힘껏 빨아들이고 샅샅이 핥는 움직임에서 지독한 소유욕마저 느껴졌다. 혀를 얽고 입을 맞대고 있을 뿐인데, 애정과 욕심과 집착에 정신이 아득해지는 듯했다.

숨이 턱 막혀 왔다. 달뜬 숨결이 그의 뺨 위에 부서졌다. 그의 더운 숨결도 다인의 뺨 위로 쏟아지기는 마찬가지였다. 그의 목에 팔을 휘감고 필사적으로 매달렸다. 여기서 떨어지면 큰일이라도 날 것처럼 서로를 부둥켜안았다.

"으음."

날것 그대로의 여린 신음이 그의 입안으로 쏟아졌다. 그의 손이 허리와 등, 옆구리를 성마르게 오르내렸다. 열기가 치솟았다. 난생처음 느껴지는 뜨거움에 몸이 녹아내릴 것만 같았다.

"하아."

한숨을 쏟아 내며 두 사람은 동시에 물러섰다. 멀리서 다가오는 차 소리를 들은 그들은 한 발짝 물러선 채로 벅차오른 숨을 골랐다.

서너 번 한숨을 몰아쉰 그가 다인의 손을 움켜잡고는 자신의 차가 주차된 곳으로 빠르게 걷기 시작했다. 조수석에 다인을 태운 그는 운전석에 오르자마자 다인의 목덜미를 끌어당겼다. 입술이 다시 엉겨 붙었다. 마치 떨어져 있는 게 이상하다는 듯이 그는 작은 입술을 집요하게 파고들어서 물고 빨았다. 밀폐된 공간이 주는 은밀함에 열기는 순식간에 차올랐다.

"으으음."

참을 수 없는 신음이 터져 나왔다. 옆구리를 쓸어 올리던 그의 손이 가슴을 밀어 올리듯 움켜잡았다. 아랫배가 갑자기 조이는 느낌이 나서 당황스러웠다.

조수석 등받이가 뒤로 넘어가는 게 느껴졌다. 그가 올라탈 듯이 상체를 겹쳐 왔다. 가슴을 움켜잡았던 손이 아래로 움직였다. 니트 자락을 들친 그의 손이 옆구리에 닿았다. 그리 차갑지 않은 손임에도, 온몸에 소름이 돋아났다.

맨살을 타고 올라와 속옷 위로 가슴을 한 번 움켜잡은 그의 손이 브래지어 컵 안으로 불쑥 들어왔다.

"으응."

부드럽게 어루만졌다가 꽉 움켜쥐는 그의 손길에 아찔해졌다. 그의 손바닥이 딱딱하게 곤두선 유두를 눌러 댔다. 찌릿찌릿한 통각에 아래가 젖는 듯했다.

선팅이 짙은 차 안, 인적이 드문 주차장이었지만 이 이상 나갈 용기는 나지 않았다. 단단한 어깨를 붙들고 있던 손에 힘을 주어 슬쩍 밀어냈다. 그는 아쉬운 듯 자잘한 키스를 더 하고는 입술을 떼어 냈다.

슬쩍 말려 올라갔던 니트 자락을 정리해 주고, 조수석 등받이를 똑바로 세워 주었다. 운전대에 손을 올린 그는 한숨을 몰아쉬며, 달아오른 감각을 통제하려는 듯했다. 다인은 가만히 그가 숨을 몰아쉬는 모습을 지켜보았다.

어스름히 새어 들어온 주차장 조명이 그의 얼굴에 아찔한 음영을 그려 넣었다. 항상 그를 선한 사람이라고만 생각했었다. 늘 다정하고, 다감했기에 그를 착하다고 여겼었다. 그런데 완전한 남자가 된 그는 꽤 저돌적인 모습을 보였다.

"잡아먹히는 줄 알았네."

혼잣말인 것처럼 조심스레 읊조렸다. 간신히 숨을 고르고 내뱉은 말이었다. 내내 앞 유리창을 향해 있던 시선이 조수석으로 옮겨 왔다. 그는 부정하지 않겠다는 듯이, 날것 그대로의 눈빛으로 다인을 바라보았다.

"다음엔 잡아먹을 거야. 구석구석 다 핥고, 빨아 먹어 줄게. 오늘은 먹히고 싶어도, 좀 참아."

"누가 할 소리를 하는 건지 모르겠네. 오빠가 참아야지."

당황스러운 목소리가 툭 튀어나왔다. 키스도 갑작스러운데, 야한 말을 아무렇지도 않게 내뱉어서 얼굴이 홧홧했다.

"시작은 네가 먼저 했어."

"키스는 오빠가 먼저 했어."

"오빠라고 부르지 말라니까."

그는 이상한 포인트에서 예민해졌다. 처음 봤을 때부터 그를 오빠라고 불렀는데, 어른이 되어서 만났다고 호칭을 달리하라는 건가. 하긴 떨어져 지낸 시간이 13년이나 되는데 아무렇지 않게 오빠라는 호칭이 튀어나온 것도 이상하기는 했다.

마치 어제 보고, 오늘 보는 것처럼 그가 낯설지 않아서일까.

"그럼 뭐라고 불러 줬으면 좋겠는데?"

그는 생각해 둔 호칭이 따로 있는 것은 아닌지, 골똘하는 얼굴로 엔진 스타트 버튼을 눌렀다. 차가 미끄러지듯 유연하게 주차장을 빠져나갔다.

"운전 잘한다."

혼잣말처럼 내뱉은 목소리는 들떠 있었다. 마치 소풍을 가는 아이처럼 신이 난 목소리였다. 그걸 그도 눈치챘는지 입가에 미소가 어렸다.

"이름 불러."

"이름?"

"어."

"운전 잘하네, 우리 유준이."

빙긋이 미소를 머금으며 내뱉은 말에 그가 미간을 찌푸렸다.

"까분다."

조수석을 흘끗 보며 나무라는 말에 가슴이 말랑말랑해진다.

"운전 잘하네, 우리 유준 씨."

나긋한 목소리로 그의 이름을 불러 보았다. 이렇게 뻔뻔한 성격이었던가, 하는 생각이 들 정도로 호칭이 입에 착 붙었다. 마치 오래전부터 이렇게 불러 왔던 것처럼, 당연히 이렇게 불러야 하는 사이인 것처럼.

그가 기다란 눈이 보기 좋게 휠 정도로 미소를 머금었다.

"듣기 좋네."

웃음기를 머금은 그의 목소리도 듣기 좋았다.

"침대에서도 그렇게 말해 줘."

아무래도 그는 다인이 당황하는 포인트를 즐기는 것처럼 보였다. 이제

동생이 아닌 여자로 곁에 있겠다고 말하고 키스까지 한 마당이기는 했지만, 외설적인 말을 재치 있게 받아칠 정도의 성격은 못 된다는 것을. 그는 너무도 잘 알고 있다는 듯이 놀려 댔다.

"뭐, 뭐라고?"

당황스러워서 말까지 더듬었다. 그가 웃음을 참는 듯하더니, 진지한 목소리로 대꾸했다.

"잘하네, 우리 유준 씨."

다인은 자신이 잘못 들었나 싶은 얼굴로 그의 아무렇지 않은 옆모습을 바라보았다.

"미쳤나 봐, 정말. 머릿속에 그런 생각밖에 없어?"

"어."

천연덕스럽게 대꾸하는 모습에 기가 막혔다.

"엘리베이터 안에 갇혔을 때, 그때 정말 죽는 줄 알았어."

갑작스러운 사고 이야기에 분위기가 반전되나 싶었다.

"네 입술이 너무 달아 보여서."

장난을 치고 있다고 생각했는데, 그의 목소리가 사뭇 진지했다.

"며칠 전에 원 테이블 레스토랑에서도, 거기 가는 길에도. 손잡고 싶고 끌어안고 싶어서 돌아버리는 줄 알았다, 나."

가슴이 콩닥콩닥 뛰었다. 그가 한마디씩 내뱉을 때마다, 뱃속에서 피어오른 희미한 열감이 온몸을 휘감는 듯했다.

"이제 안 참을 거야."

유준은 가라앉은 목소리로 읊조렸다. 그녀를 모른 척했던 시간이 아까워서 미칠 것만 같았다. 고작 며칠밖에 되지 않았는데도, 마치 수십 년을 홀로 버텨 온 것처럼 억울하기까지 했다.

만약 우리가 헤어지지 않았더라면.

내가 그 집에 계속 머물렀더라면.

같은 집에서 성인이 될 때까지 함께 있었더라면.

그래도 우린 이런 관계가 될 수 있었을까?

나보다 어린 네가 성인이 되는 순간을 기다리며, 너의 곁을 지켰을까?

어여쁘게 자라는 장면을 모조리 지켜보며 가슴을 졸였겠지.

그녀를 만나지 못한 세월이 억울했다. 뭐가 무서워서 그리 겁을 냈었나, 하는 생각이 들 정도였다. 죽어 가던 목숨을 구해 줬던 사람들 한번 찾아보는 게 뭐 그리 어렵다고.

그동안 걸림돌이 되었던 인물이 머릿속을 스치고 지났다. 조부인 강 이사장은 지독한 인물임이 틀림없다. 손주의 죽음을 아들의 혼외자로 둔 갑시키는 일을 서슴지 않은 사람. 열여섯부터 친아들처럼 키워 주신 어머니의 속은 아마 문드러졌을 것이다.

두려웠다. 자신의 존재를 지워 버리고 전혀 다른 사람의 인생을 덧씌운 것처럼, 혹여 자신의 과거와 연관된 사람들을 해칠까 봐 겁이 났다. 그래서 외면하고, 모른 척 살아왔다.

하지만 이제는.

유준은 발긋하게 달아오른 얼굴로 조수석에 앉아 있는 그녀를 한 번 흘끗 보았다. 생기 가득한 미소를 짓고 있는 모습이 사랑스럽다.

지킬 수 있을 것이다, 이제는.

"나 얼른 저녁 먹고 들어가야 해. 할머니 걱정하셔."

병원 앞 도로를 돌아 나와, 차가 대로로 빠지자마자 그녀가 초조한 목소리를 냈다.

"그럼, 이 근처에서 먹자."

근사한 곳에 가서 제대로 된 정찬을 먹이고 싶었다. 해쓱하니 종일 아무것도 먹지 못한 얼굴인 것 같아서 마음에 걸렸다. 밥도 굶고 커피로 속을 달래고 있는 걸 보면, 오늘 분명 무슨 일이 있었던 것 같기도 했다.

십수 년을 떨어져 지냈는데도, 왜 이 여자의 모든 게 다 읽히는 기분일까.

그런데도 옥상에서 모르는 남자와 유쾌한 웃음을 지으며 마주하고 있는 모습에 속이 뒤집혔다. 자신에게는 그런 편안한 모습을 보인 적 없다는 게 화가 났다.

왜 나는 불편하고, 생판 모르는 놈은 편한 건데?

남자가 수작을 걸어 대며 채근하는 순간, 생각이란 걸 할 수가 없었다. 빨리 그녀를 차지하고 싶다는 열망만이 가득했다. 천천히 다가가려고 했던 계획은 연기처럼 사라졌다. 주차장에서 그녀의 눈물을 마주하자, 인내심은 바닥이 나 버렸다. 가슴속에서 폭발이 일어나는 듯했다.

끌어안지 않고는 못 배길 만큼, 거센 감각이었다.

그래서 당겨 안았다. 오빠라 부르는 소리에는 완전히 무너져 내렸다.

"언제 알았어?"

스테인리스 컵에 물을 따라 주며 물었다. 그녀는 나무로 된 수저통에서 수저 두 개와 젓가락 두 벌을 고르고 있었다. 근사한 곳에 가고 싶었는데, 근처에서 빨리 식사할 수 있는 곳을 찾다 보니 허름한 설렁탕집에 들어오게 되었다.

"처음 봤을 때."

그녀가 숟가락을 놓아 주며 대답했다.

"실은."

그러더니 비밀 이야기라도 할 것처럼 목소리를 낮춘다.

"나, 오…… 아니, 유준 씨 이 병원에 있는 거 알고 있었어."

"어떻게?"

눈썹을 치켜세우며 되물었다.

"어디로 살러 갔는지 알았으니까. 소식 찾아보는 건 어렵지 않더라고. 병원 홈페이지에 사진도 있더라?"

"그래서 우리 병원으로 온 거야?"

그녀는 그건 아니라며 고개를 내저었다.

"이상호 교수님이 할머니 1호 장학생이시거든. 공교롭게도 이 병원에 근무하셔서. 오다가다 마주칠지도 모른다는 생각은 했었는데……."

웃음기를 머금은 눈빛에 쓸쓸함이 어린다. 가슴이 저릿하다.

"근데 갑자기 병실로 찾아와서 얼마나 놀랐는지 알아?"

"나도 놀랐어."

"정말?"

믿을 수 없다는 듯이 되묻는다.

"응, 정말."

"한눈에 알아봤어?"

"그럼."

어떻게 알아보지 못할 수 있겠느냐고 말했다.

"나는 네가 날 못 알아본 줄 알았어."

서운한 목소리가 이어졌다. 그녀가 어깨를 축 늘어뜨리며 잔잔히 대꾸했다.

"그럴 리가."

감상에 빠진 듯한 눈빛이 슬퍼 보였다.

"많이 보고 싶었어. 할머니가 무섭게 혼내는 날이면 더 많이 보고 싶었어. 그래서 오빠 어딨나, 찾아보고 그랬어. 인터넷이 참 무섭더라. 오빠 의대 동기들 모여 있는 카페 같은데 전체 공개 게시물로 올라와 있는 단체 사진 같은 것도 있더라고."

"정다인, 나 스토킹했어?"

슬픈 눈빛을 하는 게 싫어서 장난을 걸었다.

"아니거든! 스토킹은 무슨!"

"인터넷으로 그렇게 집요하게 찾아보는 거, 스토킹의 한 종류야."

그녀의 눈빛이 대번에 변해 버렸다. 눈꼬리를 뾰족하게 만든 그녀는 아랫입술을 말아 물며 노려보았다.

"나도 많이 보고 싶었어."

선선히 말하자, 그녀의 눈빛이 순식간에 누그러든다. 찾아갈 수 없었다는 말은 하지 않았다. 괜한 말을 해서 걱정하게 할 필요는 없었다.

그녀와 완전한 타인으로 지낼 때는 인사라도 나누었으면 하는 옅은 바람뿐이었다. 마음을 송두리째 빼앗겨 버렸다는 것을 내보인 순간, 그리고 그녀가 순순히 그 뜻을 따랐다고 여긴 순간, 욕심이 고개를 들기 시작했다.

이제껏 모르고 지내 온 그녀의 모든 시간을 알고 싶은 집착과 오롯이 그녀를 차지하고 싶다는 진득한 소유욕.

"남자 친구는, 없었어?"

그녀는 고개를 비스듬히 기울이며 시선을 딴 데 두었다. 왜 그런 질문을 던졌을까, 하는 후회는 이미 늦었다.

"있었어."

심장에서 차가운 열기가 느껴졌다. 이상한 열패감이 고개를 들었다. 그녀의 곁에 머무르지 못했던 시간이 더욱 억울해졌다. 그녀가 자신이 아닌 누군가와 조금 전과 같이 감정을 나누는 키스를 했을지도 모른다는 상상을 해 버리자, 숨 쉬는 게 버거울 정도였다.

"몇 명이나?"

괜한 질문이라는 걸 알면서도 멈출 수가 없었다. 그녀는 오른손을 들고는 숫자를 세듯 손가락을 접기 시작했다. 하나, 둘, 셋, 넷, 다섯……

손가락을 다 접고도 그녀는 입을 열지 않았다.

"그만하자."

유치하면서 위험한 감정이었다. 누군가를 감정적으로 구속하는 소유욕이 얼마나 위험한 감정인지 잘 알았다. 살면서 자신이 그런 감정을 가진 인간 군상의 범주 안에 속할 것이라고는 예상치 못했다.

그런데 눈앞에 나타난 그녀는 그동안 유준이 살아오면서 만들어 놓은 표면적인 기준과 감정적 규제를 당연하다는 듯이 넘어서게 했다.

"대학 들어가자마자 소개팅을 했거든? 근데 너무 어린애 같은 거야. 점심 뭐 먹을지 엄마한테 물어보겠다고 전화를 하는 거야, 멍청이가."

첫 번째 남자 친구에 관한 이야기를 하는 건가 싶었다. 알 수 없는 상대에 대한 열패감에 당혹스러운 와중에도 천진하게 재잘거리는 그녀의 모습이 어여뻐서 감탄이 흘러나올 뻔했다.

"소개팅 때 한 번, 엄마한테 밥 먹겠다고 물어봤을 때, 한 번. 딱 두 번 만났어. 그게 다야."

제멋대로 몸집을 부풀리던 열패감은 다 타 버린 장작이 사그라지듯 힘없이 무너져 내렸다. 그게 다라니? 남자라고는 소개팅 한 번이 전부였다고 말하고 있었다. 놀아났구나, 하는 생각이 든 것은 그녀가 설렁탕 국물에 후춧가루를 두 번 쳤을 때였다.

"유준 씨도?"

"나는 없었는데."

엉뚱한 대답을 했다는 건, 앞에 놓인 설렁탕 뚝배기를 향해 그녀가 후추 통을 가져다 대고 있을 때 알아차렸다. 그녀는 유준의 뚝배기 안에 들어찬 뽀얀 국물에 후춧가루를 두어 번 치고는 빙긋이 웃으며 말했다.

"거짓말 되게 잘한다."

미소 띤 얼굴이었지만, 스산한 목소리였다.

"거짓말?"

묻는 말에는 답하지 않고, 어깨가 들썩이도록 한숨을 내쉰 그녀가 산뜻하게 웃는다. 산뜻함 뒤를 맴도는 어색함. 무언가 말하지 못하고 숨기는 듯한 모습이다.

"무슨 거짓말?"

재차 되물었더니, 그녀가 눈이 가늘게 휘도록 미소를 지으며 대꾸한다. 속마음을 숨기려 얇은 막을 드리우는 미소가 마음에 들지 않는다.

"먹자, 일단. 나 배고파."

숟가락을 부산스럽게 움직이는 모습을 물끄러미 바라보았다. 배가 고프다면서 뽀얀 국물만 연신 홀짝이는 모습이 영 시원찮다.

"거짓말 안 했어. 관심도 없었고, 시간도 없었어."

치열하게 살아왔던 시간을 형용하기에는 지극히 짧은 문장이다. 그녀는 국물을 홀짝이던 숟가락을 힘없이 내려놓더니 입술을 한 번 비틀어 문다. 무슨 말을 꺼내려고 하는 건지, 머뭇거리는 모습에 속이 타들어 갔다.

"아까."

새로운 관계의 시작, 첫 단추를 잘 끼워야 했다. 무슨 생각을 하는 건지 모르겠지만, 속마음을 숨기지 않는 게 좋았다. 찝찝한 감정을 숨기고 관계를 지속해 나가는 것은 곰팡이가 퍼지는 것을 두고도 모른 척하는 것과 다름없다.

"응, 아까."

급한 마음에 그녀가 하는 말을 그대로 따라 했다.

"그때 명림에 같이 왔던 여자분이랑 지나가는 거 봤어. 유준 씨 할아버지랑 같이 식사했던 거 아냐?"

그날 식사실에서 거북했던 분위기를 그녀도 알아차렸었나 보다. 묘한 양가감정이 동시에 일었다. 아무 사이도 아니라고 안심시켜야 한다는 생각과.

"그래서 질투했어?"

애정이 없으면 생길 수 없는 감정이기에 기분이 화르르 들뜬다.

"그냥 그런가 보다 했지. 질투는 무슨."

내려놓았던 숟가락을 다시 들고 설렁탕 국물을 휘젓는 그녀의 목덜미가 붉었다. 달아오른 살결에 입술을 묻고 싶은 충동이 인다.

"그럼 지금은?"

지금 느끼고 있는 감정을 명확히 하고 싶은 바람도 일었다.

"지금은, 뭐?"

퉁명스러운 목소리만으로 대답은 충분했지만, 그녀의 입으로 내뱉는 말을 듣고 싶었다. 그런데 그녀는 유준이 원하는 말을 쉽게 해 주지 않을 분위기였다. 하고 싶은 말부터 해야겠다.

"나는 아까 열받아 죽는 줄 알았는데."

자신이 이렇게 솔직하고, 유치한 인간이었는지 미처 몰랐다. 감정이 들끓고, 참을 수 없는 지경이 돼서 입이 먼저 벌어지는 것을 막을 수 없었다.

"나한테는 딱딱하게 굴면서, 처음 보는 남자한테는 웃어 주는 거. 되게 짜증나데?"

감추는 게 없었으면 한다. 서로를 멀어지게 할 오해 따위, 없었으면 했다. 그녀가 느끼고 있는 감정을, 자신도 똑같이 느끼고 있음을 알려 주고 싶었다.

"아까 그 여자분이랑 퇴근 같이 하는 것 같던데……. 왜 다시 올라왔어?"

그녀가 그제야 본론을 꺼내 들었다. 재희와 나란히 로비를 지나가는 모습을 봤을 거라고는 생각지 못했다.

뇌인지과학센터 일로 며칠 정신이 없었다. 그녀에게 저녁을 약속해 놓고도 연락 한 번 주지 못해서 신경이 쓰였다. 연구실을 나서며 연락을 해 볼까 했는데, 재희가 따라붙었다. 옆에서 연신 떠들어 대는 통에 주위가 어수선해졌다.

「저 오픈데…… 바쁘지 않으면, 맥주 한잔할래요?」

가벼운 제안이었지만, 교태 어린 몸짓은 거북했다. 산뜻한 미소가 생각난 것도 동시였다.

「선약이 있는 걸 깜빡했네. 나중에 보자.」

길게 말할 필요도 없다는 듯이 대꾸하고는 돌아섰다. 그 길로 김순희 할머니의 병실로 향했다. 빠르게 발걸음을 옮기며 전화를 걸었지만, 받질 않았다. 저녁을 먹으러 방금 나갔다는 소리에 서둘러 병실을 빠져나왔다. 엘리베이터에 오르는 그녀의 모습이 복도 저편에서 보였다. 한달음에 달려갔지만, 이미 엘리베이터는 떠난 뒤였다.

그녀가 탄 것으로 짐작되는 엘리베이터가 옥상 정원에서 멈춰 서는 것을 확인하고는 따라 올라갔다. 당장에 그녀를 마주하고 싶었다. 잠시 재희와 말을 섞었을 뿐인데 피가 역류하는 것처럼 기분이 이상했다.

죄를 지은 것도 아닌데, 면죄부를 얻고 싶은 죄스러운 기분.

그런데 옥상 정원에서 다른 남자와 마주하고 있는 그녀를 발견하고 말았다. 그때 그 엿 같은 기분이 되살아나는 듯해서 깊은 한숨이 흘러나왔다. 한숨의 의미를 달리 받아들였는지, 그녀가 흠칫하는 모습이 시야에 잡혔다.

나는 이제 네가 아니면 안 될 것 같은데.

내가 다른 여자와 말을 섞는 것조차 역겹고, 네가 다른 남자랑 마주하고 있는 건 돌아 버리겠고.

"같이 퇴근한 거 아니야. 퇴근길에 우연히 마주친 거고. 할아버지 친구 손녀야. 그래서 식사 같이 한 거고."

그녀는 고개를 끄덕이며 수긍하는 듯했지만, 미심쩍다는 얼굴이었다.

"정다인."

진지한 부름에 내내 설렁탕 뚝배기를 바라보고 있던 시선이 천천히 움직였다.

"너 보고 싶어서 올라간 거야."

당장 눈에 담지 않고는 견딜 수가 없어서.

진득한 눈빛으로 바라보자, 이내 그녀의 말간 얼굴에 옅은 미소가 어렸다.

"되게 잘 어울리더라."

하지만 미소 어린 얼굴로 내뱉은 말은 마음에 들지 않았다. 다른 여자를 두고 잘 어울린다고 말하는 그녀가 야속했다. 나무라는 말을 하려는데, 그녀가 말을 이었다.

"그래서 좀 속상했어. 오늘 좀 바빴고 지쳤고…… 그랬는데, 너무 잘 어울리는 것 같아서, 좀 그랬어."

무슨 일이 있었을 것 같다는 예감은 틀리지 않았는지, 그녀는 상념 어린 얼굴로 어깻숨을 내쉬었다.

"누가 지치게 했는데?"

가라앉은 목소리가 흘러나왔다. 감정을 뺀 목소리를 내는 데는 이골이 나 있었다. 그런데 안쓰러운 얼굴로 고된 하루를 간단히 정리해 버리며 '좀 그랬어.'라고 말하는 그녀의 모습을 마주하자, 복잡다단한 감정이 섞인 목소리가 흘러나왔다.

마음은 얇은 막 하나 없이 와닿은 것 같은데, 거리감이 느껴지는 상황이 야속해서.

어서 그녀에게 묵직한 존재가 되고 싶은 열망이, 그녀의 모든 것을 알고, 차지하고 싶은 욕심이 걷잡을 수 없이 일어났다. 또 돌이켜 보건대, 이제껏 살아오면서 감정을 숨기지 않았던 상대는 앞에 앉은 그녀가 유일했다.

껍데기끼리 맺는 관계가 아닌, 속을 오롯이 드러내는 관계. 진짜 자신을 아는 유일한 사람이어서 이렇게 조바심이 나는 건지도.

그녀 앞에서는 견고하게 쌓아 올린 허울을 지키려 긴장할 필요도, 가짜라는 사실을 알아차릴까하는 불안감을 느낄 이유도 없었다.

"누구 한 명이라고 말하기가 힘든 날이었어."

그녀의 눈가에는 지친 기색이 역력했다.

"때론 누군가에게 털어놓는 것만으로도 문제가 해결된 것처럼 느껴질 때가 있어. 타인에게 이야기하면서 답이 구해지는 순간이 오기도 하거든."

그녀가 선한 미소를 지으며 물었다.

"설렁탕 앞에 두고 상담해 주는 거야?"

"언제든지 내가 듣는 귀가 되어 줄게. 모든 문제를 해결해 줄 수는 없어도, 내가 다 들어 줄게."

담갈색 눈동자 아래로 말간 물기가 고이는 게 눈에 들어왔다. 유준은 길게 손을 뻗어 냅킨을 뽑아서 건네주었다. 떨어져 있던 기간과 서로가 모르는 역사와 그로 인한 간극은 아무것도 아닌 것처럼, 이제 곁에는 굳건한 존재가 지키고 있다는 듯이 진중한 눈빛으로 그녀를 바라보았다.

"실은 할머니가 운영하시는 재단이 좀 안 좋아. 할머니 수술 전까지는 막아야 하는데……. 하아, 빨리 수술하셔야 하는데."

뭉뚱그려 한 이야기는 심각해 보였다. 이제는 어떤 이유에서건 힘에 부친 그녀의 모습을 보고 싶지 않았다.

친조부의 부름으로 안온했던 그녀의 집을 떠나오면서 유준은 완전히 다른 사람이 되었다. 두 눈이 휘둥그레질 정도로 잘난 집안의 버려진 핏줄이었다는 사실이 반가웠던 것도 잠시, 정해진 틀에 맞추어 구속된 삶을 살아야 했다.

제한된 삶의 틀에서 잃은 것도 있었지만, 얻은 것도 많았다. 그간 얻은 것이 유용했던 적은 없었다. 그저 주어진 삶을 조용히 영위해 왔을 뿐.

그런데 처음으로 손에 쥔 것을 이용하고 싶은 욕구가 치밀었다.

## 4. 고슴도치

    자리가 사람을 만든다는 말이 여러 가지 의미를 내포하고 있다는 걸 깨달은 것은 교수 자리에 오르고 나서였다. 유준을 한국대 병원의 차기 권력이라고 생각한 이들이 기꺼이 지인의 범주 안으로 들어와 인맥이 되어 주었다.

    이사장의 하나밖에 없는 손주라는 사실만으로도 형성된 네트워크가 있었지만, 권력 앞에 한 발짝 다가설 때마다 그물망은 더욱 긴밀하게 연결되었다. 세간에 오르내리는 것처럼 언젠가 병원장 자리에 앉게 된다면, 그때 가서 요긴하게 쓰일지도 모를 일이었다.

    적당한 거리를 두며 관계망이 얽히는 과정을 지켜보았다. 각계각층의 사람들이 몰려들었고, 전혀 연관 없을 것 같았던 이들이 맺어졌으며, 뜻밖의 조직들도 생겨나기 시작했다.

    유준은 각기 다른 직업군이 모여 있는 전문직 모임을 하나 떠올렸다. 표면상으로는 전문직에 종사하는 이들의 모임이었지만, 사실상 특혜받은 자들만 들어갈 수 있는 곳이었다. 대를 이어 같은 업에 종사하고, 해당 업의 피라미드에서 꼭대기를 차지한 이들이 모인 곳.

철학, 경제, 법, 교육, 군사, 순수과학, 의학, 건축, 공학, 예술, 언어, 문학, 역사에 이르기까지. 십진분류법에 따라 정리해 놓은 도서관을 사람으로 만들어 놓은 형태나 다름없었다.

유준은 조부가 대법원장을 지내고 본인은 현재 고등법원 판사로 재직 중인 인물을 하나, 그리고 전경련 회장을 연임 중인 조부 아래서 경영 수업을 받는 인물을 하나 떠올렸다.

알아본 바, 그녀의 할머니가 설립한 재단 순(純)은 그 이름과 다르게 불순한 자금으로 얽힌 상태였다. 그에 관한 법리적인 해석과 재단을 설립 취지에 맞게 이끌어 갈 수 있는 자금의 융통이 시급했다.

그 정도 자금을 동원하는 것쯤이야 유준도 어렵지 않게 할 수 있었지만, 자신이 섣불리 움직였다가는 강 이사장이 알아차릴 터였다. 때를 기다려야 했다. 모든 준비를 끝마쳤을 때, 자연스레 그녀의 존재를 드러낼 생각이다. 그녀를 손부로 받아들이지 않고는 못 배기도록.

이제 거의 막바지 단계였다. 내일이면 재단 순(純)은 재벌가의 부당한 그늘에서 벗어날 수 있을 터였다.

재단 순(純)의 법무 대리인은 이상호 교수와 막역한 사이였다. 재단을 돕고 싶다는 뜻을 밝히고 나섰을 때, 어렵지 않게 협조를 얻을 수 있었다. 단, 그녀에게는 자신이 개입했다는 사실을 비밀로 해 달라고 당부하자 다소 놀라는 눈치였다.

놀랍다는 반응을 보인 것은 이상호 교수도 마찬가지였다.

"어떻게 된 거야, 강 교수?"

자금 융통에 관한 설명까지 마치자, 이 교수는 불안한 듯 떨리는 눈빛으로 유준을 바라보았다.

"비밀로 해 주실 거죠?"

이 교수는 어색한 미소를 지으며 재차 물었다.

"이렇게 하는 이유가 뭔가?"

표면적으로 존경받는 인사였지만, 강 이사장이 탐욕 가득한 염세적인 인물이라는 것을 측근들은 알고 있었다. 강 이사장의 주치의 중 한 명인 이 교수도 그중 하나였다. 이 교수는 그 핏줄인 유준이 재단을 욕심내는 것은 아닌지 우려하는 눈치였다.

"할머님 수술받으셔야죠."

선선히 대꾸하자, 이 교수의 미간에 설풋 주름이 잡혔다. 괜한 부탁을 해서 일을 만들었다는 후회가 어린 눈빛이다.

"지켜 줄 사람이 있으면, 수술받으실 거라고 했잖습니까?"

전에 없이 다정한 목소리가 흘러나왔다. 평소와 사뭇 다른 유준의 목소리를 들은 이 교수의 얼굴에 경악이 스쳤다.

"자네, 지금."

"네."

유준은 어렴풋이 미소를 머금으며 고개를 끄덕였다.

"제가 한눈에 반했습니다. 정다인 씨한테."

틀린 말은 아니었다. 병실에서 그녀의 모습을 마주하고는 숨이 멎을 뻔했으니까. 이 교수는 믿을 수 없다는 듯이, 기가 막힌다는 듯이 웃음을 한 번 터뜨렸다. 볼 가운데 세로 주름이 깊게 팬 이 교수는 사람 좋기로 유명했다.

그런데 유준에게 경계의 빛을 내비치며 조소를 지었다.

"자네, 진심인가?"

"진심입니다."

그녀의 아버지가 살아계셨다면 이런 눈빛을 했을까? 이 교수는 골몰한 얼굴로 시선을 돌렸다.

한참을 침묵하던 이 교수는 연구실 창밖 풍경을 내다보며 조용히 읊조렸다.

"상처 많은 아일세. 책임지지 못할 감정이면, 그만두게."

경고조의 단호한 음성이었다.

"우려하시는 일 없을 겁니다. 대신 제가 재단에 기여한 바는 끝까지 비밀로 해 주셨으면 합니다."

이 교수는 한숨을 내쉬며 유준을 가만히 응시했다. 진심을 품고 조심스레 다가가고 있다는 것을 알아주었으면 하는 바람이었다.

"끝까지 숨길 생각인가?"

"예."

그녀가 자신에게 빚을 졌다는 생각을 갖게 하고 싶지는 않았다. 그로 인해 감정적 동요나 일말의 책임을 원치도 않았다.

자신을 향한 그녀의 감정은 대가 없는 순수함, 그 자체이기만을 바랐다.

"사람, 참."

이 교수는 고개를 절레절레 내젓고는 말을 이었다.

"그 아이 눈에서 눈물 나면, 알지? 나 칼 잘 휘두르는 거."

비약이 심한 경고에 유준은 웃으며 고개를 숙여 보였다.


이 교수의 연구실을 나선 유준은 외래 진료를 시작하기 전, 짬을 내어 그녀를 볼 생각이었다. 요 며칠 간병인이 휴가를 사용한 탓에 그녀는 종일 병원에 머무르는 중이다.

오며 가며 그녀를 마주하는 것은 무척이나 설레었다. 이래서 병원 안에서 연애를 하는 이들이 있는 건가, 하는 생각도 들었다.

[어디야?]

그녀를 연구실로 오라고 해야 하는지, 아니면 며칠 전처럼 비상구 계단으로 불러내야 하는지 고민하며 메시지를 전송했다.

[할머니 병실.]

[잠깐 나올래?]

[싫어.]

고민할 여지도 없이, 단호하고 심플한 거절에 복도를 빠르게 걷던 유준이 멈춰 섰다.

"싫어?"

혼잣말이 절로 흘러나왔다. 그녀에게 전화를 걸어 볼까 했지만, 병실에 있을 때는 곧 죽어도 전화를 받지 않는 그녀였다.

[왜 싫은데?]

[못 씻었어.]

난 또 뭐라고. 유준은 허탈하게 웃어 버렸다. 혼잣말했다가, 휴대전화를 보며 웃음을 터뜨렸다가. 누가 보면 정신 나간 정신건강의학과 전문의라고 할지도 모를 일이다.

아니면, 사랑에 빠진 거라고 생각할 테지.

[괜찮아.]

[안 괜찮아.]

[안 씻었으면 네 향기가 더 진할 거 아냐.]

그녀의 체향을 떠올리는 것만으로 열기가 훅 치고 올라왔다.

[진짜 그런 말 좀.]

[좋으면서.]

노골적인 말을 퍼부으면 얼굴이 발긋하게 달아오르는 모습이 사랑스러웠다. 살갗에 오스스 소름이 돋아날 정도로 전율이 흘렀다. 자극을 멈추기가 힘들었다. 더한 자극을 위해 그녀를 도발하고, 야한 농담을 던졌다.

한동안 답이 없던 그녀가 다소 위험한 발언을 한다.

[나 씻고 봐.]

이를 놓칠세라.

[왜 씻고 봐? 씻고 뭐 하게?]

답이 없는 휴대전화를 물끄러미 내려다보고 있는데, 웬일로 그녀가 먼저 전화를 걸어 온다.

"왜?"

일부러 건조한 목소리로 전화를 받았다.

— 그냥 목소리만 들어.

병실 밖 복도에 나와서 전화를 걸고 있는 건지, 그녀의 목소리는 숨결이 반 이상이었다.

"네 목소리 지금 되게 야한 거 알아?"

그녀가 하는 것처럼 목소리를 낮추고, 숨결이 섞이도록 물었다.

"이러고 목소리만 들으라고 하는 거, 고문이야."

할머니 병실 앞에 거의 다다랐을 때, 복도 끝에 있는 휴게 공간 소파에 걸터앉아 있는 그녀의 모습이 눈에 들어왔다. 손으로 송화구와 입을 가리고 있으니 그런 외설적인 소리가 나지.

고문은 무슨, 고문.

"김순희 환자 보호자분?"

통화 종료를 누르며 그녀를 불렀다. 그녀가 화들짝 놀라 눈을 동그랗게 뜨고는 올려다본다.

"네?"

주위를 의식한 듯 당황한 얼굴이다. 직접 찾아올 거라고는 생각지 못한 눈치다. 동그란 도넛 모양으로 머리를 묶어 올린 모양이 사랑스럽다.

"잠깐 저 좀 보시죠."

무미하고 건조한 목소리를 내뱉자, 그녀의 얼굴에 잠시 나무라는 기색이 어렸다가 사라진다. 그녀는 어쩔 수 없다는 듯이 '네.' 하고 작게 대답하고는 뒤를 따랐다.

병원의 후미진 공간을 이처럼 열심히 탐색했던 적은 없었다. 소규모 연구센터가 분원으로 이전하면서 잠시 비어 있는 곳에 들어서자마자, 유준은 낭창한 몸을 잡아끌어 품에 가두었다.

"아, 진짜."

그녀가 볼멘소리를 냈지만, 아랑곳하지 않고 하얀 목덜미에 입술을 묻었다.

"어떻게 사람한테서 이런 냄새가 나지?"

달뜬 목소리가 흘러나왔다. 품에서 바르작거리는 그녀의 몸짓 역시 머리 모양만큼이나 사랑스럽다.

"냄새? 향기도 아니고, 냄새?"

그녀가 항의하는 투로 물었다. 유준은 '응.' 하고 짧게 대꾸한 뒤, 그녀의 목선을 타고 오르며 입을 맞추었다. 그리고는 귓가에 입술을 대고 조용히 속삭였다.

"맛있는 냄새. 확 잡아먹을까?"

앞니로 발긋하게 달아오른 귓불을 살짝 깨물었다.

"흐으."

신음인 듯 웃음인 듯 그녀가 흐느꼈고, 유준은 그녀의 입술을 집어삼켰다. 팔뚝에 오른 작은 손이 바르르 떨렸다. 아무리 마셔도 갈증을 해소하기에는 역부족인 키스. 입안 깊숙이 파고들어도 아쉬운 결합이었다.

그녀의 등허리를 어루만지던 손이 자연스레 가슴으로 향했다. 봉긋하게 솟은 젖가슴을 움켜쥐면, 어김없이 신음을 내뱉는다.

"으음."

어쩔 줄 모르고 몸을 비트는 게 어여뻐서 미칠 노릇이었다. 이상의 것을 탐하고 싶은 욕구에 몸이 달았다.

"하아."

그녀가 못 견디겠는지 가슴을 밀어내며 더운 숨을 내뱉었다. 유준은 그녀를 가만히 내려다보았다. 충혈된 입술을 깨물었다가 놓으며 가슴이 들썩이도록 숨을 고르는 모습은 참기 힘들 정도다.

"못 씻었다니까, 정말."

"왜 이렇게 씻는 거에 집착하지? 대체 뭘 하려고?"

그녀가 작은 손으로 유준을 가슴을 가볍게 내리치며 눈을 흘겼다.

"찝찝하니까 그렇지. 이따 병원에 신청한 헬퍼 오면 씻을 건데 좀 기다리지, 그 새를 못 참고."

"헬퍼가 언제 온다는데?"

"저녁 회진 끝나고. 6시쯤 온댔어. 2시간밖에 신청이 안 돼서, 씻고 간단하게 저녁 먹고 들어오려고."

"나가서 씻고 오려고?"

"이 병원 공용 샤워장 진짜 부족한 거 알아? 맨날 붐벼. 병실에 딸린 화장실에서는 내가 씻으면 다른 사람들이 불편하니까."

"그럼, 집에 가서 씻고 와."

"집까지 다녀올 시간은 없고."

"아니, 그 집 말고."

그녀는 무슨 집이냐는 듯 눈을 치떴다.

"병원 동문에서 횡단보도 하나만 건너면 돼. 514동 1206호. 비밀번호는 내 예전 생일."

"그래도 돼?"

"안 될 게 뭐 있어?"

민폐를 끼치는 것 같다고, 그래도 고맙다는 말을 하는 그녀를 내려다보며 유준은 생각했다.

그녀가 씻고 있을 그 시간이, 딱 퇴근하고 집에 돌아갈 시간이라고.

6시쯤 헬퍼가 도착해서 병원에서 나가는 길이라며 문자메시지가 왔다. 유준은 알겠다고 짧게 회신하고는 할머니가 계시는 병실을 찾았다. 할머니는 헬퍼와 함께 병원 복도를 걷고 있었다.

"운동 나오셨어요?"

유준은 살가운 목소리를 건네며 다가갔다. 병원 소속 헬퍼는 유준을 알아보고 꾸벅 인사를 해 왔다.

"답답해서 좀 걸으려고 나왔수. 의사 양반은 또 어쩐 일로 왔누?"

한 손으로는 벽에 붙은 손잡이를 붙들고, 다른 한 손은 헬퍼에게 의지한 채로 할머니는 여상하게 물었다.

"잠시 자리 좀 비켜 주시겠습니까?"

유준은 할머니를 부축하고 있는 헬퍼에게 정중하게 요청했다. 나이가 40대 초반쯤으로 보이는 헬퍼는 의료 행위 중 하나라 여겼는지 순순히 자리를 피해 주었다. 유준은 헬퍼가 잡았던 할머니의 굳은 손을 부드럽게 움켜잡았다.

"나 어데 안 좋소?"

헬퍼가 시야에서 사라지자 할머니의 목소리가 가라앉았다. 기억하건대, 할머니는 강인한 사람이었다. 감정적으로 동요하는 법이 없었고, 궂은 상황에서도 늘 호쾌하게 웃으시곤 했었다. 키는 160cm가 될까 말까

했고, 덩치도 작았지만 강골이었다.

다인의 손에 붙들려 처음 그 집에 다다랐던 날이 아직도 눈에 선하다. 고색창연한 한옥은 옛 선비들이 살았던 서원 같은 모습이었다. 긴 세월을 버텨 온 굳셈이 엿보이는 기둥 옆 마루에 할머니가 앉아 있었다.

「유준이 왔니? 밥은 먹었고?」

마치 외출했다 돌아온 친손주를 맞아 주는 것처럼 자연스러운 물음이었다. 다인의 손에 이끌려 오기는 했지만, 잔뜩 움츠린 상태였었다. 왜 왔느냐, 어쩌려고 이러느냐, 반찬이랑 학비 대 준댔지, 누가 같이 살자고 했느냐고 혼이 날 거라 생각했었다.

그런데 할머니는 마치 유준이 올 것을 알고 있었다는 듯이 방을 내주었다.

「다인아, 유준이랑 마당 한 번 쓸어라.」

다인은 만화에서 마녀들이 타고 다니는 것처럼 생긴 대나무 빗자루 하나를 유준의 손에 쥐어 주며 배시시 웃었다. 기꺼운 마음으로 마당을 쓸었다. 마당에 흩날린 봄꽃 잎을 쓸어 내며, 마음결이 정돈되는 것 같은 기이한 경험도 했었다.

"의사 양반, 왜 말이 없소? 나 어데 안 좋은 거요?"

"죄송해요. 할머니. 제가 잠깐 딴생각이 나서요."

선선히 웃으며 대꾸하자, 할머니가 황당하다는 눈빛으로 유준을 바라보았다. 13년 전 같았으면, 정신 똑바로 차리라고 불호령이 떨어졌을 것이다. 다인에게 엄했던 할머니는 유준에게도 똑같이 엄정한 분이셨다. 그래서 더욱 감사했다.

"의사 양반이 그렇게 정신을 놓을 일이면 중헌 일인가 보네."

이름조차도 무서운 암이라는 병이 할머니의 기세를 꺾어 놓은 것인지, 아니면 철없는 중학생이었던 조유준과 의사가 된 강유준의 차이인지. 정을 주었던 아이와 온전히 남남인 관계의 간극인지, 할머니의 대수롭지 않다는 듯한 반응에 가슴이 죄여 왔다.

"맞아요, 할머니. 저한테 중요한 일이 있는데요. 들어 주시겠어요?"

재단 운영이 어려운 탓도 있겠지만, 할머니께서 1인실은 심심하다고 하셔서 다인실에 입원 중이라고 했다. 일평생을 바쁘게 지내신 분이시니, 환우용 침대 위에 가만히 누워 있는 것도 곤욕일 터였다. 그나마 병실에서 함께 지내는 다른 환자들과 이야기라도 나누는 것이 할머니의 낙이라고.

생각이 곧고 마음이 따뜻한 분이시기에 병실을 함께 쓰는 이들뿐 아니라 의료진들도 할머니를 좋아하는 눈치였다. 유준은 연장자의 혜안이 필요한 청년의 얼굴로 할머니를 마주했다.

"똑똑한 의사 양반이 무슨 일이 있기에."

할머니는 걱정 가득한 눈빛으로 유준을 바라보셨다. 올해 미수인 할머니는 시력도 많이 떨어진 상태였다. 작년 초 황반천공 수술을 받으신 후로는 사물이 조금씩 일그러져 보인다고. 그 때문인지 유준이 누군지 알아보지 못하신 듯했다.

유준은 복도 끝에 자리한 휴게 공간 소파에 할머니가 편히 앉으실 수 있도록 부축해 드리고는 그 앞에 무릎을 굽히고 앉았다. 세월의 더께가 내려앉은 눈동자를 올려다보며 할머니의 손을 꼭 잡았다.

"제가 지켜 주고 싶은 사람이 있어요. 평생 곁에 두고 싶은 사람인데요."

할머니의 얼굴에 어렴풋한 미소가 어렸다.

"그 아가씨 누군지 참 좋겠네. 이렇게 똑똑하고 잘생긴 의사 양반이 옆에 있으니, 얼마나 든든할꼬."

흐뭇한 눈빛으로 유준을 내려다보며 말씀하시는 할머니의 목소리에는 호기심이 묻어났다.

"그런데 그 아가씨가 요즘 고민이 있어서, 많이 힘들어해요."

"아이고, 저런. 그래서 의사 선생님 얼굴에 그늘이 있는 거구면."

오른손으로 무릎을 한 번 치시며 안타깝다는 듯이 혀를 쯧쯧 차신다.

"그 아가씨 할머님이 아주 조금 편찮으신데, 수술을 안 하신다고 하시나 봐요."

"노인네가 괜한 고집을 부려서 젊은 사람 고생을 시키는구면."

아랫입술을 삐죽 내밀며 몹쓸 노인네라고 욕하시는 할머니의 모습에 웃음이 나올 뻔했다.

"살날 얼마 남지 않은 노인네라 판단이 흐려진 게야. 아니지, 그럴 만한 사정이 있을지도 모르고. 노인네가 겁을 집어먹은 걸 수도 있지."

마치 모르는 이를 변명이라도 해 주는 것처럼 말씀하신다.

"그래도 수술은 해야지. 남의 집 귀한 손마저 고민하게 만드누. 그 노인네 폐 끼치는 줄도 모르고 생 복이 터졌네, 그래."

유준은 웃음이 비어져 나오려는 것을 참으며, 진중한 목소리로 물었다.

"그럼 할머니, 이제 수술하시겠어요?"

할머니는 무슨 말을 하는 건지 모르겠다는 얼굴로 잠시 멍해지셨다. 유준을 내려다보는 눈동자가 이리저리 흔들리는가 싶더니.

"아이고, 천지신명님."

놀라게 해 드릴 생각은 없었는데, 할머니는 한숨을 한 번 몰아쉬고는 다소 격앙된 목소리로 말을 이었다.

"우리 다인이 만나는 거요?"

"말씀 편하게 하세요, 할머니."

"우리 다인이 고생 많이 하고 컸는데. 내가 언제 죽을지 몰라서, 애 혼자 남으면 사람 구실 못할까 봐 얼마나 엄하게 혼을 냈는지 몰라. 어리광도 한 번 못 부리고. 일찍 철든 게 안쓰러워서, 내가. 그거 여의지 못하고 눈 감을까 봐. 죽어서도 한이 될까 봐."

수분기가 빠진 끈적끈적한 눈물이 할머니의 눈가에 고이는 게 보였다.

"부모 없이 자랐어도, 경우 없이 키우지 않으려고 부단히 애썼수. 그래도 이렇게 훌륭한 의사 양반한테는 비할 바가 못 되는데."

당황한 듯 윤척없이 흘러나오는 말은 혹여 손녀가 상처를 입을까 걱정하는 투였다. 유준은 할머니의 손을 더욱 꼭 잡았다. 이제 진짜 입을 열어야 할 때였다. 할 수 있는 한 가장 다정한 목소리를 내기 위해 노력했다.

"제가 어릴 때, 정말 죽을 것 같은 순간이 있었어요. 세상이 전부 차가워서 온몸이 꽁꽁 얼어 버렸어요. 몸에서 뾰족한 송곳 같은 얼음이 자라나는 것 같았고. 그래서 사람들도 저를 피하는 거라고 생각했었죠."

할머니는 연민 어린 눈빛으로 유준을 바라보았다.

"그런 저한테 착한 사람이라고 말해 주던 아이가 있었어요. 그 집 할머니는 음식 솜씨가 엄청 좋으셨는데요. 살면서 힘든 순간이 닥칠 때마다, 그 아이가 생각났어요. 그 집 할머니께서 해 주시던 섞박지를 썰어 넣고 끓인 된장찌개도 생각났고요. 아마 저는 셋이 둘러앉았던, 동그란 밥상이 그리웠나 봐요."

자신이 그 시절 그 불쌍한 소년이었다는 말을 에둘러 했다.

"그 집 할머니는요, 엄청 무서웠어요. 하나밖에 없는 손녀딸한테 늘 엄하셨고요. 흔한 곰 인형 하나 사 주시지 않았어요. 대신 어려운 사람 돕는

법을 가르치셨고, 꼭 필요한 사람이 되라고 말씀하셨어요. 그런데 그 아이는요."

잠시 숨을 고르고 말을 이었다.

"저한테만 어리광을 부렸어요. 이거 해 달라, 저거 해 달라. 이건 뭐냐, 저건 뭐냐. 저만 졸졸 따라다녔는데, 전혀 귀찮지가 않았어요. 그 아이가 제 옆에 있는 게 정말 좋았어요. 제가 그제야 살아 있는 것 같았거든요. 내가 외로운 삶을 살게 될 걸 알고 이 아이가 태어난 걸까, 아니면 이 아이의 어리광을 받아 주기 위해 내가 먼저 태어난 걸까, 생각했었어요."

할머니는 잠자코 듣기만 했다.

"그런데 이제야 그 답을 알 것 같아요. 그저 함께하려고 태어난 건가 봐요."

한숨을 한 번 내쉰 할머니는 그저 고개만 주억거렸다. 복잡한 상념이 어린 눈빛으로 유준을 한참 동안 바라보시더니, 두 손으로 유준의 손을 꼭 붙잡으셨다.

"이제 섞박지 찌개는 우리 다인이가 더 잘 끓여."

구름이 드리워 어두웠던 대기에 일순간 빛 내림이 일어날 때가 있다.

빗줄기가 쏟아지듯 선명한 빛줄기.

차가운 빗줄기를 피하려고 안간힘을 써 오던 삶에 빛줄기가 내리기 시작했다.

뜨거운 물줄기가 쏟아지는 샤워기 아래 한참을 서 있었다. 그의 집은 지은 지 얼마 되지 않은 4베이 구조의 아파트였다. 연인 사이라지만 아직 연애를 시작한 지 얼마 되지 않았을 뿐더러 주인이 없는 집이기에 곧장 현관에서 가까운 욕실로 들어왔다.

욕실 문밖에 가방을 내려 두고, 변기 뚜껑 위에 벗은 옷을 차곡차곡 쌓아 둔 뒤 샤워기 아래에 선 지 20분쯤 된 것 같다. 그는 요즘 늘 퇴근이 늦었다. 밤늦게까지 병원에 있다가 자정이 다 되어서야 다인의 얼굴을 보고 퇴근하곤 했다.

대학병원 의사는 어느 자리에 있건 지독히도 바쁜 건가 보다. 결혼하면 저녁 시간에 혼자 보내야 할 시간이 많을까? 생각이 훅 앞서 나갔다.

며칠 병원에서 밤을 보낸 탓에 등허리가 부서질 것 같았다. 뜨거운 물 아래서 몸이 노곤해지면서 나가기가 싫어졌다. 이대로 무너져서 잠들고 싶은 충동도 일었다.

다인은 한숨을 한 번 내쉬고는 수전을 잠갔다. 거울 뒤에 있는 장에서 새 수건을 꺼내서 몸을 닦았다. 이 수건을 빨아 놓고 가야 할까, 잠깐 고민했다. 손으로 조물조물 빨아서 욕조에 걸쳐 놓기라도 해야 할 것 같았다.

남자 혼자 사는 집이 뭐 이렇게 깔끔한지. 젖은 머리카락에서 떨어지는 물이 욕실 타일 바닥에 점점이 고이는 것도 신경이 쓰였다.

드라이기가 안 보이네.

욕실을 한 번 둘러본 다인은 속옷을 입기 위해 옷더미 위로 손을 뻗었다가 아차 싶었다. 문밖에 내놓은 가방 안에 넣어 둔 새 속옷이 생각났다. 아직 그가 돌아오지 않은 것 같았지만, 다인은 커다란 수건으로 몸을 감싼 뒤 욕실 문을 빠끔히 열었다. 밖은 고요했다. 어둠이 내려 앉아 있던 공간 역시 여전했다.

물기가 완전히 가시지 않은 손으로 가방 안을 더듬을 때였다.

"뭐 찾아?"

나직한 목소리가 들려오는 쪽으로 천천히 고개를 들어 올렸다.

수건을 제대로 동여매지도 못한 채로, 대충 몸에 두른 뒤 가슴 앞에 모아 쥔 상태였다. 젖은 머리카락에서는 물기가 뚝뚝 떨어졌고, 욕실을 가득 메운 더운 수증기 탓에 다인의 매끄러운 살갗도 촉촉한 습기를 머금고 있었다.

"뭐 찾냐고. 내가 찾아줄게."

다인은 허리를 숙인 채로 고개만 비스듬히 돌려서 그를 올려다보았다. 흡사 공포영화에 나오는 물귀신처럼 기괴스러운 자세는 아닐까 잠시 걱정했지만, 그의 얼굴은 귀신을 본 표정이라기보다는 먹음직스러운 음식을 앞에 두고 있는 것에 가까웠다.

"아냐, 내가 찾을게. 가방만 좀 집어 줘."

미세하게 떨리는 목소리가 흘러나왔다. 그가 다리를 굽히며 몸을 낮추고는 눈높이를 맞춰 왔다. 드러난 피부에 오스스 소름이 돋는 듯하더니, 열이 오른다.

"가방에 뭐가 들어 있는데? 너 손 젖었어."

속옷이라는 대답을 차마 할 수가 없었다. 지금 수건 안에 손바닥만 한 팬티 한 장도 걸치고 있지 않음을 그에게 곧이곧대로 말하는 꼴이니까.

"뭔데? 왜 말을 못 해?"

그는 일면 걱정스럽다는 투로 물었다. 목소리는 상냥했지만, 그의 검은 눈동자는 위태롭게 가라앉아 있었다. 그는 눈을 가늘게 뜨고는 어정쩡한 자세로 굳어 있는 다인을 바라보며 말을 이었다.

"Fetishistic Disorder, 절편 음란 장애라고 들어 본 적 있어?"

다인이 아는 한 절편은 떡이고, 음란은 이 상황과 기가 막히게 어우러지는 듯한 단어였다. 상황이 묘해서 그런지 떡도 야한 단어처럼 느껴진다.

"아니."

떨리는 목소리를 내지 않으려 노력하며 조용히 대꾸했다.

"속옷 같은 물건이나, 머리카락 같은 걸 가지고 자위하는 정신증이거든."

그가 심각한 목소리를 냈다.

"심각하지 않으면 고칠 수 있어."

이 남자가 지금 무슨 소리를 하는 거지?

다인은 수건을 더 꼭 붙잡으며 몸을 일으켜 바로 섰다.

"또 타인에게 피해를 주지 않으면 독특한 취향일 뿐인 거고. 나는 취향의 다양성을 존중하는 현대인이야. 그런데."

"그런데?"

무슨 소리를 더 하려나 싶어서 되물었다. 그러자 그가 낮췄던 몸을 일으키고는, 다정한 눈빛으로 다인을 내려다보았다.

"집착은 나한테만 해 줬으면 좋겠어."

그가 다 이해한다는 듯이 배려 넘치는 표정을 지으며 고개를 한 번 주억거리고는 커다란 손으로 작은 어깨를 부드럽게 감싸 쥐었다.

"이제 얘기해 봐. 애인 집에서 혼자 샤워하고 가방에서 뭘 찾고 있었는지. 옷도 안 입고 말이야. 병원에서 지내는 동안 스트레스가 많았을 수도 있지, 이해해."

순간 진중한 표정이 진심처럼 느껴져서 당혹스러웠다.

"당황하지 말고. 우리 사이에."

그는 고개를 내저으며 미간을 찌푸렸다. 매혹적인 붉은 입술 끝이 실룩인다. 장난이라는 것을 알면서도 전문용어를 남발하는 남자에게 당했다.

"딜도 같은 거야?"

"속옷 챙겨 온 거 찾고 있었어!"

결백하다는 듯이 억울한 목소리가 튀어나왔다.

"속옷? 진짜야?"

"진짜야."

"그럼 지금 속옷도 안 입고, 내 집에서, 이렇게 젖은 몸으로, 내 앞에 서 있는 거야?"

지금까지와는 결이 다른 목소리로 그가 물었다. 탁하게 쉰 음성, 허벅지 사이가 조여드는 느낌이 났다. 다인은 저도 모르게 아랫입술을 꾹 깨물었다.

"네가 이러고 있는데, 내가 안 넘어가면."

그가 한 발짝 더 가까이 다가왔다. 더운 숨결이 이마 위로 쏟아졌다.

"내 몸에 혹시 문제가 있는 건 아닐지, 네가 걱정하지 않을까?"

매끄러운 콧날이 다인의 코끝을 가볍게 쓸었다. 숨결은 이제 입술 끝에서 느껴졌다. 촉, 하는 마찰음과 함께 가볍게 입술이 달라붙었다가 떨어졌다.

"아니면 말이야. 여기서 내가 물러서면, 너는 화가 날 거야."

묘하게 설득을 당하고 있는 것 같았다. 어깨를 감싸고 있던 손이 팔뚝을 쓸어 내려와 팔꿈치를 가볍게 쥐었다. 그의 손길을 따라 신열이 올랐다. 그는 팔꿈치를 가볍게 쥔 채로 입술을 겹쳐 왔다.

말랑말랑한 혀가 입술을 가르고 들어왔다가 재빠르게 빠져나갔다. 아쉬움에 몸서리가 났다.

"어떻게 생각해?"

마른침이 넘어갔다. 살짝 벌어진 입술 새로 더운 숨이 흘러나오는 게 느껴질 정도였다. 허벅지 안쪽에서 끈적한 물기가 흘러내리는 것 같아서 얼른 다리를 오므렸다.

다시금 그의 입술이 다가왔다. 다인은 저도 모르게 눈을 감았다. 황홀감에 젖고 싶은 열망에 저절로 눈꺼풀이 내려앉았다. 그는 조심스럽게 윗입술과 아랫입술을 차례로 빨아들이고는 입안을 유영하듯 천천히 가르고 들어왔다.

"음."

입술이 부드럽게 섞였을 뿐인데, 신음이 흘러나왔다. 팔꿈치를 잡고 있던 그의 손이 팔을 타고 움직여 작은 손을 부드럽게 잡았다. 손가락 하나하나에 깍지를 끼듯 펼친 탓에 꼭 쥐고 있던 수건이 힘없이 바닥으로 떨어졌다.

열기 어린 손끝이 허리를 감싸 안았다. 물기가 채 가시지 않은 피부 위로 그의 드레스 셔츠가 맞닿았다. 손을 올려 그의 목덜미를 끌어안았다. 손끝에 닿는 그의 머리카락이 살짝 젖어 있었다.

"하아."

입술이 떨어진 틈을 타 받은 숨이 흘러나왔다.

"유준 씨, 머리가 젖었네."

"운동하고 오는 길이야. 거기서 샤워하고 곧장 집으로 왔고. 넌 진작 병원으로 갔을 줄 알았지. 나는 머리만 젖었는데."

그가 아주 작은 소리로 속삭였다.

"너는 머리부터 발끝까지 흠뻑 젖었네."

뜨거운 물기가 왈칵 흘러내리는 느낌이 났다. 그와 동시에 아랫배에서 아찔한 욕구가 치솟았다. 그는 그저 내려다보고 있을 뿐인데, 검은색 눈동자는 지나치게 선정적이었다. 빳빳하게 곤두선 유두가 드레스 셔츠에 닿아서 따끔거렸다.

몰아붙일 것처럼 야한 말을 쏟아 내던 그는 약이 바짝 오를 만큼 느릿하게 굴었다. 제발 어떻게 해 줬으면 좋겠다는 생각이 들 정도로 조바심이 나서 발을 구르고 싶은 심정이다.

"왜?"

그는 연신 입술을 말아 무는 다인을 내려다보며 무구하게 물었다. 다인은 아무런 말도 하지 못하고 더운 숨을 한 번 내쉬었다. 숨결이 그의 목덜미와 턱 끝에 부딪혔다가 되돌아오는 것을 느끼자마자 발꿈치를 들어 올렸다.

그의 입술을 베어 물 듯 집어삼켰다. 꾹 다물린 입술 사이를 혀로 가르고 들어가자 고른 치열이 혀끝에 닿았다. 애원하듯 그에게 매달렸다. 가슴을 그에게 더욱 밀착시키자, 뺨 위로 숨결이 부서지며 입안이 벌어졌다.

단단한 혀가 휘감겼다. 혀에 박힌 돌기 하나하나에 감각이 생겨나는 듯 자극적이다. 타액이 뒤섞였다. 작은 입안에 그의 혀가 꽉 들어차면서 고개가 완전히 뒤로 꺾였다. 밀어붙이는 그의 힘이 더 강한 탓에 허리도 점점 뒤로 넘어가고 있었다.

"으음."

그의 입안으로 신음이 쏟아지자, 굳센 팔뚝이 허리를 휘감아 올렸다. 발끝이 바닥에서 떠올랐다. 그에게 매달리듯 안겼다. 성큼성큼 걸음을 옮기는 게 느껴졌다. 공기가 달라지고, 자세가 뒤바뀌고, 등 뒤에 푹신한 침구가 닿았다.

"하아, 하아."

깊게 맞물렸던 입술이 떨어지자 가슴이 크게 들썩이도록 벅찬 숨이 터져 나왔다. 불을 켜지 않은 탓에 침실 안은 어두웠지만, 밖에서 새어 들어오는 빛으로 그려진 음영은 여실했다. 그의 시선은 가파르게 오르내리는 다인의 젖가슴에 닿아 있는 듯했다.

그가 거칠어진 숨을 고르며 드레스 셔츠 단추를 풀어 내려갔다. 다인은 감상하듯 관능적인 그의 모습을 올려다보았다. 오롯이 드러난 그의 상체는 감각적인 조각품처럼 보였다.

고요한 공간, 벨트 버클을 푸는 소리가 유난히 크게 울렸다. 실오라기 하나 없이 매끈하고 단단한 몸이 겹쳐지며 입술이 다시금 맞물렸다.

배 위로 단단하고 뜨겁고 부드러운 물건이 느껴졌다. 입안을 휘젓고 있는 뜨거운 혀만큼이나 자극적이었다. 다인은 그의 반드러운 어깨를 어루만지며 키스를 받아 냈다. 목젖까지 내리누르는 듯한 움직임에 숨이 턱 막혀 왔다. 미처 들이마시지 못한 타액이 입술 끝을 타고 흘러내렸다.

그가 입술을 크게 벌리며 흘러내리는 타액까지 핥아 마셨다.

"흐음."

그의 입술이 지나는 곳마다 신열이 치솟았다. 목 안쪽 깊숙한 곳을 들이마시듯 베어 물고, 쇄골을 핥고, 젖무덤에 가볍게 입을 맞춘 뒤, 단단한 유두를 깨물었다.

"흐으. 아파."

쾌락과 통각이 공존했다. 그는 혀로 길게 유륜을 둥글리며 달래듯 하더니, 아찔해질 정도로 세게 빨아들였다.

"아읏."

물기가 채 가시지 않은 머리카락을 움켜잡았다. 그의 입술은 가슴 밑동을 지나 배를 타고 내려가 장골에 닿아 있었다.

"아아, 유준 씨."

본능적으로 다리가 모아졌다. 커다란 손이 뒷무릎을 잡아 벌렸다. 밀부가 거침없이 드러났다. 애액으로 흠뻑 젖어 들러붙어 있던 입구가 물기 어린 소음을 내며 열렸다. 왈칵 애액이 치솟았다. 엉덩이를 타고 흘러내리는 느낌이 생경했다.

"흐으으."

앓는 소리가 끊임없이 흘러나왔다. 그의 더운 숨결이 허벅지 안쪽으로 쏟아졌다. 간지러운 느낌을 참을 수가 없었다. 어서 극치의 자극이 닿았으면 하는 바람이 선명해졌다.

"아아, 유준 씨."

"보고 싶어."

"응?"

신음인지 되물음인지 모를 말이 흘러나왔다.

"보게 해 줘."

사위가 어두웠다. 대답을 내뱉기 전에 뒷무릎을 받치고 있던 그의 손이 훅 멀어졌다. 여기서 멈추지 않으리라는 것을 알았지만, 아쉬움에 심장이 덜컥 내려앉을 정도다. 그가 협탁 위로 손을 뻗어 조명을 밝혔다.

간접 조명이 들어오고 사위가 환해졌다. 갑작스러운 조도 변화에 다인은 눈살을 찌푸렸다. 뒷무릎에 다시금 그의 손이 파고들었다.

"붉은색이 식욕을 자극하는 색인 거 알지?"

대답을 할 틈도 없었다. 그의 입술이 밀부에 닿았다가 떨어졌다.

"그게 왜 그런지 알아?"

그는 맛을 보듯 젖은 살점을 길게 핥아 올렸다.

"아아."

발끝이 오므라들었다. 허벅지 사이에서 피어오른 미세한 전류가 등줄기를 단숨에 타고 올랐다.

"속살이 붉은색이라 그래. 근데 아무리 그래도 여긴 너무 맛있게 생겼잖아."

과즙을 빨아 먹듯 그의 입이 밀부를 집어삼켰다. 껍질을 벗겨 낸 과육처럼 부풀어 오른 클리토리스를 입안에 넣고 혀로 굴려 댔다.

"으응. 아아. 흐으으. 아읏!"

참을 수 없는 신음이 연신 흘러나왔다. 단지 몸 한 곳에 입술을 대고 있을 뿐인데, 전신이 그곳으로 빨려들어 가는 듯했다. 온몸의 감각 기관이 모조리 그곳을 향해 있었다.

연신 더운 숨과 함께 신음을 내뱉은 탓에 목이 말라 왔다. 생체적인 반응에 의한 갈증인지, 극한의 욕구에 대한 갈망인지 구분이 되지 않았다. 숨이 턱 막혔다. 산소가 부족한 것처럼 느껴졌다. 뇌에 산소가 도달하지 않는 듯 사고가 어려웠다.

오로지 온 신경과 감각과 욕구가 아래를 향해 있었다. 다인은 손을 뻗어 그의 머리카락을 부드럽게 움켜잡았다. 그러자 그가 작은 손을 끌어다 깍지를 꼈다.

"흐으응, 그만. 응?"

"그만하라고?"

유준은 몸을 일으켜 세우며 그녀의 허벅지 사이에 무릎을 꿇고 앉았다. 그녀는 베개에 머리를 기댄 채로 고개를 내저었다.

"그럼?"

원하는 걸 말하라는 듯이 되물었다. 이미 한계까지 차오른 아랫도리가 욱신거렸다. 선단에 맺힌 물기를 엄지로 훑으며 내려다보자, 그녀가 손을 뻗었다. 유준은 한숨을 몰아쉬며 아까 바지 주머니에서 미리 빼 두었던 콘돔을 집어 들었다.

붉게 달아오른 그녀의 눈가를 바라보며 콘돔을 씌웠다. 할 수만 있다면 담갈색 눈동자도 입안에 넣고 양껏 핥고 싶었다. 몸을 숙이자 그녀가 눈에 띄게 긴장했다.

집으로 오는 내내 이 순간을 상상했다. 사춘기 소년의 성적 공상을 넘어서는 아찔한 장면을 수도 없이 펼쳤는데, 상상은 현실의 발치에도 따라오지 못한 거였다. 호리호리한 몸에 비해 풍만한 가슴, 잘록한 허리와 대비되는 가파른 골반의 굴곡을 마주한 순간 상상이 얼마나 비루했는지 깨달았다.

그리고 그녀의 밀부는 지나치게 달았다. 흘러내리는 감로를 끈질기게 핥았는데도, 여전히 말갛게 젖은 그곳에 어서 몸을 묻고 싶었다.

"넣을까?"

그녀가 발갛게 달아오른 얼굴을 팔로 가리며 고개를 끄덕거렸다. 몸을 숙였다. 하지만 이대로 삽입할 생각은 없었다. 유준은 한쪽 손으로 그녀의 머리 옆을 짚은 채로, 다른 손은 흥건히 젖은 입구를 찾았다.

"아으으."

그녀가 눈을 질끈 감으며 앓는 소리를 냈다. 파고들기에는 지나치게 좁은 틈이었다. 손톱으로 달아오른 클리토리스를 여러 번 긁어 준 뒤에, 검지를 들이밀었다.

"으윽."

손가락 하나가 들어가기에도 빠듯한 공간이었다. 좁은 공간이 주는 압박감에 정신이 나가 버릴 것만 같았다.

"이렇게 좁아서는."

"그럼, 못해?"

자신이 묻고도 어이가 없는지 그녀가 더욱 얼굴을 붉히며 시선을 피했다. 그 모습이 사랑스러워서 가슴이 쿵쿵거렸다.

젖은 내벽을 따라 검지를 돌렸다. 점막이 손가락을 감싸고 달라붙은 감각은 황홀했다.

"흐으으."

꾹 다문 잇새로 앓는 소리를 내뱉으며, 그녀가 목덜미를 감싸 안았다. 검지를 쑥 빼내서 중지와 비벼 댔다. 충분히 젖은 손끝을 다시 안쪽으로 들이밀었다.

"아아, 유준 씨. 하아……."

저릿한 통각과 함께 쾌락을 알아가는 얼굴은 지나치게 아름다웠다. 유준은 붉게 반들거리는 그녀의 볼에 입을 맞추며 약지까지 들이밀었다. 손가락 세 개가 꽉 들어찼다. 애액이 흘러내려 손바닥이 흥건했다.

찌걱거리는 소리를 내며 손가락이 들락거렸다.

"으으, 흐으으, 으으응. 으응. 응. 아아아!"

고개를 가볍게 젓는 그녀의 안쪽이 바르르 떨렸다. 손가락을 아물아물 물었다가 애액을 내뱉으며 벌름거리는 속살은 얕은 쾌락의 방증이었다. 손가락을 빼내고, 손바닥에 흥건히 고인 애액을 콘돔 위에 문질렀다. 제 손이 살짝 닿았을 뿐인데도, 눈앞에 달아오른 그녀를 마주하고 있는 탓인지 쾌감이 차올랐다.

잔뜩 성이 난 페니스를 잡고 그 끝을 입구에 가져다 댔다. 그녀가 가슴이 크게 들썩이도록 숨을 들이마셨다. 귀두가 살짝 걸치도록 파고들었다.

"아아아. 유준 씨."

그녀의 등허리 아래로 팔을 집어넣으며 천천히 밀쳐 올렸다.

"하아!"

놀란 그녀가 탄성을 내질렀다. 내벽이 올올이 달라붙었다. 뜨거운 살점에 파묻혀 녹아내리는 것은 아닌지 걱정이 될 정도로 정신이 아득했다. 그저 몸을 한 번 파묻었을 뿐인데도 치밀어 오른 쾌락의 강도가 대단했다.

귀두만 걸리도록 허리를 빼냈다가 다시 쳐올렸다.

"으읏."

그녀가 고개를 뒤로 젖히고 결이 다른 신음을 내뱉었다. 하얀 목덜미에 이를 박았다. 핥고, 깨물고, 빨아들이지 않고는 견딜 수가 없었다.

"흐으읍."

신음인지, 울음인지 그녀가 흐느끼기 시작했다. 숨을 쉬는 것처럼 쉰 음성이 연신 새어 나왔다. 멈출 수가 없었다. 허리를 쳐올리고, 더 깊숙이 파묻고, 긁어내리기를 반복했다. 처음에는 잔뜩 긴장해 있던 그녀도 움직임에 따라 천천히 허리를 움직였다.

철벅거리며 치골이 맞닿은 소리가 달콤했다.

"하아, 다인아."

입술을 찾았다. 입안을 샅샅이 핥고 빨아들였다. 할 수만 있다면 그녀가 내뱉는 숨결까지 모조리 제 것으로 만들고 싶었다.

흐르는 눈물도 모조리 핥아 마셨다. 살갗이 닿는 곳마다 붉게 달아오르는 그녀의 몸을 거침없이 탐했다.

손안 가득 차오르는 가슴을 움켜잡았다가, 단단하게 솟아오른 유두를 비틀고 희롱했다. 신음 소리가 듣기 좋아서 그녀를 가학하고 싶은 위험한 충동마저 일었다.

"아아, 유준 씨. 그만……. 으응…… 이제…… 아아!"

미간을 찌푸린 그녀의 눈꺼풀이 바르르 떨렸다. 기다란 속눈썹이 물기에 젖었다. 애액을 내뿜는 해면체가 잔뜩 팽창하면서 조여 왔다. 절정을 지나는 그녀는 신음조차 내뱉지 못하고 숨을 헐떡거렸다.

과도하게 자극적인 모습에 사정감이 몰려왔다. 바르르 떨리는 내벽을 거세게 밀고 들어갔다. 점막이 한꺼번에 달라붙으며 세차게 조여 온 순간, 그녀의 입술을 집어삼키며 파정했다.

위험한 충동마저 일으킬 정도로 지나친 쾌락이 오롯이 지날 때까지, 유준은 오래도록 그녀를 품에 안고 있었다.


소스라치게 놀라며 눈을 떴다. 깜빡 잠이 들었었나 보다. 다인은 서둘러 몸을 일으키려 했지만 단단한 팔이 허리와 어깨를 휘감고 있었다.

병원에 가 봐야 했다. 사위가 어두워서 몇 시쯤 됐는지 가늠조차 되지 않았다.

"어디 가게?"

그의 목소리는 잠에 취해 있었다. 태평하게 묻는 그가 얄미웠다. 가야
할 곳이 정해져 있다는 것을 그도 알고 있을 텐데, 눈치 없는 물음이라고
생각했다.

"할머니께 가야지. 좀 놔줘."

가슴 위로 지나는 팔뚝을 밀어내 보려 애썼지만 꿈쩍도 하질 않는다.

"가지 마."

맨다리가 얽힌다. 안고 있는 팔에도 힘이 들어가는 게 느껴진다. 등 뒤
로 그의 가슴이 더욱 밀착되었다.

"왜 이래. 억지 부릴 걸 부려."

"헬퍼가 밤새 있을 거야. 너 좀 쉬어야 한다고 할머니가 그러셨어."

그가 다인의 목덜미에 코를 묻으며 깊게 숨을 들이마셨다.

"좋다, 정다인 냄새."

그의 숨결이 오르내리는 목덜미에 또다시 열감이 고인다. 허벅지 안쪽
에서 뭉근한 통증이 인 것도 동시였다.

"할머니 보고 왔어?"

치솟는 열기를 집어삼키며 떨리는 목소리를 내지 않기 위해 애썼지만
허사였다.

"응."

커다란 손이 부드럽게 흘러내린 가슴을 올려 잡았다. 신음이 튀어나올
것 같아서 잠시 숨을 멈추었다. 그가 할머니와 어떤 대화를 나누었는지는
들어야 했다.

"무슨 이야기 했는데?"

가슴을 부드럽게 주무르던 그의 손끝이 단단하게 솟아오른 유두를 잡

고 살짝 비틀었다. 더운 숨이 조심스레 흘러나왔다.

"그냥, 이 얘기 저 얘기."

순순히 말해 줄 생각은 없는지, 그는 수마에 취해 노곤해진 목소리로 읊조렸다.

"자세히 좀 말해 봐."

허벅지 사이로 그의 다리가 밀고 들어왔다. 엉덩이에 닿은 그의 물건은 이미 단단해져 있었다.

"할머니께 언제까지 나랑 만나는 거 숨기려고 했어?"

일부러 숨기려고 한 건 아니었다. 단지 말할 기회가 없었을 뿐이다. 할머니가 병원에 입원해 계신 동안 손녀딸은 의사와 눈이 맞아 달콤한 밀회를 즐기고 있다고 할 수는 없지 않은가.

"숨기려고 숨긴 게 아니라. 흐읏."

귓불이 깨물렸다. 혀로 할짝대는 소리가 귓가를 생경하게 울렸다.

"할머니 수술, 다음 주에 받으실 거야."

다인은 상체를 슬쩍 빼내며 고개를 돌려 그를 바라보았다. 어두워서 그의 눈빛은 보이지 않았지만, 어렴풋이 미소를 짓고 있는 얼굴이었다.

"유준 씨, 혹시."

다 말한 거냐고 묻고 싶었다. 그런데 목이 메서 말이 나오질 않았다.

"할머니가 그러시더라. 이제 섞박지 찌개는 다인이가 더 잘 끓인다고."

비싼 재료가 들어간 요리도 아니고, 잘 익은 섞박지의 양념을 헹궈 내고 집 된장에 졸이듯 자박하게 끓인 찌개를 그는 유독 좋아했었다.

"아무리 찾아도 그거 파는 데는 없더라고. 도우미 아주머니께 한번 부탁했었는데, 그 맛이 안 나더라."

"내가 해 줄게."

그가 작게 웃는 소리가 들려왔다.

"지금은 섞박지 찌개 말고, 다른 거 먹고 싶은데. 그것도 해 줄래?"

그의 손은 여전히 다인의 가슴을 어루만지고 있었다.

"나 힘들어."

앓는 소리가 절로 흘러나왔다. 잠들기 전 몸서리가 날 정도로 한계까지 치달았던 쾌락의 여운이 생각나서 아랫배가 조였다.

"가만히 있었으면서 왜 힘들지?"

그가 이유를 모르겠다는 듯, 능청스럽게 대꾸했다. 허벅지 안쪽을 그의 단단한 다리가 비비기 시작했다. 이불이 스치는 소리와 함께 젖은 살이 부대끼는 마찰음이 야했다.

"그냥 내가 알아서 먹을게. 응?"

가슴을 붙들고 있던 팔이 옆구리를 타고 내려가 골반을 어루만졌다. 그의 손길에 따라 전율이 화르르 일었다. 뒷무릎이 그의 팔뚝에 걸렸다. 엉덩이 사이가 벌어지는 느낌이 생경했다.

벌어진 입구에 단단해진 그의 물건이 닿았다.

"으읏."

엄청난 통증이 일 거라고 생각했는데, 흠뻑 젖은 탓인지 쾌락이 동반된 통각은 견딜 만한 수준이었다. 외려 더 깊고 강렬하게 파고들었으면 하는 바람마저 일어서 당황스러웠다.

"아닌가? 네가 먹는 건가?"

얄궂게 속삭인 그가 단숨에 파고들었다.

"으아아아."

비명 같은 신음이 터져 나왔다. 그는 미안한 듯 다정하게, 어깨 위에 입을 맞추었다.

"흐으읏. 아파."

그의 몸이 쑥 빠져나가려고 했다. 다인은 매달리듯 그의 팔뚝을 붙잡았다.

"그래도, 할래."

토막 난 숨과 함께 넘어갈 듯한 목소리가 흘러나왔다. 그가 한숨을 내쉬었다. 내뱉는 숨결조차 지나치게 달고 뜨거워서 살갗이 녹아내릴 것만 같았다.


살짝 벌어진 암막 커튼 사이로 빛이 새어 들어왔다. 가느다란 빛줄기를 따라 방 안 풍경이 보였다. 진회색 유광 콘크리트로 마감된 침실 벽에는 이국적인 풍경이 담긴 여러 개의 크고 작은 원목 액자와 올리브 나뭇가지를 엮어 만든 가랜드가 꽂힌 마크라메가 걸려 있었다.

직접 찍은 사진인가?

라탄 갓이 씌워진 협탁 위 스탠드를 제외하고는 작은 테이블과 협탁, 스피커 역시 모두 따뜻한 질감의 원목이다. 방에 딸린 욕실 방향에서 어렴풋이 물이 떨어지는 소리가 들려왔다. 몸을 일으키려는데 사지가 너덜거리는 기분이다. 일어나려다 도로 누워 버렸다. 기절한 듯 잠이 들어 있는 동안, 침구를 갈았는지 하얀 이불은 새것처럼 깨끗했다.

엄청 깔끔한가 보네.

그의 욕실에서 느꼈던 감회는 침실 안에서도 이어졌다. 흐트러진 구석 없이 깨끗하게 정돈된 공간. 도회적인 마감재와 원목, 라탄, 마크라메의 조화가 차가운 듯 따뜻했다. 손 갈 곳 없이 정리된 공간을 멍하니 둘러보고 있는데, 물소리가 멎었다.

욕실 문이 열리는 소리가 들려왔고 또 다른 문이 열리는 소리가 이어졌다. 드레스룸으로 들어갔나, 출근 준비하는 건가, 고요한 방에 울려 퍼지는 소음으로 그의 움직임을 가늠하며 누워 있었다.

"일어났어?"

이윽고 발걸음 소리가 가까워지는가 싶더니, 하얀 수건을 허리춤에서 묶은 그가 모습을 드러냈다. 음영으로만 확인했던 탄탄한 가슴 근육 위로 머리카락에서 떨어진 물방울이 또르르 흘러내렸다.

"못 일어나겠어."

잠이 덜 깬 목소리로 대꾸했다. 그가 미안한 듯 미소 지으며 침대에 걸터앉았다. 수분기를 머금은 촉촉한 손길이 뺨을 쓰다듬는다. 애틋한 온기에 눈이 저절로 감겼다.

"그럼 더 자고 이따 나오든지."

"출근하는 거야? 지금 몇 시야?"

휴대전화는 욕실 문밖에 있는 가방 안에 있었기에 시간을 확인할 수도 없었다.

"7시 좀 넘었어. 8시 반쯤 나가려고, 오늘은."

평소 7시만 되어도 병원에 나타나는 그였다. 자신 때문에 출근 시간을 늦춘 것 같아서 괜히 미안해진 다인이 얼른 몸을 일으켰다.

"으."

신음과 함께 두 눈이 질끈 감겼다.

"왜 갑자기 일어나?"

"나도 나가려고. 나 때문에 출근 늦은 거 아냐? 할머니께도 가 봐야 하고."

"너 때문에 그동안 출근을 빨리한 게 맞는 거지."

어쩔 수 없는 웃음이 흘러나왔다. 그는 다인의 볼에 촉 소리가 나도록 입을 맞추었다. 부드럽게 닿았다가 불시에 떨어지는 감각이 아쉽다.

"나가서 아침 먹을까?"

가만히 고개를 끄덕거렸다. 다정한 음성은 한없이 기대고 싶을 만큼 안온하다.

그의 아파트를 나와서 향한 곳은 병원 맞은편에 있는 토스트 전문점이었다. 아르바이트생은 단골인 듯 보이는 그에게 인사를 건넸고, 옆에 선 다인을 흘끗거리며 망연자실한 눈빛을 했다.

단발머리가 무척이나 잘 어울리는 20대 초반쯤 되어 보이는 여자였다. 이곳에 들르는 그에게 연심을 품고 있었나 보다. 그때 그 응급실 간호사도 그렇고, 토스트 가게 아르바이트생도 그렇고. 여심을 흔들며 죄를 짓고 다닌다는 것을 아는지, 모르는지.

"여기 카야 치즈 토스트 맛있어."

그가 천장에 달린 메뉴판을 가리키며 말했다. 그는 오로지 다인에게 추천한 메뉴에만 관심을 두었다.

"그럼 난 그거랑 아메리카노 따뜻한 거 먹을래."

온몸이 찌뿌듯했다. 어딘가 막혀서 피가 돌고 있지 않은 듯 갑갑하고, 정신이 몽롱했다. 카페인의 강심작용이 절실한 아침이다.

"주스 마시자."

"아메리카노 마실래."

"주스. 딸기 주스 맛있어."

메뉴 참견을 해 대는 그를 다인이 밉지 않게 흘겨보았다.

"커피는 이따가 속 채우고 다시 사 줄게. 빈속에 마시지 마."

걱정스러운 말투에 뾰족해졌던 마음이 잦아들었다. 눈물이 핑 돌 것만 같아서 입 안쪽 말캉한 살을 짓씹는 동안 그가 주문을 마쳤다. 커피 대신 주스 마시라는 말이 뭐가 그렇게 감동적이라고.

그의 손에 이끌려 작은 테이블을 사이에 두고 마주 앉았다.

"아침에 일어나자마자 빈속에 커피 마시지 말고. 따뜻하고 부드러운 식사부터 해."

요리하는 일을 업으로 삼고는 있지만, 제 식사를 거르는 일은 허다했다. 냄새에 질려서, 조리하다 지쳐서, 때를 놓쳐서…… 이유도 다양했다. 또 음식을 가까이하는 사람이기에 곁에서 식사를 살뜰히 챙기는 사람도 없었다.

아니, 무언가를 살뜰히 챙겨 주고, 기댈 수 있을 만한 사람이 애초에 곁에 없었다는 말이 맞겠다. 할머니는 늘 혼자서도 잘 먹고 잘 살아야 한다고 말씀하셨다. 당신의 부재를 미리부터 염려하시는 눈치였다.

손녀딸에 대한 지극한 애정에서 비롯된 걱정이라는 것을 알기에 다인은 어릴 때부터 혼자서도 알아서 잘하는 속 깊은 손녀가 되었다.

일찍 철이 들었네. 어쩜, 애가 저렇게 얌전하고 어른스러울까. 속도 깊지.

주위 어른들이 건네는 말에 뿌듯했다. 부모가 없어도 바르게 자랐다는 말이 훈장처럼 느껴졌다. 단지 그 훈장을 달고 있는 가슴에 파상풍이라도 생긴 것처럼 영혼을 갉아먹는 바이러스가 증식하고 있다는 것을 미처 깨닫지 못했었다.

알아서 잘하는 착한 손녀라는 타이틀이 버거워진 건, 안 좋은 일이 한꺼번에 겹치기 시작하면서부터였다.

잘할 거야. 다인이가 좀 잘하려고. 힘내, 젊을 때 고생은 사서도 한다잖아.

온 힘을 다해 애를 쓰고 있는데, 힘내라는 말을 듣는 게 얼마나 맥이 빠지는 일인지. 이제는 주위에서 거드는 말들이 부담스러웠다. 모든 걸 내려놓을 수는 없겠지만, 잠시만 기대고 싶은 순간이 찾아와도 기댈 곳이 없었다.

서러움이 밀려와도 눈물이 나질 않았다. 혼자 우는 것만큼이나 비참한 게 없었다. 그런데 그를 만나고 난 뒤로, 자꾸만 눈물이 고였다.

"왜 그래."

그가 목소리를 한껏 낮추며 걱정스럽게 물었다.

"아니, 그냥."

대꾸하는 목소리가 기어들어 갔지만, 지금 느끼고 있는 감정은 명확히 전달하고 싶었다.

"좋아서."

울음기에 젖은 말끝이 잦아들었다. 커다란 손이 볼을 부드럽게 감싸고는 어루만졌다. 눈이 저절로 감길 정도로 애틋한 손길이다.

"울 일도 많다."

그가 기분이 나쁘지는 않다는 듯이 웃었다. 다인은 커다란 손에 얼굴이 더욱 밀착되도록 살짝 기대었다. 기댈 수 있는 누군가가 곁에 생겼다. 그것도 일일이 설명하지 않아도 척척 알아듣는, 마치 영혼을 공유하고 있는 듯한 이가 나타났다.

엄지로 입술 끝을 부드럽게 한 번 어루만진다. 감각적인 손길에 가슴이 화르르 일어난다. 밤새 그의 품에 있었던 탓에 온몸이 쑤신다며 비명을 질러 댔지만, 매끈하고 따뜻했던 살결이 벌써 그리워서 몸서리가 날 지경이다.

그의 말마따나 카야 치즈 토스트는 기가 막히게 맛있었다. 딸기 주스도 상큼하고 시원해서 머리가 산뜻해지는 기분이었다.

간단한 아침 식사를 마치자, 그는 알약 하나를 건넸다.

"이게 뭔데?"

"근육 이완제 겸 영양제."

"병 주고 약 준다는 말은 이럴 때 쓰는 거구나."

다인은 빙그레 웃으며 노란 알약을 집어삼켰다.

"힘들면 나 불러. 알았지?"

오늘도 내내 병원에 있을 예정이었다.

"와서 더 힘들게 하려고?"

빙그레 웃으며 던진 질문에 그의 눈빛이 음흉하게 가라앉는다.

"들켰네."

매혹적인 입술이 호선을 그리며 뺨을 타고 올랐다. 황홀할 정도로 아름다운 미소다.

시간이 오래 지나도, 오늘 아침은 절대 잊을 수 없을 것 같다는 생각이 들었다.


아침 식사를 마치고 나와 병원으로 향하는 길, 벚꽃이 끝물이었다. 응달진 곳에는 아직 만개한 벚나무가 자리했지만, 해가 드는 곳에는 연둣빛 새순이 돋아나고 있었다.

"다인아."

봄바람이 살랑살랑 불어왔다. 차갑지도, 뜨겁지도 않은 따뜻하고 기분 좋은 바람이 머리카락을 스쳤다. 뺨에 닿는 햇살이 부드러웠다. 그는 은근한 미소를 띤 얼굴로 다인을 내려다보았다.

"응?"

다정스러운 부름에 가만히 대답했다.

횡단보도 앞이었다. 아침의 소란하고 부산스러운 기운이 가득한 거리였다. 계절의 처음인 봄이 완연한 날씨였다. 시간상으로, 계절적으로 무언가를 조심스레 시작하기에 좋을 때.

"할머니 수술 무사히 마치시면."

그는 손가락 하나하나가 얽히도록 손깍지를 껴 왔다. 그를 알아보는 사람이 많을 병원 앞인데도 불구하고 그는 아랑곳하지 않고 스킨십을 해 왔다. 다인은 물리지 않고 그의 손을 꼭 잡았다.

"우리 결혼하자."

만난 지 얼마나 되었다고 청혼을 하는 거냐고 나무랄 마음은 전혀 들지 않았다. 지금 당장이라도 할 수는 없는 거냐고 매달리고 싶은 정도니까.

"응."

다인은 살짝 고개를 끄덕이며 대답했다. 근사한 반지를 건네주며 무릎을 꿇고 고백하는 전형적인 프러포즈는 아니었지만, 충분히 낭만적이었다. 바람이 휘 불었고, 그의 등 뒤로 벚꽃 잎이 아름답게 흩날렸다.

할머니 병실로 향하는 동안 발밑이 동동 떠다니는 기분이었다. 봄바람에 이리저리 마음이 살랑거렸다. 병실에 다다르자, 할머니는 헬퍼가 주는 아침 약을 들고 계셨다.

"할머니."

왜인지 할머니 앞에 서는 게 부끄러웠다. 친한 친구를 소개하는 일도 드물었다. 할머니께 고민을 상담하거나, 시시콜콜한 이야기를 털어놓은 애교 많은 손녀딸도 아니었다. 그런데 그가 할머니를 먼저 찾았다는 사실이 고맙기도 하고, 부끄럽기도 했다.

그리고 죄송했다. 그의 품이 너무 따뜻해서 그의 곁을 파고들 생각만 했다는 게. 프러포즈를 받으면서 혼자 되실 할머니를 떠올리지 않았다는 게.

"다인아. 거기 장 문 열고, 할머니 쉐타 주머니에 있는 것 좀 꺼내서 다오."

산책하러 나갈 때 주로 입는 카디건 주머니를 말씀하시는 듯했다. 다인은 할머니가 시키는 대로 장 문을 열고 카디건 주머니를 뒤적였다.

"어?"

혼잣말이 절로 흘러나왔다. 정사각형의 네모난 상자가 손에 잡혔다.

작은 크기였지만 제법 묵직한 붉은색 상자를 할머니께 건네 드렸다.

"여기 앉아 봐라."

다인은 순순히 보호자용 의자에 앉았다. 주름진 손을 바르르 떠시며 상자를 여는 할머니의 눈가가 붉었다. 상자 안에는 파베 다이아몬드가 촘촘히 박힌 앙증맞은 고슴도치 모양이 장식된 반지가 들어 있었다.

"이게 제 모습이라고 하더구나. 다른 이들 앞에서는 가시가 곤두서는데, 네 앞에서는 순해진다고. 고슴도치 같은 녀석 품고 살 거면 끼고."

할머니가 해사한 미소를 지으시며 다인에게 반지 상자를 건네셨다.

로맨틱한 장소에서 무릎을 꿇고 반지를 주는 전형적인 프러포즈는 아니어서 좋다고 생각했었다. 마음이 깊어지고 몸이 화하며 자연스레 다가온 그가 좋았다.

할머니께 반지를 맡겨 놓았을 줄은 꿈에도 몰랐다. 손끝으로 오돌토돌한 고슴도치 반지를 어루만져 보았다. 자신을 고슴도치라 표현했다는 할머니의 말씀에 가슴 한구석이 아릿했다. 어릴 적 그를 처음 보았던 날, 그는 가시를 잔뜩 곤두세우고 있는 것처럼 보였다.

처음에는 그런 그의 모습을 보고 겁을 먹었는지도 모른다. 그런데 어미를 잃고 세상에 버림받은 강아지처럼 선하고 안쓰러운 눈동자를 마주했을 때, 저절로 착해 보인다는 말이 흘러나왔다. 그 말을 들은 그의 표정도 순식간에 누그러드는 것 같았다.

학교에서 말썽도 제법 부렸고, 또래 아이들은 그를 슬금슬금 피했다는 것도 나중에서야 알았다. 자신에게만큼은 착하고, 친절하고, 다정하고, 상냥한 사람이었으니까.

"똑똑한 놈."

할머니가 기가 막힌다는 투로 말씀하셨다.

"어려서부터 아주 똑똑한 녀석이었지. 네 마음에 들어야, 할미가 어쩔 수 없다는 걸 알고. 너한테는 끔뻑 죽는 시늉을 했잖니."

다인은 뭐라 대꾸를 해야 할지 몰라서 입만 벙긋거렸다. 살아남기 위한 거짓말이 아닌, 순수한 진심이었다는 것을 어떻게 설명해야 할까.

"근데 그게 저 좋아서 한 일이란다. 같이 살려고 태어난 것 같다고. 없으면 죽을 것 같다는 말을 돌려 하더라. 똑똑한 놈. 그래서 더 얄미워."

할머니의 목소리에서 애정이 뚝뚝 묻어났다.

"늙어 죽어 가는 할미 앞에서 차마 죽겠다는 말은 못하겠나 보지? 똑똑한 놈. 죽고 못 산다고 해야 저한테 손녀딸 내줄 거라고 생각했나 보더구나. 수술 안 하는 할미 때문에 제가 사랑하는 아가씨가 마음이 아프다나, 뭐라나. 미운 놈. 끝까지 영악한 놈."

"별소릴 다 했네요."

괜히 민망해져서 혼잣말처럼 조용하게 읊조렸다.

"다인아."

나지막이 흘러나오는 할머니의 목소리 역시 가라앉아 있었다.

"나 죽고 나도 친정도 없다고 기죽지 마라. 뭣하면 혼자 살아도 된다. 능력이 없냐, 사람이 덜됐냐. 이놈 없으면 안 된다, 하는 생각으로 사는 게 더 힘든 거야. 혼자서도 살 수 있는 세상이라고 생각해야 옆에 있는 이랑 다툼이 없는 거다."

그 옛날에도 당신 혼자서 잘 살아오셨다며 기죽지 말라는 말을 몇 번이고 하셨다.

"사는 데 항상 최선을 다해라. 할 수 있는 한 열심히, 예쁘게, 선하게 살아라. 양심 있게, 분수에 맞게. 내 사람 잘 챙기고."

해 주고 싶으신 말씀이 많으신지, 할머니는 오랜만에 상기된 얼굴이었다. 다인은 잠자코 할머니 말씀에 귀를 기울였다.

"부부 싸움은 당연히 해야지. 치열하게 싸우면 싸운 만큼 맞춰진다. 대신 같은 이유로는 세 번까지만 싸워라. 그때까지는 결론을 내야 해. 같은 이유로 평생을 싸우는 것만큼 어리석은 짓은 없지. 평생을 같은 이유로 싸울 바에야 갈라서는 게 맞는 거야."

이제 막 프러포즈를 받은 손녀에게 할머니는 과격한 말도 서슴지 않으셨다.

"그리고 다인아."

이제 정말 중요한 이야기가 남았다는 듯이 할머니의 목소리가 진중해졌다.

"마음이 변한 놈은 품어 주지 말거라. 네 속 썩어 가면서 살 필요 없어. 그럴 땐 가차 없이 돌아서거라."

그 사람은 절대 그럴 리 없다고 역성을 들고 싶었다. 하지만 기회가 와서 입을 열었으니, 하시고 싶은 말씀은 다 하시도록 그냥 듣기만 했다. 또 할머니 성격상 시작한 말은 끝을 맺어야만 했으니까.

"뭐든 시작할 때 한계를 정해 놓고 해야 해. 정량이라는 건 요리할 때만 필요한 게 아니다. 사람 사는 데도 필요해. 네가 정한 요리법을 벗어났다는 생각이 들면 버려야지. 그거 구워삶아 봐야 음식물 쓰레기밖에 더 돼? 사람도 똑같다. 쓰레기 같은 놈은 재활용도 안 되지."

애지중지 키운 손녀딸을 데려가겠다고 하는 남자에 대한 서운함이겠거니, 생각하며 듣고 있을 때였다.

"할머니, 저 그렇게 나쁜 놈 아닌데요."

커튼을 살며시 젖히고 그가 고개를 빠끔히 내밀었다. 할머니는 흠칫 놀라는 표정을 지으시더니, 이내 평정을 되찾으시곤 입술을 삐죽거리셨다.

늘 엄정하고 무서웠던 할머니는 요즘 어린아이와 같은 표정을 자주 지으셨다. 미수 노인의 변화가 귀엽기도 하고, 안타깝기도 하고. 할머니 얼굴을 물끄러미 바라보고 있는데, 그가 다인의 곁으로 다가왔다.

"안 싸울 거예요. 제가 다인이가 원하는 건 다 들어줄 거거든요. 마음이 왜 변해요? 그런 무서운 말씀 하지 마세요. 저는 다인이가 한눈팔까 걱정되는데요? 그리고 친정이 없긴 왜 없어요?"

그는 살짝 세운 침대에 기대어 계신 할머니 쪽으로 상체를 기울였다. 할머니의 귓가에 대고 조용히 속삭이는 소리가 다인에게도 들려왔다.

"할머니, 제가 무슨 수를 써서라도 불로초를 한번 구해 볼게요."

할머니는 '고얀 놈! 늙은이를 또 놀려 대.' 하고는 역정을 내셨지만, 입가에는 참지 못할 웃음이 번져 있었다.

"저 잠깐 손녀분 좀 데려가도 될까요?"

그가 조심스레 묻는 말에 할머니는 눈길도 주지 않으시고는 손만 휘휘 내저으셨다. 그는 빙그레 웃으며 다인의 손을 잡았다. 병원 밖에서는 잘만 잡고 다니던 손인데, 막상 병원 안에서 이러니 민망했다.

"손은 놓고 가."

병실을 나서며, 다인이 조용하게 나무랐다.

"왜? 저쪽 병실에 있는 할아버지 손자 놈이 볼까 봐?"

다인은 '누구?' 하고 되물었다가, 얼마 전 옥상에서 보았던 남자를 떠올렸다.

"어? 지금 내 앞에서 대놓고 다른 남자 생각하네?"

"누가 생각나게 해 놓고?"

"그래서 그게 지금 잘하는 짓이다?"

그는 애정표현을 짓궂게 시작하는 경향이 있었다. 놀리지 않고는 못 배기겠다는 얼굴을 하고선 다인을 쏘아본다.

"지금 그게 중요한 게 아니잖아. 병원에서 이렇게 손잡고 다니다가 소문이라도 나면."

그의 아버지가 원장으로, 그리고 그의 할아버지가 재단 이사장으로 있는 곳이었다. 발이 없는 말은 빠르게, 그리고 과장되어 퍼져 나간다. 손을 잡고 복도를 거닐었다는 말이 어떻게 변질될지 알 수 없었다.

"소문 좀 나면 어때. 왜, 저기 할아버지 손자 놈이 들을까 봐?"

할머니 말마따나 얄미운 놈이 맞는 것 같다. 다인은 그의 팔뚝을 살짝 내리쳤다. 그가 엄살을 부리며 몸을 움츠리는데, 간호사 무리가 그에게 인사를 건네며 지나쳐 갔다. 그중에는 지난번 엘리베이터 사고 때 다인을 담당했던 간호사도 있었다.

그녀는 울상이 된 얼굴로 다인과 그를 번갈아 보고는 이내 고개를 돌렸다.

"그러는 유준 씨는 왜 여기저기 추파를 던지고 다녀?"

"내가?"

그가 검지로 자신을 가리키며 미간을 찌푸렸다.

"어. 아까 그 토스트 가게 알바생도 그렇고, 방금 지나간 간호사도 그렇고."

유치함을 깨닫고 목소리가 점점 기어들어 갔다. 그는 그럴 리가 없다는 듯이 고개를 비스듬히 기울이며 골몰했다.

"네가 뭔가 착각하나 본데."

그가 다시 입을 연 것은 그의 연구실에 들어서자마자였다. 그는 딸깍 소리가 나도록 연구실 문을 잠그고는 말을 이었다.

"내가 꼬시려고 작정한 여자는 너밖에 없어."

그가 위험한 웃음을 머금으며 덧붙였다.

"나는 누구처럼 오밤중에 옥상 정원에 올라가서 달빛 올려다보며 웃고, 안 그래."

"나도 안 그래!"

"나한테 딱 걸렸으면서, 무슨."

그가 허리를 당겨 안으며 눈을 가늘게 떴다. 그가 내뱉은 숨결이 코끝에 닿을 정도로 가까운 거리였다.

"지나가는 머리 떡진 인턴이나, 가운 더러운 레지던트 붙들고 한번 물어봐. 정신건강의학과 강유준이 어떤 사람인지. 내 별명이 뭔지 알아?"

"뭔데?"

그는 세상 다정한 미소를 지으며 대꾸했다.

"정안개."

"정안개?"

안개처럼 뿌예서 속을 알 수 없다는 의미인가? 그는 감정을 숨기는 데 능해 보였다. 그게 다인에게는 다 보였지만.

"너 때문에 정신건강의학과 안 간다, 개새끼야."

상스러운 욕을 아무렇지 않게 내뱉는 그를 마주하곤 웃어 버렸다.

"진짜야. 정신건강의학과 지원하는 애들이 해마다 줄어요. 내가 걱정이 이만저만이 아니야."

그는 진짜라고 덧붙이고는 다인의 입술에 가볍게 입을 맞추었다.

"이런 치욕스러운 별명을 들어 가면서, 내가 이 병원에 있다. 나 되게 불쌍하지?"

다시 한 번 가볍게 입을 맞춘 그가 덧붙였다.

"그래서 고슴도치는 품고 사실 겁니까?"

반지 상자는 다인의 재킷 주머니에 들어 있었다. 다인은 주머니에서 반지 상자를 꺼내어 그에게 내밀었다. 그러자 그가 한쪽 눈썹만 치켜세우며 고개를 비스듬히 기울였다.

"끼워 달라고."

어쩐지 얼굴이 발긋하게 달아오르는 기분이었다. 그는 빙긋이 웃으며 다인의 왼손 집게손가락에 반지를 끼워 주었다.

"네 번째 손가락은 웨딩 반지 껴야 하니까 비워 두고."

당연한 수순인 듯 입술이 내려앉았다. 아랫입술과 윗입술을 번갈아 머금은 그는 부드럽게 입안을 가르고 들어왔다. 뜨거운 타액이 섞이고, 목구멍이 아플 만큼 빨려 갔다. 버릇처럼 그의 손이 다인의 가슴을 움켜잡은 순간, 노크 소리가 들려왔다.

"교수님. 콘퍼런스장 가실 시간입니다."

밖에서 들려온 목소리에 다인이 화들짝 놀라 물러섰다. 그러자 그가 다인의 손을 잡아끌며 연구실 문을 열었다. 연구실 문밖에는 더러운 가운을 입은 전공의로 보이는 이들 세 명이 서 있었다. 다인의 얼굴과 그의 얼굴을 번갈아 본 그들은 적잖이 놀란 얼굴이었다.

"이따 봐. 전화할게."

자연스럽게 웃으며 건네는 그의 말에 다인은 얼굴을 붉힌 채로 고개만 끄덕거렸다. 지금 상황이 어색한 사람은 다인과 앞에 선 전공의들뿐인 것 같았다. 그리고 전공의들은 그가 다정하게 대하는 다인을 보고 당황한 것 같기도 했지만, 그의 환히 웃는 얼굴을 보고 더욱 놀란 것처럼도 보였다.

"가족과 연락이 되었는데, 조기 유학 경험이 있다고 합니다. LSD 중독이 의심되고, 플래시백 현상을 겪고 있는 것 같습니다."

"Schizoaffective disorder(분열정동장애) 가능성은?"

전공의 보고를 받고 되묻는 그의 목소리는 이지적이었지만 다른 사람처럼 여겨질 정도로 차가웠다. 멀어져 가는 그의 뒷모습을 바라보며 괜히 낯설다는 생각이 들었다. 그를 다시 만난 지 고작 한 달도 되지 않는 시간, 짧은 시간에 너무 많은 것을 나눈 것 같아 덜컥 겁도 났다.

멍하니 서 있는데, 멀찍이서 그가 돌아보았다. 복도 창을 통해 새어 들어온 햇살을 받으며 그가 환히 웃어 주었다.

## 5. 아프게 살지 않기를

그날 그 미소 때문이었는지도 모른다. 서로 함께 보낸 시간의 부피와 연애 관계의 학습량으로 사랑이라는 감정을 설명할 수는 없다는 생각이 들었다.

오랜 시간을 보냈다고 해서 서로에 대해 잘 알 수 있는 것도 아니고, 짧은 시간을 함께했다고 해서 서로를 모른다고 할 수도 없다. 시행착오를 겪으며 긴 연애를 통해 학습한 서로에 대한 정보가 이로울 수도 있겠지만, 앞으로 알아 갈 것이 많은 사이여서 더 좋을 것이라는 기대감이 차올랐다.

비록 남과 여로 만난 지 얼마 되지 않았다 할지라도.

앞으로 알아 가야 할 게 더 많다는 사실을 기뻐하며.

운명적 사랑이라는 대단한 말을 믿고 싶었다. 서로가 서로에게 피할 수 없는 운명이고, 함께 해 나가야 할 숙명이라는 낭만적인 구속이기를 바랐다.

그날 이후, 정신건강의학과 강유준 교수가 환자 보호자를 만나고 있다는 소문은 삽시간에 퍼져 나갔다.

「그때 그 엘리베이터 사고 때, 그때 두 분 처음 만나신 거죠?」

엘리베이터 사고 당시 담당 간호사와 병원 로비에서 다시 마주쳤을 때, 넌지시 물어 왔다. 다인은 말없이 웃는 것으로 대답을 대신했다. 치욕스러운 별명으로 불린다며 앓는 소리를 해 댔지만, 그와 만나고 있다는 소문이 퍼지면서 의료진이 다인을 대하는 태도가 사뭇 달라졌다.

그들은 그를 대하는 것과 같은 자세로 다인을 대했다. 예의를 갖춘 정중한 대우에서 느꼈다. 그는 존경과 신뢰를 받는 의사였고, 병원 내 위치도 대단한 듯 보였다.

비단 그를 뒷받침하는 대단한 혈연적 배경 때문만은 아니었다. 능력으로 요직에 오른 것은 물론이거니와 해바라기센터 등의 사회 지원 사업에도 앞장서는 그를, 의사들은 경외 어린 눈빛으로 바라보았다.

또 꼬시려고 작정했던 여자는 다인이 유일하다고 했던 그였는데, 역시나 그는 자신도 모르는 사이에 여기저기 여심을 뒤흔들어 놓고 다닌 듯했다. 엘리베이터 사고 때 자신이 같이 있지 못해 억울해한다는 간호사, 원무과 직원, 레지던트, 인턴 등이 속속 등장했다고.

「그럴 리가. 뜬소문이겠지.」

자신의 인기를 실감하지 못하고 무딘 모습이 그답게 매력적이었다.
그의 무딘 매력에 행운의 신 포투나도 반한 것일까?
할머니가 아프시고 나서부터는 일이 전부 뜻대로 되지 않는 것처럼 느꺼졌었다. 그런데 그를 만나고 난 뒤로 재단 문제도 마치 없었던 일처럼 순조롭게 풀려 버렸다. 물론 할머니의 수술 경과도 좋았다.

또다시 드러눕기 전에 빨리 식을 올리라는 할머니의 성화에 결혼식은 두 사람이 만난 지 3개월 만에 치러졌다. 엄정하고 무서운 분들이라고 예상했던 시어른들도 따뜻하게 다인을 맞아 주셨다.

그의 말에 따르면 시조부인 강 이사장은 전통을 중시하고, 독립운동을 했던 집안에 대한 자부심이 대단하다고 했다. 독립군의 식량을 대며 독립운동을 도왔던 한식 명인의 손녀딸이라는 말에 강 이사장은 흡족해했다고.

믿기 어려울 정도로 인생이 쉽게 풀리는 것 같은 순간이 있다.

남들은 어렵게 하는 일 같은데, 나에게만 특별한 행운이 내린 것 같은 기분.

다인은 부모를 잃고 외롭게 자란 유소년기에 대한 보상을 받는 거라고 여겼다. 짧은 시간이었지만, 그는 다인에게 절대적인 사랑을 보여 주었고, 그로 인해 다인은 자신의 정체성이 다시 확립되는 것 같은 착각이 일었다.

허허롭고 고단했던 마음이 충만해졌다. 가만히 있어도 한숨만 나던 시절이 엊그제 같은데, 웃음을 참지 못하는 날들이 이어졌다. 할머니는 하나뿐인 손녀가 기가 죽을까 싶어서 결혼 준비에도 평생의 노고에 버금갈 만큼 신경을 쓰셨다.

아직 할머니가 완벽히 회복된 것도 아니니 결혼을 조금 늦췄으면 좋겠다고 했지만, 할머니께 보기 좋게 묵살당했다. 살날이 얼마 남지 않으신 할머니는 다인을 시집보내는 것 외에는 모든 희구를 내려놓으신 것처럼 보였다.

오로지 손녀딸이 귀애하는 이의 품에서 안온하고 행복하길 바라시는 것처럼.

연미색 저고리에 연한 분홍색 한복 치마를 입으신 할머니는 해사한 미소를 지으시며 혼주석에 앉아 계셨다.

"신랑과 신부가 동시 입장 하도록 하겠습니다."

결혼식은 한국대학교 내 의학박물관 강당에서 치러졌다. 집안에 남자 어른이 없는 다인을 배려해 신랑과 신부가 동시에 입장했다. 주례는 표면적으로 두 사람이 이어지는 데 혁혁한 공을 세운 듯 여겨지는 이상호 교수가 맡았다.

두 사람이 버진로드를 나란히 걸어 들어갔다. 화려한 비즈가 수놓인 드레스는 조명을 받아 드라마틱하게 반짝거렸다. 유려하게 떨어지는 튈 실크 스커트는 다인이 걸음을 옮길 때마다 하늘하늘 나부꼈다.

"숨 막혀."

버진로드 중간쯤 걸어 들어갔을 때, 그가 낮게 속삭였다. 심장이 철렁 내려앉았다. 놀라서 고개를 돌리려는데 그가 말을 이었다.

"너 너무 예뻐서, 숨이 다 막힌다. 죽겠네, 진짜."

그가 어쩔 수 없다는 듯이 작게 웃음을 터뜨렸다. 그의 의대 동기들이 앉아 있는 곳에서 벌써부터 야유가 섞인 환호가 터져 나왔다. 그에게 좀 진정할 수 없느냐고 다그치기에는 다인의 심장도 너무 빠르게 뛰어 댔다.

그의 말마따나.

옆에 선 남자가 너무 멋있어서, 숨이 다 막히고, 죽을 지경이었다.

주례를 맡은 이 교수가 무슨 말을 하는지 집중할 수가 없었다. 살면서 이렇게 많은 이의 주목을 받았던 적이 있었나, 떠올려 보려 노력했지만 기억이 나질 않았다. 강당에 모인 모든 이가 두 사람을 축복하고 있다는 사실이 신기하기만 했다.

할머니께 고개 숙여 인사하면서 울음을 터뜨리자, 그가 장갑 낀 손으로 다정하게 닦아 주며 속삭였다.

"내가 잘할게."

지금도 충분히 잘하고 있다고 말하고 싶었다. 그의 배려로 할머니는 앞으로 수간호사 출신의 간병인과 함께 지낼 예정이다. 요양원으로 들어 가시겠다는 할머니를 그가 붙잡았다. 다인이 원할 때마다 들를 수 있도록 집에 계시는 게 어떻겠냐는 말에 할머니는 못 이기는 척 그의 청을 들어 주셨다.

말하지 않아도 속을 훤히 들여다보는 사람처럼 그는 다인을 위해 움직 였다. 마치 신이 다인을 위해 만들어 준 사람 같다는 생각이 들었을 때, 그가 할머니께 했다는 말이 떠올랐다.

그저 함께하기 위해 태어난 거라고.

지금도 그리고 앞으로도 두 사람을 일컬을 때, 이것보다 완벽한 표현 은 없을 것 같다.

"하으읏!"

그의 악력에 가슴이 이지러졌다. 단단하게 솟은 유두는 그의 입에 세 차게 빨리고 있었다.

"아아, 유준 씨. 아으응."

연신 신음이 터져 나왔다. 객실 안에 들어서자마자, 짐도 풀지 않은 상 태로 몸을 뒤섞었다. 그는 결혼식 때부터 참느라 혼이 나갈 지경이었다며 다인을 몰아붙였다. 벌써 몇 번째인지 세는 것도 잊어버렸다.

그는 다인의 가슴에 새빨간 화인을 찍어 놓고는 만족스럽게 웃었다.

"정다인."

이름을 부르는 그의 목소리가 낮게 쉬어 듣기 좋았다. 열락에 젖은 그의 목소리를 듣는 것만큼이나 배꼽 아래가 간지러운 일도 없었다.

"응."

신음 섞인 대꾸가 흘러나왔다.

"사랑해."

정사로 인해 눈가가 붉게 달아올라 있었다. 눈동자가 젖은 것도 당연했다. 그런데 궤를 달리하는 물기가 새로이 차올랐다. 그에게서 직접적인 사랑 고백을 듣는 것은 처음이었다. 짓궂게 장난을 걸기도 하고, 침대 위에서 집요하게 다인을 탐하는 그였지만 사랑한다는 말은 좀처럼 내뱉지 않았었다.

그런데 결혼 생활이 막 시작된 순간, 그가 처음으로 사랑한다는 말을 해 주었다.

"나도. 나도 사랑해."

다인은 손을 뻗어 그의 목덜미를 끌어안았다.

"흐웃."

지체할 틈 없이 그가 몸 안을 꿰뚫고 들어왔다. 언제나처럼 뜨겁고 강렬한 통각과 쾌락이 전신을 훑었다. 그의 고백으로 차오른 감정이 터지지 못하고 가슴께에 걸린 듯했다. 다인은 그에게 매달리듯 상체를 살짝 일으켰다.

그가 다인의 등허리를 감싸 안으며 몸을 일으켜 세웠다. 자연스레 그의 허벅지 위에 앉은 자세가 되었다.

"아아."

결합은 더욱 깊었다. 그가 심장까지 차올라 있는 기분이었다. 그는 다인의 엉덩이를 감싸 쥐고는 위로 들어 올렸다. 다인은 발꿈치로 매트리스를 디디고, 팔로 그의 어깨를 지지하며 스스로 허리를 움직이기 시작했다.

허리 아래에서 시작된 열기가 순식간에 목덜미까지 치고 올라왔다. 그는 고개를 내려 부드럽게 흘러내린 가슴을 깊게 빨아들였다.

"흐으읏. 아아!"

이전과는 결이 다른 신음이 터져 나왔다. 스스로 간지러운 곳을 긁어 내리고, 깊은 곳까지 찔러 대는 대범한 요분질이 감탄스러웠다. 다인이 허리를 놀리는 동안 그는 유두를 잘근잘근 씹어 삼켰다. 마치 감로가 흐르기라도 하는 듯 그는 거세게 빨고 핥아 댔다.

"하아, 유준 씨. 아아."

허벅지 안쪽이 바르르 경련했다. 더는 허리를 움직이는 게 버거웠다. 눈을 질끈 감아야 할 정도로 깊은 쾌락에 몸서리가 쳐질 즈음, 등허리에 매트리스가 닿았다.

"아아."

그가 빠른 속도로 허리를 쳐올렸다. 더는 깊은 곳까지 들어올 수 없을 거라고 여겼는데, 몸 전체를 관통하는 것처럼 거대한 움직임에 숨이 턱 막혀 왔다. 신음도 내지를 수 없었다. 가슴이 답답해서 도리질을 치자, 그가 입을 맞춰 온다.

작은 입안에 그의 혀가 가득 들어찼다. 혀끝에 서로의 혀뿌리가 맞닿을 정도로 깊게 맞물렸다. 머릿속이 아득해지는 것만 같았다. 혼이 나갈 만큼 깊은 결합에 눈물만 주르륵 흘러내렸다.

젖은 살이 부딪치는 찰박거리는 소리가 이명처럼 나부꼈다. 환락에 뒤엉켜 세상이 멈춘 듯했다. 그의 목에 매달릴 힘조차 없었다. 팔이 매트리스 위로 힘없이 떨어졌다. 그가 늘어진 손가락을 하나하나 얽으며 손깍지를 끼웠다.

빈틈 하나 없이 그와 결합되었다. 머릿속이 멍해졌다. 거칠게 새어 나오는 숨소리가 그의 것인지 자신의 것인지 구분도 되지 않았다. 땀이 흐를 만큼 흘렀는데도 불구하고 표피에 얇은 막이 덧씌워지는 것처럼 물기가 배어났다.

뒷무릎이 저릿하며 허벅지 안쪽이 또다시 경련하듯 떨렸다. 몸 안을 가득 채울 만큼 커다란 그의 물건이 더욱 크게 느껴질 만큼 안쪽이 조여 댔다. 그의 무게에 기분 좋게 짓눌려 있지만, 몸이 붕 떠오르는 것 같은 착각이 일었다.

"으음."

그의 목울대에서 신음이 흘러나왔다. 깊숙이 결합한 곳에서 그의 물건이 왈칵거리며 생동했다. 파정한 그는 한동안 가만히 몸을 묻은 채로 숨을 골랐다. 몸 안쪽에서 세차게 뛰는 맥박이 느껴졌다.

거친 숨을 고른 그는 땀과 눈물에 젖은 다인의 뺨에 여러 번 입을 맞췄다. 깃털처럼 날아드는 입맞춤을 느끼며 다인은 기절하듯 수마에 빠져들었다.

침실 안을 밝히는 늦가을 아침 햇살이 유난스러웠다. 잠들기 전 암막 블라인드를 내리는 것을 깜빡했나 보다. 고개를 돌려 보니, 잘생긴 남자가 잠들어 있다. 매끈한 이마 위로 부드럽게 흐트러진 앞머리, 우뚝한 콧대와 가파르게 깎아지른 듯한 콧날 아래 자리한 선이 분명한 입술.

아침에 일어나서 마주하는 그의 얼굴을 볼 때마다, 결혼을 잘했다는 생각이 든다. 지나치게 잘생긴 얼굴이 얌전히 잠들어 있는 모습은 무한히 만족스럽다.

어제저녁 일찍 퇴근한 그와 치킨을 시켜 먹고, 침대 위에서 옥신각신 하다가 잠이 들었다. 지치지도 않는지, 그는 매일 밤 다인을 안았다. 지난 밤의 열기가 떠올라서 갑자기 아랫배가 확 조여들었다.

다인은 조심스럽게 손을 뻗어 이마에 흐트러진 그의 머리카락을 쓸어 넘겼다. 손가락 안쪽의 여린 살을 훑는 머리카락조차 흠 없이 부드럽기만 하다.

"으음."

그가 앓는 소리를 내며 눈을 떴다.

"몇 시야?"

"아직 6시 반."

블라인드를 드리우지 않은 탓에 평소보다 1시간이나 빨리 눈을 떴다.

"왜 이렇게 일찍 깼어, 더 자지."

매트리스에 등을 댄 채로 바로 누워 있던 그가 다인이 누워 있는 쪽으로 돌아누우며 팔을 뻗는다. 단단한 팔 안에 자연스레 낭창한 몸이 갇혔다. 새하얀 면 이불 안에 두 사람은 여전히 알몸이었다.

잠옷을 입고 잤던 적이 있던가?

신혼 기분을 내려고 커플 잠옷을 몇 벌 사기는 했지만, 제대로 입고 잔 적은 한 번도 없었다. 아무것도 입지 않는 것이 더 신혼답지 않냐는 게 그의 설명이었다.

매끈하고 단단한 그의 몸이 닿는 게 좋았다. 그가 게슴츠레 눈을 뜨고 다인을 들여다보여 물었다.

"왜 이렇게 밝혀?"

"어제 블라인드 내리는 걸 깜빡했나 봐."

버튼만 누르면 되는 전동 블라인드를 깜빡할 정도로 두 사람은 치열한 밤을 보냈다. 다인의 대꾸에 그는 그게 아니라는 듯이 이맛살을 찌푸렸다.

"밝은 게 아니라. 왜 이렇게 밝히냐고."

무슨 뜻이냐고 묻는 얼굴로 그를 바라보았다. 그는 장난스러운 미소를 지으며 중얼거렸다.

"자는 남편 일찍 깨워야 할 만큼 급했어?"

그가 다인의 목덜미에 입술을 묻었다. 그제야 그가 하는 말이 무슨 뜻인지 알아들은 다인이 입만 벙긋거렸다.

신혼 3개월 차, 아직도 그가 시도 때도 없이 던지는 야한 장난에는 당황하고 만다. 몸이 먼저 달떠 버려서, 평정을 잃은 목소리를 내는 게 괜히 수줍었다. 목덜미를 더듬던 그의 입술이 피부 결을 따라 미끄러지듯 아래로 향했다. 쇄골을 장난스럽게 깨물고, 젖무덤에 부드럽게 키스한 그는 단단하게 솟은 유두를 입에 물었다.

"흐음."

엉덩이를 타고 벌써 미끈한 애액이 흐르는 게 느껴졌다. 허벅지 안쪽을 간질이는 그의 물건 역시 거대하게 부풀어서 꿈틀거리고 있었다. 그는 앞니로 간지럽게 젖꼭지를 깨물었다가, 혀로 핥기를 반복했다.

혀를 뾰족하게 세우고 작은 구멍을 파고들 것처럼 굴 때는 숨이 턱 막혀 왔다.

"으응. 유준 씨."

그는 손을 내려 아래가 젖은 것을 확인하고는 단번에 꿰뚫고 들어왔다.

"하아."

햇살이 유난히 밝은 아침, 이제는 익숙해진 신혼 방이 낯설게 느껴질 만큼 생생한 쾌감이 전신을 더듬어 댔다. 그는 여지를 주지 않고 허릿짓을 해 댔다.

"으응. 응."

조도가 높은 탓인지, 내뱉는 신음 소리도 유난히 크게 들리는 것 같아서 어금니가 꽉 맞물렸다. 그의 입술이 턱에 닿았다. 다인이 신음을 참고 있는 것을 알아차렸다는 듯이 그는 다인의 턱과 목을 간질이듯 집요하게 입을 맞췄다.

악물고 있던 턱에 힘이 빠지면서 비명 같은 신음이 터져 나왔다.

"아앗!"

고개를 들어 올려 그의 목덜미에 얼굴을 묻었다. 숨이 턱 막혀 왔다. 그의 페니스는 밤보다 아침에 더 거대하게 부푸는 듯했다. 이제 익숙해질 만도 한데, 그의 물건을 받아들이는 것은 여전히 버거웠다. 아니, 평생 익숙해질 수는 있을까?

밀부를 꿰뚫고 들어오는 이물감은 여전히 생경했지만, 눈이 질끈 감길 정도로 짙은 쾌락에 허벅지가 저절로 벌어졌다. 그의 허리를 다리로 휘감고 스스로 골반을 흔들어 댈 만큼 중독성이 강한 감각이었다.

허리를 뒤챌 때마다, 장골이 부딪혔고 결합은 깊어졌다. 이미 웅대한 존재감을 느끼고 있음에도 불구하고 속이 탔다. 몸 안 가장 깊숙한 곳까지 그가 꿰뚫고 들어왔으면 좋겠다는 바람, 심장까지 그의 존재감이 닿았으면 좋겠다는 욕구가 치밀었다.

오로지 그와 몸을 섞고 신음하는 육락에 거침없이 빠져들었다. 그의 숨결이 달아오르는 소리를 듣는 게 좋았다. 골반이 활짝 열리는 것처럼 허벅지가 벌어지는 것도, 그 위를 그가 무게감 있게 내리누르는 것도 미치도록 좋았다.

"흐아아아. 으읏!"

그녀의 신음 소리가 톤을 달리하며 짙어졌다. 참고 참다가 봉오리를 터뜨리는 꽃잎처럼 터져 나오는 신음은 언제나 유준을 미치게 했다. 정염으로 붉게 달아오른 눈가가 젖어 있었다. 그녀는 열락이 물든 눈을 가늘게 뜨고 유준을 올려다보았다.

돌겠네, 정말.

밤이라면 그녀를 몇 번이고 안을 수 있을 터였다. 쾌락에 지쳐서 눈물을 흘리는 그녀를 어르고 달래서 육욕이 충족될 때까지 몰아붙일 수 있었다. 하지만 출근을 앞둔 아침, 한 번의 정사로 끝내야 한다는 사실에 몸이 달았다. 짧은 시간 아내를 안고 놓아주기에, 그녀는 지독히도 자극적이다.

유준은 새하얗게 드러난 그녀의 동그란 어깨를 입에 물었다. 부드러운 살결은 한시라도 입술을 떼 놓고 싶지 않을 정도로 단맛이 난다. 어깨를 핥고 빠는 동안, 그녀가 몸서리를 치며 유준의 목덜미에 입술을 묻었다.

"으음."

억눌린 신음이 저절로 흘러나왔다. 쫀득쫀득한 점막이 분신에 달라붙어서 끈질기게 잡아당기는 듯했다. 안 그래도 좁은 틈이 더욱 빠듯해진다. 그녀의 안쪽이 바르르 떨리는 게 느껴졌다.

"으음. 으으음. 음."

그녀가 유준의 목덜미를 빨며 신음했다. 자신이 지금 무엇을 물고 빠는지도 모르는 듯 그녀는 절박하게 매달렸다. 가냘픈 허리와 매트리스 사이에 팔을 끼워 넣었다.

시도 때도 없이 품은 탓인지, 결혼 전보다 마른 등이 손에 닿았다. 조금만 힘을 주면 바사삭 부서질 것 같은 연약함이 느껴진다. 유준은 온몸에 힘을 주며 그녀를 있는 힘껏 끌어안지 않기 위해 노력했다.

허리 아래에서 뭉근한 열기가 피어올랐다. 질 내벽이 급격히 수축하며 페니스를 조여 댔다. 쥐어짜듯 주무르는 압박감에 숨이 턱 막혀 올 듯했다.

"아아."

찬탄 어린 신음이 흘러나왔다. 뜨거운 정액이 그녀의 안에 흩뿌려졌다.

"으음."

그녀의 목에서도 앓는 소리가 터져 나왔다. 천천히 고개를 들어 올리자, 그녀의 입술이 타액에 젖어 있었다.

"나 오늘 이러다 무단결근하겠는데?"

비뚜름하게 웃으며 그녀의 젖은 입술을 파고들었다. 지나치게 단물이 가득 고인 입안을 샅샅이 핥고 빨아 마셨다. 어깨를 그러쥔 작은 손에 힘이 들어갔다. 엄혹한 가정교육을 받고 자란 탓에 바른 생활이 몸에 밴 그녀는 아마도 남편의 출근을 걱정하고 있으리라.

누가 침대 위에서 그딴 걸 걱정하래.

유준은 그녀의 몸 위로 슬쩍 무게를 더 실었다. 그녀의 받은 숨결이 뺨 위로 흩어졌다. 아직 그녀의 몸 안에서 빼내지 않은 물건이 다시 몸집을 부풀렸다. 허리를 뒤로 살짝 뺏다가 힘껏 박아 넣었다.

정액과 애액이 섞여 아까보다 미끄러웠지만, 내부는 비좁아지며 부푼 물건을 물어 댔다.

"흐음."

유준은 신음 내뱉으며 입술을 뗐다. 만족스러운 미소를 머금은 얼굴로 그녀를 내려다보았다. 그녀는 쾌락에 잔뜩 젖은 붉은 눈으로 못마땅하다는 듯이 올려다보고 있었다.

그녀를 똑바로 응시하며 몸을 뽑아냈다가 크게 파고들었다.

"으웃."

신음을 내뱉는 그녀의 미간이 설풋 좁아졌다.

"이래서 내가 오늘 출근을 할 수 있을까? 병원 가서도 계속 정다인 벗은 몸만 생각할 것 같은데."

비뚜름히 웃으며 놀리는 말투였지만, 진심이기도 했다.

"흐으. 유준 씨. 얼른, 하고, 출근, 하아!"

토막 난 그녀의 숨결과 함께 문장이 조각난 채로 흘러나왔다.

"하는 거 봐서."

붉게 달아오른 담갈색 눈동자가 당황하는 모습을 볼 때마다 희열감이 느껴져서 그만둘 수가 없었다. 유준은 그녀를 짓궂게 놀리며 허리를 움직였다.

"으응. 아아! 유준 씨. 으응. 하아."

얼굴을 붉히면서도 은근히 허리를 움직여 보조를 맞추는 그녀 때문에 정말이지 미쳐 버릴 만큼 좋았다. 그녀의 보조에 맞춰 속도를 높여 갔다. 리드미컬하게 골반이 맞닿을 때마다 어금니가 녹아내릴 듯 쾌감이 올라왔다.

"으음."

아까보다 훨씬 빠르게 점막이 급격히 달라붙는 게 느껴졌다. 파고들지 말라는 듯이 조여들었다가, 빠져나올 때는 집어삼킬 듯 당기는 탓에 심장이 멎을 듯했다.

"하아."

한숨과 함께 절정이 몰려왔다. 유준은 부드럽게 풀어진 그녀 몸 위로 풀썩 무너져 내렸다. 파정과 함께 소름이 오스스 돋을 정도로 선명한 쾌락이 지나가고 있었다. 그녀를 품에 안고 있는데도, 깊은 속을 꿰뚫고 있는데도 여전히 믿기지가 않는다.

정다인이랑 결혼을 했다는 사실이 의심스러울 정도로 지나친 환희가 날마다 이어졌다.

어디선가 메피스토펠레스 같은 악마가 나타나 이 행복을 유지하려면 영혼을 팔아야 한다고 말한다면, 기꺼이 그럴 수 있을 것 같았고, 큰 죄를 짓고 인간 세상에 유배된 양소유처럼 꿈을 꾸고 있는 것이라면, 제발 이 꿈에서 깨지 않게 해 달라고 빌 것이다.

섹스 후의 무력감과 우울감은 정신학적으로 자연스러운 것이다.

그걸 모르지 않는데도, 그녀가 품에 있는데도, 미치도록 행복한데도.

뜻 모를 불안감이 이따금 고개를 들었다.

"유준 씨."

옴짝달싹하지 않고 가만히 있는 유준이 상념에 젖은 것을 알아차렸는지, 그녀의 다정한 목소리가 들려왔다.

"출근해야지."

귓가를 울리는 간지러운 목소리를 들으며 몸을 일으켰다. 말간 그녀의 얼굴을 마주하자 머릿속이 산뜻해진다. 언제 무기력해졌냐는 듯이 가슴이 달아오른다. 그녀의 동그란 이마에 가만히 입을 맞추며 '가기 싫다.' 하고 읊조리자, 그녀가 먼저 침대에서 일어나 로브를 걸치고는 욕실로 이끌었다.

욕실 안에 들어서자마자, 그녀가 눈을 휘둥그렇게 뜨고는 유준을 올려다보았다.

"어떡해!"

겁에 질린 듯 얼굴이 하얘진 그녀를 보고 심장이 덜컹 내려앉는 듯했다. 유준은 그녀의 양어깨를 감싸 쥐며 눈높이를 맞추려 상체를 기울였다.

"왜 그래?"

무엇을 보고 놀란 것인지 그녀는 아랫입술을 말아 물며 발을 동동 굴렀다.

"왜 그러는데."

"어떡하지, 유준 씨. 미안해."

사과하는 그녀의 얼굴이 벌겋게 달아올라 있었다. 그녀의 시선이 유준의 목덜미에 닿아 있다는 것을 그제야 깨달았다. 유준은 고개를 돌려 욕실 거울에 비친 목덜미를 살폈다. 귀에서 곧바로 내려오는 목덜미 중간쯤 붉은 키스 마크가 새겨져 있었다.

"어떡하지? 아직 폴로 넥 입을 계절은 아닌데? 반창고 붙일까?"

"그럼, 더 티 나지 않을까?"

유준은 일부러 미간을 찌푸리며 딱딱하게 대꾸했다.

"내가 정신이 나갔었나 봐. 미안해."

울먹이며 사과를 건네는 모습에 장난기가 동한다. 이런 상황을 그냥 지나칠 리 없다는 것을 그녀는 아직도 모르는 듯했다.

"큰일이네. 진짜 출근 못하겠는데? 애들이 이걸 보고 뭐라고 생각하겠어?"

누가 뭐라고 생각하든 상관없다. 그리고 감히 유준에게 키스 마크를 가지고 농을 걸어 올 만큼 간이 큰 인사들도 없었다. 신혼의 훈장쯤으로 여기면 되지, 뭐.

하지만 그녀가 걱정하고 안달하는 모습을 계속 보고 싶었다. 종일 목에 새겨 놓은 키스 마크 때문에 마음을 졸일 그녀를 생각하면 벌써부터 웃음이 났다. 쾌락에 젖어서 목을 물고 핥았던 모습을 상상하며 얼굴을 붉히는 그녀를 옆에 묶어 두고 감상하고 싶은 가학적 관음에 대한 충동도 일었다.

"컨실러! 그래, 컨실러! 그걸로 가리면 되겠다. 유준 씨, 일단 빨리 씻고 나와."

그녀는 방법을 찾았다는 듯이 빠르게 말을 내뱉고는 욕실 밖으로 나가 버렸다.

아, 이렇게 쉽게 해결되면 곤란한데?

유준은 어떻게 하면 그녀를 더 골려 줄 수 있을까 고민하며 느긋하게 샤워를 마쳤다. 드레스룸에서 그녀가 정리해 놓은 슈트를 입고 나왔을 때, 파우더룸 앞에 선 그녀의 모습이 보였다. 그녀는 로브 앞섶이 살짝 벌어져 가슴골이 드러난 것도 모르고, 손끝에 기다란 원통형 화장품을 든 채로 의기양양한 표정이다.

"그런 표정으로 들고 있기에는 물건이 좀 짧고, 얇다고 생각하지 않아?"

유준은 화장품 통을 들지 않은 그녀의 손을 끌어다 제 물건을 덥석 잡게 했다.

"이 정도는 잡아야지."

그녀는 끼악! 하고 새된 비명을 지르더니.

"정말 미쳤나 봐. 그런 생각밖에 안 해?"

"어."

태연자약하게 대답하자, 그녀가 눈을 가늘게 뜨며 노려보았다.

"그게 뭔데?"

아랑곳하지 않고 묻자, 그녀가 화장품 뚜껑을 열고 유준의 목에 들이댔다. 모양은 꼭 딱풀처럼 생겼다.

"이게 뭐냐고. 그러니까."

"컨실러야. 화장할 때 잡티 가리고 그럴 때 쓰는 거. 이게 커버력이 기가 막히게 좋아서, 별명이 매직 스틱이야. 이걸로 가리면 마법처럼 가려질 거야."

"매직 스틱?"

유준이 눈썹을 들썩이며 되물었다. 그녀는 무구한 눈빛으로 올려다보며, 고개를 끄덕거렸다.

"그런 별명은 여기에 더 어울리지 않나?"

다시금 그녀의 손을 끌어다 바지 앞섶에 얹었다.

"진짜, 좀! 작작해!"

새빨개진 얼굴로 눈을 질끈 감으며 버럭 화를 내는 모습에 웃음이 터지고 말았다.

"그래, 재주껏 가려 봐. 매직 스틱인지, 뭔지. 이놈이 부리는 마법만큼 효과 있나 보자."

그녀의 배에 아랫도리를 비비대며 말했더니.

"정말 짐승 같다"

"그건 칭찬으로 받아들이고."

그녀는 미간을 찌푸리며 심각한 얼굴로 목덜미에 열심히 공사를 쳤다.

"이거 드레스 셔츠 깃에 안 묻게 조심해, 유준 씨. 컨실러 갖고 출근할래? 가서 수시로 바를래?"

"아, 이거 별명이 마음에 안 드는데. 내 몸에 다른 매직 스틱을 지니는 건 싫은데."

윗니로 아랫입술을 질끈 깨문 그녀가 눈을 지그시 감으며 고개를 절레절레 내저었다. 유준은 그녀가 손에 들고 있는 컨실러 통을 빼앗으며 말했다.

"뭐, 밤새 물고 빨렸다고 소문내기 싫으면 들고 가야지."

한숨을 한 번 내쉬며 미간을 찌푸렸다.

"누가 할 소릴 해!"

그녀가 항의하듯 목소리를 높였다.

"나는 최소한 티 나는 데에는 안 남기잖아."

검지와 중지로 로브 깃을 슬쩍 젖히며 젖무덤을 쓸어내렸다. 하얀 살결이 붉은 꽃잎을 흩뿌려 놓은 듯 울긋불긋했다. 그녀가 유준의 손을 찰싹 때리며 앞섶을 여몄다.

"앙탈은."

목덜미를 잡고 끌어와 입술을 머금었다. 말은 새치름하게 하면서도 키스에는 순순하다.

이러니 내가 미쳐, 안 미쳐.

달콤한 타액을 빨아들이고, 입안을 샅샅이 핥았다. 허리가 뻐근하도록 힘이 들어가려고 해서 얼른 입술을 떼어 냈다. 계속하다간 진짜로 무단결근을 하게 될 것 같다.

"아침은 병원 가서 먹어야겠다. 평소보다 일찍 깼는데도, 늦었네."

그녀가 발긋하게 달아오른 얼굴로 미안한 표정을 지었다.

"잠깐 기다려, 유준 씨."

부엌에 간 그녀가 샌드위치 박스와 생과일주스가 담긴 병을 들고 왔다.

"이거 먹어. 가서 아침 먹는다고 하고, 안 먹을 거잖아."

마치 유준을 손바닥 위에 올려놓고 있는 것처럼 속속들이 아는 듯한 그녀였다.

"결혼하고 네가 내 버릇 잘못 들여서 그래. 밖에서 먹는 게 영 맛이 없잖아. 남편 이렇게 키우면 큰일 난다."

어깃장을 놓자, 그녀가 밉지 않게 흘겨보았다.

"얼른 가. 늦었다며."

"갔다 올게. 오늘 할머니께 갈 거라고?"

"응. 요즘 계속 잠이 쏟아진다고 하시네. 원래 잠 없던 분이신데……."

그녀의 얼굴에 걱정하는 기색이 비쳤다.

"그래, 이번 주말에는 나도 같이 가자."

마른 등을 부드럽게 쓸어내리며 건넨 말에 그녀가 환한 미소를 지으며 고개를 끄덕거렸다.

"잘 다녀와. 점심 거르지 말고."

출근하는 그를 현관 앞까지 배웅했다. 처음에는 엘리베이터를 타고 아파트 공동현관까지 같이 나가곤 했었다. 그런데 밤마다 시달려서 늦잠을 잤고, 아침마다 이와 비슷한 승강이가 이어졌다. 말끔하게 준비할 겨를이 없어서, 다인은 현관 앞까지만 그를 배웅하게 되었다.

그가 올라탄 엘리베이터의 문이 닫히는 것을 보면서 손을 흔들려는 순간이었다. 그가 손을 뻗어 엘리베이터 문을 잡고는 '잠깐만!' 하고 외쳤다.

"왜? 뭐 놓고 갔어?"

다인이 묻는 말에 그는 의미심장한 표정을 지으며 말했다.

"다음에는 안 보이는 데 빨아."

놀라서 입이 쩍 벌어졌다. 엘리베이터 한 대를 두고 두 세대가 마주 보는 계단식 아파트였다. 옆집 문은 닫혀 있었지만, 계단을 울리는 그의 목소리를 누군가 들었을지도 모른다고 생각하니 아찔해졌다.

그가 음흉하게 웃는 모습이 서서히 닫히는 엘리베이터 문 사이로 보였다.

미쳤나 봐, 정말!

현관문을 닫고 집 안으로 들어선 다인은 두 손으로 양 볼을 감쌌다. 얼굴에 열이 올라 홧홧했다. 놀리는 말이라는 것을 알았지만, 훅 치고 들어올 때는 정말이지 속수무책으로 당했다.

그런데, 당했는데도 웃음이 났다. 기가 막힐 노릇이다. 얼굴이 새빨개질 정도로 놀림을 당해 놓고도 행복에 겨워서 웃음을 참을 수가 없었다. 다인은 기분 좋은 콧소리가 나도록 한숨을 내쉬었다.

행복이 눈에 보이는 듯했고, 손에 잡히는 듯했고, 사라지지 않고 영원할 것처럼 느껴졌다.

정말 그럴 거라고만 생각했다.


"할머니, 저 왔어요!"

신혼집에서 택시로 족히 30분은 넘게 걸리는 곳에 할머니가 오랜 세월 살아오신 고택이 있었다. 솟을대문 안으로 들어서자, 간병인 권옥경 여사가 조용히 검지를 입가에 가져다 대며 종종걸음으로 다가왔다.

"할머니, 주무세요."

"이 시간에요?"

점심시간이 가까워져 오고 있었다. 낮에 눈을 붙이는 일은 없으셨던 분이신데, 오전부터 잠들어 있다는 말이 영 께름칙했다.

"기력이 달리시는지, 요즘 주무시는 시간이 좀 늘었어요. 이따 1시쯤 일어나셔서 점심 드실 거예요."

대학병원 수간호사 출신인 권 여사는 평생을 독신으로 살아왔다고 했다. 은퇴를 앞두고 할머니의 간병인 자리를 제시했을 때, 좋은 분을 모시게 되어 기쁘다며 흔쾌히 수락해 주었다.

그 점이 늘 감사해서, 다인은 권 여사가 애틋했다. 만약 권 여사가 아니었다면 6.25 때 잠시 피난길에 올랐던 시간을 빼고, 할머니께서 태어나서부터 평생을 지내오신 고택을 떠나 요양원으로 향하셨을 것이다.

"정말 감사드려요."

"감사하다는 말 좀 이제 그만해요."

권 여사가 고개를 절레절레 내저으며 인자한 미소를 머금었다. 권 여사는 돌아가신 다인의 모친과 비슷한 연배였다. 그래서 더 애틋하고, 정이 가는지도 모르겠다. 나중에 세월이 좀 흐르고 정이 깊어지면 어머니처럼 모셔도 되겠느냐는 말을 꺼내 보고도 싶었다.

정이 깊어지면.

누군가와 정을 나누게 될 거라고는 미처 생각지 못했었다. 막연히 사랑하는 이가 생기고, 결혼하게 될 거라고는 여겼지만, 가슴이 저밀 정도로 벅차오르는 감정은 다인의 상상 밖에 있었다. 한 번도 겪어 본 적 없는 정서였기에, 상상이 어려웠을 것이다.

다인이 늘 강한 사람이 되길 바랐던 할머니셨다. 나약하게 살지 말라고 다그치셨다. 그런데 강팍했던 자신이 요즘 들어 야들야들해지는 기분이다. 강하게만 사는 것은 참으로 고달픈 일이다. 누군가의 사랑을 받고, 누군가를 사랑하고 인생을 부드럽게 받아들일 수 있는 건 축복이라는 생각이 들었다. 오랜 시간 축복을 누리지 못한 할머니의 삶이 안타까워서 가슴이 저몄다.

하나밖에 없는 손녀딸인 자신을 거둬 키우느라 더욱 그랬을 것 같아서 코끝이 찡해졌다.

"그럼, 점심은 제가 할게요."

음식을 해 주시는 도우미 아주머니가 따로 있었지만, 다인은 오랜만에 할머니의 부엌으로 향했다. 고되어도 부엌일은 여전히 참견하시는지, 할머니의 부엌은 달라진 게 없었다. 솥밥을 안치고, 깻국을 끓이고, 돼지고기를 갈아 넣은 녹두전을 부쳤을 즈음, 할머니가 일어나셨다.

"다인이 왔냐?"

할머니의 목소리가 반가워서 눈물이 핑 돌았다. 겨우 며칠 못 들었을 뿐인데, 매일 듣던 목소리여서 그랬는지 그리움이 컸나 보다.

"네, 할머니!"

다인이 반가운 목소리로 대꾸하며 부엌 밖으로 나갔다. 대청마루에 앉아 계신 할머니는 며칠 사이에 눈에 띄게 야윈 듯했다.

"어이구, 내 새끼."

할머니의 손이 다인의 옆으로 비껴갔다. 다인은 주름진 손을 얼른 잡아 제 얼굴 위에 올렸다.

"내 새끼, 왜 이렇게 살이 내렸누."

볼을 더듬는 할머니의 손길에 눈물이 가득 차올랐다. 할머니의 시선은 다인의 눈동자를 마주하지 못했다. 수술은 성공적이라고 했었다. 증손주가 시집, 장가가는 것도 보시겠다며 주치의 이상호 교수는 흡족해했었다. 그런데 할머니의 상태는 급격히 나빠지는 것처럼 보였다.

"할머니 깻국 끓였어요."

"으이? 깻국 냄새 하나도 안 나던데."

후각도 무뎌지신 듯 할머니는 어리둥절한 얼굴을 했다.

"얼른 내올게요."

눈물이 후드득 떨어질 것만 같아서 다인은 얼른 부엌으로 향했다. 늘 할머니와 마주 앉아 밥을 먹던 동그란 밥상에 점심상을 차렸다. 권 여사는 따로 먹겠다며 할머니와 오붓하게 식사하라는 말과 함께 자리를 피해 주었다.

"할머니, 식사 안 거르시죠?"

"그럼. 저금질이 힘들어서 그렇지."

다인은 반찬을 집어서 할머니의 숟가락에 올려 드렸다. 유치원도 다니기 전, 젓가락질도 제대로 못한다고 혼났던 게 떠올라서 코끝이 찡했다. 강하게 살아야 한다고 그토록 엄혹하게 구시던 분이 스러져 가는 모습을 지켜봐야 한다는 게 가혹하게 느껴졌다.

결국, 뺨을 타고 눈물이 또르르 흘러내렸다. 다인이 눈물을 훔치고 있다는 것도 할머니는 알아차리지 못하시는 것 같았다. 예전 같았으면, 밥상머리에 앉아서 운다고 혼이 났을 것이다.

차라리 혼내 주셨으면 좋겠다. 지겨운 쓴소리를 귀에 딱지가 앉도록 늘어놓으신다면 이토록 마음이 아프지는 않을 것이다. 할머니의 몸이 점점 작아지는 것처럼 보였다. 쪼글쪼글한 주름은 더욱 깊어졌고, 수분기가 전부 날아간 것처럼 말라비틀어진 피부가 까칠했다.

이러다 아예 존재하지 않았던 것처럼, 한순간에 사라질 것 같은 느낌.

"할머니."

"응."

"증손주 돌잔치에 떡 해 주셔야 해요."

"돌잔치만 해 줘? 삼칠일에 삼신할매 밥상도 차려 줘야 하고. 백일상도 차려야 하고. 그 안에 할 게 얼마나 많은지 아누?"

할머니는 고개를 절레절레 내저으시며 뭘 모른다는 듯이 혀를 끌끌 차셨다. 그 모습에 가슴이 뭉클해져서, 눈이 저절로 감겼다.

제발, 할머니 오래오래 살아 주세요.

"나 오늘 여기서 자고 갈래요."

할머니께 어리광을 부려 본 적은 없었다. 집에 들어서자마자 느껴진 할머니 냄새에 그리운 감정이 가득 몰려와서 오늘은 자고 가고 싶다는 생각이 들기는 했지만, 충동적으로 튀어나온 말이었다.

"예끼. 출가외인이 이렇게 친정 자주 드나들면, 시어른들이 싫어해."

"여기 자주 오는 거 모르셔. 아신다고 해도, 흠 안 잡으실 분들이에요."

"강 서방은 어쩌고? 부부는 무슨 일이 있어도 한 이불을 덮고 자야지. 싸워서 등을 돌리고 자는 한이 있어도."

"그래도 오늘 여기서 잘래요."

고집을 피웠다. 할머니와 옥신각신하며 점심 식사를 마치고, 점심 약을 드시고 다시 자리에 누우시는 할머니의 모습을 확인한 뒤 그에게 전화를 걸었다.

"나 오늘 여기서 자고 가도 돼?"

울지 않으려고 했는데, 목소리 끝이 미세하게 떨렸다.

― 퇴근하고, 나도 거기로 갈게.

그는 아무것도 묻지 않고 이곳으로 오겠다며 통화를 마쳤다. 가슴이 깊게 가라앉았다. 그가 온다는 말에 기쁜데, 할머니가 스러져 가는 모습에 형용할 수 없는 슬픔이 차올랐다.

그가 퇴근해서 올 때까지 할머니는 깊은 잠에 빠지셨다. 잠에서 깬 할머니는 싫은 내색 한 번 안 하시고 그를 반갑게 맞아 주셨다.

"어이구. 우리 유준이 왔냐?"

손서(孫壻)가 아닌 손자를 맞이하는 것 같은 어조였다.

"우리 할머니 더 고와지셨네. 시집가셔야겠어요."

"예끼놈!"

할머니는 역정을 내시면서도 웃음을 잃지 않으셨다. 그가 오기 전까지 살얼음 위를 걷는 것처럼 불안증에 시달렸다. 갑자기 할머니가 세상을 저버리시면 어쩌나, 깊은 잠에 들었다가 깨어나시지 못하면 어쩌나 하는 섬뜩한 생각이 꼬리를 물고 떠올라서 괴로웠다.

그런데 그의 등장으로 가슴에 열기가 고이는가 싶더니, 걱정이 눈 녹듯 사라졌다. 그는 저녁 식사를 마치고 할머니가 잠자리에 드시는 모습까지 지켜보고는 다인을 다독였다.

"황반천공 수술이 쉬운 게 아니야. 눈이 어두워지셔서 그러신 걸 거야. 다음 정기검진 때, 나도 시간 비우고 할머니 곁에 있을게."

듬직했다. 이토록 믿음직한 사람이 곁에 있다는 사실이 꿈만 같았다.

"고마워."

"어? 서운한 소리 하네. 이게 고마울 일이야? 당연한 일이지."

"당연한 일도 고마워."

다인이 결혼하기 전까지 쓰던 방에서 이부자리를 펴고 누웠다. 그는 다정히 팔베개를 해 주며 따스히 안아 주었다.

"있지. 할머니도 할아버지랑 우리 같은 사랑을 했겠지?"

"글쎄. 워낙 어수선한 시절이었으니까."

"그러셨을 것 같아. 그래서 할아버지 없이 혼자 사는 게 두려우셔서 더 강해지려고 하셨을 거야. 우리 할머니 나 없었으면, 재혼하셨을까?"

"아닐 것 같은데. 부엌에서만 사셨을 것 같아. 어려운 사람 도우시면서."

"그래, 그건 그렇다."

다인은 가만히 한숨을 한 번 내쉬었다. 잠시 침묵이 흘렀다. 그러다 뜻하지 않게 물기 어린 목소리가 흘러나왔다.

"안타까워."

"뭐가? 우리 할머니 너무 외롭고 힘드셨을 것 같아서 안타까워. 그걸 여태 한 번도 생각해 본 적 없는데. 유준 씨랑 결혼하니까, 그게 보여."

그가 두 팔로 다인을 꼭 껴안았다.

"사랑을 받으니까, 세상 사람들을 다 그런 시선으로 보게 되나 봐. 할머니도 그랬을 것 같다는 생각이 들어. 얼마 전까지만 해도 왜 그렇게 엄하셨을까 하는 생각을 했었는데, 이제 조금 이해가 갈 것 같아. 평생을 사시며 사랑을 잃는 경험만 하셨던 할머니는 나도 그렇게 아플까 봐 걱정하셨던 것 같아. 그래서 늘 강해지라고 하신 거겠지. 그건 할머니도 많이 아파하셨다는 의미고……. 너무 안타까워. 마음이 아파."

가만히 듣고만 있던 그가 조심스럽게 입을 열었다.

"할머니 마음 알아주는 손녀딸이 있어서, 나는 할머니 행복한 분 같은데?"

그녀가 단단한 가슴팍을 파고들었다. 부모를 잃고 혼자 산 서러움도 만만치 않을 것이다. 그런데 그녀는 제 아픔은 생각하지 못하고, 미수 노인의 삶이 안타깝다며 울먹였다.

이제 어떤 이유에서건 이 여자가 우는 모습은 보기 싫다. 힘들어하지도 않았으면 좋겠다. 마음이 아프다는 말을 들을 때는, 심장이 갈기갈기 찢어지는 듯했다. 정신건강의학과 전문의면서 대신 아플 수는 없나, 하는 생각까지 들 정도다.

마냥 슬픔에 동화될 수만은 없었다. 그녀가 무거운 마음을 잠시나마 덜기를 바랐다.

"나처럼 잘난 손주사위도 보시고, 할머니 진짜 행복한 분이시지. 손녀딸 얼마나 잘 키웠다고, 뿌듯하실걸? 오죽 잘 컸으면 열두 살에 사위를 주워 와."

그녀가 어이가 없는지 작게 웃음을 터뜨렸다.

"내가 언제 유준 씨를 주워 왔어?"

"주워 왔잖아."

지옥 속에서. 뒷말을 덧붙이지 않았다. 아파하는 그녀에게 괜한 상념을 더 얹을 필요는 없었다.

"자자. 얼른."

마음 같아서는 오늘 밤에도 그녀를 품에 안고 싶었다. 정신이 나갈 만큼 짙은 쾌락으로 상념을 날려 주고 싶었지만, 오늘만큼은 참기로 했다.

그저 조용하고, 편안하게 그녀를 다독였다. 그녀의 마음이 평온해지기를 간절히 바라며.

할머니의 정기검진 날, 그는 약속한 대로 이상호 교수와 대면했다.

"특별히 나빠진 곳은 없어요. 잘 회복 중이십니다."

이 교수의 말에 나란히 앉은 세 사람은 크게 안도했다. 다인은 가슴을 쓸어내리며 한숨을 집어삼켰다.

"그런데 다인이 안색이 안 좋네? 어디 아파?"

다인의 얼굴을 들여다보며, 이 교수가 걱정스러운 표정을 지었다. 할머니 앞에서는 알은체를 하지 않았으면 했는데, 의사의 본능인가 보다. 하필 요즘 소화가 잘되지 않아서 고생하는 중이었다.

"그냥 소화가 조금 안 되는 정도요."

눈치 빠른 그가 얼른 수습하듯 말했다.

"언제부터?"

할머니가 대뜸 물으셨다.

"그냥. 오늘 아침부터요."

다인이 기어들어 가는 목소리로 대꾸했다.

"예끼. 할머니는 못 속여."

"며칠 됐어요. 금방 가라앉을 거예요. 정기검진 앞두고 긴장했었나 봐요. 결과 좋아서 다행이다."

할머니를 안심시키려 내뱉는 말이 점점 빨라졌다. 이 교수는 미심쩍은 얼굴로 다인을 바라보았다. 무슨 말을 하고 싶은데, 쉽게 꺼내지 못하는 얼굴이다.

"그럼, 이만 일어나도 될까요?"

그가 할머니를 살피며 이 교수를 향해 물었다.

"어, 그래요. 강 교수는 잠깐 나 좀 봅시다. 학회 문제로 좀 상의할 게 있어서."

다인은 할머니를 모시고 먼저 진료실을 빠져나왔다. 할머니는 걱정스럽다는 듯이 미간을 좁히며 다인의 손을 꼭 잡으셨다.

"뭐 먹고 싶은 건 없고? 소화가 언제부터 안 됐어? 매실액이라도 타 마시지."

"매실액 계속 마셨어요. 매실액 마시면 좀 나아지더라고요."

학회 때문에 상의할 일이 있다고 한 그는 1분도 채 지나지 않아서 진료실 밖으로 나왔다. 그는 골몰한 얼굴이었다. 1분 사이에 심각한 이야기가 오고 갔나 보다.

"할머니, 잠깐 다인이 진료 좀 받게 해도 될까요?"

"우리 다인이가 왜!"

할머니 목소리가 높이 치솟았다. 대기 중이던 외래 환자 일부의 시선이 이쪽으로 몰렸다.

"할머니 증손주 보실 것 같아서요."

그가 '잘 익은 바나나는 노란색이에요.' 라고 당연한 것을 말하는 투로 중얼거렸다.

"뭬?"

할머니는 잠깐 얼이 빠진 표정이 지었다. 다인은 미간을 찌푸리다가 휴대전화를 꺼내 들었다. 생리 날짜는 30일 주기로 규칙적이었는데, 벌써 37일째 소식이 없었다.

며칠 전 잠깐 피가 비친 것 같아서, 곧 하겠거니 했었는데.

곧장 산부인과로 향했다. 피가 비친 것은 착상혈이라고 했다.

"다다음 주쯤 오시면 심장 소리 들으실 수 있겠네요. 축하드려요, 강 교수님. 내년 여름이면 아빠 되시겠네."

그는 이제껏 본 중에 가장 황홀한 얼굴을 하고 다인을 바라보았다.

"너무 좋아서 비명이라도 지르고 싶네요."

들뜬 목소리로 중얼거리는 말에 산부인과 의사는 당혹스럽다는 표정으로 그를 바라보다가 조용히 읊조렸다.

"강 교수 결혼하더니, 사람 많이 변했네."

놀리는 듯한 목소리에 웃음기가 배어 있었다. 그는 산부인과 의사의 말에 아랑곳하지 않고, 다인을 품에 꼭 끌어안았다. 할머니가 계신 것도 개의치 않는다는 듯이 다인의 입술에 쪽 소리가 나도록 입도 맞추었다.

그런 건 집에 가서 하라는 의사의 핀잔을 듣고 나서야 진료실을 나섰다. 산모 수첩을 들고 산부인과를 나서는데, 얼떨떨했다.

"아이고, 세상에. 아이고. 우리 다인이가 예뻐서, 예쁜 짓만 골라서 하지. 먹고 싶은 건 없고?"

할머니가 다인이 손을 꼭 잡으시며 물으셨다.

"아직은 없어요."

"할미가 다 만들어 줄게. 응?"

내내 기운이 없으시던 할머니의 얼굴에 화색이 도는 것 같았다. 콩알만 한 태아가 배 속에 있다는 현실감 없는 임신 진단보다, 할머니가 기뻐하시는 모습이 더 와닿았다.

"네, 먹고 싶은 거 있으면 할머니께 꼭 말씀드릴게요!"

할머니가 만드신 음식을 먹을 수 있을 줄 알았다. 먹고 싶은 게 있으면 만들어 달라고 조를 수 있을 거라고 생각했다. 몸을 풀고 나서 할머니가 끓여 주신 미역국을 먹고, 삼칠일에는 삼신할매를 위한 상도 차리고, 백일상도 차리고, 돌떡도 함께 만들 수 있을 거라고 생각했다.

임신 8주에 접어들던 날 이른 아침이었다. 전날까지도 다인과 마주 앉아 저녁 식사를 하셨던 할머니가 갑자기 쓰러지셨다는 연락이 왔다.

"언제요? 어디서요? 네……. 지금 출발할게요."

휴대전화 너머에서 권 여사의 차분한 설명이 이어졌고, 구급차의 사이렌 소리가 이명처럼 들려왔다. 그 역시 굳은 얼굴로 다인이 통화를 마치기를 기다렸다. 눈물이 솟구쳤다.

"어떡해. 우리 할머니, 어떡해."

그는 침대 위에 앉은 채로 무너져 내리려는 다인을 일으켜 세웠다.

"옷 갈아입자. 얼른 할머니께 가야지."

그녀는 혼이 나간 듯 보였다. 어제 할머니와 식사를 하고 와서는 다행히 더는 나빠지지 않은 것 같다며 안심한 얼굴을 했었다.

그런데 밤새 안녕이라고, 할머니는 깊은 잠에 빠지셔서 깨어나시지 못하셨다.

장례식 내내 그녀는 표정이 없는 얼굴을 했다. 멍한 얼굴로 서 있는 모습이 안타까워서 가슴이 저몄다. 살아생전에 선행을 많이 베푼 분이셨기에 조문객은 끊이지 않고 이어졌다. 홑몸도 아니면서, 자지도 먹지도 못했다.

"힘들면 좀 쉬어. 응?"

VIP 전용 빈소 한쪽에는 휴게 공간이 마련되어 있었다. 그녀는 고개를 가만히 내젓기만 했다. 새벽 3시가 가까운 시각이었다. 아침에 발인이 있을 예정이었다. 밤새 빈소를 지킨 조문객들은 여전히 와자지껄했다.

"조금만 자자. 응?"

이 시간에 새로 방문할 조문객은 없어 보여서 잠시 눈을 붙이기를 강권했다. 이대로는 안 되겠다 싶어서, 유준은 다인을 안아 들었다. 종이로 만들어 놓은 사람처럼 가벼워서 숨이 턱 막혀 왔다.

휴게 공간 안은 무채색의 호텔 객실처럼 꾸며져 있었다. 푹신한 침대 위에 그녀를 눕히고, 옆에 가만히 앉았다.

"유준 씨도 쉬어."

그녀는 옆자리를 툭툭 치며 말했다. 울음을 많이 삼킨 탓인지 그녀의 목소리가 깊게 가라앉아 있었다. 유준은 그녀의 옆에 가만히 몸을 눕혔다. 피곤했지만, 잠이 오지는 않았다. 그녀 역시 마찬가지인지 연신 길게 한숨을 내쉬었다.

"있지, 유준 씨."

"응."

"유준 씨가 내 남편이 아니라."

무슨 말을 하려나 싶어서 가슴이 쿵쿵 뛰었다. 할머니가 살아 계실 때 결혼식을 올리라는 말에 결혼을 서두른 면도 없지 않아 있었다. 상상조차 하기 싫은 불길한 기분이 엄습하는 것은 잠이 부족한 탓이라고 여기며 고개를 돌려 그녀를 바라보았다.

"정신건강의학과 의사의 관점에서 들어 줘."

안도의 한숨을 집어삼키며 '응.' 하고 대꾸했다.

"등가 교환이라고 알지? 꼭 생명을 등가 교환한 기분이야. 이런 생각 말도 안 된다는 거 아는데. 돌아가시기 전날까지 괜찮으셨던 할머니가…… 갑자기 돌아가셔서……. 내가 납득할 만한 이유를 찾고 싶은 건지 모르겠는데. 꼭 내가 임신해서, 할머니가 돌아가신 것 같은 이상한 생각이 들어. 한 생명이 지고, 한 생명이 태어나고. 그렇게 등식이 성립되는 것처럼."

그녀의 목소리는 물기 하나 없이 건조했다. 유준은 손을 내려 가만히 그녀의 손을 꼭 잡아 주었다. 그녀는 유준의 손을 붙잡은 채로 물었다.

"어떻게 생각해?"

"급성 스트레스 장애 증상 중 하나야."

유준도 건조한 목소리를 내기 위해 노력했다.

"스트레스 지수를 100으로 환산했을 때, 가까운 가족의 사망은 그 수치가 정확히 100이야. 스트레스 중에서도 가장 강도 높은 스트레스라는 의미고. 원치 않는 부정적 기억을 회상할 수도 있고. 좋았던 일도 나쁘게만 보일 수 있어."

"맞아."

그녀가 조용히 끼어들었다.

"전부 내 잘못인 것 같아. 내가 아니었으면, 할머니가 그렇게 살지 않으셨을 것 같아."

"다인아. 부모님이 돌아가신 건, 할머니께도 상처였지만."

숨을 한 번 고르고 말을 이었다.

"너한테도 큰 상처가 된 일이야. 그것 때문에 할머니께 죄송한 마음 갖지 마. 오히려 네가 있어서, 너를 잘 키우시려고. 그래서 할머니가 삶을 이어 오실 수 있었을 거야."

"그럼, 급성 스트레스 장애는 시간이 얼마나 지나면 괜찮아져?"

얼마나 지나야 할머니의 부재에 무뎌질 수 있느냐고 묻는 것 같아서 코끝이 찡했다.

"보통 2~3개월이면 괜찮아지지."

그녀가 한숨을 한 번 내쉬었다.

"좋다. 남편이 의사니까, 이런 상담도 받고."

아까보다 조금 덜 건조한 목소리가 그녀에게서 흘러나왔다. 그녀가 천천히 돌아누워 유준을 마주했다. 담갈색 눈동자가 끈적끈적한 물기에 젖어 있었다. 눈물도 흘리지 못하고, 멍한 얼굴을 하는 게 안쓰러워서 당겨 안았다.

"이제 의사 안 하고 남편 해도 되지?"

"응."

그녀의 목소리에 물기가 어렸다. 훌쩍거리는 소리가 들려왔다. 흐느낌이 점점 격해졌다. 그녀는 단단한 품에 안겨 목 놓아 울기 시작했다. 마치 울어도 된다고 허락을 받고 우는 것처럼.

몸의 수분이 다 빠져나갈 것처럼 울던 그녀는 6시가 다 되어서야 잠이 들었다. 아침 10시쯤 발인이 진행되었고, 유골과 위폐는 할머니께서 평소 찾으시던 절에 모셔졌다. 절에서 마지막 의례를 마치고 떠나는 길, 그녀는 한참이나 대웅보전 안 불상 앞에 앉아 있었다.

강 원장 내외와 강 이사장도 함께였지만, 다인을 묵묵히 기다려 주었다.

'할머니, 다음 생에는 평생 함께해 줄 사람 만나서 사랑 많이 받으세요. 가족을 잃는 일도 겪지 마시고, 대나무처럼 곧게만 사시지 마시고. 들꽃처럼 자유롭게 피고, 온실 속 화초처럼 조심스럽게 피며 그렇게 사셔요. 그러다 혹시 언젠가 우리가 만나면, 살랑바람에 흔들리며 같이 춤도 추고요. 따뜻한 햇볕 받으며 노래도 부르고, 빗물 맞으며 부둥켜안아요, 우리. 잘 가, 할머니.'

할머니께 평생 한 번도 해 본 적 없는 말이 혀끝을 맴돌았다.

'사랑해요. 세상에서 제일 많이 사랑했어. 할머니가 나를 사랑했던 것보다 더 많이, 나는 할머니를 사랑했어.'

어떻게 손녀가 할머니를 더 사랑할 수 있느냐며 다그치시는 소리가 들려오는 듯했다. 다인은 할머니의 목소리에 귀를 기울이며 천천히 자리에서 일어났다. 오래 앉아 있었던 탓에 다리에 쥐가 났고, 핑그르르 어지러웠다.

눈앞이 캄캄해지는 순간, 그가 다가와 부축해 주었다. 다인은 천천히 시선을 돌려 그를 올려다보았다.

믿음직한 사람, 마치 속을 다 아는 사람처럼 다인이 원하는 바를 들어주는 그가 고마웠다. 대웅보전을 나서자, 시부모와 시조부가 서 있었다.

"죄송합니다. 시간이 너무 지체되었네요."

다인이 건조한 목소리로 사과의 말을 꺼내자, 시모인 이 여사가 다가와 꼭 안아 주었다.

"새아가."

이 여사의 목소리에도 물기가 묻어났다.

"다인아. 우리 같이 살자."

이 여사는 안쓰러운 눈빛으로 어린 며느리의 얼굴을 들여다보았다. 유준이 출근하고 나면, 종일 빈집을 지킬 터였다. 홑몸도 아닌데, 큰일을 치르고 쓰러지지는 않을까 저어되었다. 며느리를 데리고 살면 어떻겠냐는 말에 남편도, 시부도 흔쾌히 승낙했다.

물론 중요한 것은 며느리인 다인의 마음이었다. 강단은 있지만, 순수한 마음을 지닌 이라는 것은 알았다. 하지만 며느리의 강단이 친할머니에게서 비롯되었다는 것 또한 부인할 수 없는 사실이었다.

할머니의 부재가 며느리를 무너뜨릴까 두려웠다. 아내가 혼자 있는 것을 유준도 두려워하는 눈치였다.

"그래도 될까요?"

울음에 지친 목소리로 되묻는 며느리의 목소리는 힘이 하나도 없었다.

"허락은 우리가 구해야 할 것 같구나. 우리랑 같이 살 수 있겠니?"

눈물이 말라붙은 얼굴로 고개를 끄덕이는 아이를 품에 안았다. 제 속으로 나은 아이를 앞세우고 나서, 앞세운 아들의 이름이 되어 사는 유준을 아들인 양 키웠다. 온 힘을 다하려 노력했지만, 진정으로 마음이 동하지는 않았다.

그런데 안쓰러운 얼굴을 한 며느리에게는 마음이 갔다. 어릴 적 유준을 잠시 돌봐 주었던 집안의 여식이라기에 처음에는 두려운 생각도 들었다. 집안의 비밀을 볼모 삼아 무리한 요구를 하려고 유준을 꾀어낸 것은 아닐까 하는 우려였다.

우려는 보기 좋게 빗나갔다. 제 배 아파서 낳은 아들이 아닌 자식을 통해 본 며느리가 어여쁘다는 생각이 들 만큼, 다인은 순수하게 맑고, 믿음직스럽게 강했다. 그런 아이가 무너져 내리는 모습을 보니 가슴이 저며서 견딜 수가 없었다.

친정을 잃은 슬픔, 더는 비빌 언덕도 없다는 공허함을 채워 주고 싶었다. 얼토당토않은 바람 같겠지만, 며늘아기의 친정엄마 노릇을 해 주고 싶었다.

삼우제를 마치자마자, 아들 내외가 본가로 들어왔다. 음식 솜씨가 좋다는 말을 숱해 들었고, 솜씨 좋은 도우미들이 부엌을 차지하고 있었다. 하지만 음식 명인인 할머니 아래서 자라서 요리를 업으로 삼은 며느리를 대접하는 것은 언제나 긴장되었다.

"어떠니? 맛있니?"

모두 출근하고 단둘이 처음으로 맞는 점심이었다. 이제껏 며느리와 단둘이 마주 앉았던 적은 없었다.

"네, 맛있어요."

점심을 차리는 내내, 며느리는 부엌에 들어오지 못해서 초조해하는 얼굴이었다. 굳이 식사 준비를 거들지 않아도 된다고 하는데도 안달하는 모습이 어여뻤다. 여자라면 그래야 한다는 구시대적 발상이 아니었다.

이 집안에 누군가 자신을 염려하고 살피는 사람이 생겼다는 사실이 기뻤다. 남편과는 사랑으로 맺어진 결혼이 아니었다. 시부인 강 이사장은 위선적인 가면을 쓰고 있을 뿐 냉혈한이었다.

이 여사는 대대로 국악을 한 집안에서 나고 자랐다. 위로 오빠가 셋, 아래로 남동생이 하나, 고명딸로 갖은 귀염을 받았다. 풍류를 즐기며 행복하게 사는 법을 아셨던 부모님 아래서 안온했다. 아버지께서 한국대 병원 초청 공연을 하시며 강씨 집안과 인연이 닿았다.

맞선을 보고 결혼을 했고, 모든 집이 자신이 자란 곳처럼 화목하지만은 않다는 것을 이 집에 와서 깨달았다.

시부는 끔찍하도록 계산적이고 이기적인 인물이었고, 남편은 평생 한 여자를 사랑했다. 부인인 이 여사가 아닌 다른 여자를, 부인이 낳은 아이와 똑같은 이름을 지은 아이를 낳은 여자를, 장미꽃처럼 화려했던 조해리라는 여자를.

조해리는 한국대 간호학과를 졸업한 재원이었다. 모친은 그녀를 낳다가 죽었고, 부친은 중학교 때 돌아가셨다고. 어린 나이에 혼자 살면서도 국가 장학금을 받으며 대학을 졸업한 야무진 아가씨였다. 딱 한 번 우연히 그녀를 만난 적이 있었다.

결혼하고 얼마 지나지 않은 가을이었다. 조경에 각별히 신경을 쓴 덕에 어여쁜 꾀꼬리단풍이 한국대 병원을 둘러싸고 있었다. 당시 뇌신경센터 건립으로 병원은 분주했고, 강 원장이 초대 센터장 자리에 오를 예정이었다.

가을인데도 불구하고, 봄꽃이 피어난 듯 향기로운 여자였다. 활짝 웃는 모습이 아름다워서 같은 여자인 이 여사도 한참을 넋을 놓고 보았다. 활짝 핀 여자가 무참히 버림받는 모습을 목도했다. 봄꽃이 눈앞에서 시들어 갔다. 향기를 잃는 모습이 안타까울 정도였다.

교수 연구실로 찾아온 조해리를 남편은 매몰차게 몰아붙였다. 다시는 찾아오지 말라는 말과 함께 차갑게 돌아섰다. 남편은 복도 저편에서 그 모습을 지켜보는 이 여사에게 한달음에 달려왔다. 사랑을 잃고 넋이 나간 여자의 허망한 눈길 역시 이 여사를 향해 있었다.

간호사였다고 한다. 결혼 전 잠깐 만난 사이였다고. 충분히 알아듣게 설명했고, 헤어진 지 오래인데 자꾸만 찾아와서 사람을 귀찮게 하는 거라고. 신경 쓸 필요 없다고.

점심을 먹으러 가자는 남편을 따라 걸으며 슬쩍 뒤를 돌아보았다. 그녀는 다가가서 위로해 주고 싶을 만큼 안쓰러운 얼굴로 서 있었다. 남편이 그 여자를 진정으로 사랑했다는 것은, 그리고 여전히 사랑하고 있다는 건, 결혼 생활이 지속되면서 자연스럽게 알게 되었다.

꽃 같은 여자를 이 집에 가둬 둘 수 없었겠지.

강 이사장은 정신증을 앓는 사람처럼 집요했고, 잔악무도했으며, 냉혈했다. 강 원장이 그토록 모질게 사랑하는 여자를 내쳤던 이유였다. 강 원장은 적당히 부인 노릇을 해 줄 여자가 필요한 것처럼 보였다. 이혼은 상상할 수도 없었다. 화목한 가정을 가장 큰 자랑거리로 여기는 친정에 누가 될 터였다.

그리고 무엇보다, 사랑으로 시작한 결혼이 아니라고 할지라도, 이 여사는 강 원장을 가슴속 깊이 사랑하기 시작했다. 그래서 삭막하고 피폐한 집안에서 버팀목이 되어 주었던 아들이 죽고 난 뒤, 조해리의 아들을 군말 없이 자식으로 받아들였다.

인물이 훤한 강 원장을 빼닮은 아이는 죽은 아들과도 많이 닮아 있었다. 다른 게 있다면, 눈빛이었다. 아이의 눈빛은 죽은 조해리의 아름다운 눈빛과 같았다.

제 처지도 기구했지만, 다른 이의 이름으로 사는 아이도 안쓰러웠다. 아이의 눈빛을 들여다보며 언젠가는 모친의 고운 눈빛을 닮았다는 말을 해 줄 수 있을까, 하는 기가 막힌 생각도 해 보았다.

혼외 자식의 존재를 알게 된 것은 조해리의 편지 때문이었다. 돈이 없다고 했다. 아들을 낳았는데, 아버지를 닮아 공부를 잘하는 것 같다고도 했다. 대포 통장인 듯 보이는 계좌 번호를 알려 주며 돈을 보내라는 말에 강 원장의 얼굴이 사색이 되었던 것을 기억한다.

강 이사장은 십수 년 만에 나타나 사기를 치려고 한다며, 그게 진짜 조해리인지 어떻게 아느냐며 무시해 버렸다. 하지만 그 후로, 강 원장은 조해리를 찾아 전국 사방팔방을 헤매었다. 결국, 그녀가 죽고 장례를 치르고 나서야 아들을 찾았다. 아이러니하게도 이 여사가 낳은 아들이 죽은 직후였다.

지나온 날들을 다시 살라고 하면 절대 그러지 못할 것 같다. 하지만 이제껏 최선을 다했노라고 말할 수 있었다.

"어머님."

가만히 숟가락질하던 며느리가 조심스럽게 이 여사를 불렀다. 이 여사는 다감한 시선으로 며느리를 바라보았다.

"고맙습니다."

이 여사는 가만히 고개를 끄덕거리기만 했다.

남편이 미운 적도 많았다. 죽은 아들을 대신하는 아이가 끔찍했던 적도 있었고, 강 이사장을 죽이고 싶은 생각도 한 적 있었다. 그래도 살았다. 이제껏 이 집안에 자신을 돌아봐 주는 이가 단 한 명도 없을지라도 살아왔다.

선한 눈을 맞추며 자신을 바라봐 주는 며느리를 보며, 이 여사는 생각했다.

이 아이는 앞으로 절대 아프지 않았으면 좋겠다고.

수십 년 전 이 집으로 시집온 어린 아가씨의 얼굴이 며느리의 얼굴에 슬쩍 겹치는 것을 내버려 두었다.


바람이 무참히 깨진 것은 늘 있는 일이었다. 그런데 어느 때보다도 가슴이 아파서 눈시울이 붉어졌다.

"괜찮니?"

잘 먹고, 잘 자고, 잘 지내는 것 같았는데. 살뜰히 보살펴 주려 노력했고, 며늘아기의 체질에 맞게 예방의학과 박사가 처방해 준 영양제도 잘 챙겨 먹였는데.

결국, 아이를 잃고 말았다. 손이 귀한 집이라는 것을 알기에 며느리는 하얗게 질린 얼굴로 누워 있으면서도 죄송스럽다고 했다.

"죄송해요, 어머님."

"죄송할 게 뭐가 있니. 그런 생각하지 말고 회복하는 것만 신경 쓰자. 응?"

세월이 흐른 탓일까, 강 이사장도 손부에게만은 살갑게 굴었다. 직접 예방의학과 박사를 집으로 불러서 며느리를 시시때때로 진찰하게 했고, 때마다 필요한 영양제를 놔 주기도 했다. 그럼에도 며느리는 마치 색이 바랜 종이인형처럼 야위어 갔다. 아무런 문제가 없다는데도, 속이 메스껍다며 소화를 시키지 못했고, 숨이 차다며 괴로워했다.

말갛고 매끈거렸던 얼굴이 푸석푸석해지던 어느 날이었다.

"임신이 어려울 수도 있겠습니다."

청천벽력 같은 이야기가 주치의에게서 흘러나왔을 때, 이 여사는 망연자실했다. 앞으로 며느리가 걸어가야 할 가혹한 날들이 눈앞에 보이는 듯했다. 강 이사장은 변한 게 없었다. 사람은 고쳐 쓰는 게 아니라는 말은 백 번, 천 번 맞는 말이었다.

며느리가 난임 진단을 받고 일주일쯤 지났을 무렵이었다. 집에 이 여사와 다인, 두 사람만 있는 시각에 강 이사장이 귀가했다. 이른 귀가였다. 불길한 기운이 엄습했다.

"고르거라."

응접실 소파 상석에 앉은 강 이사장은 사진 석 장을 며느리 앞으로 내밀었다.

"이게 뭔가요?"

며느리에게서 스산한 목소리가 흘러나왔다. 생기가 하나도 없는 망연자실한 음성이다. 각기 다른 여자 사진이었다. 며느리 또래로 보이는 여자들의 사진을 멀리서 보면서 이 여사가 끼어들었다.

"네가 키우게 될 아이 낳을 사람, 직접 고르거라."

"아버님. 새아가 시술 날짜 잡았어요. 인공 수정부터 해 보고."

강 이사장이 매서운 시선으로 이 여사를 쏘아보았다. 아들 하나를 낳고 몸이 상해 더는 아이를 가질 수 없었다. 조해리의 아들이 없었다면, 아마 자신이 저 자리에 앉아서 며느리와 같은 수모를 겪었을 것이다.

물러나고 싶지 않았다. 물러날 수 없었다. 이 여사는 강 이사장의 시선에도 아랑곳하지 않고, 며느리의 옆에 자리를 잡고 앉았다.

"이러실 필요 없잖아요. 애들 아직 젊어요. 조금 기다려 주세요. 기다려 주시면……."

"자네는."

뾰족하고 듣기 싫은 금속성이 가득한 목소리였다. 의학을 업으로 삼은 집안의 어른이면서, 더러운 구석을 돌아다니며 독한 바이러스를 퍼뜨리는 쥐새끼 같은 음성이라고 생각했다.

"내가 기다려 주지 않았던가?"

강 이사장의 말이 이 여사의 폐부를 날카롭게 찌른 듯 숨이 턱 막혀 왔다. 치부를 들추고, 아픈 기억을 헤집는 데는 저만한 위인이 없을 것 같았다.

"애들은 다르잖아요. 저랑 유준 아비 하고는 다르잖아요!"

유준은 아내를 지극히 보살폈다. 바라보기만 해도 가슴이 뭉클할 만큼 절절하게 사랑하는 게 느껴질 정도였다. 아들이 기특하다는 생각이 든 것은 요즘 들어 처음이었다. 아들이 며느리에게 보여 주는 사랑을 통해, 지난날의 아픔이 아무는 기분이었다. 마치 자신이 사랑받고 있는 듯 마음이 좋았다.

강 이사장은 가소롭다는 듯이 웃었다.

"그럼, 세상에 아이가 없는 부부는 서로 귀애하지 않아서 그런 것이란 말이냐?"

빗겨나간 시선에 바르르 떨고 있는 며느리의 손이 보였다. 무릎 위에 가지런히 모아 쥔 손이 하얗게 불거져 있었다. 순간 조해리의 안쓰러운 얼굴이 떠오른 건 왜일까? 손을 뻗어 잡아 주려는데, 며느리의 작은 손이 앞으로 뻗어 나갔다.

"이 사람으로 할게요."

며느리의 시선은 사진이 아닌 다른 곳을 향해 있었다. 사진을 제대로 바라볼 수도 없으면서 그악한 상황 속에 고른 선택지인 듯했다.

"대리모인 거죠?"

이 여사가 눈에 불을 켜며 물었다.

"대리모?"

강 이사장의 눈썹이 꿈틀거렸다.

"인공으로 교합에서 낳은 아이를 어찌 믿고 키울까?"

며느리가 숨을 멈추는 듯했다.

"그이도 아나요?"

가까스로 내뱉는 며느리의 힘없는 목소리가 아스라이 울렸다.

"모를 리가. 괜한 소리 해서 유준이 속 시끄럽게 하지 마라. 이것 말고도 바쁜 아이니."

강 이사장은 할 말 다 했다는 듯이 자리에서 일어났다.

"앞으로 부엌 출입도 좀 하고. 살림에도 신경 좀 쓰고. 언제까지 죽은 이 가슴에 담고 죽은 듯이 살 게야? 사람답게 제 몫 하나는 해야지."

말 한마디, 한마디가 독소처럼 집 안을 퍼져 나갔다. 며느리가 제 할 도리를 안 했던 적은 결코 없었다. 미안한 마음이 들 만큼 살갑고 어여쁜 아이를 사람 구실도 못하는 천치 취급을 했다.

강 이사장이 시야에서 사라지고 난 뒤, 이 여사는 며느리의 손을 꼭 붙잡았다.

"다인아, 유준이 그럴 애 아니다. 유준이가 널 얼마나 귀애하는데."

스스로도 설득력이 없다고 생각했다. 강 원장이 조해리를 무참히 버렸던 것처럼, 그리고 자신과 결혼해 지금까지 살아온 것처럼. 같은 핏줄이었다. 유준이라고 다를 리 없을 거라는 불길한 생각이 훅 일어났다.

"저, 괜찮아요. 어머님."

괜찮지 않은 얼굴로, 괜찮다고 말하며 웃는 며느리가 마치 수십 년 전 제 모습 같아서 가슴이 무너지는 듯했다.

아가, 너는 나처럼 살지 말아라. 제발 이렇게 아프게 살지 말아다오.

입 밖으로 내뱉지 못한 말이 혀끝을 고통스럽게 맴돌았다.


집중할 일이 필요했는지, 며느리는 할머니가 남기고 떠난 재단 일에 힘을 쏟기 시작했다. 정신을 딴 데다 팔 수 있다는 게 다행이라는 생각이 들면서도, 그렇게라도 힘을 빼지 않으면 못 견디겠다는 눈빛을 하는 며느리가 안쓰러워서 가슴이 찢기는 듯했다.

"저기, 혹시 이한희 여사님?"

재단 순의 미혼모 돕기 행사가 열린 날이었다. 며느리에게 힘을 실어주기 위해 이 여사는 행사를 도우며 동분서주하고 있었다.

"누구?"

물음을 던지며 알아차렸다. 죽은 조해리의 간호대 선배인 권옥경이었다.

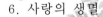

## 6. 사랑의 생멸

　말을 건 이가 누군지 알아봤다는 이 여사의 어색한 표정을 보고 권 여사가 희미하게 웃었다. 이제 오랜 시간이 지났으니, 돌아간 사람과 얽힌 어려운 이야기를 꺼내지 말자는 뜻이 담긴 미소였다.

　"안녕하세요? 권옥경입니다. 한국대 병원에서 일하다가 얼마 전에 퇴직했어요."

　이 여사는 어색한 표정을 재빨리 지워 내고는 전형적인 미소를 지었다.

　"먼저 인사해 주셔서 감사합니다."

　뻔하디 뻔한 멘트가 흘러나온 뒤, 잠시 정적이 흘렀다. 머릿속에서 자꾸 조해리의 화려했던 미소가 떠올랐다. 옆에 서서 기부된 물품을 정리하고 있는 권 여사도 같은 생각을 하는 것 같아서 여간 불편한 게 아니었다.

　그런 권 여사를 의식한 탓일까. 손바닥에 땀이 흥건히 배어났고 정리 중이던 사기그릇이 손에서 주르륵 미끄러져 와장창 소리를 내며 산산이 부서졌다. 파편이 이 여사의 발등에 흩뿌려졌다. 살구색 스타킹 위로 점점이 핏방울이 맺히기 시작했다.

"여사님, 괜찮으세요?"

이 여사가 서 있는 곳으로 사람들이 몰리기 시작했다. 괜찮다고 말은 하고 있었지만, 파편이 튄 발등에서 찌릿한 통증이 느껴졌다.

"구급상자 있을 거예요."

당황한 이 여사를 재단 사무실로 이끈 이는 권 여사였다. 시모인 자신도 오늘 처음으로 재단 사무실에 와 봤는데, 권 여사는 마치 제 살림을 부리는 사람처럼 익숙하게 캐비닛에서 구급상자를 꺼내 왔다.

이 여사는 굳이 의아한 표정을 숨기지 않은 채로 권 여사를 바라보았다.

"스타킹 좀 잠시."

발목 스타킹을 벗으며 미간을 찌푸리자, 권 여사가 환자를 대하듯 사무적인 목소리를 냈다.

"며느님 할머님 입주 간호를 제가 했어요."

권 여사는 자신이 왜 이 자리에 와 있게 되었는지를 말하고 있었다.

"그랬군요."

알코올 솜이 지나가면서 발등 위가 따끔했다.

"참 좋은 분이셨어요. 날마다 다인 씨 걱정을 얼마나 하셨는지 몰라요. 가엾다고."

"새아기가 고생이 많았죠."

지금도 그 고생을 사서 하는 것 같다는 말은 하지 않았다.

"여사님이 다인 씨를 참 예뻐하시나 보네요."

말에서 묘한 뉘앙스가 느껴졌다. 사람의 진심을 떠보는 듯 의뭉스러운 어조였다.

"그럼요. 하나밖에 없는 며느린데, 어여쁘죠."

권 여사가 발등을 다 덮도록 커다란 습식 밴드를 붙여 주고는, 한숨을 몰아쉬며 몸을 일으켰다. 의자에 앉아 있는 이 여사는 자연스레 일어선 권 여사를 올려다보게 되었다. 깡말랐지만, 강골인 듯 보였다. 얇은 입술을 앙다문 모습은 고집스러웠고, 살짝 올라간 눈꼬리가 매서웠다.

"그 아이, 해리 아들 맞죠?"

아까 그 표정은 이 여사를 안심시키기 위한 연막이었나 보다. 갑작스레 튀어나온 이름에 심장이 덜컥 내려앉았다.

"무슨 말씀을……?"

권 여사 입가에 쓴웃음이 맴돌았다.

"눈빛이 죽은 해리를 똑 닮았어요. 해리 죽고 나서 1년이 좀 지나서였나? 그 아이도 죽었다는 거예요. 교통사고로."

실존하는 인물이 아닌 옛날이야기를 하는 것처럼 아득한 말투였다.

"해리 아들, 맞나요?"

그리 묻는 권 여사의 눈빛에는 동정이 묻어났다. 연민의 방향은 자신이 아끼던 후배가 아닌 이 여사를 향해 있었다. 후배의 사랑을 앗아 가 파멸로 이끈 존재에 대한 증오가 아닌, 자식 잃은 슬픔의 눈물을 흘릴 기회조차 없었던 이를 바라보는 가련한 눈빛이었다.

이 여사는 당황하지 않은 척 시선을 내리려 노력했지만, 쫓기듯 눈동자가 떨렸다.

"다인 씨, 괜찮은 건가요?"

강 이사장의 휘하가 얼마나 악독한지 알고 있다는 듯한 물음이었다.

"잘 지내요, 우리 새아기는."

"제가 짧지 않은 병원 생활을 하면서 느낀 거는요."

권 여사의 목소리가 점점 차갑게 얼어붙는 것처럼 스산했다.

"사람이 하는 일에는 어디든 실수가 있다는 거예요."

놓치고 있는 부분이 있다며 다그치는 듯한 목소리였다.

"그게 사람 목숨이 달린 중한 일이어도."

죽은 아들의 장례 처리 과정에서 실수가 있었다는 의미일까.

이 여사의 미간에 어슴푸레 주름이 졌다.

"이거, 확인 좀 부탁할게요. 나도 내 목숨은 부지하고 싶어서."

권 여사는 마치 미리 준비해 온 것처럼 재킷 주머니에서 불투명한 흰색의 지퍼백을 하나 꺼내 보였다.

"다인이 할머님이 돌아가시기 전까지 복용했던 약이에요. 이상호 교수가 주치의였는데, 언제부턴가 예방의학과 박사라는 양반이 끼어들기 시작하더라고요? 목 넘김이 어려울 수 있다면서 알약 처방이 가루약 처방으로 바뀌었어요."

"투약 설명서에 어떤 성분의 약이 들어 있는지 기재되어 있을 텐데요?"

권 여사가 얇은 입술이 한쪽으로만 말려 올라가도록 삐딱하게 웃었다. 멍청한 질문을 한 거 모르겠냐고 묻는 듯한 표정이다.

"아침, 점심, 저녁용. 딱 세 봉지 빼돌릴 수 있었어요. 이상하게 약을 안 드시면 기운을 차리셨고."

권 여사는 한숨을 한 번 몰아쉬었다. 얼굴에는 모르는 사이 공범자가 되었을지도 모른다는 불쾌감이 어려 있었다.

"할머니께 약을 드리지 않을 수는 없었어요. 내 기우일 수도 있으니까. 그리고."

말끝이 미세하게 떨렸다.

"나도 시키는 대로만 해야 한다는 걸, 알았으니까."

강 이사장이 어떤 사람인지 뻔히 알면서 입주 간호 제안을 수락한 이유가 궁금했다.

"강 원장이 부탁했어요. 그래서 알아차렸죠. 해리 아들이 맞구나. 그래서 나한테 부탁하는 거구나. 그리고 정말 해리 아들이 맞는지 궁금하기도 해서. 병원에서는 좀처럼 아드님을 가까이하기가 힘들어서."

단순한 듯 복잡한 사람이라고, 이 여사는 생각하며 물었다.

"이 약 성분이 뭔지, 내가 알면요?"

권 여사는 입술을 모아 물며 눈을 가늘게 떴다가 한숨을 한 번 내쉬었다. 그 얼굴이 마치 터지기 전에 끓어오르는 활화산처럼 보였다.

"다인 씨도 예방의학과 박사가 처방해 준 약을 먹고 있다고 들었는데요."

숨이 멎는 듯했다. 갑자기 오물을 뒤집어쓴 것처럼 헛구역질이 나왔다. 오한이 느껴지고, 심장이 쿵쿵거렸다. 전신이 칼날에 베인 것처럼 아팠다.


그 뒤로 어떻게 재단 사무실을 빠져나왔는지 기억이 희미했다. 며느리에게는 몸이 좋지 않아서 일찍 들어가 봐야 할 것 같다고 했다. 병원장의 사모 자리에 있으면서 알게 모르게 병원 내외부 사람들과 가까이 지냈다.

모임을 여러 개 꾸리면서 주무처와 제약회사 간부 등 여러 인사를 알았다. 이 여사는 제약회사 간부 사모를 한 명 떠올렸다. 남편의 사업 때문에 한국대 병원 로비에 혈안이 되어 있는 인물이었다.

대쪽같이 살아온 이들은 이런 종류의 일에 발을 담그지 않으려고 한다. 하지만 제약회사 간부 사모는 달랐다. 대놓고 비밀이어야 한다고 말하는 촌스러운 짓도 하지 않았다. 대수롭지 않은 일이라는 듯이 사사롭게 처리하는 것처럼 가볍게, 하지만 은밀하게 받아들였다.

결과는 그리 오래 걸리지 않아, 이 여사의 손에 들어왔다.

모노아민옥시다아제(monoamine oxidase inhibitor)?

항우울제, 항파킨슨제로 쓰이는 약물이었다. 문제는 약에서 발견된 성분이 모노아민옥시다아제만이 아니라는 점이었다. 가벼운 천식 치료를 위한 에페드린이 섞여 있었다.

모노아민옥시다아제는 에페드린과 작용하여 고혈압 환자에게는 치명적일 수 있었다. 갑작스러운 혈압 상승으로 심각한 뇌출혈과 심장마비를 일으킬 수 있다는 게, 결과지에서 설명하는 말이었다.

결과지를 들고 있는 손끝이 파르르 떨렸다. 사돈어른의 사인은 심장마비였다. 평소 고혈압을 앓았는지에 대한 정보는 없었지만, 병력이 있었다는 것을 직감적으로 알 수 있었다.

며느리에게 알려야 했다. 끔찍한 지옥에서 어서 빨리 도망가라고 해야만 했다. 부엌에서 점심 준비 중인 며느리를 불러냈다. 집 안에서는 이야기하면 안 될 것 같았다. 어디엔가 듣는 귀가 숨겨져 있을지도 모를 일이다.

도산 공원에 다다랐을 때, 따르는 이들을 물리고 둘만 나란히 걷고 싶다고 했다. 습관처럼 두 사람을 따라붙었던 고용인들은 멀찍이 서서 두 사람을 바라보았다. 이 여사는 셀카를 찍자는 핑계로 휴대전화를 집어 들었다.

미리 정리해 놓은 내용이 보이도록 며느리에게 휴대전화 화면을 들이밀었다. 깨알 같은 글씨가 쓰여 있는 메모장을 며느리는 한참 동안 들여다보았다. 휴대전화를 내려다보고 있던 시선이 힘없이 올라왔을 때, 이 여사는 눈물을 터뜨릴 뻔했다.

"아가, 살길을 찾아 주마. 도망쳐도 원망하지 않으마."

당황한 듯했다. 하지만 말간 눈빛은 상황을 가늠하듯 흔들렸다. 하나뿐인 며느리가 마음에 들지 않아서 시모가 패악을 부리는 것으로 여기는 건지도 모르겠다.

"어머님."

의외로 차분한 목소리가 흘러나와서 이 여사의 심장은 더욱 세차게 뛰었다.

"저, 그래도 그 사람 곁에 있겠다고 하면, 미련한 건가요?"

복잡한 감정이 섞인 눈동자는 먼 곳을 바라보고 있는 듯 아득했다.

"그냥 미련하게 살면 안 될까요?"

며느리가 내뿜는 감정을 한 가지로 정의할 수 없었다.

절박함, 이것밖에는 남지 않아서 매달려야 한다는 간절함.

"저 유준 씨 못 떠나요. 아시잖아요. 그리고…… 그 사람이 잘못한 것도 아니잖아요."

넋이 나간 얼굴에 어렴풋한 미소가 떠올랐다. 자신을 버리지 말아 달라는 호소가 어린 얼굴이었다. 그리고 자신만이 유일한 위로인 사람을 떠날 수 없다고 말하고 있었다. 눈가가 따끔거렸다.

남편이 다른 여자를 품어 아이를 낳게 될 거라는 것도 알면서, 할머니가 어떻게 쓰러져 갔는지도 알게 되면서.

"보기보다 훨씬 더 미련하구나."

며느리는 이 여사의 팔에 팔짱을 낀 채로 아무런 말도 하지 못했다. 허망함에 가슴이 미어졌다.

그날 밤, 아들 내외가 지내는 2층에서 언성이 높아지는 소리가 들려왔다. 일방적으로 화를 내는 쪽은 유준이었다.

나쁜 놈.

태어나서 누군가를 이토록 미워했던 적은 없었다. 죽은 아들을 대신할 아이를 마주했을 때도 새까만 증오가 들끓지는 않았다. 그런데 갑자기 죽도록 미워졌다.

미련스레 착해서 제 곁을 지켜 주는 줄도 모르고.

과분한 사랑을 넘치게 받는 줄도 모르고.

처음으로 저 방에서 며느리 앞에 서 있는 이가 친아들이 아니라는 사실에 화가 났다.

❖

호텔 방 전경은 생경해서 더욱 눈에 띄었다. 잠에선 깬 다인은 천천히 몸을 일으켜 앉았다. 밤새도록 불가항력인 본능에 통제당한 것처럼 탐했던 남자가 누워 있던 자리는 비어 있었다. 아까부터 끊임없이 울려 대는 휴대전화를 집어 들었다.

휴대전화를 끊임없이 울리고 있는 장본인은 세희였다. 어젯밤 여태현을 소개받은 이후로 집에 들어가지 않았으니, 궁금해서 몸이 달았을 것이다. 협탁 위에서 깜빡이고 있는 LED 시계는 오전 10시를 가리키고 있었다.

"여보세요?"

— 하아.

휴대전화 너머에서 짙은 한숨 소리가 들려왔다.

— 어디야?

걱정이 가득한 목소리다. 나무라지도 않고, 그저 안도하고, 그저 염려하는. 미안한 마음이 들었다.

"미안. 잠깐 좀."

— 제주에 있는 거지?

"어. 중문이야."

— 신오는 유치원 안 가고 목장에서 놀겠다고 한 10분 칭얼거리다가

갔어. 얘는 어쩜 엄마는 안 찾고, 소만 찾니?

어떤 분위기라도 유쾌하게 끌어가는 능력이 있는 세희다웠다.

— 언제 올 거야?

"금방 갈게. 치즈는?"

— 갖고 갈게. 얼마나 걸려?

"한 15분?"

방 안 전경을 천천히 둘러보았다. 욕실 쪽에서 물소리가 들려오는 것으로 보아 그는 샤워 중인 듯했다.

— 알겠어. 와서 얘기해.

"무섭네."

— 그래, 겁 좀 먹고 와.

세희와의 통화를 마치고 서둘러 자리에서 일어나려는데, 온몸이 두드려 맞은 것처럼 욱신거렸다. 저절로 흘러나오는 한숨을 몰아쉬며 다인은 침대 위에 주저앉았다. 마치 그날 아침 같았다. 그의 침대에서 처음 깨어났던 날, 그가 샤워하는 소리를 들으며 지난밤의 흔적이 고스란히 남아 있는 몸을 일으키던 날 말이다. 쓴웃음이 지어졌다.

그때와는 성질이 다른 아침이었다. 이제 막 사랑을 시작한 연인들의 감미로운 시간이 아닌, 사랑의 생멸을 경험한 이들의 어리석은 불장난. 그를 도발하지 말았어야 했다. 결국, 어떠한 형태로든 상처받는 것은 자신일 것이라는 사실을 알면서도 미련하게 그를 눌러 이길 수 있을 거라고 생각했다.

이미 끝난 인연에 대해 감정을 소모하며 싸우려고 드는 것만큼 졸렬한 짓이 또 있을까?

자괴감과 수치심이 동시에 밀려들었다. 다인은 서둘러 옷가지를 집어 들었다. 그가 욕실에서 나오기 전에 방에서 나갈 생각이었다.

그런데 속옷만 입는 데도 시간이 너무 오래 걸릴 듯했다. 섬세한 레이스 뷔스티에는 호크가 여러 개 달려 있었고, 스트링 팬티는 줄이 꼬여 엉망이었다. 바닥에 널브러져 있는 검은색 원피스를 먼저 꿰입었다. 호텔에서 카페까지 택시로 5분, 신호가 좀 걸린다면 10분이었다. 원피스 위에 트렌치코트를 입고 나가서 바로 택시에 오른다면, 속옷쯤 안 입었다고 불편할 것도 없어 보였다.

불순한 기운이 느껴지는 속옷을 뭉쳐서 핸드백에 욱여넣었다. 원피스 지퍼를 올리려고 할 때, 갑자기 사위가 고요해져서 허벅지 안쪽을 타고 오스스 소름이 돋았다. 지퍼에 솔기가 걸렸는지 꿈쩍도 하질 않는다.

슬금슬금 방문 쪽으로 걸음을 옮기고 있을 때였다. 마른 손끝을 따뜻한 온기가 휘감았다. 허벅지 안쪽을 타고 올라온 소름이 뒷덜미까지 끼쳤다.

"지퍼가 걸렸네."

아침나절 듣는 그의 목소리는 물로 깨끗이 씻어 낸 여름 잎사귀처럼 싱그러웠다.

"근데."

그의 손끝이 맨 등을 미끄러져 내려가기 시작했다.

"왜 속옷을 안 입었지?"

음험하게 가라앉은 목소리에 숨이 막힐 듯했다. 빨리 벗어나야겠다는 생각만이 간절했는데, 그의 손길에 등줄기가 녹아내리는 기분이다.

"상관 말고 지퍼나 올려……!"

매끈하게 등줄기를 내려가던 순식간에 허리와 옆구리를 쓸고 올라와 가슴을 움켜잡았다. 지퍼를 채우지 못한 원피스 자락이 어깨 끝에 위태롭게 걸렸다.

"속옷은 입었어야지. 이러고 어딜 가려고 했어? 이번엔 나 미치게 하려고 한 거, 맞는 것 같은데?"

어젯밤 색정적인 속옷을 보고 그가 말했었다. 누굴 미치게 하려고 이런 속옷을 입었느냐고. 그를 미치게 할 생각은 아니었다며 조소를 머금었었다. 그의 보드라운 입술이 목선을 핥아 올라오기 시작했다. 아랫배가 욱신거렸다. 밀부가 끈적해지고 있었다.

"그만."

다인은 어금니를 꾹 깨문 채로 읊조렸다.

"싫어."

그는 끓는 소리를 내며 대답했다. 깊은 곳에서부터 차오른 격렬한 온도가 그의 숨결에서 느껴졌다. 다인은 제멋대로 벅차오르려는 숨을 자잘하게 내뱉었다. 이성을 찾아야 하는 아침이었다. 밤과 같은 어리석음으로 그와 엮일 수는 없었다.

"그만하라고!"

단호한 목소리를 내기 위해 노력했지만, 설득력이 떨어지는 열에 익은 소리가 흘러나왔다. 바르르 흔들리는 감정을 알아차린 듯, 그가 웃고 있는 게 귓가에서 느껴졌다. 그가 단단하게 솟아오른 유두를 비틀어 쥐며 귓불을 빨아먹듯 했다.

"항상."

한 문장을 한꺼번에 내뱉기도 버거웠다.

"제멋대로지."

나무라는 말을 내뱉음과 동시에 다인은 자신을 안고 있는 팔을 뿌리쳤다. 쉽게 떨어지지 않을 것 같던 그의 팔이 획 내쳐지면서 원피스 솔기가 부욱 찢어지는 소리가 났다. 옷이 망가지는 소리 따위 개의치 않았다.

다인은 단단한 목덜미에 팔을 휘감고, 놀란 듯 벌어진 입술을 집어삼켰다. 박하 맛이 느껴지는 입안에 혀를 밀어 넣고, 그가 그러는 것처럼 구석구석을 핥아 마셨다. 박하 맛은 금세 맹렬한 색으로 중화되었다.

"으음."

그의 목에서 신음 비슷한 소리가 흘러나왔다. 그를 몰아붙이는 상황이 만족스러워서 머리끝까지 전율이 흘렀다. 어디서 솟아났는지 모를 지배욕이 온몸을 잠식하는 듯했다. 그는 다인의 어깨 끝에 걸려 있는 원피스 자락을 손으로 밀어 벗겨 냈다. 맨살이 그대로 드러났다.

매끈한 살갗에 그의 단단한 피부가 맞닿았다. 다인은 목을 끌어안고 있던 손을 다급히 내려 그의 허리춤에 묶인 배스 타월을 풀어 버렸다.

"흐읏!"

"하아."

벽에 기대선 채였다. 그는 다인의 허벅지를 제 허리에 감고는 단숨에 파고들었다. 충분히 젖었다고 생각했는데, 빠듯하게 차오르는 감각에 머릿속에 아찔했다.

다인은 손을 뻗어 그의 뒷머리를 움켜잡고는 목덜미에 입술을 물었다.

"하아, 정다인."

그가 들끓어 오르는 목소리에 전율이 흘렀다. 전지전능한 지배력이 생긴 듯했다. 평생 처음 느껴 보는 압도적인 감정. 그를 거침없이 주무르고, 복종하게 만들어 다스리고 싶은 욕구와 함께 쾌락은 극대화되었다.

정신없이 빠져들기를 바랐다. 거침없이 상처를 입혀 줄 테니.

그의 격한 숨소리가 어깨에, 목덜미에, 젖무덤 위에 흩어졌다. 그 역시도 대단한 감정에 압도당한 듯 보였다. 그가 느끼는 감정이 무엇인지는 중요하지 않았다. 애증으로 뒤얽힌 관계, 서로의 감정 따위 돌아볼 여유도, 그럴 만한 가치도 없었다.

"으으음. 아아!"

부러 요염한 소리를 내려고 노력하지 않아도 탄성이 터져 나왔다. 어찌 되었건 서로에 관해 가장 잘 아는 두 사람이었다. 불편한 자세로 몸을 섞고 있는데도 그의 존재감은 대단했다. 몸속을 가득 채우고 있는 기묘한 이물감은 넋이 나가 버릴 정도로 자극적이다.

바닥에 위태롭게 닿아 있는 한쪽 다리에 힘이 풀릴 듯해서, 그의 어깨를 꽉 끌어안았다. 몸이 더욱 밀착되자, 그가 더운 숨을 몰아쉬며 힘이 풀린 다인의 다리를 마저 들어 올렸다. 단단한 허리에 두 다리를 휘감자, 매끈한 엉덩이를 커다란 손이 감쌌다. 그의 가운데 손가락이 밀부에 닿았고 본능적으로 아래에 힘이 들어갔다.

그는 억눌린 신음을 흘리며 걸음을 옮겼다. 그가 한발씩 내디딜 때마다 질 내벽이 수축하며 단단한 페니스를 꽉 물어 댔다.

"으으응."

단단한 어깨를 문 채로 신음하는 순간, 그가 소파 위에 주저앉았다.

"아아!"

충분히 깊다고 생각했는데, 그의 위로 걸터앉으며 결합이 더할 수 없이 깊어졌다. 배 속이 꿰뚫리는 듯했다. 저절로 몸서리가 쳐졌다. 단단한 어깨를 힘껏 부여잡았다.

그가 다인의 허리를 잡아 올렸다가 내리며 크게 쳐올렸다.

"아악!"

고개가 절로 뒤로 젖혀졌다. 훤히 드러난 가슴을 그가 베어 물었다. 젖은 살이 부딪치고, 짓이기는 소리가 밀부와 가슴에서 동시에 들려왔다. 유두를 간지럽게 깨물고, 깊게 빨아들였다가 달래듯 핥았다. 신음이 끊이질 않았다. 올려다본 천장이 위태롭게 흔들렸다. 뜨거운 물기로 시야가 흐릿해진 순간, 커다란 손이 다인의 뒷덜미를 잡아끌었다.

입안이 금방 그의 혀로 가득 찼다. 침을 삼키는 것뿐만 아니라, 숨을 내뱉는 것조차 버거웠다. 턱을 타고 타액이 줄줄 흘러내렸다. 엉덩이 아래는 애액으로 흠뻑 젖어서 질척거렸다. 눈물이 솟구쳤다.

압도적이고 관능적인 열락에 온몸이 떨렸다.

"으으음."

그에게 온몸을 잠식당한 채 울부짖었다. 그의 어깨를 쥐어뜯고, 단단한 물건을 조이고, 혀를 빨며 허릿짓을 했다. 허벅지 안쪽이 파르르 떨렸다. 배 안쪽까지 선명하게 울리는 감각에 온몸이 바르르 떨리는 순간, 그가 재빨리 다인을 잡아 일으켰다.

몸을 꽉 채우고 있던 모든 것들이 순식간에 빠져나갔다.

"하아."

그는 핏줄이 불거진 손으로 젖은 물건을 쥐고 신음했다. 왈칵거리는 움직임이 눈에 들어온 순간, 다인은 충동적으로 고개를 내려 입안 가득 그의 물건을 집어삼켰다.

"아아, 다인아!"

달아오른 목소리는 당황한 듯했다. 그와 관계할 때, 다인은 수동적인 편이었다. 그가 이끄는 대로만 움직였고, 그가 자극하는 대로만 신음했다. 그의 단단한 물건을 손에 쥐고 있는 힘껏 빨아들였다.

"으으."

커다란 손이 머리를 움켜잡았다.

"그만."

머리를 들어 올리려는 손을 저지하며 이로 선단을 아프지 않게 살짝 물었다. 그의 허벅지에 힘이 들어가는가 싶더니, 왈칵 뿜어져 나왔다. 처음 맛보는 희뿌연 액체는 짠맛과 함께 피비린내 비슷한 비릿한 맛이 동시에 느껴졌다.

끈적끈적한 액을 핥아 마신 뒤, 파정을 한 이후에도 가라앉지 않은 그의 물건을 길게 핥아 올렸다. 그의 배꼽 부근에서 멈춰 선 다인은 천천히 시선을 들어 올려 그의 얼굴을 바라보았다.

넋이 나간 얼굴이 마음에 들었다. 쾌락의 잔상이 남아 있는 우울해 보이는 눈빛은 안쓰러울 정도였다. 그는 믿을 수 없다는 듯한 표정으로 다인을 내려다보고 있었다.

이까짓 게 뭐라고?

다인은 입술 한쪽을 비뚜름하게 올리며 웃었다. 그러고는 몸을 일으켜 세웠다. 그의 시선이 울긋불긋하게 물든 다인의 몸을 훑어보았다.

"덕분에 즐거웠어."

바닥에 널브러진 원피스는 그대로 두고 트렌치코트만 집어 들었다. 맨몸 위에 트렌치코트를 꿰어 입고 단추를 꼼꼼히 잠그는 모습을 그는 집요하게 쳐다보았다. 다인은 허리띠를 야무지게 묶으며 물었다.

"안 따라올 건가 봐? 별로였니?"

도발하듯 웃었다. 그러자 그가 자리에서 성큼 일어나 옷을 입기 시작했다. 그가 분주히 움직이거나 말거나, 다인은 유유히 호텔 방을 빠져나왔다. 엘리베이터를 타고 내려와 당당히 로비를 가로질렀다. 트렌치코트 안에 아무것도 입지 않았지만, 거리낄 게 없다는 듯이 굴었다.

조금 전 자신의 말 한마디에 갈팡질팡했던 남자의 모습이 떠올라서 고개를 한 번 내저었다. 가슴속이 일면 후련해진 것 같기도 하고, 멍청한 짓을 벌여 놓고 승자의 미소를 짓고 있는 아둔한 사람이 된 것 같아서 수치스럽기도 했다.

죄책감 느낄 필요 없어.

본성은 어쩔 수 없는지, 감정싸움의 우위에 있었다는 사실만으로 께름칙해지고 만다. 분명 그를 마주하고 있을 때는 압도적인 지배욕에 잠식당해 몸을 바들바들 떨었었는데. 잔인하게 자신을 내쳤던 남자에게 천치 같은 동정이 인 것인가? 대체 뭘 했다고?

배신감에 진저리치고, 토악질이 나오며, 끝내는 무기력해져서 모든 것을 포기하게 만들 정도로 상처를 입힌 것도 아니다.

단지 불장난 같은 하룻밤을 보내고 나왔을 뿐.

지나친 콤플렉스가 돋아나는 기분이었다. 안 그래도 흠잡을 데 많은 인생, 곧고 바르게 살아야 한다는 지나친 자기 검열이 고개를 들었다. 어릴 때부터 할머니의 통제 속에 살면서 생긴 선하고 곧게 살아야 한다는 강박관념.

그와 이혼했을 때에는 자신을 강하게 키워 준 할머니께 고맙다는 생각마저 들었다. 그와 결혼하면서 할머니가 고수해 온 삶의 방식에 염증을 느끼기도 했었다. 함께 어울리고, 기댈 수 있는 삶이 있는데 강팍하게만 살아야 하는 방식이 싫었다.

그런데 몸에 밴 습관 덕에 다인은 일어설 수 있었다. 할머니께서 홀로 손녀딸을 키우며 가졌을 감정에 절절히 동화되었다. 그러한 가치관은 신오를 양육하는 방식에도 고스란히 전가되었다.

잘해 왔어. 난 잘 살아왔다고.

턱을 치켜들며, 가슴을 반듯하게 폈다. 그에게 물고 빨려서 예민해진 유두가 트렌치코트 안쪽에 닿아서 따끔거렸다. 머릿속은 이성적인 사고를 하려 빠르게 돌아갔지만, 가슴 끝에서 시작된 통증은 심장 안쪽까지 묵직하게 이어졌다.

머리와 가슴 간의 이율배반적인 조화에 몸서리가 났지만, 미련 없이 호텔 앞에 정차해 있는 택시에 올라탔다.

신호가 걸리지 않은 덕분에 택시는 금세 카페 앞에 도착했다. 요금을 지불하고 내리는데, 모범택시 한 대가 뒤로 멈춰 섰다. 뒤따른 모범택시 안에서 내린 이는 당연히 그 사람이었다.

빠르게 움직였다고 생각했는데, 그도 그만큼 빨리 다인의 뒤를 따랐나 보다.

그는 상기된 얼굴로 다인을 응시했다. 한참 동안 시선이 얽혔다. 그의 시선에 얽힌 감정은 복잡해 보였다. 다시 찾았다는 안도감과 더불어 기이한 불안감이 공존하는 눈빛이었다.

그악한 배신을 한 것치고는 어울리지 않게 불쌍한 눈빛을 하는 그에게 먼저 기회를 줄 생각이다. 거기까지가 그에게 베풀 수 있는 최소한의 배려라고 생각했다. 무슨 말로 변명을 하고, 회유하고, 뒤따른 이유에 대한 타당성을 제시할지 궁금하기도 했다.

따라오라고 도발하지 않았느냐고 하면, 앞으로 시키는 대로 할 거냐고 유치하게 되물을 생각이다. 그리고 내 눈앞에서 당장 꺼지라고.

얼토당토않은 변명을 하려는 거라면 잠시 서서 들어 줄 용의는 있었다.

그렇지만 당신 아이를 낳은 그 여자에게 미안하지 않느냐고 물으려고 했다. 아, 이제야 생각이 났다. 미안해야 할 사람은 따로 있는 건지도 모른다.

아니지, 이걸로 빚을 갚았다고 해야 하나? 이에는 이, 불륜에는 불륜?

전 부인과 잔 것을 알면, 지금 그의 옆을 지키고 있을 여자는 무슨 생각을 할까?

스스로가 생각해도 치졸한 발상에 역겨워져서 헛구역질이 날 것처럼 속이 메스꺼웠다.

그는 아직 오픈 전인 카페 건물을 한 번 올려다보았다.

"여기 아직 오픈 전인데, 잠깐 다른 데 가서 이야기 좀 하자."

"어제도 이야기 좀 하자면서 방으로 데려가지 않았어? 왜, 이번엔 다른 호텔이라도 가게? 피곤한데."

한껏 빈정거렸다. 핸드백에 욱여넣은 속옷을 이 남자와 살고 있을 여자에게 택배로 보내 줄까, 하는 발칙한 생각이 퍼뜩 떠올라서 쓴웃음이 났다. 돌아서면 죄책감이 일고, 마주하면 공격성이 되살아나고 만다.

"여기서 해."

뭐 어려울 게 있느냐는 듯이 말했다. 두 사람이 함께했던 그 시간 어디쯤 있었던 일은 아무것도 아니라는 듯이, 그걸 이제 와 굳이 꺼내서 서로 얼굴을 붉힐 이유가 있느냐는 듯이.

골몰한 그의 얼굴을 바라보는데, 머릿속에서 치열한 반박이 일었다. 지난날에 대한 단죄를 바라는 남자의 진심 어린 사과를 받고 싶지는 않으냐고 스스로 물어보았다. 숨겨진 사정과 납득할 만한 이유가 있는 것은 아닐까.

과거엔 언제나 이 남자와 관련한 일에는 감정이 한쪽 방향으로만 흘렀었다. 어찌 보면 당연한 일이었다. 두 사람이 바라보는 방향이 같았으니까.

그런데 사납고 모진 이별을 겪고 난 이후부터는 깨어진 유리 파편처럼 생각이 여러 갈래로 흩어졌다. 감정의 편린을 다스리는 일이 쉽지만은 않았다. 만약 어릴 때부터 엄혹하게 자라지 않았다면, 모진 팔자에 휩쓸려 모든 것을 놓아 버렸을지도 모를 일이다.

마음도, 정신도, 삶도, 아이도, 모조리 다.

그는 한숨을 몰아쉬었다. 무슨 말을 먼저 꺼내야 할지 헤매고 있는 표정, 잘생긴 얼굴이 안쓰러울 정도다. 그가 내내 허공 어딘가를 바라보던 시선을 들어 다인을 똑바로 바라보았다. 흔들리는 눈빛을 마주하자, 심장이 욱신거린다.

사랑을 갈구하는 눈빛, 삶의 이유인 하나뿐인 피붙이 신오와 지독히도 닮은 모습에 숨이 멎을 것만 같았다. 심장이 쿵쿵 뛰기 시작했다. 귓가에서도, 손끝에서도, 땅을 디디고 있는 발바닥에서도 심장이 뛰어 댔다.

손을 뻗어 어루만지면, 안심한 듯 천진하게 웃으며 몸을 기대 오는 아들의 모습이 떠올라서 가슴이 저릿했다. 아직까지 아빠에 관해 물은 적은 없었다. 아빠에 관해 물으면 안 된다고 여기는 듯도 했고, 원래부터 없었던 존재이니 크게 개의치 않는 것처럼 보이기도 했다.

그래서 먼저 아빠 이야기를 해 줄 수는 없었다. 언젠가 아이가 아빠를 찾아 나선다면 어떻게 해야 할까, 고민해 보기도 했다.

그를 마주한 탓인지 불현듯 어릴 적 보았던 그의 친모가 생각났다. 강 원장에게 버림받고, 스스로도 버린 것 같은 삶을 살던 사람. 혹시 제 곁에 있는 하나밖에 없는 피붙이마저 자신을 버릴까 하는 두려움에 휩싸여 있던 것은 아닐까. 그래서 미리부터 겁을 먹고 정신을 놓았을까.

다인은 그의 친모와 달랐다. 혹시나 그가 신오의 존재를 알게 되는 날을 대비해서 김 변호사와 친권, 양육권에 관한 문제를 미리 대비해 두었다. 죽어서도 신오를 빼앗기는 일은 없을 것이다.

상념이 몸집을 부풀리는 동안 그는 잘생긴 얼굴을 구긴 채로 내려다보기만 했다.

"강유준 씨, 진짜 한가해졌구나. 나는 이제 먹고살기 바빠서 이러고 노닥거릴 시간이 없거든? 할 말 있으면 빨리해 줄래?"

그는 또다시 깊게 한숨을 내쉬었다.

"다시 시작하자."

굵직하고 톤이 낮은 음성이 이명처럼 들렸다. 분명한 문장을 들었음에도 잘못 들었나 싶어서 미간이 구겨졌다. 귓가에 선명하게 들려왔다가 신기루처럼 퍼진 말. 단도직입적인 의사 표현은 사고를 멈추게 할 만큼 과격했다.

다인은 잠시 멍한 얼굴이 되어 그를 올려다보았다. 그가 할 말에 대한 시나리오를 그려 봤을 때, 이런 장면은 없었다.

"미쳤구나."

혼잣말처럼 내뱉은 말이 겨우 '미쳤구나.' 였다. 따져 물어야 하는지, 화를 내야 하는지, 패악질이라도 부려야 하는 건지 모르겠지만, 끝내는 어이가 없어서 웃음이 났다. 조소 어린 얼굴로 물었다.

"양심은 있어?"

한껏 비꼰 목소리가 흘러나왔다. 기분이 급격히 가라앉았다. 동화 속 왕자님과 재회한 듯 그의 곁에 섰던 정다인은 이제 없었다.

아직도 내가 그렇게 만만해 보이니? 다시 시작하자고 하면 얼씨구나, 하고 달라붙을 줄 알았나?

모멸감에 손끝이 부들부들 떨렸다. 심장도 격하게 뛰기는 마찬가지였다.

"안 미쳤어. 양심도 있고."

감정이 격해진 것은 다인뿐인 듯 그는 너무도 침착한 얼굴로 다인을 바라보고 있었다. 진심을 감추려고 일부러 표정을 숨기거나, 거짓으로 만들어 낸 억지 눈빛도 아니었다.

이 남자는 지금 진심으로 다인과 다시 시작하자고 말하고 있는 거였다.

돌았다는 생각밖에 들지 않았다. 종일 병원에서 여러 가지 원인으로 마음이 불안정한 사람들만 마주하고 있으니, 종국에는 이 사람도 정신을 놓아 버렸나 보다. 그러니 곁을 지키는 여자를 두고, 전 부인에게 다시 시작하자는 개소리나 하는 건 아닐까?

곱게 빚은 언어로 생각이 뻗어 나가질 않았다. 물론 눈앞에 있는 남자가 곱게 보이지도 않았다. 마치 거대한 거머리 같았다. 이대로는 절대 물러나지 않겠다는 듯이, 찰싹 달라붙어서 피를 빨아먹듯 감정을 소모하게 하고 삶을 흐트러뜨리려는 게 불 보듯 뻔했다.

불장난은 하루로 족했다. 그런데 이 남자는 하룻밤의 불장난으로는 만족을 못하는 걸까?

그 정도로 무료한 인생을 사는 걸까? 불장난을 즐길 만큼?

갑자기 앞에 선 남자가 죽도록 미워졌다. 심심하면 제발 딴 데 가서 놀라고 핀잔을 주고 싶었다.

아니, 그게 아니라면.

과거의 인연을 붙들어야 할 만큼 퍽퍽한 삶을 사는 걸까?

멍청한 연민이 분위기 파악을 하지 못하고 고개를 쳐들려고 해서 얼른 들어가라고 소리쳤다.

"기회를 줘."

"무슨 기회?"

"내가 네 곁에 다시 설 기회."

"지금 다른 여자 곁에 서 있니?"

중의적인 표현으로 비꼬았다.

"다인아."

다정하게 부르는 목소리를 더는 듣고 싶지 않았다. 어제 호텔에서 그와 마주쳤을 때부터 일은 이미 틀어져 버렸다. 그를 따라 올라가면 안 되는 거였는데…….

앞으로 꽤 오랫동안 피곤할 것 같은 예감이 들었다.

"일주일만 생각해 보고 다시 와. 그때도 같은 생각인지."

"일주일?"

"어. 일주일. 강유준 씨도 생각을 좀 정리해 볼 시간이 필요하지 않아?"

부정하지 말라는 뉘앙스로 던진 질문에 그는 단호하게 고개를 내저었다.

"아니. 생각 정리할 시간 필요 없어. 수만 번 생각했던 일이니까."

거짓이 아니라는 듯 그의 눈동자는 확신으로 가득했다.

"나는 필요해, 시간."

연락처를 물어보고 끈질기게 매달릴 거라고 생각했는데, 그는 시간을 갖자는 말을 의외로 순순히 받아들이고 물러났다.

다인이 이곳 카페와 연관이 있다는 것도 눈치챈 듯했다. 반박을 해 봤자 금방 들킬 일이었기에 얕은수를 쓸 생각은 없었지만, 묻지도 않고 일주일 후에 오겠다는 그의 기민한 반응에 기가 찼다.

돌아가신 할머니가 하셨던 말씀이 불현듯 떠올랐다.

미운 놈, 똑똑한 놈. 그래서 더 얄미운 놈.

앞으로 일주일, 다인도 생각을 정리해야만 했다. 긴 싸움이 이제 막 시작되려는지도 모른다.


카페 안으로 들어서자, 매니저가 다가와 브리핑을 시작했다.

"사장님, 재료 손질은 다 됐고요. 세희 사장님만 오시면 될 것 같아요."

그를 만났던 시간이 꿈처럼 느껴질 만큼 빠르게 현실로 돌아왔다. 평소와 달라 보이는 사장의 모습에 직원들이 의아한 표정을 지었지만 그뿐이었다. 워낙에 사생활이 투명하고 가십이 없는 사장이라 별 재미를 못 느끼는 눈치였다.

"무화과 시럽은?"

"완벽하죠."

한 달에 한 번씩은 꼭 메뉴를 재정비했다. 익숙해지면 게을러지고, 게을러지면 잡생각이 나고, 잡생각이 들면 안정적인 삶에 틈이 벌어지기 마련이다. 그래서 오늘은 무화과 시럽을 곁들인 옥수수빵과 스페인의 세라노 햄에 샤프란을 감미한 감자 뇨끼가 어우러진 요리가 메뉴에 새로 추가 되는 날이었다.

"오늘 날씨가 따뜻해서 차가운 음료 쪽이 더 많이 나갈 것 같으니까 신경 좀 써 줘요. 감귤 모히토, 감귤 샹그리아처럼 생과일 들어가야 하는 음료들 특히. 그리고 감귤 바닐라 클라푸티가 인스타에서 반응이 좋네. 두 판 정도 더 구워요. 어제 일찍 마감되었죠?"

다인의 질문에 매니저는 긴장한 목소리로 어제 매출 상황을 보고했다. 생산량을 적게 해서 손님을 애끓게 하는 마케팅 기법도 있기는 했지만, 접근성이 좋을 때만 긍정적인 효과를 불러일으킨다는 게 다인의 마케팅 지론이었다.

제주를 찾은 관광객이 소문만 무성한 음식을 먹으러 카페를 재방문하는 것은 쉬운 일이 아니다. 관광명소의 유명 음식점이나 카페를 찾았을 때, 좋지 않은 인상을 느끼고 돌아간 손님은 여행을 마치고 '거기 어땠어?' 하는 질문에 고개를 절레절레 내젓게 된다.

소문이 나면 그만큼 완벽하게 준비되어 있어야 한다. 소문 듣고 찾은 카페에서 해당 메뉴를 재료 소진으로 만나 볼 수 없다면 이미지 손상으로 이어질 테고, 관광객의 핫플에서 점점 멀어지게 될 것이다.

단골 장사가 아닌 관광객을 상대로 한 장사이기에 한번 망가진 이미지를 재고할 기회를 얻는 것은 어렵다. 그렇기에 처음이자 마지막으로 방문한 손님이라는 생각으로 늘 최선을 다했다.

그런 관점에서 볼 때 한 달에 한 번 메뉴를 재정비하는 것은 어리석은 일이 아니냐는 물음이 있을 수 있다. 무작정 메뉴를 갈아엎는 것은 아니다. 주문 비율이 떨어지는 메뉴를 없애고, 새로운 메뉴를 집어넣어 다양성을 재고하고 매출 증가를 도모했다.

그 결과 다인은 짧은 시간 안에 제법 규모가 큰 카페의 사장이 되었다. 바다를 바라보고 있는 카페에는 너른 잔디밭과 야외석이 있어서 이국적인 풍광을 보려고 찾는 이들도 많았다.

"자, 이제 시작합시다."

직원들이 뿔뿔이 흩어져 제자리로 돌아갔다. 요리부와 음료부, 홀 서빙부를 각각 두고 매니저에게 관리를 맡겨야 할 정도로 카페 규모가 컸다. 매니저에게 외부석 라운지 소파의 패브릭 배열에 관한 지시 사항을 남겨 둔 뒤, 카페에서 얼마 떨어지지 않은 건물로 향했다.

카페와 비슷한 분위기의 외관을 가진 단층 건물은 제주 바다를 정면으로 바라보고 있는 정남향의 일자형 건물이다. 난방 효율성이 떨어질 수도 있다는 설계자의 우려가 있었지만, 언제 어디서든 제주의 따뜻한 햇볕을 받는 공간을 만들고 싶어서 모든 공간에 남향의 커다란 창을 내었다.

사는 게 너무 추웠다. 안온하게 안아 줄 품이 하나도 없어서 따뜻함을 갈구하다가 고민할 여지 없이 제주에 정착했다. 바람이 많고 변덕스러운 날씨가 기승을 부렸지만, 그래도 서울보다는 따뜻하다고 생각했다.

욕실에 들어서자마자 트렌치코트를 벗어 던졌다. 살갗이 빨려 붉은 흔적이 군데군데 번져 있었다. 샤워를 하는 내내 그의 손길이 닿았던 순간들이 머릿속에 떠올랐다. 세상이 끝날 것처럼 열락에 매달렸던 지난 밤, 맞닿았던 온도가 생생한데 어쩐지 아득한 기분이다.

샤워를 마치고 나와 얼른 옷을 입고 젖은 머리를 말렸다. 흰색 블라우스에 진회색 슬랙스를 입고 그 위에 검은 앞치마를 동여맸다. 서울에 있을 때는 늘 흰색 무명 앞치마를 착용했었다. 카페를 열고 나서는 앞치마 색을 검정으로 바꾸었다.

흰색 앞치마가 검정 앞치마로 바뀌기까지. 그사이에는 무수히 많은 색의 사건들이 존재했다. 그중 가장 밝고 아름다운 색으로 빛나는 일과 가장 더럽고 음흉한 색으로 물든 일 모두 그 사람과 관련 있었다.

다인이 옅게 화장을 하고, 연분홍빛 립밤을 입술에 바르고 있을 때였다. 경쾌한 초인종 소리가 집 안을 울리더니, 세희의 목소리가 들려왔다.

"정다인, 안에 있어?"

급한 성격이 그대로 드러나는 경쾌한 목소리다. 지난밤에 대체 무슨 일이 있었던 건지 추궁하러 온 게 분명했다. 거봐. 피곤해질 거랬잖아. 다인은 립밤 뚜껑을 닫아 앞치마 주머니에 넣고는 현관으로 향했다.

현관문을 열자마자 미간을 잔뜩 구기고 있는 세희의 얼굴이 보였다.

"야, 네 아들 진짜 똑똑해. 대체 뭐 먹고 그런 애를 낳았냐?"

추궁이 길어질 건가 보다. 다인의 약점인 신오 이야기를 먼저 꺼내는 것을 보니 단단히 벼르고 온 듯하다.

"어제 그이가 잠깐 데리고 놀았는데, 이것 좀 봐 봐."

A4용지에는 숫자가 어지럽게 적혀 있었다.

"이게 뭔데?"

"나는 그냥 애가 숫자를 막 쓰나 보다 했거든? 근데 그이가 그러는 거야. 이거 피보나치 수라고."

"피보나치 수?"

1, 1, 2, 3, 5, 8, 13, 21…… . 다인이 숫자를 내려다보며 심드렁한 목소리로 묻자, 세희가 다소 격앙된 목소리로 말을 이어 갔다.

"이탈리아 수학자 피보나치가 발견한 수열. 1 더하기 1로 시작해서 이전 항이랑 값이랑 더하는 거. 암튼 이걸 보고 신오가 그러더래. 소 한 쌍이 결혼해서 송아지 한 쌍을 낳고, 또 그 송아지들이 한 쌍씩을 낳고…… . 암튼 그러면 아저씨 소 부자 되겠다고 했다는 거야."

"소 부자?"

어감이 재미있어서 웃어 버렸다.

"나도 웃었거든? 근데 피보나치 수열이 토끼 번식에서 시작됐다는 거야. 네 아들 천재인 것 같아. 그래서 애 아빠가 누구야?"

갑자기 훅 치고 들어오는 질문에 다인은 귀를 의심했다.

"뭔 소리야."

"애 아빠 엄청 똑똑하지? 그치? 내가 보기에 정다인 닮은 건 아닌 것 같은데."

"아니거든! 아들은 엄마 머리 닮는다고 했거든."

"아냐. 아냐. 애 아빠가 엄청 똑똑했을 거야. 어젠 뭐 했어?"

맥락을 종잡을 수 없을 정도로 화제가 빠르게 넘어갔다.

"좋은 사람 같더라."

"그치? 엄청 괜찮다니까. 어제 너 계속 연락 안 돼서 태현 씨한테 전화했었는데, 잘 만나고 숙소에 들어가는 길이라고 하데?"

이제 본격적인 추궁을 시작하려는 분위기다.

"어디서 혼자 잤어?"

혼자 잔 게 아니라는 것을 알고 묻는 목소리다.

"그냥 좀 혼자 있고 싶어서."

태연한 목소리를 내기 위해 노력했다. 세희는 한숨을 내쉬며 고개를 주억거렸다.

"난 또 애먼 놈 만나서 붙어먹은 줄 알았지."

"야, 넌 말을 해도."

당황스러움을 감추려 내뱉은 목소리가 튀어 올랐다. 세희는 입술을 삐죽 내밀었다가 이내 웃음을 터뜨렸다.

"오늘 치즈 새로 갖고 왔어."

"세척 외피 치즈 말하는 거지?"

소금물 등으로 외피를 씻어 내 풍미를 더하는 치즈를 만들었다며 세희는 제일 먼저 다인에게 선보였다.

"고마워, 매번."

"내가 더 고맙지. 정 사장이 썼다고 하면, 너도나도 주문하겠다고 난린데. 이런 홍보가 어딨어? 암튼 신오는 영재학교 미리 알아봐. 진짜 똑똑하다니까?"

아이를 유별나게 키울 생각은 없었다. 그저 몸도 마음도 건강하고 굳센 아이로 자라기를 바랄 뿐이었다. 흠 없는 삶을 물려주었으면 좋았겠지만, 그렇게 못했기에 엄하게 굴기도 했다. 그럴 때마다 돌아가신 할머니가 생각나서 가슴이 묵직해졌다.

그때 그와의 결혼을 조금만 늦췄더라면, 그냥 할머니 곁에 있었더라면 하는 가정을 해 보기도 했지만, 그렇게 되면 곁을 지키는 신오도 존재하지 않을 것 같아서 이내 고개를 내저었다.

굴곡이 많은 삶을 견뎌 내려면 현재를 소중히 하고, 주어진 것에 만족하며, 감사해야만 했다. 재단 순의 법률 대리인이었던 김 변호사의 도움을 받아 카페를 오픈하고, 안정적으로 자리 잡아 홀로 신오를 키우면서 큰 문제를 겪고 있지 않은 것만으로 축복 같은 삶이라고.

감정이 복잡하게 흘러가지 않도록 부단히 스스로를 다잡는 일이 힘들 뿐이었다. 가끔 그 사람이 이별을 말했던 날의 정경이 떠오르는 날이면, 기분이 급격히 가라앉기도 했다. 처음 제주로 왔을 때는, 살기 위해 안간힘을 써 대느라 그날을 곱씹을 새가 없었다.

그런데 시간이 지나면서 불현듯 그날의 기억이 떠오를 때면 어김없이 몸살이 났다. 아픈 기억은 물리적인 통증을 만들어 내는 듯했다. 그래도 한동안은 떠오르지 않았었는데. 세희가 농장으로 급히 돌아가 봐야 한다며 집을 나서고 난 뒤, 다인은 저도 모르게 걷잡을 수 없는 상념에 사로잡혔다.

❖

재단 순의 미혼모 돕기 행사가 있고 나서 며칠 지났을 때쯤, 두 사람은 본가를 나오게 되었다. 요즘 그의 얼굴은 말이 아니었다. 대리모와 관련한 이야기는 모른 척했다. 그가 먼저 이야기를 꺼내지 않기에, 다인은 그저 모른 척하는 중이다.

"유준 씨, 어디 아픈 거 아냐?"

"아냐. 그냥 좀 신경 쓸 일이 생겨서 그래."

시시콜콜한 일도 곧잘 이야기하던 그였다. 어느 날부턴가 그의 말수가 줄어들기 시작했다. 자주 골몰한 얼굴을 했고, 부르면 흠칫 놀라서 다인을 바라보았으며, 속을 알 수 없는 표정으로 다인을 멍하니 바라보곤 했다.

부정적인 생각은 하고 싶지 않았지만, 그가 서서히 멀어지는 기분이었다. 온 감각 기관에 엷은 막이 드리운 것처럼 그가 멀었다. 그게 본가에 들어가 있었던 탓인가, 하는 생각도 해 보았다.

그래서 다시 병원 근처 아파트로 되돌아오자고 했을 땐, 내심 기뻤다. 달콤했던 신혼 기분이 되살아나지는 않을까 하는 기대감도 있었다. 그는 평상시처럼 다인을 안아 주었고, 자는 내내 품에 두었지만 어딘지 모르게 허전했다.

깊은 밤, 관계를 마친 그는 기절하듯 잠이 들었다. 다인은 잠든 그의 얼굴을 가만히 바라보았다. 방이 어두워 잘 보이지 않는 얼굴을 가늠하는데, 불현듯 두려워졌다.

그가 이런 식으로 다른 여자를 안을 거라고 상상하자, 온몸에 소름이 돋아났다.

"하지 마, 유준 씨. 그러지 마. 응? 안 하면 안 돼?"

가만히 속삭였다. 물기 어린 서글픈 목소리가 흘러나왔다.

"뭘?"

깊이 잠든 줄 알았던 그가 조용한 목소리로 물었다. 갑작스레 들려온 그의 목소리에 짙은 감정이 서린 막이 가슴속에서 쿵 내려앉았다.

"뭘 하지 말라는 거야?"

잠에 취한 목소리는 깊게 잠겨 있었다. 왼쪽 눈에서 흘러내린 눈물이 콧대를 따라 흘러 내려와 오른쪽 눈으로 들어갔다. 다인은 눈을 꼭 감으며 숨을 집어삼켰다. 울고 있는 것을 들키고 싶지 않았다.

감정을 추스르는 게 힘들었다.

한 침대 위에서 한 이불을 덮고 자는 부부인데, 그러면 안 되는 거잖아.

차마 입을 뗄 수가 없었다.

그가 강 이사장의 뜻을 거스르기를 바랐지만, 그의 어깨에 짊어진 짐의 무게를 가늠하면 그럴 수 없으리라는 것을 잘 알았다. 대를 잇기 위해 혼외자의 삶을 버리고 다른 사람의 인생을 사는 남자였다. 더는 아이를 가질 수 없는 처지에서 그 일을 막는다면, 이 남자는 더욱 힘들어질 것이다. 울음소리가 새어 나오지 않기 위해 참았지만, 서러움에 몸이 떨리는 것만은 막을 수가 없었다.

어깨가 잘게 떨리고 조용한 공간을 울리는 숨이 가빠지자, 커다랗고 따뜻한 손이 다인의 뺨을 더듬었다.

"울어? 왜 그래, 다인아?"

그의 목소리는 전처럼 다정했다. 오랜만에 듣는 다감한 목소리인 것만 같아서 마음이 아팠다. 이런 목소리를 계속 들을 수 있다면, 종일 울 수도 있을 것이다. 마치 어린아이가 된 것처럼, 누군가의 관심을 끌기 위해 울음을 터뜨리는 것처럼.

"꿈꿨나 봐."

다인은 악몽이라도 꾼 것처럼 대꾸했다.

"난 또."

그러자 그가 한숨을 몰아쉬며 다인을 꽉 끌어안아 주었다.

"무슨 꿈이었는데?"

"그냥 무서운 꿈."

그는 다인을 품에 안은 채로 가만히 다독거렸다. 등허리를 부드럽게 쓸어내리는 손길에 울음은 간신히 잦아들었다. 이미 미세한 틈이 벌어지고 있다는 것을 다인은 직감했다. 다정한 목소리, 다감한 손길, 따뜻한 품이지만 이전과는 달랐다.

물리적으로 맞닿아 있지만, 공허하고 불안했다. 그가 어디론가 갑자기 사라져 버릴 것 같은 불길한 예감에 다인은 한참을 뒤척이다가 잠이 들었다.

다음 날 아침, 그는 늦잠을 자는 다인을 깨우지 않고 출근해 버렸다. 다인이 자고 있더라도 꼭 깨워서 눈을 한 번 마주하고는 집을 나서는 그였는데. 무심히 혼자 나가 버린 그가 야속했다.

내가 이상해진 건가? 아이를 갖지 못하게 돼서 생긴 자격지심인가?

불안한 마음에 잠이 든 탓인지, 악몽도 꾸었다. 그에게 매몰차게 버림받는 꿈. 그의 곁에 다른 여자가 서 있는 꿈. 꿈 속 여자가 누군지 알아볼 수는 없었다. 여자는 형체 없이 희미했고, 그는 그런 여자를 사랑한다며 보듬었다.

끔찍한 비명은 귓속에서만 울릴 뿐, 입 밖으로 새어 나오지 않아 기이했다.

그날 시작된 악몽은 깊이와 형태를 달리하며 매일 밤 다인을 괴롭혔다. 잠을 자도 자는 것 같지 않았고, 깨어 있어도 깨어난 것 같지 않은 날들이 계속되었다.

한 달쯤 악몽에 시달렸을까?

출근하려던 그가 다인을 흔들어 깨웠다.

"응?"

다인은 피로한 몸을 일으켜 앉았다.

"이따 본가에 손님이랑 갈 거야. 저녁 식사 같이 할 거니까. 그렇게 알아 둬."

그의 목소리가 어쩐지 차갑게 느껴졌다.

"나 간다."

어떤 손님이냐고 물을 여지도 주지 않고 그는 돌아섰다. 그는 잠에서 깬 다인에게 눈도 한 번 마주치지 않고 집을 나섰다. 누군가 목을 조르는 것처럼 가슴이 답답해졌다. 그가 말한 손님이 강 이사장이 내밀었던 사진 속 여자는 아닐까, 하는 생각에 숨이 막혀 오는 듯했다.

침대에 멍하니 앉아 있는데, 휴대전화가 울렸다. 발신인은 그나마 다인에게 한결같이 따뜻한 태도를 유지하는 이 여사였다.

"네, 어머님."

— 일어났니? 유준인 출근했고?

"네, 방금 나갔어요."

— 오늘 집에 중요한 손님이 온다는데. 좀 와서 도와줄래?

재단 사무실에 나가 봐야 했지만 그러겠다고 대답했다. 이 여사의 온기가 절실했다. 어쩌다가 남편이 아닌 시모의 애정으로 버티는 결혼 생활이 되었는지.

본가에 도착하자, 이 여사는 어마어마한 식재료를 정리 중이었다.

"손님이 약선요리를 좋아한다더라고. 명림에서 먹었다고 하던데?"

그를 오빠라고 부르며 친근하게 굴던 여자의 얼굴이 눈앞을 스치고 지났다. 같은 병원에 근무하는 전공의라고 했던가? 강 이사장 친우의 손녀딸이라고도 들은 것 같고.

그 여자의 얼굴이 떠오른 순간부터 심장이 제멋대로 쿵쾅거리기 시작했다. 지축이 흔들리는 듯 발밑도 위태로웠다. 정신이 계속 딴 데 팔려서 칼질하다가 손을 베기까지 했다.

"어머, 조심하지."

이 여사는 미간을 찌푸리며 나무랄 뿐이었다. 오늘따라 이 여사도 살갑지 않았다.

그저 기분 탓인가? 그렇게 느끼기로 작정해 버렸나?

한숨을 몰아쉬며 할머니가 물려주신 요리법에만 집중했다. 도마가 경쾌하게 통통 울리도록 칼질을 하며 쿵쿵거리는 심장을 다잡고, 익숙한 냄새를 맡으며 마음을 가라앉혔다. 구수한 약선탕 냄새가 다이닝 룸에 퍼질 때쯤, 그가 귀가했다.

강 이사장, 강 원장, 남편 그리고 그 여자.

네 사람은 유쾌한 대화라도 나누었던 듯 환한 얼굴로 집 안에 들어섰다.

"안녕하셨어요, 여사님."

"어머, 얘는 여사님이 뭐야. 남같이."

남 맞잖아요, 어머님.

그런 말이 툭 튀어나올 것만 같아서 다인은 아랫입술을 꾹 깨물었다. 마치 짜기라도 한 것처럼 시가 전부가 다인을 없는 사람 취급 했다.

"앉자. 이거 맞니? 약선탕 먹고 싶다고 한다기에 열심히 만들기는 했는데."

"어머. 맞아요!"

다이닝룸에 들어선 여자는 환한 미소를 지으며 감사하다고 인사를 했다. 이쯤 되면 며느리가 솜씨를 낸 거라고 한마디 거들어 줄 만도 한데, 이 여사는 어서 들자는 말만 건넬 뿐이었다.

"어머, 그릇이 부족하네."

그리 말한 이 여사가 다인을 바라보았다. 어서 부엌에 가서 그릇 하나를 더 가져오라며 눈짓했다. 다인은 조용히 부엌으로 향했다. 가슴이 답답해서 숨이 제대로 쉬어지지 않았다. 약선탕을 덜어 먹을 빈 그릇을 들고 다이닝룸으로 향했을 땐, 이미 모두가 착석한 후였다.

강 이사장이 모두를 내려다보는 상석에 앉았고, 강 이사장의 오른편에는 강 원장 내외가, 그리고 그 맞은편에는 그와 그 여자가 나란히 앉아 있었다. 손끝이 바르르 떨렸다.

"어, 이리 오렴."

이 여사는 자신의 옆자리를 가리키며 다인에게 손짓했다. 다인이 그릇을 건네자 이 여사가 민망한 듯 읊조렸다.

"내 정신이 어쩜 이러니. 수저 한 벌도 깜빡했네."

어이없는 상황이 이어졌다. 식사 내내 이 여사는 다인에게 끊임없이 심부름을 시켜 댔다. 다인은 자리에 앉을 새도 없이 식사 시중을 들어야만 했다.

"유준 오빠가 병원에서 인기가 얼마나 많은데요. 병원 직원, 환자 할 것 없다니까요. 아, 맞다. 오빠라고 부르는 거 싫어하는데."

심장이 쿵 내려앉았다. 다시 만난 그에게 오빠라고 불렀을 때, 그가 했던 말이 귓가에 맴돌았다.

「너 그냥 나한테 동생 할래? 아니면 여자 할래?」

절망감이 몰려왔다. 기우일 수 없다는 생각이 들었다. 직감적으로 그

의 마음이 옆에 앉은 여자를 향해 있다는 걸 알 수 있었다. 그리고 시가
모두가 그런 상황을 반기는 눈치였다.

"유준 씨 정말 인기 많아요."

여자는 그런 상황을 아는지 모르는지 천진하게 떠들어 댔다. 사랑을
많이 받고 자란 태가 나는 여자였다. 구김살 없는 무구한 미소가 다인의
가슴을 길게 베었다.

"내가 무슨 인기가 많아. 내 별명 알면서 그러네."

"정안개? 아니거든. 유준 씨 보고 다들 정신건강의학과 지원하는데?"

자신과 나눴던 대화를 다른 여자와 도돌이표하고 있는 남편의 모습은
잔악무도해 보였다. 식사 분위기는 내내 유쾌했다. 어두운 얼굴로 그들
사이에 낄 수 없는 사람은 다인뿐이었다.

"데려다주고 올게요."

그는 본가에 들어선 내내, 아니 며칠 전부터 쭉 다인과는 눈도 마주치
지 않았다.

"그래. 시간도 늦었는데, 그렇게 하렴."

이 여사는 여자의 손에 묵직한 선물 봉투를 들려 보냈다. 여자의 부모
님이 좋아하시는 술이라고 덧붙이는 말을 들으며 다인은 부엌으로 향했
다. 소개를 받을 기회도, 인사를 나눌 시간도 없었다.

고용인들과 똑같은 취급을 받은 저녁 시간이었다. 다인을 철저히 배제
한 시간은 잔인하게 그녀의 존재를 지워 버리려는 듯했다.

"유준인 집으로 간다던데, 어떡할 거니?"

정리를 돕고 가라는 의미인 것 같았다. 마주한 이 여사의 시선에 연민
의 감정이 어려 있었다. 한껏 사람을 무시해 놓고 저런 눈빛이라니. 위선
적이다.

"저도 힘들어서, 이만 가 볼게요."

"그래, 고생 많았다."

이 여사는 오늘 저녁 식사 자리에 대해 가타부타 설명할 생각이 없어 보였다. 두 달 전쯤 강 이사장이 사진 석 장을 내밀었을 때와는 판이한 태도였다. 다인은 아무도 자신을 배웅하지 않는 집을 홀로 나섰다. 택시를 불러 타고, 집으로 향하는 내내 심장이 버겁게 뛰어 댔다.

낯설었다. 그 여자와 함께 있는 그의 모습은 완전한 타인처럼 느껴질 만큼 낯설었다. 그리고 그 속에서 발견되는 지난날 달콤했던 기억에 가슴이 쓰라렸다.

일부러 그러는 거야? 내가 나가떨어지라고?

아무런 의미 없이 그런 거라면, 그 시간을 전부 잊은 거야?

눈물조차 차오르지 않았다.

그날 밤, 그는 집에 들어오지 않았다. 병원에 일이 생겨서 당직실에서 잘 거라는 문자메시지가 하나 왔을 뿐이었다. 그 후로도 그는 다인이 재단 일을 볼 시간에 집에 들어와 옷을 갈아입고 나갔다.

견딜 수가 없었다. 돌아가시기 전 할머니가 남긴 말씀이 머릿속을 어지럽게 나부끼다 선명하게 떠올랐다.

「마음이 변한 놈은 품어 주지 말거라. 네 속 썩어 가면서 살 필요 없어. 그럴 땐 가차 없이 돌아서거라. 뭐든 시작할 때 한계를 정해 놓고 해야 해. 정량이라는 건 요리할 때만 필요한 게 아니다. 사람 사는 데도 필요해. 네가 정한 요리법을 벗어났다는 생각이 들면 버려야지. 그거 구워삶아 봐야 음식물 쓰레기밖에 더 돼? 사람도 똑같다. 쓰레기 같은 놈은 재활용도 안 되지.」

그렇게 나쁜 놈은 아니라며 할머니를 안심시키던 그의 모습도 선연했다. 다인은 한 번도 뺀 적 없는 오른손 검지에 끼워진 고슴도치 반지를 내려다보았다. 다인에게만은 가시를 세우지 않게 된다고 했었다. 그런데 그가 세운 가시에 찔린 가슴이 아팠다. 가슴속을 파고드는 가시에서 시작된 통증이 온몸으로 퍼져 나가는 듯했다.

끝내 이대로는 살 수 없겠다는 생각이 들어서, 그에게 전화를 걸었다. 요즘 다인이 거는 전화에도 제대로 된 응대를 하지 않는 그였다.

— 응.

"좀 만나."

같이 사는 남편에게 하는 말이 겨우 만나자는 거였다. 어이가 없어서 하마터면 실소할 뻔했다.

— 바빠.

"병원으로 갈게."

가슴은 할퀸 듯 쓰렸지만, 머리는 차가워졌다. 눈물이 솟구치면 어쩌나 걱정했는데, 의외로 담담하게 말할 수 있어서 다행이라는 생각이 들었다. 아파트를 나서서 병원으로 향하는 데는 5분도 채 걸리지 않았다. 그가 전부터 살고 있었던 아파트에서 결혼 생활을 시작했기에 병원은 지척이었다.

수많은 사람이 오갔을 횡단보도 앞에 섰다. 봄이면 예쁜 벚꽃 잎을 터뜨리는 나무는 앙상한 가지만 남은 채로 바람에 흔들렸다. 그는 흩날리는 벚꽃을 등진 채로 이 자리에서 청혼했었다.

다들 아무 의미 없이 오가는 횡단보도가 다인에게는 커다란 추억의 장소였다. 그를 만나려 병원으로 향할 때마다 이 횡단보도를 이용했다. 장을 보거나 다른 볼일이 있어서 집을 나설 때 방향이 다른데도 굳이 이곳을 건넜다.

본가에서 지냈던 시간을 제외하고는 하루에 한 번은 꼭 건너다녔던 곳이다. 길에서 길을 건너는 물리적인 의미만 있는 곳이 아니었다. 퍽퍽했던 과거를 등지고 그의 안온한 품으로 건너간다는 의미를 심어 놓은 곳이었다. 하지만 지금은 그 반대라는 것을 알았다. 눈물이 나올 줄 알았는데, 한숨만 흘러나올 뿐이었다.

병원에 다다라 그의 연구실로 향했다. 그는 오전 수업을 마치고 오후 진료를 준비하는 중인 듯했다.

"바쁘다는데 굳이. 왔으니까 앉아, 일단."

다인을 마주하자마자, 그는 미간을 구겼다. 못 볼 걸 봤다는 표정을 짓고 있는 남자가 낯설다. 이 남자가 낯설어진지는 꽤 되었지만.

"할 이야기가 있어서 왔어. 도통 얼굴을 볼 수 없으니까."

비참한 이야기를 꺼내는데도 목소리는 평이했다. 그런 모습에 치가 떨린다는 듯이 그는 고개를 돌려 버렸다.

"집에는 왜 안 들어와?"

"가고 있어."

"내가 있을 때는 안 오잖아."

슬프고 끔찍한 말이었다. 스스로 내뱉은 말이 비수가 되어 가슴에 꽂혔다. 그저 혼자 곱씹을 때보다 훨씬 강한 충격이었다.

"그 여자분 때문에 그래?"

끝내 내뱉었다.

차라리 그가 먼저 말해 줬다면 쉬웠을까? 아니면 타이밍을 잡고 있는데, 내가 너무 빨리 말을 꺼낸 것일까?

"재희는."

그는 한숨을 한 번 몰아쉬고는 망설였다. 도톰한 아랫입술을 한 번 깨물었다가 고개를 가볍게 내젓고는 또다시 한숨을 몰아쉬었다. 마주 앉은 그는 고개를 숙인 채로 초조한 듯 두 손을 맞잡고 있었다.

"말해. 듣고 있어."

마치 영화 더빙을 하는 성우가 된 기분이었다. 본래 목소리가 아닌, 맡은 배역에 어울리는 목소리를 내며 떠들어 댔다.

차분하고, 침착한 목소리.

"재희가 임신했어."

다인은 저도 모르게 숨을 멈췄다. 머리가 핑 돌며 현기증이 일었다. 헛구역질이 나올 것처럼 속이 메스꺼웠다. 그의 입에서 흘러나온 이야기는 생각했던 것보다 훨씬 충격적이었다.

"그래?"

되묻는 것 말고는 할 수 있는 게 없었다. 그는 그 이후로 아무런 말도 하지 않았다. 마지막이 다가오고 있었다. 잔인한 순간들이 이어질 것이다. 다인은 마음을 다잡기 위해 크게 숨을 들이마셨다.

"어떻게 할 생각이야?"

가만히 되물었다. 그러자 그가 천천히 고개를 들어 올렸다.

"지금 재희랑 지내고 있어."

그의 눈동자는 다른 여자와의 행복에 젖어 있었다.

"앞으로도 그럴 생각이고?"

차라리 눈물이라도 주르륵 흘러내리면 얼마나 좋을까.

그의 그악한 면에 악다구니를 써 대며 쏘아붙일 수 있다면.

그럴 수가 없었다.

이 남자를 이렇게까지 사랑하는구나.

깨달은 순간, 가슴이 깊게 가라앉았다. 아마 얼굴을 마주하고 이야기하는 것은 이 순간이 마지막일 것 같았다. 영혼이 찢기는 듯했지만, 마지막이라고 생각하니 그에게 웃어 주고 싶었다.

당신의 처지를 잘 알고 있으니, 차라리 잘된 일이 아니냐고.

그는 한참을 망설이다가 대답했다.

"앞으로도 그럴 생각이야. 재희가 낳은 아이, 같이 키우고 싶어."

상처가 될 말을 일부러 고른 것도 아닐 텐데, 다른 여자가 낳은 자신의 아이를 같이 키우고 싶다는 말이 지독하게 아팠다.

"그래. 그래야지."

체념의 감정조차 섞이지 않은 평범한 목소리가 흘러나왔다.

"나, 갈게. 서류는 김 변호사님 통해서 정리했으면 해."

마주한 그의 눈동자에서 감정을 읽을 수 없었다. 그는 그저 가만히 고개를 끄덕거렸다. 연구실을 나서는데, 미안하다는 말을 들었어야 했나 하는 생각이 뒤늦게 들었다.

힘없이 병원 복도를 걸었다. 짧았던 결혼 생활이 주마등처럼 스치고 지났다.

분명 좋았는데. 미치도록 사랑했는데. 매일 밤 서로가 없으면 안 될 것처럼 안았는데.

보름쯤 전에 마지막으로 그와 사랑을 나누었던 밤의 기억이 문득 떠올랐다. 그때, 그럼 그는 자신과 그 여자를 오가며 몸을 섞었을지도 모른다는 생각이 들자 헛구역질이 나왔다. 안압이 높아지며 눈물이 찔끔 맺혔다.

정신이 혼미해지는 것은 아닐까 염려했는데 눈앞은 그대로 선명하기만 했다. 이제 온전히 혼자가 되었다고 생각하자, 한기가 몰려들었다. 집을 나설 때만 해도 느껴지지 않던 추위가 온몸을 뒤덮었다.

"저기."

병원 정문을 나서는데, 익숙한 듯 낯선 목소리가 들려왔다. 본능은 이미 불안을 감지한 듯, 목덜미에 오스스 소름이 끼쳤다.

"네?"

다인은 아무렇지 않은 얼굴로 돌아보기 위해 노력했다. 뒤에는 하얀

가운을 입은 여자가 서 있었다. 까만 머리를 질끈 묶은 모습은 생기발랄해 보였다. 몇 달 전 임신 사실을 알았을 때가 떠올랐다. 아이를 가졌다는 말에 세상을 다 가진 것 같은 표정을 지었던 그였다. 끝내 유산하고 말았지만.

이 여자가 임신했다고 했을 때도, 그는 그런 표정을 했을까?

부질없는 상상으로 자신을 괴롭히는 일은 그만둬야 살 수 있다며 스스로를 다그쳤다.

"유준 씨 만나러 오신 거죠?"

"네."

그녀는 너무도 당당하게 물었다. 굳이 만나러 올 이유가 있느냐고 묻는 듯한 얼굴이었다.

"이제 안 만나실 거죠?"

여자의 눈동자에 불안한 기운이 스쳤다. 그를 다인이 어떻게 할까 봐 바르르 떠는 모습이 안쓰러울 정도다. 확신이 없는 사랑인가 보다. 불륜을 저질러 이룬 사랑이니, 물러나는 존재에게 다시 빼앗길까 두려운가 보다.

"그럴 일 없으니 염려 마요. 산모가 불안해하면, 아이한테도 안 좋아요."

그녀는 흠칫 놀란 얼굴이었다. 임신 사실까지 알렸으리라고는 생각 못한 눈치다.

"그럼."

다인은 눈인사를 하고 돌아섰다. 여자의 머리채를 잡았어야 했나, 하는 생각이 들었지만 이내 사그라들었다. 그런다고 달라지는 게 있을까, 여자를 몰아붙였다고 화를 낼 그의 모습을 상상하니 명치가 아파 왔다. 이제 제 편이 아닌 남자다.

완벽하게 타인이 된 남자를 지워 내려고 애쓰며, 다인은 다시금 횡단 보도 앞에 섰다. 이곳을 건너면 아파트 앞에 다다른다. 들어가서 짐을 챙겨 나와야 하나 잠시 고민했다. 할머니의 유품을 챙겨야 했지만, 아파트에 다시 들어설 용기가 나질 않았다.

한기는 더욱 심해졌다. 따뜻한 곳이 절실했다. 북풍한설이라도 몰아친 듯 얼어붙은 몸과 마음을 녹일 수 있는 곳이 절실했다.


스물다섯 여름 그와 꿈같이 결혼했고, 스물여섯 겨울 그와 악몽처럼 이별했다.

추운 곳을 떠나 남쪽으로 내려와 제주도에 살 곳을 마련했다. 모아 둔 돈으로 곧장 가게를 계약하고 카페를 열었다. 그 후로 지금까지 5년여의 세월이 흐르는 동안, 섬 밖으로 단 한 번도 벗어나 본 적이 없다.

한식은 싫었다. 할머니가 생각나서. 주방에 설 때마다 슬퍼질 것만 같아서. 그러다 끝내 무너질 것 같아서. 한식은 철저히 배제한 메뉴를 구성하여 카페를 꾸려 나갔다.

"새 메뉴 매출 어땠지?"

지난 일주일간의 매출을 보고하는 자리에서 매니저는 의기양양했다.

"반응이 엄청납니다. 맥주를 곁들였으면 하더라고요."

"얼마 전에 연락 왔던 양조장 연락처 갖고 있지?"

샹그리아 등의 가향 와인과 가벼운 칵테일은 팔았지만, 맥주는 팔지 않았었다. 술에 취한 손님이 카페 분위기를 망치는 것은 저어됐기 때문이다. 그런데 맥주를 팔았으면 좋겠다는 손님들의 요청이 끊임없이 이어졌다.

"인당 350cc 두 잔까지만 판매하는 조건을 걸고, 제주 수제 맥주 파는 쪽으로 가닥을 잡아 보자고."

좋은 기분을 낼 수 있는 정도까지만 팔자는 결론이 나왔다. 오픈 전 회의는 짧게 끝이 났다.

매니저들을 모두 내보내고, 카페 2층 안쪽에 마련된 집무실에 홀로 앉은 다인은 탁상 달력을 무심히 바라보았다. 그와 만나고 딱 일주일이 지나 있었다. 일주일 후에 오라는 말을 곧이곧대로 들으려는지, 그는 지난 일주일 동안 감감무소식이었다.

아니면 생각 고쳐먹고, 오지 않으려나?

"아쉽냐, 정다인?"

막을 틈 없이 입에서 혼잣말이 불쑥 튀어나왔다. 다인은 고개를 절레절레 내저으며 한숨을 몰아쉬었다.

미치지 않고서야 아쉬운 감정이 들면 쓰니?

하긴 미치지 않고서야, 어떻게 그와 밤을 보냈을까?

일주일간 그날 밤을 질리도록 곱씹었다. 자신이 먼저 유혹했는지, 그가 먼저 이끌었는지. 아무리 되새김질해 봐도 결론이 나질 않았다.

"결론도 안 날 거, 계속 생각해 봐야 뭐 하냐."

다인은 자리를 털고 일어났다. 오픈 첫 손님 담당 서버는 언제나 다인이었기에 어서 1층으로 내려가 봐야 했다. 다인이 고수하고 있는 일종의 전통이었다.

늘 그래 왔듯이 오픈과 동시에 손님이 몰려들었다. 다인은 POS를 들여다보며 홀 매니저에게 물었다.

"첫 손님은?"

"5번 테이블이요."

"핸드드립 예가체프 한 잔, 커민 빵 곁들인 블루치즈 샐러드? 커피 아직 안 내렸지?"

"네. 지금 막 주문받아서요."

"커피 내가 내릴게."

왠지 모르게 의욕적인 기분이다. 아드레날린이 치솟고, 전투력이 상승했다. 언제든 그를 마주하게 되면 대차게 대응할 수 있도록 보이지 않는 갑옷을 둘러 입었다.

오늘따라 예가체프 향이 지나치게 매혹적이다. 타원형의 골드림 접시에 담긴 샐러드 모양도 기가 막히게 잡혀 있었다. 시작이 좋아야 했다. 그래서 늘 다인은 첫 손님에게 신경을 썼다. 비록 시작이 좋았던 결혼은 그 끝이 처참했지만.

5번 테이블은 원형 기둥에 막혀서 바에서는 보이지 않는 자리였다. 기둥을 돌아서 안쪽으로 들어가야 나오는 자리, 바다가 내다보이는 유리벽과 기둥 사이에 있어서 열린 공간이지만 밀폐된 듯 여겨지는지 시작하는 연인들에게 인기가 좋은 자리였다.

"주문하신 음식 나왔습니다."

기둥을 돌아서며 목소리를 낸 순간, 5번 테이블에 앉아 있는 남자의 얼굴이 보였다.

## 7. 세상 가장 먼 곳

그는 동남쪽에서 내리쬐는 제주의 햇살을 등지고 앉아 있었다. 단추가 두어 개 풀어진 올리브색 셔츠 깃 사이로 백금색 목걸이 줄이 보였다. 무게감 있는 펜던트를 걸고 있는지 목걸이 줄이 아래로 당겨진 모양새였지만, 그 끝에 걸린 펜던트는 보이지 않았다.

다인은 테이블 위에 잔과 접시를 가만히 내려놓았다.

"얘기 좀 하자."

일주일은 기다렸지만, 이제 더는 무리라는 얼굴을 한 그가 말했다.

"바빠."

그가 그악한 이별을 선언하던 그날 했던 말을 그대로 따라 해 보았다.

"기다릴게."

"영업장에서 종일 기다리는 거 민폐야."

"테이블 회전율에 맞춰서 계속 주문하면 돼?"

기가 차서 실소가 터져 나왔다. 5년의 세월은 다인을 전투적으로 만들었고, 그를 뻔뻔하게 변모시킨 듯했다. 하긴 그는 원래부터 이렇게 몰아붙이는 캐릭터였던 것도 같다. 정신을 못 차리도록 몰아붙여서 어느 날 눈떠 보니, 그의 아파트였고, 어느 날 돌아보니, 이혼녀가 되어 있었다.

"SNS 보니까 여기에서 종일 머물렀다는 사람들도 많더라. 순인(純忍), 순수한 순, 사랑할 인. 할머님 존함이랑 네 이름에서 한 글자씩 따서 지은 거 맞지?"

카페 이름을 두고 그가 알은체를 해 왔다. 이걸 왜 여태 몰랐을까, 하는 얼굴이다. 마치 그동안 힘겹게 찾아 헤매던 보물섬을 발견한 선원 같은 표정. 순수한 기쁨이 어린 그의 표정을 마주하는데, 기가 찼다.

"일주일을 생각했는데도, 안 바뀌었나 봐?"

다인은 쟁반을 옆구리에 끼며 그를 내려다보았다.

"어."

그는 당연하다는 듯이 대꾸하며 녹음처럼 싱그럽게 웃었다.

"그럼, 일주일만 다시 생각해 보고 와."

옥신각신하고 싶지도 않았다. 그는 이내 미소를 지우고는 진지한 얼굴을 했다. 언뜻 내비치는 그의 자신감이 우스웠다.

"일주일씩 미룰 작정이야?"

낮게 가다듬은 목소리가 조용히 울렸다. 다인은 대꾸하지 않은 채로 그를 내려다보았다. 노려보았다는 게 맞는 표현인지도 모르겠다.

"그럼, 일주일에 한 번씩은 정다인 얼굴 볼 수 있는 거네."

그가 입꼬리를 살짝 달싹이며 아픈 미소를 지었다. 그리움에 사무쳤었는데, 이제는 얼굴이라도 마주할 수 있다는 사실에 감격한 듯했다. 그가 보이는 모든 반응이 당황스러워서 기가 막혔다.

"강유준 씨."

다인은 딱딱하게 굳은 음성으로 그의 이름을 또박또박 불렀다. 누가 들어도 적의가 가득한 어조였다.

"혹시 부분 기억 상실증이라도 걸렸어?"

그는 잔인했던 시간을 도려낸 것처럼 굴었다. 그날 너무 아무렇지 않게 돌아섰나, 하는 후회가 밀려들었다. 패악질을 부리고 돌아섰어야 이 남자가 이렇게 뻔뻔하게 나오지 못했을까?

그날 아무런 상처도 입지 않고 쿨하게 물러났다고 여기는 걸까?

정신건강의학과 전문의가 공감 능력이 떨어져도 너무 떨어지는 거 아닌가?

아니면 자신이 추악한 이별을 고하지는 않았다고 자신하는 걸까?

그는 어깨가 잘게 떨리도록 웃으며 고개를 내저었다.

"아니. 정신 멀쩡해."

"그럼, 모럴이 없나?"

말이 튀어나오자마자 정정해 버렸다.

"아, 맞다. 원래 없었잖아. 그치?"

다인이 되묻자 그가 입을 꾹 다물어 버렸다.

차라리 변명을 해라, 이 나쁜 새끼야!

무안한 얼굴인지, 미안한 얼굴인지, 이제야 제 죄를 깨달은 건지.

"그날 일은 실수야. 내가 술이 과했어. 다른 의도로 받아들였다면, 내가 사과할게. 근데 겨우 하룻밤 보냈다고 내가 사과를 해야 하나 싶어? 나는 1년 반을 넘게 살았는데도, 끝내 그런 사과 못 받아 봤거든."

그동안 마음에 기포를 만들어 그 안에 분노의 감정을 저장해 뒀나 보다. 기포가 하나둘씩 터지며 분노가 흘러나왔다. 화를 낸다는 것은 감정이 남아 있다는 의미다. 그에게 화를 내는 모습조차 보이고 싶지 않았지만, 아무렴 어떠냐는 생각도 들었다.

미련이 아니라 순수한 분노로 보이기를 바랐다. 당신에 대한 나의 감정은 이렇다고.

지난주 호텔에서 그의 품에 안기며 생각했었다. 무참히 그를 버릴 기회가 왔으면 좋겠다고.

그런데 관계를 이어 나갈 자신은 없다. 여기서 끝내는 게 맞는 거다.

"어떻게 받아들인 건지 모르겠는데, 나는 이혼녀 타이틀도 버거운 사람이야. 전남편 불륜 상대로 엮이는 건 더 싫거든? 할 수만 있으면 일주일 전으로 시간을 되돌리고 싶어. 아니! 그보다 더 오래전으로. 연애, 결혼뿐만 아니라, 내가 그 거지 같은 집에 반찬 나르던 그날까지 모조리 다 사라졌으면 좋겠어."

꾹 다물려 있던 그의 입이 살짝 벌어졌다. 차분한 어조로 흘러나온 말이 꽤 충격적이었는지 그의 얼굴이 하얗게 질려 가는 게 눈에 보일 정도다.

"겨우 이걸로? 말 몇 마디 했다고 질렸나 보네. 웃긴다, 진짜. 당신 이러고 있는 거 조재희가 알면 어떤 반응 보이려나? 제 버릇 개 못 준다고. 집에서 조재희랑 결혼하라고 할 때는 나한테 오더니, 조재희랑 살다 보니까 나랑 엮이는 게 스릴 있어?"

그는 처음 전쟁터에 나와 장검에 심장을 찔려 피를 쏟고 있는 소년병처럼 나약한 얼굴이었다.

"그게 아니라, 다인아."

아스라이 부서지는 목소리에는 힘이 하나도 없었다.

"역겨워."

조용히 그를 비난했다. 처참했던 그날의 기억은 세월이 지나도 전혀 미화되지 않았다. 오히려 날이 지날수록 더욱 어두워졌고, 환하게 웃던 여자의 얼굴과 더불어 그의 새하얀 연구실 풍경과 극명한 대비를 이루며 선명해졌다.

극명한 대비를 이루는 짙은 한이 서린 기억일 뿐이다. 그를 재회하고 난 뒤에 어쩌면 더욱 부정적으로 정의되었는지도 모른다.

이혼하고 나서 가끔 마음이 약해져서 그를 그리워한 날들도 있었다. 심지어는 정말 괜찮은 남자인 여태현과 마주 앉아 있으면서도, 왜 눈앞에 있는 남자가 강유준이 아닌지 미련하게 마음 아파했다.

내가 미쳤지. 이런 미친놈한테.

무턱대고 저질러 놓고 후회했던 일은 이제껏 한 번도 없었다. 그런데 눈앞에 있는 남자와의 하룻밤이 죽도록 후회스러웠다. 아마도 예전에는 그와 다시는 마주할 수 없다는 것을 알기에 그리워했을 것이다. 끝내 아름답게 완성되지 못한 결혼 생활에 대한 미련이 남았던 건지도.

그에 대한 그리움을 하나하나 부정하고 나자, 분노만이 남았다. 미련 같은 불순물이 하나도 섞이지 않은 순도 높은 분노였다.

"별로다, 정말."

다인은 한숨 같은 말을 던지고 돌아섰다. 그는 다인의 업장이라는 것을 의식했는지 무리해서 붙잡거나 목청을 높이지도 않았다. 그게 더 화가 났다.

인제 와서 예의를 차리겠다는 건가?

하기야 그가 예의를 차리건 차리지 않건 화는 똑같이 날 것 같다. 다인이 바 안쪽으로 들어서며 한숨을 몰아쉬었다.

"5번 테이블 남자분하고 무슨 일 있으셨어요?"

"아니, 왜?"

홀 매니저의 질문에 다인의 목소리가 평소답지 않게 튀어 올랐다. 두 사람이 나누었던 대화가 이곳까지 들렸나 싶어서 잠시 걱정이 되었지만, 충분히 조용조용한 목소리로 치열하게 싸우고 온 터였다.

"오랫동안 말씀하셔서요."

"그냥 제주도가 많이 궁금한가 봐."

관광객과의 흔한 대화였다는 듯이 심드렁하게 대답하자 매니저의 관심은 금세 사그라들었다.

"나 오늘은 외부석에 좀 있을게."

그와 같은 공간에 있다는 사실만으로 심장이 불안한 박자로 덜컹거렸다.

"네, 그러세요."

다인은 진하게 탄 아이스 아메리카노를 한 잔 들고 외부석으로 향했다. 브런치를 들기 위해 카페를 찾은 손님들이 볕을 즐기며 나른한 표정으로 외부 자리를 차지하고 있었다.

쫓기듯 여행하는 사람, 느긋한 여행을 즐기는 사람, 관광지만 찍고 돌아가는 사람, 사람들이 몰리지 않는 곳만 찾아다니는 사람.

각기 다른 스타일로 여행하는 이들이지만, 다인의 카페에 오는 사람들의 표정은 한결같았다. 나른한 행복을 만끽하는 표정에서 다인은 힘을 얻었다. 누군가에게 행복을 선물하는 장소를 이끄는 만큼, 자신에게도 앞으로는 행복만 뒤따르기를 바랐다.

차가운 아이스 아메리카노를 들이켜고 있을 때였다.

"오늘 볕이 참 좋네요."

연락이 없기에 그냥 그런가 보다 했었다. 아니, 사실 다가오는 남자에 대해 깨달을 새도 없었다는 게 맞는 말이다.

"식사했어요?"

다인의 질문에 그는 강아지처럼 불쌍한 표정을 지으며 고개를 내저었다. 햇볕에 그을린 피부와 티셔츠 위로 우락부락한 덩어리 근육을 뽐내는 사람이 짓는 표정치고는 봐 줄 만하다는 생각이 들었다.

"우리 새로 나온 메뉴 있거든요. 조금 기다려요. 내가 만들어 줄게요."

"직접?"

태현이 놀란 얼굴로 되물었다. 그는 눈매가 살짝 올라간 편이었지만, 짓궂은 미소와 어우러져 경쾌한 인상이었다.

"왜요? 못 미더워요?"

"그럴 리가요. 완전 영광이지. 메뉴 한번 픽스되면 주방 안 들어간다고 들었는데."

"특별한 경우엔 들어가기도 해요."

다인이 별스럽지 않은 일이라는 듯이 대꾸했다.

"내가 특별한가?"

매혹적인 미소를 머금으며 태현이 물었다. 다인이 정정하듯 말했다.

"개인적인 손님이 올 경우엔 들어가기도 해요."

"개인적인?"

"확대 해석 그만하죠?"

"에이, 안 넘어오네."

아쉽다는 듯이 말한 그에게 다인은 눈을 가늘게 뜨고 나무랐다.

"너무 얕아서 넘어갔다간 무릎 깨질 것 같네요."

"그럼 무릎 안 깨질 만큼 깊으면 넘어올래요?"

한마디도 그냥 넘기는 법이 없는 사람인 듯하다. 또 거기에 보조를 맞추는 자신도 이상하기는 했다. 카페 안에 그가 앉아 있어서 오기가 발동했나. 다인은 그저 웃어넘겼다.

태현은 카페 입구에 있는 메뉴판을 보고 고개를 갸우뚱 기울였다.

"새로 생긴 메뉴가 세라노 햄이네요? 나 이거 되게 좋아하는데. 아, 이거 나 의식해서 만든 메뉴인가?"

"그쪽 만나기 전에 만든 메뉴예요."

"그럼 운명 맞네. Sino. 신오는요?"

자연스레 아이의 안부까지 물어 온다. 정작 아이 아빠는 아들의 존재 조차도 모르는데.

　"유치원 갔어요. 오늘 숲 체험 가는 날이라 신나서 나갔어요."

　"제주 살면 정말 좋구나. 아이를 이런 환경에서 키울 수 있고."

　그저 여러 번 얼굴을 본 관광객을 대하는 것처럼 편안했다. 카페에 들어서며, 그가 다인의 손을 슬며시 붙잡았다.

　"주방 가지 말고, 나랑 좀 놀아 주면 안 돼요?"

　조심스러운 손길을 느끼며 고개를 들어 올린 순간, 문득 시선이 느껴졌다. 홀 매니저와 이야기를 나누고 있었는지, 바 앞에 서 있던 그가 다인과 태현을 바라보고 있었다. 얼굴을 향해 있던 그의 시선이 천천히 내려가는가 싶더니 맞잡은 손에 닿는 게 느껴졌다. 감정을 가늠할 수 없도록, 그의 시선은 깊고 어두웠다.

　이혼한 전 부인이 다른 남자와 함께 있는 모습을 보는 그의 심정은 어떨까?

　남편이 다른 여자를 임신시켰다며 이혼을 요구하는 것보다는 덜 참혹하지 않을까?

　자연스레 잡은 손을 놓으려고 했었는데, 그의 시선을 의식하자 유치한 감정이 일었다. 공자는 복수하기 전에 두 개의 무덤을 파야 한다고 했다. 하나는 상대의 것, 하나는 자신의 것. 유치한 감정놀음에 아무 죄 없는 태현을 끌어들인 것에 대한 벌을 받게 될 것이다.

　"그래도 내가 직접 만들어 주고 싶은데."

　두 사람이 나누는 대화가 충분히 들릴 만한 거리였다.

　"나는 그냥 둘이 이야기하고 싶은데."

　편안한 미소를 지으며 대꾸하는 태현을 가만히 응시하며 물었다.

　"그럼 한가한 2층으로 갈까요?"

"오? 2층에 집무실 있지 않아요? 나 집무실 구경도 하고 싶은데."

"그래요, 그럼."

유쾌하게 대꾸한 다인은 마치 모르는 사람처럼 그를 무시하고 바에 선 홀 매니저에게 오더를 내렸다.

"세라노 햄 넉넉히 넣어서 하나 만들어 줘요. 음료는 감귤 모히토 논 알코올로."

"논 알코올 아니어도 돼요."

어느새 곁으로 다가온 태현이 매니저를 향해 말했다.

"차 가지고 온 거 아녜요?"

"택시 타고 가면 되죠. 차는 내일 와서 다시 가져가도 되고. 그 핑계로 다인 씨 얼굴 한 번 더 보고."

감정을 표현하는 데 거리낌이 없어 보였다.

"알아서 해요."

다인이 대꾸하자, 그가 좋은 생각이 났다는 듯이 '아!' 하며 검지를 치켜들었다. 미국풍의 경쾌한 애니메이션 캐릭터처럼 통통 튀는 모습에 다인은 저도 모르게 웃음을 터뜨렸다. 그 모습을 본 매니저의 얼굴에도 미소가 떠올라 있었다.

긍정적인 에너지가 넘치는 사람, 태양 빛을 받아 반짝거리는 지중해의 잔물결을 연상케 하는 남자다. 잔물결은 주변을 쉽게 넘나들었고, 분위기를 긍정적으로 고조시키며 번져 갔다.

사람들의 이목을 쉽게 끄는 사람. 파티에선 언제나 주인공이 되고, 친구가 많아 주변이 시끌벅적해서 심심할 틈이 없는 사람. 구김살 없는 웃음으로 주변을 매료시켜서 모두의 인기를 얻는, 캐릭터가 분명한 사람이라고 세희가 말했었다.

카페에 오는 관광객들과의 소소한 교류를 어색하게 여기지 않는 다인과 잘 어울릴 거라고 했었다. 재미있는 사람이라고. 세희가 틀린 말을 한 것은 아닌 것 같았다.

태현은 충분히 매력적인 사람이다. 하지만 그뿐이었다. 보통 사람들의 마음을 잡아끄는 힘이 있는 사람이었지만, 그 보통 사람의 범주 안에 자신은 속하지 않는 것 같다고 다인은 생각했다. 방금 그의 행동을 보고 웃었으니, 마음이 동한 것 아니냐고 물을 수도 있다. 유쾌한 행동을 무뚝뚝한 표정으로 바라볼 만큼 시니컬한 성격은 아니니까.

그리고 이제 남들이 웃는 것에는 웃을 수 있는 거 아닌가.

하지만 그래도 태현과 마음을 나누고, 몸을 섞는 것은 상상이 되질 않았다. 하다못해 키스하는 모습조차도 떠오르질 않는다.

시작하는 남녀 관계에서는 성적 텐션이라는 것이 뒤따르기 마련이다. 그런데 그런 관능적이고 미세한 떨림이 전혀 없었다. 오히려 냉랭한 기운을 내뿜으며 서 있는 유준에게서 열기가 느껴졌다. 바를 앞에 두고 세 사람은 나란히 서 있는 형국이었다.

이혼한 전남편인 유준은 왼쪽에, 이제 두 번째 만나는 남자인 태현은 오른쪽에.

오른쪽에 선 남자는 편한 친구 같은 느낌이라면, 왼쪽에 선 남자는 세상에 존재하는 유일한 관능처럼 느껴졌다. 그의 시선이 느껴지는 왼쪽 뺨에서만 홧홧 열기가 오르는 듯했고, 그 선명한 온도 차를 깨닫자마자 심장이 내달리기 시작했다.

"2층엔 뭐 있어요? 집무실 말고."

"실내 좌석도 있고, 옥상 테라스에 라운지석도 있어요. 커플 라운지도 있고, 세미나실도 있고."

"그럼, 집무실 구경하고 그다음은 커플 라운지 구경시켜 줘요."

태현이 너무도 자연스럽게 말하자 매니저가 얼굴을 붉히며 다인을 흘끗 보았다. 제발 그렇게 하라는 긍정과 응원의 의미가 담긴 눈짓은 사특했다. 홀 매니저인 나윤서는 일상이 핑크빛 로맨틱 코미디이기를 바라는 20대 후반의 아가씨였다.

방금 주문한 음식의 플레이팅에 하트를 넣으라고 주방에 요청한다는데, 다인은 평생을 함께해 온 부엌칼을 걸 수 있을 것 같았다.

"사장님, 오늘 별로 안 바빠요. 2층에 손님 많이 안 받을게요."

왼쪽에 선 남자에게선 살기가, 오른쪽에선 남자에게선 장난기가 느껴졌다.

"와, 우리 나 매니저님 일 잘하신다."

태현이 능청스럽게 칭찬의 말을 건넸다.

"미쳤니?"

다인이 어이없다는 듯이 윤서를 나무랐다. 윤서는 어깨를 한 번 으쓱하면서 입술을 삐죽 내밀어 보였다.

"손님 많이 안 받는다는 말을 어떻게 사장한테 해?"

기가 막힌 나머지 헛웃음이 섞인 목소리로 물었다.

"아, 손님께서는 그래서 저희 카페에서 하는 제휴 프로그램에 지원하시고 싶으시다고요?"

윤서는 다인이 묻는 말에 대꾸하지 않은 채, 유준을 향해 물었다. 다인은 왼쪽으로 몸을 반쯤 틀며 한쪽 눈썹만 올린 채로 그를 올려다보았다.

"네, 여기 안내지에 나와 있는 거요."

카페는 가끔 문화 공연이나 북 콘서트 같은 종류의 프로그램과 제휴하여 행사를 치르기도 했고, 자선 활동을 벌이기도 했다. 행사는 비정기적으로, 자선 활동은 정기적으로 이루어졌다. 이에 대한 최종 승인은 다인이 맡았지만, 프로그램 구성이나 선정은 윤서가 주로 기획했다.

"어떤 프로그램이요?"

평범한 목소리가 흘러나오길 바랐지만, 평소보다 반 옥타브는 높게 흘러나왔다. 다인의 질문에 그는 그제야 시선을 맞춰 왔다. 똑바로 내려다보는 시선에서는 이번에도 감정이 읽히지 않는다.

시선을 마주하자 등줄기를 타고 소름이 끼쳤다. 그가 저런 눈빛으로 이별을 말했던 순간이 떠올라 심장이 쿵 내려앉아 버렸다. 감정이 없는 그의 눈빛을 다시 마주할 기회가 없었기에 미처 깨닫지 못했던 트라우마의 발현이었다.

다인의 눈동자가 흔들리는 것을 그가 물끄러미 바라보았다.

"자선 활동을 통해 지역 주민을 돕고 있다고 봤습니다. 의료 봉사를 하고 싶은데요."

"어떤 종류의 의료 봉사요?"

다인은 모르는 사람인 양 그를 향해 물었다.

"심리 상담 같은 거라고 해야 할까요."

"좋은데요? 의사신가 보다. 여기 지원서 하나만 작성해 주시겠어요?"

윤서가 끼어들며 물었다. 어차피 다인의 최종 승인 없이는 진행될 수 없는 일이었다. 다인은 무심하게 고개를 돌려 버렸다.

"올라갈까요?"

다인이 묻자 태현은 기쁘게 웃었다. 태현과 나란히 2층 계단으로 향하는데, 등 뒤로 시선이 달라붙는 게 느껴졌다. 유준에게는 시간을 내어 줄 수 없다고 했었다. 업장에서 버티는 것은 민폐라는 말도 했다. 그런 그의 앞에서 태현의 동일한 요구는 들어주는 모습을 일부러 보여 주었다.

유치하다. 그와 동시에 옆에 선 태현에게 미안한 마음이 들었다. 집무실에 들어서자 태현은 '이여!' 하고 감탄하며 통유리창 밖으로 보이는 풍광을 감상했다.

"멋지네요."

그는 한참 동안 말없이 풍경에 매료된 듯 바라보았다. 창밖으로는 수평선이 끝없이 이어질 뿐이었다.

"뭐 답답한 일 있어서 제주도로 왔어요?"

잔잔하게 묻는 말이 꽤 진중했다.

"그건 왜 물어요?"

다인은 되묻는 것으로 대답을 대신했다.

"이렇게 탁 트인 조망을 두고 일하는 걸 보니까. 그런 것 같아서요."

그는 솔직했고, 거침이 없었다. 가감 없이 묻는 말이 편안했다.

"맞아요. 답답해서 그랬어요. 탁 트인 곳이 절실했어요."

"찍었는데, 맞췄네?"

그는 장난기 어린 말투로 겸손하게 굴었지만, 다인의 의중을 간파한 듯 보였다.

"되게 깔끔하네요. 여기서 일하는 사람 있는 건 맞나 싶은 생각이 들 만큼."

"어차피 어지르면 내가 치워야 하니, 잘 안 어지르죠."

"직원들 시켜도 되잖아요."

"내 물건에 누가 손대는 거 싫어서요."

일면 이해가 간다는 듯이 고개를 끄덕인 그가 물었다.

"커플 라운지는 어디?"

눈썹을 치켜세우는 모습이 귀엽다는 생각은 들었지만, 그뿐이었다. 익살스러운 캐릭터 인형을 볼 때의 감상과 같은 느낌이다. 다인은 못 말리겠다는 듯이 미소 지으며 그를 커플 라운지로 안내했다.

2층 테라스에 자리한 라운지 좌석은 선베드 타입의 라탄 의자에 푹신한 쿠션이 놓여 있었고, 바다를 향해서는 트여 있었지만 각각의 테이블이 독립될 수 있도록 벽으로 막혀 있었다.

그는 라탄 의자에 다리를 뻗고 앉았다. 그러고는 마치 제가 주인인 양 다인에게 앉으라는 눈짓을 보냈다. 다인은 작은 테이블 하나를 사이에 두고 그가 기대앉은 라탄 의자와 거의 붙어 있다시피 한 의자에 몸을 기대 앉았다.

"여기 앉아 본 적 있어요?"

"있죠. 내가 사장인데. 누구랑 같이 앉아 본 적은 없고."

"눈치가 빠른 편이네. 의도한 질문에 관한 대답이 안 나오는 적이 없네요."

그의 칭찬에 다인은 그저 웃었다.

"신오는 언제 와요?"

"이따 한 3시 반쯤 와요."

"신오 아빠는 어떤 사람이었어요?"

궁금한 걸 음흉하게 감추는 사람이 아니라는 점은 그의 장점인 것도 같고, 단점인 것도 같다.

"그냥. 착한 사람이었어요. 성실하고. 똑똑하고."

지나치게 착한 사람. 그래서 자신을 스스로 버리고 타인이 되어 살아가는 사람. 이혼하기 전까지는 그런 사람이었다.

"그럼 난 불성실하고, 좀 멍청하게 굴면 돼요?"

어이가 없어서 웃음을 터뜨렸다.

"너무 전남편 칭찬만 하니까, 좀 그래서요."

"뭐, 주어진 삶에 최선을 다하는 성실한 남자였어요. 그래서 나는 튕겨 나온 거고."

그는 고개를 천천히 끄덕거리고는 다인을 가만히 바라보았다.

"성품이 참 훌륭하네요."

그리 말한 그는 '내가 사람 보는 눈이 있다니까.', 하고 덧붙였다. 욕을 할 수도 있는데 좋은 말만 하고 있다는 의미 같았다.

"겨우 두 번 만난 사람한테 전남편 욕할 만큼 멍청하지는 않아요. 너무 좋은 말만 해서 몸 둘 바를 모르겠네요."

"좋은 사람이니까, 좋은 말만 하죠."

그의 목소리에서 진심이 묻어났다. 이런 식으로 호감을 표하는 남자를 만났던 게 언제더라? 남편이었던 남자 말고, 이런 상대가 있기는 했나?

"근데 나 기억 안 나요? 겨우 두 번 아닌데?"

뜬금없는 그의 질문에 망망대해를 향해 있던 다인의 시선을 그를 향했다. 그는 마치 두 사람이 언젠가 만났던 것처럼 말하고 있었다.

"우리 카페에 오셨었다고 듣기는 했어요."

"손님으로 여기 왔을 때 말고요."

그가 몸을 옆으로 기대며 다인 쪽으로 돌아앉았다. 기억이 나질 않는 다고 대답하려는데, 블라인드가 드리운 유리문을 두드리는 소리가 들려왔다.

"주문하신 음식 나왔습니다."

윤서가 다인에게 흘끗 시선을 두었다가 테이블 위에 접시와 잔을 내려놓았다. 플레이팅에 장난을 쳤으면 혼내 주려고 했는데 다행히 평소와 다르지 않은 모습이다.

"맛있게 드세요! 이제 방해 안 하겠습니다."

수줍은 미소를 지으며 윤서가 퇴장했다. 다인은 고개를 절레절레 내저으며 윤서가 나간 문을 바라보았다.

"직원이 참 명랑해요."

"명랑하다 못해 맹랑하죠."

그리 말하며 다인은 저도 모르게 또 웃어 버렸다. 갑자기 나타난 유준 때문에 요즘 신경이 곤두서 있었다. 떠올리지 않으려 노력했지만, 지난날 상처를 들추지 않을 수가 없었다. 끊임없이 머릿속을 헤집는 생각에 괴로웠는데.

이혼의 아픔을 절절하게 겪으며, 멀쩡히 살기 위해 안간힘을 썼던 지난날의 안쓰러운 자신의 모습을 잘 알지 못하는 남자와 마주하고 있는 탓인지, 전혀 다른 사람이 된 듯한 기분이다.

마치 아픔을 겪은 존재는 내가 아니라는 듯이.

들춰진 과거를 외면하고 철저한 타인과 나누는 재치 있는 대화가 위안이 되었다. 이런 기분을 언제 느꼈던 것 같기도 하고.

뜻 모를 기시감이 들었다. 그리고 기분 탓은 아니라는 듯이, 그는 전에 만난 적이 있었던 것처럼 말하고 있었다.

모르는 사람과의 유쾌한 대화를 통해 위안을 얻었던 기억?

다인은 기억을 더듬으려 미간을 찌푸렸다. 사건을 정확히 짚은 것 같기는 한데, 그게 언제였고, 어디였고, 무슨 일 때문이었는지는 도통 상기할 수가 없었다.

"열심히 생각해 봐요."

그는 모히토를 한 모금 머금고는, '맛있네.' 하더니 말을 이었다.

"나는 한눈에 알아봤는데."

가만히 불어오는 바닷바람이 뺨을 스쳤다. 유독 햇볕이 좋은 날, 바람에는 따뜻한 태양의 기운이 스며들어 다정했다.

"우리가 어디서 만났었는데요?"

단도직입적인 질문에 그는 고개를 내저으며 대꾸했다.

"직접 알아내 봐요."

"힌트 좀 주죠?"

"힌트라……."

그는 골몰하는 얼굴로 미간을 한번 찌푸리고는 다인을 흘끗 보며 덧붙였다.

"잘생긴 내 얼굴?"

어이가 없어서 웃음이 터졌다.

"만난 적 없구나."

"그렇게 떠본다고 해도 대답 안 해 줄 거예요. 햄도 맛있네."

그는 세라노 햄을 오물거리며 대답했다. 다인은 그가 편하게 식사할 수 있도록 잠시 기다려 주었다.

"엄청 맛있네요? 와, 같은 재료인데도 어떻게 다 다른 맛이 날까. 참 오묘해. 그렇죠?"

다인은 그저 고개를 끄덕이는 것으로 대답을 대신했다.

"신오는 좋겠다. 엄마가 요리 잘해서. 우리 어머니는 요리에 영 취미가 없으셨어요. 우리 어머니는 나한테…… 흐음."

가족 이야기를 하는 그의 얼굴이 어쩐지 어둡다는 생각이 들었다. 어머니 이야기를 꺼낸 그는 처음으로 망설이는 얼굴을 했다.

"나중에 신오가 커서 어떤 사람이 되었으면 좋겠어요?"

그는 뜻 모를 기대감을 품은 얼굴로 다인을 바라보았다.

"나쁜 아들이요."

망설임 없이 내뱉는 다인의 대답에 그는 의아하다는 듯이 되물었다.

"나쁜 아들? 착한 아들 말고?"

"아이한테 착하다는 말만큼 위험한 독이 없대요. 이기적이면 좋겠어요. 엄마가 혼자 자기를 키우고 있다는 생각에 일찍 철이 들어서 하고 싶은 거 못하고…… 그러지는 않았으면 해요."

누구한테도 말해 본 적 없는 진심이 흘러나왔다.

"요리하기 싫었어요?"

그의 질문에 다인은 쓴웃음을 머금었다.

"싫었다기보다, 선택의 여지가 없었다는 말이 맞겠네요."

할머니가 요리하는 모습을 어깨너머로 배우면서, 일찍 철이 들어 가업을 이어야 하는 손녀딸이 되면서, 요리는 자연스레 다인의 업이 되었다.

"근데 그런 아들로 자라면, 다인 씨 속 많이 썩을 텐데. 내가 경험자라 알거든요."

"아들 키워 봤어요?"

"내가 그렇게 자랐다는 의미죠."

그는 한숨처럼 대꾸했다.

"재혼 가정이었어요. 친아버지랑, 새어머니. 낳아 주신 어머니는 일찍 돌아가셨고요. 열 살 때쯤 어머니를 처음 만났는데, 그때부터 어머니 속 엄청 썩였어요. 물론 지금도 어디 정착 못하고 이러고 다니는 걸 걱정하시고. 그래서 이제는 철 좀 들어 볼까 싶어요."

그는 정착하고 싶다는 의사를 은근하게 내비쳤다. 정착만 하지 않았을 뿐 능력 있고 제 앞가림은 충분히 하는 것처럼 보이는데도, 불효하고 있다는 뉘앙스였다.

"지금도 충분히 보기 좋아요. 나는 우리 신오가 그렇게 컸으면 좋겠네요. 하고 싶은 일 하면서."

"아, 내가 벌써 바람직한 롤모델인 아버지상으로 보이면 안 되는데?"

"너무 그렇게 고속으로 앞서 나가지는 마시고요."

그가 유쾌하게 웃었다. 다인도 그와 함께 웃어 버렸다.

언제 봤을까? 저 유쾌한 웃음을.


라운지에서 2시간여를 함께 보냈다. 재미있게 읽은 책, 얼마 전 개봉한 영화, 새로 추가하고 싶은 메뉴 등 화제가 끊이질 않았다. 감상은 처음 그를 보았을 때와 크게 다르지 않았다. 재미있는 사람이지만, 가슴이 두근거리지는 않는다. 마음을 터놓고 이야기할 수 있는 친구는 될 것 같았지만, 연인 쪽은 아니었다.

다시 1층으로 내려왔을 때는, 정오가 막 지난 시각이었다.

"아, 여기서 해 질 때까지 있고 싶었는데, 어쩌죠? 아쉽지만 나 이만 가 봐야 할 것 같은데."

종일 있을 것처럼 굴던 태현은 미안하다며 너스레를 떨었다.

"어디 가시는데요?"

"스페인에서 만났던 사진 하는 친구가 한 명 있는데, 제주에서 전시 중이래요. 전시 막바지라 가 봐야 할 것 같아요."

"발이 넓은가 봐요."

카페를 운영하며 여러 사람을 만나는 다인이었지만, 깊은 교류는 많지 않았다.

"여자는 아니에요."

묻지도 않은 대답을 해서 다인은 못 말린다는 얼굴로 그를 바라보았다.

"아쉬워도 좀 참고. 내일 다시 올게요."

그는 다인의 어깨를 한 번 가볍게 두드리며 인사를 건네고는 카페를 나섰다. 그 모습을 집요하게 좇는 시선이 느껴졌지만, 개의치 않았다. 다인은 택시를 불러 타고 가는 그를 배웅하기 위해 외부 주차장까지 배웅했다. 그가 돌아가는 모습을 보고 다시 카페로 들어가려는 찰나였다.

카페 주차장으로 세희 남편의 차가 들어오고 있었다. 다인은 차가 멈춰 선 쪽으로 자연스레 걸음을 옮겨 갔다.

"점심 먹으러 왔어?"

조수석이 아닌 뒷좌석에서 내리는 세희를 향해 묻자, 세희가 음흉한 미소를 지으며 되물었다.

"태현 씨 왔다 가나 봐? 방금 택시에, 맞지?"

"어? 어."

세희는 흰 눈을 하고는 아랫입술을 삐죽 내밀며 놀리는 듯했다. 그 모습이 밉살스러워서, 다인은 세희의 옆구리를 쿡 찌르며 복화술을 하듯 어금니를 꾹 깨물고 말했다.

"작작해. 정진 씨도 있는데."

운전석에 있는 세희의 남편 정진이 내리며 인사를 건네 왔다.

"다인 씨, 잘 지냈죠?"

뒤이어 조수석 문이 열리더니 누군가 빠끔히 고개를 내밀며 인사했다.

"엄마, 잘 지냈지?"

"신오야!"

다인이 화들짝 놀라서 조수석 문을 열고 신오를 안아 들었다. 신오는 혼자 내릴 수 있다며 고집을 부렸지만, 차체가 높은 탓에 다인의 품에 덥석 안겼다.

"너 왜 이모랑 와?"

지금쯤 사려니 숲을 뛰어다니고 있어야 할 아이가 눈앞에 있으니 당황스러웠다. 카페 안에 앉아 있는 남자의 얼굴이 머릿속을 획 스치고 지났다.

"이모네 농장 가도 돼?"

"아니, 우리도 산책하러 나갔다가 신오네 유치원 무리를 만났는데, 신오가 농장 가고 싶다고 드러누웠어. 네 아들 진짜 못 말린다. 치즈도 전해 줘야 하고 해서 데리고 왔지, 일단."

다인이 바쁠 때는 세희가 종종 신오를 돌봐 주었다. 유치원에 세희가 신오를 데리고 간다고 하면 언제든 신오를 보내 주라고 말해 놓았기에 선생님도 순순히 신오를 보내 주었을 것이다.

"신오야. 농장이 그렇게 가고 싶어?"

신오가 고개를 끄덕거렸다.

"엄마 소 한 쌍이 한 달에 한 쌍씩 소를 낳으면 1년 후에 몇 마리가 되는지 알아?"

"아니, 엄마는 모르겠는데?"

"144마리!"

신오가 대답하자 정진이 혀를 내둘렀다.

"엄마, 이모 금방 부자 되겠다. 그치? 소 부자!"

"제발 그랬으면 좋겠다."

세희가 환하게 웃으며 대꾸하고는, 다인의 귀에 '거봐, 똑똑하다니까.' 하고 속삭였다.

"농장 지금 바로 갈 거야?"

신오가 얼른 차를 타고 세희의 농장으로 갔으면 했다. 지금 당장, 그에게 신오를 보여 주고 싶지 않았다. 이렇게 된 이상, 언젠가는 보게 될지도 모르지만.

지난한 이별의 감정을 돌이켜 보았고 이제 그와 마주 앉아 이야기할 타이밍을 잡아야 했지만, 마음이 쉽게 따라 주지 않았다. 그와 신오가 만나는 것은 두 사람의 이야기라도 어느 정도 정리된 후이기를 바랐다.

"아니, 나 카메라 챙길 거야."

어린이용 카메라를 챙기겠다고 말한 신오가 순식간에 다인의 품을 벗어나 내달리기 시작했다.

"신오야!"

다인이 놀라 뒤따르려는 순간, 카페 잔디밭에 서서 신오를 뚫어져라 바라보고 있는 그의 모습이 눈에 들어왔다. 심장이 불안정한 박자로 쿵쿵 울렸다. 다인은 호흡을 가다듬으며 힘찬 걸음으로 신오의 뒤를 따랐다.

"신오?"

그의 목소리가 멀지 않은 곳에서 들려왔다. 그의 부름에 잔디밭을 내달리던 신오가 딱 멈춰 섰다. 모르는 남자가 자신의 이름을 불러서 놀란 눈치다. 그가 다인보다 빠르게 신오의 앞에 섰다. 간발의 차로 다가간 다인이 신오의 손을 낚아채려는 순간이었다.

"네 이름이 신오니?"

신오는 다인을 올려다보며 눈치를 보았다. 모르는 사람이 이름을 물어와서 엄마의 허락을 구하는 듯한 표정이었다.

훗날 이 순간을 신오가 어떻게 기억할까?

남편의 자리에서 지워 버렸다고 해서, 아이의 아버지 자리를 완전히 지워 버릴 권리가 나한테 있을까?

신오는 소중한 아이였다. 다인이 살아 숨 쉬는 이유였고, 전부였다. 훗날 신오가 친부를 처음 만난 날을 부정적으로 기억하는 것은, 그로 인해 평생 상처를 안고 사는 것은 원치 않았다. 다인은 어쩔 수 없이 긍정의 의미로 고개를 끄덕거렸다.

"네. 신오예요."

아이가 똘망똘망한 눈동자를 빛내며 대꾸했다.

"그렇구나. 신오 엄마는 어디 계셔? 왜 혼자 카페 마당을 뛰어다녀?"

"엄마 여기 있는데요."

꽃잎을 펼친 듯 작고 어여쁜 손이 다인을 향했다. 아이의 손을 따라 복잡한 심경이 깃든 그의 시선도 다인을 향했다. 심장은 쿵쿵 뛰었지만, 머리는 차갑게 식었다. 올려다보는 그의 시선을 거리낄 것 없다는 표정으로 내려다보았다. 할 말이 많은 눈빛이었다. 그는 말없이 올려다보기만 하다가 이내 신오에게 시선을 옮겨 갔다.

아이의 이마를, 두 눈을, 콧잔등을, 붉은 입술을, 담갈색 눈동자를, 검은 머리칼을, 오동통한 뺨을. 정신없이 훑어보는 눈동자에 물기가 고이는 듯했다. 마치 세상에 태어나서 아이라는 작은 생명체를 처음 만나는 듯, 경외 어린 시선을 한 그가 입을 열었다.

"반가워, 신오야."

아이에게 인사를 건네는 그의 목소리에 가슴이 뒤틀리는 것만 같았다. 분명 웃으면서 건넨 말인데, 글자마다 비통한 울음이 새겨져 흘러나오는 것처럼 처절했다.

신오는 대꾸를 하지 못하고 잠시 망설였다. 모르는 남자가 왜 자신에게 반갑다는 인사를 하는 건지, 궁금해하는 눈치였다. 끼어들 수가 없었다. 지금 끼어들어 그를 아빠라고 소개할 수도, 타인으로 둔갑할 수도 없는 노릇이었다. 준비되지 못한 상황에서 아빠라고 말한다면 지금 당장 충격일 테고, 아빠가 아니라고 부정한다면 훗날 사실을 알게 되었을 때 상처 입을 것이다.

한참을 망설이던 아이가 조용한 목소리로 속삭였다.

"저도 반가워요."

건넨 인사에 그대로 답하자, 그가 벅찬 미소를 지었다. 그 미소는 오래전 다인의 임신 사실을 알았을 때, 그가 지었던 미소와 똑같았다. 갑자기 코끝이 찡했다. 그와 헤어지지 않고 계속 혼인 관계를 유지했더라면 어땠을까, 하는 생각을 했던 적도 있었다.

신오를 가진 걸 알았을 때, 태어났을 때, 첫 옹알이를 했을 때, 뒤집기를 하고, 걸음마를 떼기 시작했을 때……. 그와 함께였다면 이런 미소를 지었을까?

"신오처럼 멋지고, 훌륭한 아이는 처음 봐서."

당황한 아이를 달래듯 그가 인사를 건넸다.

이런 아이를 처음 본다고?

그가 거짓을 말하고 있다는 생각에 가슴이 답답해졌다. 그런 거짓말을 하려거든 아이 앞에서 입도 뻥끗하지 말라고 경고해 둬야겠다는 생각이 들었다.

「재희가 낳은 아이, 같이 키우고 싶어.」

병원으로 찾아간 다인에게 무정한 이별을 고하며 했던 말이 떠올랐다. 기분이 깊게 가라앉기 시작했다.

"엄마가 멋지게 키워 주셨구나."

그는 그리 말하며 아득한 시선으로 다인을 올려다보았다. 그의 눈동자에 담긴 감정이 너무 많아서 무엇 하나 꼽기가 힘들었다. 왜 아이를 혼자 낳아서 키웠느냐고 묻는 것 같았고, 왜 연락하지 않았느냐고 원망하는 것도 같아서 어이가 없었다.

제 핏줄로 보이니까, 헌신짝 버리듯 내던졌던 여자가 달리 보이니?

대대로 손이 귀한 탓에 비롯된 핏줄에 대한 탐욕이 느껴져서 치가 떨렸다.

"신오야, 카메라 찾아 줄게. 가자."

신오의 손을 옴켜잡고 걸음을 옮겼다.

누구 때문에 우리 결혼이 그렇게 됐는데. 누구 때문에 신오가 아빠 없이 자랐는데.

한이 서린 눈빛을 하는 그에게 욕이라도 퍼붓고 싶었지만, 아이가 보는 앞이라 화를 낼 수도, 경고할 수도 없었다.

"엄마."

조용히 걷던 아이가 집 안에 들어서자, 목소리를 냈다.

"저 아저씨 누구야?"

아이의 순수한 질문에 다인은 멈칫했다. 다인은 신오와 눈높이가 맞도록 쪼그려 앉았다. 아이가 의문이 가득한 눈빛으로 다인을 바라보고 있었다.

"신오도 아는 아저씨야?"

똑똑한 아이였다. 피보나치 수열이니, 뭐니 하는 것과 별개로 신오는 엄마인 다인도 놀랄 만큼 빠른 아이기도 했다. 그래서 두렵기도 했다.

어린 나이에 세상의 아픈 이면을 먼저 알게 되어서 속으로 곪아 버릴까 봐.

"신오가 이제 알아가야 할 사람이야."

고개를 갸우뚱 기울여 의문을 표시하지도, 그렇다고 대놓고 되묻지도 않았다. 신오는 가만히 고개만 끄덕거렸다.

"카메라 찾아볼까?"

"어딨는지 알아."

신오는 곧장 놀이방으로 향했다. 장난감 서랍 제일 아래 칸을 열고 카메라를 꺼낸 아이가 환하게 웃었다.

"찾았다!"

다인은 카메라를 들고 소 이야기를 시작한 아이를 데리고 밖으로 나왔다.

카페 마당에 있던 그는 두 사람이 사는 집 앞에서 기다리고 있었다. 여기 살고 있느냐는 듯한 눈빛이었다. 다인은 무감한 얼굴로 그를 응시하기만 했다.

"있잖아요."

신오가 그를 향해 목소리를 냈다.

"응."

자신을 향해 말을 걸어왔다는 사실이 기쁜지, 그가 얼른 상체를 낮추며 신오에게 시선을 맞췄다.

"사진 찍어도 돼요?"

아이용 카메라로 이것저것 찍는 것을 좋아하는 신오였다.

"그럼."

그가 흔쾌히 대답하자, 신오가 다인에게 카메라를 내밀었다.

"엄마, 찍어 줘."

신오는 그의 옆에 나란히 서서 다인을 바라보았다. 그는 짐짓 당황한 표정을 지었다가, 이내 웃어 보였다. 당황스럽기는 다인도 마찬가지였지만, 신오의 재촉에 아무 말 없이 셔터를 눌렀다. 장난감 디지털 카메라여서 화소 수가 높지도 않을뿐더러, LCD 화면으로 보이는 화질도 썩 좋지는 않았다. 작은 화면 안에 담긴 두 사람의 모습에 가슴이 시큰거렸다.

카메라를 아이에게 건네자, 아이는 방금 찍힌 사진을 가만히 들여다보았다. 두 사람은 그런 아이의 모습을 위태롭게 내려다보았다. 신오가 무슨 생각을 하고 있는지 가늠하기가 어려웠다.

"이제, 소 보러 갈래."

다인은 신오의 손을 잡고 카페 마당으로 걸어갔다. 정진은 차로 돌아갔는지 걱정스러운 얼굴을 한 세희만 그곳에 있었다.

"굳이 이 카메라를 들고 가겠다네."

다인이 부러 밝은 목소리를 내자 세희도 이내 어두운 표정을 감추고는 웃었다.

"아유. 우리 신오가 사진을 좀 잘 찍어? 당연히 카메라 가지고 가야지."

세희가 다인의 눈치를 슬쩍 살피고는 뒤를 돌아보았다. 그를 바라본 세희의 얼굴에 확신의 기색이 어렸다.

"여보! 신오 나왔어!"

차로 돌아간 줄 알았던 정진이 카페 안에서 테이크아웃 잔 두 개를 들고 나왔다.

"신오야, 아저씨랑 먼저 차로 가자. 아저씨가 소 젖 짜는 법 알려 줄게."

"와! 진짜요?"

정진의 말에 현혹된 신오는 신이 나서 그의 뒤를 따랐다. 세희는 다인의 곁으로 바짝 붙어 섰다.

"괜찮아? 너 얼굴 너무 하얘."

"원래 하얘."

"나 가지 말고 여기 있을까? 신오는 저 사람한테 보라고 하지, 뭐. 너 쓰러질 것 같은 얼굴이야."

"그 정도 아니야."

다인은 애써 미소를 머금으며 세희를 달랬다. 만약 세희가 여기에 남는다면, 신오는 의문을 품게 될 것이다. 그리고 엄마 걱정을 하게 되겠지. 어린 나이에 벌써부터 세상 걱정 하는 모습을 보는 것은, 부모로서 가슴 아픈 일이다.

"얼른 가."

다인은 세희에게 어서 가라며 채근했다. 세희는 미간을 설핏 찌푸린 채로 한숨을 내쉬었다. 물어보고 싶은 게 많은 눈치였지만, 속이 깊은 세희는 그저 다인에 대한 걱정을 앞세웠다. 만난 지 3년이 지나서야 겨우 남편은 어떤 사람이었냐고 조심스레 물었던 세희였다.

그때도 그저 좋은 사람이었다는 말로 대답을 대신했다. 꼬치꼬치 캐묻는 대신, 무거운 감정을 엷게 만드는 농담을 던지는 것으로 세희는 다인의 기분을 환기해 주곤 했다.

힘이 되는 사람. 세희가 없었다면 제주에서의 삶도 순탄치만은 않았을 것이다. 주차장으로 향하며 세희는 끊임없이 뒤를 돌아보았다. 다인은 어렴풋한 미소를 지은 채로 괜찮다며 고개를 끄덕여 주었다.

그들이 탄 차가 멀어지는 모습을 멀거니 바라보다가, 시야에서 완전히 사라지고 나자 한숨이 흘러나왔다. 이제 그를 마주해야 할 타이밍이었다.

카페 입구 쪽으로 돌아서자 전형적인 미소를 짓고 있는 그가 서 있었다.

이 상황에 저런 눈부신 미소라니. 속이 뒤틀렸다.


카페에서는 나눌 수 없는 이야기였다. 다인은 하는 수 없이 집 안으로 그를 불러들였다. 현관 안으로 들어선 그는 또다시 벅찬 표정을 숨기지 못했다. 집 안을 훑어보는 그의 눈빛에는 아련한 그리움이 고스란히 배어났다.

"앉아, 여기."

다인은 식탁을 사이에 두고 그와 마주 앉았다. 식탁 위에는 오늘 아침에 신오가 밥을 먹으며 꼼지락거렸던 원목 자동차 장난감이 놓여 있었다. 그의 시선이 아이의 손때가 묻은 장난감에 머물렀다.

"자동차 장난감 좋아해?"

그는 시선을 옮기지 않은 채로 물었다.

"어. 좋아해."

다인은 조용히 대답했다.

"그리고 또 뭘 좋아해?"

이내 그의 시선이 다인을 향해 왔다. 그동안 힘들지 않았느냐고 묻는 것 같았다. 지난 시간을 어떻게 버텨 왔느냐고 안타까워하는 눈빛이었다. 그가 내보이는 감정에 동요되고 싶지 않아서 슬쩍 시선을 빗겨 내렸다.

"뭐 이것저것 많아. 어느 날은 클레이만 가지고 놀고. 어느 날은 밖에서 뛰어놀기도 하고. 물놀이도 좋아하고."

어릴 때부터 수영을 가르쳤다는 말에 그는 '그렇구나.' 하고 대꾸했다.

"강유준 씨가 친부라는 거."

그가 턱을 굳히며 눈에 띄게 긴장했다. 아마도 다인이 숨길 거라고 예상하는 듯했다.

"숨길 생각 없어."

어깨가 들썩이도록 한숨을 내쉰 그의 입가에 엷은 미소가 자리했다.

"그런데 나는 신오가 상처받는 건 원하지 않아. 당신이 친부라는 걸 말해 주려는 이유도 같은 맥락이야. 그러니까."

"성급하게 나서지 말라는 거잖아, 그치?"

그가 식탁 위로 깍지 낀 손을 올리며 몸을 기울였다. 갑작스럽게 그와의 거리가 가까워져서 다인은 저로 모르게 의자 등받이에 등을 바싹 붙였다.

"맞아."

그는 이해한다는 듯이 고개를 끄덕거렸다.

"아이에게 모든 것을 털어놓는 순간은 나중이 되었으면 좋겠어. 정신건강의학과 전문의니까 오죽 잘 처신하겠나 싶기도 하지만. 원래 중이 제 머리 못 깎는 법이잖아. 행동 조심하라는 말이야."

비꼬는 말투가 되지 않기 위해 노력했다. 그런데 충동적인 말이 뒤이었다.

"누구는 아버지와 살고, 누구는 버림받은 기분…… 그거 모르는 거 아니잖아?"

그러다 뒤늦게 찾은 친부가 좋았느냐고 잔인하게 물을 생각은 없었다. 당신이 똑같이 겪은 일이니, 아이에게 똑같은 상처를 주지는 말라는 경고였다. 이미 상처는 번져 가고 있지만.

"있잖아, 다인아."

"그런 목소리로."

그의 목소리가 지나치게 다정했다. 다인은 두 눈을 꾹 감으며 신경질적인 목소리로 말을 이었다.

"부르지 마, 앞으로. 신오 앞에서는 더더욱. 신오 빠른 아이야. 이미 이상하다는 거 눈치챘을지도 몰라. 조심해 줘."

그가 안타까운 얼굴로 입만 벙끗하는 사이, 휴대전화가 울렸다. 발신지는 카페였다.

"어. 무슨 일이야?"

― 사장님, 좀 와 보셔야겠는데요.

"알겠어, 지금 갈게."

처연한 얼굴로 자리에서 일어나는 그녀를, 유준은 가만히 바라보았다.

"일어나 줄래? 나 나가 봐야 하거든."

매정한 목소리라도 좋았다. 그녀와 마주할 수 있다면.

집을 나서는 그녀의 뒤를 따랐다. 따스한 햇볕이 스민 바람이 불어왔고, 그녀의 단발머리가 찰랑찰랑 흔들렸다. 흔들리는 머리카락 아래로 언뜻 보이는 하얀 목선에 심장이 두근거린다. 가느다란 어깨선은 당장에라도 품에 안고 싶을 정도로 연약해 보였지만, 그녀의 걸음걸이는 당차기만 했다.

마른 등은 유준을 등진 채로 돌아볼 줄을 몰랐다. 일주일 동안 생각해 보고 오라는 말에 유준은 순순히 그녀의 뜻을 따랐다. 지난 일주일간 간절하게 생각한 것은 오직 하나였다.

그녀를 되찾아야 한다는 것. 다시 그녀의 곁에 서고 싶다는 것.

당장에 얼굴을 마주하자마자 모든 이야기를 털어놓을 생각은 아니었다. 천천히 단계를 밟아 나가려고 했다. 그런데 갑자기 눈앞에 나타난 아이 때문에 머릿속이 뒤죽박죽 뒤엉켰다.


「신오예요.」


총명한 눈빛을 빛내며 이름을 말하는 아이를 마주한 순간, 누가 부모인지 굳이 묻지 않아도 알 수 있었다. 그녀는 아이를 바라보는 유준을 날선 시선으로 내려다보았다. 차가운 시선에서 베일 듯 날카로운 아픔이 느껴졌다.

걷는 내내 아무 말이 없던 그녀는 카페 마당에 다다르자, 입을 열었다.

"계속 신경 쓰이게 하지 말고, 오늘은 이만 가. 이렇게 된 마당에 카페 버리고 도망갈 생각 없으니까. 그리고 앞으로는 약속 잡고 왔으면 좋겠어. 면접교섭권 같은 거로 못 박아 두고 싶으면, 김 변호사님한테 말해 둘게."

그녀는 사무적인 태도로 유준을 대했다. 감정이 섞인 이야기는 하고 싶지 않다는 듯이 피로한 얼굴, 하얗게 질린 안색이 안쓰러웠다.

"김 변호사님. 어디 있는지 모르신다더니."

유준이 허탈하게 웃으며 읊조렸다.

"내가 그렇게 부탁드렸으니까."

그녀는 무덤덤하게 대꾸했다. 사실 유준도 김 변호사에게 그런 부탁을 했었다. 서류 정리를 위해 김 변호사를 만났을 때, 자신이 혹여 나중에 그녀를 찾으려고 하면 말려 달라고. 어떤 일이 있어도 알려 주지 말라고 간곡히 청했었다.

시간이 흐른 뒤, 그녀가 어디 있는지 알려 달라고 했을 때 김 변호사는 단호히 고개를 내저었다.

"의뢰인 요청은 당연히 들어주셔야지. 변호사법 위반으로 고소당하고 싶지 않으면."

그녀는 딱딱한 목소리로 덧붙였다. 당차기는 했어도 모진 사람은 아니었다. 그런데 홀로 버틴 세월이 그녀를 변화시킨 듯했다.

남편에게 배신당한 뒤, 혼자서 아이를 낳고, 카페를 꾸리고……

강해져야 했을 것이다. 오롯이 모든 것을 감당하면서 성격은 자연스레 변했을 것이다.

"처리해야 할 일이 있어서, 서울에 가 봐야 해. 이번 주말에 다시 와도 될까?"

마음 같아서는 내일 다시 온다는 말을 하고 싶었다. 하지만 그러면 거절당할 게 뻔했다. 그녀는 잠시 고민하는 듯싶더니, 입을 열었다.

"그러든지."

기민하고 지혜로운 사람이었다. 그녀는 이 상황을 최대한 순조롭게 풀어 가려 노력하는 듯 보였다.

"이제 가. 나 바빠질 시간이야. 카페 너무 오래 비웠어."

선을 긋고는 카페 안으로 향하는 그녀를 물끄러미 바라보았다. 매정한 뒷모습이었지만, 가슴이 시리지는 않는다.

다시 볼 수 있으니까.


카페로 들어서자 진한 꽃향기가 후각을 자극했다. 윤서는 바 앞에 서서 커다란 꽃바구니를 들고 어쩔 줄을 몰라 했다.

"이거 사장님 앞으로 왔어요. 아까 그 남자분이 보내신 것 같아요."

"아까 그 남자분? 누구?"

다인의 질문에 윤서는 한 명밖에 더 있느냐는 표정을 지었다. 무의식적으로 꽃바구니를 보냈을지도 모를 남자의 리스트에 유준을 끼워 넣고 있었나 보다. 한 아름에 다 들어오지 않을 정도로 커다란 바구니였다. 꽃

사이에 있는 카드를 들춰 보니 정갈한 글씨가 새겨져 있다.

[힌트: 병원.]

유쾌한 태현의 성격이 고스란히 묻어나는 짧은 메시지였다.

힌트가 병원이라니?

아마도 두 사람의 첫 만남을 말하는 듯했다.

최근에 병원에 갔던 게 언제였더라?

다인은 미간을 찌푸린 채로 봉투에 카드를 집어넣었다.

"이거 누구 시켜서 2층으로 좀 올려놓으라고 해. 혼자 들지도 못하겠다. 바빴어?"

"그냥요."

윤서는 바쁜 카페보다 미간을 찌푸리고 있는 다인의 의중이 더 궁금한 듯했다.

"꽃 예쁜데."

"꽃 예쁜 건 나도 알아."

"근데 아까 그 남자분이요."

다인은 의문 어린 시선으로 윤서를 바라보았다.

"어디서 많이 본 것 같은데…… 누군지 기억이 안 나요. 우리 카페 단골은 아닌데. 누구지."

윤서가 고개를 갸웃거렸다.

"유튜브도 하고 그런대. 인터넷에서 본 거 아니야?"

"아뇨. 꽃 보내신 분 말고요."

"그럼 누구?"

타깃이 유준을 향해 있다는 것을 질문을 던지면서 깨닫는다. 바에서 카페 마당 전부가 보이는 것은 아니어서, 두 사람에게 있었던 일을 윤서가 보지는 못한 듯했다.

"계산도 안 하고 갔어요."

"내가 그냥 가라고 했어."

"왜요?"

놀란 윤서의 목소리가 튀어 올랐다. 손님을 내쫓았느냐는 반응이다. 직원이 자주 바뀌었지만, 주방을 총괄하는 이와 홀 매니저인 윤서는 꼬박 3년을 함께했다. 앞으로 그의 방문을 두고 애먼 생각을 하는 것보다는 미리 언질을 주는 편이 나을 것 같았다.

"앞으로도 그 사람은 돈 받지 마."

아빠가 카페에 손님으로 왔는데, 돈을 받았다고 하면 신오가 도끼눈을 할 것만 같았다. 티끌만큼도 신오에게는 거스르는 게 없었으면 한다. 안 그래도 상처받을 게 많은 상황이니까.

"안 되겠다. 이거 지금 옮겨야지."

다인은 커다란 꽃바구니를 끌어안고 들어 올렸다.

"어? 사장님! 누구 시킬게요."

"다 바쁜데, 그냥 내가 옮길게. 여기 계속 둘 수도 없고."

무거운 바구니를 끙끙거리며 옮기고 있는데 누군가 빠른 속도로 다가오는 게 느껴졌다. 직원인가 싶은 순간, 바구니가 그 사람 손에 가 있었다.

"어디로 옮겨?"

"왜 안 갔어?"

"이것만 옮겨 주고 갈게."

"됐어. 이리 줘."

힘겨운 삶을 옮겨 올 때도 곁에 없던 남자였다. 겨우 이깟 꽃바구니 하나 옮겨 주겠다고 달려온 남자한테 곱지 않은 목소리가 흘러나왔다.

"2층으로 가?"

손님이 지나다니는 곳에서 옥신각신할 수는 없어서, 다인은 그저 고개를 끄덕거리고는 먼저 걸음을 옮겼다. 다른 남자가 보낸 꽃바구니를 든 그는 다인의 뒤를 조용히 따랐다. 집무실 문을 열자마자, 회의용 테이블을 가리켰다.

그는 타원형의 흰색 테이블 위에 꽃바구니를 올려놓고는 한숨을 몰아쉬었다. 그러고는 집무실 정경을 한번 둘러보았다. 아까 태현이 집무실에 들어왔을 때와는 다른 시선이었다. 태현은 집무실을 빠르게 훑은 뒤, 이내 창밖 풍경에 매료되었었다.

그런데 그는 집무실 안에 놓인 별것 없는 물건들을 유심히 살폈다.

"신오가 여기 올라오지는 않는구나."

"어."

신오와 관련된 물건이 없어서 그렇게 생각한 건 줄 알았다.

"뾰족한 물건이 많네. 집에는 전부 푹신한 가드가 붙어 있던데."

그의 시선이 집무용 책상 모서리, 책장 모서리, 옷걸이, 협탁 등에 닿았다가 이내 다인에게로 옮겨 왔다.

"너도 여기서 시간 많이 보내는 것 같지는 않고."

태현은 일한 흔적 없이 깨끗한 공간이라고 했었는데, 그는 다인이 이곳에서 오랜 시간을 머무르지는 않는다는 사실을 짚어 냈다.

말하지 않아도 서로를 잘 알고 있는 존재.

그런 사람과 대립각을 세워야 한다는 사실에 머리가 지끈거렸다.

"이제 그만 가 줘."

아스라한 그녀의 목소리에 고개를 끄덕이고는 돌아섰다. 아무런 거리낌 없이 꽃을 보낸 남자가 부러웠다. 그녀의 곁에 누군가 있을지도 모른다는 상상을 한 번도 안 했던 것은 아니다.

그런데 눈앞에서 다른 남자와 함께 있는 그녀의 모습을 보는 것은 고통이라는 말로 표현하기엔 지나치게 아팠다. 하지만 한 가지 확실한 것은, 그녀가 유준을 의식하고 행동하고 있다는 것이었다.

그녀는 마른 눈으로 남자를 바라보았다. 그녀가 마음에 품은 남자를 어떤 눈빛으로 바라보는지, 어떤 목소리로 이야기를 하는지 유준은 누구보다 잘 알았다. 그녀는 그 남자를 마음에 품고 있는 것이 아니었다. 그럴 여지조차도 없어 보였다.

그저 아무런 거리낌 없이 그녀에게 다가갈 수 있는 남자가 부러울 뿐.

카페를 나선 유준은 곧장 공항으로 향했다. 서울에 일이 있어서 가 봐야 한다는 말은 그냥 둘러댄 말이 아니었다.

"어머님이 반응을 보이셨다고요?"

휴대전화 너머에 있는 이에게 말을 건네는 유준의 목소리는 깊게 가라앉았다.

— 일시적인 증상일지 모르겠는데, 눈을 떴다가 감으셨다 하셨어요.

사고 이후 오랜 시간 코마 상태였던 어머니가 반응을 보였다는 주치의의 전화였다. 사고의 진위는 어머니만이 알고 있었다. 직접 핸들을 꺾은 것인지, 아니면 사고인지.

어머니와 조부가 교통사고를 당한 것은 그녀가 떠나고 두 계절이 지났을 무렵이었다.

늦은 밤이었다. 공기가 좋지 않아 까만 하늘조차도 뿌옇게 느껴졌다. 요즘 다인은 유독 말수가 적어졌다. 불러도 대답이 없는 경우가 많았고, 허공을 멍하니 바라보기도 했다. 조모가 돌아가신 이후로 그래도 씩씩하게 잘 지내고 있다고 여겼는데.

무슨 일인지 그녀는 요즘 곧 사그라질 모닥불처럼 보였다. 맹렬히 타오르고 있지만, 이제 곧 꺼질 불씨처럼 위태로웠다.

오늘은 특히 더 심했다. 혼이 나간 사람처럼 멍한 눈동자를 마주하는데, 걱정이 지나쳤다. 텅 비어 버린 눈동자에서 기시감이 일었다. 그러면 안 되는데, 답답한 마음에 목소리를 높였다. 그녀를 만나고 처음으로 언성을 높인 밤이었다. 화를 내는데도 그녀는 묵묵부답이었다.

죽은 친모가 생각났다. 공통점이라고는 하나도 없는데도, 그녀의 눈빛에 친모의 눈빛이 겹쳐졌다. 한숨이 흘러나왔다. 왜 이런 기시감이 드는 건지 막막해서 숨이 턱 막혀 왔다.

찬 공기를 연신 들이마시며 정원석 위를 걷고 있을 때였다.

"잠깐 이야기 좀 하자."

등 뒤에서 들려온 목소리는 어머니의 것이었다.

"어머니."

냉랭한 눈빛은 유준을 쏘아보고 있었다. 이 집에 들어온 이후로 어머니의 적대적인 눈빛은 처음이었다. 여러모로 피곤한 하루가 되려나 보다.

"나중에요."

감정이 곤두서 있는 게 느껴져서 고개를 돌려 버렸다.

"새아기랑 싸웠니?"

유준은 어깨가 들썩이도록 숨을 몰아쉬며 대꾸했다.

"알아서 할게요."

"너 지금."

어머니의 목소리에서 선명한 분노가 일어났다.

"그 아이가 무슨 일을 겪고 있는지 아니? 너는 그런 아이한테 사랑받을 자격도 없다. 어떻게 새아기한테 화를 내!"

어머니는 치가 떨린다는 듯이 유준을 노려보았다. 죽은 아들을 대신해서 들어온 아이를 처음 마주했을 때도 감정을 숨겼던 어머니였다. 같은 이름으로 다른 아이를 부르면서 문드러지는 속을 한 번도 내비친 적 없었다.

바람이 일어 켜켜이 쌓였던 먼지가 한꺼번에 일어나는 것처럼 매캐한 분노가 유준을 에워쌌다.

"제 아비랑 똑같지. 같은 핏줄인데 다를 리가."

아버지에 대한 분노도 마찬가지였다. 드러낸 적 없는 감정이다. 다인에 관한 이야기를 하다가 왜 아버지에게로 이야기가 넘어가는 건지 의아했다.

"무슨 말씀 하시는 거예요?"

어머니가 아버지를 비난하는 데는 자신의 존재와 아버지의 외도가 한몫하는 걸 거라고 여겼다.

"제 아비랑 어떻게 똑같은 짓을 하려고!"

"어머니!"

"끔찍한 인간들."

어깨를 바들바들 떠는 어머니가 치욕 어린 표정으로 유준을 노려보았다. 오랜 기간 참고 사신 탓에 정신을 놓은 거라고 판단하기에는 어머니의 눈빛에 어린 총기가 너무도 선명했다.

"무슨 말씀 하시는 건지, 알아듣게 설명해 주세요."

"나는 밖에서 낳아 온 아이, 새아기가 키우는 꼴 못 본다."

유준이 미간을 찌푸리며 무슨 말인지 모르겠다는 얼굴로 어머니를 바라보았다. 어머니는 바르르 떨리는 음성으로 덧붙였다.

"아니, 나는 새아기가 더는 이 집에 있는 거 못 보겠다."

"무슨 일, 있었습니까?"

어머니가 애먼 소리를 하는 것은 아니지 싶었다. 이 집안에서 지금 자신이 모르는 심각한 일이 벌어지고 있음을 이제야 감지했다.

"그래. 집에서 골라 준 여자랑 구르니 좋디? 그래도 네 아버지는!"

한숨을 몰아쉰 어머니가 힘없는 목소리로 말을 이었다.

"조해리 씨 진심으로 사랑했어. 평생에 그렇게 끔찍이 여겼던 이는 그 사람 하나다."

"그랬다면 그렇게 버리지 않으셨겠죠."

분노의 화살이 왜 유준에게 향해 있는지도 알려 주지 않은 채로 쏟아지는 맹비난과 더불어 친모의 이름이 언급되자, 더는 참을 수가 없어졌다.

"무슨 일인데요? 왜 갑자기 그 이름까지 들먹여 가면서 이러시는 건데요? 집에서 골라 준 여자랑 구르다니, 대체 무슨 말씀을 하시는 거예요?"

어둡게 가라앉은 목소리가 빠르게 흘러나왔다. 어머니는 불안한 눈빛으로 주변을 한 번 살피고는 따라오라며 돌아섰다. 어머니는 주로 홀로 시간을 보낼 때 사용하시는 공간으로 유준을 이끌었다.

마당이 훤히 내려다보이는 테라스가 있는 3층 안쪽 공간은 아버지의 서재 옆에 자리했다. 아버지의 서재 옆에 있는 이곳을, 유준은 살면서 처음 들어와 보았다. 엔틱 책장에는 소설책을 비롯한 여러 책이 꽂혀 있었고, 암체어 앞에 놓인 앤티크 테이블 위에는 손뜨개를 하다가 만 것 같은 실뭉치와 도안이 흐트러져 있었다.

어머니는 주머니에서 주먹만 한 검은색 전자기기를 꺼내서 전원을 켜고는 방 구석구석을 훑으며 물으셨다.

"너 핸드폰 갖고 있니?"

"네."

"이리 내. 너도 못 미더운 건 마찬가지니까."

유준에게서 휴대전화를 빼앗다시피 가져가신 어머니는 전원을 끄고는 테이블 위에 올려 두셨다.

"지금 뭐 하시는 거예요?"

"보는 눈, 듣는 귀는 없는지 살핀 게다. 긴말할 거 없다."

어머니는 2G 휴대전화를 유준에게 내밀었다. 유준은 어머님이 내민 휴대전화로 시선을 옮겨 갔다. 휴대전화 안에는 약 성분이 명기된 종이를 촬영한 영상이 재생되고 있었다.

"돌아가신 사돈어른께서 쓰러지시기 직전에 복용했던 약물이다."

지체할 틈이 없다는 듯이 어머니는 빠르게 말을 내뱉기 시작했다. 믿을 수 없는 이야기가 흘러나왔다. 휴대전화를 움켜잡은 손이 바르르 떨렸다.

"그래서 할아버지가 시킨 대로 다인이가 사진을 골랐다고요? 이런데도 제 곁에 있겠다고 했다고요?"

처음 듣는 이야기였다. 남편이 품을 여자를 고르게 했다니. 강 이사장의 후안무치에 기가 막혔다. 역겨움에 헛구역질이 나올 것만 같았다.

"너 정말 몰랐니?"

의구심 어린 목소리로 묻는 어머니는 겁에 질려 있었다.

"몰랐어요, 어머니. 정말 몰랐어요."

무기력함에 어깨가 내려앉는 기분이었다. 심장이 무겁게 뛰었다.

"이거. 네가 한번 알아봐."

어머니는 유준에게 투명한 지퍼백 두 개를 건네셨다.

"이게 뭔가요?"

"새아기가 먹던 영양제다. 약 두 알은 유산 전에 잠깐 먹던 건데, 유산 이후에는 먹지 말라고 해서 그만뒀다. 남은 게 있나 찾아봤는데, 딱 한 알씩 남아 있더구나. 처음엔 흰색만 먹고, 나중에는 미색만 먹었다. 그리고 여러 개 들어 있는 건 요즘 먹는 거고. 그리고."

"말씀하세요."

"일단 새아기 데리고 나가거라. 내가 방법을 찾아보마."

어머니의 목소리가 위태롭게 울렸다.

한밤중에 어머니와 대화를 나누고 나서 사흘쯤 지났을 때, 제약회사 연구원으로 일하고 있는 예과 동기에게서 연락이 왔다.

— 이거 누가 먹었던…… 약이야?

"진료하다가 받은 거야. 그래서 성분이 뭐야?"

아내가 먹던 약이라고 곧이곧대로 밝힐 수는 없어서 가상의 환자를 만들어 냈다. 수화기 너머에서 한숨이 흘러나왔다.

— 알약 두 개 있는 거. 미페프리스톤이랑 미소프로스톨이야. 낙태 유도제. 이거 우리나라 유통 금지인 건, 알지? 미소프로스톨은 계류 유산 배출 용도로 쓰이기는 하는데…….

주변 풍경이 멎는 듯한 착각이 일었다. 숨이 쉬어지질 않았다.

— 그리고 알약 여러 개 있는 것 중에 하나는 경구용 피임약, 나머지는 그냥 종합 비타민 정도야.

유준은 고맙다는 말을 건네고는 통화를 마쳤다. 현기증이 일었다. 할머니께서 약물 부작용으로 돌아가셨을지도 모른다고 경고했을 때에도, 그녀는 절대 떠날 수 없다며 눈물을 보였다고 했다.

그런데 그녀가 아이를 잃은 이유까지 조부가 건넨 약물에 기인한다는 사실에 기가 막혔다. 영양제인 척 경구용 피임약을 복용케 해서 사람을 속이고 천치로 만들었다. 더는 아이를 가질 수 없다고 했다는 산부인과 의사의 난임 진단도 조작된 것임이 분명했다.

어머니의 말씀대로 일단 그녀를 그 집에서 데리고 나와야 했다. 그날 저녁 퇴근한 유준은 병원 업무가 많아서 출퇴근 시간을 줄이고자 아파트로 돌아가겠다는 말을 꺼냈다. 조부의 표정이 미세하게 일그러졌지만 그뿐이었다.

지체할 이유가 없었다. 유준은 그날로 끔찍한 집을 나와 버렸다. 그녀를 자신의 사람으로 만들 때에는 가진 것에 감사했었다. 그런데 그것들이 그녀를 해칠 수도 있다는 생각이 들자 가슴이 죄여 왔다.

아니, 이미 해치고 있었다. 그녀는 할머니를 잃었고, 아이를 잃었고, 마음을 다쳤다.

"하지 마, 유준 씨. 그러지 마. 응? 안 하면 안 돼?"

잠결에 그녀의 목소리가 들려왔다. 어렴풋이 눈을 뜨고 묻자 그녀는 악몽을 꿨다며 품 안을 파고들었다. 그녀가 무엇을 걱정하고 있는지 짐작이 갔다. 가슴이 미어졌다.

어머니에게서 연락이 온 건, 그로부터 열흘 정도가 지나서였다.

"새아기 놓아주자."

곁에 두면 위험해질 거라 경고했다.

"잠시면 된다. 잠시만 놓아주거라."

마치 묘안이라도 있는 것처럼 어머니는 말씀하셨다.

"네 아버지가 네 친모한테 썼던 방법을 써야겠구나."

울타리 안에 있는 사람의 말은 내부 고발이 되어 신뢰를 입지만, 일단 울타리 밖으로 나간 사람의 말은 힘을 실어 줄 사람이 없으면 묵살당하기 쉽다는 게 어머니의 설명이었다.

"네 할아버지는 강씨 집안 손부가 입을 열까 봐 두려웠을 게다. 네가 밖에서 들어온 아이고, 죽은 아이와 바꿔치기했다는 사실을 아는 사람은 모조리 사라졌더구나."

당시 응급실에서 진짜 강유준의 죽음을 목격했던 의료진 중에 살아 있는 사람이 없다고 했다.

"새아기랑 사돈어른까지 해할 생각은 없었을 게다. 워낙 사돈어른이

도운 이들이 많으니까. 두 사람 뒷조사를 충분히 한 네 할아버지는 그들이 그렇게 위험한 사람들은 아니라고 판단했지 싶다. 굳이 해칠 이유는 없다고 생각했겠지. 그런데 문제가 생겼지."

유준은 넋이 나간 얼굴로 어머니를 바라보았다.

"새아기가 우리 집으로 들어왔다는 거. 네 아버지는 네 친모를 철저히 무시하면서 없는 사람 취급 했다. 그래야 그 여자가 살 수 있을 거라고 생각한 게야. 네 할아버지도 혼외자 하나쯤이야, 하고 여긴 듯싶고. 그런데 사안이 다르잖니."

어머니는 미간을 찌푸리며 목소리를 더욱 낮추셨다.

"남자가 바람피워서 아이 하나를 숨겨 놓은 거랑, 죽은 친아들과 혼외자를 바꿔치기한 거랑. 전자만 공개되었을 때와 전자와 후자가 동시에 공개되었을 때의 차이를 알겠니?"

유준은 가만히 고개를 끄덕거렸다. 가슴속에서 눈물 없는 울음이 흐르고 있었다.

"늙은이가 그동안 나쁜 짓을 무수히 해서 겁이라도 먹은 건지. 새아기가 대체 무슨 짓을 했다고."

"핏줄에 대한 지나친 강박이 만들어 낸 장애죠. 아마 결혼을 허락했을 때까지는 그렇게 겁이 나지 않았을 겁니다. 그런데 다인이가 눈에 보일 때마다."

한숨을 한 번 내뱉은 유준은 낮게 가라앉은 목소리로 말을 이었다.

"생각을 컨트롤 하는 게 어려웠을 겁니다."

그러다 깨어 있는 시간의 대부분을 자신이 저지른 악행이 들킬까 염려하며 보낼 것이다. 아마 자신이 죽고 난 이후의 시간까지 염려하며 의심하고 있을 것이다. 중증 강박성 인격장애에 속하는 정신증의 전형이었다.

손부가 손자의 존재를 세상에 밝힐까 봐, 그래서 그동안 쌓아 온 부와 명예가 오염될까 봐 전전긍긍하고, 모든 이의 손가락질을 받는 상상을 하며 끝내는 상상 속의 괴물에게 사로잡혀서 그들을 없애자고 마음먹었을 것이다.

그동안 조부를 지켜보며 느낀 병적인 언행들과 당시 응급인원이 사라졌다는 팩트까지, 조부의 병을 진단해 보는 것은 어렵지 않았다.

"치료가 가능하니?"

그럴 수 없다는 것을 알면서도 묻는 말 같았다.

"아마 스스로 치료하시려고 한 것 같아요. 강박의 원인을 직접 제거하려고 하신 거겠죠."

조부가 지닌 강박의 원인, 선하게 살아온 두 사람.

유준은 두 눈을 질끈 감았다. 그 근본적인 원인을 없애려면 자신이 사라져야 하는 것 아닌가, 하는 생각을 하며 한숨을 몰아쉬었다.

"새아기 놓아주렴, 유준아. 그 아이라도 지켜야지."

감았던 눈을 떴을 때, 시야가 흐릿했다. 이대로 곁에 두면 그녀가 어떻게 망가질지 감히 상상조차 할 수 없었다. 그녀와 가장 가까운 곳에서 함께하고 있다고 여겼는데, 이 세상 가장 먼 곳에 그녀가 서 있는 듯했다.

"나는 새아기 아파하는 거, 더는 못 보겠다."

어머니는 자신의 트라우마를 그녀에게 투영해서는 더욱 아파했다. 스스로는 견뎌 왔지만, 그게 얼마나 힘든지 알면서 가만히 지켜보는 것은 죽을 만큼 괴롭다고 하셨다.

"못할 짓이야. 사람이 못할 짓이다."

사람이 못할 짓의 일부였던 유준을 눈앞에 두고 어머니는 애원하셨다.

"새아기 이대로 두면 안 된다. 나처럼 그냥 묵묵히 참고 산다고 끝날 문제가 아니야. 그 아이 끝내는 네 할아버지 손에……."

어머니는 말을 잇지 못하셨다. 끝내 할아버지 손에……. 초점 없이 텅 빈 눈으로 세상을 살았던 친모의 모습이 눈앞을 스쳤다. 결국에는 세상을 등진 안쓰러운 여자의 존재가 가슴을 짓눌렀다.

얻을 수 있어서 행복했었다. 가진 것으로 그녀를 돕고, 그녀를 곁에 둘 수 있다는 것에 흡족했다.

그런데 유준이 이곳에 존재하는 이유 자체가 그녀를 위협했다.

얻을 수는 있었는데, 지킬 방법이 없었다.

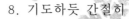

## 8. 기도하듯 간절히

눈물을 한 번 훔쳐 내신 어머니는 가까스로 다시 입을 여셨다.

"네가 정신과에 지원했다고 했을 때, 솔직히 말해 두려웠다. 어느 날 갑자기 날 병원으로 끌고 가서 가둬 놓고 미친 사람 취급 할까 봐. 비밀을 알고 있는 전부가 그런 것처럼 나도 그렇게 사라질까 봐."

하염없는 눈물이 어머니의 뺨 위로 흘러내렸다.

"지금 상태로는 새아기 못 지킨다. 일단 새아기 놓아주자. 어디 몰래 숨긴다고 해도 들킬 거다. 그저 변심해서 헤어진 것처럼 놓아주면, 내가 방법을 찾아보마. 진짜 마음이 떠서 헤어진 것처럼 보여야, 저쪽에서 더는 신경 쓰지 않을 거다."

어머니의 표정이 비장해 보이기까지 했다. 강 이사장의 끔찍함에 몸서리가 났다. 한 인간의 탐욕이 대체 몇 사람의 인생을 망치고 있는지 헤아릴 수조차 없었다.

다인이 강 이사장과 몇 달이고 얼굴을 맞대고 살았어야 했다는 현실에 분노가 밀려들었다. 눈빛 한 번, 말투 하나로 사람을 괴롭혔을 것이다. 아이를 잃고, 이제 더 이상 아이를 갖지 못하는 이가 되었다며 남편의 새 여자를 고르라고 천치 취급을 해 댔다. 낙태 유도제와 피임약을 먹여 가면서.

의학 지식을 인류에 어긋나게 쓰지 않겠다는 히포크라테스 선서*가 무색했다. 강 이사장은 자신의 더러운 욕심을 채우기 위해 의사로서 자신이 가진 지식과 이사장의 지위를 남용했다.

사이코패스 연쇄 살인마와 다를 바 없는 인격이었다.

그녀가 모든 걸 겪는 동안, 자신은 아무것도 몰랐다는 사실에 무력감이 밀려왔다. 어머니의 말씀처럼 지킬 수가 없었다. 그리고 앞으로 지킬 수 있을지도 확신할 수 없었다.

"저도 방법을 찾아볼게요."

일단 그녀를 이 집안과 무관한 사람으로 만들어야 했다. 그래서 택한 방법이 얼마 전 유준을 찾아와 조부 문제를 상의했던 재희에게 도움을 요청하는 것이었다.

유유상종이라고 했던가. 겉으로는 아무 문제가 없어 보였던 조 화백은 성도착증이 있었다. 어릴 적부터 조 화백의 모델을 서곤 했다는 재희는 끔찍한 시선을 더는 마주하고 싶지 않다며 유준을 찾아왔다. 붓을 놀리며 자신을 훑어보던 조 화백의 뱀 같은 눈빛이 두려워 하루라도 빨리 집을 벗어나고 싶었다고 했다. 지금은 병원 근처의 오피스텔에서 생활하고 있지만, 언제 자신을 찾아오거나 불러낼지 몰라서 두렵다고.

경찰에 신고할 것을 고려해 보았느냐고 물었지만, 집안 식구들 전부가 자신의 편이 아니라고 했다. 비뚤어진 가족 권력하에 재희도 병들어 갔다. 의대까지 오기는 했지만, 앞으로가 문제라고.

........................................
* 참조: 제네바 선언의 히포크라테스 선서

일단 불안해하는 재희의 상담부터 시작했다. 재희가 다가온 것은 이성적인 감정에서 비롯된 것이 아니었다. 오래전부터 유준에게 살갑게 굴었던 재희의 모습을 떠올리자, 자신이 얼마나 무능했는지 또 한 번 깨닫고 만다.

다행히 재희는 큰 정신증을 앓고 있지는 않았다. 속으로 곪지 않았고, 유용한 이에게 도움을 요청할 만큼 판단력도 흐려지지 않은 상태였다. 유준은 재희에게 자신이 겪은 일을 솔직하게 털어놓았다. 그래서 아내와 의도적으로 헤어져야 한다는 이야기까지도. 재희는 분개했다. 망가져 가는 사람을 그냥 두고만 볼 수는 없다며 자신이 도움이 되겠다고 했다.

재희를 데리고 본가로 향했다. 그녀와 나눴던 대화를 재희와 재연하듯 떠들어 댔다. 주방을 오가는 그녀의 얼굴에는 감정이 없었다. 강 이사장은 재희의 등장에 내심 기뻐하고, 안도하는 모습이었다. 가슴이 뒤틀렸다.

그날 일부러 집에 들어가지 않았다. 끊임없이 상처를 덧입히는 동안 유준도 병들어 갔다. 끝내 그녀가 병원으로 찾아왔을 때, 무감한 얼굴로 이혼을 이야기했다.

차라리 분노하고, 울부짖었다면 가슴이 덜 아팠을까?

그녀는 선한 눈빛으로 돌아섰다. 연구실을 나서는 그녀의 뒷모습을 두 눈으로 집요하게 좇았다. 모든 진실을 말할 기회가 오기를 바랐지만, 확신할 수 없기에 마지막이 될 수도 있는 모습은 처연하기만 했다.

만약 사실을 말하고 조용히 숨기를 바랐다면 어땠을까?

그녀는 아마 유준의 곁에서 모든 걸 감내하며 살겠다고 했을 것이다. 그러다 끝내는 사그라들었을 것이다. 그래서 그녀를 곁에 둘 수 없었다. 유준의 곁에 있는 한, 그녀는 끊임없이 위험에 노출될 게 뻔했다. 지금은 낙태 유도제와 피임약이지만 훗날에는 칼날이 되어 박힐 것이다.

서류 정리를 위해 김 변호사를 만났을 때, 무리한 요구를 했다.

"결혼 생활 혹은 저와 관련한 어떠한 내용도 발설하지 않겠다는 서류에 대한 공증이 필요합니다."

좀처럼 감정을 드러내는 법이 없는 김 변호사의 얼굴에 일순간 힐난의 기색이 어렸다가 지워졌다.

"그러시죠."

"그리고."

유준은 한 가지 덧붙였다.

"제가 혹시 다인이를 찾아 달라고 해도, 당분간은 알려 주지 않으셨으면 합니다."

그녀를 숨겨 달라는 일종의 암호화 된 문장이었다. 김 변호사는 입을 살짝 벌렸다가 이내 다물었다. 무슨 이유에서 유준이 비밀 유지 서약 서류를 원하는지, 다인의 존재가 숨겨지기를 바라는지는 모르지만, 분명하게 이행하겠다는 눈빛이었다.

이혼한 후 제일 먼저 강 이사장을 찾았다. 사실 결혼 생활이 굉장히 피로했다고, 언성을 높였던 적이 있어서 결혼 생활과 자신에 관한 비밀을 유지하라는 서약서도 받아 냈다는 말을 귀찮은 일을 해결한 것처럼 떠들어 댔다.

강 이사장은 흡족한 얼굴로 유준을 응시했다. 강 이사장의 경계선에서 다인은 완전하게 벗어나고 있었다.

조 화백이 입건된 것은 그로부터 6개월 후였다. 재희는 가까스로 화실 상황을 동영상으로 촬영했고, 경찰에 넘겼다. 그리고 재희는 유준의 도움으로 미국에 있는 자매 병원에 트랜스퍼 되었다.

친우였던 조 화백이 무너지고 나자, 강 이사장도 몸을 사리는 것처럼 보였다. 다인과 이혼하고 사라진 듯했던 강박 장애가 드러난 것도 동시였다. 자신도 무너질지도 모른다는 두려움이 강 이사장을 겁박했다.

"그래. 다인이 소식은 좀 듣고?"

아침 식사 자리에서 뜬금없이 그 이름이 나왔을 때, 어머니께서 눈에 띄게 긴장하는 모습이 눈에 들어왔다.

"누구요?"

유준은 못 들었다는 듯이 되물었다. 이제 더는 상관없는 이름이라는 듯이 반응하자, 오히려 강 이사장이 당황한 기색을 내비쳤다.

"아, 아니다."

마치 중세 왕을 보는 듯했다. 옆 나라 왕의 몰락을 지켜본 왕이 자신도 그렇게 당하게 될까 봐 두려워하는 모습에 기가 찼다.

강 이사장의 악행을 드러내는 것은 쉬운 일이 아니었다. 강 이사장은 조 화백보다 가진 게 많은 인사였다. 그만큼 돈으로 부릴 수 있는 악인들도 곁에 많았다. 그들만의 세계에서 만들어진 인텔리 카르텔은 서로의 안위를 위해 악행을 교류하며 공고해지는 법이다.

그날 아침 식사를 마친 뒤, 어머니는 사색이 된 얼굴로 출근하는 유준을 붙들었다.

"이대로는 안 되겠다. 안 되겠어. 분명 무슨 짓을 꾸밀 거야."

어머니도 백방으로 움직이고 있는 듯했다. 하지만 재단 이사장과 병원장 사모라는 위치 차는 쉽게 극복할 수 없을 터였다.

유준도 증거를 하나둘씩 모으고 있었다. 국내에 시판되지 않는 불법 약물을 다른 약으로 둔갑해서 그녀와 할머니에게 직접 가져다준 예방의학과 박사는 강 이사장의 편이었지만, 해당 약물을 들여온 외래 약제팀 소속의 약사는 유준의 편이 되었다.

멀쩡한 다인에게 난임 진단을 내렸던 산부인과 전문의는 얼마 전 어린 딸이 골수이식 수술을 받았다고 했다. 강 이사장의 도움으로 수술을 앞당

길 수 있었다고. 그녀는 자신이 도움이 되고 싶지만, 딸의 안위를 위해 섣불리 나설 수 없다며 주저했다.

약점을 잡고, 약점을 잡히고. 그들의 위험한 거래를 드러내기 위해 유준은 요즘 혈안이 되어 있었다. 강 이사장의 악행을 고발할 생각이었지만, 병원이라는 특수성 때문에 고려해야 할 부분이 많았다.

생명을 담보로 악행을 저지르는 이들을 밝혀내고 벌을 주는 것만큼이나, 병원에 생명을 내맡기고 있는 이들의 안위 역시 중요했다. 수사는 비밀리에 이루어질 예정이었다. 증거 인멸 방지와 병원에 관계된 선량한 국민을 보호하기 위해 엠바고가 걸릴 것이다.

"아버지는요?"

나직한 소리로 묻자, 어머니는 한숨을 몰아쉬셨다. 한국대학교 재단 이사장 자리에는 조부가 앉아 있지만, 병원장은 아버지였다.

"여의치 않은가 봐."

병원 내에 독처럼 퍼져 있는 강 이사장의 수족을 드러내는 데, 아버지도 난항을 겪고 있는 듯했다. 유준은 목을 좌우로 한 번 흔들었다. 몸에 흐르는 피가 역하게 느껴졌다. 이깟 핏줄이 뭐라고 인륜에 반하는 짓을 서슴지 않는 것인지 이해할 수 없었다.

그리고 강 이사장이 저지른 일의 중심에 자신이 서 있다는 게 저주스러웠다.

만약 조유준이 강유준 자리에 들어가는 것을 거부했다면 어떻게 되었을까?

누군가 목을 조르는 듯 숨이 막혀 왔다. 어쩌면 어린 나이에 본능적으로 알았을지도 모른다. 자신이 강 이사장의 뜻을 순순히 따르지 않는다면, 다인과 할머니가 위험해질 수도 있다는 사실을 말이다.

사랑에 눈이 멀어서, 너무 갖고 싶어서 그동안 망각한 것이다.

핏줄에 정신이 나간 노인네를 너무 우습게 보았다.

그녀가 자신의 곁에 서면 위험해질 수도 있다는 사실을 어설픈 수로 넘길 수 있다고 여겼다는 게 한스러웠다. 이제는 지킬 수 있다고 자신해 놓고, 지키지 못했다는 무기력함에 힘이 빠졌다.

"사람을 여럿 해하고도 멀쩡히 살아가는 세상이 얼마나 불공평하니? 수사한다고 치자. 기껏해야 3, 4년 옥고 치르고 나오면, 아무 일 없다는 듯이 호의호식하며 살겠지."

어머니는 어깨를 바르르 떠시며 분노했다. 유준은 조금만 기다려 보자는 말로 어머니를 달래고 출근길에 올랐다.

사고 소식이 들려온 것은 그날 점심께였다. 빗길에서 어머니와 조부가 탄 승용차가 미끄러져 대형 사고로 이어졌다. 두 사람이 점심을 먹으러 가는 길이라고 했다. 왜 기사도 대동하지 않고, 어머니께서 운전석에 앉았는지 그 이유를 아무도 모른다고.

빠른 속도를 이기지 못하고 빗길에서 미끄러진 차는 가로수를 들이받고 멈춰 섰다. 조수석 뒷좌석이 가로수에 박히며, 그 자리에 타고 있던 조부는 즉사했다. 병원으로 실려 온 어머니는 골절과 내장 파열 등으로 여러 번 수술을 받았지만, 코마 상태에 빠졌다.

[유준아, 그래도 넌 내 아들로 살아다오. 새아기와 꼭 행복했으면 한다.]

오전에 온 문자메시지를 받고, 어머니께서 그저 심적으로 힘드신 거로만 여겼다. 그 짧은 문자메시지가 유언이 될지도 모른다는 생각은 하지 못했다.

"미안하구나."

노랗게 부어 있는 어머니의 얼굴을 내려다보고 있는데, 깊게 잠긴 아버지의 목소리가 들려왔다. 이제껏 아버지는 마치 세상에서 지워진 사람처럼 죽은 듯이 지내는 듯했다.

"네 친모를 지킬 방법이 없었다."

아버지에게서 친모에 관한 이야기가 흘러나온 것은 처음이었다.

유준은 가만히 고개를 숙인 채로 듣기만 했다. 아버지가 내뱉는 말 한마디, 한마디가 이명처럼 울렸다. 코마 상태에 있기는 했지만, 어머니 앞에서 친모의 이야기를 듣는 게 거북했다.

"나가시죠."

아버지를 병실 밖에 있는 전실로 이끌었다. VIP 병동은 고요했다. 어머니처럼 죽음과 사투를 벌여야 하는 사람들은 적었다. 주로 사회에서 매장되지 않기 위해 사투를 벌이는 이들이 이용하는 병동이었다.

"그때는 그게 최선이라고 여겼다."

어둠에 젖은 서울 시내를 내려다보며 아버지가 서글픈 목소리로 읊조렸다. 길게 설명하지 않아도 알아들을 수 있는 말이라는 사실이 서러웠다. 겉으로 보기엔 멀쩡해 보이는 집안에서 불행은 대를 잇고 있었다.

"어쩌면 내가 끝냈어야 하는 일인지도 모른다. 이 사람이 이렇게 될 때까지……."

아버지는 비탄 어린 한숨을 내쉬었다.

"죽은 그 아이."

친모에 관한 이야기도 처음이었지만, 죽은 강유준에 관한 이야기도 처음이었다.

"사실 사고가 아니었다."

"무슨…… 말씀 하시는 겁니까?"

유준의 목소리가 낮게 울렸다. 자신이 삶을 대신하고 있는 사람은 교통사고로 세상을 떠났다고 했다.

"기준 미달이라고 여겨져 세상에서 지워진 거다."

끔찍한 이야기를 눈 하나 깜짝하지 않고 내뱉는 아버지를 가만히 응시했다. 이제는 그 무엇도 충격이 될 수 없다는 얼굴이었다. 아버지가 이제껏 빈껍데기처럼 살아왔던 이유를 이제야 알 것 같았다.

사랑하는 여자를 지키기 위해 무참히 버려야 했고, 아들이 죽어 가는 모습을 지켜봐야 했다. 죽은 조부를 무덤 안에서 꺼내서 다시 죽이고 싶은 살의마저 일었다.

"며느리는 저 사람이, 손주는 네가. 당신이 원하는 기준에 맞았겠지."

사고로 손자를 잃고, 대를 잇고자 불러들인 거라고 생각했다. 그런데 의도적인 죽음이었다고 하니 기가 막혔다.

"어떻게 갔습니까?"

"진짜 사인은 인슐린 중독으로 인한 쇼크사. 이미 죽어 가는 아이를 차에 태운 거지."

더는 놀랍지도 않았다.

"저 사람은 모른다. 그저 아이가 사고로 간 줄만 알지. 응급의학과 의사였던 이가 죽은 아이 상태를 보고 미심쩍다 싶어서 몰래 혈액 검사를 했는데, 혈중인슐린 농도가 치사량 수준이었다더구나. 유준아."

아버지의 목소리가 더욱 가라앉았다.

"나는 아들을 두 번 잃고 싶지는 않다."

유준이 모든 걸 밝히고 사라질까 봐 두려워하는 얼굴이었다.

"다른 건 어떻게 되든 상관없다. 너만은."

숨이 턱 막혀 왔다. 신이 있다면, 앞으로 어떻게 살아야 하는지 묻고 싶었다. 아니, 신이 있다면 어떻게 악마를 세상에 보내고도 그 자리에 뻔뻔히 앉아 있을 수 있었는지 따지고 싶었다.

강 이사장이 죽고 난 뒤에, 수사는 순조롭게 이어졌다. 강 이사장이 두려워서 나서지 못했던 이들이 수사에 협조하면서 거대한 암 덩어리들이 모습을 드러냈다. 검찰에서는 한국대 병원의 국가 의료적 입지를 고려하여 비밀리에 수사를 이어 갔다. 그 과정에서 의사와 간호사를 비롯하여 원무과 직원 등 연루된 여러 인사가 구속 수감되었다.

유준의 자리를 되돌리는 것은 쉬운 일이 아니었다. 아버지의 증언과 유준의 존재만이 그 증거일 뿐, 그 어디에도 증거가 남아 있지 않았다. 연루된 모든 이들이 세상을 등졌다는 말은 사실이었고, 그들이 이일과 관련하여 죽었다는 것을 증명해 낼 방법도 없었다.

강 이사장이 가장 공을 들인 일이었다. 15년이 지난 일이기도 했다. 유준이 나서서 사실 죽은 조유준이 자신이었다고 한다면 미친놈 취급을 받을 상황이었다. 게다가 유일한 증인이나 다름없는 아버지는 그걸 원하지도 않았다.

조부가 세상을 떠났는데도, 악행에 가담한 이들이 처벌을 받는데도, 개운할 수가 없었다. 세상은 여전히 멀쩡하게 돌아가고 있다는 게 비현실적이었다. 어쩌면 강유준이 다시 조유준으로 돌아가는 것 자체는 중요한 일이 아닌지도 모른다.

유준에게 가장 큰 충격은 다인을 잃었다는 사실 하나였다. 그 충격이 너무도 강해서 다른 모든 것은 될 대로 돼도 상관없는 것처럼 느껴졌다. 이미 부서질 대로 부서진 인생을 원래 있던 자리로 되돌려 놓는다고 해도 그녀가 없으면 의미가 없었다.

찾고 싶었다. 부드러운 몸을 끌어안고 힘들었다고, 힘들었느냐고 묻고 싶었다. 그렇게 차갑게 돌아서서, 무시무시한 상처를 줘서 미안하다고 사과해야만 하는데.

백방으로 수소문해 보았지만, 다인의 흔적을 찾을 수가 없었다. 끝내 김 변호사를 찾았다.

"다인이 어딨는지 아시죠?"

유준의 질문에 김 변호사는 그저 웃기만 했다. 유준을 포장마차로 데려가, 이제 떠난 사람은 잊으라는 말과 함께 김 변호사는 술잔을 기울였다.

"찾으려면 찾을 수 있어요."

협박도 해 보았다.

"불법적인 방법으로 찾아내는 걸, 좋아할까요?"

김 변호사는 경고하듯 물었다. 비겁하게 세상을 사는 이들에 대한 염증으로 속이 썩어 난 유준이었다. 그들과 똑같은 사람이 될 거냐는 질문에 고개를 떨궜다. 병원에서 무슨 일이 일어났는지도 김 변호사는 알고 있었다.

"그래서 더욱 가르쳐 줄 수 없습니다."

김 변호사는 그녀를 딸처럼 아꼈다. 그녀의 존재가 드러나지 않도록 김 변호사가 돕고 있는 게 분명했다. 재단 순의 공식 행사에도 그녀는 좀처럼 모습을 드러내지 않았다. 재단 소유자가 굳이 나설 필요는 없다며, 조용히 맡은 바 소임을 다하겠다는 게 그녀가 내놓은 공식 입장이었다.

이상호 교수도 마찬가지였다. 두 사람이 이혼한 후에는 연락조차 닿질 않는다며 모른 척했다. 정말 모르는 것인지, 모른 척하는 것인지 알 길이 없었다.

한동안 병원에 있는 시간이 아니면 술에 취해 살았다. 취하지 않으면 두려웠다. 아무것도 없이 텅 비어 버린 몸속에서 심장은 버겁게 뛰어 댔다. 술이라도 마시지 않으면, 신경 안정제와 수면제가 절실했다.

이혼하고 3년쯤 되던 해에 술을 끊었다. 어디선가 그녀를 만난다면 건강한 모습으로 마주하자며 마음을 다잡았다. 길에서 그녀와 비슷한 모습을 한 여자만 발견해도 심장이 뛰었다. 무채색의 단정한 옷차림, 긴 생머리, 한쪽 볼에만 들어가던 보조개, 짧게 다듬은 단정한 손톱, 요리를 업으로 삼은 탓에 투박하지만 고운 손……. 그녀와 비슷한 구석이 하나라도 보이면 혹시나, 하는 마음에 시선이 갔다.

하지만 그 어디에도 그녀는 없었다. 의미 없는 집착은 사람을 더욱 공허하게 만들었다. 찾으려 할수록 존재의 부재가 느껴져서, 채우려 할수록 비워졌다.

살기 위해 죽도록 일에 매달렸다. 누군가의 목숨을 대신하여 사는 삶을 다른 이의 삶을 구하는 것으로 속죄하고 싶었는지도 모른다.

그녀와 살던 아파트에 다시 들어간 것은 이혼 4년째 되던 해였다. 차마 발을 들여놓을 수가 없었다. 그녀는 이 집에서 아무것도 챙겨 가지 않은 채로 떠났다. 할머니의 유품만을 김 변호사를 통해 전달했을 뿐이다.

유품을 챙기기 위해 이 집에 들렀던 게 마지막이었다. 온 집 안의 창문을 열고 환기를 했다. 물티슈를 뽑아서 먼지를 닦아 내고, 바닥을 청소하고, 걸레질을 했다. 그동안 사람이 살지 않았던 공간이었다는 사실이 무색하리만큼, 집 안은 그대로였다.

침실 드레스 룸을 열었을 때, 유준은 숨 쉬는 것을 잠시 멈추었다. 눈가가 따끔거리고 물기가 고였다. 오랜 시간이 지났음에도 드레스룸에서 그녀의 향기가 느껴졌다. 마치 이 집 안에 살고 있을 것처럼 생생한 향기에 유준은 그대로 주저앉았다.

울음을 토해 내고, 가슴을 두드렸다. 최선이 없어서, 차악을 선택했던 세월이 원망스러웠다. 재희가 아이를 가졌다고 했을 때, 담갈색 눈동자가 텅 비어 가던 모습이 선연했다. 그때로 시간을 되돌리고 싶었다.

품에 안고 절대 그런 일은 없다며, 몸과 마음에 새겨진 여자는 네가 유일하다고 말해 주고 싶었다. 현기증이 일고 코가 꽉 막힐 때까지 울음을 토해 내다 자리에서 일어났다. 드레스룸 안의 먼지를 털어 내고, 바닥을 걸레로 닦았다.

그녀의 향기가 달아나지 않도록 조심스럽게 문을 닫았다. 곧 그녀가 돌아와 이곳에서 생활할 것처럼, 그녀가 곁에 있던 상태 그대로 집 안을 유지하는 데 힘썼다.

"어제 블라인드 내리는 거 또 깜빡했나 보네. 리모컨 어디 있지?"

정신이 번쩍 들었다. 잠결에 자신도 모르게 곁에 없는 그녀에게 말을 걸고 있었다. 새벽녘 침대에서 몸을 일으킨 유준은 식은땀이 주르륵 배어 난 이마를 짚었다. 미쳐 가고 있는 게 느껴졌다. 아니, 이미 미쳤다는 생각이 들었다.

핏줄에 집착했던 조부의 피를 이어받은 탓인가? 곁에 없는 그녀에게 이토록 집착하고 있다는 사실에 무력감이 밀려왔다.

그녀의 물건을 정리하자고 마음먹었다. 드레스룸 안으로 들어서서 그녀의 가방을 집어 들었다. 가방 안이 묵직했다. 안을 열어 보니, 화장품 파우치와 에세이 한 권이 들어 있었다. 그녀가 읽던 에세이를 펼치자 안에서 연극 표 두 장이 툭 떨어졌다.

마지막으로 함께 보았던 대학로 연극이었다. 그날 그녀가 얼마나 즐겁게 웃었는지, 팔짱을 끼고 걸을 때 얼마나 좋아했었는지, 그런 그녀의 관자놀이에 입을 맞추며 어떤 행복을 다짐했었는지를 떠올리자 버릴 수가 없었다.

삶의 가장 큰 아픔이 그녀를 잃은 것이라면, 살아오면서 겪은 모든 행복도 그녀와 함께한 기억뿐이었다.

이혼 5년째 되는 해, 안식년에 들어갔다. 이대로 병원 일을 볼 수가 없었다. 겉으론 멀쩡했지만 속은 곪을 대로 곪아 있다는 것을 스스로 인식했다. 이 상태로 환자와 학생들 앞에 서는 것은 기만이었다.

추웠다. 마음이 차갑게 얼어붙어서 온몸이 바르르 떨리는 듯한 착각이 일었다. 무작정 따뜻한 곳으로 가고 싶었다. 아직 코마 상태를 이어 가고 있는 어머니를 두고 멀리 떠날 수는 없기에 제주로 향했다. 오랜 시간을 머무를 생각은 아니었는데, 머무를 수밖에 없는 이유가 생겼다.

꿈결처럼 눈앞에 나타난 여자 옆에 자신과 똑 닮은 아이도 있었다. 현명한 그녀는 이성적으로 대처하려 노력하는 듯 보였다. 심장이 내달렸다.

모든 것을 다 설명할 기회가 올까?

기회를 얻으면, 다 털어놓을 수는 있을까?

더 큰 상처를 주게 되는 것은 아닐까?

반응을 보였다는 연락을 받고 병원에 도착했을 때는 늦은 저녁이었다. 어머니의 병실에 들어서자 평소 좋아하셨던 백작약이 창가에 놓여 있었다. 꽃을 마주하자, 오후에 꽃바구니를 들고 끙끙거리던 그녀의 모습이 떠올라 웃음이 났다.

“어머니. 다인이 찾았어요.”

천장을 향해 있는 어머니의 눈꺼풀이 느릿하게 움직였다. 허공을 올려다보는 어머니의 시선은 멍했다. 정신이 돌아온 건지, 아니면 그저 잠시 눈을 뜬 것인지 알 수 없었다. 그래도 사고를 겪은 지 4년 만에 보이는 가장 큰 반응이었다.

의료진의 입장에서 볼 때 긍정적이라고 볼 수도 있었다. 아들 된 마음으로는 더더욱 긍정적인 방향이기를 바랐다.

“듣고 계시죠? 다인이 찾았어요. 아직 사과는 못했어요. 다인이 성격 아시잖아요. 그리고.”

말을 이으려는데, 유준이 왔다는 소식을 듣고 아버지가 병실로 찾아오셨다. 아버지는 시간이 날 때마다 어머니의 병실에 들러서 상태를 살폈다.

“여보, 유준이 왔어요. 당신이 지키라던 아들.”

오랜만에 들른 원장실에서, 그제야 어머니가 아버지에게 마지막으로 남겼다는 말을 들을 수 있었다.

「우리 유준이. 애까지 잃을 수는 없어요, 여보. 당신이 지켜요. 무슨 일이 있어도 지켜요.」

조부와 함께 차에 올라타기 전, 마지막 통화였다고 한다. 어머니께서 무슨 심정으로 그런 말씀을 하셨을지 감히 헤아릴 수도 없어서 가슴이 미어졌다.

"언젠가는 사죄할 날이 오겠지."

안타까운 간절함, 부자의 삶이 이토록 닮을 수 있다는 사실에 한숨이 흘러나왔다.

"아버지."

조심스럽게 입을 열었다. 아버지는 무슨 할 말이 있느냐는 눈빛으로 유준을 바라보았다.

"이제 제가 살고 싶은 대로 살아도 될까요?"

이미 안식년에 들어간 유준이었다. 그런데 마주한 아들의 눈빛에서는 이제껏 볼 수 없었던 생기가 느껴졌다. 강 원장은 조심스러운 목소리를 냈다.

"혹시, 새아기 찾았니?"

어깻숨을 한 번 내쉰 유준은 조금 뜸을 들이고는 입을 열었다.

"찾았어요."

강 원장은 그저 고개만 끄덕거렸다. 그동안 아들이 서서히 무너져 가는 모습을 곁에서 지켜볼 수밖에 없었다. 새아기가 아들에게 어떤 의미였는지 모르는 바가 아니었다. 지난날, 자신도 끔찍하도록 무기력하게 보냈던 시간이 있었기에 아들의 심정을 더욱 잘 이해할 수 있었다.

"당분간 제주에서 지낼 거예요. 무슨 일 생기면 바로 연락 주세요. 올라올게요."

"그래, 잘 다녀오려무나."

지키기를 바랐다. 아들만큼은 행복한 삶을 영위하기를 바랐다. 유준이 원장실을 나선 뒤, 강 원장은 다시 아내가 누워 있는 병실을 찾았다. 아내는 새하얀 병실 천장을 올려다보며 두 눈을 깜빡거리고 있었다.

그동안 강 원장이 마냥 불행한 삶을 살았던 것은 아니었다. 헌신적인 사랑을 몸소 보여 준 아내가 있었기에 버틸 수 있었고, 죄스럽게도 행복할 수 있었다.

"여보. 이제 일어나야지."

강 원장은 다정한 손길로 아내의 뺨을 어루만졌다. 아내는 특별한 반응 없이 천장을 응시하고 있었지만, 분명 듣고 있다고 확신했다.

"당신 일어나면 병원 그만둘 거예요. 우리 같이 좋은 데만 다니면서 삽시다."

부친이 절명한 뒤, 이사장 선출을 위한 이사회가 열렸다. 당연한 수순으로 강 원장이 차기 이사장 자리에 거론되었지만 고사했다. 한국대 재단 경영은 전문 경영인이 맡게 되었다. 앞으로도 재단 경영에 관여하지 않겠다는 게 재단 창립자의 손자인 강 원장의 뜻이었다.

강 원장은 오로지 아내의 곁을 지키기 위해 병원에 남았다. 병원에 근무하는 동안에는 하루에 한 번이라도 더 아내를 들여다볼 수 있기에 남아 있는 것이었다.

"내가 병원에 더 오래 남아 있길 바라는 거요? 인제 그만 털고 일어나요. 나, 아주 심심해. 유준이 왔다 간 거 봤지요? 새아기 찾았다고 하네요. 제주에 있대요. 금방 또 공항으로 달려갔어요."

아내는 유준보다 새아기에게 더 각별했다. 자신의 어두웠던 시집살이를 새아기를 통해 복기하고, 그 아이를 통해 인생을 반추하며 삶을 투영하는 듯했다. 그래서 새아기의 행복을 간절히 바랐다. 그러면 자신도 행복한 사람이 되는 것처럼.

새아기와 아들이 얼마나 애틋했는지 잘 안다며, 두 사람만큼은 행복했으면 좋겠다는 말을 입에 달고 살았다.

부친이 저지른 악행을 밝히기 위해 아내가 백방으로 뛰어다녔다는 것은 알고 있었다. 하지만 비겁하게도 섣불리 나설 수가 없었다. 자신이 나서면 부친은 더 위험한 일을 벌이리라는 것을 알기에 두려웠다.

그러다 아내가 스스로 몸을 던지리라고는 생각지도 못했다. 두렵게 피하기만 했던 나약한 자신이 원망스러웠다. 아무것도 지켜 내지 못했다는 무기력이 또 한 번 밀려들었다. 불안한 마음에 유준을 붙들었다.

너만은 내 아들이어야 한다고.

너만은 이 사람의 곁을 함께 지켜야 한다고.

부친이 세상을 떴는데도 크게 달라지는 건 없었다. 아들은 혼자서 곪아 버렸고, 아내는 자리를 보전했다.

기적처럼 아내가 반응을 보임과 동시에 아들이 눈빛에도 생기가 돌았다.

새아가.

강 원장은 기도하듯 읊조려 보았다.

살갑거나, 다정하게 대했던 적이 없었다. 어쩌면 애정으로 결혼한 아들 내외에 대한 아둔한 시기심에서 비롯된 무정함이었는지도 모른다. 그러다 아들이 재희를 데리고 집에 왔을 때, 며느리의 얼굴에서 지금 곁을 지키고 있는 아내 한희의 얼굴이 보였다.

뒤통수를 얻어맞은 듯 얼얼했다. 아내가 새아기를 왜 그렇게 애틋하게 여겼는지, 그제야 알 수 있었다.

죽은 해리와 헌신적으로 곁을 지키는 한희.

두 사람의 얼굴을 하고 있는, 모든 이의 아픔을 한 몸으로 겪고 있는 이가 안타까웠다.

새아가, 용서해다오. 우리 불쌍한 유준이 용서해다오.

기도하듯 간절히 바랐다. 두 사람의 인연이 다시 이어지기를.

서울에서 하룻밤 정도는 보낼 수도 있었지만, 마음이 허락하지 않았다. 유준이 마지막 비행기를 타고 제주에 도착했을 때, 하늘은 이미 검게 물들어 있었다. 미리 렌트한 차를 픽업해서 곧장 서귀포로 향했다.

생각해 보니 종일 먹은 것이라고는 그녀가 서빙해 준 커민 빵과 커피가 전부였다. 그런데도 허기가 느껴지질 않았다. 텅 비어 있던 마음이 그녀로 인해 채워지기 시작하면서 제대로 먹지도, 자지도 못했는데 힘이 넘쳤다. 이전의 무력감은 존재하지 않았던 것처럼 사라졌다.

그녀의 카페가 자리한 대포항 근처에 다다랐을 때는 밤 11시가 가까워져 있었다. 유준은 무작정 카페 안으로 들어섰다.

"어서 오세요."

오전에 보았던 홀 매니저도 퇴근했는지, 다른 사람이 바를 지키고 있었다. 그녀의 모습도 역시 보이지 않았다.

"혹시 사장님은 들어갔습니까?"

"네, 저희 사장님은 내일 오전에나 나오실 텐데요."

바를 지키고 있는 직원은 무슨 일인지 묻는 듯한 얼굴로 유준을 바라보았다.

"아보카도 연어 샌드위치 하나랑 딸기 라테 포장해 주세요."

주문을 받은 직원은 생긋 웃으며 잠시만 기다려 달라고 했다. 당장 눈에 보이지는 않지만, 가까운 곳에 그녀가 있다고 생각하자 안도감이 밀려들었다. 그녀의 손길이 곳곳에 묻어 있을 카페 안을 한번 둘러보았다. 비현실적으로 아름답게 느껴지는 공간, 그녀의 감각이 고스란히 전해졌다.

"주문하신 샌드위치 나왔습니다."

직원은 유준에게 정갈하게 포장된 종이봉투와 음료 컵을 내밀었다. 포장한 음식을 들고 카페 밖으로 나와 차에 올랐다. 그저 그녀가 머무르고 있을 공간을 바라보며 샌드위치만 먹고 호텔로 돌아갈 생각이었다.

그런데 발길이 떨어지질 않았다. 새벽 1시쯤 카페가 문을 닫고 나서 한참이 지나도록 유준은 차에 시동을 걸 수가 없었다. 지금 당장 호텔로 간다고 해서 그녀가 사라지는 것도 아닌데, 그녀의 곁을 떠나고 싶지 않다는 고집스러운 마음이 좀처럼 사그라지지 않았다.

사위는 죽은 듯이 어두웠다. 멀리서 파도치는 소리만이 잔잔히 들려올 뿐이었다. 검게 그늘진 공간을 바라보고 있는데, 무언가 움직이는 게 눈에 들어왔다.

그녀의 집은 카페 울타리 안에 있었다. 경보 시스템이 작동하는 공간이었지만, 지나치게 트인 공간이라는 생각이 들기도 했었다. 불안이 엄습했다. 유준은 얼른 차에서 내려 인영이 나타난 곳으로 걸음을 옮겼다.

"응, 괜찮아. 신오야. 엄마랑 얼른 병원 가자. 우리 애기. 괜찮아."

걱정스러운 그녀의 목소리가 카페 마당을 아스라이 울리는가 싶더니, 신오를 업은 그녀의 모습이 드러났다. 동시에 그녀도 유준을 발견하고는 놀란 표정을 지었다.

"왜, 신오 아파?"

유준은 빠른 걸음으로 그녀에게 다가갔다. 그녀의 표정이 잔뜩 굳어 있었다. 신오는 축 늘어진 채로 그녀의 등에 업혀서 고개도 들지 못했다.

"어디가 아픈데?"

아이의 머리를 만져 보니 열이 심했다. 그녀는 지체할 틈이 없다는 듯이 걸음을 옮겼다.

"해열제 교차 투여했는데도 열이 안 내려."

그녀의 목소리가 미세하게 떨리는 게 느껴졌다. 다시 만난 이후로 내내 강인한 모습만을 보여 주던 그녀였다.

"이리 줘, 내가 안을게."

마른 몸이 곧 쓰러질 것만 같아서 신오를 얼른 안아 들었다. 황망한 표정을 짓고 있는 그녀를 데리고, 주차장으로 걸음을 옮겼다. 차 문에 손을 대었다가 뗀 그녀는 한숨을 몰아쉬며 이마를 짚었다.

"내 정신 좀 봐. 차 키도 안 들고 왔네."

"내 차로 가자."

유준은 렌트한 차 뒷좌석에 그녀와 신오를 태운 뒤, 운전석에 앉았다.

"엄마?"

"응. 엄마 여기 있어."

그녀는 비몽사몽간에 엄마를 찾는 신오를 보듬었다. 신오는 색색거리는 숨소리를 내며 그녀의 품에 안겨 있었다.

"언제부터 열이 난 거야?"

"저녁 먹고 나서부터."

서귀포에서 대학병원 응급실까지는 시간이 꽤 걸렸다. 가는 내내 차 안에서는 신오의 거친 숨소리만 울렸다.

독감 검사가 진행되었으나, 다행히 목감기라는 진단이 내려졌다. 열을 내리기 위해서는 수액을 처방해야 한다는 의사의 말에 그녀가 안도의 한숨을 내쉰 것도 잠시, 아이의 가느다란 팔목에 주삿바늘이 꽂히자 자지러지는 울음이 응급실 안을 울렸다.

"괜찮아. 신오야. 괜찮아."

아이를 달래는 그녀는 유준이 곁에 있다는 사실도 잊은 듯했다. 수액을 모두 맞고 나서 잠이 든 아이를 데리고 그녀의 집으로 향했다.

그녀는 안방 침대에 아이를 눕히고는 거실로 나왔다. 얼굴에 피로한 기색이 역력했다. 그 시간에 왜 카페 주차장에 있었는지, 옥신각신할 기운도 없어 보였다. 깊은 한숨을 한 번 내쉰 그녀는 모든 게 버겁다는 얼굴이었다. 아이가 아픈 상황이 그녀를 혼란스럽게 만든 듯했다.

그동안 그녀가 이와 비슷한 상황을 무수히 혼자 겪었을 거라고 여기자 죄스러운 마음에 발걸음이 떨어지지 않았다. 아침에 아이가 괜찮은지만 확인하고 돌아가겠다고 애원이라도 하려고 했다.

"이불 갖다줄게."

그녀의 목소리가 적막한 공간을 조용히 울렸다. 방으로 들어간 그녀는 차렵이불 한 채와 베개를 들고 거실로 나왔다.

"이야기는 내일 하자."

그녀는 시선조차 마주치지 않고 이불과 베개를 건네고는 돌아섰다. 유준은 쓰러질 듯 힘겹게 침실로 향하는 그녀의 뒷모습을 가만히 바라보았다.

"오늘."

멀지 않은 곳에 있는 침실 문 앞에 멈춰 선 그녀의 목소리가 어두운 거실을 조용히 울렸다,

"고마웠어."

이보다 더한 상황도 함께해야 했던 부부였다. 자식이 아프면 당연히 돌봐야 하는 부모였다. 그녀의 고맙다는 말이 가슴에 긴 선을 긋는 듯 아파 왔다.

"고맙기는."

자조하듯 가라앉은 목소리가 흘러나왔다. 그녀는 대답을 들은 건지 못

들은 건지 그대로 방 안으로 들어갔다. 유준은 소파 위에 그녀가 준 베개를 베고 누웠다. 보드라운 차렵이불을 덮자, 은은한 꽃향기가 느껴졌다.

그녀와 신오에게서 나는 향기와 같은 향인 듯했다. 섬유유연제 향인가, 생각하며 눈을 감았다. 멀리서 한숨 같은 파도 소리가 들려왔다. 구름에 휩싸인 달빛은 바다를 비추지 못하고 어둡기만 했다.


요 며칠 육체적으로 피로한 날들을 보내기는 했다. 마음이 추워서 도망치듯 제주로 내려왔고, 그녀와 재회했으며, 아이의 존재를 알게 되었고, 어머니가 반응을 보였다는 소식에 서울에 갔다가 다시 내려왔다.

그래도 그녀의 소파 위에서 완전히 숙면을 취하게 될 거라고는 생각지 못했다. 분명 파도 소리를 들으며 동이 터 올 때까지 상념에 젖어 있었던 것 같은데, 이상한 감각에 소스라치게 놀라서 눈을 떴다.

벌레 같은 무언가가 꼬물꼬물 움직이며 얼굴 위를 기어 다니고 있었다. 어슴푸레 눈을 뜨자, 작은 손이 보였다. 눈이 마주치자 아이가 놀란 듯 얼른 손을 뒤로 뺐다.

"신오 일어났어?"

유준의 살가운 물음에 아이는 천천히 고개를 끄덕거렸다. 얼굴을 기어 다니던 간지러운 느낌은 아이의 손길이었나 보다. 유준은 마른세수를 한번 하고는 소파에 몸을 일으켜 앉았다. 그러고는 미소 띤 얼굴로 담갈색 눈동자를 들여다보았다.

아이는 쭈뼛거리며 유준을 흘끗거렸다. 딴청을 피우는 척 시선을 돌렸다가, 이내 유준에게 시선을 맞춰 왔다. 유준은 아이의 반듯한 이마에 손을 가져다 댔다.

"이제 열은 안 나네."

"의사예요?"

아이의 물음에 유준은 눈썹을 치뜨며 바라보았다.

"왜? 열 내렸다고 해서?"

"아니요. 병원에서."

열이 심해서 몸도 제대로 가누지 못하던 아이가 새벽에 있었던 일을 기억하고 있는 듯했다.

"병원에서?"

다정한 음성으로 되물었다.

"다른 의사랑 이야기하는 거 들었어요. 의사 맞아요?"

아이의 증상을 두고 나누었던 이야기를 들었다는 말 같았다.

"응, 의사야."

입술을 가늘게 말아 문 아이는 알겠다는 듯이 고개를 두어 번 끄덕이고는 이내 다시 입을 열었다.

"어디 고치는 의사예요?"

"마음."

"에이."

아이는 실망했다는 듯이 입술을 삐죽 내밀었다. 마음을 고치는 의사라니, 순 엉터리라는 표정이다.

"머리를 고치기도 하고."

아이는 담갈색 눈동자를 빛내며 유준을 바라보았다. 두 눈에는 참지 못할 호기심이 어려 있었다.

"나 배고파요."

시계를 보니 이제 아침 7시 반이었다.

"엄마는 주무셔?"

아이는 고개를 끄덕거렸다.

"엄마 깨우지 말고, 우리끼리 먹을까?"

아이가 환한 미소를 지으며 고개를 끄덕거렸다. 아이의 손을 잡고 부엌으로 가 보니, 인덕션 위에 올려진 냄비 안에 어젯밤에 끓인 것으로 보이는 죽이 있었다.

"죽 데워 줄까?"

손을 꼭 잡은 채로 곁에 서 있는 아이를 내려다보며 묻자, 동그란 머리를 세차게 내젓는다.

"죽 싫어요."

아이의 얼굴에 비장함마저 어려서 웃음이 났다. 고집스러운 표정을 짓는 모습이 어릴 적 그녀의 모습과 똑 닮았다.

"그럼?"

"나 초코볼 먹고 싶어요. 우유에 말아 먹는 거."

"초코 시리얼 같은 거? 어딨는데?"

유준이 싱크대를 가리키며 묻자 아이가 한숨을 폭 내쉬며 시무룩한 얼굴을 했다.

"집에 그거 없어요."

"신오는 지금 그거 먹고 싶고?"

아이가 기대감에 부푼 표정을 지으며 고개를 끄덕거렸다.

"그거 어디서 파는데?"

"편의점."

"이 근처에 편의점 있어?"

"가까워요. 나 어딘지 알아요. 유치원 차 타고 오면서 봤어요."

이제 다섯 살이 된 아이는 꽤 똘똘해 보였다.

"그럼, 얼른 다녀올게. 기다리고 있을래?"

아이는 잔뜩 실망한 얼굴로 물었다.

"같이 가면 안 돼요? 나 데리고 가면 안 돼요?"

가슴이 말도 못하게 벅차올랐다. 아직은 아빠라고 밝히지 못한 상황, 아들이 함께 가자고 조르는 얼굴이 사랑스러워서 코끝이 시릴 정도였다.

"가자, 같이."

"나 얼른 옷 입고요."

아이는 침실 맞은편에 있는 방으로 뛰어 들어갔다. 유준은 아이가 어떻게 옷을 찾아 입나 궁금해서 방으로 따라가 보았다. 아이는 서랍장에서 파란색 트레이닝복을 꺼내서 내복 위에 입고, 양말까지 야무지게 신은 뒤 점퍼를 들고나오며 배시시 웃었다.

"신오 혼자 옷 잘 입네."

"신오 잘하죠?"

칭찬을 바라는 얼굴이 말갛게 빛났다. 유준은 커다란 손으로 아이의 동그란 머리를 부드럽게 쓰다듬어 주었다. 아이가 기분 좋게 미소 지었다.

"엄마 더 자라고 하고, 얼른 가요."

아이는 유준의 손을 잡고 현관으로 가서는 신발을 집어 들었다. 그러고는 현관으로 나가지 않고, 거실 창에 붙은 유리문 쪽으로 향했다. 유준은 의아한 얼굴로 아이의 뒤를 따랐다.

"여기로 나가면 소리 안 나요. 저기는 삐비빅 소리 나요."

마치 도둑고양이라도 된 것처럼 발끝을 세우고 조심스럽게 움직이는 아이의 모습이 귀여웠다. 유준은 아이의 뒤를 조용히 따랐다.

아이의 말마따나 편의점은 카페에서 그리 멀지 않은 곳에 있었다. 편의점에 들어선 아이는 신이 나서 물었다.

"초코볼 말고 다른 것도 사도 돼요?"

"그럼."

오동통한 볼이 밀려 올라가며 환한 미소를 만들어 냈다. 아이는 편의점 이곳저곳을 두리번거리며 물건을 집어 댔다. 유준은 바구니를 들고 아이의 곁에 서서 물건을 받아 넣었다. 계산을 마치고 편의점을 나서자, 아이의 얼굴에 득의양양한 미소가 어려 있다.

"실은요."

"응."

"엄마가 초코볼 못 먹게 해요."

아이가 아랫입술을 삐죽거렸다.

"이거 먹고 들어갈까요?"

"내가 대신 혼날게. 집에 들어가서 먹자."

편의점을 누비며 온갖 물건을 다 사 놓고선, 이제 와서 겁먹은 얼굴을 하는 아이를 달래며 카페 마당을 들어섰을 때였다. 잠옷 차림에 신발도 제대로 신지 못한 그녀가 휴대전화를 들고 안절부절못하고 있었다.

"어? 엄마다."

신오가 겁먹은 목소리로 속삭였다. 작은 손이 유준의 바지를 움켜잡으며 뒤로 숨었을 때였다. 그녀가 이쪽을 향해 시선을 돌렸다. 하얗게 질린 얼굴에 눈물이 범벅이었다.

"신오야!"

그녀가 물에 잠긴 듯 먹먹한 목소리로 신오의 이름을 부르며 달려왔다. 정원석에 까이고, 새벽이슬에 젖은 잔디가 묻은 맨발이 엉망이었다. 그녀는 유준의 등 뒤에 선 아이를 낚아채듯 끌어안았다.

"신오야. 하아. 신오야."

연신 아이의 이름을 불러 대는 목소리가 젖어 있었다. 얇은 반팔 잠옷 원피스를 입고 있는 탓에 그녀의 살갗에 소름이 돋아났다. 재킷을 벗어서 그녀의 어깨에 얹어 주려 하자, 그녀가 매서운 눈으로 노려보았다.

앙다문 입술이 바르르 떨린다. 붉게 상기된 뺨을 타고 굵은 눈물이 흘러내렸다. 그녀는 신오를 의식한 듯 손등으로 얼른 눈물을 닦아 냈다. 품에 안고 있던 신오의 어깨를 잡아 거리를 벌리고는 아이의 얼굴을 들여다보며 묻는다.

"어디 갔었어?"

숨기려고 노력하는 듯 보였지만, 그녀의 목소리에 걱정이 뚝뚝 묻어났다.

"편의점."

"엄마한테 말하고 갔어야지!"

아이를 나무라는 목소리가 카페 마당을 날카롭게 울렸다.

"엄마 더 자라고……."

기어들어 가는 아이의 목소리에 울음기가 배어났다.

"내가 가자고 했어. 아침에 일어났는데, 신오도 일어나 있어서. 편의점 가려고 하는데, 신오가 알려 준다고 해서 같이 갔다 오는 길이야."

아이가 복잡한 눈빛으로 유준을 올려다보았다.

"일단 들어가자."

유준은 그녀의 어깨 위에 억지로 재킷을 올려 주었다. 여전히 그녀의 발은 맨발이었다.

"잠깐 기다려. 신발 가져다줄게."

"됐어."

그녀는 고집스러운 목소리로 일갈하고는 신오를 안아 들고 성큼성큼 앞서갔다. 그녀의 어깨 위에 아슬아슬하게 걸쳐 있던 재킷이 바닥으로 떨어졌다. 신오는 그녀의 목덜미를 끌어안은 채로 미안하다는 듯이 유준을 바라보았다.

유준은 아이를 안심시키기 위해 빙긋이 웃어 주었다. 아이가 그녀의 어깨에 얼굴을 묻었다. 엄마가 아닌 다른 어른에게 느껴지는 감정이 감격스러우면서도 동시에 혼란스러운 눈치였다.

집 안에 들어서자마자, 그녀는 욕실로 향했다. 샤워기로 대충 발을 씻고 나온 그녀는 편의점 봉투 안에 담긴 물건을 보고 한숨을 내쉬었다.

"정신오. 초코볼 먹고 싶었어?"

아들을 향해 묻는 다인의 목소리는 엄했다. 신오는 고개를 떨구고 대답하지 않았다.

잠에서 깼는데, 옆에 누워 있어야 할 신오가 보이지 않았다. 쥐 죽은 듯이 고요한 적막이 불길했다. 거실로 나와 보니 소파에서 잠들었던 그도 없었다.

그가 신오를 데리고 간 거라 확신했다. 다시는 신오를 볼 수 없을지도 모른다는 사실에 망연자실했다. 그를 집에서 재우는 게 아니었다며 자책했다. 새벽녘 열이 심하게 나는 아이를 업고 홀로 병원 응급실을 찾았던 일이 전에 없었던 것은 아니었다.

칠흑같이 어두운 밤을 뚫고 응급실에 도착해서, 아이를 대기용 의자에 눕히고, 홀로 원무과에 접수하고, 환우용 침대에 누운 아이를 두고 응급의료진의 설명을 듣고……. 오롯이 홀로 겪어야 했던 일이었다.

그런데 지난 새벽은 예전과 달랐다. 그는 의사답게 응급실에 있는 의료진들과 원활히 소통하며 다인은 오롯이 신오의 곁을 지킬 수 있게 해주었다. 혹시나 집으로 돌아와서 무슨 일이 또 생기면 어쩌나 겁이 나서, 그가 아침까지만이라도 함께해 주었으면 좋겠다는 나약함에 이불을 내주었다.

아침이 되어 텅 빈 집을 마주했을 때, 미쳤다는 생각이 들었다. 왜 자꾸 그 남자와 관련된 일에는 천치같이 구는 것인지 한심했다. 경찰에 실종 신고를 하고 세희에게 전화해서 횡설수설하고 있는데, 카페 마당을 걸어 들어오는 두 사람의 모습이 눈에 들어왔다.

사이좋은 부자의 모습으로 손을 꼭 잡고 걷는 모습을 마주하자, 흐르던 눈물이 거침없이 솟구쳤다. 왜 우리는 이토록 아픈 모습만을 마주해야 하는지, 속이 상해서 돌아 버릴 것만 같았다.

신오는 평소에 엄마가 사 주지 않는 젤리와 사탕, 초코볼을 편의점 봉투에 가득 채워 왔다. 가슴이 미어졌다. 편의점에서 파는 그깟 과자가 뭐라고, 심장이 욱신거렸다. 비빌 언덕을 본능적으로 알아본 것처럼 아이는 그에게 어리광을 부리고 있었다.

아빠가 있었다면…….

엄마가 혼을 내도, 아빠에게 가서 마음을 풀었겠지만 신오에게는 이제껏 그런 존재가 없었다. 세희가 아무리 잘해 준다고 한들 그저 엄마 친구일 뿐이었나 보다.

"내가 먹고 싶어서 산 거야. 편의점 가려고 했는데, 신오가 알려 준 거고."

신오가 대답을 내놓기 전에 그가 역성을 들며 끼어들었다. 그런데 신오가 고집스러운 목소리를 내기 시작했다.

"아니야. 내가 먹으려고 산 거야. 내가 먹고 싶다고, 사 달라고 졸랐어. 편의점도 내가 가자고 했어. 그러니까 미워하지 마."

"누굴? 신오를? 엄마, 신오 안 미워해. 엄마가 신오를 왜 미워해."

"아니, 신오 말고. 이……. 이……."

신오가 그를 바라보며 말을 이으려다가 이내 울음을 터뜨렸다.

다인은 얼른 아이를 안고서 다독여 주었다. 감당할 수 없는 감정을 떠안고 있는 아이의 울음소리가 가슴을 할퀴어 댔다. 서러운 소리가 거세어질수록 미안한 얼굴로 곁을 지키고 서 있는 남자가 미웠다.

끝까지 함께할 수도 없잖아.

애 아빠로, 온전한 가족으로 살 수도 없잖아.

"그만 가 줘."

가만히 속삭이자, 아이가 고개를 내저으며 울부짖었다.

"가지 마. 가지 말라고 해!"

대체 누군 줄 알고 가지 말라고 하는 건지. 몸부림을 치며 울어 젖히는 아이를 달래는 것도 버거웠다. 이렇게 떼를 부리며 울었던 적도 없는 아이였다. 옆에서 가만히 서 있던 그가 신오를 안으려 하자, 아이가 얼른 손을 뻗어 그의 목을 꽉 끌어안았다.

"가지 마요. 가지 마세요."

울음이 섞인 목소리를 들으며, 다인은 아랫입술을 꾹 깨물었다. 입안으로 비릿한 피 맛이 흘러들어 왔다.

"응, 안 갈게. 여기 있을게."

아이를 끌어안고 달래는 그를 노려보았다. 어쩌려고 이러는 거냐고 다그치듯 쏘아보았다.

"괜찮아. 어디 안 가. 여기 있을 거야."

그는 아이를 달래는 것처럼 말했지만, 다정한 눈빛은 다인을 향해 있었다. 마주하고 있던 시선을 돌려 버렸다.

신오가 울음을 그쳐 갈 때쯤, 경찰이 찾아왔다. 아이를 찾았다고 말했는데도 신고가 접수된 이상 무조건 출동해야 한다는 게 경찰의 설명이었다. 경찰이 찾아온 것을 보고 신오는 겁을 먹었는지 그의 곁에서 떨어질 줄을 몰랐다.

"카페 나가 봐야 하는 거 아냐? 오늘은 내가 신오 옆에 있을게."

불안해하는 신오를 위해서는 당장 그게 좋을 것 같았지만, 앞으로 어떻게 해야 하는지 막막했다. 우유에 초코볼을 잔뜩 말아 먹은 신오는 두 사람 사이에서 눈을 뾰족하게 뜨고 눈치를 보았다.

"신오, 들어가서 양치해."

"네!"

신오는 엄마 기분을 거스르지 말아야겠다고 생각했는지 얼른 욕실로 향했다. 다인은 아이가 욕실 안으로 들어간 것을 확인하고는 조용한 목소리를 냈다.

"어쩌려고 이래?"

새벽녘 도움이 필요했던 것은 자신이었다. 그의 도움이 고맙기는 했다. 그런데 뒤따르는 신오의 반응은 생각했던 것보다 훨씬 예민했다.

"아빠 노릇 하게 해 줘."

그가 애원하는 듯한 투로 말했다.

"신오 옆에 있을 수 있게……. 그리고 네 옆에도……."

"미쳤어? 지금 두 집 살림이라도 하겠다는 거야? 아빠 노릇? 그래, 아빠 자리까지는 막을 생각 없다고 했지만, 제발 신중해 줘. 아까 아침엔 날 깨웠어야지. 아니다. 내 잘못이야. 애가 일어난 줄도 모르고. 근데 뭐? 내 옆에 있어? 지금 제정신이야?"

"다인아. 있잖아."

그가 고개를 내저으며 말을 이으려는데 신오가 다가왔다.

"다 했어. 검사."

신오가 입을 크게 벌리고 입안 구석구석을 보라며 손가락 짓을 했다.

"잘했어."

다인은 이제야 감정이 환기된 듯 보이는 아이의 머리를 다정하게 쓰다듬어 주었다. 그는 아련한 눈빛으로 아이를 바라보았다. 아이는 장난감을 찾아오겠다며 놀이방 안으로 들어갔다. 아까 하던 이야기를 이으려는데, 초인종 소리가 들려왔다.

현관문을 열어 보니, 세희가 놀란 얼굴로 서 있었다.

"괜찮아? 신오는?"

경찰에 신고하기 전에 세희에게 전화해서 횡설수설했던 게 이제야 생각이 났다. 애 아빠가 애를 데려간 것 같다며 울었었다. 세희는 하얗게 질린 얼굴로 집 안으로 들어섰다.

"신오 찾았어."

마치 자기 아이를 찾은 것처럼 세희는 가슴을 쓸어내리며 한숨을 쉬었다.

"놀랐겠다."

다인은 쓴웃음을 한 번 머금었다. 놀란 정도가 아니었다. 아까는 정말 세상이 전부 무너져 내린 줄로만 알았다.

"그 사람은?"

세희가 묻는 말에 식탁에 앉아 있던 그가 모습을 드러냈다. 세희를 향해 정중하게 고개를 숙이며 인사를 했다. 세희도 말없이 고개를 살짝 숙이는 것으로 인사를 대신했다.

"신오, 내가 데리고 갈까?"

귓속말하듯 속삭이는 세희에게 대꾸한 것은 다인이 아닌 신오였다.

"신오 아파서 집에 있을 거야. 집에서 놀 거야."

"그럴래? 그럼, 이모도 신오 집에 있어야지."

"이모 집에 가."

"싫어! 신오도 맨날 이모 집에 와서 놀잖아. 오늘은 이모가 신오네 집에서 놀 거야."

신오가 불만스럽게 입을 삐죽거리는데도 아랑곳하지 않고 세희는 아이처럼 고집을 부렸다. 그러고는 다인에게 얼른 준비하고 카페에 나가 보라며 채근했다.

"걱정하지 마. 내가 여기 있을게. 카페 오픈하고, 한가하면 너도 들르면 되잖아. 응?"

애써 말하지 않아도 상황을 살펴 주는 세희가 고마워서 눈물이 날 것만 같았다.

"고마워."

"알면 됐어. 나 아침 못 먹었다. 카페에서 뭣 좀 보내 주든지."

"이모. 집에 초코볼 있어!"

"진짜? 엄마가 초코볼을 다 사 줬어?"

세희는 호들갑을 떨며 신오의 손을 붙잡고 부엌으로 향했다. 안쓰러운 얼굴을 한 소중한 친구. 애가 생긴 것도, 애가 태어난 것도, 애 아빠는 모른다고 했었다. 이제는 좋은 사람 만나서 행복해졌으면 좋겠다는 말을 하며 태현을 소개했는데, 친부로 보이는 남자가 나타났다.

5년 넘게 코빼기도 안 보였으면서 이제야 나타난 남자가 얄밉고 영 마음에 들지 않았다. 걱정스럽다는 얼굴을 하는 다인을 카페로 내쫓고 난 뒤, 세희는 소파에 앉아서 아이와 놀아 주는 남자를 유심히 관찰했다.

똘똘한 머리는 아빠를 닮았는지, 아이에게 설명해 주는 말이나 행동에서 지적 아우라가 넘쳐났다.

"뭐 하는 분이세요?"

더는 못 참겠어서 입을 열었다.

"의사래요."

대답은 신오가 대신해 주었다.

"아, 의사시구나."

개새끼. 의사나 되는 놈이, 제 새끼 가진 여자를 나 몰라라 해? 그런데 왜 이제야 찾아와서 지랄이야?

"무슨 과요?"

"마음."

이번에도 신오가 대신 대답해 주었다.

"정신과 의사예요?"

그는 고개를 살짝 끄떡이며 그렇다고 말했다.

정신과 의사나 되는 새끼가, 애를 그렇게 마음고생을 하게 해? 저거 제정신이야? 그러면서 뻔뻔하게 애 앞에 앉아 있는 꼬락서니하고는.

블록을 열심히 조립하던 신오가 졸기 시작했다. 평소 잠투정이 많은 아이인데 감기약을 먹은 탓인지 금세 잠이 들었다. 안방 침대 위에 아이를 눕혀 놓고 나오자 그가 거실에 널린 블록을 조용히 정리하고 있었다.

"신오 세상에 못 태어날 뻔했어요."

세희가 소파에 앉으며 건조한 목소리로 읊조렸다. 그는 블록 여러 개를 손에 쥔 채로 바닥에 앉아 소파 쪽을 바라보았다. 거실이 넓은 편이어서 남자와의 거리가 위협적으로 좁은 것도 아니었다. 대형 카펫 끝과 끝에 앉아 있는 거리 정도 되었다.

"제주 오자마자 카페 계약을 했대요. 첫 메뉴 선보이던 날, 긴장했는지 체한 것 같다고 하기에 병원에 데려갔는데 임신이라고 하더라고요. 집에 와서, 아 그땐 이 집 아니었어요. 여기 짓기 전이었으니까."

그는 무슨 말이든 듣겠다는 얼굴로 세희를 바라보고 있었다.

"아무튼, 병원에서 집으로 돌아와서 엉엉 울더라고요. 아이를 못 갖는 줄 알았대요."

남자의 표정이 미세하게 일그러졌다. 분노인지 서글픔인지 모를 감정이 서린 눈빛이 어두웠다.

"그런데 이제는 낳을 수도 없다고……. 애 지우러 가야 할 것 같은데, 같이 가 줄 수 있느냐고 묻더라고요."

잠시 침묵이 흘렀다. 그는 착잡한 표정으로 고개를 떨구었다.

"같이 갔어요. 아마 제주 시내에 있는 산부인과에는 다 전화해 봤을 거예요. 낙태가 불법인 나라니까 수술하는 병원 찾기도 쉽지 않았어요. 결국, 해 주겠다는 병원을 겨우 찾아서 갔죠. 아이는 절대 낳을 수 없다고 하면서도 내내 울더라고요. 그래서 이런 생각도 해 봤어요. 낳기만 해라, 내가 키울 테니."

그는 무슨 의미냐는 얼굴로 다시 세희를 바라보았다.

"내가 난임이거든요. 그래서 아이 없애는 게 그렇게 마음 아픈데…… 키울 수 없어서 그러는 거라면 내가 내 아이로 키우려고 했죠. 물론 이 말은 못했어요. 나한테도, 걔한테도 상처가 되는 말인데……. 그냥 내가 아이가 없어서 그런 생각까지 했다는 거고요. 그러니까 내가 하고 싶은 말은."

목이 멜 것 같아서 잠시 숨을 고르고는 말을 이었다.

"그렇게 해 주고 싶을 정도로 다인이가 힘들어했어요. 의사가 안 된다는데, 마취 주사 놓을 때까지 옆에 있겠다고 우겼어요. 긴장하지 말라고 손도 잡아 주고. 간호사가 따뜻하게 데운 파란 담요를 배에 덮어 줬는데도, 수술실이 추운지 바들바들 떨더라고요. 링거 바늘 팔뚝에 꽂고, 마취제 놓으려고 하는데. 못 하겠다고, 바늘 뽑고 수술실 박차고 나왔어요."

분위기가 무겁게 침잠했다.

"어렵게 낳아서 키운 아이예요. 키우는 동안에도 힘들었어요. 애 혼자 키우는 게 얼마나 힘든지 알아요? 내가 돕는다고 해도, 나는 그저 남이에요. 친정 엄마도 아니고, 남편도 아니고. 내가 아무리 도와도 나는 남이라고요. 그러니까 함부로 대할 생각하지 마요. 오늘 아침 같은 일, 없었으면 좋겠어요."

그는 마치 호되게 혼이 나는 사람처럼 가만히 있었다. 반박도 하지 않고 가만히 있는 모습에 더욱 기가 찼다.

"그리고 내가 얼마 전에 다인이한테 남자도 소개해 줬거든요. 5년 넘게 자기 애가 태어난 줄도 모르고 나 몰라라 했던 남자보다, 저는 그 남자가 더 낫다고 생각해요. 물론 내 생각만 그런 걸 수도 있지만, 다인이 곁에서 지켜본 바로 그쪽한테 믿음이 안 간다는 뜻이에요. 그쪽한테 의지할 수 있는 상황이었으면, 애를 혼자 낳아서 키우지는 않았겠죠."

말을 하면 할수록 화가 났다. 인제 와서 아프게 뒤흔드는 사람 때문에 속이 상했다. 아까 마주했던 다인의 얼굴은 말이 아니었다. 뻔뻔하게 아이의 장난감을 손에 쥐고 있는 남자는 아무 말도 없었다.

"무슨 말이라도 좀 해 보죠?"

그는 가만히 숙이고 있던 고개를 들어 세희를 바라보았다.

"미안합니다. 그리고 고마워요."

심장이 뜨끔했다. 눈물을 흘리고 있는 것도 아닌데, 남자가 울고 있는 것처럼 보였다. 그간 다인이 아파하고 고통스러워했던 것만큼, 남자도 아팠다는 얼굴이다. 무슨 일이 있었는지 물어야 하나 싶었지만, 그건 다인의 몫이었다.

두 사람이 대체 어떻게 엇갈린 건지, 사연을 알 수 없어서 한숨을 내쉬고 있는데 현관문이 열리는 소리가 들려왔다.

"신오 자?"

다인이 카페에서 점심거리를 싸 들고 온 듯했다.

"어, 잠든 지 좀 됐어. 이건 뭐야?"

"샌드위치랑 볶음밥."

손이 빠른 다인은 금세 식탁 위에 음식을 차리기 시작했다. 남자는 그 모습을 감격스럽다는 듯한 표정으로 바라보고 있었다. 다인을 바라보는 눈빛이 너무 애틋해서 괜히 시선을 피해 줘야 할 것 같은 생각마저 든다.

"같이 먹고 갈 거지?"

세희가 서둘러 자리를 뜨려는 다인을 붙잡았다.

"아니, 카페 바빠."

"그래도 같이 좀만 먹고 가."

"가 봐야 해. 오늘 윤서가 아파서 못 나왔어. 홀이 엉망이야."

지난밤 아픈 아이를 데리고 응급실에 다녀오느라 잠을 설친 탓인지, 다인의 얼굴이 해쓱했다.

"이따 신오 깨면 나한테 전화 좀 해 줘. 열 내려도 소아과 외래 진료 꼭 보라고 어제 응급실에서 그랬거든."

"병원 내가 데리고 가면 좋은데, 나도 오후에 병원 가야 해서."

"괜찮아. 병원은 내가 가면 돼. 오후 몇 시에 가야 해?"

"2시쯤 갈 거야."

다인은 고개를 끄덕이며 알았다고 하고는 집을 나섰다. 그에게는 눈도 마주치지 않는 모습에 세희는 괜히 민망해졌다.

"항상."

그가 조심스러운 목소리를 냈다.

"이렇게 지냈습니까?"

"혼자 애 키우는 게 보통 일은 아니라고 했잖아요. 지금은 그래도 신오가 유치원이라도 나가니까 나아진 거지, 그 전에는 헬이었어요. 지금도 방학 때는 헬이고."

그는 어두운 얼굴로 가만히 고개를 끄덕일 뿐이다.

남자와 마주 앉아서 다인이 차려 준 음식을 먹었다. 그는 쉽사리 숟가락을 움직이지 못했고, 이따금 한숨을 내쉬기도 했다.

"음식 앞에서 한숨 쉬지 말라고 안 배웠어요?"

나무라는 말에 그가 한쪽 입꼬리를 올리며 웃었다. 웃는 얼굴이 신오와 똑같다.

"다인이 할머니께서 자주 하시던 말씀이네요."

"다인이 할머니요?"

세희가 조용히 되물었다. 친정 부모님도, 일가친척도 하나도 없다고 했다. 외갓집이 있기는 한데, 엄마가 돌아가시고 왕래가 없어서 누가 어디에 살고 있는지도 모른다고 했었다.

"할머니 손에 자랐어요. 나도 잠시 거기 있었고."

그는 거리낄 게 없다는 듯이 말했다. 그리고는 입술을 한 번 깨물었다가 이내 다시 입을 열었다.

"어떻게 하면 나를 용서해 줄까요?"

"용서해 달라고 말해 보기는 했고요? 다인이 카페 일에 똑 부러지긴 해도, 사람한테 독한 애는 아닌데."

유준은 그저 쓴웃음을 머금었다. 기회가 없었다. 그녀의 곁에는 아이가 있었고, 아이가 없으면 카페 일로 바빴다. 헤어진 뒤로 쭉 이렇게 여유 없는 생활을 해 왔을 거라고 생각하자 가슴이 답답해졌다.

식사를 마치고, 설거지하는 사이 신오가 일어났다. 신오는 유준이 아직 남아 있는 것을 보고 안도하는 얼굴이었다.

내가 누군 줄 알고 아이는 저렇게 사랑스러운 미소를 짓는 것일까?

가슴이 욱신거렸다. 아까 그녀가 새로 끓여 온 죽을 데워서 신오에게 먹였다.

"엄마 보러 갈래."

기운을 차린 신오가 카페에 나가고 싶다고 해서, 그녀의 친구에게 시선을 옮겼다. 아직 유준은 그녀의 휴대전화 번호조차 몰랐다.

"그래, 나가자."

아이가 카페에 나가는 것은 자연스러운 일이라는 듯이 그녀의 친구는 신오의 손을 잡고 집을 나섰다. 유준도 조용히 두 사람의 뒤를 따랐다.

카페에 다다랐을 때, 유준은 입구에서 멈칫했다. 매니저가 서 있던 자리에 어제 그 남자가 서서 계산을 대신해 주고 있었다.

"네, 또 오세요."

손님들에게 살갑게 인사를 건네는 그는 마치 카페가 제 것인 양 자연스러웠다.

"어? 태현 씨. 여기서 뭐 해요?"

그녀의 친구가 그에게 먼저 알은체를 했다.

"브런치 먹으러 왔는데, 매니저가 안 나왔다고 해서요."

"다인이가 도와 달래요?"

"아뇨. 알바비 달라고, 제가 한다고 우겼죠."

"다인이는요?"

그는 2층을 손가락으로 가리키며 대꾸했다.

"양조장에서 와서 미팅하고 있어요. 수제 맥주 팔 거래요, 이제."

그녀의 사업에 관해 이야기하는 남자의 얼굴에는 여유로운 미소가 자리했다.

"와, 태현 씨. 나보다 다인이 일을 더 잘 아네?"

두 사람이 떠드는 사이, 그녀가 2층에서 내려왔다. 양조장 사장으로 보이는 후덕하게 생긴 남자와 인사를 하고는 바 쪽으로 걸어오는 얼굴은 피로해 보였다. 당장 쓰러진다 해도 이상할 게 없을 정도로, 안색이 어두웠다.

"신오 왔네? 엄마랑 병원 가자."

"어? 네가 신오구나. 반가워. 나는 엄마 친구 태현, 여태현."

태현은 그제야 신오를 향해 인사를 건넸다. 처음 아이가 카페에 들어선 순간부터 인사를 건네고 싶었지만, 그녀가 있는 앞에서 해야 할 것 같아서 타이밍을 엿보고 있던 참이었다.

"안녕하세요?"

아이는 고개를 숙이며 공손하게 인사했다. 태현이 유쾌한 얼굴로 아이를 내려다보는데, 세희의 옆에 선 남자에게서 싸한 기운이 느껴졌다. 호텔에서 그녀를 불러 세웠던 남자가 이곳에 있는 것을 보고 조금 의아했었다. 그런데 아이를 마주하자 너무도 쉽게 의문이 풀려 버렸다. 아이와 남자는 의심할 여지 없이 닮은 얼굴이다.

태현은 쓰러질 것 같은 얼굴을 하고 있는 그녀에게 말을 건넸다.

"자, 내가 이만큼 팔았어요. 잘했죠?"

살갑게 웃으며 건넨 말에 그녀가 어이없다는 듯이 미간을 구겼다.

"무슨 소리예요? 이거 그냥 결제만 한 거면서."

"어? 나 없었으면 손님들이 어떻게 결제하고 나갔을까?"

장난스럽게 되묻자, 그녀가 못 말리겠다는 듯이 웃음을 터뜨렸다.

"얼른 병원 다녀와요. 여긴 내가 봐 줄게요."

"아녜요. 우리 직원이 보면 돼요. 태현 씨도 같이 나가요."

"왜요? 내가 카페 기밀이라도 빼낼까 봐 겁나요?"

"옆에 똑같은 거 차릴 생각인 거, 다 들켰어요."

장난에 장난으로 대꾸하는 그녀가 무척이나 귀여웠다. 하지만 그녀는 그저 편한 동성 친구를 대하는 듯 태현을 바라보는 느낌이다. 그리고 태현을 어디서 처음 봤는지도 전혀 기억 못하는 눈치였다.

억울하게 나만 기억하는 거야? 아, 이거 삐뚤어지고 싶네.

그녀가 가방을 챙기려 바 안으로 들어오려고 했다.

"나도 그냥 가야겠다."

태현은 우연히 그렇게 된 것처럼 좁은 통로로 잽싸게 끼어들었다. 그 바람에 두 사람이 아슬아슬하게 마주 보았다. 바 안으로 들어오려던 그녀가 뒤로 다시 빠지려 해서, 같은 방향으로 태현도 움직였다. 그러자 그녀는 다시 안으로 들어오려고 했고, 태현도 다시 안으로 몸을 집어넣었다.

두 사람이 묘하게 붙어선 상태에서 우왕좌왕했다. 뒤통수에 남자의 시선이 달라붙어서 몹시 당겼다.

"그만해요, 좀."

그녀가 웃으며 나무랐다. 텐션이 없는 얼굴이다. 그녀의 시선이 황급히 남자 쪽을 향했다가 다시 태현에게로 돌아왔다.

전남편을 숨겨 놓고 소개팅을 했을 리도 없고, 이런 상황에서 친구인 정진이 태현을 그녀에게 소개해 줬을 리도 만무했다. 그리고 그녀는 전남편을 예민하게 의식하면서도, 철저히 무시하는 듯한 태도를 보였다.

소개팅을 받았는데, 전남편과 극적으로 재회했다?

태현은 자신이 물러나야 할 타이밍인지, 아니면 더 들이대야 하는 건지 재 보기로 했다. 인간관계는 간결하게 맺는 편이다. 복잡해지는 건 딱 질색이다. 그래서 자신이 누군가에게 정착하는 게 어려운 건지도 모른다고 생각한다.

"잠깐 나랑 이야기 좀 할래요? 그 카드 말예요."

그래도 어디서 처음 만났는지는 말해 주고 싶었다. 깊이 알지 못하는 사람을 이토록 오래 기억하는 것도, 다시 마주치자마자 한눈에 알아본 것도 처음이었다고 말해 주고 싶었다. 이걸 말하지 않으면 나중에 두고두고 후회할 것 같다는 생각이 들었다.

물러서야 하는 거라면, 후회는 남기지 말아야지.

타이밍을 재야겠다고 생각해 놓고선, 태현은 이미 그녀의 마음이 다른 쪽으로 기울고 있음을 직감했다. 진정으로 호감이 가고 있는 게 어느 쪽인지 본능적으로 빨리 잡아내는 편인데. 그게 애석하게도 자신을 향해 있지는 않았다.

그녀는 알겠다며 고개를 끄덕이고는 태현을 따라 카페 마당으로 나왔다. 카페에서 그녀의 집으로 향하는 길목, 손님의 발길이 닿지 않는 곳으로 그녀를 이끌었다. 그녀는 초조해하지도 않는 얼굴이다.

"뭐 이렇게 긴장을 안 해요, 속상하게?"

그녀는 흠칫 놀란 얼굴로 태현을 올려다보았다. 속을 다 들킨 얼굴에는 미안함이 어려 있었다.

"우리 할아버지 여자 친구는 내가 따로 만들어 드렸어요."

그녀는 미간을 찌푸리며 무슨 귀신 씻나락 까먹는 소리를 하는 거냐는 표정을 지었다.

"할아버지 위암 수술하실 때, 다인 씨 처음 봤다고요."

"아, 그랬어요?"

어디서 봤는지 말을 해 줬는데도, 그녀는 전혀 기억을 못 하는 것 같았다. 이것만 말하고 좋은 친구 정도는 될 수 있지 않으냐고 물러서려고 했다. 그런데 괴롭히고 싶은 마음이 드는 건 왜일까? 쿨하게 물러서기로 했는데, 아쉽기는 되게 아쉬운가 보다.

"근데 왜 그렇게 미안한 얼굴이에요? 뭐 죄지었어요?"

그녀는 아랫입술을 깨물며 망설였다. 거짓말을 못 하는 정직한 성격이라는 것은 소개팅 자리에서 알아차렸다.

"저 남자, 신오 아빠죠?"

대답 없이 눈만 동그랗게 뜨고 어떻게 알았느냐는 표정을 짓는다.

"신오랑 똑같이 생겼던데, 뭐. 그래서 미안한 얼굴인 거예요? 전남편 숨겨 두고 소개팅 나왔다가 딱 걸려서?"

"아뇨. 그게 아니라."

"그럼, 전남편한테 복수하고 싶은 마음에, 나 이용하려고 했어요?"

그녀가 입을 꾹 다물어 버렸다. 머릿속이 뒤엉킨 표정이다. 이렇게 속을 쉽게 보이면서. 대체 누굴 이용하고, 누굴 속이겠다는 건지.

"진짠가 보네."

"미안해요."

"뭐 사과할 만큼 나 이용한 적 없으니까, 그렇게 미안한 얼굴 하지 마요. 이용하는 사람이 좀 어설펐어야지. 텐션이 하나도 없잖아요. 이럼 누가 오해를 해요?"

어이없는 웃음을 지으며 묻자, 그녀의 얼굴이 심각해진다.

"그랬어요?"

"그냥 내가 편하죠? 코드가 좀 맞는 것 같기는 한데, 막 두근거리진 않고."

그녀는 고심하듯 미간을 찌푸렸다. 이번에도 딱 들킨 얼굴이다.

"괜찮아요. 나도 막상 만나 보니까 그랬거든요. 막 두근거리진 않고."

말을 내뱉고 보니 진짜로 그런 것 같다. 그녀와 좋은 관계를 유지하고는 싶지만, 이성적 관심은 아니었나 보다.

"그럼, 우리 친구나 할까요? 어려울 때 가끔 도와주는 친구?"

빙그레 웃으면서 묻자 그녀가 어렴풋한 미소를 지으며 고개를 끄덕거렸다.

"지금은 그쪽을 내가 도와줘야 할 것 같은데."

그리 말하며 그녀의 곁으로 성큼 다가섰다. 카페를 나서면서부터 그녀의 전남편이라는 남자가 안절부절못하는 얼굴로 뒤를 따르고 있었다. 가까이 다가오지는 못하고 멀찍이서 이곳을 바라보고 있는 남자의 얼굴에는 수심이 가득했다.

"나 이용해 볼래요?"

## 9. 사랑에 빠진다면, 다시 이 남자와

"무슨 뜻이에요?"

질문을 던지는 그녀의 안색이 대번에 변했다. 내리깐 눈동자가 이리저리 움직였다. 뒤에서 누가 보고 있다고 이제야 의식한 듯하다.

무딘 것 같으면서도 눈치가 빨라서 사람 미치게 하는 재주가 있는 건가?

아니, 그녀는 마음을 내준 남자에게만 본능적으로 기민하게 구는 것 같았다. 태현에게는 그냥 관심이 없어서 무딘 것이고, 저 남자와 관련한 것에는 솜털 하나까지 곤두세우며 반응했다.

"내가 기꺼이 도화선이 되어 줄게요."

두 사람은 꼭 폭발할 것 같은 시한폭탄처럼 굴면서, 어디에 불을 붙여야 할지 모르는 어리숙한 병사 같은 모습이다. 이럴 땐 누군가 나서서 불만 붙여 주면 알아서들 활활 타올라 펑 하고 폭발해 버릴 것이다.

또 이런 관계에 불을 붙이는 것은 제삼자의 자극만 한 게 없지.

그녀는 대답을 내뱉지 못했다. 그녀에게 실례를 범할 생각은 없다. 그저 답답해서 못 봐 줄 지경인 두 사람을 그대로 뒀다가는, 옆에서 지켜보는 사람들이 병이 날 것 같아서 사이다 뚜껑을 열어 주고 싶은 거다.

태현이 그녀의 얼굴 쪽으로 고개를 내리려던 순간이었다.

"정다인."

다급히 그녀의 이름을 부르는 남자의 가라앉은 목소리가 들려왔다. 그녀가 발긋하게 달아오른 얼굴로 남자를 돌아보았다. 입술을 가까이 가져다 대도 미동조차 하지 않던 여자가 겨우 이름을 불렸다고 얼굴을 붉힌다.

태현은 한 걸음 뒤로 물러섰다. 남자가 무서운 속도로 다가왔다. 눈빛은 참담했고, 예리하게 굳는 턱 선에서 분노가 느껴졌다.

"실례하겠습니다."

남자는 이 와중에도 예의를 차렸다. 태현은 그저 남자를 향해 고개를 까딱할 뿐이었다. 그녀는 당황한 듯했지만, 이내 평정을 되찾은 듯 도도하게 턱 끝을 올려 남자를 바라보았다. 무슨 일이냐고 묻는 얼굴이 태연하다.

감정을 다 들켜 놓고도 뻔뻔하게 구는 그녀와 속을 다 내비치면서 예의를 차리는 남자를 바라보는데 하마터면 웃음이 터질 뻔했다. 미련한 사람들 같으니.

"잠깐 얘기 좀 해."

남자는 그녀를 바라보며 건조한 목소리를 냈지만, 눈동자에는 애원의 기색이 역력했다.

"무슨 일입니까?"

태현이 묻는 말에 그는 감정을 억누르듯 무감한 시선을 이쪽으로 옮겨 오며 대답했다.

"잠시면 됩니다."

만약 태현이 이 남자의 자리에 있었다면, 시비를 걸었을지도 모른다. 그런데 남자는 끝까지 태현에게 정중한 태도를 유지했다. 마치 그녀에게 미움받을 여지를 만들고 싶지 않다는 듯이.

소심한 것인지, 아니면…… 그녀를 지극히 아껴서 상처 줄까 두려워 조심스러운 것인지.

두 사람에게 무슨 사연이 있는지는 이제 태현의 소관이 아니었다.

"괜찮겠어요?"

그녀의 팔꿈치를 살짝 잡으며 우려스럽다는 듯이 물었다.

"미안해요, 태현 씨. 잠깐 자리 좀 비켜 줄래요?"

"그래요. 나중에 얘기해요. 무슨 일 있으면 나 부르고."

다인의 어깨를 다정한 손길로 토닥인 태현은 카페 쪽으로 걸음을 옮겼다. 다인은 서서히 멀어지는 뒷모습을 가만히 응시했다. 눈치가 빠르고 영민한 사람이라는 것은 알았지만, 자신을 이용했느냐고 물었을 때는 심장이 쪼그라드는 기분이었다.

이제껏 살면서 사람의 감정을 가볍게 치부하고 상처 주는 짓을 했던 적은 단 한 번도 없었다. 태현의 뒷모습이 완전히 사라지고 나자, 다인은 앞에 선 남자에게 시선을 옮겼다.

불편한 심기를 그대로 드러내고 있는 얼굴과 애틋한 눈빛이 아이러니하게 어울렸다.

한숨 같은 바람이 두 사람 곁을 지났다.

"할 얘기 있다며."

다인이 먼저 입을 열었다. 그는 태양이 높이 떠 있는 남쪽으로 고개를 한 번 돌렸다가 이내 다시 눈을 맞춰 왔다. 복잡한 상념이 어린 눈동자를 이제 제대로 마주해야 할 것 같다.

"따라와."

탁 트인 공간에서 아무렇지 않게 할 수 있는 이야기는 아닐 것이다. 그가 할 이야기가 가슴을 할퀴어 놓을 것만 같은 예감이 들었다. 다인은 되도록 자신에게 익숙한 공간에 기대고 싶었다.

현관에 들어서자 그가 긴 한숨을 토해 내며 입을 열었다.

"다인아."

신발도 벗지 못한 채로 뒤에 선 그를 돌아보았다. 그는 가라앉은 시선으로 다인을 내려다보고 있었다. 슬쩍 찌푸린 미간에 수심이 고였고, 높다란 콧등을 타고 고집스러운 침묵이 흘러내렸다.

이름을 부른 뒤로 꾹 다물고 있는 붉은 입술을 노려보았다. 지나치게 붉고 도톰한 입술과 얽혔던 감각이 되살아나서 다인은 눈을 꾹 감았다. 감은 눈꺼풀 안에 물기가 차올랐다. 복잡한 감정이 한순간에 치솟아 올랐다.

"제발, 나 좀 그만 괴롭혀."

바르르 떨리는 목소리가 흘러나왔다. 스스로 내뱉어 놓고도 생경할 만큼 겁에 질린 음성이었다. 그가 줄 상처가 두려웠다. 그리고 이제는 자신뿐 아니라, 신오에게도 상처가 될까 무서웠다.

그리고 애써 부정하려 했지만, 그와 동시에 끌렸다. 가라앉은 그의 목소리, 애틋한 눈빛, 홀리면 안 된다고 생각하면서도 그의 말과 몸짓 하나하나에 온 신경이 쏠려서 견딜 수가 없다. 수년 전 죽을 만큼 힘들게 했던 배덕이 제 속에서 움트는 듯해서 몸서리가 났다.

커다란 손이 오른쪽 뺨을 감쌌다. 그의 손길이 닿은 살갗 아래로 열기가 번져 갔다. 애가 탔다. 더욱 맞닿고 싶어서 갈증이 났다. 다인은 저도 모르게 그의 손바닥으로 얼굴을 기울였다. 뜨거운 손바닥과 뺨이 촘촘히 맞닿은 순간 그의 숨결이 입술 끝에서 느껴졌다.

입술이 맞물렸다. 혀끝과 혀뿌리가 맞닿았다. 거칠게 비벼지며 더운 숨이 새어 나왔다. 울음인지, 신음인지 모를 소리가 목에서 울렸다. 뺨에 닿았던 그의 손이 등허리를 끌어안았다. 등줄기를 타고 내려가는 손끝이 바르르 떨렸다.

단단한 품 안 가득 안겼다. 발뒤꿈치를 들어 올려 그의 목을 팔로 휘감았다. 온 혈관을 타고 심장이 뛰는 게 느껴졌다. 사고는 정지되고 감각만이 살아 있는 것처럼 몸이 달라붙었다. 그의 뜨거운 숨결이 뺨 위에서 부서졌다.

"으음."

신음이 울린 순간, 몸이 뒤로 쏠렸다. 등 뒤에 단단한 벽이 닿기 전에 그가 팔을 뻗어 벽을 짚었다. 차갑고 단단한 벽에 닿는 것을 막아 주었다는 생각에 목울대를 타고 울음기가 치솟았다.

가지면 안 되는 감정, 욕심이 지나치기 전에 그만두어야 했다.

다인은 가까스로 그의 목을 휘감고 있던 팔을 내려 그의 어깨를 밀어냈다. 입술이 떨어졌다. 언제부터 눈물이 흘러내렸는지도 알 수 없었다. 젖은 뺨을 그가 애틋한 손길로 쓸어 주었다.

"너밖에."

그의 숨결이 입술 위를 맴돌았다. 바르르 떨리는 손끝이 다인의 관자놀이를 천천히 쓸어내리며 흐트러진 머리카락을 귀 뒤로 넘겨 주었다. 심장이 죄였다.

"너밖에 없었어."

그의 목소리에서도 울음기가 배어났다. 죄인 심장이 그의 손아귀에 놓인 듯했다.

"거짓말이라도 듣기 좋다."

저도 모르게 진심이 튀어나왔다. 침울한 감정이 끝 간 데를 모르고 가라앉기 시작했다. 병원 주차장에서 그와 처음 키스를 나누었던 순간처럼, 서로를 알아보았노라고 말했던 그날처럼 애틋할 수만 있다면 얼마나 좋을까.

"거짓말 아니야, 다인아."

한숨 섞인 그의 목소리가 떨렸다. 그는 다인의 어깨에 이마를 기대며 강조하듯 읊조렸다.

"거짓말 아니야. 너밖에 없었어."

그의 어깨가 심하게 떨렸다. 그 파동이 심장까지 고스란히 전해졌다. 심상치 않은 분위기에 압도당해서 꼼짝도 할 수가 없다.

그리고 그에게서 믿을 수 없는 이야기가 흘러나왔다.

"다시는 못 볼 거라고 생각했어."

등허리를 끌어안은 단단한 팔에 힘이 들어갔다.

"찾고 싶었는데, 찾을 수가 없었어."

품 안으로 끌어당기는 손길은 절박했다. 최악을 피하려고 차악을 선택했다는 그의 말이 이명처럼 울렸다. 강 이사장이 집요한 인물인 것은 알았지만, 자신의 아이까지 앗아 갔을 거라고는 상상도 하지 못했다.

아이를 가져서 지켜 주고 싶다던 여자의 존재와 그 여자가 낳은 아이를 함께 키우고 싶다고 했던 잔인한 이별까지, 그 모든 게 거짓이었다는 그의 말이……. 거짓인지 진실인지 분간이 되지 않을 만큼 머릿속이 멍해졌다.

죽은 사람처럼 살았던 그의 친모의 모습이 눈앞을 스치고 지났다. 불행이 대를 이었다. 강 이사장은 중세 왕이라도 되는 양 핏줄과 가문에 대한 강박 장애와 인격 장애를 동시에 겪고 있었다고 했다.

"미안해."

그가 한숨을 토해 내며 사과했다. 현실감이 없었다. 멍하니 벌어진 입으로 그 어떤 말도 내뱉을 수 없었다. 힘없이 손을 들어 올려 그의 가슴을 밀어냈다. 그가 멀어지지 않으려 다인을 더욱 꽉 끌어안았다.

"그러지 마, 다인아."

처참하리만큼 절박한 애원이었다. 다인은 한 번 더 힘주어 그를 밀어냈다. 단단한 가슴에 안겨 있는 몸 위로 소름이 흘렀다.

"밀어내지 마, 응? 제발."

비명이라도 지르며 패악을 부리고 싶은데 그럴 기운조차 없었다.

차라리 그때 모든 걸 다 들었더라면 좋았을까, 그보다 더 나은 선택은 없었을까.

부질없는 가정인 줄 알면서도 다인은 그 시간을 혼란스럽게 더듬었다.

이별을 말할 때, 그의 눈빛이 어땠더라? 괴로워했던가? 아파했던가?

혼란스러워서 숨이 턱 막혀 왔다.

"놔줘."

간신히 말 한 마디를 내뱉었다. 그와 키스를 나눌 때만 해도 안타까움에 흘러나오던 눈물도 멎어 버렸다. 가슴속이 소란해지고, 머릿속이 복잡해질수록, 다인은 차갑게 식었다.

"신오 병원 가야 해. 놔줘."

제 귀에 들리는 목소리가 너무도 평범해서 소름이 돋아날 지경이다. 위력적인 분위기에 휩쓸린 그의 몸이 떨어져 나갔다. 다인이 그에 대해 잘 아는 만큼, 그도 다인에 대해 잘 알았다.

지금 당장에 결판이 날 문제가 아니라고 감지했을 것이다. 오랜 시간이 걸릴 거라고 예감한 듯 그가 짙게 한숨을 내쉬었다. 지나온 모든 순간에 대한 한탄이 어린 듯도 했고, 앞으로의 날에 대한 안도감이 어린 듯도 했다.

한탄이든, 안도든. 다인이 소화하기에는 지나치게 이른 감정이다.

다인은 그대로 현관문을 열고 집 밖으로 나왔다. 상쾌하게만 느껴졌던 바닷냄새가 폐부를 찌를 듯 치고 들어왔다. 갑자기 현기증이 일며 구역질이 났다. 카페에서 급하게 점심으로 먹었던 샌드위치를 전부 게워 냈다. 그가 다급히 다가오는 게 느껴졌다. 다인은 더는 다가오지 말라며 손을 뻗었다. 그가 멈칫했다. 손등으로 입을 가리며 몸을 일으켰다.

괜찮고 싶었다. 이제 괜찮아졌다고 생각했다. 지독한 아픔에 치를 떨었던 세월에 아무렇지 않아졌다고 생각했다.

그런데 무뎌지려고 노력했던 상처가 거짓이었다는 생각이 들자 억울해졌다.

정확히 무엇이 억울한지, 거짓 상처가 더 아픈 것인지, 아니면 지금의 그에게서 들은 이야기가 더 쓰라린 것인지. 혼란스러웠다.

"안 보고 싶어."

지금의 진심이다.

"다시는 안 봤으면 좋겠어."

울부짖은 순간, 카페와 집을 구분 짓기 위해 심어 놓은 회양목 사이로 들어서는 신오의 모습이 눈에 들어왔다.

회양목 높이가 신오의 키와 비슷했기에 아이가 다인의 목소리를 듣고 있었는지, 아니면 지금 막 나타난 것인지 알 수 없었다. 직감적으로 분위기가 심상치 않다고 느꼈는지 신오의 얼굴에 일순간 그늘이 졌다.

"신오야. 이제 병원 가자."

신오에게 손짓하며 걸음을 옮기려는데 현기증이 일며 눈앞 세상이 뒤집힐 듯했다. 그가 한달음에 다가와 다인의 팔을 붙들었다. 그의 손이 닿은 팔에 소름이 끼쳤다.

이 사람으로 인한 아픔을 극복하기 위해, 오로지 그것만을 위해 살아왔다고 해도 과언이 아니다. 마음속으로 나쁜 사람이라고 욕하며 스스로를 달랬었다. 그런데 그가 나쁜 사람이 아니었다고 한다.

이제 누굴 원망하며 살아야 하나? 죽은 그의 조부를, 강 이사장을?

부질없는 짓이었다. 세상 그 누구도 다인에게 상처를 입힐 수 있는 사람은 없었다. 오직 옆에 선 이 남자만이 다인을 아프게 할 수 있는 사람이었다. 유일하게 마음을 건넨 사람이었으니까.

그리워한 날도 있었지만, 그만큼 미워했기에 악착같이 살아왔다. 그런데 이제는 미워할 수도 없게 되었다.

차라리 그때 다 말해 줬더라면, 그랬더라면 어떻게 되었을까?

지옥 속에서라도 세 식구가 함께 살 수 있었을까?

다인은 겨우 손을 뻗어 신오의 머리를 쓰다듬었다. 머리를 쓰다듬을 때마다 기분이 좋아진다며 웃던 신오였다. 그런데 신오가 오로지 걱정만이 담긴 눈빛으로 올려다보고 있었다.

"엄마, 어디 아파?"

아이의 목소리에서 울음기가 배어났다. 곧 울음을 터뜨릴 것 같은 얼굴을 하고선, 눈물을 참겠다는 듯이 눈을 동그랗게 뜬다. 가슴이 미어졌다. 겨우 다섯 살밖에 되지 않은 아이도 세상에 기댈 사람은 둘밖에 없다고 생각하는 건지, 슬픔을 억누른다.

엄마가 아프면 자신에게 기대야 한다는 다부진 모습, 다른 이들은 기특하다고 여길지도 모른다. 하지만 다인은 그런 아이의 모습이 가장 아프다. 아이가 아이답게 크지 못하고, 작은 몸으로 일찍 어른이 되어 버리는 것이.

"다인아, 어디 아파?"

신오의 뒤로 세희의 모습이 나타났다. 세희는 신오의 손을 잡으며 걱정스러운 얼굴로 다인과 그를 번갈아 보았다. 그를 향한 시선에서는 힐난의 기색이 묻어났다.

"괜찮아. 잠깐 현기증이 나서. 병원 가자, 신오야."

다인이 신오의 손을 잡으려는 순간이었다. 신오가 세희의 손을 뿌리치고 그에게 다가가 다리를 끌어안듯 매달리며 말했다.

"병원 같이 가요, 네?"

순식간에 얼굴이 새하얗게 질려 버린 아이의 목소리에서 절박함이 묻어났다. 마치 공황 상태에 빠진 것처럼 아이의 손이 바르르 떨렸다. 그는 생각에 잠긴 표정으로 아이를 내려다보았다.

"바빠서 이제 가셔야 한대. 신오 이리 와."

"엄마가 가라고 했잖아! 엄마가 안 보고 싶다고 했잖아!"

신오가 엄마를 향해 적대감을 드러낸 것은 처음이었다. 참고 있던 눈물을 뚝뚝 흘리며 분노를 드러내는 아이가 낯설 정도다. 다인은 잠시 멍하니 신오를 바라보았다. 더는 상처 입히지 않으려 노력했건만, 아이는 이미 상처 입은 눈빛이었다.

"신오야."

흐릿한 목소리만이 흘러나왔다. 다인이 한 발짝 다가서려 하자, 신오가 그의 뒤로 숨어 버린다. 그러자 그가 다인에게 미안하다는 눈짓을 한번 보내고는 신오를 향해 몸을 돌렸다. 상체를 숙이고 아이와 눈높이를 맞춘 그는 차분한 목소리를 냈다.

"금방 올게, 신오야. 엄마랑 어서 병원 다녀와. 응?"

그는 아이의 머리를 가만히 쓰다듬어 주고, 젖은 볼을 닦아 주며 미소지었다. 그의 말에 아이의 울음이 천천히 멎었다. 그는 신오의 손을 잡고 다인의 앞까지 데려다주었다.

"병원까지 혼자 갈 수 있겠어?"

평범한 목소리를 내려 노력하는 듯 보였지만, 걱정이 뚝뚝 묻어났다.

"내가 같이 갈게요."

세희가 끼어들며 다인의 팔을 꼭 붙들었다. 다인은 세희를 바라보며 입 모양으로 고맙다고 전했다. 그러자 그가 한숨을 억누르듯 자잘하게 숨을 내뱉었다.

"그럼, 다시 올게."

언제가 됐건 오지 말라고 하고 싶었다. 오려거든 상처가 아물고 나서, 혹은 없었던 일처럼 잊을 수 있을 만큼 오랜 시간이 흐른 뒤에 오라고.

"또 보자, 신오야."

그는 신오에게 제법 밝은 목소리로 인사하고는 자리를 떴다. 가지 않겠다고 고집을 부리면 어쩌나 했는데, 신오가 불안한 모습을 보였던 게 그를 움직인 듯했다. 자신이 이곳에 계속 머물면 아이의 혼란을 가중할 거라 여겼을 것이다.

단, 또 보자는 말로 아이에게 희망을 품게 만든 그가 야속했다.

이제 나는 어떡해야 하지?

엄마는 강해야 한다는 프레임을 안고 살아왔다. 그런데 이제는 아이의 상처를 보듬는 게 버거울 정도로 무너져 내리고만 싶었다.

조해리, 아마도 그녀는 알았을 것이다. 매몰차게 돌아섰던 남자의 뒷모습이 진실이 아님을. 자신을 철저히 무시하고 다른 여자와 결혼해서 행복한 얼굴을 하는 남자의 표정이 거짓임을. 그래서 그렇게 무너져 내렸을 것이다.

진실과 거짓 사이에 놓여 그 무엇도 붙잡지 못하고 힘겹게 버텼을 것이다.

혹시 그도 다인을 그의 친모에게 투영하고 있는 것은 아닐까, 더 나아가 신오에게서 그의 어린 시절을 보고 있는 것은 아닐까, 하는 생각에 갑자기 가슴이 꽉 막혀 왔다. 그러면서 정신이 번쩍 들었다.

불행이 신오에게 손을 내미는 것은 막아야 했다. 그러려면 무너지지 말아야 하는 것은 엄마인 자신이다. 엄마는 강해야 한다는 프레임이 아니었다는 사실을 이제야 다시금 깨닫는다.

아이가 행복하길 바라는 모든 엄마의 지극히 보편적인 마음, 그것을 잃으면 부자가 똑같은 상처를 안고 살아가게 될 것이다.

"괜찮아?"

세희의 목소리가 아스라하게 울렸다.

"괜찮아."

예상치 못했던 신오의 반응에 잠시 흔들렸던 것뿐이라며, 다인은 스스로를 다독였다. 이제껏 그래 왔던 것처럼, 살아가면 된다. 그러면 되는 거다.

나와 아이의 행복을 위해서.


아이를 데리고 병원에 다녀와서는 카페에 들르지 않고 곧장 집으로 들어왔다. 늦은 오후에 출근하는 다른 홀 매니저에게 카페 마감을 맡겨 버렸다. 오늘은 그저 신오의 곁에서 쉬고 싶었다.

지난밤, 열이 나서 응급실에 다녀오느라 신오도 피곤했는지 금방 곯아떨어졌다. 다행히 목의 염증도 금방 가라앉았다.

약에 취해 잠든 아이의 동그란 이마에 조심스레 입을 맞추었다. 입술에 부드럽게 닿는 감촉과 아이에게서 나는 익숙한 향기에 마음에 놓인다. 잠든 아이의 가슴을 조심스레 끌어안고는, 아이의 품에 안기듯 어깨 근처에 이마를 기댔다.

아무것도 생각하고 싶지 않다. 오직 신오와 자신, 두 사람의 행복만을 바랄 뿐이다. 감은 눈 안에 그의 안쓰러운 모습이 선연했지만, 이내 수마가 밀려들었다.

아침에 눈을 떴을 때, 신오는 엄마도 깨우지 않고 거실에 앉아 블록 놀이를 하고 있었다. 그와 어제 낮에 갖고 놀았던 블록이었다. 조용한 공간에 홀로 앉아서 어제의 추억을 곱씹고 있는 것처럼 아이의 얼굴에는 미소가 고여 있었다.

"신오 일어났네? 엄마 깨우지."

블록을 가지고 놀던 아이가 흠칫 놀라며 고개를 들었다.

"배고파, 엄마."

입이 짧은 아이였다. 아침에는 더더욱 밥을 먹이는 게 어려웠다. 단것을 먹지 못하게 하고, 군것질을 막은 이유도 그 때문이었다. 그런데 아이가 배가 고프다며 눈을 동그랗게 뜬다.

"얼른 밥 줄게, 잠깐만."

다인은 얼른 있는 반찬을 꺼내고, 간단하게 계란국을 끓여서 아침 밥상을 차렸다. 마치 다른 사람의 입맛과 소화기관을 빌려 온 것처럼 아이는 밥 한 그릇을 순식간에 먹어 치웠다. 아프고 난 다음에는 어리광이 부쩍 늘어서 유치원에 가지 않겠다는 말을 종종 했었는데, 오늘은 시키지도 않았는데 양치질을 하고 나와 원복을 스스로 챙겨 입었다.

"신오 유치원 얼른 가고 싶어?"

다인의 물음에 아이는 웃는 얼굴로 고개를 끄덕거렸다. 유치원 셔틀 타는 것을 좋아하지 않아서 아침에 차로 유치원까지 데려다줘야 하는 일이 많았는데, 신오는 오늘따라 군말 없이 셔틀에 올랐다.

오늘 아침에 일어나 그를 찾으면 어쩌나 걱정했었다. 그런데 신오는 평소보다 훨씬 씩씩한 얼굴로 하루를 시작했다.

신오가 엄마보다 훨씬 낫네.

자고 일어나니 머리가 한결 가벼웠다. 어제는 잠도 설친 탓에 예민해진 감각이 생각을 제멋대로 좇았다. 부정적인 방향으로 뻗어 나가는 생각을 가눌 길이 없었는데, 또 다른 하루가 시작되자 어제 있었던 일이 거짓말처럼 느껴졌다.

카페에 나가서도 의욕적으로 일을 보았다. 오후에 제주 양조장에서 맥주 샘플을 가지고 오겠다는 연락을 해 왔다. 통화를 마치는데, 어제 양조장 사장과 미팅할 때 카페를 봐 주었던 태현이 떠올랐다.

고맙다는 말을 전해야 할 것 같았다. 오늘 당장에 연락을 하는 것은 너무 이른가 싶어서 망설이고 있을 때였다. 앞치마 주머니 속에 넣어 두었던 휴대전화가 바르르 진동했다. 화면에 떠 있는 번호는 신오의 유치원이다.

심박동이 가파르게 오르기 시작했다. 이 시간에 유치원에서 연락이 올리 없었다.

"네, 여보세요?"

— 신오 어머님?

인사조차 건네지 않고 상대를 확인하려 하는 신오 담임의 목소리가 바르르 떨렸다.

"네, 선생님. 안녕하세요?"

— 신오가…… 없어졌어요.

머릿속이 멍해졌다. 유치원에 멀쩡히 있던 아이가 왜 사라졌는지 이해할 수 없었다. 순간 그의 얼굴이 떠올랐다. 설마…….

"그게 무슨 말이에요? 신오가 없어지다니요? 유치원에 있어야 할 아이가 왜 없어요!"

아이가 안전하게 등교하고, 무사히 귀가하는 것은 당연히 지켜져야 할 일이다. 그런데 유치원에 간 아이가 사라졌다는 말이 믿기질 않았다.

— 일주일에 두 번 있는 숲 체험하는 날이라 나갔었는데요. 한눈을 판적도 없어요. 전부 선생님이 지키고 있었는데……. 죄송합니다. 신오 어머님. 저희가 경찰에 신고했고요. 주변 CCTV 확인할 거래요.

담임의 떨리는 목소리가 현실감이 없었다.

"어디로 가면 되죠?"

— 일단 댁에 계시면…….

"아이가 사라졌는데, 어떻게 집에 있어요!"

경찰서로 가야 하는지, 아니면 아이가 헤매고 있을 숲으로 가야 하는지 가늠할 수가 없었다.

누가 데리고 갔을까? 어디로, 왜, 어떻게 사라졌을까?

담임은 여러 군데 연락을 해야 한다며 전화를 끊었다. 통화를 마친 다인은 자신이 알고 있는 번호로 전화를 걸었다. 휴대전화에는 저장되어 있지 않지만, 머리로 기억하는 몇 안 되는 번호였다.

— 여보세요?

휴대전화 너머에서 그의 목소리가 들려왔다.

"신오, 혹시 당신이랑 있어?"

잠시 정적이 흘렀다.

제발, 차라리 당신이 데려갔다고 해 줘.


모르는 휴대 전화 번호로 걸려 온 전화를 받을까, 말까 고민했다. 휴대전화 너머에서 그녀의 목소리가 들려와서 반가웠던 것도 잠시.

"무슨 소릴 하는 거야? 신오한테 무슨 일 있어?"

그녀가 내뱉은 말에 몸속 장기가 전부 내려앉는 듯했다.

"무슨 일이냐고, 신오를 왜 나한테서 찾아?"

다급한 되물음이 흘러나왔다.

— 정말 같이 있는 거 아니야? 당신이 데려간 거 아냐?

"신오가 어디 있는 줄 알고 내가 데려와. 대체 무슨 말을 하는 거야, 지금."

— 끊어.

그녀는 가타부타 설명도 하지 않고 전화를 끊어 버렸다. 오후쯤 다시 카페로 찾아가려고 했었다. 안식년을 보내고 있었지만, 다시 병원과 학교로 돌아가고 싶지 않았다. 슬슬 정리해야 할 것 같아서 학교에 이메일을 보내던 중이었다.

유준은 노트북을 덮어 놓을 새도 없이 자리에서 일어났다. 대충 손에 잡히는 외투를 입고 호텔을 나섰다. 그녀의 카페로 향하는 내내 전화를 걸어 보았지만, 계속 통화 중이다. 카페에 다다랐을 때, 주차장 입구에는 임시 휴업이라는 푯말이 세워져 있었다.

카페 안으로 들어서자 사복 경찰로 보이는 사람과 그녀의 친구 내외 그리고 파리하게 굳은 얼굴의 그녀가 보였다. 사복 경찰과 이야기를 나누고 있는 사람은 어제 카페를 지켰던 여태현이라는 남자였다.

"등산복을 입은 사람이 신오를 데리고 택시에 탄 시각이 오전 11시 47분입니다."

시계를 보니 이제 오후 1시였다. 혀뿌리를 타고 들어가 내장까지 바짝 마르는 기분이다.

"택시는 어디로 이동했습니까?"

경찰에게 한 발짝 다가가며 물었다. 멍하니 창밖을 바라보고 있던 그녀의 시선이 유준에게 향했다. 텅 빈 눈동자에는 감정이 없었다. 이제 곧 무너져 내리려는 사람처럼 보였다. 어릴 적 보던 누군가의 눈동자를 마주하는 듯한 기시감에 소름이 끼쳤다.

"지금 추적 중입니다."

경찰의 대답에 속이 답답해졌다. 유준은 멍하니 앉아 있는 그녀의 곁으로 다가가 무릎을 굽히고 앉았다. 힘을 잃은 시선이 유준을 내려다보았다.

"찾을 거야. 걱정하지 마. 찾을 수 있어, 다인아."

그녀는 아무런 대꾸도 하지 못하고 유준을 내려다보았다. 가슴속에 뿌리 깊게 박혀 있던 존재에 대한 부정적인 감정이 고개를 쳐들려고 했다.

만약 자신이 태어나지 않았더라면, 그래도 친모가 그렇게 불행한 삶을 살다 갔을까 하는 생각을 했었다. 조부는 더 나은 핏줄을 갈구하며 무고한 생명을 보내지 않았을 것이고, 키워 주신 어머니도 그악한 선택을 하지 않았을지도 모른다. 그리고 모든 것을 잃은 얼굴로 앞에 앉아 있는 여자도, 이렇게 슬퍼할 일이 없었을 것이다. 만약 자신을 모르고 살았더라면, 아직까지 정정하게 살아 계실 할머니와 함께 행복했을지도 모른다.

모든 불행의 시작이 자신의 존재 때문인 것 같아서 고개를 떨구려는 순간, 그녀의 손이 의자 손잡이에 놓인 유준의 손을 꼭 붙잡았다. 절박한 손길에서 힘이 느껴졌다. 유준은 떨어뜨렸던 시선을 들어 올려 그녀를 올려다보았다.

"찾을 수 있을 거야."

그녀는 확신하듯 읊조렸다. 마치 유준의 감정을 전부 읽어 낸 사람처럼 자책하지 말라는 눈빛이었다. 유준은 그녀의 무릎에 이마를 기댔다. 그녀의 다른 손이 유준의 팔뚝 위에 놓였다. 어깨 위로 무게가 실리는 듯했다. 그녀가 유준의 어깨 위로 머리를 기대 왔다.

말없이 서로를 위로했다. 그간의 통증은 지금의 감각과 비교도 되지 않는다는 듯이 서로를 감쌌다.

시간이 정처 없이 흘러갔다. 그 누구도 섣불리 화를 내거나, 동요하지 않았다. 사복 경찰 두 명이 카페에 상주했고, 실종 아동 찾기 센터와 지구대 여성 청소년 실종 업무를 담당하는 이들과 긴밀히 연락했다.

"점심은 먹었나, 배고플 텐데."

그녀가 한숨처럼 읊조리고는 말을 이어 나갔다. 그녀의 친구 내외는

지구대에 가 있었고, 태현은 숲 주변을 수색하는 경찰 무리에 합류했다. 카페에는 유준과 다인, 두 사람만이 남아서 연락을 기다리고 있었다. 혹시나 아이가 누군가의 도움을 받아 집으로 돌아올 수도 있기에 자리를 지키고 있었다.

"신오가 입이 정말 짧아."

덤덤한 목소리로 아이에 관해 말하는 그녀의 표정이 아팠다.

"처음 이유식 시작할 때, 미음을 만들어서 줬는데 한 숟가락도 안 먹고 뱉어 냈어. 평생 밥 짓는 걸 업으로 삼았는데, 내 배 아파서 낳은 애가 내가 만든 음식을 뱉어 내니까 정말 어이가 없는 거야. 그 어느 때보다 정성을 들여서 만들었는데."

그녀는 크게 숨을 한 번 들이마시고는 입을 열었다.

"온갖 걸 다 만들어 줘도 안 먹어서. 그래서 초코볼 같은 것도 못 먹게 했어. 입맛 버려서 밥은 더 안 먹을까 봐."

허공을 바라보던 시선이 의자를 나란히 붙여 놓고 앉아 있는 유준에게 옮겨 왔다.

"유준 씨랑 편의점 다녀오면서 초코볼이랑 젤리 같은 거 잔뜩 사 온 걸 보고 기분이 이상했어. 본능적으로 신오가 마음을 놓을 수 있는 사람이 누군지 알아봤었나 봐. 어젠, 미안해."

누군가에게 악담을 퍼붓는 일을 못하는 그녀다. 어제 일은 그녀가 잘못한 게 없었다. 유준은 천천히 고개를 내저었다.

"오늘 아침에 신오가 처음으로 밥 한 공기를 다 비웠어. 얼마나 씩씩하게 유치원에 갔는지 몰라. 맨날 차로 태워다 달라고 조르던 애가, 셔틀도 씩씩하게 탔어."

씩씩하게 갔으니까, 씩씩하게 돌아올 것이다. 유준은 그녀의 마른 손을 꼭 붙잡았다.

"아까 담임이 그러는데…… 오늘 아침에 다음 달 주말 숲 체험은 아빠랑 같이하는 프로그램이라는 설명을 했었대. 그랬더니 오늘 신오가 대뜸 자기도 아빠 있다고 했대. 입 밖으로 한 번도 내뱉은 적 없었으면서. 좋았나 봐."

그녀의 눈가에 물기가 고였다.

"그런데 한 아이가 뭐라고 했나 봐. 거짓말하지 말라고. 셔틀 타기 엄청 싫어했는데, 그게 나는, 차가 동네를 빙글빙글 돌아서 그런 건 줄 알았어. 신오가 워낙 예민해서 멀미하나 보다 했지. 그런데 아빠가 셔틀 정류장에 바래다주고 하는 아이들이 부러웠나 봐. 다툼도 조금 있었대. 신경 쓸 만한 수준은 아니라고 판단해서 나한테 전달은 안 했었고."

하늘이 회색빛으로 변하는가 싶더니 곧 비가 올 것처럼 어두워졌다. 사위가 어두워지면서 분위기가 급격히 가라앉았다. 바람 소리가 심상치 않았다. 잔잔했던 파도가 무섭게 섬을 향해 돌진하는 것처럼 보였다.

"나는 신오에 대해 다 안다고 생각했어. 너무 어리석었지."

그녀의 목소리가 산산이 부서지는 파도처럼 아스라했다.

"다인아."

자책하는 그녀의 손을 꼭 붙들고 말을 이었다.

"신오 훌륭하게 잘 키워 왔잖아. 앞으로도 그럴 거고."

앞으로도 그럴 거라는 말에 그녀의 얼굴에 어렴풋이 미소가 걸렸다. 그녀는 일렁거리는 눈빛으로 유준을 바라보았다. 아무런 대꾸도 하지 않았지만, 그녀는 고맙다고 말하는 것처럼 보였다.

꼭 쥐고 있는데도 그녀의 손끝이 파르르 떨렸다. 유준의 심장도 떨리기는 마찬가지였다. 아빠인 것을 알아차렸으면서도 다섯 살 아이는 입 밖으로 그 소리를 내뱉지 않았다. 마주한 어른들의 상처가 깊어 보여서 차마 부르지도 못했나 보다.

그녀의 말마따나 신오는 빠르고, 예민하고, 명석한 아이였다. 그러니 찾아올 것이다. 길을 잃었다 해도 분명히 집으로 돌아올 것이다.

비바람이 휘몰아치기 시작했고, 삽시간에 어둠이 밀려왔다. 수색팀은 여전히 숲에 있었고, 지구대에서는 택시 기사를 찾았다며 함께 택시에 올랐던 남자를 추적 중이라고 했다.

평정을 유지하는 듯했던 그녀가 어두워진 망망대해를 바라보며 바르르 떨었다. 입 모양은 끊임없이 아이의 이름을 읊조리고 있는 것처럼 보였다. 마치 엄마의 목소리를 듣고 오라는 듯이, 그녀는 주문을 외우듯 아이의 이름을 머금었다.

종일 아무것도 먹지 못한 그녀에게 따뜻한 물 한 잔을 건네는데, 그녀가 바르르 떨리는 휴대전화를 얼른 받았다.

"여보세요?"

그녀의 목소리가 심하게 떨렸다.

"네. 어디요? 공항이요? 그 남자가 공항에 있다고요? 우리 신오는요? 하아……."

그녀가 짙은 한숨을 몰아쉬며 이마를 짚었다. 남자는 오늘 청주로 돌아가는 30대 중반의 관광객이었다고 한다. 아이가 길을 잃었다며 남자에게 도움을 요청했다고. 경찰에 신고해 주겠다는 말에 아이는 제집인 양 어딘가에 내려 달라고 했단다.

남자의 말이 사실인지, 아닌지 알 수 없으니 일단 경찰과 함께 아이를 내려 준 곳으로 동행하고 있다고.

"나도 거기로 갈게요."

그녀가 휴대전화 너머의 누군가에게 말을 건네는 사이, 카페 유리문이 열리는 소리가 들려왔다. 그녀의 친구 내외가 걱정스러운 얼굴로 카페에 들어섰다. 전화를 걸어 온 쪽은 태현인 듯했다.

"다인아, 일단 나랑 여기 있자. 정진 씨랑, 유준 씨한테 다녀오라고 하자. 응?"

시간이 꽤 흘렀다. 그런 일이 절대로 있어서는 안 되지만, 최악을 대비하는 듯이 세희는 그녀를 이곳에 머물게 할 생각인 듯했다. 유준은 그녀의 앞에 마주 섰다. 그녀는 고개를 내저으며 자신이 가겠다고 고집스러운 얼굴을 했다.

"내가 가 볼게. 응?"

유준은 고개를 내려 그녀의 얼굴을 들여다보았다. 초점을 잃은 시선이 이리저리 흔들렸다.

"다인아, 내가 신오 손 꼭 붙잡고 데리고 올게. 이번에는 초코볼 안 사 주고, 엄마가 차려 주는 밥 먹어야 한다고 달래서. 알겠지?"

안쓰럽게 마른 뺨을 어루만지며 그녀와 눈을 맞추기 위해 애썼다. 그러자 그녀가 눈을 한 번 깜빡거렸다. 뺨을 감싸고 있던 손을 떼어 내자, 그녀가 멀어지는 유준을 손을 다급히 붙잡았다. 입만 벙긋거릴 뿐, 그녀는 아무 말도 하지 못했다.

유준은 안심하라는 듯이 그녀의 손을 한 번 꼭 쥐었다가 놓고는 카페를 나섰다.

신오가 자신을 택시로 바래다 달라고 한 곳은 카페와 멀지 않은 곳에 있는 어린이 놀이터라고 했다. 경찰과 남자는 공항에서 지금 놀이터로 이동 중이었고, 연락을 받자마자 세희와 정진도 카페로 달려왔다고.

"그 근처에 연고가 있었습니까?"

카페와 집을 새로 지어 이사하기 전 살던 동네였다고 했다. 아이가 어떤 기억을 가지고 그곳으로 향했는지, 정말 그곳으로 향한 것인지 알 길이 없어서 막막했다. 카페에서 불과 3km밖에 떨어지지 않은 놀이터로 향하는 시간이 억겁처럼 느껴졌다.

놀이터에 도착했을 때는 앞이 안 보일 정도로 비바람이 몰아치고 있었다. 겉보기에 놀이터는 텅 비어 있었다.

"신오야!"

유준은 아이의 이름을 부르며 놀이터 안을 뒤지기 시작했다. 빙글빙글 돌아서 내려오는 미끄럼틀 아래로 들어섰을 때, 우주선 모양의 기구 안에서 아동용 운동화 코가 보였다.

우주선 놀이기구 안으로 몸을 구겨 넣었다. 신오가 정신을 잃은 채 젖은 바닥에 누워 있었다. 심장이 쿵쿵 울렸다. 아이의 손목을 잡았을 때, 유준은 안도했다. 미열이 느껴지는 손목의 맥박은 정상이었다.

유준은 아이를 안고 놀이기구 밖으로 나왔다. 정진이 받쳐 주는 우산 아래서 아이를 안고 차로 뛰었다. 다행히 이렇다 할 외상은 없어 보였지만, 아이가 정신을 잃은 상태이기에 일단 가까운 병원으로 가야 했다. 구급대가 오기를 기다리는 것보다 유준이 움직이는 게 더 빨랐다.

놀이터에 아이를 내려 주었다는 남자의 말은 사실이었다. 남자는 곧장 집으로 들어가라며 신오를 달래 주고, 아이가 점심을 먹지 않은 것 같아서 편의점에서 간식거리도 사 주었다고 했다. 그 말을 증명하듯, 우주선 놀이기구 안에는 편의점 봉투가 널브러져 있었다.

왜 보호자에게 확인도 하지 않고 아이를 그냥 두고 갔느냐는 말에 남자는 난감해했다. 부모가 전부 일을 하고 있어서 늦은 시간에 되돌아온다는 아이의 말을 믿었다고 했다. 똘똘해 보이는 아이여서 집으로 곧장 들어갈 거로 생각했다고. 신오는 무슨 생각인지 남자를 철저히 속이고 놀이터에 숨어 있었다.

신오가 막 검사실로 들어갔을 때, 연락을 받은 그녀와 세희가 달려 들어왔다.

"신오는?"

그녀가 공포에 질린 얼굴로 유준을 바라보며 물었다.

"무사해."

그제야 긴장이 풀린 듯, 그녀가 병원 바닥에 주저앉으려 했다. 유준이 얼른 그녀의 어깨를 부축해 안다시피 했다.

"우리 신오 지금 어딨어? 무사한데, 왜 안 보여?"

울먹이는 물음이 유준을 향했다.

"지금 방사선실에 있어. 검사 중이야."

그녀는 이리저리 흔들리는 눈동자로 유준을 바라보며 물었다.

"왜? 어디가 안 좋아? 다쳤어? 우리 신오 다쳤어? 당신이 보기에 어땠어?"

전적으로 유준의 정보를 신뢰하겠다는 눈빛이었다. 그리고 아무 이상 없다고 말해 주기를 바라는 듯했다.

"안 다쳤어. 그냥 기본적인 검사 하는 거야."

유준이 달래듯 말하자, 그녀가 이마를 찌푸리며 재차 물었다.

"나한테 거짓말하는 거 아니지?"

잠시 숨이 턱 막혀 와서 유준은 입술을 한 번 말아 물었다가 이내 입을 열었다.

"앞으로 다시는 너한테 거짓말 안 해."

눈동자의 떨림이 점점 잦아들었다. 그녀는 일면 안도하는 얼굴로 유준을 바라보았다.

검사는 오래 걸리지 않았다. 조금만 늦게 발견되었다면 저체온증이 와서 위험했을 수도 있다는 게, 응급의학의의 설명이었다.

병원에 도착한 지 1시간쯤 되었을 때, 신오가 눈을 떴다.

"엄마?"

아이의 목소리가 잔뜩 잠겨 있었다. 목감기가 완전히 낫지 않은 상태에서 찬 공기를 오래도록 마신 탓인 듯했다.

"신오야."

그녀가 누워 있는 아이에게 몸을 기대듯 꼭 끌어안았다. 신오는 고사리 같은 손을 들어 그녀의 목덜미를 꼭 끌어안았다.

"엄마, 나 집에 가고 싶어. 집에 너무 가고 싶었어."

그녀는 아이를 내려다보며 고개를 세차게 끄덕였다.

"응, 얼른 집에 가자. 신오야."

목이 부은 것을 제외하고는 외상이 없었고, 아이가 고통을 호소하지도 않았다. 응급의학의에게 몇 가지 주의 사항을 전달받은 뒤 병원을 나섰다. 주변에 경찰이 있는 것을 보고 아이는 잠시 겁먹은 얼굴을 했지만, 다시는 이런 행동을 하면 안 된다는 경찰의 말에 신오는 당차게 고개를 끄덕였다.

정진이 운전하는 차 뒷좌석에 그녀와 신오, 유준이 올라탔고, 조수석에는 세희가 앉았다. 카페로 가는 내내 차 안은 조용했다. 신오가 왜 이런 행동을 했을지 골몰하느라 유준은 머리가 지끈거렸다.

자신의 등장이 아이에게 충격이나 상처가 되었을지도 모른다는 생각에 숨이 턱 막혀 왔다. 마음이 너무 급했다. 그녀가 예민한 아이라고 경고를 했음에도 성급하게 다가섰는지도 모른다. 어른의 속도로는 아주 느리다고 생각했는데, 아이의 시선에는 빨랐을지도.

카페 주차장에 세 사람을 내려 준 정진과 세희는 조용히 돌아갔다. 내내 서릿발 같은 시선으로 유준을 대하던 두 사람은 이제 조금은 미지근해진 시선으로 유준을 대했다.

"엄마, 나 핫초코 먹고 싶어."

"핫초코?"

"응."

"집에 가서 타 줄게."

다인이 신오를 안아 들며 말했다. 그러자 아이가 도리질을 치며 대꾸했다.

"그런 거 말고. 우유 거품 많이 들어간 거."

카페에 가자는 말인 것 같았다. 그리 말하는 신오의 시선이 유준을 향했다.

"핫초코 안 먹고 싶어요?"

어서 먹고 싶다고 말하라는 눈치였다. 함께 카페로 들어가자는 말이었다.

"나도 마시고 싶어. 따뜻한 핫초코. 봄인데도 비가 와서 그런지 춥네."

유준이 그녀의 품에 안긴 신오의 머리카락을 부드럽게 쓸어 넘겨 주었다. 그러자 아이의 얼굴에 천진한 미소가 자리했다. 마치 오늘 있었던 일에 대해서는 모른다는 듯이 무구한 미소에 유준도 따뜻한 눈빛으로 아이를 내려다보았다.

카페에 들어서자 그녀는 가볍게 한숨을 한 번 몰아쉬고는 바 안쪽으로 들어갔다. 그녀의 모습이 주방으로 완전히 사라진 것을 확인한 신오가 몸을 숙이며 이마를 찌푸렸다. 은밀한 이야기를 건넬 것처럼 아이의 표정이 심각하다.

"있잖아요."

유준은 아이와 똑같이 상체를 테이블 위에 붙이듯 숙이고 이맛살을 찌푸렸다. 그러자 아이가 이제야 안심이 된다는 듯이 말을 이었다.

"내가 하는 말이 전부 맞다고 해 줘요."

맹랑한 요구에 하마터면 웃음을 터뜨릴 뻔했다. 엄마한테 혼날까 봐 두려운 건가.

"무조건 신오 편을 들어 달라는 뜻이야?"

신오는 답답하다는 듯이 고개를 내저었다.

"무조건 내 편만 들면 엄마가 속상하잖아요. 그냥 내 말이 맞다고 하라고요."

그게 그거 아니냐고 되묻고 싶었다. 밤톨같이 동그랗고 작은 머리로 대체 무슨 생각을 하는 건지 모르겠다. 국내에서 내로라하는 정신건강의학과 전문의였지만, 아이의 머릿속은 좀처럼 들여다보기가 힘들다.

"둘이 무슨 얘기를 그렇게 해?"

바에서 나오는 그녀의 손에 들린 쟁반을 얼른 자리에서 일어나서 받아왔다. 쟁반 위에는 아이의 말마따나 우유 거품이 잔뜩 얹힌 핫초코 석 잔과 마들렌이 놓여 있었다. 유준은 아이와 그녀의 앞에 차례대로 핫초코 잔을 놓아 준 뒤 자리에 앉았다.

신오는 커다란 잔을 들고 핫초코를 한 모금 마신 뒤 내려 두었다. 아이의 입가에 하얀 거품이 묻어서 귀여웠다.

"엄마, 나 아까 정말 집에 오고 싶었어."

그녀는 다정하지만 엄정한 눈길로 아이를 바라보았다.

"다시는 그러면 안 돼. 신오야. 왜 그랬어?"

아이는 입술을 한 번 삐죽이고는 대꾸했다.

"엄마가 있는 집에 빨리 오고 싶었다. 빨리 같이 있고 싶었어."

왜 그랬느냐는 물음에는 대꾸하지 않고, 신오가 말을 이었다.

"나랑 엄마가 있는 곳에 오고 싶지 않았을까? 같이 있고 싶지 않을까?"

제 엄마를 향해 있던 시선이 유준을 향해 왔다. 아이가 말하는 바가 정확히 전달되었다. 눈앞에 있는 제 아빠도 우리와 함께하고 싶을 것 같지 않으냐는 물음이었다. 유준은 그저 애틋한 시선으로 아이를 마주할 뿐이었다.

그녀도 할 말을 잃은 표정으로 아이를 말끄러미 바라보았다.

"엄마."

어른들이 아무런 대꾸도 내놓지 않자, 신오가 다시 말을 이었다.

"나 보고 싶었어?"

"그럼, 우리 신오가 얼마나 많이 보고 싶었는데. 엄마는 우리 신오 유치원에 가도 보고 싶고, 잠깐 뒤돌아서도 보고 싶어."

그녀가 다정한 손길로 아이의 오동통한 뺨을 보드랍게 어루만졌다.

"나도 많이 보고 싶었어요."

조용하게 말한 신오의 시선이 유준을 향해 왔다.

"어떻게 생겼는지 알고 싶었어요. 많이 보고 싶었어요."

그녀가 숨을 집어삼키는 모습이 눈에 들어왔다.

"나 안 보고 싶었어요?"

내내 당돌한 말을 잘도 내뱉던 아이의 눈가에 상처가 어른거렸다. 보고 싶지 않다고 하면 어쩌나 걱정하는 눈빛이다.

"많이 보고 싶었어."

유준은 아이를 마주하고 있는 시선을 잠시 그녀에게 옮겼다가 이내 다시 신오를 바라보았다. 두 사람의 눈동자는 똑같이 닮아 있었다. 따뜻한 햇볕을 품은 담갈색 눈동자 두 쌍이 자신을 바라보고 있음에 가슴이 뭉클했다.

"아주 많이 보고 싶었어."

아이가 일면 안도하는 듯 짧게 미소 지었다.

"그럼 가족은 같이 살아야 하는 게 맞는 거죠?"

무조건 자신의 말이 맞다고 해 달라던 아이의 말이 이제야 무슨 의미였는지 이해가 갔다. 유준은 흐릿한 미소를 머금은 채로 그녀를 바라보았다. 그녀는 복잡한 감정을 토해 내듯 어깻숨을 내쉬었다.

"엄마, 나 졸려."

아이가 떼꾼한 눈을 비벼 댔다.

"그래, 가서 자자."

그녀는 곤란한 눈빛으로 유준을 한 번 바라보았다. 마음 같아서는 그녀와 신오의 곁에 머물고 싶었지만, 그녀를 더 혼란스럽게 하면 안 될 것 같아서 호텔로 돌아가려고 했다. 그런데 그런 눈짓이 오가는 모습을 신오가 빤히 올려다보며 물었다.

"엄마."

"응?"

"엄마는 아까 내가 없어졌을 때, 기분이 어땠어?"

한숨을 한 번 몰아쉰 그녀가 신오를 내려다보았다. 그녀가 입을 떼려는데, 신오가 더 빨랐다.

"나도 그래. 다시 없으면…… 그런 기분이 될 것 같아."

신오의 말에 두 사람 다 말문이 턱 막혀 버렸다. 아빠가 다시 사라지게 되면 자신의 기분이 어떨지 알려 주기 위해 스스로 숨어 버린 거였나 보다.

"신오야. 아까 왜 그 놀이터로 갔어?"

아이의 트라우마가 강하지 않은 것 같아서 유준은 넌지시 질문을 던졌다.

"거기 옛날에 나 어릴 때 봐주던 할머니 살았어요. 거기 가서 있으려고 했는데, 못 찾았어요."

지금도 어린아이가 어렸을 때라고 말을 하니 기가 막혔다. 그녀가 얼른 말을 덧붙였다.

"여기로 이사 오기 전에, 잠깐씩 신오 돌봐 주시던 아주머니가 있었어."

유준은 고개를 끄덕거리고는 신오를 향해 말했다.

"그래도 신오야. 그런 위험한 일은 다시는 벌이지 않겠다고 약속해."

신오는 울먹이며 고개를 끄덕거렸다. 그러고는 아직 할 말이 남아 있다는 듯이 꿋꿋하게 입을 열었다.

"그럼, 인제 아빠도 우리랑 같이 살아요."

신오의 기가 막힌 논리에 유준은 저도 모르게 웃음을 짓고 말았다. 그녀는 그런 유준을 나무라는 듯이 바라보았지만, 웃음을 참을 수가 없었다.

"그래, 그러자."

"이예!"

신오가 의자에서 엉덩이를 들썩이며 몸을 흔들어 댔다. 그녀는 어이가 없다는 듯이 두 사람의 모습을 번갈아 보았다.

"정신오."

그녀가 엄정한 목소리로 신오를 불렀지만, 아이는 아랑곳하지 않고 즐거워했다. 또 그녀가 유준에게 끊임없이 눈치를 주며 나무라는 듯했지만, 유준은 그녀를 향해 빙긋이 웃어 보일 뿐이었다.

힘들다는 거 알아. 어쩌면 영원히 용서할 수 없을지도 모를 만큼 큰 상처였다는 것도 알아.

그렇지만 한 가닥씩 마음을 열어 줘. 내가 잘할게. 응?

유준은 애원하듯 그녀를 바라보았다. 그녀는 복잡한 시선을 창밖으로 옮겨 갔다.

구름이 걷힌 제주의 밤하늘은 어두웠지만 맑았다. 은가루를 흩뿌려 놓은 듯 뭇별이 총총 박힌 하늘이 아름다웠다.

비바람이 불고 난 뒤에 맑고 청명한 하늘에 별 무리가 나타나듯이.

우리도, 그렇게.

유준은 신오의 손에 이끌려 그녀의 집에 입성했다. 신오는 꼭 잡은 손을 흔들어 대며 깡충깡충 뛰어 댔다. 아이가 가볍게 뛸 때마다 짧은 머리가 아기 동물의 귀처럼 팔랑거렸다. 이래서 토끼 같은 자식이라는 말이 생겼나 보다고 유준은 생각했다.

여우 같은 마누라 마음은 언제쯤 다시 얻을 수 있으려나?

그녀는 한숨을 몰아쉬며 두 사람의 뒤를 따랐다. 복잡한 얼굴이다. 신오가 조르는 통에 어찌할 바를 모르겠다는 얼굴에는 아직 여과되지 않은 배신에 대한 아픔과 거짓에 대한 허탈한 슬픔이 어려 있었다.

"나 아빠랑 목욕할래!"

신오는 그리 외치고는 욕실 문 앞에서 옷을 하나둘씩 벗어 던지기 시작했다. 티셔츠를 벗어 던지자, 아이의 통통하고 하얀 배가 드러났다. 그 모습에 어쩐지 웃음이 났다. 옷을 입고 있을 때도 귀엽기 그지없었는데, 탈의한 아이의 모습은 마치 인형 같았다. 저렇게 작은 몸이 어떻게 말도 하고, 밥도 먹고, 걸어 다니고, 깜찍한 사건까지 꾸며 냈는지 신기했다.

유준은 동그란 아이의 머리를 중심으로 원을 그리며 바라보다가 천천히 아래로 시선을 옮겼다. 정확히 4.5등신이다. 뒤뚱거리는 몸이 제대로 된 인체 비율을 가지려면 얼마나 걸릴까. 사람의 몸을 돌보는 의사인데도 핏줄이 섞인 아이의 몸은 그저 신기하기만 하다.

"신오야, 아빠는 갈아입을 옷이 없어. 호텔에 가서 가방 챙겨 와야 할 것 같은데?"

멀찍이 서서 아이의 모습을 바라보며 말했다.

"진짜 징그럽게 뻔뻔하다."

그녀가 신오에게는 들리지 않을 목소리로 읊조렸다.

"그럼 어떡해? 나 이대로 사라져? 아까 신오가 한 말 뭐로 들은 거야?"

진지한 말투로 그녀를 설득하려 했지만, 웃음기를 완전히 감출 수가 없었다.

"어? 삼촌이 입던 옷 집에 있는데?"

욕실로 들어가던 신오가 동그란 머리만 사탕처럼 빠끔히 내밀고 말했다. 유준이 기억하는 한 신오가 삼촌이라고 부를 만한 친척이 그녀에게는 없었다.

"삼촌?"

짧게 되물으며 그녀를 내려다보자, 말간 얼굴에 당황한 기색이 역력하다.

"집에서 남자도 막 재워 주고 그랬나 봐?"

어쩔 수 없이 비꼬는 투가 튀어나왔다.

"카페에 행사 있을 때, 행사 인원들이 숙소 못 구하면 가끔 재워 주고 그랬어."

그녀는 구구절절 변명을 해 댔지만, 나중에는 자신이 왜 이런 구차한 변명을 하고 있는지 모르겠다는 눈빛으로 유준을 쏘아보았다.

"다른 놈이 입던 옷 입기 싫은데."

고깝게 떠들자, 그녀가 기가 찬다는 듯이 쳐다보았다.

"아빠! 안 씻어?"

급기야 마음이 급해진 신오가 동그란 배에 손을 올린 채로 욕실 밖으로 나왔다.

"엄마가 뭐라고 했어?"

제 아빠를 내쫓기라도 하면 가만히 안 있겠다는 듯이 신오가 눈을 부릅떴다.

"정신오, 너 자꾸."

다인이 은근히 버릇없이 굴려는 신오를 나무라려는데, 그가 얼른 신오를 향해 종종걸음으로 다가갔다.

"아이고, 우리 신오. 얼른 씻자! 엄마가 옷 찾아 주신대."

그는 아이의 등을 떠밀며 욕실로 들어서면서 다인을 향해 싱긋 웃었다. 아, 정말이지 할머니가 하셨던 말씀은 틀린 게 하나도 없었다. 정말 얄미운 놈. 똑똑해서 더 얄미운 놈.

그런 얄미운 면을 아들이 쏙 빼닮았나 보다. 다섯 살짜리 어린애가 유치원 체험학습에서 이탈해서 가출을 감행하지를 않나. 그걸로 엄마는 신오가 없어졌을 때, 기분이 어땠느냐고 협박하지를 않나.

아직 다섯 살밖에 안 된 아이가 제주를 발칵 뒤집어 놓을 만한 사고를 쳐 버렸는데, 더 크면 얼마나 골치 아픈 일을 저지를지 벌써 두렵다. 다인이 진저리를 치는 사이, 욕실에서는 깔깔거리는 웃음소리가 들려왔다.

신오와의 목욕 시간은 늘 전쟁이었다. 에너지가 넘치는 아이를 씻기고 나오면 다인은 녹초가 되어 소파에 널브러지곤 했다. 물속에 있는 걸 좋아해서 씻는 일이 간단히 끝나는 법이 없었다. 신오의 목욕은 하루를 마무리하는 일 중에서 가장 행복하지만, 가장 지치는 일이기도 했다.

"아빠, 그건 반칙이야!"

신오가 억울하다는 듯이 소리를 지르는가 싶더니, 다시 까르르 웃는 소리가 들려왔다. 머릿속은 복잡했지만, 아이의 웃음소리에 저절로 미소가 지어졌다.

목욕을 끝낸 뒤, 카페를 방문했던 행사 스태프 중 한 명이 놓고 간 트레이닝복을 입은 그의 얼굴이 떨떠름했다. 두 사람이 씻는 동안 편의점에 가서 속옷도 사다 바쳤는데, 입고 있는 옷이 영 마음에 안 든다는 표정이다.

"그 옷 입었던 삼촌은 지금 쿠바에 있대요."

소파에 앉아 한숨 돌리던 그가 아이의 머리를 쓰다듬으며 물었다.

"그래? 우리 신오는 그 삼촌이 쿠바에 있는 건, 어떻게 알았어?"

"그 삼촌이 쿠바에서 엄마한테 영상통화 걸었었어요."

"아, 그래?"

그가 의미심장한 미소를 머금으며 다인을 흘끗 보고는 다시 신오에게 시선을 옮겨 갔다.

"그 삼촌 멋있는데, 그치 엄마?"

소파 테이블 위에 널브러진 잡동사니들을 정리하는데, 아이가 무구한 얼굴로 질문을 던졌다.

"어, 멋있지."

다인은 대수롭지 않다는 듯이 대꾸했다. 집안일을 하다 보면 가끔 아이가 던지는 질문에 반사적으로 대답을 하는 경우가 있다. 습관이 툭 튀어나오듯 별 의미 없이 아이의 뜻에 동조하는 대답이었다.

문득 시선이 느껴져 고개를 돌렸을 때, 그는 영 못마땅하다는 얼굴로 다인을 보고 있었다. 그런 표정 짓지 말라고 한마디 해 주고 싶은 마음이 굴뚝같았다. 그런데 또 다른 한편으로는 5년이라는 세월이 무색하리만큼 소소하게 질투하는 모습을 보이는 그의 비현실적인 모습에 심장이 두근, 반응했다.

"하음. 나 이제 졸려."

신오가 늘어지는 목소리로 말했다.

"신오 양치도 했지? 얼른 들어가서 자자."

침실로 가자며 턱짓하자, 신오가 대뜸 그의 손을 잡았다. 맞잡은 두 사람의 손과 그의 얼굴을 번갈아 보았다. 그는 무구한 표정으로 다인을 빤히 바라보았다. 그리고 그 옆에는 똑같은 표정을 짓고 있는 아이가 서 있었다.

"아빠랑 같이 안 자?"

신오는 당연한 거 아니냐는 듯이 물었다.

"한 침대에서 어떻게 셋이 같이 자."

"왜 같이 못 자? 꼭 붙어서 자면 되지."

다인은 고집을 부리는 아이를 향해 엄정한 눈을 했다.

"정신오. 고집 그만 부려. 불편하게 어떻게 셋이 자?"

"그럼, 아빠는 어디서 자?"

신오가 항의하듯 물었다.

"아빠는 소파에서 자야지, 뭐."

그가 사뭇 불쌍한 투로 읊조려서 다인은 기가 막힐 지경이었다. 다인은 왜 이러냐는 듯이 그를 향해 눈을 부릅떴지만, 그는 아랑곳하지 않고 말을 이었다.

"신오 얼른 들어가서 엄마랑 자. 아빠는 여기 소파에서 자도 돼. 괜찮아."

전혀 괜찮지 않다는 투로 이야기하자, 신오가 불만이 가득한 눈빛으로 다인을 쏘아보았다.

"엄마가 그럼 소파에서 자."

"뭐?"

황당함에 화가 날 지경이다. 이제껏 먹여 주고, 입혀 준 게 누군데! 나타난 지 고작 며칠 되지 않은 아빠의 역성을 들고 있는 신오 때문에 어이가 없었다.

"엄마는 카페 없으면 안 되니까, 그리고 신오 없으면 안 되니까. 어디 못 가잖아."

신오가 그의 팔뚝을 품으로 끌어당기며 기어들어 가는 목소리로 말했다. 그가 머물겠다고 말했는데도, 아이는 부모 사이에 당장은 메울 수 없는 간극이 존재한다는 것을 본능적으로 깨달은 눈치다.

자식 이기는 부모는 없다지만, 그런 날이 이렇게 빨리 올 줄은 몰랐다.

다인은 어쩔 수 없다는 듯이 말했다.

"얼른 들어가서 자."

신오는 신이 나서 그의 손을 붙들고 침실로 향했다. 다인은 그들을 따라 들어가 이불장에서 차렵이불 한 채를 꺼냈다. 응급실에 다녀오던 엊그제 새벽, 그가 덮고 잤던 이불이다.

"방문은 열어 놓고 잘게."

선심 쓰듯 말한 신오가 '엄마 잘자!' 하고 볼에 입을 맞춰 주었다.

차렵이불을 덮고 소파 위에 누웠다. 집에서 쓰는 은은한 세제 냄새 사이로 낯설고도 익숙한 향기가 느껴졌다. 순간 또다시 심장이 두근거렸다. 몇 년이 지났는데도 그는 쓰던 향수를 바꾸지 않았는지, 그의 체취가 이불에 묻어 있었다.

제정신에 그의 향기를 덮고 잠들었던 게 언제였더라?

마치 그와 한 이불을 덮고 자는 것처럼 기분이 묘했다. 유리창 밖에서는 제주의 거센 바람 소리가 들려왔다. 잠잠해지는 것 같던 날씨가 또다시 변덕을 부려 댔다. 바람 소리와 함께 파도 소리도 더욱 크게 들려오는 것만 같았다.

어쩐지 허전한 기분이 들어서 눈물방울이 눈 끝에 대롱대롱 매달렸다. 이 집으로 이사한 후에는 혼자 잠을 청했던 적이 없었다. 늘 새근새근 예쁜 숨소리를 내는 따뜻한 신오가 곁에 있었다.

한참 재잘거리는 소리가 들려오더니, 침실이 고요해졌다. 두 사람이 막 잠이 들었나 보다. 곁에 있다가 없는 신오와 온몸을 휘감은 그의 체취에 혼란스러워진 다인은 몸을 일으켜 앉았다.

"잠이 안 와?"

갑작스레 들려온 그의 목소리에 심장이 튀어 올랐다. 다인은 한숨을 몰아쉬며 옆자리를 차지하고 앉는 인영을 바라보았다. 다인이 옆으로 슬쩍 엉덩이를 움직이려 하자, 그가 다인의 손을 꾹 잡았다.

"신오 잠들었어."

어둠 속에서 잔잔히 울리는 그의 목소리가 듣기 좋았다. 마치 그동안 아팠던 일은 하나도 없었던 것처럼 평범한 목소리였다. 이제껏 아무렇지 않게 부부로 살아온 것만 같은 기분이 들면서도, 옆자리를 차지하고 앉은 그가 어색했다.

"알아. 나 미운 거. 신오 때문에 못 이기는 척 받아 주고 있다는 것도 알고. 다른 사람한테 마음 줄까, 싶을 만큼…… 나는 이제 정다인한테 아무렇지 않은 사람이라는 것도 알아."

그는 덤덤한 목소리로 말하고 있었지만, 듣고 있는 다인의 가슴은 따끔거렸다.

"기다릴게."

다인은 아무런 대꾸도 하지 않고 잠자코 있었다.

"화가 다 풀릴 때까지, 내가 조금 덜 미워질 때까지, 나 때문에 자꾸 생각나는 아픈 기억이 조금 누그러질 때까지. 그래서 네가 조금은 아무렇지 않아진 얼굴로 나 보고 웃을 수 있을 때까지."

저도 모르게 한숨이 흘러나왔다.

"그러다 네가 나를 다시 사랑하게 된다면, 정말 좋겠지만. 그러지 않는다고 해도."

그는 숨을 한 번 고르고는 말을 이었다.

"원망 안 할게."

꼭 맞잡은 그의 손에서 땀이 배어났다. 부드러운 목소리였지만, 말끝에 묻어나는 숨결이 미세하게 떨렸다. 은연중에 드러나는 긴장감. 다인은 그저 숨을 죽인 채로 그의 목소리에 귀를 기울였다.

"부담 안 줄게. 불편하면 불편하다고 말해. 네가 원하는 대로만 할게.

신오한테는…… 이미 충분히 나쁜 아빠지만, 앞으로 좋은 아빠가 되기 위해 노력할게."

한숨조차 섣불리 내뱉을 수 없는 진심이 느껴졌다. 조명을 밝히지 않은 탓에 실내가 어두웠지만, 서글픈 애원이 어린 그의 얼굴이 또렷하게 보이는 듯했다. 어둠 속에서 다인의 눈동자를 지그시 응시하던 그는 한숨을 한 번 내쉬며 고개를 비스듬히 기울였다.

날렵한 콧날에 음영이 더해져 선명하다. 콧대 위로 미간이 모이는 모습이 어른거린다.

"그러니까, 다인아."

다정한 음성이 안타깝다. 이름이 불리는 순간 심장이 조여 온다.

"나 밀어내지 말아 줘. 아니, 밀어내도 되는데."

통곡하고 있는 것도 아닌데, 그가 울고 있는 것처럼 느껴졌다. 보이지 않는 눈물이 가슴에 스며 쓰라리다.

"기다릴 수는 있게 해 줘. 완전히 지워 버리지는 마."

다인은 아무런 대꾸도 하지 못하고 그를 가만히 바라보기만 했다. 단 한 순간도 그를 완전히 지워 버린 적이 없었다. 지워 버리려고 하면 할수록 더 깊이 각인되는 그를 떨치는 방법은 세상 그 어디에도 존재하지 않았다.

카페를 열고, 홀로 신오를 키우며 바쁘게 살았다. 딴생각이 들려고 하면 더 일을 크게 벌이고, 수습하는 데 온 신경을 쏟았다. 그러다 신메뉴를 개발하는 중에 그가 좋아하는 식재료가 등장했을 때, 신오에게서 그와 닮은 모습을 발견할 때, 시시때때로 그의 모습이 떠올랐다. 심지어는 그와 아무런 연관이 없는 장소, 시간, 상황에서 곁에 앉은 남자가 생각나곤 했었다. 하나씩 벽을 세우자고, 하나씩 지워 가자고. 그가 머릿속에 들어오려고 하면 의식적으로 고개를 털어 냈다.

가볍게 고개를 털어 내던 행동이 나중에는 몸서리치는 것으로 바뀌었다. 그럴 때마다 세희와 윤서는 의아한 얼굴로 다인을 바라보곤 했다. 강박적인 행동으로도 떨쳐 낼 수 없을 만큼 대단한 존재감을 가진 그였다.

처음에는 우울했고, 나중에는 작은 추억이나마 있어 행복하다는 생각도 들었고, 부정할 수 없는 사랑이 뼈아팠다. 혼자서는 어찌할 수 없는 이별의 무력감이 서글펐다.

완전히 지워 버리지 말라는 그의 말에 속절없이 가슴이 두근거렸다. 절대로 지워 버릴 수 없는 사람이라는 것을, 이 남자는 모르고 하는 말일까?

잠시간 침묵이 흘렀다. 그의 떨리는 손이 다인의 거칠고 작은 손을 애틋하게 어루만졌다. 매끄럽지 않은 손등을 손끝으로 한 번 쓸고, 마디가 불거진 손가락을 검지와 엄지로 하나씩 잡았다가 놓았다. 그러고는 손바닥을 펼쳐 움푹 팬 가운데에 부드럽게 입을 맞추었다.

그의 보드라운 입술이 손바닥에 닿은 순간, 바르르 떨리는 눈꺼풀이 저절로 감겼다. 손바닥에서 피어오른 열기가 순식간에 심장까지 전해졌다. 그저 잠깐씩 두근거리던 심장이 주체할 수 없을 만큼 빠르게 뛰었다.

가슴이 너무 크게 뛰어 대서 답답한 나머지 한숨이 저절로 흘러나왔다. 그의 열기도 가까운 곳에서 느껴졌다. 그는 손을 보드랍게 쥔 채로 속삭였다.

"키스해도 돼?"

다인은 저도 모르게 입술을 꾹 깨물었다. 긴장감을 못 이기고 탄성이 흘러나올 것만 같아서 숨을 멈추었다.

지금까지 했던 말과는 다소 어울리지 않는 물음이 아닌가?

그런데 여전히 그의 손끝이 미세하게 떨리는 것으로 볼 때, 진심이라는 점에서는 크게 다른 바가 없었다. 그는 자신의 감정을 숨기지 않고 솔직하게 다가왔다. 그래도 아직은, 겁이 났다. 그간 어떻게 살아왔는지 그에게 속속들이 다 보여 준 셈인데, 여전히 자신은 그의 변화한 삶에 대해 아는 게 거의 없었다.

조부인 강 이사장이 죽었다는 것과 어머니가 자리를 보전하고 있는 것. 그리고 삶에 지친 그가 안식년을 보내고 있다는 삶의 편린뿐이었다.

한 번 상처를 받았던 사람은 그 상처에 대한 두려움도 갖게 되는 법이다. 다친 곳을 또 다치는 것만큼 아픈 것도 없으니까. 그리고 한 번 다쳤던 곳은 이상하게 여러 번 반복해서 다치기도 한다.

아이러니한 것은, 두려운 만큼 두근거린다는 것.

부상당한 운동선수가 같은 곳을 반복해서 다치더라도, 운동을 그만두지 않는 것처럼.

사랑을 업으로 삼은 이는 없겠지만, 이별 후에도 다시 사랑에 빠지는 것처럼.

사랑이 업은 아니지만, 인생에서 사랑을 빼면 남는 것이 무엇이 있겠느냐는 다소 진부하고, 철학적인 물음이 생겨났다. 지나온 5년을 전부 알기도 전에, 그의 존재만으로 두근거렸다. 하긴, 전부를 알면 빠질 수 없는 것이 사랑인지도 모른다. 알아 가면 좋은 것이 사랑일 것이다.

처음에는 그를 자극하고 싶었고, 나중에는 존재조차도 버거워서 밀어내고 싶었다. 그런데 그와 동시에 그에게 닿고 싶어서 미칠 것만 같았다. 두근거림을 두려움 뒤에 숨겼다. 지난 기억이 너무 아파서 모질게 그를 대할 때마다, 다인도 가슴에 직접적인 통증이 느껴질 만큼 아팠다.

언제까지 숨길 수 있을까? 세차게 뛰는 가슴 때문에 숨을 쉬는 것조차 버거운데.

가슴 전체를 심장이 차지하고 있는 것처럼 답답했다. 저도 모르게 떨리는 한숨이 새어 나왔다. 그러지 않고서는 숨이 막혀서 죽을 것 같았다.

그가 서글픈 미소를 머금었다. 어둠에 익숙해져 그의 표정이 여실히 드러났다.

"안 할게, 미안해. 괜한 소리 해서."

속삭이는 목소리가 씁쓸했다.

"해도 돼."

충동적인 말이 툭 튀어나왔다. 그가 잠시 숨을 멈추는 듯 몸이 굳는 게 느껴지는가 싶더니, 이내 입술이 다가왔다. 긴장감으로 바싹 마른 입술에 그의 보드라운 입술이 살짝 닿았다가 떨어졌다.

가벼운 접촉이었는데도 몸이 움찔할 만큼 뜨겁고 자극적이다. 몸이 순식간에 달떠 버려서 당황스러울 정도다. 겨우 이 정도로 간단하게 입을 맞추려고 그렇게 진지한 분위기를 잡고 질문을 던졌나 싶은 생각이 들면서 아쉬워지려는 찰나, 뒷덜미에 그의 팔이 감겼다.

더운 숨을 내뱉으려 살짝 벌어진 입 새를 그가 가득 채웠다. 따뜻한 입술이 맞물리고 입안을 휘젓는 혀의 감촉은 부드러웠다. 다인은 손을 올려 그의 등허리를 살짝 끌어안았다. 손끝에 닿은 그의 몸은 뜨거웠다. 고개가 뒤로 꺾이고 몸이 뒤로 밀려났다. 등 뒤에 푹신한 소파가 닿는 순간, 그가 고개를 비틀며 더욱 깊이 파고들었다.

혀뿌리와 혀끝이 비벼졌다. 빨아들이는 힘에 볼이 홀쭉해질 만큼 딸려 갔다. 옆구리를 쓸어 올리는 그의 손에서 떨림이 느껴졌다. 잔잔한 파동이 가슴까지 닿아 찌르르 아파 왔다. 두근거리는 심장을 가누는 것조차 힘들었다.

두려움 없이 두근거릴 수만 있다면. 그저 애틋한 그의 손길과 입술이 주는 감촉에만 오롯이 집중할 수 있다면.

서러움에 눈물을 삼킨 순간, 입술이 떨어졌다. 더운 숨이 조심스레 흘러나왔다. 뜨거운 그의 입술이 눈물이 맺힌 눈가에 부드럽게 닿았다가 떨어졌다. 관자놀이를 지나 뺨을 쓸고, 턱 끝을 따라 내려와 목 안쪽 움푹 팬 곳에 닿았다.

등허리를 잡은 손에 힘이 들어가자, 그가 다인의 몸을 꽉 끌어안으며 다시금 입술을 겹쳐 왔다. 조금 전보다 더 농밀하고 깊은 키스에 정신이 아득해졌다. 신음을 숨긴 뜨거운 숨결이 그의 뺨 위에 부서졌다가 다인의 뺨에 와 닿았다.

열기가 치솟았다. 겹쳐진 몸 사이에서 그의 몸이 단단해지는 게 느껴졌다. 죽도록 아픈데도, 감당할 수 없을까 두려운데도, 다인의 몸도 그를 원하는 듯 젖어 갔다. 그의 등허리를 꽉 끌어안았다.

옷이 부대끼는 소음과 숨결이 섞이는 소리가 자극적이다. 가슴 끝이 옷 속에서 비벼져 따끔거렸다. 발산할 수 없는 열기가 몸 안에 차곡차곡 쌓였다. 억눌린 숨을 간간이 토해 내는 그의 몸도 긴장감으로 빳빳하게 굳었다.

옆구리를 더듬던 손이 파자마 밑단을 올리고 옷 속으로 들어왔다. 이미 달아올라 버린 살갗에 그의 손이 닿자 따끔거리는 통증마저 이는 듯했다. 신음을 내뱉을 수 없어서 괴로웠다. 자그만 소음에도 잠이 깨는 신오가 들을까 두려워 달아오른 숨결조차 뭉개 버렸다.

커다란 손이 브래지어를 밀고 들어왔다. 가슴 밑동부터 쓸어 올리는 손끝이 바르르 떨렸다. 진심을 털어놓기 전에도 그에게 안겼었는데, 그때는 미처 몰랐었다. 그의 손길이 왜 그렇게 떨렸는지, 그의 숨결이 왜 그렇게 안타까웠는지……. 그의 눈빛은 왜 단죄를 바라는 것처럼 보였는지.

안쓰러운 마음을 헤아리자 눈물이 솟구쳤다. 어떤 심정으로 자신의 유혹에 응했을지, 가슴이 타들어 가는 것만 같았다. 그런 줄도 모르고, 다인은 그에게 상처를 입히고 무참히 버리겠다는 생각에만 몰두했었다.

지난 이별이 진심이었다고 하더라도, 그러지 못할 거면서 어울리지 않는 독한 마음을 품고 그를 괴롭히려 했다. 미안해서, 안타까워서, 가슴이 미어졌다. 등허리를 안고 있던 손을 올려 그의 목덜미를 끌어안았다.

살다 보면 메워질까?

몇 년 동안이나 피를 줄줄 흘리며 몸부림치게 만들었던 상처에 이제는 딱지가 앉고, 아물 수 있을까?

죽을 걸 알면서도 산다고들 말한다. 열심히 사는 사람한테 어차피 죽을 거 왜 그렇게 애쓰냐고, 이제 죽을 준비를 하라고 말하기는 힘들다.

죽어도 헤어지고, 살면서도 헤어지고. 결국에는 헤어질 걸 알면서도, 사랑에 빠지고 만다.

어차피 살 거라면, 이 남자와.

누군가와 사랑에 빠진다면, 다시 이 남자와.

그 누구도 아닌 이 남자와 함께하고 싶다.

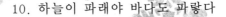

## 10. 하늘이 파래야 바다도 파랗다

복잡했던 상념이 스르르 녹아내리는 듯했다. 그를 다시 마주했던 순간부터 머리는 그를 밀어내야 한다고 했지만, 가슴은 그를 원하고 있었다.

인정하고 나니, 불편했던 괴리감이 사라지고, 순식간에 마음이 편안해졌다. 그의 목덜미를 꽉 끌어안자, 그의 팔이 등허리 아래로 들어갔다. 이미 꽉 끌어안고 있는데도 그와 더욱 가까이 닿고 싶어서 안달이 났다.

더운 숨이 차올랐다. 다리가 얽히고, 옷 위로 안타깝게 몸이 비벼졌다. 그가 한숨을 몰아쉬며 다인의 파자마 단추를 풀어내려 할 때였다.

"아빠!"

갑자기 들려온 신오의 목소리에 그가 얼른 몸을 일으켜 앉았다.

"아빠아!"

신오가 더욱 큰 소리를 내며 그를 불러 댔다.

"어, 신오야."

그가 미처 목을 가다듬지도 못하고 다급하게 대답했다. 열기에 휩싸인 목소리가 툭 튀어나와서 당황했는지 허둥지둥하는 모습이 우스웠다. 다인은 아랫입술을 꾹 깨물며 웃음을 참았다.

"아빠, 어딨어!"

어두워서 무서운 건지 밖으로 나오지는 못하고 신오가 불안한 목소리를 냈다.

"어, 아빠 화장실! 이제 가. 잠깐만."

"응, 빨리 와."

다인이 몸을 일으켜 앉는 동안, 그가 옷매무시를 고치며 난감해했다. 시선을 내려 보니 어둠 속에서도 그의 바지 앞섶이 불룩한 게 눈에 들어왔다. 다인은 모른 척 그를 채근했다.

"얼른 들어가. 신오 놀라서 울겠다."

아이가 울겠다는 말에 그는 군말 없이 침실로 향했다. 어기적거리며 걷는 모습에 다인은 고개를 절레절레 내저었다. 참을 수 없는 웃음이 입가에 머물렀다. 신오가 놀랐다며 칭얼대는 소리가 들려왔고, 아이를 달래는 그의 목소리가 이어졌다. 거실에 혼자 남은 다인은 차오른 열기를 가라앉히려 한숨을 한 번 몰아쉬었다.

혼자 있을 때면, 삶이 버거워 거친 숨을 내뱉었었다. 그런데 이제는 내뱉는 숨의 결이 달라진 기분이다.

내일부터 어떤 삶을 살게 될까.

다인은 그의 향기가 물씬 밴 이불을 덮고 소파에 누웠다. 어쩐지 잠이 오지 않을 것 같았는데, 스르륵 잠이 들어 버렸다.


어슴푸레 눈을 떴을 때는 이미 사위가 밝아져 있었다. 부엌 쪽에서 달그락거리는 소음과 함께 소곤소곤 떠드는 소리가 들려왔다. 몸을 일으켜 탁 트인 주방 쪽으로 시선을 돌리자, 식탁에 마주 앉아서 키득거리고 있는 두 남자의 모습이 눈에 들어왔다.

그는 거실 쪽을 바라보며 앉아 있었고, 신오는 그와 마주하고 있었다.

"어? 엄마 일어났다."

그가 다인을 흘끗 보고는 말했다. 아침에 눈을 뜨자마자 마주하는 다정한 시선에 심장이 두근, 반응했다. 신오가 고개를 돌리며 외쳤다.

"엄마 일어나서 밥 먹어."

식사를 준비하는 소리도 듣지 못하고 자고 있었나 보다. 다인은 얼른 일어나서 이불을 정리하고 욕실로 향했다. 짧은 머리가 이리저리 뻗쳐서 볼썽사나웠다. 이런 모습을 그가 봤을 거라고 생각하니 괜히 부끄러웠다.

아니, 몇 년 전에는 같이 살았었잖아.

어울리지 않는 수줍음에 스스로 기가 찰 지경이다. 다인은 얼른 샤워를 하고, 머리를 말린 뒤 욕실 밖으로 나갔다. 신오는 벌써 식사를 마치고 거실 바닥에 앉아 블록 놀이에 몰두하고 있었다.

"얼른 밥 먹어."

그가 마치 제 부엌인 양 싱크대 앞을 오가며 말했다. 쭈뼛거리며 식탁 앞으로 향하자, 달걀볶음밥과 팽이버섯을 넣고 끓인 된장국이 놓여 있다.

"제법이네."

다인은 식탁 의자를 끌어다 앉으며 읊조렸다.

"그럼, 혼자 산 세월이 몇 년인데."

그는 대수롭지 않다는 듯이 받아쳤다. 다인은 행주로 싱크대 위를 닦은 뒤 개수대를 정리하는 그의 뒷모습을 빤히 바라보았다. 그가 시선을 느꼈는지 고개를 비스듬히 돌렸다.

"식기 전에 얼른 먹어. 국은 다시 데웠는데, 볶음밥은 좀 차가울 수도 있겠다. 전자레인지에 돌려 줄까?"

"아니. 그냥 먹을게."

다인은 천천히 고개를 내저었다.

"처음이야."

숟가락을 든 그녀는 밥 한술 뜨지도 못하고 조용한 목소리로 읊조렸다.

"뭐가?"

유준은 싱크대에 기대서서 그녀를 바라보며 물었다.

"이 집에서 남이 차려 주는 밥 먹는 거."

그녀는 생각이 많아지는지 한숨을 한 번 몰아쉬고는 '잘 먹을게.' 하면서 숟가락을 움직였다. 유준은 그녀가 조용히 식사하는 모습을 지켜보았다.

조금씩 마음을 여는 것 같았지만, 여전히 혼란스러운 얼굴이다. 그녀의 혼란스러운 마음까지도 고스란히 제 몫이었으면 했다. 화를 내든, 신경질을 부리든, 모든 감정이 틈 없이 자신에게만 쏟아지기를 바랐다.

유준은 그녀의 앞에 물 잔을 내려놓으며 조용히 말했다.

"남은 아니었으면 좋겠는데."

그녀의 시선이 물 잔에서 잠시 멈추는가 싶더니, 숨을 한 번 고르고는 올려다본다. 담갈색 눈동자에 담긴 감정이 무엇인지 가늠할 수 없어서, 유준은 그저 웃었다. 어제 애원했던 것처럼, 그저 그녀가 자신을 밀어내지 않는 것만으로 좋았다.

부서질까 두려울 만큼 조심스러웠던 키스를 나누었던 것만으로도 황홀했다.

천천히 조금씩만, 그렇게 내어 줘.

유준은 또다시 부탁하듯 그녀를 내려다보았다.

"아빠. 이거 뭔지 모르겠어."

블록 매뉴얼을 보고 있던 신오가 자리에서 벌떡 일어나며 소리쳤다.

"어, 아빠 간다."

유준은 그녀와 시선을 맞춘 채로 대꾸했다. 지금 신오에게 자신이 필요한 것처럼, 우리는 서로가 필요하지 않으냐고 묻는 듯한 시선이었다. 그녀는 이내 시선을 내려 식사를 이어 나갔고, 유준은 신오의 성화에 거실로 향했다.

식사를 마친 그녀는 신오를 어떻게 해야 하는지 난감해하는 눈치였다. 신오가 의도적으로 체험학습 현장에서 벗어나기는 했지만, 다섯 살짜리 아이가 사라졌는데도 알아차리지 못한 유치원에도 책임은 있었다.

"내가 데리고 있을게."

그녀는 가만히 고개를 끄덕이며 수긍했다. 그러면서 신오에게 당부했다.

"신오야. 아빠 말씀 잘 듣고 있어. 이따 점심때 엄마 올게."

"나는 아빠 말 잘 들어."

신오는 블록을 맞추는 데 몰두한 채로 의기양양하게 대답했다.

"엄마가 아빠 말을 안 듣지."

조용하게 덧붙인 신오의 말에 다인은 기가 찼다.

"신오, 방금 뭐라고 했어?"

신오가 턱을 치켜들더니 눈을 예쁘게 휘며, '히히.' 하고 웃는다. 아이의 애교 섞인 웃음에 아들 바보인 다인은 따라 웃고 말았다. 다인은 웃음을 머금은 채로 고개를 절레절레 내저었다.

신오를 키우면서 우려했던 모든 것들이 전부 기우였다는 생각이 들었다. 신오는 어리광을 부리고, 장난을 치고, 그 또래 아이들처럼 귀여운 반항을 시작했다. 다인의 시선이 매뉴얼에 골몰한 그에게로 향했다.

"애들 블록이 뭐 이렇게 어려워? 신오야, 우리 여기 빼먹었는데? 여기가 16번, 그게 17번이야."

조그만 블록 조각을 가지고 그는 진땀을 빼고 있었다.

"무슨 일 있으면 전화 줘."

그는 입술이 가늘게 맞물리도록 웃으며 고개를 끄덕였다.

두 사람을 집에 두고 카페에 나온 다인은 어쩐지 마음이 가벼워진 기분이 들었다. 지난밤의 비바람이 무색하리만큼 하늘은 맑게 개어 있었다. 비바람이 치고 나면, 더 새파란 하늘을 볼 수 있다는 진부한 표현처럼 가슴이 갠 느낌이다.

카페에 들어서자 모두들 걱정스러운 얼굴로 다인을 바라보았다.

"걱정 끼쳐서 미안해요. 오늘도 잘 부탁할게."

오픈 전 회의에서 카페 직원들 모두 다인에게 무언의 응원을 보내왔다.

"사장님, 신오 옆에 계셔야 하는 거 아녜요?"

회의가 끝난 뒤, 윤서가 다가와 걱정스럽다는 듯이 물었다.

"제가 잘 볼게요. 들어가 보셔도 돼요."

"괜찮아. 신오 아빠랑 있어."

다인이 덤덤히 대꾸하자, 윤서가 눈을 동그랗게 뜨며 되물었다.

"아빠요? 신오 아빠가 살아 있어요?"

다급하게 질문을 내뱉어 놓고 실수했다고 생각했는지, 윤서가 오른손으로 얼른 입을 가렸다.

"왜, 직원들 사이에서 신오 아빠 죽었다고 소문났어?"

다인이 별 이상한 소리를 다 듣겠다는 듯이 물었다.

"아, 그게. 아무리 이혼을 하셨어도 애 아빠가 한 번도 안 찾아오는 건 좀 이상하지 싶었거든요. 사장님 성격이 사람을 막 매정하게 끊어 내고 그럴 것 같지는 않고, 또 안목 높으신 분인데, 이상한 남자랑 결혼했었을 것 같지는 않았고……. 음……. 다른 남자도 안 만나시고 그래서……."

"사별한 남편을 못 잊고 산다고 생각했구나?"

수긍이 간다는 듯이 되묻자, 윤서가 무구한 얼굴로 고개를 세차게 끄덕거렸다.

"왜 멀쩡한 사람을 보내고 그래. 잘 살아 있는데."

무심히 말을 건네자 윤서의 눈동자가 반짝 빛났다. 다인의 반응으로 볼 때, 분위기가 나쁘지는 않다고 여겼나 보다. 신오의 아빠가 어떤 사람인지 궁금해 못 견디겠다는 눈빛이다. 그리고 어떻게 지금 신오와 같이 있는지도 물어보고 싶어서 입이 근질근질한 눈치다.

"직원들이랑 괜히 헛소문 만들지 말고. 궁금한 거 있으면 물어봐."

그러자 윤서가 숨을 크게 들이마시고는 목소리를 한껏 죽이며 속삭였다.

"혹시 여태현 씨가 신오 아빠예요?"

다인은 어제 매출을 정리해 놓은 파일을 들추다 말고, 미간을 찌푸린 채로 윤서를 바라보았다. 영민한 아가씨임에는 분명한데, 가끔 이상한 데서 핀트가 나간다.

"진짜요?"

윤서의 눈빛에 순간 우울감이 비쳤다. 다인은 일부러 심각한 목소리로 물었다.

"혹시 태현 씨 마음에 뒀었어?"

딱딱한 물음이 흘러나오자, 윤서가 하얗게 질린 얼굴로 대꾸했다.

"아녜요, 사장님! 절대 그런 거 아녜요. 정말이에요. 저는 그냥."

급기야 울먹이기까지 하는 윤서가 안타까웠지만, 놀리고 싶어서 웃음이 새어 나오려는 입술을 꾹 깨물었다.

그래, 윤서야. 너는 꼭 로맨틱 코미디의 주인공처럼 살았으면 좋겠다.

"좀 이따 카페 잠깐 들르기로 했어. 얼굴 보고 인사나 해."

신오 아빠가 신오를 데리고 카페에 들르기로 한 것도 사실이었고, 태현이 카페에 오겠다고 한 것도 사실이니까 거짓말을 한 것은 아니다.

"죄송해요, 사장님."

"죄송할 게 뭐가 있어? 나한테 뭐 죄지었니?"

윤서가 침울한 얼굴로 한숨을 몰아쉴 때, 태현이 카페에 들어섰다.

"좀 어때요?"

"괜찮아요. 평소랑 크게 다를 바 없이."

그러자 그가 위로의 손길로 다인의 어깨를 다정하게 토닥였다.

"저기요."

윤서가 침울한 얼굴로 끼어들었다.

"두 분, 이제 다시 예쁜 사랑 하시면서, 정말 행복하셨으면 좋겠어요."

울먹이는 목소리가 카페 안을 크게 울렸다. 제 목소리가 크게 울린 것에 놀랐는지, 윤서가 눈을 동그랗게 뜨고는 두 손으로 입을 가렸다. 그 순간 카페 입구 쪽에서 신오의 목소리가 들려왔다.

"윤서 이모 뭐라고 한 거야, 엄마?"

신오와 그가 형형한 눈빛을 빛내며 세 사람이 서 있는 곳을 쏘아보고 있었다. 타이밍이 정말 기가 막혔다. 그는 신오의 손을 꼭 붙잡은 채로 전장에 나서는 장수처럼 위풍당당하게 카페 안으로 들어섰다. 마치 신오가 자신이 쥐고 있는 가장 강력한 무기라는 듯이.

"왜 벌써 나왔어? 어디 가게?"

외출 준비를 하고 나온 듯한 그와 아이를 번갈아 보며 물었다.

"호텔 가서 아빠 짐 가져오기로 했어."

신오가 또박또박 대답하는 동안, 그는 무시무시한 눈빛으로 태현을 쏘아보았다.

"어? 이거, 나 지금 되게 억울한 상황인 것 같은데?"

태현이 검지로 그와 다인을 번갈아 가리키며 정색했다.

"인사해. 신오 아빠, 지난번에 봤지?"

윤서가 입을 쩍 벌리며 뜨악한 얼굴로 그를 바라보았다. 그는 윤서에게는 매너 좋게 인사를 건넸다.

"안녕하세요, 강유준입니다."

그러고는 다시 태현을 죽일 듯이 쏘아본다. 그러자 태현은 어이없다는 듯이 웃음을 터뜨리며 고개를 내저었다.

"아니, 내가 성격이 아무리 좋다고 해도. 너무하는 거 아녜요? 이 남자 왜 갑자기 나한테 도끼눈을 뜨고 그래? 뭐라고 한 거예요, 도대체?"

태현이 다인을 나무라며 물었다.

"오해는 제가 아니라, 얘가 한 것 같은데요."

다인은 검지로 옆에 선 윤서를 가리키며 장난스럽게 대꾸했다.

"허? 나 매니저 안 되겠네요. 잠깐 나 좀 봐요."

미간을 찌푸린 태현이 카페 밖으로 나가 버렸고, 윤서가 종종걸음으로 그 뒤를 따랐다. 저렇게 놓고 보니, 둘이 잘 어울리는 것도 같고.

다인은 웃음기 어린 시선으로 두 사람의 뒷모습을 바라보다가 아직 화가 가시지 않은 얼굴을 하는 남자에게 시선을 돌렸다.

"왜?"

무슨 이유로 그렇게 도끼눈을 뜨고 있느냐고 묻자, 그가 말 잘 듣는 강아지처럼 눈에 힘을 풀어 버린다.

"저 직원은 무슨 오해를 한 거야?"

"태현 씨가 신오 아빤 줄 알았대."

"하!"

그가 어이없다는 듯이 헛웃음을 흘렸다.

"우리 신오가 어딜 봐서 저런."

말을 멈추었지만, 그가 쌍욕을 내뱉는 소리가 귀에 들리는 듯했다.

"신오는 아빠 닮아서 잘생겼어."

신오가 제 아빠 역성을 들며 의기양양한 목소리로 말했다.

"그렇지? 신오야. 신오는 아빠 닮아서 잘생겼어. 맞아."

그가 다섯 살 아이의 말에 맞장구를 치며 좋아했다.

"호텔 다녀온다고?"

그는 고개를 끄덕이며 대꾸했다.

"체크아웃하고 짐 좀 챙겨 오려고."

다인은 순순히 고개를 끄덕였다. 그리고 앞으로는 어떻게 지내야 하나 조금 난감하기도 했다. 언제까지고 소파 위에서 잘 수는 없는 노릇이었다. 하룻밤을 소파에서 잤다고 몸 여기저기가 쑤셨다.

"엄마, 신오 침대도 구경하고 올 거다."

신오가 신이 나서 떠들어 댔다. 연예인들이 출연하는 육아프로그램을 즐겨 보던 신오였다. TV에서 본 패밀리 침대를 말하는 거라고 생각하며 물었다.

"침대?"

"응. 아빠가 자동차 모양 침대 사 준대."

꿈꾸듯 황홀한 얼굴로 신오가 대꾸했다.

"자동차 모양 침대?"

그를 향해 묻자, 그가 시치미를 뚝 떼며 능청을 떨었다.

"아니. 인터넷에서 자동차 모양 침대를 보여 줬더니, 녀석이 제 방을 꾸며 달라잖아."

아, 신오를 독립시키겠다? 아이를 어떻게 구워삶았는지, 침대를 사 주면 혼자 자겠다고 큰소리를 쳐 댔다.

"알아서 해."

다인이 무심히 대꾸하자, 마주 선 두 남자의 얼굴에 화색이 돌았다.

그날 오후, 매장 창고 재고가 딱 하나 남아 있었다는 자동차 모형의 침대가 신오의 놀이방을 차지했다. 그의 추진력에 혀를 내둘렀고, 신오는 좋다며 방방 뛰어 댔다. 걱정돼서 들렀다는 세희도 고개를 절레절레 내저으며 손뼉을 쳐 댔다.

"부자가 대단하시다, 정말."

그러면서 다인의 옆구리를 쿡 찔렀다.

"어떻게 된 건지 말 안 해 줄 거야?"

"뭐, 이렇게 된 거지."

긴말할 여력도 없다는 듯이 한숨 쉬듯 대답을 내놓자 세희가 어이없다는 듯이 웃음을 터뜨렸다.

"나쁜 사람 같지는 않네."

조용히 읊조리는 말에는 친구에 대한 애정이 담뿍 묻어났다.

"나쁜 사람은 아니야. 그래서 내가 좀 힘드네."

다인이 속삭이자, 세희는 나중에 꼭 이야기해 달라며 등을 토닥여 주었다.


그날 밤, 신오가 자동차 모양 침대에서 자겠다고 큰소리를 쳐 댔지만, 결국 침대는 다인의 차지가 되어 버렸다. 그가 신오를 재우는 데 성공했다며 득의양양한 표정으로 놀이방을 나선 것도 잠시, 30분 만에 신오가 눈물을 훔치며 방 밖으로 나왔다.

"무서워서 혼자 못 자겠어요."

그는 다소 섭섭하지만 어쩔 수 없다는 얼굴로 신오를 안고는 안방으로 향했다. 새빨간 스포츠카 모형 안에 누운 다인은 저도 모르게 웃음을 흘렸다. 부자의 대조적인 얼굴이 떠올라서 웃음이 멈추질 않았다.

감은 눈 안에 닮은 두 얼굴이 가득했다. 아프지 않은 마음으로 그를 떠올렸던 적이 있었던가? 그를 떠올리며 웃음만 지었던 적이 있던가? 미소를 머금은 채로 수마에 빠져들려는 순간이었다.

놀이방 문이 빠끔히 열리더니, 검은 인영이 방 안으로 들어왔다. 그러고는 다인의 곁에 살며시 몸을 누였다. 다인의 등 뒤로 남은 공간이 더 넓었기에 그는 뒤에서 안듯이 몸을 움직였다. 그의 단단한 팔이 다인의 허리를 조심스레 감싸 안는가 싶더니 어깨춤에 이마를 기댄 그에게서 나른한 한숨 소리가 흘러나왔다. 다인이 잠든 줄 알고 조심조심 움직이는 그의 행동에 웃음이 났다.

그는 고개를 들어 다인의 관자놀이에 가만히 입을 맞추었다. 그의 입술은 따뜻했다. 따뜻한 온기가 아래로 향하는가 싶더니, 귓불 아래에 닿았다. 예민한 살갗에서 퍼져 나간 열기가 순식간에 심장을 울렸다.

가슴이 두근거려서 꼼짝 않는 게 힘들었다.

"어딜 누워?"

다인이 가라앉은 목소리로 조용히 물었다. 그러자 커다란 몸이 흠칫하는 게 느껴졌다.

"언제까지 자는 척하나 했네."

놀란 걸 들켜 놓고서는 태연한 목소리로 대꾸하는 게 우스웠다.

"신오는?"

"잠들었어. 완전히 곯아떨어졌어. 나랑 아까 호텔 정원에서 엄청 뛰어놀았거든."

"그럼, 유준 씨도 얼른 가서 자. 피곤할 텐데."

그러자 그가 한숨을 폭 내쉬고는 대답했다.

"잠깐만 이러고 있자."

애원하듯 읊조리는 그의 목소리에서 열기가 느껴졌다. 그가 다인의 허리를 더 꼭 끌어안으며 품에 가두었다. 심장이 둥둥 울렸다.

"신오랑 보내는 시간은 정말 말로 다 못할 정도로 행복해."

그가 조용히 속삭였다.

"그런데 그만큼 너와는 시간을 보낼 수 없어서, 힘들어."

그의 입술이 목덜미에 살며시 닿았다가 떨어졌다. 감미로운 열기에 눈이 저절로 감겼다. 목 아래로 그의 팔이 들어오는가 싶더니, 커다란 손이 턱을 당겼다. 자연스레 서로의 입술을 찾아 머금었다.

살며시 달라붙었다가 떨어지는 자잘한 입맞춤이 계속되었다. 어쩐지 그는 깊게 입을 맞추지 못하고 망설이는 듯했다.

"왜?"

다인이 의아한 마음에 물었다.

"이거 신오 침대잖아."

참을 수 없는 웃음이 터졌다. 이 방으로 숨어들어 올 때는 언제고, 아이가 쓰게 될 침대니 깊은 키스는 할 수 없다는 듯 그는 신중하게 굴었다.

"변한 게 없네."

그의 입술에 입술을 맞댄 채로 속삭였다. 그러자 그가 다인을 품에 가두듯 안으며 물었다.

"뭐가?"

다인은 한숨 쉬듯 대꾸했다.

"여전히 너무 좋은 사람이야, 유준 씨."

이마 위로 흘러내린 그의 머리카락을 손가락으로 넘겨 주었다. 그러자 그의 입술이 순식간에 다인의 입술을 집어삼켰다. 조심스럽게 굴었던 남자는 온데간데없고, 입안을 깊게 파고드는 아찔한 키스에 정신이 아득해지는 것만 같았다.

"으음."

목에서 신음이 울렸다. 그는 다인을 꼭 끌어안은 채로 어쩔 줄을 모르며 바쁘게 더듬어 댔다. 열기가 순식간에 차올랐다. 촉촉한 속살이 맞닿고, 뜨거운 체온이 오갔다.

"하아."

입술이 떨어지자, 그가 벅찬 숨을 내뱉으며 미소 지었다.

"뭐야, 갑자기."

다인이 항의하듯 물었다. 말끝이 바르르 떨렸다. 미처 가시지 않은 열기가 목소리에 그대로 배어났다.

"여전히 너무 예뻐서, 참을 수가 없어서."

그가 다인의 탓이라며 능청을 떨어 댔다. 다인은 어둠 속에서도 그가 분명히 알아볼 만큼 눈을 흘겨 주었다. 그는 뾰족해진 다인의 눈가에 입을 맞추었다.

"급하게 하고 싶지 않아. 네가 온전히 나를 받아 줄 수 있는 마음이 될 때까지 기다리고 싶어. 그런데 자꾸만 그걸 잊게 돼. 닿고 싶고, 안고 싶고, 놓고 싶지 않은데 어떡해."

솔직한 고백에 가슴이 떨렸다. 다인은 그저 묵묵히 그가 하는 말을 듣기만 했다.

"조금만 봐줘."

"되게 새삼스럽다?"

호텔에서 재회하자마자 몸을 섞었던 두 사람이었다. 그런데 인제 와서 분위기를 잡겠다는 그를 나무라듯 말했다.

"그땐 내가 너무 섹시해서 정다인이 이 악물고 덤볐잖아."

장난스럽게 던진 말에 기가 막혀서 그의 가슴을 확 밀어내려고 했다. 그러자 그는 다인을 더욱 꼭 끌어안으며 웃었다.

"농담이야."

그러고는 열기 어린 목소리로 덧붙였다.

"정다인이 너무 섹시해서 내가 이 악물고 덤볐지."

목덜미에 코끝을 비벼 대며 숨을 들이켜는 그를 가만히 두었다.

"좋다, 정다인 냄새."

그가 취한 듯 읊조렸다. 다인은 눈을 꼭 감은 채로 잠시 아무런 대꾸도 하지 않았다. 그러자 그가 고개를 들며 물었다.

"자?"

"어머님은 좀 어떠셔?"

생각지도 못한 물음인지, 그가 짧게 한숨을 내쉬었다. 그는 차근차근 모친의 상태를 설명했다.

"그날 되게 마음 아파하셨어. 사람이 못할 짓 하셨다고."

그가 조재희를 데리고 집으로 왔던 날, 어머님은 그에게 전화를 걸어서 통곡하셨다고 했다. 짧은 결혼 생활이었지만, 다인을 친딸처럼 아껴 주셨던 분이다. 할머니가 어떻게 돌아가셨는지 아느냐며, 살길을 마련해 줄 테니 도망치라고 안타까운 얼굴을 하셨다.

그때 도망쳤다면 어땠을까, 하는 생각을 해 본 적도 있었다. 그렇다면 그에게 버림받지 않았을 거라는 생각도. 어두운 생각에 몸이 딱딱하게 긴장하는 게 느껴졌다. 언제쯤 어두운 생각을 온전히 떨칠 수 있을까.

"무슨 생각해?"

그가 다인의 몸을 끌어안으며 불안한 목소리로 물었다.

"어머님 뵙고 싶어."

제주로 떠나온 이후 단 한 번도 섬을 벗어났던 적이 없었다. 어쩌면 죽는 날까지도 벗어나지 않을지도 모른다고 생각했다. 제주를 벗어난다 하더라도, 다음 목적지가 대한민국 땅이 되지는 않을 거라 여겼다.

태어나서 처음으로 비행기에 오르는 신오의 눈빛에는 설렘이 가득했다.

"엄마, 우리 진짜 비행기 타?"

제주에 살면서 상공을 날아다니는 비행기를 자주 보았지만, 직접 타본 적은 없기에 신오는 골백번을 묻고 또 물었다.

"응, 비행기 타."

신이 나서 떠들어 대는 아이를 데리고 서울로 향하는 비행기에 올랐다. 아이는 연신 창밖을 보며 신기해했고, 그는 아이를 챙기는 데 여념이 없었다. 김포에 도착하자, 아이는 눈을 휘둥그레 뜨고 사방을 살피기 바빴다.

비행기에서 내린 이후로 그의 표정이 사뭇 어두워졌다. 할 이야기가 있는 얼굴인 것 같았다.

"내가 꼭 들어야 할 이야기라도 있어?"

김포에서 서울로 향하는 택시 안에서 신오가 잠든 틈을 타 물었다.

"어머니 상태가 좋은 편은 아니야. 너무 충격받지 않았으면 좋겠어."

다인은 한숨을 한 번 내쉬었다. 이혼해서 남이 된 며느리를 어떻게 할까 두려워 극단적인 선택을 했다는 어머님을 찾아뵈러 가는 길, 마음이 당연히 무거웠다. 그 일에 죄책감을 갖지 말라는 의미 같았다.

"알겠어. 무슨 뜻인지."

고개를 끄덕이며 대꾸하자 그는 미소를 머금으며 고개를 주억거렸다. 옅게 웃고 있는 얼굴이지만, 그의 눈빛은 쓸쓸했다.

택시가 병원에 다다르자 심장이 쿵쿵 울렸다. 수년 전 이곳에 왔을 때, 자신은 강유준의 아내였다. 두 사람이 이혼했다는 것을 병원 사람도 알고 있을 터였다. 과거를 모르는 사람들 사이에서만 살다가, 과거 속으로 걸어 들어가려니 괜히 겁이 났다. 그런 마음을 헤아린 듯 그가 다인의 손을 꼭 붙잡았다.

"다인아."

"응?"

멍한 시선을 돌려 그를 바라보았다.

"너 나무랄 사람 아무도 없어."

"알아."

힘없는 대꾸가 흘러나왔다.

"이제 무슨 일이 있어도 내가 네 곁에 있을 거야."

그는 곧고 깊은 시선으로 다인을 바라보았다. 걱정과 염려를 모두 제 것으로 만들고 싶다는 눈빛이었다. 그의 확고한 시선을 바라보는 자신의 눈동자가 한없이 떨리는 게 느껴졌다. 그가 끊임없이 속죄하는 눈빛을 보이는 게 마음 아팠다.

최악을 피하기 위해 차악을 선택한 거라는 그의 뼈아픈 고백이 자꾸만 떠올라서 가슴이 저몄다.

신오의 손을 붙들고 병원 안으로 들어섰다. 그의 얼굴을 아는 의료진과 병원 직원이 묵례하며 지나갔다. 아무렇지 않은 얼굴로 깊게 엮이지 않은 타인에 대한 전형적인 인사를 건네는 이들도 있었고, 다소 놀란 얼굴로 궁금한 듯 어설프게 고개를 숙이는 이들도 있었다.

불편한 시선이 느껴져 입술을 꾹 깨물자, 그가 다인의 어깨를 감싸 안았다. 다인이 놀라서 그의 손을 밀어내려 하자 그는 더욱 힘주어 안았다. 빤히 그를 올려다보자, 그는 다정하게 웃는 얼굴로 다인과 시선을 마주했다.

"네가 너무 예뻐서, 사람들이 놀라서 쳐다보는 거야."

아무렇지 않다는 듯이 장난스럽게 대꾸하는 그가 짠해서 눈물이 핑 돌았다. 지금 누구보다 이곳에서 곤란한 사람은 이 남자였다. 병원에 괜히 온다고 했나, 후회가 들었다. 너무 뵙고 싶었지만, 그의 상황을 고려하지 못했다는 생각에 가슴이 답답해졌다.

"나도 너 무작정 찾아갔어. 네가 생활하는 곳에 무작정 뛰어들어서 너 곤란하게 했어. 그런데 너는 지금 나 하나도 곤란하게 하고 있지 않으니까, 그런 얼굴 하지 마."

그는 다인의 속을 기가 막히게 읽어 내고는 말을 이었다.

"나 지금 미친놈처럼 소리 지르고 싶을 만큼 행복해."

그가 웃음기 어린 목소리로 말하자, 옆에서 잠자코 듣고 있던 신오가 정색했다.

"아빠, 병원에서 소리 지르면 안 되는 거야."

다그치는 신오의 말에 그가 웃음을 터뜨렸다.

"그렇지? 소리 지르면 안 되는 거지, 신오야? 그래서 아빠 지금 엄청 참고 있어."

그는 무척이나 힘들다는 얼굴로 신오에게 읊조렸다. 그러자 신오가 다인의 손을 놓고는 그에게 다가가 손을 꼭 잡았다. 마치 아빠에게 힘이 되어 주겠다는 듯이 결연한 얼굴이다.

"이것 봐. 내가 힘들기는 왜 힘들고, 곤란하기는 왜 곤란하겠어."

그는 행복해 죽겠다는 얼굴로 다인을 향해 말했다. 그를 따라 웃고는 있지만, 가슴 한구석이 묵직한 것은 마찬가지였다. 나지막한 한숨이 조용히 흘러나왔다.

VIP 병실 안으로 들어서자, 전실에서 미리 기다리고 있던 강 원장이 세 사람을 맞았다. 신오에 대한 이야기를 전하지 않았는지, 강 원장은 놀란 눈으로 아이를 가늠하듯 바라보았다.

"안녕하셨어요?"

다인이 조심스레 먼저 인사하자, 강 원장이 그제야 고개를 끄덕이며 다인에게 시선을 옮겼다.

"그래. 오느라 고생 많았다."

강 원장은 어떻게 된 일인지 묻는 얼굴로 유준을 바라보았다.

"신오야. 할아버지께 인사드려."

신오가 두 손을 배꼽에 모으고 공손하게 허리를 숙이며 인사했다.

"안녕하세요?"

할아버지라고는 했지만, 친할아버지라는 생각은 들지 않는지 호기심 가득한 눈동자가 강 원장을 향했다.

"이름이 뭐니?"

"정신오요."

강 원장이 한숨을 한 번 집어삼키고는 복잡한 눈빛으로 다인을 바라보았다. 다인은 괜히 시선을 떨구었다.

"고생 많았겠구나."

대쪽 같은 강 원장의 눈가에 물기가 어렸다. 아들과 똑 닮은 아이가 누구의 자식인지 묻지 않아도 안다는 듯한 얼굴이었다.

"들어가자. 네 엄마 이제 말귀도 좀 알아듣는 것 같다."

강 원장의 말에 그의 얼굴에 감격이 어렸다. 반가운 마음이 든 것은 다인도 마찬가지였다.

병실 안으로 들어서자, 어머님이 좋아하셨던 백작약이 소담하게 담긴 화병이 창가에 놓여 있었다.

"여보, 애들 왔어요."

자상한 음성에 어머님의 눈이 휘둥그레졌다.

"아들 하나밖에 없는 양반이 애들이라고 하니까 놀랐나 보네, 이 사람."

어머님의 눈꺼풀이 파르르 떨렸다.

"어서 인사드리렴."

강 원장의 말에 다인은 환우용 침대 옆으로 가까이 다가갔다.

"어머님."

눈물이 핑 돌아서 잠시 숨을 멈춘 순간, 어머님의 마른 눈가가 젖는 게 눈에 들어왔다.

"제가 너무 늦게 왔죠? 죄송해요."

주름진 눈가를 타고 눈물이 또르르 흘러내렸다. 다인은 흘러내린 눈물을 손가락 등으로 살며시 닦아 내고는, 긴장한 얼굴로 서 있는 신오를 향해 고개를 돌렸다.

"신오야. 이리 와."

아빠의 손을 꼭 붙잡고 있던 아이가 쭈뼛거리며 다가왔다.

"인사드려. 할머니셔."

"안녕하세요."

병실 분위기에 압도당했는지, 아이가 기어들어 가는 목소리로 인사한 순간이었다.

"으. 으."

어머님이 오른손을 들어 올리려 안간힘을 쓰며 목소리를 냈다. 다인은 어머님의 손을 꼭 잡았다. 병실이 따뜻한데도 손끝이 차가워서 가슴이 아렸다. 마르고 주름진 손을 보듬는데, 작은 손이 다가왔다.

놀라서 고개를 돌리자, 신오가 결연한 얼굴로 제 할머니의 손을 잡으며 말했다.

"빨리 나아요, 할머니. 제주도에 놀러 와요."

어머님의 눈가를 타고 또 한 번 눈물이 또르르 흘러내렸다.

"녀석. 참."

강 원장이 기특하다는 듯이 신오의 머리를 쓰다듬어 주었다. 어른이 머리를 쓰다듬어 주면 기분이 좋던 아이였다. 신오의 머리를 다정하게 쓰다듬어 주는 어른은 엄마와 세희, 정진뿐이었다.

할아버지의 애정이 담긴 손길에 신오는 기분 좋은 미소를 머금었다. 그런 모습을 지켜보는 그의 시선이 어쩐지 아련해서 가슴이 뭉클했다.

병실을 나선 세 사람은 강 원장에게 곧 다시 들르겠다는 인사를 건넸다.

"제주에서 바쁘다는 사람이 자주 들를 생각으로 부담 갖지 말아라. 무슨 일 있으면 연락하마. 우리 차차 하자."

서둘러 세월을 메우지 않아도 된다는 듯이 강 원장은 자상한 얼굴을 했다. 작별 인사를 하려는데, 신오가 쭈뼛거리며 눈치를 보았다.

"신오도 다음에 또 오렴."

"있잖아요. 할아버지."

할아버지 소리가 듣기 좋은지, 강 원장의 얼굴에 금방 화색이 돌았다.

"응, 말해 보려무나."

"할아버지도 의사예요?"

신오가 신기하다는 듯이 물었다.

"응, 할아버지도 여기 의사지."

강 원장이 다정하게 웃으며 대꾸하자, 그가 덧붙였다.

"신오 할아버지가 여기 대장 의사셔."

그의 설명에 신오가 눈을 휘둥그렇게 뜨며 놀란 얼굴을 했다. 진심으로 놀란 얼굴에 강 원장이 웃음을 터뜨렸다.

"할아버지가 진짜 여기 대장이에요?"

강 원장이 멋쩍은 미소를 한 번 머금고는 손자에게 그렇다며 고개를 끄덕여주었다.

"와! 그럼 나 병원 구경할래요. 대장이니까, 다 할 수 있잖아. 그치, 엄마?"

"신오야, 그건."

다인이 아이를 저지하려는데, 강 원장이 괜찮다며 손을 들어 보였다.

"우리 신오 할아버지랑 병원 구경 할까?"

"네엣!"

신오가 처음 보는 사람을 이렇게 따르는 것은 처음이었다.

"둘이 오붓하게 차라도 한잔하고 와."

어느새 신오는 강 원장의 손을 꼭 붙잡고 득의양양한 표정을 짓고 있었다. 마치 그 표정은 편의점에서 초코볼을 사 들고 왔을 때와 비슷했다. 강 원장은 아이 때문에 두 사람이 오붓한 시간도 못 보냈을 거라 생각했는지, 잠시 바람이라도 쐬고 오라고 했다.

"바쁘지 않으세요?"

그가 걱정스러운 목소리로 물었지만, 속이 빤히 보이는 형식적인 물음 같았다.

"바빠도 안 바쁘다, 지금은."

강 원장은 신오의 손을 꼭 붙들고 아이처럼 흔들어 댔다.

"신오야, 대장 방부터 구경할까?"

"네!"

신이 난 신오의 손을 붙잡고 강 원장은 곧장 원장실로 향했다. 멀어지는 두 사람의 뒷모습이 어쩐지 비현실적으로 보여서 다인은 한참을 멍하니 바라보았다.

"우리도 갈까?"

자상한 그의 물음에 다인은 고개를 끄덕거렸다. 병원 1층 로비에는 그와 자주 차를 마시던 카페가 여전히 남아 있었다. 거기서 차라도 한 잔 하려나 싶었는데, 그는 병원 밖으로 다인을 이끌었다.

"어디 가게?"

"집에 좀 들르게. 나 옷도 좀 챙겨야 하고."

그의 집으로 향한다는 말에 가슴이 괜히 두근거렸다. 그가 이제껏 어떤 모습으로 살아왔나, 궁금하기도 했다.

"지금 어디 살아?"

하필 그때 그 횡단보도 앞에 서서 그가 대답했다.

"514동 1206호. 비밀번호는 내 예전 생일이었던 집. 지금 비번은 우리 결혼기념일인 집."

가슴이 아래로 쓸려 내려가는 듯했다.


당시 신축 아파트였던 곳은 5년 사이 크게 달라진 것이 없었다. 조경수로 심어진 나무들의 키가 세월만큼 자라 있었고, 페인트칠이 조금 바랬을 뿐이었다. 그 집에 들어가는 것은 그와 헤어진 이후 처음이다.

엘리베이터에 오르자, 괜한 긴장감이 몰려왔다. 그와 나란히 서 있는 거울에 비친 제 모습이 어색해서 천장을 올려다보았다. 그가 다인의 어깨를 다정하게 감싸며 말했다.

"집에 가면서 왜 이렇게 긴장해? 조금 전에 아버지 뵐 때보다 더 긴장하네."

다인은 어색하게 웃었다. 분명 집 안의 모습은 달라져 있을 터였다.

달라져 있어서 아플까?

한숨이 아주 조금씩 새어 나왔다. 엘리베이터는 금세 12층에 도착했다. 그의 말마따나 비밀번호는 결혼기념일로 바뀌어 있었다. 도어록도 바뀐 듯했다.

"도어록이 중간에 고장이 나서 바꿨어."

"아."

다인은 그저 짧게 대꾸할 뿐이었다. 그리고 또 무엇이 바뀌었을까?

"들어가자."

그가 먼저 집 안으로 들어섰다. 그를 따라 현관에 들어선 다인은 꼼짝도 할 수가 없었다. 현관 앞에는 다인이 신던 연회색 실내화가 놓여 있었다.

"이게, 아직도 여기 있어?"

주로 값이 저렴한 물건들을 모아 놓고 파는 생활용품 전문 매장에서 산 싸구려 실내용 슬리퍼였다. 아마 지금은 똑같은 것을 구하려고 해도 구할 수도 없을 것이다. 그는 다인이 묻는 말에 그저 다정하게 웃을 뿐이다.

슬리퍼에 발을 끼우고 안으로 들어서자 한때 익숙했지만, 한동안 잊고 살았던 냄새가 폐부에 스며들었다. 눈앞에 보이는 모습은 마치 시간을 5년 전으로 되돌려 놓은 것 같은 착각이 들게 할 정도였다. 가구부터 시작해서 작은 생활 소품까지, 달라진 게 하나도 없었다. 그는 다인과 살던 시절에 쓰던 세제도 그대로 사용하고 있는 듯했다.

"나 옷 좀 챙겨야겠는데."

"어? 어."

멍하니 서 있는 다인에게 말을 건넨 그는 조용히 침실로 향했다. 그가 방으로 들어가고 얼마 지나지 않아 다인도 조심스럽게 안방에 발을 들여놓았다.

침대 시트도 그대로, 블라인드도 그대로, 협탁 전등도 그대로.

숨이 턱 막혀 버렸다. 다인은 욕실 앞을 지나 더 안쪽에 있는 드레스룸으로 향했다.

"잠깐만, 금방 챙길게."

그가 서랍장과 붙박이장을 오가며 옷을 꺼내고 있었다. 다인은 활짝 열린 장롱 안을 바라보며 잠시 멈춰 섰다. 다인이 계속 여기 살고 있었다고 해도 믿을 만큼, 그대로였다.

"이게……. 이게 다 뭐야?"

물기 어린 목소리로 물었다. 그러자 짐을 챙기던 그가 화장대 앞 의자에 앉으며 대꾸 없이 다인을 바라보았다. 다인은 5년 전에 자신이 사용했던 물건들을 살피기 시작했다. 때마다 새로 드라이클리닝을 했는지, 옷이 깨끗하게 정리되어 있었고 즐겨 들고 다니던 핸드백도 구김 없이 예쁘게 자리를 차지했다.

"이게 다 뭐냐고, 유준 씨."

고개를 돌렸을 때, 화장대 위가 눈에 들어왔다. 다인이 쓰던 화장품 브랜드의 새 제품들이 화장대 위에 놓여 있었다. 그는 다인이 즐겨 쓰던 향수를 집어 들고는 말했다.

"이것만 뜯어 놨었어."

그러고는 허공을 향해 두어 번 분사했다.

"가끔 이렇게 뿌려 봤거든."

사무치게 그리우면, 그리 덧붙인 그가 다인을 향해 장난스럽게 웃었다. 하지만 그의 눈동자에 어린 쓸쓸함은 감출 수가 없었다. 속절없이 눈물이 흘러내렸다.

"왜 이러고 살았어, 등신같이!"

다인이 그를 나무라며 두 손으로 얼굴을 가렸다. 전부 버렸을 거라고 생각했다. 당연히 잊혔을 거라고 여겼었다. 물건을 정리하며 내 생각은 조금이라도 했을까, 하는 뼈아픈 망상을 하기도 했었다.

그런데 그는 아무것도 변한 것 없는 공간을 홀로 보듬으며 살아가고 있었다. 그가 두 팔을 뻗어 다인을 품에 안았다. 주체할 수 없는 울음이 터져 나왔다. 그는 마른 등을 끌어안고 다독였다.

"언젠가 네가 이렇게 올 줄 알았으니까. 뭔가 조금이라도 바뀌어 있으면 속상해할까 봐."

다인은 그를 나무라며 울부짖었다.

"이러고 산 게 더 속상해."

어린아이처럼 엉엉 울었다. 지난했던 이별이, 5년의 세월이 갑자기 억울해졌다. 그럴 수밖에 없었느냐고, 그렇게 헤어지는 것밖에는 방법이 없었던 거냐고 따져 묻고 그를 나무라기엔, 함께 했던 공간에서 느껴지는 그의 처절했던 슬픔의 무게가 너무도 무거웠다.

젖은 뺨 위에 그의 입술이 닿았다가 떨어졌다. 그도 울고 있는지 안겨 있는 단단한 품이 바르르 떨렸다. 물기에 젖은 입술이 다인의 입술을 찾았다. 그는 달래듯 입안을 파고들었다. 촉촉한 점막을 훑고 적당하게 빨아들이며 편안하고 부드럽게 키스했다. 이 집 안에서, 다시 이 남자의 품에서 입을 맞추게 될 거라고는 상상조차 할 수 없었다.

울음인지 신음인지 모를 소리가 목에서 울린 순간, 입술이 떨어졌다. 그는 다인의 동그란 이마에 자신의 이마를 맞댄 채로 감격스럽다는 듯한 표정을 지었다.

정말이지, 속상했다.

5년 전 그가 해야 했을 선택도, 그리고 그 선택 이후에 지옥 같은 삶을 살았을 세월도.

안타까워서 속이 미어졌다. 감정이 복받쳐 올랐다.

"유준 씨."

그의 젖은 뺨을 어루만졌다. 그를 부정하며 살았던 세월이 거짓이었다는 생각에 힘들었다. 그런데 그보다 더 괴로운 삶을 살았을 그의 모습이 눈에 선했다. 새로운 장소에서, 새로운 사람들과 새로운 인생을 살았던 자신과 달리 그는 다인만 쏙 빠져나간 삶을 그대로 살아왔다.

"사랑해."

속절없이 고백이 흘러나왔다. 그가 잠시 숨을 멈추는가 싶더니 이내 입술을 겹쳐 왔다. 그가 일어서며 자연스레 목이 뒤로 꺾였다. 그는 다인을 안아 들었고, 다인은 그의 목에 팔을 감으며 매달리듯 했다.

정신없이 입안이 뒤섞였다. 평생에 처음 맛보는 단맛인 양 핥고 빨아들였다. 이 남자가 없었던 시간이 꿈처럼 여겨질 만큼 친밀하게 느껴졌다. 신음인지, 울음인지 모를 소리가 울린 순간, 등이 푹신한 이불 위에 닿았다.

슬쩍 눈을 떠 보니 침대 위였다. 이불도 다인이 할머니와 함께 골랐던 것 그대로였다.

"이불도 그대로네."

다인이 울음 섞인 목소리로 속삭이자, 그가 조용히 대꾸했다.

"나 가끔 네가 여기 있는 줄 알고, 말도 걸었다."

숨이 턱 막혀 왔다.

"미친 사람 같지? 나도 내가 미쳐 가는 것 같았어. 네가 너무 그리워서."

그가 다인의 목덜미에 입술을 묻으며 읊조렸다. 다인은 그를 달래듯 단단한 어깨를 끌어안았다. 목 가장 안쪽 움푹 팬 곳에 그의 입술이 닿았다. 저절로 눈이 감겼다. 블라우스 단추가 하나둘씩 풀렸다. 그는 살그머니 드러난 젖무덤 위에 조심스럽게 입을 맞추었다.

그의 손길은 감격스럽다는 듯이 부드러웠다. 다인은 손을 내려 그의 니트 밑단을 끌어 올렸다. 그러자 그가 상체를 비스듬히 세우고는 옷을 벗어 던졌다. 단단하게 근육이 잡힌 보기 좋은 상체가 드러났다.

다인은 숨을 몰아쉬며 그를 올려다보았다. 그는 아랫도리와 속옷도 벗으며 다인을 응시했다. 그가 옷을 벗는 동안, 다인도 스스로 옷을 벗어서 침대 아래로 떨어뜨렸다.

수없이 서로를 안았던 침대 위인데도, 수줍어서 얼굴이 붉어졌다. 그는 달아오른 다인의 뺨에 살포시 입을 맞추었다. 턱에, 귓불에, 목에, 가슴에, 배에, 허벅지에…… 차례로 그의 입술이 닿았다가 떨어졌다.

"흐읏."

참을 수 없는 신음이 터져 나온 순간 그가 밀부를 깊게 빨아들였다.

"아아, 유준 씨."

손을 뻗어 부드러운 머리카락을 휘감아 잡았다. 그러자 그가 머리 위로 손을 올려 깍지를 끼고는 혀를 뾰족하게 만들어 입구를 파고들었다.

"으응."

뜨거운 애액이 흐르는 느낌이 났다. 그는 한 방울도 헛되이 흘러내리는 것을 용납할 수 없다는 듯이 핥고 빨아들였다. 부드럽게 핥아 올릴 때는 소름이 돋아났고, 깊게 빨아들일 때는 머릿속이 아득했다.

"하아."

그가 한숨을 몰아쉬며 몸을 일으켜 세웠다. 달아오른 시선이 달아오른 살갗에 닿았다. 그는 몸을 숙이며 겹쳐 왔다. 젖은 틈새로 단단해진 그의 물건이 지체 없이 파고들었다.

"아앗!"

탄성이 저절로 흘러나왔고, 눈이 감겼다. 그는 다인의 등허리를 꽉 끌어안은 채로 다정하고, 뜨겁게 안아 주었다. 갑작스럽게 일어난 일들이 꿈은 아닐까, 하는 생각이 들 만큼 황홀했다. 꿈이라면 깨고 싶지 않은 단 꿈이었다.

어쩐지 또다시 울음이 터질 것만 같았다. 다인이 흐느끼자, 그의 입술이 내려왔다. 서러운 울음은 그가 삼켜 버렸다. 입안이 농밀하게 뒤섞일수록 그의 움직임도 과격해졌다. 눈물방울이 쪼르륵 흘러내린 순간, 아래가 심하게 조이는 느낌이 났다.

"으음."

울음과 함께 신음이 쏟아졌다. 그가 다인을 품에 꼭 안으며 깊게 한 번 파고들자, 맞닿은 부분이 왈칵거렸다. 뜨거운 열기가 몸 안 깊숙한 곳에 퍼지고 있었다.


그는 한동안 다인을 끌어안은 채로 꼼짝도 하지 않았다. 다인은 그의 굳은 등을 다독여 주었다.

"이제 일어나자. 신오 데리러 가야지."

그러자 그가 잠긴 목소리로 대꾸했다.

"지금……. 갑자기 무서웠어. 내가 혼자 착각하고, 미쳐 버린 걸까 봐."

그는 다인의 목에 얼굴을 묻은 채로 몸을 떨었다.

"아니야, 유준 씨. 나 여기 있잖아."

그가 고개를 들어 올려 다인을 내려다보았다. 그러고는 이마와 콧잔등, 입술에 차례로 입을 맞추었다.

"이제 무슨 일이 있어도."

그는 목이 메는지 말을 잇지 못했다.

"무슨 일이 있어도 같이 있자."

다인이 그가 하고 싶은 말을 대신 끝맺었다. 그러자며 고개를 끄덕이는 그의 얼굴에 그제야 제대로 된 미소가 자리했다.

옷을 입은 다인은 혹시나 하는 마음에 부엌으로 향했다. 부엌 싱크대를 하나씩 열어 보는 모습을 그는 가만히 지켜보았다.

"여기 다 있네."

할머니의 유품을 그에게 전달받기는 했지만, 극히 일부였다. 가장 중요한 것은 할머니의 그릇이었다. 그런데 다시 이 집에 들어올 용기가 나지 않아서, 그에게 일일이 그 물건을 챙겨 달라고 하기가 버거워서 돌보지 못한 그릇들이었다.

할머니께 물려받은 식기와 주방용품들이 잘 손질된 채로 싱크대를 차지하고 있었다.

"고마워."

물기 어린 목소리가 흘러나왔다. 그러자 그가 다인의 곁에 다가와 꼭 안아 주었다.

"고마워, 유준 씨."

그가 이 집에서 진정으로 자신을 기다렸다는 생각이 들었다. 그래서 가슴이 깊게 가라앉았다. 사랑한다며 마음을 열었지만, 이제 앞으로 어떻게 지내야 하는지 현실적인 고민이 고개를 들었다.

할아버지와 시간을 좀 더 보내고 싶다는 신오의 뜻에 따라 서울에 이틀을 더 머물렀다. 그의 본가에도 다녀왔고, 두 사람이 함께 살던 아파트도 보여 주었다.

"그런데 엄마, 아빠는 왜 따로 살았어?"

아이의 순진한 물음에 그는 쓸쓸하게 웃었다.

"아빠가 잘못해서."

그는 미안하다는 듯이 신오를 향해 조용히 속삭였다.

"아니야. 아빠 잘못한 거 없어. 신오야."

다인은 그를 나무라듯 한 번 바라보고는 이내 신오에게 시선을 돌렸다. 공항 라운지 의자에 앉은 아이의 앞에 무릎을 굽히며 눈높이를 맞추었다.

"그냥 누가 잘못하지 않아도, 이런 일이 생기곤 해."

"왜?"

아이는 이해할 수 없다는 듯이 물었다.

"세상일을 전부 마음대로 할 수 있는 사람은 없다고 했었잖아, 엄마가."

기억이 날 듯 말 듯 한 얼굴로 아이는 다인을 응시했다.

"그런 일 중 하나였어. 엄마도, 아빠도 어쩔 수 없는 일이었어."

잠시간 잠자코 있던 신오가 시무룩한 목소리로 물었다.

"그래도 슬퍼. 아빠랑 엄마랑 신오랑 같이 못 살았잖아."

울먹거리는 아이의 머리를 쓰다듬으며 말했다.

"그래서 아빠랑 엄마랑 신오랑 서로가 가장 소중한 존재라는 걸 더 잘 알게 되었잖아."

다인의 말에 아이의 눈이 반짝 빛났다. 아이는 그렇기도 하다며 고개를 끄덕거렸다. 가만히 지켜보기만 하던 그가 조용히 끼어들었다.

"있잖아, 신오야."

신오는 의문이 섞인 눈빛으로 그를 바라보았다.

"앞으로 딱 1년만 아빠랑 지낼까?"

안식년을 보내고는 있지만, 서울에서의 일을 완전히 정리할 수는 없을 것이다. 그가 신오에게 서울에서 지내자는 말을 하는 거라고 생각했다. 어쩌면 그렇게 서울과 제주를 왔다 갔다 하는 생활을 해야 할지도 모르겠다.

"아빠랑만?"

신오가 걱정스럽다는 듯이 물었다.

"응. 우리 신오 유치원 다니지 말고, 1년은 아빠랑 보내자. 아빠가 유치원에서 배우는 것보다 더 재미있는 거 가르쳐 줄게."

그가 하는 말에 다인의 미간이 저절로 구겨졌다.

"유준 씨, 지금."

무슨 말을 하는 거냐고 물으려는데, 탑승 안내 방송이 울렸다. 그는 신오의 손을 잡고, 다인의 어깨를 끌어안으며 비행기에 올랐다.

내내 신오가 곁에 있어서 그의 의중이 무엇인지 물을 겨를이 없었다.

신오는 그저 유치원에 가지 않고 아빠와 시간을 보낼 수 있다는 생각에 신이 난 듯했다. 어디서 살아야 하는지, 어떻게 살아야 하는지에 대한 구체적인 고민이 없는 아이는 그저 엄마, 아빠가 곁에 있는 것만으로 행복해 보였다.

아이가 잠들고 난 깊은 밤, 다인은 겨우 그와 마주 앉을 수 있었다.

"아까 그 말 무슨 뜻이야?"

다인이 조심스럽게 물었다. 그러자 그가 아득한 표정으로 다인을 바라보았다.

"왜 그렇게 표정이 어두워? 무슨 생각 했어?"

"아니, 아무리 안식년이어도 여기에서만 있는 거 쉽지 않을 거잖아."

그는 의미심장한 미소를 머금으며 입을 열었다.

"뭐가 쉽지 않아. 내가 있겠다고 하면 있는 거지."

진심인 듯한데, 지나치게 대책이 없는 건 아닌가 하는 생각이 들었다.

"일 그만뒀어. 이제 서울에 갈 일 없어."

다인이 놀란 얼굴로 그를 바라보았다.

"진심이야?"

나름대로 치열하게 고민해서 내린 결정인 듯했다.

"아마 신오 저대로 유치원 가면 혼란스러울 거야. 아빠의 위치를 좀 공고히 다진 다음에 보내도 늦지 않아. 너를 나무라는 말이 아니라, 엄마가 카페 일 보는 동안 신오도 결핍된 부분이 있었을 거거든."

"그걸 채워 주고 싶다는 거야?"

"물론 인간의 결핍을 전부 채울 방법은 없어. 하지만 결핍을 바라보는 시각을 바꿔 줄 수는 있지. 어린아이에게 그걸 가르쳐 주는 게 부모의 역할인 거고. 혼자 버거웠지?"

그의 물음에 왈칵 뜨거운 기운이 올라왔다.

"일이야, 뭐. 신오 안정되고 나면 여기서 다시 시작해도 되는 거고. 클리닉을 열어도 되고, 여기 있는 대학 병원에 취직해도 되고. 신오랑 그동안 일하면서 모아 둔 돈이나 탕진하러 다녀야지."

그가 쌓아 온 커리어는 쉽게 버릴 수 있는 것이 아니었다.

"내가 신오 보는 동안, 너도 카페 일 좀 여유롭게 할 수 있잖아."

그런데 그는 다인과 신오를 위해 기꺼이 그것을 버리고 제주에 들어와 살겠다고 말하고 있었다. 여기서 힘들게 일군 카페를 버릴 수 없다는 생각을 했었다. 서울과 제주를 오가는 생활을 하게 될 것이라 여겼었다.

그는 두 사람에 비하면 그깟 커리어쯤이야 아무것도 아니라는 듯이 웃었다.

"후회 안 하겠어?"

다인의 물음에 그는 단호히 고개를 끄덕였다.

"안 해. 절대."

"애 보는 거 쉬운 일 아니야."

"쉬운 일 아닌 걸, 너는 여태 혼자 해 왔잖아."

뭐라 대꾸할 말이 바로 떠오르지 않아서, 다인은 잠시 머뭇거렸다.

"나중에 내가 네 도움이 필요한 순간이 오면, 그때 네가 조금 양보해 주면 되잖아. 그치?"

다인은 평생 그런 일을 없을 것 같다고 직감했다. 그는 앞으로 무슨 일이든 다인에게 맞춰 살 것처럼 보이니까.

어쩔 수 없이 수긍한다는 듯이 고개를 끄덕였다.

거세기만 했던 제주의 바람 소리가 오늘따라 정겹게 들렸다. 두 사람의 앞날을 응원하는 것처럼, 힘찬 행진곡처럼 느껴졌다.

그는 신오를 데리고 제주 이곳저곳을 돌아다녔다. 신오는 다인이 홀로 키울 때보다, 유치원에 다닐 때보다 훨씬 성격이 쾌활하고 명랑해졌다. 깔깔거리는 웃음소리가 끊이질 않았고, 장난이 심해져서 다인을 당혹스럽게 하기도 했다.

"나는 우리 신오가 저런 성격인 줄 정말 몰랐어."

얌전히 앉아서 책 읽기, 클레이 만들기, 블록 놀이 등을 즐기던 아이였다. 아마도 다인이 한곳에 머무는 정적인 활동을 좋아하기에 엄마의 성향을 따라 그랬을 것이다. 아빠와 다니기 시작하면서 신오는 온갖 바깥 놀이를 섭렵하고 날래졌다.

"아빠, 진짜 너무해!"

하루는 신오가 씩씩거리며 카페 안으로 들어섰다. 여름 볕에 그을린 이마에서 땀이 뻘뻘 흘러내리고 있었고, 물총 싸움을 했는지 옷이 흠뻑 젖어 있었다.

"왜, 아빠가 왜 너무해?"

"계속 아빠가 이기잖아."

신오가 서럽게 울기 시작했다. 그는 멋쩍지도 않은지 뻔뻔한 얼굴로 카페에 들어서며 말했다.

"강신오. 왜 울어? 억울하면 네가 아빠 이기면 되잖아."

"아빠를 어떻게 이겨."

아이가 으앙, 하고 울음을 터뜨리며 더욱 서럽게 울었다.

"자, 잘 봐. 이렇게 총을 잘 조준하고 힘껏 쏘면 되는 거야."

다인은 그를 향해 나무라는 눈빛을 보냈다.

"와, 아빠 속상해. 아빠는 열심히 신오랑 놀아 줬는데, 엄마가 아빠 미워하잖아."

엉엉 울던 아이가 울음을 뚝 그쳤다. 눈물범벅이 된 얼굴로 눈을 동그랗게 뜬 신오가 다인을 올려다보았다.

"엄마, 아빠 미워하지 마."

"그럼, 아빠랑 놀다가 울고 들어오지 마. 이기든, 지든 놀이일 뿐이야. 물총 싸움 한 번 진 게 뭐 그렇게 대단한 거라고 서럽게 울어."

그러자 아이가 입술을 삐죽거리며 눈을 뾰족하게 뜨고는 항변했다.

"아빠가 너무 얄밉게 놀린단 말이야."

신오가 다시금 울음을 터뜨렸다. 얄밉다는 말에 동의를 해 줘야 하는 건지 난감했다. 그는 가끔 정말 미친 듯이 얄미울 때가 있으니까. 어젯밤에만 해도 그렇게 피곤하다고 했는데, 새벽녘이 되어서야 다인을 품에서 놔주었다. 카페 일 때문에 늦잠자면 안 된다고 했더니, 이제는 카페 오픈까지 자신이 도맡으려고 했다.

얄밉다, 정말.

감정을 담아 그를 쏘아보자, 그는 뻔뻔하게 어깨를 한 번 으쓱하고는 웃었다. 눈물겹도록 아름답고 눈부신 여름이 시작이었다.


스물다섯 그와 결혼했었던 날과 같은 날, 서른하나가 된 다인이 다시 그의 곁에 섰다. 혼인신고와 가족관계 정리는 진작에 해 두었다. 다시 결혼식을 했으면 좋겠다고 말한 이는 신오였다.

지난봄, 서울 집에서 세 사람이 나란히 앉아 결혼식 때 촬영한 DVD를 보고 있을 때였다.

「엄마, 나는 저 때 어디 있었어?」

신오의 천진한 질문에 다인은 무심히 대꾸했다.

「저 때는 신오 없었지.」
「엄마 배 속에 있었어?」
「아니, 저 때는 엄마 배 속에도 없을 때였지.」

아이가 일순간 시무룩해지더니, 읊조렸다.

「나 있는 데서 엄마, 아빠 다시 결혼했으면 좋겠다.」

아이의 말에 두 사람의 시선이 가볍게 부대꼈다.

「좋은 생각인데?」

그가 다정하게 웃으며 아이의 볼에 입을 맞추던 모습이 아직도 눈에 선하다.

모던한 분위기로 꾸며져 있던 카페가 오늘만큼은 로맨틱한 분위기로 전환되었다. 향긋한 꽃이 여기저기 놓여 있었고, 테이블 위는 하얀색 새틴이 덮였다. 의자 등받이에도 새틴 리본이 자리했고, 리본 사이마다 꽃

장식이 어우러졌다.

다인은 하얀색 민소매 원피스를 입었고, 그는 흰색 드레스 셔츠에 연한 회색 슬랙스를 입었다. 신오는 그와 똑같은 차림으로 카페를 이리저리 뛰어다녔다. 주례와 같은 형식적인 것들은 전부 생략했다.

그저 마음이 맞는 이들을 불러 모아 놓고 하는 즐거운 파티나 다름없었다.

"축하해."

세희가 다인의 손을 꼭 잡으며 웃었다.

"거봐, 신오가 아빠 닮아서 똑똑한 거 맞잖아. 범상치 않을 것 같다는 생각은 했었는데, 의사라는 말에 그러려니 했더니. 한국대 교수였다니."

고개를 절레절레 내젓는 세희는 연신 감탄을 해 댔다.

"너무한 거 아니야, 정다인?"

다인의 어깨를 제 어깨로 툭 치며 세희가 불만을 표했다.

"뭐가 너무해?"

"능력 좋은 카페 사장에, 토끼 같은 아들도 있는데, 이제는 비현실적인 남편도 있잖아. 아이고, 배 아파라"

"비현실적인?"

미간을 설핏 찌푸리며 되묻자, 세희가 눈을 가늘게 뜨고 대꾸했다.

"잘생겼지. 능력 좋지. 자상하지. 한 여자밖에 모르지."

"뭐야, 내 이야기 해?"

정진이 불쑥 끼어들며 물었다.

"어, 그럼. 자기 얘기 했지."

세희가 능청을 떨어 대서 다인은 아랫입술을 꾹 깨물며 어이없이 터져 나오려는 웃음을 참아 냈다. 정진과 세희가 속닥거리며 저쪽으로 가자, 그가 성큼 다가와 다인의 허리를 끌어안았다.

"기분이 어때?"

열기 어린 그의 목소리가 귓가에 닿았다.

"좋아."

"좋단다. 나는 미칠 것 같은데."

귓가에 닿는 그의 숨결이 뜨겁다.

"또 왜."

"오늘도 왜 이렇게 예뻐. 지난 결혼식 때도 사람 미치게 하더니. 죽겠다, 진짜."

그의 입술이 드러난 어깨를 가볍게 스쳤다.


파티가 끝나자마자, 곧장 집으로 들어왔다. 둘이 오붓한 시간 보내라며 세희가 신오를 데리고 가 버렸기에, 집에는 두 사람만 남았다.

"하아, 유준 씨."

섬세한 손끝이 다인의 비부를 더듬었다. 그가 카페에서 귓속말로 야한 말을 늘어놓을 때부터 아래는 이미 흥건히 젖어 있었다. 촉촉이 젖은 채로 달라붙어 있던 살점을 가르는 소음이 여실히 들려왔다. 끈적끈적한 물기가 어린 점막을 더듬고 들어온 그의 손가락이 보드랍게 부풀어 오른 클리토리스를 누르듯 문질렀다.

"으응."

신음이 절로 흘러나왔다. 카페에서 샴페인을 연거푸 마신 탓에 적당히 술기운 돌아서 온몸의 감각이 예민하게 살아났다.

"듣기 좋다."

그가 다인의 귓불을 한 번 깨물었다 놓고는 속삭였다.

"정다인이 내는 소리."

"하아."

탁한 그의 음성이 울리자 더운 숨이 터져 나왔다. 그의 손가락이 안쪽으로 밀고 들어왔다. 손가락 세 개를 한꺼번에 넣었는지, 아래가 빠듯했다. 굵기와 길이가 각기 다른 손가락이 내벽 곳곳을 눌러 대며 자극했다.

"흐읏, 유준 씨."

"기억이 잘 안 나."

그가 깊게 가라앉은 소리로 말했다.

"아아, 뭐가."

다인은 토막 난 숨과 함께 겨우 되물었다.

"우리 처음 결혼했던 날, 그때도 이렇게 좋았던가?"

열기에 휩싸인 목소리가 적당히 쉬어 듣기 좋았다. 다인은 얼른 고개를 끄덕거렸다.

"아냐. 지금만큼은 안 좋았던 것 같아."

그는 질 내벽을 문지르며 조용히 속삭였다. 질척이는 소음과 함께 달아오른 숨소리가 뒤섞였다.

"할 때마다 더 좋아져."

천천히 들어왔다가, 빠르게 치고 빠지는 손가락의 움직임이 아득했다. 다인은 눈을 질끈 감은 채로 어쩔 줄을 몰랐다. 등 뒤에 자리한 그에게 손을 뻗어 머리를 감싸 안았다. 그의 다른 손은 다인의 가슴을 움켜쥐고 있었다. 자연스레 흘러내린 가슴을 둥글게 돌렸다가, 위로 끌어모으고는 툭 불거진 유두를 손가락 사이에 끼고 희롱하기 시작했다.

가슴 끝에서 시작된 열기가 심장을 관통하듯 스며들어 아랫배에 고였다. 아래에서 시작된 쾌락 역시 등줄기를 타고 올라 목덜미까지 전율이 흘렀다. 그의 입술은 다인의 귓불과 목덜미를 연신 물어 댔다.

온몸을 그에게 붙잡힌 채로 다인은 쾌락에 젖어 부르르 떨었다. 단단해진 그의 페니스가 엉덩이 윗부분을 눌러 댔다. 그의 머리를 잡고 있던 손을 내려 딱딱한 허벅지를 움켜잡듯 잡아당겼다.

"으응, 제발."

그는 꿈쩍도 하지 않고 다인을 자극하기만 했다.

"하아, 유준 씨. 응?"

"제발 뭐. 하고 싶은 걸 말해."

자극적인 목소리로 그가 속삭였다.

"그만, 들어와 줘."

애원에 가까운 음성이 흘러나왔다. 순간 그의 손가락이 쑥 빠져나갔다. 갑작스러운 공허함에 한숨이 흘렀다. 가슴이 들썩이도록 숨을 고르고 있는데, 그가 몸을 일으켜 다인의 매끈한 허벅지를 잡아 벌렸다.

"흐으."

다리가 벌어지는 것에서도 쾌락이 느껴져서 신음을 참을 수가 없었다. 그는 거칠게 부풀어 오는 페니스를 손으로 한 번 쓸고는 입구에 몸을 맞추었다. 그저 뭉툭한 끝이 닿기만 했는데도, 숨이 멎을 듯했다.

고개를 뒤로 젖힌 채로 가쁜 숨을 고르는데 좁은 틈을 그가 슬쩍 밀고 들어왔다. 얕게 들어와 부푼 클리토리스에 귀두를 비벼 댔다. 더 깊숙이 꿰뚫고 들어왔으면 좋겠는데, 그는 그럴 생각이 없는지 손으로 물건을 쥔 채로 끝만 비벼 댔다.

"하아, 유준 씨. 으응."

골반을 움직여 그를 깊이 품으려 하자, 커다란 손이 허벅지를 내리눌렀다. 그는 붉어진 시선으로 다인을 바라보며 한숨을 몰아쉬고 있었다. 손가락으로 인해 이미 달아오를 대로 달아오른 곳에 그의 물건이 감질나게 비벼지기만 했다.

"어서, 유준 씨. 응?"

그는 매달리는 다인의 모습을 즐기고 있는 것처럼 보였다. 오를 듯 차오르지 않는 모자란 쾌감에 다인은 도리질을 쳤다.

"제발, 이제 그만."

"그만하고 싶지는 않을 텐데."

그가 억눌린 음성으로 읊조렸다.

"어서, 넣어 줘⋯⋯. 응?"

목소리에서 울음기마저 배어나는 듯 애처로웠다. 그가 귀두로 클리토리스를 거세게 비벼 댔다. 질척거리는 소음과 함께 아래가 비벼지는 느낌에 얕은 쾌락이 전신을 훑었다.

"아아."

다인은 눈을 질끈 감으며 허벅지 안쪽이 바르르 떨리는 것을 느꼈다. 입구가 살짝 조여지며 그의 물건 끝을 압박했다. 수축과 이완이 반복되는 속도가 조금씩 사그라들기 시작하자 그가 단번에 치고 들어왔다.

"아윽."

침대 시트를 움켜잡은 손이 하얗게 붉거졌다. 그가 상체를 숙이며 살며시 벌어진 입술을 집어삼켰다. 단번에 치고 들어왔다가, 느릿하게 빠져나가는 몸짓에 정신이 나가 버릴 것만 같았다.

얕은 오르가슴 뒤에 이어진 깊은 삽입은 숨이 턱 막힐 정도로 황홀했다. 그는 이제 다인을 어떻게 자극해야 하는지 너무도 잘 알았다. 이전에도 잘 알고 있다고 생각했는데, 이전과는 비교도 되지 않는 몸짓으로 다인을 몰아붙였다.

"으음. 으으음."

그의 입속으로 신음이 쏟아졌다. 거친 숨결이 서로의 뺨 위에서 부서졌다. 너른 어깨를 꽉 끌어안았다. 할 때마다 더 좋아진다는 그의 말을 증명이라도 하듯 이제까지와는 비교도 되지 않는 쾌락에 심장이 요동쳤다.

뭇별들이 반짝이는 까만 밤, 숨이 턱 막혀 버릴 것 같은 사랑이 별빛 못

지않게 반짝거렸다.

❖

"사장 한 번도 안 나왔어?"

세희가 바 앞에 서서 윤서에게 불만스러운 목소리를 내는 게 눈에 들어왔다. 다인은 카페 안으로 들어서며 망설임 없이 대꾸했다.

"사장 이제 나왔다."

"야, 너는."

다인을 나무라려 돌아본 세희가 유준을 발견하고는 입을 꾹 다물었다. 신오가 세희의 집에서 지낸 기간은 정확히 일주일, 신혼여행 간 셈 치라며 세희는 신오를 돌봐 주었다.

"오셨어요? 신오는요?"

"그이랑 같이 농장에 있어요. 엄마, 아빠가 데리러 와야 한다네요."

"그럼, 데리러 가야죠. 뭐."

눈치 빠른 그는 먼저 차에 가 있겠다며 웃고는 자리를 피해 주었다. 세희는 눈을 휘둥그렇게 뜨고는 다인을 바라보았다.

"너 집 밖으로 한 걸음도 안 나온 거야?"

다인은 골몰한 얼굴을 했다가 배시시 웃으며 대꾸했다.

"그런 것 같네."

"아니, 집에서 대체 뭘 한 거야?"

"뭘 했겠어?"

능청스럽게 웃자, 세희가 놀랍다는 듯이 되물었다.

"어머, 정다인이 이렇게 웃을 줄도 알아?"

친구의 표정이 깜찍하다는 듯이 세희가 기분 좋게 웃어 댔다.

"너도 오늘 기분 좋아 보인다?"

다인이 세희의 팔에 팔짱을 끼며 물었다.

"실은, 나. 할 말 있어."

세희답지 않게 뜸을 들이는 모습이 이상했다. 볼을 발갛게 물들이면서까지 고백할 말이 뭔가 싶었다.

"무슨 말? 뭔데 이렇게 심각해, 무섭게?"

"아니, 어제 자려고 하는데 신오가 나를 보면서 그러는 거야."

"뭐라고?"

"이모, 소가 한 달에 한 쌍씩 송아지를 낳아서."

또 그 이야기인가 싶었다.

"이모도 남자아기, 여자아기 같이 낳을 건가 봐. 이러는 거야."

신오가 비몽사몽간에 한 말이 마음에 걸려서 병원에 다녀오는 길이라고 했다.

"그래서?"

다인의 목소리에 물기가 어렸다. 그간 아이가 들어서지 않아서 세희가 마음고생이 얼마나 심했는지, 잘 알았다.

"임신이래."

뺨을 타고 눈물이 주르륵 흘러내렸다.

"나 엄마한테도 아직 전화 안 했어. 너한테 제일 먼저 말하는 거다? 그이도 아직 몰라."

다인은 세희의 작은 몸을 꼭 끌어안아 주었다.

"우리 세희 너무 좋겠다. 축하해."

"좋은 일은 한꺼번에 오는 건가 봐. 너도, 나도."

두 여자가 눈시울을 붉힌 채로 차에 오르자, 그가 조용히 눈치를 봤다.

"나도 인제 애 엄마 된대요. 어우, 두 사람 얼마나 부럽던지."

운전석에 앉은 그가 뒷좌석으로 고개를 홱 돌리며 환한 미소를 지었다.

"정말 축하해요."

"신오만큼 똑똑한 아이 낳았으면 좋겠다."

세희가 꿈꾸듯 말했고, 다인은 그런 친구의 손을 꼭 붙잡고 웃었다. 세희도 다인의 손을 꼭 맞잡으며 미소 지었다. 농장으로 향하는 길이 오늘따라 유독 눈물 나게 아름다웠다.


"정진 씨가 그렇게 엉엉 울 줄은 몰랐어."

"나 같아도 그렇게 엉엉 울겠던데, 뭐. 그리고 너도 아까 같이 울었잖아."

정진은 임신 소식을 듣자마자 세희를 꼭 끌어안고는 펑펑 울었다. 그러면서 속상하고, 미안했다며 속내를 드러냈다. 시댁 식구가 모조리 사는 제주에 홀로 시집와 온갖 사람들의 눈치를 봐 가며 얼마나 힘들었느냐고, 마음 아프게 해서 미안하다며 눈물을 쏟아 냈다.

세희를 지극히 사랑하는 것을 온 동네 사람이 다 아는데, 마치 그동안 세희에게 큰 상처만 안겨 준 사람처럼 말했다. 세희는 성격답게 주책 좀 떨지 말라며 정진을 나무랐다.

농장에서 신오를 데리고 오는 길, 신오는 뒷좌석 카시트에 앉아 잠이 들어 버렸다.

"드라이브나 좀 할까?"

"좋아."

한적한 바닷길을 타고 천천히 달렸다. 바다는 태양 빛을 받아 때론 은빛으로, 때론 금빛으로 잔물결을 이루며 빛났다. 아주 잠깐 구름에 해가 가리자, 바다가 푸른 하늘빛을 잃고 검게 물들기도 했다.

"하늘이 파래야, 바다도 파란 거 알아?"

다인의 물음에 그는 조용한 목소리로 대꾸했다.

"정다인이 웃어야, 내가 웃는 것처럼."

자상한 목소리가 따뜻한 빛이 어린 잔물결을 이루며 퍼져 나갔다.

"정다인이 좋아야, 나도 좋은 것처럼."

그는 당연하다는 듯이 덧붙였다.

"정다인이 슬프면, 나도 슬프고. 정다인이 기쁘면, 나도 기뻐."

마음에 드는 말만 쏙쏙 골라서 하는 재주가 있는 사람이다.

지난한 이별을 어떻게 극복할까 걱정했었다. 거짓 상처에 아파한 세월이 허망하고 억울했다. 그를 예전처럼 다시 사랑할 수 있을까, 겁도 났다.

괜한 걱정을 했지, 내가.

이제 눈물겨웠던 세월을 잊고, 행복에만 겨워 살았으면.

"우리도 신오 동생 낳을까?"

다인이 뒷좌석에 앉은 신오를 돌아보며 물었다.

"오늘부터 우리 다인이 잠은 다 잤네."

음흉하게 속삭이는 그의 팔뚝을 아프지 않게 내리쳤다.

"으으, 정말."

"좋으면서. 나는 정다인이 좋아하면, 그렇게 좋더라."

그가 여름 햇살처럼 뜨겁고 환하게 웃었다. 그를 따라 다인도 환한 미소를 머금었다. 태양 빛에 파도가 반짝거리던, 행복한 여름날이었다.

『결혼을 앓다』 완결

에필로그

아주 어릴 때였다. 나는 겨우 앉아 있을 수 있는 어린 아기였고, TV에서는 북극곰에 관한 다큐멘터리가 방영되고 있었다. 어미 북극곰이 새끼 북극곰을 지키기 위해 안간힘을 쓰는 모습이 TV 화면에 생생하게 비쳤다.

굶주림에 사나워진 수컷 북극곰은 제 새끼마저도 잡아먹으려고 든다. 둥둥 떠다니는 얼음 위에 유유히 앉아서 표독스러운 눈빛을 빛내며 새끼 곰을 주시하고 있는 수컷 곰을 피해 어미 곰은 쉴 없이 헤엄을 쳐야만 했다.

살기 위해서 어미 곰은 잠시 쉬어 가야 했지만, 새끼 곰을 살리기 위해서는 쉴 수가 없었다. 저러다 몸에 힘이 빠져서 익사할 수도 있다는 성우의 말에 심장이 두근거렸다.

나는 어미 곰이 새끼 곰을 데리고 쉴 없이 헤엄치는 장면을 넋을 놓고 바라보았다.

'아빠도 수컷 북극곰 같은 사람일까?'

막연히 그런 생각을 했던 것 같다. 그래서 우리는 같이 못 사는 거라고 여겼다.

내 눈에 비친 엄마의 모습은 어미 북극곰 같았다. 강한 듯 보이지만, 어딘지 모르게 위태로운 모습. 몸을 기대고 쉴 얼음덩어리 하나 찾지 못하고, 아기인 나를 돌보는 데 죽을힘을 다하는 것 같았다.

그렇게 나는 아빠의 존재를 어설프게나마 인식하고 살았다. 아빠와 함께 살아야 하는 이유도 잘 알지 못했다. 나는 늘 엄마의 품 안에 있었고, 아빠의 존재에 대해 깊게 고민할 틈이 없었던 것도 사실이었다. 너무 어린아이여서 깊은 생각이 어려웠는지도 모른다.

그런데 유치원에 가면서 상황이 달라졌다. 생경한 광경들이 눈앞에 펼쳐지면서, 나를 전혀 다른 세계로 들여놓은 것이다.

"어? 아빠다! 아빠!"

유치원 셔틀을 처음 타던 날이었다. 차창 밖을 내다보던 친구가 하원길 버스 정류장에 서 있는 아저씨를 보며 방방 뛰어 댔다.

"아빠? 너 아빠랑 같이 살아?"

나는 내 질문을 들은 친구의 표정을 보고 무언가 잘못 됐음을 느꼈다.

"그럼, 너는 아빠랑 같이 안 살아?"

친구가 고개를 갸우뚱 기울이며 물었다. 천진한 눈동자에는 다름에서 오는 이질감이 분명하게 일어났다. 나는 친구의 질문에 대답하지 못했다. 본능적인 위축이었다. 엄마는 나에게 아빠가 없다고 주눅 들지 말라는 말씀조차 하지 않으셨다. 그런 말씀조차 삼갈 정도로 나를 아끼셨고, 아빠의 부재를 느끼지 못하게 할 만큼 나를 사랑하셨으니까.

그런데 엄마의 그런 사랑조차도 빈자리를 채울 수는 없었다. 말은 하지 않았지만, 아빠의 존재가 몹시도 궁금해졌다. 놀이터에서 뛰어놀다가 넘어졌을 때, 당시엔 아무렇지 않게 털고 일어나서 놀다가 집에 돌아와서는 생채기가 난 무릎을 보고 뒤늦게 울음을 터뜨리는 것처럼.

나는 유치원에 들어가자마자 그동안 숨겨져 있던 생채기를 발견한 기분이었다. 엄마 몰래 아빠의 흔적을 찾아보려고 했지만, 집에는 아무것도 없었다.

그저 태어날 때부터 엄마만 있었던 아이인 것처럼.

한 번도 본 적이 없는데도 그리워서 눈물이 핑 돌았다. 모르는 존재에 대한 그리움은 걷잡을 수 없이 커져만 갔다.

제주의 푸른 하늘 위를 둥둥 흘러가는 구름을 보면서 저 구름은 아빠가 있는 곳을 굽어볼 수 있을까 생각했다. 아침에 눈을 비비고 일어나 세면대 앞에 서면, 거울 속에 비친 얼굴을 보며 나는 아빠를 얼마나 닮은 걸까 궁금했다. 나는 엄마가 즐겨 드시지 않는 해산물 요리를 좋아했기에, 아빠의 식성일 거라 여겼다.

아빠의 사진 한 장, 흔적 하나 남아 있지 않은 상황, 나는 내 속에서 아빠의 흔적을 찾기 시작했다.

엄마는 예쁘고 우아하게 걷지만, 나는 씩씩하고 당차게 걷는다. 아빠가 이렇게 걷겠지?

엄마는 가만히 앉아서 손으로 하는 놀이를 좋아하지만, 나는 뛰어노는 것도 좋아한다. 아빠도 뛰는 걸 좋아할 거야.

엄마에게서는 발견할 수 없는 나의 모습은 전부 아빠에게서 발견할 수 있을 거라고 단정 지었다.

그런데 그 생각이 틀렸음을 깨달은 것은 어느 봄날이었다. 나는 세희 이모의 손에 이끌려 유치원 숲 산책에서 벗어나 집으로 향했다. 목장에 데리고 가 주겠다는 세희 이모를 따라갈 예정이었는데, 카메라가 필요했다. 엄마에게는 내가 태어나기 전에 찍은 사진이 한 장도 없었다. 이것도 아빠의 흔적을 찾으면서 알게 된 사실이었다.

그래서 엄마 사진을 많이 찍고 싶은 마음에 아동용 카메라를 사 달라고 졸랐다. 카메라에 엄마 사진이 가득 차면, 엄마가 컴퓨터로 옮겨 주었다. 그러면 심심할 때마다 컴퓨터를 켜고 사진을 보았다. 사진 속에 담긴 엄마의 모습은 어떤 형태로든 예뻤다.

우리 엄마가 세희 이모보다 더 예쁜데……. 왜 엄마는 남편이 없는 걸까?

나는 아빠의 부재뿐 아니라, 엄마의 곁에 없는 남편의 부재까지도 고민하게 되었다.

사이가 많이 안 좋아진 걸까? 다시는 보지 말자고 싸웠을까?

아빠는……. 내가 세상에 태어났다는 걸 알까?

아무튼, 나는 그날 엄마의 사진 대신 목장에 가서 소 사진을 찍을 계획이었다. 카메라를 찾으려고 집으로 달려가는데, 누군가 내 이름을 불렀다.

"신오?"

나는 카페 앞마당에 멈춰 섰다. 마치 발바닥에 껌이라도 달라붙은 것처럼 움직일 수가 없었다. 잘생긴 아저씨였다. 다정한 눈길로 날 바라보고 있었다. 그저 이름을 불러 주었을 뿐인데, 그 목소리가 세상 전부를 채운 것처럼 꽉 차오르는 듯했다.

"네 이름이 신오니?"

나는 얼른 엄마를 올려다보았다. 모르는 사람이 이름을 묻는 데 대답해도 되는지 허락을 구해야 했다. 엄마는 가볍게 고개를 끄덕여 주었다. 나는 그를 향해 대꾸했다.

"네, 신오예요."

"그렇구나. 신오 엄마는 어디 계셔? 왜 혼자 카페 마당을 뛰어다녀?"

"엄마 여기 있는데요?"

나는 손을 활짝 펼쳐서 엄마를 가리켰다. 그는 내가 살면서 본 남자 사람 중에 가장 잘생긴 얼굴이었다. 짙은 눈동자, 우뚝한 콧날, 붉은 입술까지……. 나는 마치 신기한 보물이라도 발견한 것처럼 그를 바라보았다. 이제껏 내가 그토록 찾고자 했던 보물 같은 존재 말이다.

"반가워, 신오야."

심장이 콩콩 뛰었다. 갑자기 울음이 터져 나올 것만 같아서 어금니를 꾹 깨물었다. 왜 그런지 모르겠다. 혼이 난 것도 아니고, 슬픈 것도 아닌데 눈물이 나올 것만 같았다. 나는 울지 않기 위해 안간힘을 쓰며 입을 열었다.

"저도 반가워요."

조심스레 대꾸하자 그의 얼굴에 햇살보다 더 눈부신 미소가 떠올랐다. 본능적인 이끌림. 마치 거대한 자석이 끌어당기는 것처럼 몸과 마음이 끌려가는 듯했다. 나는 멍하니 그를 바라보았다. 그러자 그가 멋진 목소리로 대꾸했다.

"신오처럼 멋지고, 훌륭한 아이는 처음 봐서."

나도 아저씨처럼 멋있는 사람은 처음 본다고 말해 주고 싶었다. 그런데 입이 떨어지질 않았다. 왠지 아저씨라고 부르고 싶지 않았다. 그리운 마음에 막연히 그려 왔던 모습보다 훨씬 멋있는 모습의 남자, 아빠라는 확신이 들었다.

"엄마가 멋지게 키워 주셨구나."

그는 엄마를 올려다보았다. 그 눈빛이 따뜻하다고 생각했다. 엄마를 바라보는 누군가의 시선이 이렇게 따뜻했던 적은 없었던 것 같다.

"신오야, 카메라 찾아 줄게. 가자."

엄마는 내 손을 잡고 곧장 집으로 향했다. 어쩐지 엄마는 화가 난 것 같았다. 그래도 묻고 싶었다.

"엄마, 저 아저씨 누구야? 신오도 아는 아저씨야?"

내 물음에 엄마는 평소와 같이 지혜로운 답을 주셨다.

"신오가 이제 알아 가야 할 사람이야."

콩콩 뛰던 심장이 쿵쿵 울리기 시작했다.

카메라를 들고 밖으로 나간 나는 그와 사진을 찍었다. 아주 복잡한 얼굴을 한 엄마가 나와 아빠의 사진을 찍어 주었다. 나는 엄마가 싫어하는 사람을 구분해 낼 수 있다고 자부한다. 엄마의 곁에 껌딱지처럼 붙어 있다 보면, 엄마의 경계심이 나에게 전이되는 듯한 기이한 경험을 할 때가 있다. 그리고 엄마가 좋아하는 사람 역시도 구분할 수 있다.

아빠로 보이는 사람에 대한 엄마의 감정은 모호했다. 그 복잡하고 깊은 감정을 이해할 수가 없어서 가슴이 무겁게 뛰었다. 그와 동시에 나는 불안해졌다. 아빠라고 불러 볼 기회도 없이 사라져 버릴 것만 같아서.

전혀 몰랐을 때와 존재를 분명히 알게 되었을 때의 간절함은 분명히 다르다. 나는 아픈 눈빛을 하는 엄마에게 마음을 들키지 않기 위해 애를 써 댔다.

처음 엄마의 눈을 피해 아빠와 마주한 것은 내가 응급실에 갔던 날 아침이었다. 엄마보다 먼저 잠에서 깬 나는 침대에서 조심스럽게 내려왔다. 엄마가 깊이 잠들어 있는 게 신기했다. 내가 아플 때면 엄마는 조금만 바스락거리는 소리를 내도 눈을 번쩍 뜨고는 했었다.

그런데 그날 아침은 달랐다. 내가 침대에서 내려오는 것도 모를 정도로 엄마는 고운 눈을 감고 잠들어 있었다. 나는 어제 병원에 함께 가 주었던 아빠를 떠올렸다. 엄마가 아픈 눈빛을 하고는 있지만, 아빠를 의지하고 있다는 것을 본능적으로 느낄 수 있었다.

발걸음을 죽인 채로 침실을 빠져나와 아빠가 잠들어 있는 소파로 다가

갔다. 자는 모습조차 멋있어서 심장이 콩닥콩닥 울렸다.

'만져 보고 싶다.'

나는 충동적으로 손을 뻗어 아빠의 얼굴을 더듬어 보았다. 생각보다 훨씬 매끄럽고 단단한 얼굴이었다. 잘생긴 얼굴을 이리저리 만지는데, 아빠가 번쩍 눈을 떴다.

"신오 일어났어?"

나는 놀란 나머지 목소리도 내지 못하고 고개만 끄덕거렸다. 아빠의 커다란 손이 내 이마를 짚었다. 얼굴을 감싸는 손길이 좋아서 와락 붙들고 싶었다.

"이제 열은 안 나네."

아빠는 의사라고 했다. 나도 모르게 '우와!' 하고 탄성을 내지를 뻔했다. 어떤 일을 하는 사람일지 궁금했는데, 의사라니! 내 아빠는 잘생겼는데, 똑똑하기까지 한 거였다! 당장 유치원에 가서 자랑하고 싶었다. 나도 이제 아빠가 생겼다고. 나도 이제 아빠랑 같이 살 거라고.

같이…… 살 수 있을까?

나는 그때부터 엄마를 어떻게 설득해야 좋을지 고민에 빠졌다.

엄마, 내가 아플 때 아빠가 도와주니까 조금 편했잖아. 그렇지?

말도 안 되는 소리 같았다. 어떤 이유에서건 이제껏 나타나지 않았던 아빠인데…….

마음이 무겁게 가라앉았다. 그런데도 배는 고파서 아빠와 함께 편의점에 다녀왔다. 초코볼을 보고 인상을 찌푸리는 엄마를 보고 겁을 먹었는데, 아빠가 대신 혼났다. 기분이 날아갈 것만 같았다.

사실 지금까지는 엄마가 혼낼 때 나는 속수무책이었다. 내 편을 들어주는 사람이 이 집 안에 단 한 명도 없었다. 그런데 아빠가 내 편을 들어주며 대신 혼나는 모습에 몸이 하늘 위로 둥둥 떠다니는 것만 같았다.

아빠랑 같이 살아야 한다. 무슨 일이 있어도……. 반드시. 꼭!


세희 이모를 따라 카페에 나갔다가 돌아오는 길, 아빠에게 다시는 오지 말라고 소리치는 엄마의 목소리를 들었다. 나무 사이로 보이는 엄마의 모습은 곧 쓰러질 것처럼 보였다.

"병원 같이 가요, 네?"

나는 다급하게 아빠를 붙잡았다.

엄마가 아프면 나 혼자 돌볼 수 없어요. 새벽에 응급실에 같이 가 줬던 것처럼, 내 이마 짚으면서 열 내렸다고 해 줬던 것처럼, 초코볼 사 주면서 웃었던 것처럼……. 우리 엄마한테도 그렇게 해 줘요, 네?

나는 내 마음이 전해지기를 간절히 바랐다. 자꾸만 눈물이 고여서 나를 내려다보는 아빠의 얼굴이 흐릿해졌다.

"바빠서 이제 가셔야 한대. 신오 이리 와."

엄마의 차가운 목소리가 들려왔다. 나는 겁에 질려 소리쳤다.

"엄마가 가라고 했잖아! 엄마가 안 보고 싶다고 했잖아!"

눈물이 뺨을 타고 뚝 떨어져 내렸고, 놀란 얼굴로 나를 바라보고 있는 엄마의 모습이 눈에 들어왔다. 나는 그러면 안 되는 줄 알면서도 아빠 뒤로 숨어 버렸다. 감당할 수 없는 감정이 솟아났다. 이대로 아빠를 보내 버리면 다시는 볼 수 없을지도 모른다는 생각이 들어서 겁이 났다.

그럴 수는 없어.

아빠가 몸을 숙이며 내 얼굴을 가만히 들여다보았다.

"금방 올게, 신오야. 엄마랑 어서 병원 다녀와. 응?"

이대로 헤어지는 거면 어쩌나 걱정했다. 그런데 금방 다시 오겠다는 아빠의 말에 심장이 입 밖으로 튀어나올 것처럼 두근거렸다. 언제 다시 올 거냐고, 금방이 언제냐고 물을 수가 없었다. 아빠의 눈빛에는 확신이 깃들어 있었다.

"또 보자, 신오야."

멀어지는 아빠의 뒷모습이 점처럼 작아져서 결국에는 눈앞에서 사라질 때까지 바라보았다.

엄마는 모르는 걸까? 이토록 소중한 존재가 생겼는데, 영영 보지 못할까 봐 두려운 마음을?

무모한 생각을 했다. 엄마에게 그걸 알려 줘야겠다는 마음뿐이었다. 너무 어려서 그게 얼마나 위험한 짓인지도 몰랐다. 어쩌면 지금 살아 있는 게 기적인지도 모를 일이다.

인생 첫 가출에서 무사히 귀환한 나는 아빠, 엄마와 마주 앉아서 그동안 묻지 못했던 말을 어렵게 꺼냈다.

"나랑 엄마가 있는 곳에 오고 싶지 않았을까? 같이 있고 싶지 않을까?"

아빠는 엄마보다도 더 아픈 눈빛으로 나를 바라보았다.

"어떻게 생겼는지 알고 싶었어요. 많이 보고 싶었어요. 나 안 보고 싶었어요?"

질문을 던지는데 심장이 쿵쿵 울렸다. 오고 싶지 않았다. 알고 싶지 않았다. 보고 싶지 않았다. 이런 대답을 듣게 될까 두려웠다.

"아주 많이 보고 싶었어."

아빠의 입에서 천천히 흘러나온 대답에는 눈물이 묻어 있는 것처럼 느껴졌다. 저절로 미소가 번져 갔다. 누군가 심장을 꽉 붙들고 있다가 놓아준 것처럼 가슴이 스르륵 가라앉았다.

"그럼 가족은 같이 살아야 하는 게 맞는 거죠?"

마주한 아빠의 얼굴에 벅찬 감동이 이는 듯했다.

아빠 쪽은 성공이다.

나는 천천히 고개를 돌려 엄마를 바라보았다.

아, 무섭다.

이제껏 엄마를 말로 이겨 본 적이 있었나? 말을 잘할 자신은 있지만 엄마를 이길 자신은 없다. 그리고 엄마를 이겨야 한다는 생각을 해 본 적도 사실 없다. 그와 동시에 잠이 쏟아져서 나도 모르게 졸리다고 말해 버렸다.

이대로 그냥 넘어가면 안 되는데 싶은 찰나, 아빠가 일어날 것처럼 몸을 움직였다. 나는 다급하게 목소리를 냈다.

"엄마는 아까 내가 없어졌을 때, 기분이 어땠어?"

심장이 입 밖으로 튀어나올 것처럼 요동쳤다. 엄마가 무언가를 눈치챈 듯 멍한 얼굴로 나를 바라보았다.

"나도 그래. 다시 없으면…… 그런 기분이 될 것 같아."

엄마의 예쁜 눈에 눈물이 맺히는 듯 반짝거렸다. 그때 아빠의 목소리가 들려왔다. 그곳에 왜 갔느냐고 묻는 아빠의 목소리는 다정했지만 혼이 나는 기분이었다. 혼이 나는데도 기분이 좋았다.

"그래도 신오야. 그런 위험한 일은 다시는 벌이지 않겠다고 약속해."

아빠한테 혼이 나는 게 좋아서 울음이 터져 나올 것만 같았다. 복잡한 감정은 표현하기가 어렵다. 나는 가슴이 터질 것 같은 기분을 억누르지 못하고 내뱉었다.

"그럼, 인제 아빠도 우리랑 같이 살아요."

말해 버렸다, 아빠라고.

누구도 알려 주지 않았지만, 알고 있었던 나의 아빠에게.

아빠는 눈을 휘둥그렇게 뜨며 놀라는 듯싶더니 이내 환하게 웃어 주었다. 너무 신이 나서 방방 뛰고 싶었다. 유치원 버스 안에서 아빠를 발견하자마자 방방 뛰어 대던 친구의 마음을 이제는 알 것 같다.

나는 그날 밤 아빠와 잠이 들었다. 같이 산다고 말은 했지만, 어려운 일이라는 것을 알기에 아빠를 붙들어 놓고 싶었다. 엄마와 함께 세 식구가 나란히 한 침대에서 자고 싶었지만, 엄마는 그럴 수 없다며 단호하게 고개를 내저었다.

나는 엄마에게 미안하지만 어쩔 수 없이 아빠를 붙들었다. 엄마는 이곳이 집이고, 카페도 있고, 나도 있어서 절대 떠날 수 없지만, 아빠는 갑자기 사라져 버린다 해도 이상할 게 없는 상황이니까.

아빠의 팔뚝을 꼭 끌어안고 잠이 들었다. 엄마의 팔뚝은 말랑말랑하고 쫀득쫀득한데, 아빠의 팔뚝은 두껍고 단단했다. 든든한 기분. 무엇이든 물리쳐 줄 것 같은 방패 같은 느낌이었다.

까무룩 잠이 들었는데 뭔가 허전해서 눈이 떠졌다. 단단한 팔을 끌어당겨 안으려 팔을 뻗었는데, 아빠가 없다.

"아빠!"

두려움이 엄습했다. 나는 목청껏 아빠를 불러 댔다. 바깥에서 아빠의 목소리가 들려왔다. 뭐라고 속닥거리는 엄마의 목소리가 이어졌다. 안도의 한숨이 흘러나왔다. 이윽고 아빠가 방으로 들어왔다.

"엄마랑 얘기했어요?"

잠이 덜 깬 목소리로 물었다. 아빠는 화장실에 갔었다고 했지만, 엄마의 목소리가 분명히 들렸으니까.

"응."

아빠는 조용히 대답해 주었다. 나는 미소를 머금은 채로 다시 눈을 감았다. 멀리서 파도치는 소리가 들리는 듯했다. 밤에 자다가 일어나 파도 소리를 들으면 괜한 불안감에 눈물이 솟구칠 때가 있었다. 그러나 오늘은 든든한 팔이 나를 감싸 안아 주었다.

이제 파도 소리가 들려와도 불안하지 않을 것 같다.

내가 휩쓸려 가지 않도록 단단하게 붙잡아 줄 힘이 센 사람이 있으니까.

그때를 떠올릴 때마다 엄마에게 미안한 마음이 들었다. 무작정 아빠를 붙잡은 게 아닐까 하는 걱정도 했다. 하지만 괜한 걱정이었다는 것을 깨달은 것은 얼마 지나지 않아서였다. 나에게 영웅처럼 보이는 아빠지만 엄마에게는 정말이지 꼼짝도 하지 못했다.

아빠는 엄마를 바라볼 때마다 좋아서 어쩔 줄 모르는 얼굴이 되어 버리곤 한다. 엄마가 밥을 먹다가 밥풀을 질질 흘릴 때도, 침을 흘리며 잘 때도, 아침에 일어나서 머리가 이리저리 뻗쳐 있을 때도, 휴대전화를 손에 쥔 채로 휴대전화가 어디 있는지 모르겠다며 소란을 피울 때도.

아빠는 사랑스럽다는 듯이 엄마를 바라본다.

"엄마 손에 있잖아. 핸드폰."

내가 한숨을 쉬며 알려 주면, 아빠는 엄마에게 그런 말투를 쓰지 말라며 나무라신다. 그럴 때면 나는 살짝 억울해지기까지 한다.

내가 심한 반항을 한 것도 아니고요. 버릇없이 말대꾸한 것도 아니고요. 한숨 한 번 길게 내쉬었을 뿐이거든요!

아빠는 엄마를 속상하게 만드는 사소한 상황 하나도 용납할 수 없나 보다. 처음에는 딱딱하게 굴었던 엄마도 이제는 아빠와 매우 친해진 것처럼 보인다.

며칠 전 아침에 눈을 떴는데 하늘이 아직 파란색이었다. 새벽녘 화장실에 갔다가 나는 버릇처럼 안방으로 향했다. 내 방으로 오는 것을 깜빡한 것이다.

슬쩍 열려 있는 방문 틈으로 아빠가 엄마의 이마에 조심스레 입을 맞추는 모습이 눈에 들어왔다. 나는 그대로 돌아서서 내 방으로 향했다. 아빠가 엄마를 보물 다루듯 애지중지하는 모습을 보는 것도 이제는 지겹다. 나는 침대에 도로 눕자마자 잠이 들었던 것 같다.

그로부터 며칠 후, 아빠와 엄마가 조심스러운 얼굴로 나와 마주 앉았다.

왜 이래, 갑자기 이 분위기 뭐야? 아빠, 어디 가?

나는 불안한 눈빛으로 아빠와 엄마를 번갈아 보았다. 두 사람은 서로 눈치를 보며 어떻게 말을 꺼내야 할지 고민하는 눈치였다.

"왜 그러는데요?"

나는 조심스레 입을 열었다.

"있잖아. 신오야."

엄마의 볼이 붉다.

아, 뭔데요!

소리치고 싶은 것을 꾹 참았다. 엄마가 머뭇거리자 아빠가 끼어든다.

"있잖아. 신오야."

"그러니까 뭐가 있는 건데요!"

나는 똑같은 말을 반복하는 엄마, 아빠를 참지 못하고 물었다.

"동생."

나는 낯선 단어의 의미를 생각하느라 잠시 멍해졌다.

"동생이 있으면 어떨 것 같아?"

있어 봤어야 알죠. 나는 이렇게 대답하고 싶은 것을 꾹 참았다. 안 그래도 동생 있는 애들끼리 이야기를 나누면 나는 꿀 먹은 벙어리가 되곤 했다. 형이나 누나가 있는 애들이 떠들어 댈 때도 마찬가지였다.

동생 없는 애한테 동생이 있으면 어떨 것 같냐고 묻다니, 이보다 더 바보 같은 질문은 없을 거라고 생각했다.

우리 아빠 똑똑한 사람인데, 왜 이러실까?

나는 아빠를 가만히 바라보았다. 그 순간, 머릿속에서 번개라도 친 것처럼 생각이 번쩍 떠올랐다.

"나 동생 생겨?"

내 질문에 엄마는 빙그레 웃으며 고개를 끄덕거렸다. 아빠가 생겼다고 좋아한 게 엊그제 같은데, 동생까지 생긴다니! 나는 어안이 벙벙해서 잠시 할 말을 잃고 말았다.

"동생이 생겨도 신오야. 엄마, 아빠는 우리 신오를 똑같이 사랑……."

이 엄마, 아빠가 지금 나를 뭐로 보시고 저런 말씀을 하시는 걸까?

"내가 잘 돌봐 줘야겠네."

나는 의젓하게 말하며 엄마, 아빠를 바라보았다. 엄마의 얼굴에 그제야 환한 미소가 떠올랐다. 내가 동생을 샘낼까 봐 걱정하셨나 보다.

뭐, 샘을 낼 수도 있겠지.

하지만 동생이 생긴다는 말에 가슴이 쿵쾅거렸다. 유치원에 가서 이제 동생도 생긴다고 자랑해야겠다.

"그럼, 지금 엄마 배 속에 동생 있어?"

조심스럽게 질문하자 아빠가 미소를 머금으며 고개를 끄덕거렸다. 저 뿌듯한 표정이라니……. 아빠는 정말 못 말린다.

나는 엄마의 곁으로 조심조심 다가갔다. 그러곤 엄마의 배에 손을 가만히 올려 보았다. 가슴이 뜨거워졌다.

"안녕? 나는 네 오빠야. 반가워."

내가 인사를 건네자 엄마가 당황스럽다는 듯이 말했다.

"아직 여동생인지, 남동생인지 몰라."

"그래?"

나는 대수롭지 않게 물었다. 왜 내 입에서 오빠라는 말이 나왔는지, 나도 모르겠으니까.

"그럼 이제 우리 네 식구 되는 거야?"

이어진 내 질문에 엄마가 다정한 눈빛으로 날 바라보며 머리를 쓰다듬어 주셨다.

"둘이었는데, 넷이 됐네."

내가 조용히 읊조린 말에 아빠가 기분 좋게 웃었다.

코스모스가 바람에 흔들거리는 가을날의 늦은 오후였다. 햇볕이 거실 통창을 향해 들이쳤고, 햇볕보다 더 나를 따뜻하게 해 주는 엄마와 아빠, 그리고 곧 태어날 동생이 함께였다.

오래오래 간직하고 싶은 이야기가 머무는 따스한 오렌지빛 오후였다.

完